A obra-prima

Também de Francine Rivers

Essa dama é minha
No caminho do amor de redenção
Amor de redenção
A ponte de Haven

SÉRIE A MARCA DO LEÃO
Uma voz ao vento
Um eco na escuridão
Tão certo quanto o amanhecer

SÉRIE O LEGADO DE MARTA
O sonho de uma filha
A esperança de uma mãe

FRANCINE RIVERS

A obra-prima

Tradução
Sandra Martha Dolinsky

1ª edição

Rio de Janeiro-RJ / São Paulo-SP, 2025

VERUS
EDITORA

Título original
The Masterpiece

ISBN: 978-65-5924-426-3

Verus Editora Ltda.
Rua Argentina, 171, São Cristóvão, Rio de Janeiro/RJ, 20921-380
www.veruseditora.com.br

CIP-BRASIL. CATALOGAÇÃO NA FONTE
SINDICATO NACIONAL DOS EDITORES DE LIVROS, RJ

R522o
Rivers, Francine, 1947-
A obra-prima / Francine Rivers ; tradução Sandra Martha Dolinsky. - 1. ed. - Rio de Janeiro : Verus, 2025.

Tradução de: The masterpiece
ISBN 978-65-5924-426-3

1. Ficção americana. I. Dolinsky, Sandra Martha. II. Título.

25-100039.0
CDD: 813
CDU: 82-3(73)

Carla Rosa Martins Gonçalves - Bibliotecária - CRB-7/4782

Revisado conforme o novo acordo ortográfico.

Seja um leitor preferencial Record e
assine nossa newsletter. Cadastre-se no site
www.record.com.br.

Atendimento e venda direta ao leitor:
sac@record.com.br

Ao meu marido, Rick Rivers.
Obrigada por uma vida cheia de aventuras!

1

Roman Velasco subiu pela escada de incêndio e pulou o muro para chegar à laje. Abaixado, saiu andando rapidamente. Havia outro prédio ao lado daquele de cinco andares, o local perfeito para um grafite. Do outro lado da rua, havia um banco, em cuja porta ele já havia deixado uma obra de arte.

Tirou a mochila das costas e pegou o material. Tinha que trabalhar rápido. Los Angeles nunca dormia. Eram três da manhã e os carros ainda passavam acelerando pela avenida.

Aquele grafite seria visto por todo mundo que passasse de carro rumo ao leste. Ele estaria em risco até terminar, mas, usando calças pretas e um moletom com capuz, dificilmente seria visto, a menos que alguém o estivesse procurando. Dez minutos. Esse era o tempo de que ele precisava para deixar um desfile de personagens dançando na parede — todos iguais ao empresário de cartola do jogo Monopoly, o último pulando em direção à rua. Ele havia feito um estêncil do personagem carregando sacos de dinheiro em direção ao banco.

O estêncil de papel ficou preso em alguma coisa e se rasgou. Xingando baixinho, Roman o remendou depressa com fita adesiva. O vento soprou e levou uma parte para longe. Era um estêncil comprido e ele gastou minutos preciosos para prendê-lo. Pegou uma lata de tinta spray e a sacudiu. Quando apertou a válvula, nada aconteceu. Xingando, ele pegou outra lata e começou a borrifar.

Um veículo se aproximou. Ele olhou para baixo e ficou paralisado quando viu uma viatura policial. Seria a mesma que havia passado uma hora antes, quando ele estava indo para o banco? Roman caminhara com propósito, torcendo para que pensassem que ele era apenas mais um voltando para casa de seu trabalho noturno. O carro diminuíra a velocidade, o observara e seguira em frente. E assim que desaparecera ao longe, Roman fizera o trabalho na porta de vidro do banco.

Roman voltou ao grafite, só precisava de mais alguns minutos. Continuou pulverizando a tinta.

Luzes de freio, de um vermelho vivo, brilharam na rua. O carro da polícia havia parado em frente ao banco e lançado um facho de luz branca sobre a porta.

Mais um minuto. Roman deu mais duas passadas de tinta e começou a retirar cuidadosamente o estêncil. Precisara usar mais fita adesiva que o normal, por isso levou mais tempo. A última parte do papel se soltou e ele acrescentou três letrinhas pretas interligadas que pareciam um pássaro em voo.

Um policial desceu do carro com uma lanterna na mão.

Roman se agachou, enrolou o estêncil e o enfiou na mochila junto com as latas de tinta spray. O feixe de luz subiu e se aproximou. Passou por ele bem na hora que Roman tinha começado a andar pelo telhado. A luz desceu e depois se afastou. Aliviado, Roman colocou a mochila no ombro e se levantou ligeiro.

A luz voltou, desenhando sua silhueta na parede. Roman saiu correndo, com o rosto virado para o outro lado.

O facho de luz seguiu sua fuga pelo telhado. Ele ouviu vozes e pés correndo. Com o coração batendo forte, Roman deu um salto e voou para o prédio ao lado. Bateu forte no terraço, rolou para se levantar e continuou correndo. Era bem provável que a polícia tivesse um arquivo sobre o trabalho do Bird. Além disso, ele não era mais adolescente e não pegaria apenas serviço comunitário por grafitar muros. Se fosse pego, iria para a cadeia.

Pior, destruiria a reputação que Roman Velasco estava conquistando como artista. O grafite dava credibilidade nas ruas, mas não ajudava em uma galeria.

O policial voltou à viatura, que saiu cantando pneus. Eles não iriam desistir.

Roman avistou uma janela aberta alguns prédios adiante e decidiu subir, em vez de descer.

Ouviu-se uma porta de carro bater. Um homem gritou. A noite devia estar calma para aqueles dois policiais quererem passar tanto tempo caçando um grafiteiro.

Roman se desequilibrou na beira de outro telhado e uma lata meio vazia de tinta spray caiu de sua mochila e explodiu no pavimento.

Assustado, o policial sacou a arma e apontou para Roman, que subia.

— Polícia! Pare aí mesmo!

Agarrando-se a uma parte saliente, Roman deu um impulso e entrou pela janela aberta do apartamento. Prendeu a respiração. Um homem roncava no quarto. Roman avançou, mal tinha dado dois passos quando esbarrou em alguma coisa. Seus olhos se adaptaram à luz tênue dos eletrodomésticos da cozinha. Quem morava ali devia ser um acumulador. A bagunça da sala de estar poderia ser o fim para Roman.

Ele deixou a mochila atrás do sofá. Abriu a porta da frente sem fazer barulho, espiou e apurou os ouvidos. Não viu nenhum movimento, não captou nenhuma voz. O homem bufou e se mexeu no quarto. Roman saiu depressa e fechou a porta do apartamento atrás de si. A saída de emergência estava emperrada: se ele a forçasse, faria barulho. Então encontrou o elevador. Seu coração batia acelerado enquanto esperava a lenta subida. *Bing* — as portas se abriram. Roman entrou e apertou o botão que dava no estacionamento no subsolo.

Fique calmo. Ele tirou o capuz e passou as mãos pelo cabelo, respirou fundo e soltou o ar lentamente. As portas do elevador se abriram. O estacionamento do subsolo estava bem iluminado. Roman segurou a porta e avaliou a área durante alguns segundos antes de sair. Tudo limpo. Aliviado, dirigiu-se à rampa que levava à rua lateral.

A viatura estava estacionada no meio-fio. As portas se abriram e os dois policiais desceram.

Por uma fração de segundo, Roman pensou em inventar uma história para explicar por que estava na rua às três e meia da manhã, mas sabia que nenhuma história o livraria das algemas.

Ele saiu em disparada pela rua em direção a um bairro residencial, a um quarteirão da avenida principal. Os policiais o seguiram como cães atrás de uma raposa.

Roman desceu uma rua, atravessou a entrada de carros de uma casa e pulou um muro. Ele pensou que havia escapado, até perceber que não estava sozinho no quintal. Um pastor alemão se levantou de um salto e começou a persegui-lo. Roman correu pelo quintal e pulou a cerca dos fundos. O cachorro começou a arranhar a cerca, latindo ferozmente. Roman caiu com tudo do outro lado e derrubou algumas latas de lixo na pressa de fugir. Todos os cachorros da rua se juntaram ao alarme. Roman andava depressa, abaixado e nas sombras.

Luzes se acenderam. Ele ouviu vozes.

Perguntas atrasariam os policiais e não era muito provável que eles pulassem cercas e invadissem casas alheias. Roman avançou depressa por alguns quarteirões, até que diminuiu a velocidade, retomando o passo normal para recuperar o fôlego.

Os cães pararam de latir. Ele ouviu um carro e se escondeu atrás de um arbusto. A viatura cruzou a rua seguinte, voltando para o Santa Monica Boulevard sem diminuir a velocidade. Talvez Roman os tivesse despistado, mas, em vez de abusar da sorte, ele esperou mais alguns minutos antes de ir para a calçada.

Levou uma hora para chegar a seu BMW. Sentou-se no banco do motorista e não resistiu: foi para o leste para ver sua obra de arte.

O banco estaria com a porta limpa antes do meio-dia, mas a pintura na parte alta no muro do outro lado da rua duraria mais. Bird havia ganhado bastante notoriedade nos últimos anos, por isso alguns proprietários deixavam o grafite intocado. Ele torcia para que fosse o caso com aquele. Por muito pouco não havia sido pego, não correra tanto risco para ter sua obra lavada e esquecida em um ou dois dias.

O trânsito da rodovia já havia aumentado. Para combater o cansaço, Roman ligou o ar-condicionado. O ar frio o manteve acordado enquanto se dirigia ao bairro Topanga Canyon, esgotado e sentindo-se vagamente deprimido. Deveria estar contente após sua incursão noturna bem-sucedida, e não se sentindo como um velho que precisava de uma poltrona reclinável.

Ele diminuiu a velocidade e entrou na rua de cascalho que levava à sua casa. Com o toque de um botão, abriu o portão da garagem. Mais três carros maiores que seu 740Li caberiam ali. Desligou o motor e ficou no carro por alguns segundos enquanto o portão se fechava atrás de si, zumbindo.

Quando foi sair do carro, uma onda de fraqueza o tomou. Ficou sentado um minuto, esperando a sensação estranha passar. Mas a sentiu novamente quando se dirigia à porta dos fundos. Cambaleando, caiu de joelhos. Apoiou o punho no concreto e manteve a cabeça baixa.

A tontura passou e Roman se levantou devagar. Precisava dormir, só isso. Com uma noite inteira de sono, ficaria bem. Ele abriu a porta dos fundos e entrou no silêncio mortal.

Abriu o zíper e tirou o moletom preto enquanto seguia pelo corredor até o quarto. Estava cansado demais para tomar banho, cansado demais para mudar a temperatura do ar-condicionado para dezoito graus, cansado demais para comer, embora seu estômago doesse de fome. Roman tirou a roupa e se esparramou na cama desfeita. Talvez tivesse sorte aquela noite e dormisse sem sonhar. Normalmente, a euforia decorrente de suas incursões noturnas acabava em pesadelos com seus dias em Tenderloin. White Boy nunca ficava enterrado por muito tempo.

A manhã lançou seus raios de sol. Roman fechou os olhos, desejando a escuridão.

Grace Moore acordou cedo, sabia que precisaria de bastante tempo para atravessar o vale e chegar na hora em seu primeiro dia como funcionária temporária. Ela não sabia se ganharia o suficiente para alugar um apartamento pequeno para ela e seu filho, Samuel, mas era um começo. Quanto mais vivia com os Garcia, mais as coisas se complicavam.

Selah e Ruben não tinham pressa de que ela fosse embora. Selah ainda nutria a esperança de que Grace mudasse de ideia e assinasse os papéis da adoção. Grace não queria dar falsas esperanças a Selah, mas não tinha para onde ir. Cada dia que passava seu desejo de voltar a ser independente aumentava.

Ela havia mandado dezenas de currículos desde que fora demitida, havia mais de um ano, e recebera poucas ligações para entrevistas. Nenhuma delas dera em nada. Todas as empresas queriam uma pessoa com nível superior, e ela só havia cursado um ano e meio antes de trancar a faculdade para poder sustentar o marido, Patrick, até que ele se formasse.

Pensando sobre o passado, ela se perguntava se Patrick algum dia a amara. Ele havia quebrado cada promessa que lhe fizera. Precisara dela e a usara. Simples assim.

Tia Elizabeth estava certa: ela era uma tonta.

Samuel se mexeu no berço. Grace o pegou gentilmente, grata por ele estar acordado. Assim, teria tempo de amamentá-lo e trocar a fralda antes de deixá-lo com Selah.

— Bom dia, homenzinho.

Grace inspirou o cheirinho de seu bebê e se sentou na beira da cama de solteiro que havia acabado de arrumar. Abriu a blusa e o ajeitou para que ele mamasse. As circunstâncias da gravidez e as complicações que a gestação havia acrescentado à vida dela deixaram de importar no momento que ela o segurara nos braços pela primeira vez. Ele não tinha nem uma hora de vida quando Grace entendeu que não poderia entregá-lo para adoção, independentemente de quanto a vida dele pudesse ser melhor com os Garcia. Havia dito isso a Selah e Ruben, mas era uma angústia toda vez que Selah assumia os cuidados do bebê para que Grace saísse em busca de uma maneira de sustentar a si mesma e a seu filho.

Outras pessoas fazem isso, meu Deus, por que não consigo?

Outras pessoas tinham família. Ela tinha apenas tia Elizabeth.

Pai, por favor, permita que esse emprego dê certo. Por favor, me ajude, Senhor. Sei que não mereço, mas eu te peço, eu imploro.

Felizmente, ela passara na entrevista e nos testes da agência de temporários e entrara no cadastro deles. E a sra. Sandoval tinha uma vaga para ela.

— Mandei quatro pessoas altamente qualificadas para trabalhar com esse homem e ele recusou todas. Acho que ele não sabe do que precisa. É o único emprego que consigo oferecer agora.

Grace teria aceitado trabalhar para o próprio diabo se isso significasse um salário garantido.

O som dos sinos arrancou Roman da escuridão. Por acaso havia sonhado que estava na Abadia de Westminster? Rolou na cama. Seus músculos haviam acabado de relaxar quando os sinos ressoaram de novo. Alguém havia tocado a campainha. Ele queria socar o dono anterior, que havia instalado aquele maldito som. Xingando, Roman cobriu a cabeça com um travesseiro, na esperança de abafar a música que podia ser ouvida de uma ponta a outra da casa de quatrocentos e sessenta e cinco metros quadrados.

Mais uma vez, silêncio. O intruso devia ter entendido a mensagem e ido embora.

Roman tentou voltar a dormir. Quando os sinos começaram a tocar de novo, ele gritou, frustrado, e se levantou. A fraqueza o tomou novamente. Derrubando uma garrafa com água pela metade e o despertador, conseguiu se segurar antes de cair de cara no chão. Três vezes em menos de vinte e quatro horas. Talvez precisasse recorrer a medicamentos para conseguir o descanso de que precisava. Mas, naquele momento, tudo que queria fazer era descarregar seu mau humor no intruso que estava tocando a campainha.

Roman pegou uma camiseta amarrotada que estava no chão, vestiu uma calça de moletom e seguiu descalço pelo corredor. Quem quer que estivesse do outro lado da porta desejaria nunca ter pisado em sua propriedade. Os sinos começaram a tocar de novo assim que ele abriu a porta. Uma jovem ergueu os olhos surpresa, e recuou quando ele cruzou a soleira.

— Você não sabe ler? — Ele apontou para a placa afixada ao lado da porta da frente. — Proibido pedir doação para caridade!

Com os olhos castanhos arregalados, ela levantou as mãos em um gesto conciliatório. Seu cabelo escuro e cacheado era curto, e o blazer preto, a blusa branca e o colar de pérolas gritavam "assistente corporativa". Uma vaga lembrança passou pela mente de Roman, mas ele a descartou.

— Cai fora!

Ele deu um passo para trás e bateu a porta. Não havia ido muito longe quando ouviu as batidinhas leves. Abrindo a porta de novo, ele a olhou feio:

— Qual é o seu problema?

Ela estava tão assustada que poderia sair correndo, mas se manteve firme.

— Estou aqui às suas ordens, sr. Velasco.

Às suas ordens?

— Como se eu quisesse uma mulher à minha porta logo de manhã.

— A sra. Sandoval disse às nove horas. Sou Grace Moore, da agência de empregos temporários.

Ele cuspiu uma palavra de cinco letras. Ela pestanejou e suas bochechas coraram. A raiva dele se dissolveu como sal na água.

Ótimo. Maravilhoso.

— Esqueci que você vinha.

Ela parecia preferir estar em qualquer lugar, menos ali, e ele não poderia culpá-la. Roman ficou pensando se deveria ou não mandar que ela voltasse no dia seguinte, mas sabia que ela não voltaria. Já tinha se levantado. Podia muito bem se manter acordado. Balançando a cabeça, ele abriu a porta.

— Entre.

Quatro funcionárias temporárias haviam passado pela casa no último mês. A sra. Sandoval estava perdendo a paciência mais rápido do que ele.

— Vou mandar mais uma, sr. Velasco, e, se essa não der certo, vou te passar o contato do meu concorrente.

Ele estava procurando alguém para atender às ligações e cuidar de detalhes mundanos, como correspondências, contas e agendamentos. Não queria um sargento instrutor, uma tia solteirona ou um psicólogo amador para analisar sua psique de artista. Nem precisava de uma loira curvilínea com uma blusa decotada andando com papéis de um lado para o outro, sem a mínima ideia do que fazer com eles. A loira tinha certas ideias sobre o que um artista poderia querer além de uma mulher com habilidades corporativas. E talvez ele tivesse aceitado a oferta dela se não tivesse experiência suficiente com mulheres como aquela. Ela durara três dias.

Como não ouviu passos atrás de si, Roman parou e se virou. A mulher ainda estava parada à porta.

— O que você está esperando? Um tapete vermelho?

Ela entrou e fechou a porta sem fazer barulho. Parecia pronta para fugir.

Ele ofereceu um sorriso de desculpas.

— A noite foi complicada.

Ela murmurou algo que Roman não entendeu, mas ele decidiu não lhe pedir para repetir. Sentia o início de uma dor de cabeça, e a batida dos saltos altos dela no porcelanato não estava ajudando. Estava com sede e precisava de cafeína. Foi até a cozinha, que ficava ao lado da sala de estar. Ela parou diante da sala com piso rebaixado e ficou boquiaberta ao ver o teto abobadado e a parede de vidro com vista para o Topanga Canyon. A luz do sol entrava pelas janelas, o lembrando de que a maioria das pessoas já estava cumprindo pena em seus empregos formais das nove às cinco.

Abrindo a geladeira de aço inoxidável, Roman pegou uma garrafa de suco de laranja. Tirou a tampa e bebeu direto da garrafa.

— Qual é o seu nome mesmo?

— Grace Moore.

Ela tinha o jeito certo para o trabalho: fria, calma, controlada. Bonita, vinte e poucos anos, elegante e em forma, mas não era o tipo dele. Ele gostava de loiras voluptuosas que sabiam o que estavam fazendo.

Ao se sentir observada, ela o fitou. As mulheres geralmente faziam isso, mas não com uma expressão cautelosa.

— Tem uma bela vista aqui, sr. Velasco.

— Pois é, já me acostumei. Nem reparo.

Roman deixou a garrafa de suco em cima da bancada. A mulher parecia constrangida. Compreensível, considerando a recepção nada amigável dele. Ele sorriu de leve, ela olhou para ele, impassível. Ótimo. Ele precisava de uma abelha-operária, não de uma namorada. Será que ela se ofenderia com seu primeiro pedido?

— Você sabe fazer café?

Ela olhou para a máquina automática de café expresso, que também moía os grãos, esquentava o leite e preparava um café com leite em menos de sessenta segundos com apenas um toque do dedo mindinho.

— Não uma xícara, uma garrafa térmica cheia de café de verdade. Use a cafeteira comum.

Ele deixou a cozinha para ela.

— Prefere forte ou fraco?

— Forte. Conversaremos mais depois que eu tomar banho — disse ele, e saiu corredor adentro.

Roman entrou em um box grande o suficiente para três pessoas. Ensaboando-se, abriu também os jatos laterais, além da saída de água superior. Se não houvesse causado uma primeira impressão tão ruim em Grace Moore, a deixaria esperando uns vinte minutos enquanto massageava o corpo inteiro com a água. Mas fechou a torneira e saiu, chutando as toalhas usadas espalhadas no chão e pegando a última limpa na prateleira do armário. O cesto de roupa suja transbordava. Ainda havia uma calça jeans limpa no armário. Vestiu uma camiseta preta e começou a procurar sapatos. Encontrou os tênis que havia usado na noite anterior. Nenhuma meia limpa na gaveta.

O café estava com um cheiro bom. Ela estava reorganizando tudo dentro da lava-louça.

— Eu não disse pra você limpar a cozinha.

Ela se endireitou.

— Prefere que eu não limpe?

— Não, pode mandar ver.

Ela abriu os armários inferiores e se endireitou novamente, perplexa.

— Onde você guarda o sabão da lava-louças?

— Acabou.

— Tem uma lista de compras?

— Você é a assistente pessoal, faça uma.

Grace já havia limpado a bancada de granito. Roman não o via tão brilhante desde que se mudara para lá.

— Onde está o suco de laranja?

— Você disse que queria café. — Ela encheu uma xícara e a colocou diante dele. — Se quiser creme ou açúcar, vai ter que me dizer onde esconde.

Não havia sarcasmo na voz de Grace. Ele gostou de seu sorriso hesitante.

— Prefiro puro.

Tomou um gole. Ela havia passado no primeiro teste.

— Nada mau.

Estava melhor que o da Starbucks, mas ele não queria sair distribuindo elogios cedo demais. O trabalho era mais do que fazer café, muito mais. Ele torcia para que ela aceitasse a variedade de tarefas melhor do que as outras mulheres que a sra. Sandoval havia mandado. Uma delas havia dito que ele mesmo poderia fazer o próprio café.

— Vou mostrar onde você vai trabalhar.

Ele a guiou pela ala leste e abriu uma porta.

— É todo seu.

Ele não precisou olhar para dentro para saber o que ela estava vendo. As outras temporárias haviam feito comentários sobre o estado do cômodo, mas nenhuma dera a entender que sabia por onde começar. Ela estaria à altura da tarefa?

Grace Moore ficou em silêncio por alguns segundos, até que, cuidadosamente, passou por ele. Foi até o meio do cômodo e olhou ao redor, observando as pilhas de papéis. As portas do armário estavam abertas, revelando caixas de papelão, a maioria sem etiqueta.

Roman pensou em sair dali, mas sabia que haveria as perguntas inevitáveis.

— Acha que consegue pôr ordem nesse caos?

A jovem ficou em silêncio por tanto tempo que ele acrescentou, na defensiva:

— Vai dizer alguma coisa?

— Vou precisar de mais de uma semana para organizar tudo isso.

— Eu nunca disse que teria que fazer tudo em uma semana.

Ela olhou para ele.

— Esse é o maior período pelo qual já teve uma assistente pessoal, não é?

Pelo jeito, a gerente da agência a avisara.

— É, mais ou menos isso, acho. A última só aguentou três dias, ela achava que tudo que um artista precisa é de uma modelo nua.

Grace Moore ficou vermelha.

— Eu não sou modelo.

— Tudo bem, não é isso que estou procurando.

Roman deu uma olhada rápida nela e se encostou no batente da porta. Ela estava nervosa de novo, e ele não queria assustá-la.

— Preciso de alguém detalhista.

— Tem uma maneira específica de classificar as informações? — perguntou ela, fazendo um gesto para abarcar o cômodo.

— Se eu tivesse, isso aqui não estaria uma bagunça tão grande.

Ela franziu a testa levemente enquanto examinava a sala.

— Vai querer um sistema de fácil manutenção, imagino.

— Se é que isso existe. Acha que consegue fazer?

— Não sei, mas gostaria de tentar. Terei uma ideia melhor do que o senhor precisa depois de analisar o material.

Roman relaxou. Ela era franca e honesta, ele gostava disso. Tinha a sensação de que aquela menina saberia exatamente o que fazer e como fazer depressa. Quanto antes, melhor.

— Vou deixar você trabalhar, então. — Ele terminou o café. — Talvez você aguente mais do que as outras.

Ele deu um sorriso que pretendia ser encorajador e saiu.

Ela saiu da sala também.

— Sr. Velasco, precisamos conversar sobre alguns assuntos essenciais.

Ele parou, torcendo para que nada estragasse sua sensação de alívio.

— Essenciais?

— Uma mesa e uma cadeira de escritório, para começar. Arquivos, um telefone e todos os suprimentos de um escritório normal.

Ele havia dito *detalhista...*

— Sou artista, caso não tenham te contado, não faço coisas normais. E você está pedindo muita coisa para um primeiro dia de trabalho.

— Não posso ficar sentada em uma cadeira dobrável oito horas por dia, cinco dias por semana, e vou precisar de algo mais que uma mesa de pôquer para trabalhar. Mal há espaço no chão. — Ela olhou ao redor. — Tem um telefone aí em algum lugar?

— Tem. E um computador, a menos que a última temporária tenha fugido com ele.

— Vou encontrar.

— Você realmente precisa de tudo isso?

— Preciso, se quiser suas coisas arquivadas corretamente e não amontoadas em caixas de papelão ou empilhadas como uma represa de castores.

As coisas não estavam tão boas quanto momentos antes.

— Essas pilhas de papel são de contratos, rascunhos, correspondências, as coisas do meu negócio.

Se Roman não soubesse que a gerente da agência desligaria na cara dele, diria a Grace Moore onde poderia enfiar aquela lista de itens essenciais. Mas, infelizmente, sabia o que a sra. Sandoval faria. Ele voltaria à estaca zero naquela busca sem fim por uma assistente que estivesse disposta e fosse capaz de fazer o trabalho. Fora Talia Reisner a responsável por plantar nele a ideia de contratar alguém para cuidar do que ela chamava de "as minúcias mundanas da vida", para que ele pudesse focar em sua arte.

Grace Moore ficou em silêncio, sem se desculpar. Será que ele tinha o direito de esperar que ela se desculpasse?

— Compre o que precisar.

— Onde o senhor costuma comprar material de escritório?

— Eu não compro. — Ele ergueu a xícara e percebeu que já havia tomado todo o café. — Encontre o computador e descubra.

Roman precisava de mais uma xícara antes de fazer qualquer outra coisa.

— E o senhor vai estar…

— No estúdio!

— Onde fica?

— No outro corredor, suba as escadas à direita. — Ele olhou para ela. — Faça um tour pela casa para se orientar.

Roman a deixou parada no corredor. Depois de pegar o bule térmico da cafeteira, foi para o estúdio.

Ele não viu sua assistente pessoal por mais duas horas. Até que ela bateu levemente no batente da porta e esperou a permissão para entrar. Ela havia encontrado o notebook.

— Estou com a lista e os preços. Se tiver cartão de crédito, posso fazer o pedido e entregam tudo até amanhã à tarde.

— Vamos resolver isso de uma vez.

Roman largou o lápis e levou a mão ao bolso de trás, mas estava vazio. Murmurou de novo aquela palavra de cinco letras.

— Fique aí, já volto.

Sua carteira não estava dentro do armário nem em cima dele, nem na mesa de cabeceira. Furioso, ele vasculhou a roupa suja, conferiu os bolsos, até que se lembrou de que a havia deixado no porta-luvas do carro na noite anterior. Xingando alto, foi buscá-la. Ao voltar, Grace Moore estava exatamente onde ele a havia deixado. Ela estendeu o notebook em vez de pegar o cartão de crédito que ele oferecia.

— Se aprovar a lista, é só colocar as informações do cartão de crédito.

— Faça isso você!

Ela se encolheu e soltou um suspiro.

— Mas são suas informações financeiras.

— Coisa que você vai descobrir se fizer seu trabalho.

Ele pegou o notebook da mão dela. Ao ver o total do pedido, xingou de novo.

Grace se dirigiu à porta.

— Aonde você vai?

— Sinto muito, mas não posso trabalhar com o senhor — disse ela, lamentando, mas firme.

— Espere!

Ele largou o notebook na mesa de desenho e foi atrás dela.

Ela desceu as escadas correndo.

— Espere aí.

Ele a seguiu até o escritório, onde ela pegou a bolsa e a levou ao ombro. Grace estava pálida, fitando-o com olhos sombrios. Será que ele a havia assustado tanto assim?

Ela deu um passo à frente segurando firme a alça de couro.

— Por favor, me deixe passar.

Roman viu que ela já havia esvaziado a mesa de pôquer e feito pilhas organizadas com a papelada. Ele não queria que aquela menina fosse embora.

— Me dê uma dica do motivo de querer desistir.

— Posso dar uma lista.

— Escute — disse ele e levantou as mãos —, você me pegou em um dia ruim.

— A sra. Sandoval disse que o senhor não tem nenhum dia bom — retrucou ela, respirando fundo e o encarando.

Grace se arrependeu de dizer aquilo em tão pouco tempo, mas ele não tinha como contra-argumentar.

— Bem, as pessoas que ela mandou não eram boas. Foi um processo frustrante, para dizer o mínimo.

— Não é culpa minha, sr. Velasco.

— Eu não disse que era.

Ela deu um passo para trás.

— Não estou tentando irritá-lo.

Era isso?

— Não estou irritado com você. É que… — Ele murmurou um palavrão baixinho. — Não sei o que quero, mas acho que preciso de você.

Provavelmente ela tinha uma vida boa e organizada. Pai, mãe, uma casa boa em um bairro legal, escola particular, faculdade. Uma pessoa de classe. Ele não havia dito nada pior do que ela talvez ouvisse em um shopping, mas era óbvio que Grace o considerara ofensivo. Roman teria que ser mais cuidadoso para manter Grace Moore ali.

— Você trabalha aqui e eu fico no estúdio. Não vamos ter que interagir muito.

— Uma assistente pessoal tem que trabalhar em contato próximo com o chefe. É a natureza do trabalho.

— Pessoal é uma palavra pesada.

Ele soltou um sorriso meio maroto. Vendo que ele não fora bem recebido, apagou todo indício de insinuação.

— Talvez seja melhor eu me referir a você de outro jeito.

— Pode me chamar de srta. Moore.

Ela havia relaxado um pouco, mas estava estabelecendo limites. Tudo bem, ele os respeitaria.

— Srta. Moore, então.

Ele sabia ser respeitoso… quando a situação exigia. Grace franziu a testa, observando-o como se ele fosse um inseto no microscópio.

— Espere pelo menos duas semanas antes de desistir.

Ela baixou um pouco os ombros.

— Duas semanas — repetiu, como se fosse uma vida inteira, mas deixou a alça da bolsa escorregar do ombro. — Por favor, não me xingue de novo.

— Se eu xingar, não vou estar xingando você. Mas vou tentar tomar cuidado quando você estiver por perto. Pode ser?

Ele estendeu a mão. Ela mordeu o lábio antes de aceitar o gesto. Sua mão estava fria e estremeceu um pouco antes de retirá-la.

— É melhor eu voltar ao trabalho.

Ele entendeu a indireta. Se ela fosse tão eficiente quanto parecia, as coisas poderiam dar certo dessa vez. De repente, ele ficou curioso:

— Por que uma agência de empregos temporários?

— Foi a única coisa que consegui arrumar — respondeu ela, corando.

Ele se sentiu mais confiante.

— Bom saber que você precisa desse emprego tanto quanto eu preciso de uma assistente.

Ela não disse nada. Ele inclinou a cabeça, a analisando.

— Onde você trabalhava antes da agência de temporários?

— Em uma empresa de relações públicas.

— E saiu por quê?

— Fui demitida. — Ela o fitou. — Tenho uma carta de recomendação, se quiser ver.

— Tenho certeza de que a sra. Sandoval analisou você.

Ela respirou fundo.

— Eu preciso mesmo desse emprego, sr. Velasco, mas tenho certeza de que entende que estou procurando algo melhor que um trabalho temporário. Darei o meu melhor enquanto estiver aqui. — Ela deu de ombros, como se não tivesse muita esperança de que seu melhor seria o suficiente. — Certamente o senhor é diferente do meu último chefe.

— Um grosso ignorante?

Lá estava aquele rubor de novo. Ele não se lembrava de ter conhecido alguém que corasse, muito menos três vezes em poucas horas.

— Ele era um cavalheiro.

O que significava que Roman não era. Mas ele tinha aprendido a desempenhar esse papel quando precisava.

— E por que não trabalha mais com ele?

— Ele se aposentou e vendeu a empresa. A empresa compradora já tinha a equipe completa.

Roman olhou para ela novamente. Não sabia se gostava de alguém ditando as regras em sua casa, mas ela havia feito mais em duas horas do que as outras quatro juntas. E ele tinha gostado dela. Não sabia por quê. Talvez fosse a total falta de interesse de Grace nele. Poderia ser legal ter alguém que fizesse o próprio trabalho sem fazer muitas perguntas.

— Tudo bem, então?

— Duas semanas.

Ele deu uma risadinha.

— Ótimo, nós dois temos trabalho a fazer. Vamos fazer aquela compra para que você possa fazer o seu.

2

NA LONGA VIAGEM DE VOLTA para casa, Grace se perguntava se aquele emprego era um presente dos céus ou uma fonte de problemas. A sra. Sandoval havia contado sobre o temperamento de Roman Velasco. Era um artista, afinal. Mas a sra. Sandoval havia esquecido de lhe dizer que o homem em si era uma obra de arte. Mesmo com a barba por fazer, descalço e usando uma calça de moletom e uma camiseta amarrotada, ele poderia ser modelo de revista masculina. Cabelo comprido e escuro, pele marrom, todo musculoso, nem um grama de gordura no corpo. No instante que ele abrira a porta, as defesas de Grace se armaram. Patrick também era bonito.

Ela agitou as mãos no volante. Não adiantava nada relembrar memórias que seria melhor deixar enterradas.

Primeiro dia. Havia sido difícil, mas era um começo. Cinco minutos na casa de Roman Velasco bastavam para confirmar que ele necessitava de uma assistente pessoal. Sua primeira tarefa, fazer café, não fora um grande desafio, exceto ter que descobrir onde estavam o café e os filtros, que ele guardava no espaço das panelas e frigideiras.

O tour pela casa fora uma revelação. O banheiro do escritório era maravilhoso, com mármore creme, metais de níquel polido e sanca branca. O vaso sanitário sofisticado com assento aquecido e o chuveiro luxuoso deixavam claro que aquela casa não havia sido feita para um homem solteiro.

O resto dos quatrocentos e sessenta e cinco metros quadrados era igualmente lindo e fazia seus passos ecoarem. Em um quarto grande havia várias engenhocas de academia para manter aquele homem em forma. Outro continha uma cama king size desfeita, armário, mesas de cabeceira e roupas e toalhas sujas sobre o piso de mármore vermelho. Os outros quartos eram grandes cômodos brancos sem mobília nem cortinas. Todos com banheiro privativo e acessórios caros de níquel ou bronze polido.

O estúdio de Roman Velasco fora a maior surpresa. Ele havia transformado a suíte máster em um estúdio totalmente desorganizado. As janelas deixavam entrar muita luz natural — sem dúvida, a razão pela qual ele havia escolhido aquele espaço para trabalhar. Havia tinta espalhada por todo o lindo piso de madeira. Papéis amassados pareciam monstruosas bolas de poeira espalhadas pelo cômodo. Por acaso aquele homem não tinha um cesto de lixo?

O ar cheirava a tinta, óleo e solvente. Uma estante barata abrigava dezenas de livros sobre arte e biografias de pintores famosos, além de blocos de desenho. Pincéis de vários tamanhos acondicionados em latas de pó de café. Tubos, latas de spray e potes de tinta forravam prateleiras improvisadas construídas com tábuas e blocos de concreto. Havia vários cavaletes montados, cada um com uma pintura sem sentido e modernista. Grace não tinha visto nenhuma obra emoldurada nem pendurada em lugar algum da casa. Mesmo não gostando do que Roman pintava, imaginava que ele deveria ter orgulho do próprio trabalho.

E por que um artista usaria tinta cor de lama para cobrir algo que havia pintado na parede do fundo? Havia um galão de vinte litros no canto, ao lado de uma bandeja com um rolo seco. Ele não se dera nem ao trabalho de cobrir o piso com uma lona.

Roman havia recebido três ligações pessoais, todas de mulheres. Não quisera falar com nenhuma. Uma desligara, duas deixaram recado.

A primeira ligação relacionada a trabalho fora de Talia Reisner, dona de uma galeria em Laguna Beach. Ela queria saber se Roman estava trabalhando ou se divertindo.

— O sr. Velasco está no estúdio.

— Ainda bem que você está aí. Estou tentando convencer esse garoto a contratar um assistente há meses!

Grace quase rira. O "garoto" parecia ter uns trinta anos, era um homem formado.

Talia continuou falando:

— Ele estava atolado sob tantas miudezas. Não podemos deixar nada diminuir o ritmo dele. O Roman está em alta e só crescendo. Na minha opinião, ele acabou de começar a explorar o talento que tem. Vendi a última pintura dele ontem e já recebi duas ligações hoje de manhã perguntando quando ele vai fazer uma exposição. Ele está pintando? Sempre digo a ele que deveria estar pintando!

Grace havia se dirigido ao estúdio enquanto Talia falava. Era provável que uma casa daquele tamanho tivesse um sistema de interfone, mas ela não sabia onde estava e duvidava que Roman soubesse também. Sugeriria um novo sistema telefônico que lhe permitisse colocar as ligações em espera enquanto tentava entrar em contato com ele.

Roman a fitara quando ela entrara em seus domínios.

— Um momento, por favor. — Grace estendera o telefone. — Talia Reisner. Ela disse que é sua parceira de negócios.

Roman pegara o telefone, apertara o botão para encerrar a ligação e o devolvera.

— Não sou empregado dela. Se ela ligar de novo, diga que estou trabalhando. Isso deixará o coraçãozinho ganancioso dela feliz. Se Hector Espinoza ligar, eu falo com ele. Todos os outros podem ir para a... — Ele se calou abruptamente, com um sorriso envergonhado.

Que primeiro dia de trabalho!

O trânsito estava lento. Grace havia saído às cinco, mas chegaria a Burbank bem depois das seis. Teria que encher o tanque do Civic duas vezes aquela semana, o que não lhe permitiria economizar muito para pagar o depósito de um apartamento. Como conseguiria pagar um aluguel? Lutando contra as lágrimas, Grace tentou não deixar que as emoções a dominassem. No último ano, já havia chorado o suficiente para fazer um navio flutuar.

Cresça, Grace. Aguente as consequências de seus atos.

Talvez Deus a estivesse punindo. E Ele tinha todo o direito, se levasse em conta como ela se comportara depois do divórcio.

Ruben, com os olhos fixos no noticiário da TV, levantou a mão para cumprimentá-la quando Grace entrou pela porta da frente. Alicia, que cursava o primeiro ano do ensino médio, e Javier, que estava no último, estavam cada um em seu quarto terminando o dever de casa. Selah já havia colocado Samuel para dormir.

— Ele estava agitado, por isso o coloquei para dormir às seis. — Ela sorriu enquanto colocava os últimos copos na lava-louça. — Seu jantar está no forno, *chiquita,* ainda quente. Como foi hoje?

— Foi ótimo. — Ela havia decidido continuar no emprego até que algo melhor surgisse. — Vou ver o Samuel.

— Ele está dormindo, é melhor deixá-lo quieto.

— Vou olhar só um minutinho.

— Sente-se, coma seu jantar.

Grace fingiu não ouvir. Ela havia ficado longe do filho o dia todo, só queria abraçá-lo por alguns minutos.

Samuel estava deitado de costas, com os braços abertos. Parecia tão tranquilo que ela não o acordou. Ajeitando o cobertor macio, ela se inclinou sobre o bebê.

— Amo você, meu homenzinho. Senti tanto sua falta hoje!

Ela beijou a testa quentinha do bebê e ficou parada ao lado berço observando-o dormir. Enxugando as lágrimas, voltou para a cozinha. Selah havia preparado um prato com arroz, salada de repolho e uma grossa enchilada de queijo. Grace agradeceu enquanto se sentava à mesa da cozinha. Selah foi para a lavanderia.

Grace comeu sozinha e depois lavou a louça. Foi ajudar Selah, começou dobrando as roupas de Samuel. Selah arrancou um macacão das mãos dela e fez um gesto para que saísse dali.

— Poder deixar, *chiquita*, vá se sentar um pouco e conversar com o Ruben.

Não foram as palavras dela que a machucaram, e sim o recado nas entrelinhas de que Selah queria cuidar de tudo que tivesse a ver com Samuel. Grace a observou dobrar o macacão do menino e colocá-lo sobre uma pilha de outras roupas que havia comprado. Ignorando Grace, ela pegou uma camisetinha.

Grace não queria nutrir ressentimentos. Os Garcia estavam sendo gentis e solidários havia meses. Quando Grace lhes dissera que havia mudado de ideia sobre dar Samuel para adoção, Selah dissera que lhe daria tempo para pensar nas coisas. Selah nunca fora cruel, mas parecia determinada a mostrar a Grace que ela era uma mãe melhor para Samuel.

Senhor, eu sou grata, de verdade.

Ruben ergueu os olhos quando ela entrou na sala de estar.

— Como foi o primeiro dia de trabalho? Vai virar algo mais permanente?

— Difícil. Ele é artista, mora em Topanga Canyon.

— Não é de se admirar que você tenha chegado tão tarde. — Ele voltou a olhar para o noticiário. — A Alicia tem um jogo de vôlei na quarta à noite. Vamos sair às seis.

Grace entendeu a mensagem. Se ela não conseguisse voltar a tempo, eles levariam Samuel junto e ela perderia outra noite com o filho.

Os dias de Roman ficaram mais fáceis com Grace Moore trabalhando lá. Ela chegava pontualmente às nove, fazia o café para ele e ia trabalhar no escritório. Ele já havia explicado a ela sobre as ligações: quais ignorar e a quais atender. As pessoas ligavam com frequência querendo murais, mas ele estava decidindo se aceitaria mais, já que eram demorados e menos lucrativos que o trabalho em tela.

Ele se sentia pressionado, mas sem direção. Queria que seu trabalho ficasse escondido em uma casa particular ou exibido para que todos vissem? Os murais haviam dado legitimidade a Roman Velasco, mas eles significavam que tinha que realizar a visão da pessoa que os estava encomendando, e não a sua. Ocasionalmente, ele ainda dizia o que pensava por meio do grafite simplista de Bird, mas o risco só aumentava. Aquilo se tornara um jogo, e cada vez mais perigoso.

Esfregando a testa, Roman tentou se concentrar no mural. Ele tinha um prazo, que estava quase acabando. *Não pense, simplesmente faça o trabalho e receba a grana. Concentre-se nisso.*

Contratar Hector Espinoza havia aliviado a pressão de fazer tudo sozinho. Hector estava pronto para começar o mural de Roman na parede do saguão de um novo hotel perto do Zoológico de San Diego. A gerência havia contratado Roman para criar uma cena da savana africana com animais migratórios. Roman estava quase terminando o desenho em papel transfer, que Hector usaria para começar a pintura. Quando ele terminasse a base, Roman iria até lá e faria os detalhes finais para dar vida ao mural.

Roman largou o lápis e alongou os dedos doloridos. Quando fora a última vez que fizera uma pausa? Estava trabalhando desde o nascer do sol. Empurrando o banco para trás, levantou-se e se espreguiçou, indo até as janelas. Olhou para o cânion. Um movimento chamou sua atenção e ele avistou uma lebre atravessando cautelosamente o caminho até o chalé que os antigos donos tinham construído para um pai idoso que não vivera o suficiente para se mudar para lá.

Ele havia entrado naquele chalé apenas uma vez, quando o corretor imobiliário o levara para dar uma última olhada antes de assinar todos os documentos. Tinha a mesma metragem quadrada do chalé de praia de Malibu, que ele havia vendido por uma assustadora quantia de dinheiro, cuja maior parte havia enterrado naquela fortaleza.

Bobby Ray Dean não poderia estar mais longe de Tenderloin que isso. Não sabia mais quem era. Bobby Ray Dean havia se perdido entre Bird e Roman Velasco.

Grace deixara o escritório em ordem no final da segunda semana. Ela gostava de se manter ocupada. Ela era uma presença ativa, mas silenciosa, e ele gostava disso. Porém, naquela manhã, Grace dissera que queria lhe explicar o novo sistema de arquivamento, e como ele tivera a sensação de que sabia aonde ela queria chegar com aquilo, dissera que não tinha tempo.

Uma leve batida na porta do estúdio o fez se virar.

— Tem tempo para conversar agora, sr. Velasco?

— Depende do que você quer falar. — Ele a fitou. — Nem pense em pedir demissão.

— Eu disse que ficaria por duas semanas. O senhor não precisa de uma assistente pessoal em tempo integral.

— Gosto de como as coisas estão funcionando.

— Eu tenho muito tempo livre.

— Há outras coisas que você pode fazer.

Ele notou o olhar cauteloso dela. Grace ainda não confiava nele, mas a verdade era que mal se conheciam. Tudo havia sido estritamente profissional desde o primeiro dia. Exatamente do jeito que ambos queriam.

— Cozinhar, lavar roupa, dar um jeitinho na casa.

— O senhor compra comida congelada. Um serviço de lavanderia vem toda quarta-feira pegar suas roupas para lavar. E tenho certeza de que poderia facilmente encontrar alguém para trocar seus lençóis e arrumar sua cama.

Ele percebeu a insinuação.

— Não costumo trazer mulheres pra cá.

Era mais fácil sair da casa de uma mulher que pedir para ela sair da sua.

— Não estou interessada na sua vida privada, sr. Velasco.

Mesmo assim, ela sabia mais sobre ele do que qualquer outra pessoa. Apesar de que a papelada dele não contava a história toda.

— Podemos acabar com esse negócio de *senhor?* Pode me chamar de Roman. — Ele havia gostado da formalidade no começo, mas aquilo já estava irritando. — Que tal ir ao mercado pra mim? Estou sem tempo agora, depois reembolso a gasolina.

— Vou precisar de uma lista.

Ele deu uma risadinha.

— Você adora uma lista, não é?

Ela relaxou os ombros e sorriu.

— Você disse que queria uma pessoa detalhista.

— Provavelmente você sabe melhor do que eu o que precisa comprar.

Ele lhe deu duzentos dólares e explicou que o mercado mais próximo ficava em Malibu.

O telefone tocou várias vezes enquanto ela esteve fora. Roman não se deu ao trabalho de atender. Também ignorou a campainha, até perceber que poderia ser Grace. Abrindo a porta, ele pegou as duas sacolas de compras.

— Tem mais?

Ela disse que ia buscar e voltou para o carro.

Sentado diante da bancada da cozinha, Roman a observou esvaziar as sacolas reutilizáveis. Grace colocou as pizzas e os pratos congelados no freezer, e os pacotes de salada higienizada na geladeira. Havia comprado suco de laranja, ovos, queijo cottage e duas latas de pêssegos. Ele havia se esquecido de que precisava de pêssegos. Ela parecia saber do que ele gostava.

Olhando para o relógio, ela dobrou as sacolas depressa.

— Tenho que ir, vou pegar trânsito.

— O telefone tocou enquanto você estava fora. Deixei cair na caixa postal, mas…

Ela parecia estressada e eram quase cinco e meia, então ele acrescentou:

— Mas isso pode esperar até amanhã.

— Tem certeza?

— Pode ir.

Ela foi. Quando a porta da frente se fechou atrás de Grace, Roman sentiu o silêncio preencher a casa.

3

Bobby Ray, quinze anos

As meninas logo se apaixonaram pelo menino novo de cabelo e olhos escuros e tom de pele marrom. Os meninos notavam suas namoradas observando Bobby Ray Dean, mas logo aprenderam que ele nunca se esquivava de uma briga, ou perdia uma. Ele seguia as próprias regras: não procure briga, mas bata forte se acabar em uma; derrube seu inimigo até que ele não consiga se levantar mais; tome cuidado com suas costas.

Ele era fascinado pelos meninos de gangue, que quebravam regras e tinham as próprias leis. Ninguém os incomodava, e eles sempre tinham dinheiro no bolso. Pareciam formar uma família. Quando Reaper, um dos meninos mais velhos, ofereceu cinquenta dólares a Bobby para entregar um pacote em um clube na Broadway, ele não pensou duas vezes. Sabia que era um teste, uma maneira de entrar na gangue, uma chance de pertencer a algum lugar.

Bobby Ray mal tinha andado um quarteirão quando percebeu que aquilo havia sido armado. Alguém tinha chamado a polícia. Em vez de jogar o pacote fora, Bobby fez o que sempre fazia. Ele corria pelas ruas de San Francisco desde suas primeiras noites no orfanato. Conhecia cada rua, beco e parque. Sabia como ir de um telhado a outro, descer por escadas de incêndio e escalar gradis de metal, se pendurar e cair do outro lado. Ele entregou o pacote.

Na escola, no dia seguinte, foi atrás de Reaper e exigiu seus cinquenta dólares. Os olhos do garoto brilharam de respeito. Ele pagou e convidou Bobby Ray para uma festa, onde conheceu a irmandade. Wolf tinha dezesseis anos, era sósia de Denzel Washington e estava com duas meninas, uma em cada braço. Lardo pesava quase cem quilos e tinha uma risada nervosa. White Boy acenou para cumprimentá-lo sem desviar o olhar de um jogo de computador. Bouncer balançou o corpo nas pontas dos pés e parecia pronto para uma briga.

Não demorou muito para se envolver no que a gangue fazia. O problema era que Bobby Ray não gostava de carregar aquilo que havia matado sua mãe. Toda noite, depois de fazer uma entrega, ele sonhava com a mãe em um quarto de hotel barato, sentada sobre lençóis amarrotados, magra, o rosto devastado pela culpa e a vergonha. Ela chorava e estendia as mãos para ele. *Você sabe que eu te amo, meu amor. Você sabe que eu vou voltar, não é sempre assim?* Ele acordava suando frio, o coração batendo forte, o rosto ainda molhado pelas lágrimas.

Na quarta vez que isso aconteceu, Bobby Ray passou as mãos pelo cabelo e se sentou na beira da cama, nauseado. Se dissesse não a Reaper, ele veria o ato como um desafio à sua autoridade. Reaper ganhara fama escapando impune de um assassinato. Bobby Ray sabia que explicar o que sentia revelaria sua fraqueza, algo que não podia fazer com os caras com quem andava. Ele queria o respeito deles, mas queria que fosse em seus termos.

Ele precisava pensar, e fazia isso melhor quando estava vagando pelas ruas depois que escurecia. Ele abriu as cortinas com a intenção de sair pela janela do lar de acolhimento, mas avistou um sujeito vestido de preto da cabeça aos pés, rabiscando a parede do outro lado da rua. Com ironia, Bobby Ray pensou: Uma letra e um número? Aquilo era o melhor que aquele cara conseguia fazer?

Bobby Ray olhou fixamente para o trabalho do pichador, sua mente fervilhando de ideias sobre o que poderia fazer com umas latas de tinta spray.

A adrenalina surgiu junto com as ideias. Com o coração acelerado, ele começou a fazer planos. Tinha descoberto uma maneira de continuar na gangue, porém afastado do tráfico.

Com a barriga colada à parede, Bobby Ray foi avançando lentamente pela saliência estreita, na ponta dos pés. Chegou ao cano de esgoto e o escalou, se segurando aos ferros que prendiam o cano. Quando chegou à borda do telhado, deu um impulso e se jogou para cima dele. Saiu correndo e saltou por cima do beco estreito, caindo e rolando no telhado do vizinho.

Desceu por uma escada de incêndio, do outro lado. Ele passou as horas seguintes observando as pichações. A maioria era uma confusão, claramente feita às pressas. Algumas o impressionaram, mas Bobby Ray sabia que conseguia fazer melhor.

Ele tinha ideias que fariam as pessoas pirarem, que dariam o que falar. Teria que ser um lugar alto, arriscado, um lugar onde a arte não pudesse ser facilmente lavada pelos garis da cidade.

Bobby Ray precisava apenas arranjar algumas latas de tinta spray. Assim, poderia mostrar a Reaper o que um verdadeiro pichador era capaz de fazer. Os dias de aviãozinho de drogas tinham chegado ao fim para Bobby Ray. Ele colaboraria na gangue com seu talento, sem participar dos negócios.

Suspenso por um equipamento de escalada, Bobby Ray pendia na lateral do prédio. Ele tirou uma lata de tinta spray vermelha da mochila e trabalhou rápido. No telhado, Lardo andava de um lado para o outro, vigiando as ruas.

— Precisava mesmo escolher um lugar onde todo mundo pode te ver? — perguntou, praguejando.

Bobby Ray riu. Tinha que correr riscos para criar sua fama. Quanto mais alto, melhor.

— Mais dois minutos.

— Polícia! A duas quadras! — gritou Lardo, e puxou a corda.

Bobby Ray soltou um palavrão quando sentiu o equipamento machucar sua virilha.

— Espere!

Ele se virou para um dos lados e se segurou em um cano. Bem encostado na parede de tijolos, ficou imóvel. Não era à toa que estava vestido de preto. Ninguém o veria, a menos que olhasse para cima. Geralmente a polícia mantinha os olhos no nível da rua, não no alto. Bobby calculou quanto tempo levaria para que Lardo o puxasse até o telhado e ele guardasse o equipamento na mochila. Ainda grudado na parede, olhou para baixo, sem se mexer. O carro da polícia diminuiu a velocidade e lançou um facho de luz contra a parede.

Bobby Ray cuspiu um palavrão.

— Pode puxar!

Ele apertou os dentes ao sentir a pressão do equipamento enquanto Lardo puxava a corda. Uma lata de tinta caiu da mochila e explodiu na frente do carro da polícia. O facho de luz subiu. Bobby virou o rosto antes que a luz o alcançasse e sentiu Lardo o puxar com força. Agarrou-se ao beiral e pulou no telhado.

Ele se soltou do equipamento e pegou a mochila.

— Esqueça isso! — disse Lardo. — Vamos!

Lardo correu para as escadas, mas logo parou e olhou para trás.

Bobby Ray o tranquilizou.

— Eles não te viram, mano.

Bobby enfiou o equipamento na mochila e a jogou no telhado do outro lado do beco. Deu uns passos para trás para pegar impulso, correu e voou para o outro lado. Bateu forte no terraço e rolou, se levantando.

À altura da metade do quarteirão, Bobby olhou para baixo e viu dois policiais interrogando Lardo na rua. Logo o liberaram. Ficaram por ali mais um ou dois minutos, procurando no beco com as lanternas. Quando, por fim, entraram na viatura e foram embora, Bobby Ray voltou. Não estava mais com Lardo, de modo que teve que amarrar a corda e descer a parede sozinho. Trabalhou por mais alguns minutos e, quando acabou, com o marcador preto que havia improvisado com canos de PVC assinou *BRD*.

— Eu sabia que você não ia desistir — rosnou Lardo lá de baixo.

Bobby Ray foi subindo pela corda até o telhado e, depois, a guardou na mochila. A obra era grande o bastante para chamar a atenção, mas pequena o suficiente para ser precisa e posicionada a tal altura que o pessoal da limpeza não desejaria arriscar a vida ou se machucar para removê-la.

Ele viu alguém no prédio do outro lado da rua. Será que o sujeito o estava denunciando ou teria achado o grafite uma melhoria no edifício? Bobby Ray colocou a mochila sobre o ombro e desceu pela escada de incêndio para se encontrar com Lardo na rua.

O som da sirene da viatura fez o coração de Bobby Ray disparar. Lardo saiu voando. Do tamanho de um jogador de futebol americano, ele podia atropelar tudo que entrasse em seu caminho.

— Esquerda! — gritou Bobby Ray atrás dele.

Lardo entendeu a mensagem e virou à esquerda em um beco. Bobby Ray esperou que os policiais o avistassem e saiu correndo, curtindo a perseguição. A adrenalina crescia dentro dele, aguçando seus sentidos.

O sol estava nascendo quando, sem ser notado, ele entrou pela janela do lar de acolhimento mais recente.

Na manhã seguinte, Lardo acompanhava Bobby Ray pelo corredor do colégio.

— Onde você esteve a manhã toda?

— Dormi até tarde.

Chuck, seu pai no lar de acolhimento, acordara Bobby Ray às dez e o mandara ir à escola. Não queria problemas com o serviço social de novo depois da semana anterior. Chuck passava a maior parte do tempo largado na frente da TV, tomando cerveja. Trabalhava à noite em um estacionamento. Josey trabalhava durante o dia, em um supermercado. Bobby Ray podia contar nos dedos o número de vezes que os três estiveram juntos naquela casa. Oito. Sempre no dia em que uma assistente social agendava uma visita.

Lardo sorriu.

— Foi você que fez aquele rosto vermelho no prédio da rua Ellis? O das janelas que parecem olhos?

— Um mês atrás.

— Estavam tirando fotos.

Provavelmente a polícia mantinha arquivos de pichadores. Cada grafiteiro tinha um estilo próprio, e Bobby Ray queria que seu trabalho fosse reconhecido. Mas teria que encontrar maneiras de trabalhar mais rápido, senão acabaria na cadeia.

Lardo começou a falar de uma festa que iriam fazer, mas Bobby não estava interessado. Precisava entrar na aula de história.

Abriu a porta e foi se sentar no fundo. O sr. Newman estava falando de novo sobre a Guerra Civil, mas os pensamentos de Bobby Ray se voltaram para o prédio da rua Ellis. Queria cobri-lo de ponta a ponta com cabeças, cada uma de uma cor diferente, cujos olhos escuros seriam as janelas, e as portas fariam o papel de bocas escancaradas gritando, rindo, mostrando os dentes. Quantas latas de tinta seriam necessárias? Precisaria de uma equipe para trabalhar com ele. Teria que ser um desenho simples para que outros pudessem pintar. Precisaria de vigias e tempo. O problema era que ele gostava de trabalhar sozinho, só com um cara de guarda.

Um aluno sentado perto dele fez uma pergunta sobre os armamentos da Guerra Civil e tirou Bobby Ray de seu devaneio. Ele tentou se concentrar. Uma menina na primeira fila anotava o que o professor dizia. Era uma das quietinhas, sempre de cabeça baixa, que estudava muito e sonhava em sair de Tenderloin. Bobby Ray abriu o caderno e começou a desenhar. Virou a folha e desenhou um gangster nos degraus de mármore da prefeitura, com uma maleta preta na mão.

A mão do professor desceu bem no meio do desenho dele. Bobby Ray estremeceu. O sr. Newman virou o caderno e observou a imagem. Ergueu as sobrancelhas acima dos óculos de aro escuro.

— Você faz aula de arte?

— Não.

O professor largou o caderno.

— A prova vai ser sexta-feira, caso não tenha ouvido. Os capítulos estão no quadro. — Baixando a voz, acrescentou: — Desenhe um soldado confederado e um da União, vai valer como o trabalho que você não entregou.

Franzindo a testa, Bobby Ray fechou o caderno e se recostou na cadeira, observando enquanto o sr. Newman voltava à frente da sala. Queria muito invadir a escola com uma lata de tinta spray e colocar algo mais interessante que uma lista de capítulos naquela lousa de giz. Mesmo que o zelador fosse limpar tudo antes do fim do dia. Mas ele seria expulso e transferido de novo. Tinha amigos ali, queria ficar.

Ele esticou as pernas, pensando. Teria que fazer uma pesquisa na biblioteca para desenhar soldados da Guerra Civil.

Lardo o encontrou perto dos armários. Os dois eram os únicos que ainda frequentavam a escola. O resto da gangue havia abandonado os estudos. Passavam a maior parte do dia na casa de Reaper jogando videogame, comendo porcaria e fumando maconha.

Red Hot, o irmão mais velho de Reaper, tinha conexões com um cartel. Uma vez, quando uns sujeitos durões tinham aparecido, Bobby Ray ficara quieto no canto. Reaper gostava de bancar o poderoso quando o irmão não estava por perto. Tinha dois filhos troféus com menos de dois anos, com meninas diferentes. Toda vez que Reaper se gabava deles, Bobby Ray pensava em sua mãe. Será que tinha sido assim com ela? Um cara a engravidara só para provar que era homem e depois a largara e fora atrás de outra?

— Ei, Bird, acorda! — exclamou Lardo, dando um soco no ombro de Bobby. — Você vai à festa hoje à noite ou não?

— Não tô a fim.

A maconha o deixava lento e burro, e ele já havia visto o que a heroína e a metanfetamina faziam com as pessoas, por isso ficava longe daquelas coisas. A oferta do sr. Newman latejava em sua mente como uma dor de cabeça iminente. Ele gostava de ir à biblioteca, mas tomava cuidado para que ninguém soubesse de suas visitas. Era um lugar tranquilo, bom para relaxar. Preferia ler a fazer lição de casa. Preferia olhar fotos de soldados da Guerra Civil a ouvir Reaper ou Wolf falando sobre garotas. Pelo menos naquela noite.

4

Grace encontrou suas amigas Shanice Tyson, Ashley O'Toole e Nicole Torres na lanchonete a que elas gostavam de ir todo domingo após a igreja.

— Onde está nosso homenzinho? — perguntou Shanice, desapontada.

— Está em casa com a Selah. Ele estava com febre, passei a noite acordada cuidando dele. Estava melhor hoje de manhã, mas sonolento.

Grace cedera à vontade de Selah de deixar Samuel em casa. Queria ir à igreja e ter seu encontro semanal com as amigas. Esses almoços haviam se tornado uma tábua de salvação para ela. Conversar com as amigas a ajudava a resolver as coisas. E precisava conversar sobre sua situação com Roman Velasco e saber a opinião delas.

Ashley, professora de jardim de infância, lidava com pais superprotetores. Nicole trabalhava como assistente jurídica em um escritório de advocacia e tinha uma queda por Charles, seu chefe obcecado pelo trabalho.

Shanice, a diferentona, se formara na NYU, tirara um ano sabático para viajar e arranjara um emprego em um estúdio, no qual fazia parte da equipe de cenografia. Ela conhecia estrelas de cinema e dizia que não eram diferentes de ninguém, apesar de algumas acharem que sim. Naquele domingo, estava contando às amigas sobre seu mais recente projeto.

— O diretor quer gravar em Utah, nas salinas. Aquilo lá parece mesmo outro planeta.

— Você vai poder ir? — perguntou Ashley.

Ela sonhava em viajar para qualquer lugar fora do Sul da Califórnia. Viciada em romances históricos do século XIX, ansiava ir à Inglaterra e ficar em um castelo, de preferência com um inglês solteiro e aristocrático dentro.

— Não se eu puder evitar. — Shanice bufou. — É mais quente que o Hades no verão. O lago Mono é mais perto e mais interessante, mas eles preferem ir pra Utah, por causa da isenção fiscal.

— Eu tenho um livro sobre o lago Mono — comentou Ashley, enquanto esvaziava três sachês de adoçante no café.

Nicole tomou um gole de seu café puro.

— O pastor Jack estava animado hoje — disse. — Normalmente ele não fala por uma hora. Achei que nunca ia acabar.

— Que ironia você reclamar, sendo que o sermão foi justamente sobre reclamar — disse Shanice, sorrindo.

Todas riram com ela.

— Você está muito quieta, Grace — comentou Shanice, erguendo as sobrancelhas. — Como está indo o trabalho temporário? Já faz o quê, um mês? E você achando que ia ficar só por duas semanas.

— Estou pensando em entregar meu aviso prévio à agência.

— Por quê? — perguntou Ashley, surpresa. — O Roman Velasco é fascinante! E lindo! E ainda, como se não bastasse, é solteiro!

As outras a fitaram.

— Eu pesquisei sobre ele no Google — esclareceu ela, e se inclinou para a frente, ansiosa para compartilhar o que sabia. — Ele começou a fazer murais quando era adolescente. Agora, pinta telas. Sabiam que colecionadores de arte fazem fila para dar lances nas obras dele?

— Ele ainda faz murais — corrigiu Grace.

Fez seu pedido à garçonete e devolveu o cardápio. Havia acordado tarde e não tivera tempo de tomar café da manhã. Estava morrendo de fome, além de exausta.

— Ele assinou um contrato para um projeto em San Diego — acrescentou.

Os olhos de Ashley brilharam.

— O que vai ser?

— Gnus e zebras no Serengeti.

Grace tomou um gole de café, na esperança de que a cafeína lhe desse ânimo.

Nicole não estava interessada no mural.

— Por que você quer sair de lá? Foi o único emprego que encontrou.

— Lindo? Solteiro? E com uma reputação de malandro? — Shanice deu uma risadinha irônica. — Pois eu também pesquisei sobre ele no Google. — Lançou um olhar solidário a Grace. — Ele tem o jeito do Patrick?

— Na verdade, o Roman não se parece nada com ele. Pra começo de conversa, ele trabalha bastante. E o Patrick era charmoso. Mas o Roman Velasco age como se fosse um urso com a pata presa em uma armadilha. Nunca conheci alguém tão irritado e com o pavio tão curto. Vocês sabem, eu quase pedi demissão no primeiro dia. Mas a frustração dele é com o próprio trabalho, não com o meu. Acho que ele não gosta do que está fazendo. — Ela colocou a xícara de café na mesa. — Ele tem a vista mais incrível do mundo naquela casa, mas nunca dá mais que uma olhadinha rápida. Transformou a suíte máster em estúdio. Acho que ele pratica na parede dos fundos e depois cobre tudo com uma cor horrível, parece lama de pântano sujo. E tem um linguajar muito chulo.

— Ele destrata você? — perguntou Shanice, preocupada.

— Não. Ele é cauteloso e educado na minha frente, mas a casa está praticamente vazia, a voz dele ecoa.

— Você deve ter uma quedinha por ele — disse Ashley, sonhadora. — Quem não teria?

— "O importante é ser bonito por dentro", como dizia minha avó — retrucou Shanice. Seu celular vibrou. Ela deu uma olhada, colocou no mudo e concluiu: — Grace tem motivo para ser cuidadosa.

Grace concordava totalmente.

— Fiquei em alerta na hora em que o vi.

— Por quê? — perguntou Nicole, observando-a atentamente.

Para evitar o escrutínio, Grace baixou os olhos e ficou alisando o guardanapo que estava em seu colo.

— Ele está vivendo o sonho americano e parece odiar a vida que tem — disse. — É o que percebo sempre que converso mais de dois minutos com ele. — Ela suspirou. — O problema é que estou exausta. São duas horas, todos os dias, pra ir e pra voltar. Quando dou sorte, consigo brincar só por uma hora com o Samuel. Nunca vou ter energia para fazer as aulas on-line. E o salário não é muito bom. Não sei quanto ele paga à agência, mas o que eu recebo mal dá para sobreviver. Preciso de um emprego fixo, com um salário melhor, para poder morar sozinha de novo.

— Os Garcia estão expulsando vocês? — perguntou Nicole, franzindo a testa.

— Não, mas a Selah está tomando conta de minha vida. Acho que ela está feliz por eu passar o dia todo fora. — Ela pestanejou para conter as lágrimas. — O Samuel está se apegando muito a ela.

Shanice se inclinou para a frente e disse à amiga:

— Você ainda é a mãe dele, Grace.

— Mas ele sabe disso?

— Claro que sabe, meu bem.

— É melhor ficar nesse emprego até arranjar outro — sugeriu Nicole.

— Eu também acho — concordou Ashley.

Mesmo com a estabilidade, Ashley nunca considerava seu emprego de professora como garantido. O orçamento do distrito para a educação poderia provocar demissões.

— Eu sei, mas preciso tentar. Tenho duas entrevistas marcadas. Já deixei o escritório do sr. Velasco em ordem, o próximo temporário não vai ter dificuldade pra manter o sistema se ele contratar outra pessoa logo.

— Parece que ele está gostando das coisas do jeito que estão — disse Shanice.

— Tenho certeza disso — afirmou Grace, olhando para Shanice —, e tenho certeza também de que, quando a vaga abrir, as mulheres vão fazer fila na porta, doidinhas pra me substituir.

Roman sempre sabia quando Grace Moore entrava no estúdio. A atmosfera da sala mudava. Ele havia terminado outro transfer e estava dando um tempo, esboçando ideias para uma nova série de telas e fingindo não saber que ela estava parada à porta. Ela pigarreou suavemente. Ele olhou por cima do ombro.

— O que foi?

Ela colocou uma mecha curta de cabelo atrás da orelha. Seria um gesto nervoso?

— Tenho que sair mais cedo na quarta e na sexta da semana que vem. Tenho duas entrevistas de emprego marcadas.

O coração dele disparou. Achava que estava tudo indo bem.

— Você já tem um emprego. Você trabalha aqui.

— Eu trabalho pra agência de vagas temporárias. E já disse: preciso de um emprego que pague mais e mais perto de casa.

— Pra não chegar tarde pra fazer o jantar do seu namorado?

Ela não usava aliança, mas isso não significava que não tivesse alguém.

— O escritório está organizado, e eu…

— Onde você mora? — perguntou Roman, fitando-a, determinado a corrigir o que precisasse.

— Burbank.

— Não é tão longe, menos de trinta quilômetros.

— Eu não tenho asas. Passo horas no carro todos os dias, tempo que eu… — Ela hesitou. — Tempo que poderia gastar melhor de outras maneiras.

Que outras maneiras?, ele queria perguntar, mas imaginou que ela diria que não era da conta dele. E não era mesmo, mas ele queria saber. E ela não lhe dava abertura.

— Seu escritório está organizado e eu redigi um breve manual para o próximo assistente pessoal. Não vou embora ainda, mas achei que deveria avisá-lo de que vou sair assim que encontrar um emprego mais adequado às minhas necessidades.

Ela deu um passo para trás, claramente ansiosa para pôr fim à conversa.

— Espera aí. — Ele se levantou, arrastando os pés do banco no chão. — Não vou contratar outro temporário.

— Você que sabe. — Ela deu de ombros, como se não se importasse com o que ele fizesse. — O sistema de arquivamento é simples, pode administrá-lo sozinho.

— A última coisa que eu quero ser é lacaio de escritório.

Ela levantou o queixo.

— Também não é exatamente o que eu sonho fazer pelo resto da vida. Você tem a opção de contratar alguém pra fazer isso.

Roman soltou um palavrão baixinho.

— Escute, trabalhamos bem juntos. O que tenho que fazer pra você ficar?

— Não trabalhamos juntos.

— Você faz o seu trabalho pra eu conseguir fazer o meu. É assim que eu gosto. Você não gosta do salário? Tudo bem, eu pago a taxa e você pode trabalhar para mim, não pra agência. Não gosta do trajeto? Tudo bem, você pode morar na casa de hóspedes. Todos os problemas resolvidos. — A expressão do rosto de Grace denunciava que ela estava se sentindo ofendida. — Qual é o problema? Não estou pedindo pra você morar comigo. Você não faz meu tipo, e posso garantir que não vou te incomodar.

Ele não sabia se o rubor dela era pela raiva ou pelo constrangimento, mas sabia que já havia dito mais que o suficiente.

— E o que os vizinhos vão dizer?

Ele não sabia se ela estava falando sério ou brincando.

— Que vizinhos? E mesmo que eu tivesse vizinhos perto o bastante pra ver alguma coisa, por que eles se importariam com o que a gente faz?

— Você não tem amigos, mas eu tenho.

Foi um golpe baixo. Ela queria ir embora por causa dele, ou havia outros motivos? Roman apertou os dentes. Qual era o problema daquela mulher?

— Somos adultos, srta. Moore. Bons amigos não vão lhe dizer como viver. Sua vida é problema seu.

— Elas me ajudam a prestar contas.

— A elas?

— A Deus, que se importa com o que eu faço. E minhas amigas me amam e me alertam quando estou me desviando para o caminho errado.

Deus? Como Deus havia entrado na conversa? Roman não sabia do que ela estava falando. Só sabia que não queria perdê-la. Enquanto pensava rápido, disse devagar, com sensatez:

— Convide suas amigas pra vir conhecer a casa. — E, tentando usar um pouco de charme, completou: — Um chalé de graça em Topanga Canyon? Elas vão achar que você morreu e foi para o céu.

— Até conhecerem você.

Ele percebeu que ela não havia falado por mal quando as bochechas de Grace ficaram vermelhas.

— Legal.

Ele deu uma risadinha, mas sem humor. Ela não pediu desculpas. Roman inclinou a cabeça, e disse, lançando um olhar irônico pra ela:

— O convite não era pra elas virem à minha casa.

Ela não conseguiu sustentar o olhar dele.

— Pense no assunto. Vou começar pagando o que pago à agência.

Quando ele disse quanto era, Grace arregalou os olhos.

— Somando com a moradia gratuita, acho que fica bom, né?

Ele percebeu que ela estava fazendo cálculos, mas também travando uma luta interna tentando decidir se valia a pena trabalhar para ele mesmo assim. Ele nunca provocara esse efeito em uma mulher antes. Será que tudo remontava ao mau comportamento dele no primeiro dia? Ou havia algo a mais na hesitação dela?

— Eu teria que pagar aluguel.

Aquela mulher era de outro planeta? Pelo menos Grace já estava começando a considerar a ideia.

— Como você sabe, não preciso do dinheiro.

— Mesmo assim. Eu não vou ser sua convidada, sr. Velasco, e sim sua inquilina — disse ela, então se conteve e acrescentou depressa: — ... caso eu aceite sua proposta, o que ainda não fiz.

Ainda. Ele via que ela estava cedendo. Nunca precisara negociar com uma mulher, e isso lhe pareceu vagamente perturbador. Talvez ela sentisse que ele não era o que fingia ser.

— Isso resolveria todos os seus problemas, não é?

— Nem todos. — Ela deu outro passo para trás. — É melhor eu voltar ao trabalho.

Que outros problemas ela tinha?

— Você disse que já estava tudo organizado. Não quer conversar?

— Seja qual for a minha decisão, agradeço a oferta.

Roman nunca havia conhecido ninguém que gostasse menos de falar de si mesmo do que ele, até conhecer Grace.

— Claro, mas pense bem antes de recusar.

— Vou pensar.

Quanto mais Roman pensava no assunto, mais gostava da ideia de Grace Moore ser sua vizinha.

Grace ligou para as amigas e elas concordaram em conversar sobre o assunto durante o almoço de domingo. Ela levou Samuel dessa vez e todas o paparicaram. Ele adorou a atenção. Grace pegou a mamadeira na bolsa e a deu ao bebê enquanto as outras falavam sobre um novo membro da banda de louvor que estava conduzindo o estudo bíblico das quartas-feiras à noite. Então Grace mencionou a oferta de Roman Velasco.

Ashley se esqueceu completamente do novo guitarrista com a voz de Josh Groban.

— O que está esperando, Grace? O homem não te convidou pra morar com ele. Você teria uma casa só pra você de novo, não era isso que queria?

Nicole não ficou tão entusiasmada.

— É melhor fazer um contrato de aluguel. Sem isso, ele pode mudar as regras quando quiser.

— Nossa, gente! — interrompeu Shanice. — Obviamente, a Grace está fazendo um ótimo trabalho, senão o cara não ia fazer uma oferta tão generosa pra ela não pedir demissão. — Olhou para Grace. — O que eu quero saber é o que mais está rolando. — Ela ergueu as sobrancelhas. — Vamos, vamos, conte tudo.

Grace sacudiu a cabeça.

— Não está rolando nada.

— Você orou pedindo orientação?

— Oro o tempo todo. — Grace olhou para as três. — Parece um presente de Deus, ou estou só desesperada pra morar sozinha de novo? Isso resolveria um problema, mas criaria outro.

— Seria uma ajuda e tanto no lado financeiro — comentou Nicole.

— E resolveria o problema do trânsito — disse Ashley.

Grace estava hesitante.

— E quanto ao Samuel?

Shanice pousou a mão sobre a de Grace para dizer:

— A Selah e o Ruben poderiam ficar com ele durante a semana, até você encontrar uma creche perto de casa. E ele seria só seu aos fins de semana. Talvez esse seja o passo em direção à independência que você estava procurando.

— Você poderia fazer faculdade a distância — acrescentou Ashley. — Você estava sem tempo e dinheiro pra voltar pra faculdade. Em vez de três horas por dia no trânsito, teria três horas pra estudar.

Grace lutava contra as lágrimas. Olhou para Samuel dormindo em seus braços.

— Não sei o que fazer. Não quero cometer mais erros.

Os olhos escuros de Shanice ficaram cheios d'água.

— Você já lidou com mais que sua cota de sofrimento, amiga. Sabe, às vezes, o que parece um presente é mesmo um presente.

— Só quero ter certeza de que não estou arranjando mais problemas. Se vocês não se importarem, gostaria que fossem comigo ver o chalé e conhecer o Roman Velasco. Quero a opinião de vocês sobre ele antes de decidir.

Na segunda-feira de manhã, Grace disse a Roman que havia consultado três amigas.

— Elas estão livres sábado de manhã, se for conveniente para você. Não tomaremos muito o seu tempo.

Ele deu um sorriso.

— Você está dizendo que elas vão me avaliar para ter certeza de que não sou um lobo em pele de cordeiro?

Roman deu a entender que esperava uma resposta, fazendo Grace sentir que deveria dizer algo, mas o quê? Não podia fingir que confiava nele, mal conhecia aquele homem, e sua intuição já a havia deixado na mão antes. Todos pareciam saber que tipo de homem Patrick era, como ela tinha sido tão cega? Primeiro, havia se apaixonado pela aparência e popularidade dele. Depois, acreditara no que ele dizia. Ignorara os sinais de alerta e se jogara de cabeça, se convencendo de que o amava. A verdade fora um tapa em seu rosto, e ele nem tentara suavizar o golpe.

— Ok, srta. Moore — disse Velasco com uma expressão irônica. — Imagino que as mulheres tenham que ser muito cautelosas hoje em dia, não é? Você ainda vai fazer as entrevistas?

— Vou.

— Não espere que eu lhe deseje boa sorte.

Contrariado, ele entrou no estúdio.

Na quarta-feira, Grace orou durante todo o caminho até a primeira entrevista, que seria em um edifício comercial no centro da cidade. *Deus, se o que está acontecendo vem do Senhor, por favor, faça com que eu entenda com uma mensagem clara. Eu seria vizinha de Roman Velasco, ele seria meu chefe, senhorio e vizinho. Ele é como as águas profundas, Senhor, e eu sou péssima nadadora.*

A recepcionista deu uma ficha para Grace preencher. Ela ficou sentada em uma sala de espera com meia dúzia de mulheres muito confiantes, várias com maletas de couro, terninhos de grife e sapatos altíssimos. Quando chegou a vez de Grace, o cavalheiro apertou a mão dela e eles se sentaram frente a frente, com uma mesa de mogno reluzente no meio. Ele já havia lido o currículo e as referências dela. Foi educado. A entrevista durou seis minutos. Ele agradeceu por ela ter ido e lhe desejou boa sorte.

Enquanto voltava para o carro, seu telefone alertou que havia uma chamada perdida. A mensagem dizia que a entrevista de sexta-feira havia sido cancelada, a vaga fora preenchida.

Grace levou Samuel na manhã de sábado. A entrada da casa de Roman Velasco era difícil de avistar, por isso ela parou e esperou na rua, onde Shanice certamente veria seu carro. Poucos minutos depois, o Volvo amarelo da amiga apareceu rugindo na curva. Grace buzinou. Os freios do carro de Shanice chiaram quando ela entrou na rua de cascalho. Seguiu Grace, que contornou o carvalho gigante do vale até a curva que levava à casa principal.

Olhando pelo espelho retrovisor, Grace viu suas amigas boquiabertas diante da moderna casa de pedra bege de Roman Velasco, uma fortaleza aninhada na encosta. O piso formado por quadrados de concreto cercados por um mar de seixos pretos levava até pesadas portas duplas de madeira entalhada, onde flores azul-esverdeadas, cor-de-rosa e malva, além de lindos agaves, se espalhavam sobre dois grandes vasos de cerâmica. Em vez de se manter no círculo de cascalho, Grace pegou o curto caminho para a direita e parou perto do chalé.

Shanice estacionou atrás de Grace e saiu do carro.

— Obrigada por nos esperar. Eu teria perdido a entrada se Ashley não tivesse visto seu carro.

— Sei como é. Errei três vezes no primeiro dia de trabalho.

Grace soltou a cadeirinha de Samuel do banco do carro. Ainda meio adormecido, ele chupava o polegar enquanto ela levava o trio até a frente da casa. Um muro de pedra contornava o pátio pavimentado com placas de concreto, onde havia uma lareira externa. Ashley e Nicole pararam para comentar sobre a vista deslumbrante do cânion enquanto Shanice pegava a cadeirinha de Samuel para que Grace pudesse procurar no bolso a chave que Roman lhe dera.

Assim que Grace entrou, percebeu que estava em apuros. Shanice chegou logo atrás e ofegou.

A sala de estar era maior que o apartamento em que Grace morara com Patrick. A cozinha era pequena, mas eficiente, tudo de última geração. Em vez de vinílico, o piso era de um caríssimo mármore travertino creme. Grace ficou paralisada de choque. Quase tendo um troço, Ashley e Nicole praticamente passaram por cima dela para olhar tudo.

— Nossa, caramba! — gritou Ashley. — Venham ver o quarto!

Entorpecida, Grace a seguiu e ficou observando tudo. Caberia facilmente uma cama king size, se ela tivesse uma. Sua cama de solteiro e a mesinha de cabeceira ficariam perdidas ali. Uma porta dava para um closet maior que seu quarto na casa dos Garcia.

— Esperem até ver o banheiro! — disse Ashley rindo, maravilhada.

Grace ficou admirando o piso e a bancada de mármore amarela e branca, duas cubas de porcelana branca com metais cromados e uma banheira de hidromassagem para dois.

Nicole entrou no pequeno reservado e deu descarga. Gritou de alegria.

— É um vaso com bidê integrado!

Ashley abriu a porta do box.

— Tem um chuveiro tipo *rainfall* e jatos nas paredes!

— E você se perguntando se deveria se mudar para cá? — Nicole riu. — Esse lugar é fantástico!

— Calma, meninas — pediu Shanice, com menos entusiasmo. — Ainda não conhecemos o comandante da fortaleza.

Roman estava em dúvida: não sabia se deveria pôr o jeans e a camiseta de sempre ou vestir uma calça mais formal, com uma camisa por dentro. Mas sabia que isso faria Grace ficar imediatamente desconfiada. Então incrementou o estilo de sempre com um jeans preto e uma polo azul-marinho com a frente enfiada no cinto de fivela em formato de âncora. Passou as mãos pelo cabelo. Talvez devesse ter se barbeado, mas não queria fazer parecer que aquele encontro era o maior evento de seu fim de semana. Mesmo sendo.

Por que a opinião dela importava para ele?

Porque ela tinha classe, e tê-la por perto o fazia se lembrar de quão alto havia subido na vida. Ao contrário de outras mulheres, que só queriam puxá-lo para baixo mais uma vez.

Por uma janela do andar superior, Roman viu os carros chegando, mas esperou mais vinte minutos para, enfim, atravessar a pequena trilha de concreto entre a casa principal e o chalé. Se ela aceitasse a oferta, moraria a menos de trezentos metros de distância. Ele não ficaria completamente sozinho ali — não que isso o incomodasse, pelo menos até aquele momento.

A porta da frente estava aberta e ele ouvia vozes femininas felizes e animadas. Infelizmente, a de Grace não era uma delas. Ele deu uma batidinha no batente da porta para anunciar sua presença. Grace apareceu com sua expressão enigmática.

— A gente estava só dando uma olhada.

— Eu sei.

Ela se afastou para que Roman pudesse entrar e o apresentou a suas três amigas. Ashley O'Toole, cujo cabelo era de um tom de loiro-avermelhado, olhou para ele com seus grandes olhos azuis. Nicole Torres apertou sua mão com firmeza. Shanice Tyson era mais parecida com o tipo de mulher que ele conhecia. Experiente, durona e esperta, apesar das roupas de grife. Ela estava com um bebê no colo e apenas acenou educadamente para ele, com certa frieza. Roman sentiu os ventos da desconfiança soprando dela, a fêmea alfa que teria que conquistar.

Ele estendeu a mão para Shanice primeiro e a olhou diretamente nos olhos.

— É bom saber que a srta. Moore tem amigas que cuidam dela — disse, incluindo as outras duas em seu olhar.

Grace ficou parada, atenta, evasiva. Roman sabia que ela não tomaria nenhuma decisão precipitada. Roman disse que precisava sair. Era mentira, mas uma boa desculpa para ir embora depressa.

— Vou deixar vocês à vontade para discutir os prós e os contras.

Grace o acompanhou até a porta.

— É muito mais do que eu imaginava.

— A casa está aí largada, vazia. É sua, se quiser.

Aquilo seria o suficiente para acabar com mais alguma dúvida que ela tivesse?

— Ainda preciso pensar no assunto.

O que a preocupava tanto?

— Converse com suas amigas. Quero que você se sinta confortável com a decisão que tomar. — Pelo menos, confortável o suficiente para se mudar. — Vejo você na segunda de manhã, srta. Moore.

Roman voltou pelo mesmo caminho à casa principal. Sentia o olhar dela fixo nele, mas não olhou para trás. Sabia reconhecer muros de defesa, ele também os tinha. E daria a ela o mesmo espaço e cortesia que desejava para si. Por enquanto.

Nervoso, ele decidiu transformar a mentira em verdade e saiu para dar uma longa volta. Precisava esvaziar a cabeça. Ou colocar outra coisa nela além de pensamentos curiosos sobre sua assistente pessoal: de onde ela vinha e o que pensava da vida.

Grace e as amigas conversaram sobre o assunto.

— Eu entendo a tentação — disse Ashley, rindo e se abanando. — Como você consegue se concentrar no trabalho perto de um homem desses?

— Ele fica no estúdio e eu, no escritório.

Nicole, mais prática, ofereceu conselhos:

— Se fizerem um contrato por escrito, vai dar tudo certo. Assim, ele não vai poder mudar as regras. Posso levar um pra você amanhã na igreja.

Shanice interrompeu a amiga.

— É evidente que Grace ainda tem dúvidas, senão, não teria convidado a gente pra ver a casa e conhecer o Velasco. Agora que o vimos, sabemos o porquê. Ele parece um mulherengo.

— Só porque ele é bonito? — questionou Ashley, saindo em defesa de Roman. — Você já o viu em uma boate?

— Não vou a uma boate há mais de um ano, Ashley, e você sabe por quê.

— Ele pareceu educado, não deveríamos julgar — comentou Nicole.

Shanice lhe lançou um olhar cortante.

— Ele não deu nenhuma indicação de que está interessado na Grace. Até a chamou de srta. Moore — disse Ashley.

Shanice ergueu uma das sobrancelhas e se dirigiu a Grace.

— Tem alguma intuição sobre ele quando estão sozinhos? Sente alguma vibe?

— Não. E ele fez questão de me dizer que eu não faço o tipo dele.

— Está bem — disse Nicole, abrindo as mãos. — Vou fazer a pergunta óbvia: então qual é o problema?

Grace teve que pensar um pouco.

— Depois que eu me mudar, vai ser difícil ir embora.

Shanice passou a mão na cabeça de Samuel e olhou para Grace.

— Você está falando da casa ou do trabalho?

— Dos dois. — Grace pegou Samuel. — Não quero fazer nenhuma bobagem.

Ela olhou ao redor e sentiu a tentação a agarrar. Nunca teria condições de pagar um lugar daqueles. Teria sorte se encontrasse um apartamento de um quarto, mas que tipo de vida seria aquela para Samuel?

— Você gosta daqui, né? — perguntou Shanice.

— Quem não gostaria?

Nicole suspirou.

— Roman Velasco ofereceu essa casa de graça, não foi? Você poderia pagar o mesmo valor que pagava pelo apartamento de Westwood. Se pagar aluguel pra ele, isso aqui será uma transação comercial e você não ficará vulnerável. Mas não precisa se sentir obrigada a nada.

Grace beijou as bochechas quentes e rosadas de Samuel.

— Eu não veria meu filho de segunda a quinta.

— Mas o teria de sexta à noite até domingo — argumentou Ashley. — *E sem* a Selah. Quando encontrar uma creche, você vai poder ficar com ele sempre que não estiver trabalhando. Tenho certeza de que há outras crianças aqui no cânion.

— Provavelmente com babás — interveio Shanice, e pousou a mão no braço de Grace. — Você está preocupada com a Selah e o Ruben? O arranjo de vocês era temporário, eles sabem disso.

— Ela se apegou muito.

— Eu também — Shanice fez cócegas no queixo dele e deu uma risadinha. — Você sabe que eu levaria vocês dois pra casa, se já não dividisse o apartamento.

— Eu mataria por um lugar como esse — disse Nicole, suspirando. — E pense nas outras vantagens: você vai poder usar o tempo de deslocamento pra estudar. Quanto mais conseguir estudar, melhores serão suas oportunidades. Se esse emprego não der certo… — O celular dela tocou. Ela o tirou da bolsa e olhou a mensagem. — É o Charles.

Shanice deu uma olhada no celular de Nicole.

— Hora de voltar, meninas — anunciou, dando um cheiro no pescoço de Samuel. — Até mais, gostosinho. — Deu um beijo no rosto de Grace. — Esse lugar parece um presente do Senhor, querida. Acho que você consegue lidar com o Velasco.

— Tive uma ideia! — disse Ashley, animada. — Em vez de irmos ao café no próximo domingo, podíamos vir pra cá. Cada uma traz alguma coisa? — Olhou para Grace. — O que acha?

— Daqui a duas semanas. Tenho que me mudar primeiro.

Grace acenou enquanto o carro de Shanice se afastava, ganhava velocidade depois da curva de cascalho e saía em disparada. Sacudindo a cabeça, ela sorriu. Sua amiga tinha pé de chumbo e bons reflexos.

Grace trocou a fralda de Samuel antes de colocá-lo no carro. Ele estaria dormindo antes que chegassem à estrada.

Com o aumento do salário e um lugar legal para morar, ela poderia fazer planos. Poderia pagar uma creche. Poderia estudar a distância e se formar. Nicole estava certa: ela teria mais tempo para estudar. Havia se saído bem no ensino médio e ganhara uma bolsa de estudos na Universidade da Califórnia em Los Angeles, a UCLA. Mas seus objetivos foram por água abaixo quando ela conhecera Patrick Moore.

Grace olhou para a casa principal e se perguntou se Roman Velasco ainda estaria em casa, mas decidiu que seria melhor esperar até segunda-feira antes de dizer alguma coisa.

5

GRACE, VINTE ANOS

Grace sentiu um choque quando vislumbrou o que poderia estar por vir. Patrick havia sido afastado do time de futebol americano por uma lesão. Ela tentou animá-lo, mas ele estava de mau humor. Quando chegou da faculdade, ele estava assistindo à TV. Quando perguntou por que não estava no treino, ele respondeu que tinha saído do time. Que não queria sofrer no treino por um time que não tinha a menor intenção de deixá-lo jogar.

Grace tinha presumido que Patrick usaria o tempo livre para procurar um emprego de meio período, principalmente porque havia perdido a bolsa de estudos que recebia por jogar no time de futebol. Eles tinham acabado de se casar e mal conseguiam sobreviver com a bolsa de estudo dos dois e o emprego dela no McDonald's. Como ele não se mexia para arrumar um trabalho, as contas foram acumulando. E, quando ela implorara para que ele fizesse alguma coisa, ele a chamara de chata.

Depois de dois meses, ele fora à agência de empregos do campus, mas alegou que não tinham encontrado nada para ele. Trabalhar em biblioteca ou escritório era coisa de mulher. Restaurantes de fast-food eram para perdedores. Pelo jeito, ele havia se esquecido de que era isso que ela fazia para sustentar os dois. Ele dissera que já estava fazendo muito e que mal dava conta da carga horária na faculdade. Convenientemente, estava se esquecendo de que Grace tinha uma carga ainda mais pesada que a dele e que, além disso, trabalhava vinte e cinco horas por semana. Quando ele sugeriu que ela trabalhasse mais até que ele arranjasse um emprego, ela o lembrou que tinha que manter a média para não perder a bolsa de estudos. Ele a acusou de ser egoísta, de se importar mais com a faculdade do que com o marido. Disse que ela não tinha ideia de como era difícil para ele trabalhar nesses empreguinhos de meio período. Um dia, ele seria o provedor. Que tipo de emprego conseguiria se não terminasse a faculdade?

Quanto mais ele falava, mais culpada Grace se sentia. Estudar nunca fora fácil para Patrick. Ela queria ser solidária e incentivá-lo. Afinal, não era esse o comportamento que Deus dizia que uma esposa deveria ter? A verdade, no entanto, era que entre a faculdade, o trabalho e as exigências de Patrick, ela estava exausta. Não sabia por quanto tempo conseguiria dar conta de todas as responsabilidades.

Ela tentou rezar, mas só ficava mais preocupada. Afinal, a formação de qual dos dois era mais importante? A dele, concluiu ela. Com isso em mente, se candidatou a um cargo administrativo em tempo integral em uma empresa de relações públicas, rezando para que, se Deus tivesse outros planos, que outra pessoa ficasse com a vaga. Quando lhe ofereceram o emprego, ela entendeu como um sinal. Abandonou a UCLA, sofrendo sozinha, enquanto sorria pelo bem de Patrick. Ele era grato, claro, mas isso não tornava a vida deles mais fácil. Ele não ajudava em nada no apartamento, achava que era coisa de mulher.

Grace chegava em casa depois de um dia inteiro de trabalho e encontrava Patrick largado no sofá, assistindo a esportes na TV. Ele lhe dava um beijo e contava sobre suas aulas e as tarefas que tinha que fazer. O apartamento estava sempre uma bagunça, os livros e papéis dele espalhados pela mesa.

Ela estava sempre correndo para conseguir dar conta de todas as compras, lavar as roupas e limpar a casa nos dias de folga. Desistiu de ir à igreja. Isso sempre havia sido uma batalha entre eles. Patrick nunca ia com ela, dizia que era uma perda de tempo e uma chatice. Melhor mesmo seria se ela usasse o domingo para preparar as refeições da semana, deixando tudo no freezer para que só precisasse esquentar quando chegasse do trabalho. Isso deixava as noites livres para ajudar Patrick nos estudos. Muitas vezes, ele estava mais interessado em transar do que em fazer os trabalhos da faculdade. "Depois a gente faz isso", dizia, mas ele sempre dormia. Frustrada e preocupada, ela se levantava e terminava o trabalho dele.

Na metade do penúltimo ano, Patrick informou a Grace que havia mudado de curso: de administração de empresas para educação física. Achava que seria mais adequado para ele. Ela achou que ele tinha razão. Mas, quando ele disse que talvez precisasse fazer uma pós-graduação para arranjar um emprego realmente bom, ela sentiu outro choque. Disse que aquilo não fazia parte do acordo, mas ele sorriu, a beijou e disse que conversariam melhor quando chegasse a hora de tomar uma decisão.

Mas havia um assunto sobre o qual precisavam conversar. Grace estava grávida. Não estava nos planos, mas ela esperava que isso ajudasse a mudar as coisas entre eles. Tinha que haver alguma maneira de fazer dar certo. Afinal, ela sempre presumira que eles teriam filhos mais cedo ou mais tarde.

— Não era pra isso acontecer! — gritou Patrick, furioso, quando ela contou.

Ele queria que ela abortasse. Ela se recusou. Foi a única vez que não concordou com o que ele queria.

Ela perdeu o bebê no segundo trimestre, e ele nem tentou disfarçar o alívio. Chegou com flores e uma garrafa de champanhe.

— De volta ao plano A.

Quando ele estourou a rolha, ela quase sentiu ódio dele.

Patrick entrou no último ano e Grace foi promovida a gerente. Com o aumento, conseguiu juntar algumas economias. Precisaria de dinheiro para voltar à faculdade, já que não teria mais a bolsa de estudos.

Teria que pagar as mensalidades e os livros. Com um pé-de-meia, ela não se sentiria culpada pela despesa com os estudos, especialmente se tivessem filhos. Toda vez que ela tocava no assunto, Patrick dizia que deviam esperar mais alguns anos, que ainda eram jovens, que ele havia se esforçado muito durante quatro anos para terminar a faculdade e queria se divertir um pouco antes de começarem a falar sobre filhos.

Quando chegou o dia da formatura, Grace sentiu um orgulho avassalador ao se sentar ao lado de sua tia Elizabeth e dos pais de Patrick. Ela e Patrick haviam se esforçado muito para que esse dia chegasse. Ele estava lindo com o capelo e a beca. Os pais dele se gabavam de que ele estava se formando com honras. Vários trabalhos dele estavam arquivados na biblioteca da universidade. Tia Elizabeth olhava bastante para Grace. Os Moore concordavam que Grace era a melhor coisa que já acontecera para o filho deles e insistiram que fossem jantar na churrascaria Lawry's para comemorar. Também insistiram que tia Elizabeth fosse junto.

Os Moore pediram champanhe. Tia Elizabeth declinou e preferiu água. Grace bebeu com cautela, já Patrick bebeu à vontade. Contou histórias sobre professores e alunos com quem andava na agremiação estudantil. Grace ficou surpresa ao ouvi-las. Quando seus pais perguntaram quais eram seus planos uma vez que já tinha o diploma, ele disse que precisava de um tempo para avaliar as opções. A mãe dele lançou um olhar de pesar para Grace, tia Elizabeth manteve um silêncio sepulcral.

Ele esvaziou a taça e anunciou que havia se matriculado em uma academia, e que já tinha falado com alguém da gerência que achava que ele seria um ótimo professor. Bastava que fizesse um curso de algumas semanas para tirar o certificado. Tia Elizabeth deu uma bufada irônica e disse que ele poderia ter feito aquilo logo depois do ensino médio. O sr. Moore concordou, então Patrick se serviu outra taça de champanhe e ficou de mau humor.

Envergonhada, Grace comeu em silêncio. Quando Patrick havia tido tempo e dinheiro para se matricular em uma academia e conhecer a gerência? Ele nunca tinha falado sobre isso com ela. Sentiu que tia Elizabeth a observava e tentou manter um sorriso no rosto, dar a impressão de que nada do que seu marido dizia era surpresa e que estava feliz com os planos que ele havia feito.

Ao saírem do restaurante, tia Elizabeth a tomou pelo braço.

— Você não sabia, né?

— Não sabia do quê?

— Da agremiação nem da matrícula na academia — disse tia Elizabeth, feroz. — Abra os olhos. Ele vai te usar até arrancar tudo e depois vai jogá-la fora.

Grace não podia mais mudar de direção, havia feito votos.

— Ele é meu marido.

— Eu sei. E tentei avisá-la — disse sua tia, e se afastou.

Assim que Grace e Patrick entraram no apartamento, ela perguntou quando ele havia se matriculado em uma academia e como estava pagando. Patrick deu uma resposta engenhosa: disse que havia feito um ótimo negócio, e que não custaria um centavo para ela. A maneira como ele falou fez Grace se sentir avarenta e gananciosa, então ela deixou o assunto de lado.

Duas semanas depois, ela chegou em casa e encontrou apenas um bilhete na mesa.

> *Fui esquiar com uns amigos.*
> *Preciso relaxar antes de as aulas de certificação começarem.*
> *Volto domingo à noite. Curta a igreja.*
> *Com amor, Patrick*

Curta a igreja? A última vez que ela tinha ido à igreja fora no domingo de Páscoa. Saíra no meio do culto porque não conseguia esconder as lágrimas que corriam por seu rosto. E não eram lágrimas de arrebatamento. Toda vez que tentava falar com Deus, sentia suas palavras ricocheteando no teto. Por que Deus deveria ouvir suas orações? Ela não O havia ouvido. Grace sentia falta do amigo que a havia acolhido quando ela era uma criança aterrorizada e solitária. Não ouvia Sua voz desde o dia que se entregara a Patrick.

Esquiar era um esporte caro e Patrick não estava trabalhando. Desconfiada, Grace olhou o saldo da conta-poupança. Ele havia sacado quinhentos dólares de suas economias para a faculdade, tão arduamente conquistadas. Grace escondeu o rosto entre as mãos e chorou.

Magoada e furiosa, ela o confrontou quando ele chegou no domingo à noite. Ele largou a mochila no chão e disse que sabia que ela não concordaria, por isso não tinha falado nada. E por que deveria consultá-la? Ele era adulto, não uma criança, e eles eram casados. Aquele dinheiro era tanto dele quanto dela, ele poderia fazer com ele o que bem entendesse quando quisesse.

Quando ela disse que gostaria de ter os mesmos privilégios, ele começou a xingá-la. Disse que havia ralado quatro longos anos para se formar, que alguns amigos iam passar o verão na Europa, que já era ruim o bastante que ele estivesse preso em Los Angeles e não pudesse ansiar a nada mais do que um emprego corporativo, que não precisava, ainda por cima, de uma esposa chata enchendo o saco dele assim que entrasse em casa.

A fúria dele a assustou. Ele gritava e avançava para cima dela, até a encurralar contra a pia. Com o coração batendo forte, ela pediu desculpa, mas ele não havia terminado. Disse que ela tinha se transformado em uma chata, que ele só havia viajado três dias para se divertir um pouco, para variar. E que talvez fosse de novo! E talvez ficasse mais tempo da próxima!

Quando Patrick terminou, a semente do medo estava firmemente plantada em Grace. Patrick não a tocara, mas ela sentiu que ele queria bater nela. Grace não disse mais nada. Quando foram para a cama, Patrick lhe deu as costas. Ela ficou deitada na escuridão, chorando baixinho, tentando não mexer nenhum músculo para não o incomodar.

Senhor, o que foi que eu fiz? O que foi que eu fiz?

Patrick dormia profundamente. Grace sabia que eles haviam cruzado um limite e tinha medo do que poderia haver do outro lado. Quando finalmente dormiu, sonhou com seus pais e acordou encharcada de suor frio. Sua criança interior queria pegar um cobertor e um travesseiro da cama e se esconder no armário.

Ela sobreviveu aos dias que se seguiram, fazendo algumas horas extras para ajudar o chefe, Harvey Bernstein, a terminar um grande projeto. Ele comentou sobre como ela estava pálida.

— Está tudo bem, Grace?

Ela afirmou que sim.

— Não sei o que eu faria sem você.

Um bônus teria sido bom, mas Harvey lhe deu a tarde de folga na sexta-feira. Talvez ela e Patrick conseguissem se resolver no fim de semana.

Quando chegou ao apartamento, Grace encontrou Patrick no sofá com uma loira bem torneada, ambos seminus. Eles se sobressaltaram, a menina pegou as roupas e correu para o quarto.

Patrick se levantou de imediato e começou a vestir a calça de moletom.

— O que está fazendo em casa? — Seu rosto passou de vermelho para branco. — Você devia estar no trabalho.

Grace olhou para a porta do quarto, depois para ele, muda.

— Você não devia estar aqui — repetiu Patrick, furioso.

Atordoada, Grace gaguejou:

— O H-Harvey me deu a tarde de folga.

A menina saiu do quarto com seu corpo perfeito coberto por uma roupa de academia cor-de-rosa e preta. Até as meias e os tênis combinavam. Sem olhar para Grace, ela correu para a porta, mas refez seus passos depressa para pegar a jaqueta cor-de-rosa que deixara no braço do sofá.

— Lamento — disse ela quase em um sussurro. — Sinto muito que tenha descoberto dessa forma.

Descoberto o quê? Grace estava vivendo seu apocalipse pessoal.

Abrindo a porta da frente, a menina saiu, mas não tão rápido que Grace não notasse o logo da academia na jaqueta dela ou o olhar suplicante que lançou a Patrick. Grace fitou seu marido:

— Ela trabalha na mesma academia?

— O pai dela é o dono — disse ele, resignado. Esfregou a nuca e soltou um suspiro pesado. — Olha, a gente pode conversar como pessoas civilizadas?

Grace sabia o que ele ia dizer antes mesmo que abrisse a boca, mas ela o ouviu mesmo assim. Patrick disse que não pretendia se apaixonar por Virginia, mas que ela ficou tentando seduzi-lo desde que ele entrara na academia. No começo, era um flerte inofensivo, mas como ele e Grace estavam com problemas naquela época...

— Você não gosta de sexo, Grace, e a Virginia... bem...

Eles tinham muito em comum.

Disse que Grace sempre pegava no pé dele para que arrumasse um emprego, então por que não trabalhar na academia por meio período, mesmo que fosse só para pagar a mensalidade? Ele se dava bem com as pessoas, havia feito muitos amigos. O pai de Virginia percebera e dera indiretas sobre possibilidades futuras. Dissera que queria se aposentar e esperava que a filha encontrasse um jovem simpático, extrovertido e ambicioso que ficasse ao lado dela e tocasse o negócio.

Patrick falava e falava, e as palavras caíam sobre Grace como lava ardente. Ela entendia o que ele estava dizendo. Patrick a amara por um tempo, mas ela não tinha mais o suficiente para lhe oferecer, e ele encontrara alguém que tivesse.

— Não consegui evitar, Grace. A Virginia é minha alma gêmea. Tente não me odiar, não é minha culpa.

O choque e a dor inicial se transformaram em dormência. Grace não sentia mais nada.

— Tudo bem, fica aí calada mesmo — disse Patrick, furioso com o silêncio dela. — Acho que seria demais esperar um pouco de compreensão.

Grace ficou sentada à mesa da cozinha enquanto seu marido fazia as malas. Parte dela queria implorar para que ele ficasse, que a amasse, rogar por uma segunda chance. Mas outra parte a mantinha em silêncio, petrificada na cadeira, com os olhos fixos nos pratos que ele e Virginia haviam deixado na mesa, um com umas migalhas e o outro com um sanduíche pela metade.

Ela era a esposa de Patrick, não deveria lutar pelo casamento? *Diga alguma coisa, Grace. Fale antes que seja tarde demais. Não fique aí sentada enquanto ele vai embora.*

Mas outra voz sussurrou gentilmente dentro de seu coração. *Perdoe-o e deixe-o ir.*

6

Roman pegou a toalha que havia pendurado no braço da esteira e enxugou o suor do rosto. Sua camiseta estava encharcada. Algo estava errado, havia corrido apenas cinco quilômetros e sentia como se tivesse corrido uma maratona. Reduziu a velocidade e caminhou mais dois quilômetros para baixar os batimentos cardíacos antes de desligar a máquina. Ao descer da esteira, sentiu-se tonto. Logo passou, mas ficou meio fraco. Talvez estivesse desidratado. Abriu outra garrafa de isotônico e bebeu. Decidiu não fazer musculação.

Ah, os bons e velhos tempos, quando ele fazia parkour em San Francisco! Pintava seus grafites em lugares celestiais, altos e perigosos, onde suas obras ficavam mais tempo que os poucos dias habituais de outros pichadores. Suas iniciais, BRD, renderam-lhe fama como Bird, pássaro em inglês.

As memórias prazerosas deram lugar a pensamentos sobre White Boy, mas ele os afastou.

A única descarga de adrenalina que ele sentia ultimamente vinha das endorfinas que liberava malhando. Talvez o problema fosse a idade. Era seu aniversário, não que alguém soubesse ou se importasse. Estava fazendo trinta e quatro anos. Como deveria comemorar a passagem de mais um ano? Indo a uma boate pegar alguém? Não... sexo com estranhas não tinha mais o apelo que tivera um dia.

Um banho frio o refrescou, mas não mudou seu humor. Colocou o rosto embaixo do jato d'água e pensou ter ouvido o celular tocar. Quem estaria ligando para ele em pleno domingo?

Sem mais nada para fazer, Roman foi até o estúdio e passou mais um pouco de tinta nas telas posicionadas perto das janelas. Quis socar uma delas, mas, em vez disso, jogou o pincel em uma lata de óleo de linhaça. Sentou-se à mesa de desenho e esboçou umas ideias. Havia papéis amassados espalhados pelo chão.

O celular tocou de novo e o rosto de Jasper Hawley apareceu na tela. Seu professor, conselheiro e mentor no Masterson Ranch ligava a cada dois meses para saber como ele estava. Também o visitava de vez em quando, mas fazia um bom tempo que Roman não o via.

— Está de olho em mim, Hawley? Por que não vem aqui?

— Isso é um convite de verdade? Estou em Oxnard. Posso dormir aí hoje à noite, ainda não conheço a casa nova.

— Claro, só não tenho cama.

— Ainda minimalista, hein? Eu tenho um saco de dormir no porta-malas.

— O que está fazendo em Oxnard?

— Vim visitar um dos meus meninos perdidos que acabou de sair da prisão. Falando em meninos perdidos, hoje não é seu aniversário?

Roman relaxou, satisfeito.

— Você andou bisbilhotando meus arquivos de novo?

— Sei todos os fatos pertinentes de cor. Até daqui a pouco.

Roman desceu as escadas e se esparramou no sofá da sala de estar, esboçando ideias no caderno de capa preta que mantinha ali.

Ele acordou com o som da campainha e soltou um palavrão. A primeira coisa que faria na segunda-feira de manhã seria pedir a Grace que chamasse alguém para trocar aquela campainha irritante por uma normal e funcional. Um simples ding-dong seria ótimo. Os sinos ainda soavam alto quando ele abriu a porta. Jasper estava ali, rindo.

— Adorei os sinos. Uma valsa vienense? Deixe-me adivinhar: não foi ideia sua.

Roman tentou superar o choque de ver a aparência de Jasper. Seu mentor havia perdido peso e estava com o cabelo branco.

— Cara, você envelheceu!

— E você continua o mesmo espertinho de sempre. — Jasper entrou com a mala na mão. — Que lugar! São Josafá, que vista é essa! O cenário perfeito para um artista.

— Se eu pintasse paisagens.

Jasper olhou para Roman.

— Por que você saiu daquele lugar legal em Malibu? Era só abrir a porta de vidro e já estava na praia com todas aquelas meninas bonitas de biquíni.

— Eu precisava mudar um pouco.

Aquela casa carregava a memória de uma noite que ele não conseguia esquecer e uma série de perguntas que nunca seria capaz de responder sobre uma garota que tentara encontrar e sabia que nunca mais veria.

Jasper sacudiu a cabeça.

— Ainda tenho esperança de que você amadureça e sossegue.

Foram até um restaurante de frutos do mar em Malibu no Camaro vermelho de Roman. Nada mudara muito para Jasper. Ele ainda dava aulas no Masterson Mountain Ranch e ficava de olho nos meninos que saíam de lá. Realmente se importava com eles. A maioria concluía o programa e ia viver a vida. Alguns mantinham contato, outros ligavam quando estavam com problemas, como o jovem de Oxnard.

— Acho que devo aproveitar — comentou Jasper sobre os dias livres que teria.

Perturbado, Roman não se aguentou:

— O que está acontecendo? Você perdeu mais de vinte quilos desde a última vez que o vi. E não me diga que está de dieta.

— Agora está tudo bem, mas tive que fazer quimio. — Roman perdeu o apetite. Ficou olhando para Jasper sem saber o que dizer. — Calma, ainda estou vivo. Entrei no hospital com um intestino grosso inteiro, mas agora ele está mais fino. — O sorriso de Jasper morreu. — Era pra ser uma piada.

— Ha-ha.

— Meu cabelo está crescendo de novo, já é alguma coisa — disse Jasper, esfregando a cabeça.

— Tudo branco.

— Acho que me dá um ar distinto. Você não vai se livrar de mim ainda, os resultados dos exames foram ótimos e estou me sentindo bem. — Ele deu um tapinha na barriga e acrescentou: — E em boa forma. Estou mantendo o peso e caminhando alguns quilômetros por dia. O curioso do câncer é que nos faz lembrar que somos mortais. Não faz sentido adiar o que queremos fazer.

Jasper falava e Roman tentava prestar atenção. Preocupado, pensava sobre a morte. Havia perdido a mãe e os únicos amigos de quem gostava. Era mais seguro não gostar, menos doloroso.

— Bobby Ray Dean.

Esse nome abalou Roman.

— Ninguém me chama assim há séculos.

— Você percorreu um longo caminho, filho, mas ainda não sabe quem é nem o que quer da vida, né?

— Quero mais.

Jasper apoiou os braços na mesa.

— Mais de quê?

— Vida, significado.

Quem dera ele soubesse.

Voltaram para Topanga Canyon e Roman fez um tour com Jasper pela casa. O professor deu uma olhada nas pinturas nos cavaletes e não fez nenhum comentário. Roman conseguia adivinhar o que ele pensava, o problema era que concordava.

Jasper pegou um dos papéis amassados no chão do estúdio e o abriu. Pegou mais alguns. Roman sabia o que eram: esboços de um menino de gangue com uma jaqueta de couro encostado em uma parede coberta de grafites; um menino olhando pela janela da sacada, uma menina nua de costas para o observador com o cabelo cacheado comprido até a cintura.

— São bons, Roman. Já pensou em fazer uma exposição?

— Provavelmente vou fazer uma nesse verão.

Jasper olhou para as três pinturas inacabadas nos cavaletes.

— Você não precisa se limitar à arte moderna.

— Paga bem. — Roman se apoiou na mesa de desenho. — Não me iludo. Segui seu conselho e fui pra Europa, lembra? Vi os mestres, até deixei um cartão de visita no Louvre.

— Cartão de visita?

— Deixa pra lá. — Bird havia deixado sua obra colada entre as dos mestres: uma coruja dando uma piscadela empoleirada em um galho de pinheiro. Ele apontou para os cavaletes com a cabeça. — É o melhor que consigo fazer.

— Duvido.

— É... muita gente por aí gosta de pensar que entende de arte. Eu descobri o que vende.

Desceram as escadas. Roman abriu dois refrigerantes. Jasper observou a sala de estar: o enorme sofá modular preto, a mesa moderna e a TV gigante na parede.

— É bem espartano, até mesmo pra um solteiro.

— Não tive tempo de decorar.

— Você precisa de uma esposa.

Roman deu uma risada irônica.

— Pra quê?

— Companhia, conforto, filhos.

— Você não é casado nem tem filhos.

— Cheryl e eu fomos casados por vinte e quatro anos, os mais felizes da minha vida, até ela morrer. Queríamos ter filhos, mas nunca aconteceu. — Ele sorriu. — É por isso que sou tão apegado a você.

— Até parece.

— Eu me casaria de novo se conhecesse a mulher certa. Até agora, nenhuma chegou nem perto da que tive.

Roman pensou em Grace Moore.

— Chet e Susan querem saber quando você vai visitá-los.

Os Masterson eram o mais próximo de uma família que Bobby Ray Dean já tivera.

— Tenho certeza de que a casa deles está lotada de gente, como sempre.

— Hoje em dia nem é mais tão cheia, e você era especial. — Como Roman não disse nada, Jasper mudou de assunto. — Então... você desistiu de fazer murais.

— Tenho mais um, em San Diego. Arranjei uma pessoa pra fazer a base da pintura. Vou pra lá em breve adicionar os detalhes e o Hector vai aplicar a camada protetora depois. Assim economizo muito tempo e posso fazer outras coisas.

— Hector?

Roman contou a história. Sem ideias e procurando inspiração, fora a um mercado de pulgas para desenhar as pessoas que expunham seus artigos ali. Viu um homem pintando vasos de cerâmica, ele era habilidoso e rápido. Roman encontrou uma pessoa para ajudar na comunicação e traduzir o que ele falava, e ofereceu um emprego de meio período para ele preencher um mural em Beverly Hills. Hector Espinoza concordou, e eles se acertaram.

— Ele trabalha pra mim sempre que preciso. Não sei o que ele faz entre os projetos.

— É bom saber que você tem amigos — disse Jasper em um tom seco.

Roman riu. Ele mal falava com Hector. Não falavam a mesma língua, literalmente. Ainda tinham problemas para se comunicar, mas haviam criado um sistema numérico para as cores, de modo Hector sabia o que fazer. Roman não sabia nada sobre o cara e imaginava que ele devia estar ilegalmente no país. Pagava bem e a parceria funcionava.

— É difícil fazer amizade com uma pessoa que não fala minha língua.

— Foi por isso que você o contratou? Pra não ter que conversar com ele?

— Isso é uma sessão de terapia?

Jasper deixou o assunto de lado. Conversaram até depois da meia--noite sobre outras coisas menos pessoais. Jasper abriu o saco de dormir em cima do sofá de couro. Na manhã seguinte, ambos acordaram cedo. Roman fez omeletes, rabanadas e café.

— Você não perdeu a mão — comentou Jasper, erguendo a xícara.

Roman não disse que tinha uma assistente pessoal que fazia melhor. Sabia que Jasper começaria a fazer perguntas, e ele não tinha as respostas.

Ao sair pela porta da frente, Jasper apertou a campainha e fez o sino ressoar. Roman o chamou de um nome feio, Jasper riu.

— Volto mais cedo do que você pensa.

— O sofá vai estar te esperando.

Roman ficou do lado de fora até Jasper sumir de vista.

Faltando dois minutos para as nove, os sinos tocaram de novo. Quando Roman abriu a porta, soube pela aparência de Grace Moore que ela havia decidido se mudar para o chalé.

— Que cara de felicidade.

— Temos coisas pra discutir primeiro, mas depois do trabalho.

Ela não facilitava as coisas.

A sugestão de triunfo no rosto de Roman Velasco deixou Grace com os nervos à flor da pele. O café já estava feito.

— Você deve ter acordado cedo — observou ela, indo para o escritório. — Vou checar suas mensagens.

— Ainda não. — Roman enfiou a mão no bolso, tirou uma chave e a deixou na bancada. — Isso aqui é pra você entrar sem eu ter que ouvir aqueles… — parou antes de dizer algo que a ofenderia. — A primeira ordem do dia de hoje é arranjar alguém pra arrumar isso, antes que eu arranque essa campainha da parede com minhas próprias mãos. Prefiro uma que não pareça sinos de igreja anunciando o Ano-Novo.

— Eu cuido disso, mas pode ficar com sua chave. — Ela a deslizou pela bancada de volta para ele.

— É uma chave reserva, e é para minha e sua conveniência.

— Não me sinto à vontade tendo a chave da sua casa.

Ele apertou os lábios.

— Pega essa mer… essa chave, srta. Moore.

Ela percebeu que ele ia dizer outra coisa. Talvez Grace estivesse sendo irracional. Harvey Bernstein também lhe dera uma chave. Pegou a chave de Roman e a colocou em seu chaveiro.

— Vou tocar a campainha antes de entrar.

— Só pra ter certeza de que eu esteja vestido?

Ela saiu andando em direção ao escritório.

— Preciso do número do seu celular.

Grace o fitou. Alarmes dispararam em sua cabeça.

— Por quê?

— Caso eu precise de você.

— Eu trabalho das nove às cinco. Não estou disponível antes ou depois disso, nem aos fins de semana.

Ele a fitou com os olhos escuros.

— Isso pode poupar uma caminhada.

A campainha tocou de novo e, dessa vez, ele se esqueceu de conter a língua. Grace pestanejou ao ouvir as palavras que saíram automaticamente.

— É o Hector, outro funcionário irritante. Ele não sabe muito de inglês, não entende o que eu digo. Temos que usar linguagem de sinais, e não estou a fim hoje.

— Talvez eu possa ajudar. Estudei espanhol no ensino médio.

Ela o seguiu até a porta. Roman a abriu e acenou para que ela se aproximasse. Grace viu um homem com traços latino-americanos, magro e de olhar assustado.

Ela se apresentou e ele abriu um sorriso largo. Começou a falar espanhol rapidamente, até que Grace levantou as mãos em sinal de rendição e pediu:

— Por favor, mais devagar.

Ele entendeu. Grace foi traduzindo para Roman, que ficou ali os observando com uma expressão nada satisfeita.

— Hector disse que você ligou, mas não sabe por quê.

— Venham comigo — disse Roman, dirigindo-se ao estúdio.

Hector foi falando com Grace em sua língua materna:

— Quem é você? De onde você é?

Ela disse que era de uma agência de empregos temporários, mas que Roman a havia contratado diretamente como assistente pessoal.

— Já não era sem tempo. Ele precisa de ajuda — disse ele rapidamente, e Grace teve que se concentrar para entender tudo.

Era evidente que aquele homem gostava de Roman. *El jefe* pagava bem e era um artista talentoso. Hector considerava uma honra trabalhar com ele. Não parou de falar até Roman interromper a conversa.

— Você entende o que ele está dizendo?

— A maior parte. Ele só estava me falando um pouco dele.

E de você.

— Vocês podem se conhecer mais tarde. Diga a ele que ainda tenho mais um transfer para fazer, mas que ele pode começar com os dois que já tenho prontos. Vou levar o último pra San Diego quando terminar. Diga a ele que vou ligar antes de ir. Melhor ainda, que você vai ligar. Se ele precisar de alguma coisa, você vai conseguir entender.

Grace relatou tudo. Hector tinha perguntas.

— Ele quer saber onde vai ficar enquanto trabalhar lá. Ele não pode ir e voltar todo dia e não gosta de dormir no carro.

— Mas que... — explodiu Roman, mas conseguiu engolir o palavrão. — Ele vai ficar no hotel mesmo. Vamos resolver isso *agora*. Olha, liga para o hotel e lembra que eles devem cuidar da hospedagem sem custo para a gente. Isso já estava no acordo. Eles também poderiam oferecer as refeições no restaurante do hotel, pra ele não ter que ficar saindo o tempo todo. E diga a ele pra tirar uma folga e ir ao zoológico ver uns animais de verdade, vivos.

— Isso é uma sugestão ou uma ordem? O zoológico é caro.

Roman pegou a carteira, tirou uma nota de cem dólares e a entregou a Hector, que ficou meio confuso até Grace explicar. Então Hector sorriu como uma criança feliz e falou algo depressa.

— Ele disse que…

— Ok, ok, já sei.

Roman dispensou os agradecimentos. Pegou dois tubos longos de papelão numerados e os entregou a Hector.

— Diga a ele para pegar os suprimentos necessários no lugar de sempre. Estarei lá assim que puder. Quero terminar esse trabalho *pra ontem*.

Ele estendeu a mão e Hector a apertou.

Hector sorriu para Grace e disse.

— Acho que isso significa que ele terminou o que tinha a tratar comigo.

Ela riu.

— Acho que sim. Vou acompanhá-lo até a porta.

Ela havia dado poucos passos quando Roman exigiu sua atenção.

— Depois que mostrar a saída a Hector, eu gostaria de uma xícara de café.

— O da cafeteira ou fresco?

— Fresco.

Hector não estava com pressa para ir embora. Grace fez café enquanto conversavam. Ele disse que seria um alívio tê-la por perto, que gostaria de conhecer o homem para quem trabalhava. Conversaram mais dez minutos à porta antes de Hector dizer adiós e se dirigir a uma velha picape Ford.

Grace voltou ao estúdio com uma xícara de café fresco. Roman estava sentado à mesa de desenho, trabalhando no transfer. Não havia onde colocar a xícara. Ele olhou para ela de um jeito estranho.

— Vocês dois se deram bem, não é?

— O Hector é bem legal. Ele te admira, disse que você faz um trabalho incrível. Eu nunca vi um mural seu.

Ela se aproximou e estendeu a xícara enquanto olhava o desfile de elefantes que ele havia concluído. Mesmo sem cor, os desenhos pareciam vivos e em movimento. Viu algo que ele tinha desenhado mais ao fundo e fez uma careta.

— Qual é o problema?

Grace virou a cabeça e o encontrou olhando fixamente para ela.

— Esse mural não vai ficar no saguão de um hotel? — perguntou ela, apontando para um leão que devorava um filhote de girafa. — As crianças podem ficar impressionadas com essa cena.

— É o que acontece na vida real.

— Não em um hotel, espero. Se as crianças se incomodarem, pode apostar que os pais vão se incomodar também.

— Eu não vou estar lá pra me preocupar com isso — disse Roman com um sorriso estranho no rosto. — E a maioria das pessoas não notaria isso escondido no meio da grama.

— Mas está bem aí.

— Não, não está bem aí. Você viu uma imagem escondida que as pessoas geralmente não percebem.

O escrutínio dele a deixou desconfortável. Grace procurou um lugar para deixar a xícara de café e sair dali, mas notou que ele havia trabalhado mais nas pinturas dos cavaletes. Talia ligava a cada poucos dias perguntando sobre o progresso dele.

Sem dúvida, ele era eclético em termos de arte.

— De qual estilo você mais gosta? — perguntou, olhando do transfer para as telas.

— De nenhum dos dois. — Ele se virou no banco e ficou de frente para ela. — E de ambos. E você?

Grace não conseguia interpretar a expressão no rosto dele e não estava disposta a dar sua opinião.

— Não entendo nada de arte.

Por fim, Roman pegou a xícara de café, e sua mão roçou na dela.

— Está com medo de ferir meus sentimentos?

— Você tem um talento dado por Deus, sr. Velasco. — disse ela admirando os animais do Serengeti.

Não era de se espantar que fosse tão bem-sucedido. Ele tinha uma ampla gama de obras.

— Dado por Deus? Duvido que Deus queira alguma coisa comigo. E chega desse negócio de sr. Velasco. Você não disse *señor* Espinoza, disse Hector. Pode me chamar de Roman.

— Tudo bem, Roman.

Algo o deixara chateado. Devia estar estressado para terminar o projeto logo. Havia dito a Hector que queria terminar o quanto antes.

— É melhor eu deixar você trabalhar — disse Grace, dando um passo para trás. — Vou ligar para o hotel e esclarecer as coisas sobre a estadia do Hector. E a campainha está tocando.

Ela foi em direção à porta.

— Grace, quando a Talia ligar, como nós dois sabemos que ela vai, diga que as telas estão quase prontas. Ela pode pegar duas na quarta, e vou terminar a outra antes de ir pra San Diego.

7

Roman, vinte e um anos

Roman enfiou a mochila no compartimento superior do Boeing 777 e se sentou na poltrona. Ficou acordado só o tempo de sentir a adrenalina da decolagem. Acordou em algum lugar sobre o Atlântico, bem a tempo de baixar a bandeja enquanto os comissários de bordo serviam o jantar, e adormeceu outra vez enquanto as duas mulheres de meia-idade sentadas à sua direita repassavam o itinerário da semana que passariam em Roma.

Sergio Panetta lhe dera as instruções para chegar à casa dos Cremonesi. Mesmo assim, ele se perdeu, mas umas meninas bonitas que falavam inglês com sotaque forte o guiaram até o transporte público. Já no bairro certo, ele andou pelas ruas estreitas vendo roupas penduradas em varais nas janelas. Havia muito mais bicicletas e motocicletas ali do que em San Francisco ou Los Angeles, mas ele sabia como sobreviver ao trânsito.

Baldo e Olivia Cremonesi não falavam inglês, mas o abraçaram, lhe deram as boas-vindas e logo começaram a tagarelar em italiano. Em uma hora, a casa estava lotada de parentes ansiosos para conhecer o americano que havia pintado um afresco para o primo rico deles em Hollywood. Uma dúzia de tias, tios, sobrinhos e sobrinhas Cremonesi, sem falar dos vizinhos Santorini, se amontoaram na casa. Olivia ficou preocupada que Roman não estivesse comendo o suficiente e ficou empurrando comida para ele. A mesa estava cheia de pratos que ele nunca havia visto, e tudo cheirava bem. Mas não dava para comer tudo. Os mais jovens praticavam inglês com ele, o enchendo de perguntas sobre os Estados Unidos e sobre Sergio, que havia se tornado uma lenda na família por causa do sucesso como dono de uma empresa de importação e exportação.

Roman achou que teria um lugar tranquilo para ficar por um ou dois dias até aprender a se virar na cidade e encontrar um bom albergue, mas os Cremonesi já haviam planejado as próximas semanas de sua vida. Até elegeram um parente para ser seu guia em Roma, a Cidade Eterna. Luigi era jovem e estava desempregado e ansioso para mostrar tudo a seu hóspede americano. Sorrindo para Roman, ele ergueu sua taça de vinho e disse:

— Vamos amanhã. Eu ensino tudo que você precisa saber — e deu uma piscadinha. — Vamos conhecer umas meninas.

Olivia deu um tapa na nuca de Luigi e explodiu em um italiano animado enquanto acenava com raiva para Baldo, que gritou de volta. Luigi riu. Baldo levantou as mãos em sinal de rendição e gritou:

— *Olivia!*

Os outros riram também, dizendo coisas para Luigi e olhando para Roman.

Roman não gostava de ser o centro das atenções. Não gostava de estar em um cômodo lotado, entre estranhos que o abraçavam e beijavam sem hesitar assim que chegavam. Não gostava que fizessem planos para ele por uma hora, muito menos por dias. E não queria que ninguém lhe mostrasse a cidade. Ele não havia ido a Roma para que tomassem conta da vida dele. Preferia dormir na rua a ficar naquela casa.

À medida que a noite avançava, ele foi ficando mais calado. Olivia percebeu e falou com ele em italiano: juntou as mãos, as colocou contra a bochecha e fingiu dormir. Ele viu uma desculpa para se afastar daquela multidão e assentiu.

Olivia chamou Luigi e acenou em direção às escadas. Luigi disse a Roman que havia um quarto pronto para ele no andar de cima, no final do corredor à esquerda, e acrescentou:

— Chego meio-dia.

Assim que Roman fechou a porta, tirou um bloco de desenho da mochila. Encostado na cabeceira da cama, desenhou depressa: Olivia na cozinha e Baldo encostado na bancada com um olhar de adoração no rosto. Escreveu "Grazie" no topo e assinou "Roman Velasco" embaixo. Colocou o desenho no espelho da cômoda e olhou pela janela. Era uma baita queda em um beco de paralelepípedos. Não poderia escapar por ali, teria que esperar a festa acabar e os Cremonesi irem dormir.

Pegou seu guia de Roma e estudou o mapa da cidade. Quando a casa silenciou, já havia decorado o layout da cidade. Sentiu uma pontada de culpa por ir embora assim no meio da noite, mas não o suficiente para mudar de ideia. Fechou a porta da frente sem fazer barulho. Encheu os pulmões com o ar da liberdade e expirou aliviado. Ele conseguiria se guiar sozinho, fazia isso desde os sete anos de idade.

Eram só alguns quilômetros até o coração da cidade, e havia vários lugares para ficar. Andava depressa, se afastando da casa dos Cremonesi. Viu scooters acorrentadas a bicicletários ou árvores. Lembrou-se do que Jasper havia dito sobre viajar pela Europa de motocicleta. Poderia comprar uma, se surgisse a oportunidade.

Já passava da meia-noite, mas ainda havia pessoas nas ruas. Imaginava que as regras de sobrevivência eram as mesmas em toda cidade grande, por isso, mantinha olhos e ouvidos atentos, sabia tudo o que acontecia ao seu redor. E, assim como em San Francisco e Los Angeles, Roman se ocultou nas sombras, onde se sentia mais à vontade.

Roman encontrou uma pousada barata não muito longe do Panteão e perto de uma ponte que cruzava o rio Tibre. O Vaticano ficava a poucos quarteirões de distância. Pagou uma semana adiantado e dormiu por algumas horas antes de sair para explorar o labirinto de ruas de paralelepípedos. Passou por grupos de jovens e idosos, ouvindo italiano, francês, inglês e alemão. Havia grupos de turistas por toda parte. Ele observava os moradores locais, comia e bebia como eles enquanto ficava nas praças desenhando prédios, fontes e meninas de saia preta curta e botas pretas de salto alto. A cidade era um banquete visual durante o dia e uma colmeia de atividade à noite.

Ele passou um dia inteiro vagando pelo Fórum Romano e pelo Coliseu, outro sentado na escadaria espanhola e desenhando a Fontana di Trevi. Comprou um ingresso para o Vaticano e ficou boquiaberto diante dos salões abarrotados de arte, demorando-se em um cantinho da Capela Sistina para estudar a obra-prima de Michelangelo até o pescoço doer. Massageando a nuca, ficou observando grupos de turistas conduzidos como gado por seus guias. Seguiu junto. Cada parede, teto e piso era uma obra de arte. Havia tesouros inestimáveis por todo lado: coroas encrustadas de joias, estátuas cobertas de ouro, anéis e pingentes de diamante; obras-primas de Da Vinci, Rafael, Ticiano, Caravaggio; tapeçarias que artesãos levaram dezenas de décadas para terminar; pisos de mármore formando mosaicos...

Minutos depois de entrar naquele vasto complexo, seu espanto se transformou em inquietação. Quando estava na Basílica de São Pedro, diante da *Pietà* de Michelangelo protegida por vidro à prova de balas, ele se perguntou se as coleções de tesouros inestimáveis, aquele enorme acúmulo de riqueza ao longo dos tempos, eram realmente para Deus ou apenas uma demonstração de poder. De onde viera todo o dinheiro para construir aquele monumento à religião? De conquistadores e conquistados? De oferendas de devotos?

Centenas de visitantes passavam por ali, lotando a basílica. Outras centenas andavam pelos corredores, e mais pessoas faziam fila do lado de fora, todas ansiosas para pagar os altos preços do ingresso. Quanto dinheiro era necessário para entrar no paraíso, afinal? Existia mesmo um paraíso? Ou um inferno? Deus realmente existia? Roman nunca tinha convivido com alguém que achasse que Deus era real, muito menos necessário. "Viva e deixe viver" era religião suficiente para ele.

O crucifixo o incomodava. Por que uma pessoa adoraria um homem que dizia ser Deus e, mesmo assim, morrera na cruz? Ele se lembrou de uma placa que havia em Tenderloin, do outro lado da rua, bem em frente ao apartamento onde ele e sua mãe moravam: *Jesus salva.* Salva de quê? Jesus não conseguiu salvar a Si mesmo, como poderia salvar os outros?

Roman viu duas senhoras de vestido e xale pretos, chorando. Quando elas se afastaram, ele as seguiu, curioso. Elas entraram em um nicho da basílica e se ajoelharam em um banco de madeira baixo. Seguravam cordões de contas e murmuravam orações. Roman ficou perto da parede e as desenhou. Elas ficaram ali por uma hora, depois se levantaram, foram até o corredor e se ajoelharam rapidamente tocando a própria testa, o coração e cada ombro. Em seguida, saíram em silêncio. As lágrimas haviam secado e elas pareciam em paz. Ele olhou para a estátua de Jesus, as mãos e os pés pregados na cruz, o corpo magro e retorcido, o rosto em agonia.

A raiva tomou conta de Roman. Não sabia de onde ela vinha nem por quê. Saiu da basílica e ficou andando pelas ruas ao redor do Vaticano. Viu muitos grafites, mas não se orgulharia de nenhum deles se fossem seus. Um grupo de jovens vanguardistas andava pelo bairro de San Lorenzo, em Roma. Ele se misturou aos jovens, ouvindo e observando, até que uma menina inglesa o chamou e começaram a conversar. Uma italiana se juntou a eles e disse que estavam indo todos para o Trastevere. Roman passou a noite bebendo e perguntando onde poderia comprar material de arte.

Quando voltou à pousada, desenhou um padre de batina com os dedos cheios de anéis e um crucifixo elaborado pendurado no pescoço. Ele usava botas de pirata e apoiava um dos pés em um baú de tesouro enquanto, perto dele, uma camponesa esquelética lhe estendia a mão, toda encolhida. Mas amassou o desenho e o jogou do outro lado do quarto.

Roman dormiu mal e sonhou com a mãe.

Na manhã seguinte, exausto e de mau humor, foi até a Ditta G. Poggi e comprou outro bloco de desenho e mais lápis carvão. Adorou o cheiro da loja e se demorou por lá enquanto os clientes iam e vinham. Houve um burburinho quando um homem entrou. Ele comprou tubos de tinta a óleo e pincéis caros, e encomendou cochonilhas para moer e produzir um tom específico de carmim.

Roman pediu tinta spray das marcas Belton Molotow e Montana. O peso das latas na mochila lhe deu a sensação de ter um propósito. Ele voltou para a pousada e praticou o desenho da cena gravada em sua mente. Simplificou-a, usou menos traços, mais contrastes. Teria que trabalhar rápido, por isso cada linha tinha que expressar algo importante, algo que impressionasse. Preto, branco, vermelho e dourado, quatro cores, mais do que suficiente para passar o seu recado.

Satisfeito com a obra, Roman treinou até conseguir fazê-la em menos de três minutos. Como não conseguiu, comprou papel pardo, fita adesiva e tesoura e fez um estêncil. Com tudo pronto, saiu andando pelas ruas para encontrar um lugar para deixar sua arte. Escolheu uma parede perto da Piazza del Risorgimento e decidiu fazê-la domingo pouco antes do amanhecer. Vestiu calça jeans, camiseta, moletom e luvas pretos e pegou seu equipamento.

Uma janela se abriu com um estrondo enquanto ele prendia o estêncil na parede. Roman ficou de cabeça baixa, escondendo o rosto ao pegar as latas de tinta spray e começar a trabalhar. Terminou em menos de três minutos e tirou o estêncil. Ouviu alguém rindo enquanto guardava tudo e saía correndo.

Achava que seu grafite não duraria nem um dia, então ficou muito satisfeito ao vê-lo intacto três dias depois. Quando um universitário que se hospedava na pousada disse que voltaria para Nova York se tivesse o dinheiro da passagem, Roman se ofereceu para comprar a motocicleta dele pelo preço de um assento na classe econômica. Os dois compartimentos de carga da moto eram mais que suficientes para o pouco que ele levara consigo.

Roman seguiu na direção norte, para Florença. Ficou lá um mês, depois foi para Veneza. O calor do verão deixava o ar com gosto de lodo e uma multidão de turistas lotava a cidade. Roman seguiu para os Alpes Suíços.

Em cada cidade em que passou mais de um dia, Roman deixou uma declaração, um grafite para se comunicar com as massas. Estava viajando pela Europa havia três meses quando uma ideia se firmou em sua mente: um desafio que poderia levá-lo a uma prisão francesa ou lhe dar notoriedade como Bird. Então foi para Paris.

Ele passou três dias no Louvre, assombrando os corredores e se banqueteando com a arte. Observou os guardas, a distribuição das câmeras de segurança, cronometrou distâncias, memorizou corredores, andares e saguões. Comprou uma calça, uma camisa branca, um sobretudo e um chapéu fedora, depois voltou para comprar um livro grande sobre arte renascentista e uma bolsa de lona com o logotipo do museu.

Quando seu plano estava finalizado e ele tinha tudo de que precisava para executá-lo, Roman fez sua primeira pintura a óleo em uma tela de vinte por vinte e cinco centímetros: uma coruja sobre o galho de um pinheiro, com um olho aberto, o outro fechado e um sorriso presunçoso. Assinou BRD em letra bolha no canto inferior direito. Comprou uma moldura dourada e cera de museu.

Em seu último dia em Paris, Roman voltou ao Louvre. Parecia apenas mais um entre centenas de outros visitantes bem-vestidos observando as obras-primas nos corredores sagrados daquele museu mundialmente famoso. Estava com o chapéu puxado para a frente e para baixo, na tentativa de esconder o rosto das câmeras de segurança. Parava aqui e ali, fingindo interesse em uma pintura ou placa, enquanto curtia a descarga de adrenalina.

Roman sabia exatamente aonde estava indo e o tempo exato de que precisava. Levou menos de um minuto para tirar o quadro da ecobag com o logo do museu e colocá-lo ao lado de um óleo sobre tela que retratava dois cães de caça. Com a pele formigando, ele sentiu um segurança olhando em sua direção. Roman trocou a ecobag de ombro como se o livro dentro dela estivesse pesado demais, e o segurança perdeu o interesse. Roman ficou mais um minuto ali, sorrindo, e saiu andando sem pressa. O segurança passou direto por sua pintura, sem notá-la. Rindo, Roman foi embora, imaginando quanto tempo levaria para a equipe perceber que havia algo ali que não pertencia àquele lugar.

8

Grace mal falou com Roman nos dias seguintes. Ele trabalhava como se estivesse acorrentado à mesa de desenho. Ela nunca tinha visto uma pessoa tão obcecada. Será que ele gostava tanto assim do trabalho ou apenas desejava terminar o projeto para poder se dedicar às telas que ainda estavam nos cavaletes e pelas quais Talia aguardava ansiosamente para somar às outras que ele já havia concluído e finalmente marcar a data da exposição?

Ela estava se perguntando se ele havia comido alguma coisa nos últimos dias, até que viu as embalagens de comida congelada e as bandejas de papel-alumínio na lata de lixo embaixo da bancada. Grace se lembrou de que a vida privada de Roman não era da sua conta, mas sua consciência a incomodava. Uma assistente pessoal não deveria se preocupar com a saúde do chefe? Grace seguiu pelo corredor e subiu as escadas até o estúdio. Ficou parada à porta, mas Roman parecia imerso no trabalho. Parecia estar com uma dor de cabeça terrível também.

— Quer alguma coisa?

Ele esfregou a testa franzida.

— Mais café.

— Você deve estar com dor de cabeça porque não comeu o dia todo. Não pode viver de cafeína, Roman. Posso fazer um sanduíche pra você.

— Pode ser. Obrigado.

Nossa, foi fácil.

— Vai querer comer aqui ou lá embaixo?

Ele não tinha mesa de jantar, a menos que a mesa do pátio contasse. Mas estava muito frio e ventando forte, então ali não seria possível.

Roman jogou sua caneta nanquim em uma bandeja e respondeu.

— Preciso dar um tempo. — Ele se levantou e se espreguiçou, a camiseta colada no peitoral musculoso. — Estou começando a ver linhas pretas por todo lado — disse, e desceu com Grace até cozinha.

Ela abriu a geladeira.

— O que quer comer?

— O que tiver. Acho que tem rosbife aí.

Roman foi até as janelas enquanto Grace colocava pão e uma bandeja fechada de rosbife em cima da bancada.

— É a primeira vez que vejo você aproveitar a vista — disse, ainda procurando outras coisas para colocar no sanduíche. — Daria um belo quadro.

Enfiando os polegares nos bolsos, Roman olhou para ela e disse:

— Não é a minha praia.

— Que pena. O que gosta de passar no sanduíche? Mostarda? Maionese? Nada?

— Tudo e qualquer coisa que tiver.

Ela encontrou alface, queijo fatiado, tomate, cebola roxa e pepino em conserva.

— O Hector ligou, já está quase terminando. Ele foi ao zoológico e adorou. — Ela passou maionese em uma fatia de pão. — Talia não quer pressionar, mas deseja marcar a data da exposição. E o prefeito de Golden ligou, quer contratar você pra pintar um mural na cidade.

— Nunca ouvi falar desse lugar.

— Eu vi no Google, é uma cidade nova, que nasceu de uma cidade fantasma, que já foi uma cidade próspera durante a Corrida do Ouro.

— Não dá pra acreditar em tudo que se lê na internet.

— Eu sei. — Grace cortou o grosso sanduíche ao meio e o colocou em um prato. — Um tal de Jasper Hawley deixou recado. — Ela deslizou o prato pela bancada. — Espero que seja um amigo seu, porque disse que queria uma cama pra dormir e uma refeição caseira.

Roman riu.

— É, sim, ele foi meu professor no Masterson Mountain Ranch. É um lar para adolescentes em Gold Country, provavelmente não muito longe da recém-inventada velha cidade de Golden.

Lar para adolescentes? Muitas perguntas surgiram na cabeça de Grace.

Roman se sentou à bancada.

— Não está curiosa pra perguntar?

Ela sabia que precisava de limites com aquele homem.

— Seu passado duvidoso não é da minha conta.

Roman deu uma grande mordida no sanduíche e, erguendo as sobrancelhas, deu um gemido de prazer que provocou em Grace um arrepio que não sentia havia muito tempo.

Grace estava muito curiosa para saber mais a respeito de Roman Velasco, mas a casa era o suficiente para mostrar que ele prezava por sua privacidade. Ela lhe serviu um copo grande de suco de laranja.

— Está tentando cuidar de mim? — perguntou ele, se divertindo.

— Eu sei quem paga meu salário — respondeu ela.

Ele já havia terminado a primeira metade do sanduíche. Estava tão bom assim ou ele estava morrendo de fome? Ele era mais alto que seu ex-marido, e Patrick comia dois sanduíches, uma maçã e um saco de batatinhas sem esforço. Mas também passava a maior parte do tempo malhando.

— Quer que eu faça outro?

Ele assentiu. Ela pegou mais duas fatias de pão e disse:

— Tudo bem, vou perguntar. Como você foi parar em um lar para adolescentes?

— Era isso ou cadeia — respondeu ele, pegando o copo de suco de laranja para ajudar a engolir o último pedaço do sanduíche.

Prisão?

— O que você fez?

— Fiquei irritado e risquei uns prédios.

Grace não sabia do que Roman estava falando e ele não deu mais detalhes.

Roman a observava enquanto ela fazia o segundo sanduíche.

— Hawley ainda fica de olho em mim, diz que sou um de seus meninos perdidos. Acho que ele quer garantir que estou andando na linha. — Ele terminou o suco. — Fim da história.

Ela entendeu que aquilo significava "assunto encerrado" e não insistiu.

— Há quanto tempo você está aqui?

— Aqui em Topanga Canyon? Um pouco mais de um ano. Eu morava na praia antes.

Com a aparência que ele tinha, ela conseguia facilmente imaginá-lo em cima de uma prancha de surfe no Havaí. Um kahuna grandão com um bando de novinhas o seguindo.

— Você tem mesmo cara de quem mora em uma casa de praia.

— Todas as praias são iguais, cansei de tanta gente em volta de mim. Queria espaço e silêncio.

— Sem dúvida, aqui você conseguiu. — Ela colocou o segundo sanduíche no prato dele. — É tranquilo aqui em cima. Tem algum vizinho próximo? — perguntou enquanto fechava os pacotes de rosbife e queijo, embrulhava a alface, colocava tudo de volta na geladeira e limpava a bancada com um pano úmido.

— Além de você? Não.

Ela não tinha pensado muito na distância ou no fato de ele ser o único ser humano por perto.

— Não fique nervosa, srta. Moore. Não tinha segundas intenções quando ofereci o chalé. Só pareceu a melhor solução pra nós dois.

Ela relaxou.

— Bem, certamente foi a resposta às minhas orações.

— Orações... — Ele deu uma risada reveladora. — Odeio desiludir você, Grace, mas não foram suas orações que arranjaram essa casa. Você é boa no que faz, e eu queria que ficasse, só isso. Não existe ninguém nos ouvindo ou intervindo em nosso favor.

Grace já tinha ouvido muitas pessoas menosprezarem Deus como se fosse uma invenção imaginada para oferecer conforto na escuridão. Ela mesma teria corrido o risco de acreditar naquilo se não houvesse tido uma visão aos sete anos enquanto estava escondida dentro de um armário escuro, aterrorizada pela noite e seus monstros. Ela nunca contara a ninguém o que tinha acontecido quando era criança. E Patrick nunca sentira necessidade de acreditar em nada além de si mesmo. Caso contrário, teria se sentido mal pelo que havia feito com ela.

Ela já havia aprendido a não discutir sobre religião. Não havia chegado à fé porque alguém lhe dera todas as respostas, e sim porque conhecera e conversara com uma pessoa que a fizera se sentir acolhida pelo amor de Deus. Mas precisava dizer algo àquele homem que parecia ter tudo e nada ao mesmo tempo.

— Eu acredito em Deus. Às vezes a vida fica insuportável sem algo em que acreditar — disse, olhando nos olhos de Roman Velasco.

Ela havia se permitido duvidar, e toda vez o resultado fora um desastre.

— Tem mais suco de laranja?

Ela entendeu o recado: nada de falar sobre Deus. E ela não pretendia convertê-lo.

— Sobrou um pouquinho. Quer no copo ou prefere beber direto da garrafa?

— Da garrafa está ótimo.

Ele sorriu quando ela lhe entregou a garrafa.

— Você precisa fazer compras — observou Grace.

— Acho que você vai ter que ir a Malibu outra vez.

— Você que manda.

Roman pegou a carteira e tirou algumas notas de cem dólares.

— Compre um pouco de comida de verdade, para variar.

— Preciso de detalhes. Você quer cozinhar ou apenas mais opções de comida congelada?

— Eu sei cozinhar, sei até lavar roupa e arrumar a cama, só que prefiro fazer outras coisas. — Ele abriu um leve sorriso. — O sanduíche estava ótimo, por sinal. Sabe fazer mais alguma coisa na cozinha?

Grace entendeu o que ele queria dizer. Suas atribuições continuavam aumentando.

— Uma coisa ou outra.

— Qualquer coisa que você fizer vai ser melhor do que o que eu ando comendo. E demora muito tempo pra ir até um restaurante.

Um restaurante? Aquilo era uma brincadeira?

— Eu não sou chef de cozinha, Roman.

— Carne com batatas, carne com legumes, carne com salada. Nada de couve nem repolho. Quero ser saudável, mas não tanto. Tudo simples.

Ele estava dando muita coisa como certa.

— Posso ir até o Walmart e comprar um liquidificador. Aí é só você jogar meio quilo de carne moída, uns vegetais e apertar o botão. Em menos de um minuto, seu jantar está pronto pra beber.

Ele a fitou como se ela estivesse doida. Grace riu.

— Ou posso comprar uns shakes de proteína. — Ela pegou a garrafa vazia de suco de laranja. — Você separa o lixo reciclável?

— Não sei, separo?

Roman se levantou, mas teve que se sentar de novo. Estava pálido.

— Eu estava brincando. — afirmou Grace.

Como ele não disse nada, ela o observou com atenção.

— Você está bem?

— Só estou cansado.

— Talvez seja melhor se deitar um pouco.

— E tirar um cochilo? — disse ele, lançando um olhar sarcástico.

— Não sou sua mãe, mas você só parou por meia hora pra almoçar às três da tarde.

— O Hector está esperando.

Hector era uma desculpa esfarrapada, mas não cabia a ela repreendê-lo. O que estava pressionando tanto Roman? Não era o dinheiro, ele tinha muito e quase não gastava.

— O Hector trabalha pra você, é você quem define o cronograma.

— Só quero terminar o mural logo.

A cor dele não havia melhorado muito. Por que ele a olhava daquele jeito? Roman inclinou a cabeça, a observando.

— Você está deixando o cabelo crescer?

Instintivamente, ela levou a mão ao cabelo, que já cobria a nuca. Ela havia feito um corte bem curto, em penitência, mas suas amigas a tinham convencido de que já era hora de parar de se punir.

— Um pouco.

— Você ficaria bem de cabelo comprido.

Patrick dizia a mesma coisa.

— Curto é mais prático.

Ele franziu a testa e abriu a boca como se fosse dizer algo, mas mudou de ideia.

— Obrigado pelos sanduíches. — Ele se levantou e cambaleou levemente. — Acho que vou me deitar um pouco.

— Vou lá fazer as compras agora, então.

— Claro. Tire o som do telefone, por favor. — Ele fez uma pausa. — Quando você vai se mudar?

— Nesse fim de semana.

Eram quase seis da tarde quando Grace voltou para casa. Foi até o estúdio para perguntar se poderia descontar aquela hora outro dia, em vez de receber pela hora extra, mas, indo até o fim do corredor, viu Roman esparramado na cama. Estava deitado como se tivesse caído de qualquer jeito e não se mexido mais. Ela ficou um pouco preocupada.

— Roman?

Ele não respondeu nem se mexeu. Será que estava bem? Ela entrou no quarto. A vontade de tirar os sapatos dele e cobri-lo com uma manta era quase insuportável.

Sua tendência a cuidar dos outros já havia lhe criado muitos problemas e sofrimento. Não entraria nessa de novo.

— Roman? — chamou mais alto.

Ele resmungou e se mexeu de leve, apenas o suficiente para tranquilizá-la. Ela foi até o escritório, escreveu um bilhete e o deixou na bancada da cozinha, junto com o recibo e o troco. Quando saiu, fechou a porta sem fazer barulho.

Roman acordou suando e com o coração acelerado. Ficou imóvel, lutando contra o mau presságio que pairava na escuridão e o dominava. Sentia-se com sete anos de idade de novo, quando era noite e sua mãe já havia saído. Sombras escuras se moviam na parede e ele acendeu as luzes depressa. Não havia nada ali. Nenhuma razão para entrar em pânico. Lentamente, seu coração foi desacelerando e o medo se dissipou. *Controle-se, você não é mais criança.*

Quanto tempo tinha dormido? Ainda estava de dia quando Grace sugerira que ele se deitasse um pouco e ele não se lembrava do que havia acontecido depois de entrar no quarto. O relógio digital indicava 1h36. Horas haviam se passado, mas pareciam um minuto para ele. Tempo perdido, desperdiçado. Sentado na beirada da cama, esperou aquela estranha confusão passar. Apertando interruptores para acender mais luzes, foi até a cozinha, onde encontrou um bilhete, a nota das compras e o troco exato.

Deixei frango assado e salada na geladeira.
Até amanhã às 9h.
Grace

O artista era ele, mas ela tinha uma letra melhor. Atraente, sutil e elegante, com um toque de algo que ele não conseguia definir, assim como ela. Grace se sentia à vontade sendo si mesma. *Ao contrário de certas pessoas, que nunca se sentiam à vontade, independentemente do papel que desempenhavam.*

Roman comeu metade do frango e toda a salada. Precisava trabalhar, mas não estava a fim de desenhar o rebanho de zebras migrando pelas planícies africanas. Esticou-se no sofá de couro preto da sala de estar e ficou olhando pelas janelas. Grace estava certa: ele não havia passado muito tempo admirando a vista, que, naquele momento, estava mergulhada na escuridão total. Devia estar nublado. A noite parecia pesada como piche, úmida e fria, ameaçadora. Ele lutava contra seus sentimentos enquanto tentava identificá-los. Um vazio crescente? Uma ânsia? De quê?

Grace Moore se mudaria para o chalé no fim de semana. Ele já estava começando a mudar de opinião a respeito daquilo. Não queria ficar próximo demais, e tê-la tão perto poderia ser uma tentação. Tarde demais para se preocupar com isso, o acordo estava fechado, a menos que ela mudasse de ideia. Ela não havia ficado muito feliz com a sugestão de primeira, mas suas amigas a ajudaram a decidir e Grace passara a ver a proposta como uma resposta às suas orações.

Era melhor que ela não começasse a falar de religião com ele. Se bem que tinha que admitir que, ao contrário de outros charlatães religiosos que conhecera, ela falava de fé de uma maneira natural.

Por que as pessoas acreditavam em um deus que não podiam ver? A única vez que ele ouvira o nome de Jesus, a palavra tinha saído da boca de alguém praguejando. Era assim onde ele morou até os catorze anos. No Masterson Ranch, religião não era obrigatória. Chet e Susan tinham regras, mas não os dez mandamentos colados na parede. Jasper dizia a Bobby Ray que a maneira como um homem usava a linguagem tinha a ver com onde ele poderia parar. Conversa suja mantinha a pessoa na sarjeta. Roman aprendeu a se misturar, mesmo sabendo que nunca se encaixaria, mas podia desempenhar o papel que fosse necessário para progredir. Só recentemente começara a se perguntar se o esforço valia a pena, pois a máscara de Roman Velasco vivia caindo.

O que Grace Moore pensaria dele se soubesse de onde ele vinha e como sobrevivera? Um menino do gueto sem pai e com uma mãe prostituta. Um menino que traficou drogas até convencer o chefão a deixá-lo fazer pichações que representassem a gangue. O que ela pensaria de Bird, que ironizava o mundo que endeusava Roman Velasco, mas não queria saber de Bobby Ray Dean?

O que Grace fazia nos fins de semana? Será que tinha namorado fixo, um cara bonito e certinho, trabalhando em um emprego corporativo? Um namorado que a levava à igreja todo domingo?

E por que ele estava pensando tanto nela?

Roman soltou um palavrão baixinho e se sentou. Ele a havia contratado porque Grace não fazia seu tipo. E então tinha uma mulher confiável e bonita trabalhando para ele. Uma mulher *boa*. Ele só tinha experiência com outro tipo de mulher.

Não conseguia imaginar Grace em uma boate, muito menos procurando sexo casual em uma sexta ou sábado. Ela não era o tipo de mulher que transaria intensamente com um estranho, chamaria um Uber para voltar para casa às duas da manhã e iria trabalhar no dia seguinte.

Roman já havia perdido tempo demais dormindo, não precisava perder mais ainda obcecado com sua assistente pessoal. Eles já haviam deixado bem claro que não iam se envolver nos assuntos pessoais um do outro. Ele devia estar feliz com isso.

O trabalho o ajudaria a tirá-la da cabeça. Ele foi até o estúdio e desenhou mais quatro zebras. Até que jogou a caneta na bandeja.

O que ele estava fazendo com a própria vida? Para onde estava indo? O que queria? Sentia saudade de algo que nunca havia tido.

Depois que sua mãe desaparecera e ele fora levado a um orfanato, tinha fugido de todas as famílias que o acolheram, até que acabara voltando a Tenderloin para procurá-la. Só aos dez anos descobrira o que havia acontecido com ela. Depois disso, parara de fugir de seus lares de acolhimento, desde que seus "pais" lhe dessem liberdade para fazer o que quisesse. Ele se dava melhor com os casais interessados apenas no dinheiro que o governo fornecia em troca da moradia e alimentação das crianças. Por dentro, Bobby Ray continuava fugindo.

De quê? Para quê? Ele não sabia. Era isso que o frustrava. Era isso que fizera a pressão crescer dentro dele até que Bird voasse.

A casa de Topanga Canyon era quieta, silenciosa. Deserta. Ele se sentia como uma assombração dentro dela. A hipoteca da propriedade tinha sido executada e fora uma oportunidade estranha e fortuita que caíra em seu colo. Ele nem se lembrava de como havia acontecido, mas o corretor lhe dissera que seria um ótimo investimento. E daí se era grande demais para uma pessoa só e tinha uma casa de hóspedes que ele nunca usaria? Roman não teria que morar ali por muito tempo. O valor de mercado do imóvel estava subindo, ele poderia vendê-lo e encher o bolso de dinheiro. E depois? Voltaria para a Europa? Atravessaria os Estados Unidos de Harley? Compraria um barco e navegaria pelos sete mares?

Já fazia mais de um ano e o tempo turvava suas lembranças. Às vezes, ele se perguntava se havia imaginado tudo. Estava chapado naquela noite, inquieto, até que viu a loira. Roman tinha apenas recordações fugazes de uma longa viagem silenciosa até sua casa, depois uma urgência desesperadora, explosões de estrelas e lágrimas. Então a mulher fora embora, como um sonho do qual ele não conseguia se lembrar completamente. Ele tinha saído noite adentro atrás dela e a vira entrar em um carro que saiu em disparada com suas lanternas traseiras feito dois olhos vermelhos que o fitavam, zombando dele.

Aquela noite tinha sido seu despertar.

Roman se sentou mais uma vez diante da mesa de desenho e ficou olhando para os gnus e as zebras. Alguns estavam correndo, outros, caminhando, todos indo a algum lugar por instinto. Roman se sentia um pária entre sua espécie. Não gostava mais de se reunir à beira do rio, nem tinha interesse em cruzar com qualquer fêmea atraente, saudável e no cio do rebanho. Não tinha planos de procriar. Inquieto, queria se mudar para seu próprio Serengeti, aonde quer que fosse. Tinha medo de que mais um passo em falso o levasse à beira do abismo.

Algo não estava certo, mas ele não sabia o que era.

Ele já havia conquistado o que a maioria dos estadunidenses desejava: uma casa grande, um carro veloz, uma carreira ascendente, dinheiro, sexo quando e como quisesse. Deveria estar feliz. Deveria estar satisfeito. Mas ele queria mais. Quanto mais seria necessário para preencher o vazio que sentia dentro de si?

Frustrado, ele jogou o desenho no chão. Quando o papel tocou o piso, Roman pegou uma lata aleatória de tinta spray Krylon e se dirigiu à parede dos fundos do estúdio.

9

Bobby Ray, quinze anos

Encolhido no banco da frente do Chevy Impala branco de Sam Carter, Bobby Ray observava um território desconhecido que passava voando. Ele nunca havia saído de San Francisco. Mas ali estava, na natureza, onde havia mais árvores que casas, sem rodovias, apenas uma estradinha sinuosa. Pararam uma vez para comer no McDonald's e ir ao banheiro. A assistente social o vigiava atentamente.

— Eu sei que você quer fugir, Bobby Ray. Meu trabalho é levá-lo até o lar para menores, o que fará depois disso é com você.

Os picos de Sierra Nevada se aproximavam. Quanto mais Sam Carter dirigia, mais nervoso Bobby Ray ficava. Estava acostumado a ruas movimentadas, becos, barulho. A coisa mais parecida com aquele fim de mundo que ele já tinha visto era o Golden Gate Park.

— Vai dar tudo certo — afirmou Sam, voltando-se para ele.

Bobby Ray ouviu o discurso de Sam sobre o Masterson Mountain Ranch com os dentes cerrados. Tentava abafar a voz do homem repassando a rota em sua cabeça. Teria que se lembrar para encontrar o caminho de volta. Não havia visto nenhum ônibus circulando na estrada rural.

— O Chet Masterson vai te entender, Bobby Ray.

— Ah, claro, que nem você. Quanto tempo tenho que ficar?

— Até fazer dezoito anos.

Dois anos e meio! Bobby Ray olhou pela janela. Não se imaginava ficando em um lar daquele tipo mais que alguns dias, especialmente ali no meio do nada. Uma semana, no máximo. Encontraria uma saída.

E iria para onde? Reaper e Lardo estavam mortos.

Ele viu uma placa: Copperopolis. Levaram menos de um minuto para atravessar a cidade. Bobby Ray soltou um palavrão.

— Onde a gente está, afinal?

— O mais perto do céu que você vai chegar — respondeu Carter, sorrindo. — Está ficando nervoso, Bobby Ray? Algumas pessoas têm toda a sorte do mundo, mas são burras demais pra perceber.

— E eu tenho cara de quem gosta do campo?

A tensão se acumulava no estômago de Bobby Ray. A quantos quilômetros estava de tudo que conhecia? Ele sabia como sobreviver nas ruas, e com quase nada.

— Me ferraram e você sabe disso, Sam. Se eu preciso ficar em um lar para adolescentes, por que não um em Alameda County?

— Porque fica pertinho de San Francisco, e você fugiria de novo.

— San Francisco é meu lar!

— Só porque é o único lugar onde já esteve não significa que seja o melhor lugar pra você.

— Eu deveria poder escolher, não é?

— As pessoas fazem escolhas o tempo todo, Bobby Ray. Sua escolha mais recente te trouxe até aqui. Quando chegarmos ao Masterson, você vai ter que escolher se usará o tempo por lá para aprender algo útil ou se vai se sentir em uma prisão. — Sam lhe lançou um olhar cansado e pegou outra estradinha de terra. — Não pense que não notei você olhando todas as placas. Mas já vou avisando: se você fugir, não irá longe. As pessoas daqui conhecem o Chet, ninguém vai te dar carona para lugar nenhum... E chegamos.

Um grande celeiro, currais, uma casa comprida de apenas um andar, duas caminhonetes paradas em um quintal empoeirado. O pior pesadelo de Bobby Ray havia se tornado realidade. Era como se o tribunal o houvesse mandado para Marte.

Sam virou à esquerda e pegou um caminho de cascalho. Quando entraram no pátio, dois grandes pastores alemães começaram a latir, ameaçadores. Sam riu.

— Mais um motivo para não fugir.

Ele estava descendo do carro quando um homem alto, de ombros largos e cabelo escuro e curto saiu da casa. Parecia um caipira de filme: usava botas, jeans e camisa xadrez. Bobby Ray já tinha visto outras pessoas com aquela confiança e aura, e a maioria tinha olhos e punhos duros. Mas aquele homem tinha, ao redor da boca e dos olhos, as marcas de uma pessoa sorridente.

Uma palavra calma silenciou os dois cães.

— Que bom vê-lo, Sam! — cumprimentou o homem com voz profunda, como pedra sendo triturada durante um terremoto.

— Como está a Susan?

— Na estrada de novo — respondeu Masterson, e riu. — Está em San Antonio, foi visitar os pais.

Ele olhou para Bobby Ray de relance. O garoto fingiu não notar ou não se importar.

— Está longe de casa, não é, sr. Dean?

Bobby Ray enrijeceu, certo de que o homem estava debochando dele. Quando encontrou o olhar de Masterson, o homem sorriu.

— É um prazer te receber aqui.

— Não pra mim.

— Eu nem esperava que fosse. Você parece um menino durão, resta saber quanto.

Sam abriu o porta-malas do carro e disse algo baixinho. Masterson riu.

— Ele não seria o primeiro. Pode tentar.

Sam lhe entregou uma pasta grossa.

— Tudo que você precisa saber sobre ele está aqui.

Bobby Ray sabia que a pasta continha a história de sua família, uma lista de lares de acolhimento pelos quais havia passado nos últimos oito anos, os relatórios desses pais, registros escolares, notas de provas, ficha policial e tudo o mais que o sistema conseguira desenterrar e colocar em relatórios na tentativa de descrever quem ele era. Nada que valesse a pena, ninguém o conhecia de verdade.

Masterson apoiou a pasta em sua mão grande, como se a estivesse pesando.

— Impressionante — disse, e seus olhos azuis brilharam.

Sam estava ansioso, pronto para pegar a estrada de volta.

— Prometi ao meu filho que estaria no jogo de basquete dele hoje à noite. Se eu sair agora, consigo chegar.

Bobby Ray sentiu uma pontada de inveja. Devia ser legal ter um pai presente. Devia ser legal ter um pai, ponto. Mas sempre se podia ter um como Reaper ou Wolf.

— Ligarei daqui a umas semanas e conto como ele está — disse Masterson, dando um tapinha nas costas de Sam.

Bobby Ray não pretendia ficar ali tanto tempo.

— Onde vou ficar? No celeiro?

— Fique aí até eu avisar que pode entrar.

Bobby Ray expressou o que pensava em voz baixa e se voltou para a casa. Havia se esquecido dos dois cachorros, até que eles se levantaram e rosnaram para ele. Bobby xingou de novo. Masterson riu baixinho.

— Carne fresca e saborosa, rapazes. Calma… Fique parado, sr. Dean, eles querem conhecê-lo.

Ele deu um comando com suavidade e os dois pastores alemães começaram a andar ao redor de Bobby Ray. Os pelos de sua nuca se arrepiaram quando eles enfiaram o focinho em lugares mais íntimos.

— Fique calmo. Se você correr, eles vão derrubá-lo. Eles estão só lhe dando um "oi" canino.

— Não espere reciprocidade.

— Bom vocabulário pra uma criança das ruas.

Masterson deu outro comando e os dois cachorros se sentaram com a língua de fora e um sorriso canino. Sam voltou para o carro e acenou para Bobby Ray.

— Aqui — ordenou Masterson, e os dois cães se postaram um de cada lado dele.

Rangendo os dentes, Bobby Ray os seguiu, certificando-se de que seu passo deixasse bem claro a Masterson que ele não era um de seus animais de estimação.

— Estou avisando, sr. Dean. Se você se ausentar sem permissão, Starsky e Hutch vão caçá-lo. — Ele sorriu. — Eles já conhecem seu cheiro. Você pode correr, mas não vai conseguir se esconder.

Bobby Ray sentiu um arrepio percorrer sua espinha. Aquele cara estava falando sério?

— Deve existir uma lei que proíba mandar cães pra cima de uma criança.

— Eu disse que os mandaria te atacar? Eu só diria "procurem o Bobby Ray". Um menino da cidade se perderia bem depressa nessas colinas e vales. Starsky e Hutch conhecem cada árvore e arbusto, cada pedra e riacho. Eles lhe mostrariam o caminho de volta — Masterson observou Bobby Ray. — Espero não ter que mandá-los atrás de você.

Bobby Ray não disse mais nada. Melhor esperar e entender quem era aquele homem e que tipo de lugar dirigia. Geralmente não demorava mais que alguns dias para ele descobrir como as coisas funcionavam.

Cinco meninos estavam descansando na sala de estar. Dois estavam esticados em grandes sofás de couro marrom, lendo. Outros dois jogavam um jogo de tabuleiro. E um estava sentado à mesa, lendo um livro e escrevendo em um caderno de espiral. Eles ergueram os olhos e deram uma boa olhada quando Masterson o apresentou como sr. Bobby Ray Dean. O garoto fez contato visual com cada um, assim saberiam que Bobby Ray não tinha medo de nenhum deles, apesar de alguns serem mais velhos e parecerem durões. Ficou imaginando qual dos meninos seria seu colega de quarto ou se todos dormiam em beliches no mesmo lugar.

A sala de estar era grande e bem mobiliada. Os sofás de couro e a mesa de centro de carvalho polido pareciam caros. Estantes do chão ao teto cobriam a parede oposta a uma enorme lareira de pedra. O rancho tinha uma sala de entretenimento impressionante, com uma TV grande e sistema de som estéreo. Portas de vidro de correr se abriam para um enorme gramado onde havia uma rede de gol ao fundo.

A casa era maior que qualquer outra em que ele já estivera: os quartos eram espaçosos, os banheiros tinham pias com duas cubas, chuveiros e banheiras, a cozinha profissional era integrada a uma sala de jantar que tinha uma mesa comprida e cadeiras de encosto reto. Por outro corredor se chegava a uma lavanderia, uma despensa e a um escritório que mais parecia uma biblioteca. Outra porta levava a um anexo onde Chet e sua esposa, Susan, moravam.

— Nós levamos uma vida simples aqui, sr. Dean.

Masterson foi resumindo tudo depressa: se demonstrasse respeito e cortesia, receberia o mesmo. Devia checar o quadro diariamente para ver as tarefas. Todo mundo que morava no Masterson Mountain Ranch aprendia as artes da vida de solteiro: cozinhar, lavar louça, passar o aspirador, limpar o chão, limpar banheiro, lavar roupa e fazer pequenas costuras. Susan Masterson começaria o treinamento dele assim que voltasse do Texas, na tarde seguinte. Acordariam às seis. O café da manhã era às seis e meia e a escola, às sete e meia. Tinham tempo livre quando terminavam as tarefas escolares e domésticas. Um professor ia à casa diariamente, e Bobby Ray podia definir seu ritmo: se quisesse terminar o ensino médio mais cedo, ótimo. Algum interesse em fazer faculdade? Não? Tudo bem, nada era obrigatório. Ele poderia mudar de ideia depois de alguns meses trabalhando com Jasper Hawley. Chet faria sessões individuais com Bobby Ray três vezes por semana a partir do dia seguinte. Alguma pergunta?

Outros já haviam imposto regras a Bobby Ray antes, mas ele nunca as seguira e não pretendia começar naquele momento.

Chet lhe deu um sorriso lento.

— É muita coisa pra assimilar, mas logo você vai entender tudo. — Ele acenou para o menino que estava sentado à mesa. — Esse é o José. Pegue suas coisas, sr. Dean, você vai dividir o quarto com ele. Segunda porta à direita, naquele corredor.

José ergueu os olhos quando eles voltaram para a sala de estar. Obviamente, já havia sido informado. O olhar que deu a Bobby Ray continha um aviso: "A cama embaixo da janela é minha. Você fica com o lado esquerdo da cômoda". Pareceu depreciativo para Bobby. Ele pegou sua mochila e seguiu pelo corredor.

Tudo simples e funcional: duas camas de solteiro; duas escrivaninhas com prateleiras, uma já cheia de livros didáticos; duas luminárias de leitura; dois murais, um com uma bandeira mexicana e meia dúzia de fotos de família; um painel de cortiça com alguns alfinetes. Bobby Ray abriu a gaveta superior esquerda da cômoda e despejou ali seus poucos pertences.

Olhou as paredes brancas e limpas e desejou ter um marcador preto. Imagens surgiram em sua mente: uma festa no apartamento de Red Hot, Reaper chapado de metanfetamina, Lardo morto, pessoas gritando ao redor dele, uma cela imunda cheia de caricaturas de detentos valentões, do tipo que arrancariam o coração dele com uma faca. Bobby Ray se sentou na beira da cama e esfregou o rosto, mas queria mesmo era poder esfregar as imagens que passavam por sua cabeça e a dolorosa sensação de perda. Não devia ter esquecido que era melhor não fazer amizade com ninguém. Um dia estavam lá, depois, não mais.

— Quer que eu te mostre o rancho? — perguntou José, encostado no batente da porta, jogando uma maçã para cima e a pegando de volta.

Quanto tempo fazia que ele estava observando? Bobby Ray se levantou. Era vários centímetros mais alto que o outro e mais velho, mas sabia que tamanho nem sempre vencia uma briga.

Tudo no Masterson Mountain Ranch era estranho para ele, especialmente o ar com forte cheiro de pinho. Os únicos sons eram o farfalhar dos pinheiros, o relinchar dos cavalos e o canto dos pássaros.

Andaram pelo rancho por uma hora e Bobby Ray não viu um único carro passar.

— Está esperando alguém? — perguntou José, sorrindo. — Você não para de olhar pra estrada.

— Estamos muito longe da cidade?

— Longe demais pra ir correndo, cara. — Apontou em direção ao celeiro. — Gosta de cavalos?

— Nunca vi um — disse Bobby Ray, irônico.

José sacudiu a cabeça.

— Vamos, então. Vou apresentar alguns. São hóspedes do Masterson, e uma das nossas tarefas é fazê-los se exercitar. Alguns donos vêm cavalgar todos os dias, mas a maioria mora em Sacramento e só vem aos fins de semana ou feriados.

O celeiro cheirava a feno e esterco fresco. José abriu uma baia.

— Vamos.

Bobby Ray viu o tamanho do capão e ficou parado perto da porta.

— Cavalgar faz parte do curso de artes para solteiros?

— É uma das melhores coisas desse lugar.

José passou a mão nas costas do cavalo. O animal o cutucou com o focinho e ele acariciou a mancha branca na cabeça dele. Pegou a maçã e a deu ao cavalo.

— De onde você é? — perguntou.

— San Francisco.

— Eu sou de Stockton. Meus pais vêm me visitar uma vez por mês. Bem, minha mãe vem, meu pai está preso por roubo de carro. E você?

— Eu o quê?

— Tem família?

— O que o faz pensar que isso é da sua conta?

José estreitou os olhos.

— Somos obrigados a dividir um quarto, acho bom saber quem está dormindo na cama do lado.

— Pode ficar tranquilo, eu não sou gay e ainda não matei ninguém. — Ele estava farto do celeiro, dos cavalos e de José. — Já terminamos?

— O tour, sim, mas estamos longe de terminar. Estamos só começando.

Bobby Ray voltou para a casa. O que faria? Não conhecia nenhum dos rapazes nem queria conhecê-los. A frustração borbulhava dentro dele. José passou por ele e voltou para a mesa onde estava lendo e escrevendo. Bobby Ray ficou vagando pela sala, parando para examinar as estantes de livros: romances clássicos, biografias, livros sobre carpintaria, agricultura, mecânica de automóveis, história, tecnologia, ciência. O arco que dava para a cozinha lhe permitiu observar Chet Masterson trabalhando com um dos meninos. Alguma coisa estava cheirando bem e fez o estômago de Bobby Ray doer de fome. Outro menino empilhava pratos, guardanapos e talheres na bancada da cozinha.

— Muito bem, cavalheiros, venham se servir! — gritou Masterson sob o arco. — Hoje temos chili e pão de milho.

Bobby Ray esperou até que todos se dirigissem à cozinha e então os seguiu, pegou um prato, guardanapo, talheres e se serviu também. Havia copos com água na mesa e jarras cheias em cada ponta. Tenso, Bobby Ray se sentou. José o ignorava e os outros lhe lançavam olhares rápidos e curiosos enquanto comiam o chili. O pão de milho estava quente, fazendo derreter a manteiga e o mel que Bobby Ray espalhou nele. Após a primeira mordida hesitante, Bobby Ray se entregou à refeição. Não se lembrava da última vez que comera algo tão gostoso. Quando os garotos se levantaram para repetir, Bobby Ray também o fez.

Cada um lavou o próprio prato.

— A cozinha fica aberta, caso sinta fome mais tarde — disse Masterson a Bobby Ray. — Mas deixe tudo limpo quando terminar. — E indicando a sala de estar, concluiu: — Nossa reunião de família começa em quinze minutos.

Bobby Ray imaginou que era tempo suficiente para chegar à estrada e correr alguns quilômetros, mas, quando saiu pela porta, Starsky e

Hutch acordaram e se levantaram. Ele desceu as escadas com cautela e começou a atravessar o quintal. Os cães o seguiram. Um cutucou sua mão com o focinho e Bobby Ray parou. Talvez, se ficasse amigo deles, eles o deixassem sair. Acariciou a cabeça de um dos cães, coçou atrás das orelhas do outro. Tentou passar por eles, mas um carro se aproximou.

Endireitando-se, Bobby Ray viu um velho Dodge Dart vermelho conversível, polido, estacionar ao lado da picape F-250 marrom de cabine estendida. Um homem de meia-idade desceu. Tinha barba curta e cabelo grisalho e desgrenhado. Ele pegou um paletó esportivo amarrotado no banco de trás e o vestiu sobre a camisa xadrez de mangas curtas e colarinho aberto, enquanto os cachorros saltavam ao seu redor para cumprimentá-lo. O homem olhou para Bobby Ray.

— Jasper Hawley. E o senhor é...

— Bobby Ray Dean.

Então aquele era o professor. Era meio relaxado, mas seu aperto de mão era firme e o olhar, astuto.

Jasper Hawley indicou a casa.

— Depois de você.

Bobby Ray encontrou espaço no sofá. Masterson pediu aos meninos que compartilhassem um pouco de sua história pessoal para que o sr. Dean pudesse conhecê-los. Um após o outro, foram falando de conexões com gangues, lares desfeitos, tribunais e tempo dentro e fora de reformatórios. Bobby Ray poderia ter contado quantas vezes fora transferido, falado dos lugares onde havia morado ou como sempre encontrava um caminho de volta para Tenderloin. No começo, ele voltava correndo porque achava que sua mãe ainda estaria lá em algum lugar, nas ruas, em algum clube ou apartamento. Depois que descobrira a verdade, voltava porque lhe era familiar.

— Quer dizer alguma coisa, sr. Dean? — perguntou Masterson, olhando para ele.

— Só porque vocês contaram suas histórias tristes não significa que eu vou contar as minhas. Eu não conheço vocês — disse, olhando ao redor e fitando cada rapaz. — E não quero conhecer.

— Eu sei uma coisa sobre ele — afirmou José, e sorriu. — Ele tem medo de cachorro e de cavalo.

Bobby Ray ficou furioso, mas, antes que pudesse fazer alguma coisa, os outros riram e começaram a contar histórias sobre Starsky e Hutch. Um menino havia se recusado a sair de dentro de casa na primeira semana. Outro tentara fugir deles uma vez, Starsky agarrara a perna da calça dele e Hutch pulara com as duas patas da frente em suas costas, derrubando-o. Achou que iriam matá-lo, até que começaram a lambê-lo.

— Então eles só latem, mas não mordem? — perguntou Bobby Ray, olhando para José.

— Eu não provocaria — disse José, sorrindo para Masterson. — Eu briguei com o chefe uma vez, foi uma péssima ideia.

Masterson mudou de assunto. Jasper Hawley fez algumas perguntas e os meninos foram falando sobre tudo, de esportes a política. Todos tinham opiniões fortes, às vezes opostas, mas não recorriam a insultos nem brigavam.

Quando as luzes se apagaram, Bobby Ray ficou deitado na cama, debaixo do cobertor. Exausto e deprimido, ele queria dormir, mas o som de fora parecia se intensificar na escuridão.

— Que barulho é esse?

— São grilos — respondeu José, rindo baixinho. — Quase fiquei doidinho na primeira semana. Espera só até ouvir os sapos depois que chove um pouco. — Ele rolou para o outro lado. — Daqui a pouco você se acostuma.

Bobby Ray aceitou a derrota, pelo menos até que pudesse encontrar uma maneira de lutar e vencer. Era estudar ou morrer de tédio. Hawley lhe passou várias provas para saber em que nível estava academicamente.

Entregou-lhe livros didáticos de álgebra avançada, biologia e redação. Quando lhe deu a possibilidade de escolher entre espanhol e francês, Bobby Ray questionou: "Por que não latim?". Hawley riu e voltou no dia seguinte com um livro usado de latim de nível universitário.

— E não é que eu também me interesso por latim?

— Eu estava brincando.

— Está com medo de não dar conta? Já foi padrão ensinar essa língua nas escolas públicas, sabia? É a base da língua inglesa, de tradições, sistemas de pensamento, política, ciência. Estudar latim pode te ensinar a pensar analiticamente.

Bobby Ray estava acostumado a professores que simplesmente cumpriam a carga horária, sem muito entusiasmo. Hawley tinha histórias para cada assunto e ensinava como se conhecesse o material de cabo a rabo, de cabeça para baixo e de trás para frente. Ficava tão animado com o que ensinava que Bobby Ray acabou se contagiando.

Masterson chamava Bobby Ray ao escritório três vezes por semana, e três vezes por semana ele se esquivava das perguntas. Um dia, exasperado, Bobby Ray perdeu a paciência.

— Está tudo no arquivo — disse.

— Não estou em busca de fatos, sr. Dean. Quero saber o que você pensa. Quero saber o que se passa dentro desse seu cérebro impressionante.

— Quer nada.

Bobby Ray não tinha a menor intenção de destrancar aquela porta.

— Ando observando você, vejo que escuta muito. Falar com alguém que se importa com você pode ajudá-lo a entender de onde vem e como chegar aonde quer.

— Eu lido com as minhas coisas do meu jeito.

— E está dando certo? — Masterson sacudiu a cabeça. — A verdade é que você não lida com nada. Você está empurrando tudo aí pra dentro, onde acha que vai ficar enterrado. Mas não é o que vai acontecer, isso tudo vai devorar você vivo.

Susan Masterson era mais difícil de lidar que Chet. Era uma texana loira de olhos azuis e cabelo comprido preso em um rabo de cavalo. Ela usava jeans, camisa e botas de caubói. Todos os meninos tinham uma quedinha por ela.

— Se me acompanhar, vai aprender a se virar na cozinha. Mas, se ficar falando besteira, vai limpar os estábulos.

Bobby Ray não cooperou e descobriu que ela era uma mulher de palavra.

Com bolhas nas mãos depois de usar a pá o dia todo, ele tentou usar a razão. Passara a vida se virando sozinho, tanto tempo que nem conseguia se lembrar. Sabia fazer sanduíches, macarrão instantâneo, macarrão com queijo, cachorro-quente e ovos mexidos. De que mais um cara precisava?

Com as mãos na cintura, Susan encarou Bobby Ray e disse que, quando deixasse o rancho, ele saberia preparar uma refeição completa com quatro pratos, passar a própria camisa apesar de viver em um mundo corrido, lavar a própria roupa e arrumar uma cama tão bem que poderia fazer uma moeda quicar no lençol, de tão esticado. Aprenderia até a limpar o vaso sanitário e se lembrar de abaixar a tampa.

— Sua futura esposa vai gostar! — anunciou ela, levantando a voz para que Chet a ouvisse do escritório.

— Você disse alguma coisa, querida? — disse Chet, rindo.

— Ei! — alertou ela, colocando a mão sobre a de Bobby Ray. — Se descascar assim, vai esfolar o dedo. Não quero sangue no purê de batata. — Ela demonstrou como fazer e devolveu o descascador. — Só faltam quinze.

Ele não facilitou de novo quando ela o levou até um armário e disse que ele poderia escolher algo melhor para vestir do que aquilo que estava usando.

— Pode pegar o que precisar. A maioria dos meninos chega com quase nada.

Ela tirou umas camisas passadas e cuidadosamente dobradas do armário. Ele disse não, obrigado, que gostava de camisetas e moletons, de preferência de cor preta.

— Isso aqui não é o fim de tudo, Bobby Ray. Você vai fazer faculdade ou trabalhar, precisa aprender a se sentir confortável usando roupas que vão te ajudar a arranjar um emprego. Precisa ter a aparência adequada para a carreira que escolher.

— Não existe código de vestimenta pra traficante de drogas.

— Não seja idiota. *El que no arriesga, no gana.*

— O quê?

— Quem não arrisca, não petisca. — Ela sacudiu a cabeça e gritou: — Ei, Chet. O que aconteceu com as aulas de espanhol dos meninos?

— O Jasper está ensinando latim ao sr. Dean.

— Latim! — Susan riu. — Ai, meu Deus, Jasper finalmente conseguiu o que queria! — Ela deu um sorriso maroto a Bobby Ray. — Sorte a sua.

Como todo mundo, Bobby Ray entrava no rodízio de tarefas e tinha que limpar os estábulos e afofar o feno. José passava cada minuto de seu tempo livre com os cavalos, cavalgava todos os dias. Bobby Ray tentava não gostar de seu colega de quarto, mas o relacionamento foi se estreitando, apesar de sua determinação. Bobby Ray conseguia ver a frustração chegando, dessa vez, em relação a José e seu amor por cavalos, e queria alertá-lo.

— Eles não são seus, mano. Alguém pode colocar Blaze Star ou Nash em um trailer amanhã e levá-los daqui. Já pensou nisso?

— Claro que penso nisso, não sou idiota.

— Então por que se apega a eles?

— Você acha que eu vou ter uma chance dessas de novo? Provavelmente vou acabar como o meu velho, na cadeia. Vou aproveitar isso aqui até os dezoito.

Aos dezoito anos, eles estariam fora do programa, fora do rancho e cada um por si. Era assim que o sistema funcionava.

Bobby Ray passava muito tempo sozinho, com seus estudos. Tinha que ficar se lembrando repetidamente que não deveria fazer amigos nem contar com ninguém. Isso sempre acabava em sofrimento. Às vezes, quando os meninos estavam conversando e rindo juntos, Bobby Ray tinha que sair para pôr a cabeça no lugar. Mas muitas vezes, contra tudo em que acreditava, ficava conversando com José depois que as luzes se apagavam. Uma noite, José lhe contou uma piada e Bobby Ray riu tanto que sentiu lágrimas brotando, mas se forçou a parar de rir antes de fazer papel de bobo.

Quando José anunciou, durante uma reunião familiar, que pretendia entrar para o Corpo de Fuzileiros Navais, Bobby Ray soube que era hora de abandonar o Masterson Mountain Ranch. Assim que as luzes se apagaram, ele enfiou suas roupas na mochila e se dirigiu à porta. José o seguiu, ainda vestindo a calça enquanto tentava alcançá-lo.

— Aonde você vai?

— Para qualquer lugar, menos aqui!

— Eu faço dezoito anos mês que vem. Todos nós teremos que ir embora em algum momento, cara. Só estou tentando fazer o que é certo.

— Cala a boca e volta pra casa.

Starsky e Hutch apareceram. Bobby Ray soltou um palavrão.

— Então tá bom.

José voltou para casa, chamando os cachorros. Mas eles não foram. Starsky se sentou de um lado de Bobby Ray, Hutch, do outro. Mudando a mochila de ombro, Bobby Ray olhou para a longa entrada de veículos, depois o portão e a linha escura da estrada que acompanhava a cerca. Para onde iria? Voltaria para San Francisco? Ele não tinha mais amigos lá. Talvez Sacramento? Teria que viver nas ruas. Quais eram suas alternativas? Cuspiu uma palavra de cinco letras, depois outra, mais alto. Depois de alguns minutos, voltou para casa. Largou a mochila ao lado da cama.

Na manhã seguinte, Chet chamou Bobby Ray para uma sessão de aconselhamento. Como estava cedo, o garoto supôs que Chet sabia sobre a tentativa de fuga. Sentou-se, já imaginando quantos dias passaria limpando baias dessa vez.

Chet se acomodou atrás de sua mesa.

— Que bom que você mudou de ideia ontem à noite. — Ele se recostou. — Quer falar sobre o que fez você querer ir embora?

Bobby Ray ficou olhando fixamente para o nada.

— O silêncio é seu modus operandi, não é, sr. Dean? Tudo bem. Desta vez, vamos ficar sentados aqui até você começar a falar.

Minutos se passaram. Chet Masterson estava tão tranquilo como quando haviam entrado no escritório. Bobby Ray estava ficando nervoso. Era sempre ele que usava o silêncio como arma. Depois de um tempo, a outra pessoa dizia algo, na maior parte das vezes o suficiente para que Bobby Ray usasse o que fora dito contra ela. Mas Chet não parecia incomodado.

Após quinze minutos de silêncio, Bobby Ray se remexeu na cadeira. Rosnou algumas palavras e se levantou.

— Sente-se — ordenou Chet Masterson com calma, mas firme. — Temos uma hora.

Pelo menos havia um fim à vista. Trinta minutos deixaram os nervos de Bobby Ray à flor da pele. Talvez ele não tivesse coragem de fugir, mas sabia como ser expulso. Tudo que tinha que fazer era encontrar uma lata de tinta spray. Deixou sua mente se concentrar no que picharia. Depois de a hora passar, seu sangue já não fervia, apesar de ainda estar aquecido a um fogo baixo e constante.

— Impressionante — disse Chet, sombrio, com um sorriso de tristeza, não de respeito. — Pode ir, sr. Dean.

Naquela noite, ele viu um marcador preto na bandeja do quadro branco e sentiu uma descarga de adrenalina. Colocando-o furtivamente no bolso enquanto os outros relaxavam e assistiam a um jogo de beisebol, ele foi para o quarto. Conseguia ouvir os outros comemorando uma rebatida.

— Não quer ver o jogo com a gente? — perguntou José, parando à porta.

Ele soltou um palavrão e ficou olhando para dentro do quarto. José saiu de novo, fechando a porta atrás de si.

Para Bobby Ray, foi como se tivesse levado um chute no estômago. Então a adrenalina voltou, a dor diminuiu, a raiva ficou concentrada. Tenso, ele continuou trabalhando.

Bobby ouviu o murmúrio de vozes na sala de estar quando a reunião noturna começou, sem ele. Ninguém sentiria sua falta quando partisse. Um pouco depois, ouviu a TV de novo. A porta continuava fechada.

A tinta do marcador acabou antes que Bobby terminasse, mas ele achou que já havia feito o suficiente. Jogou o marcador vazio na lixeira e se sentou no chão, aos pés da cama. Desejou ter mais canetas para poder terminar o que havia começado, mas não importava. Já havia feito o suficiente para ser expulso do rancho.

Alguém bateu à porta e a abriu. Bobby Ray viu as botas marrons gastas de Chet Masterson. *Lá vem. Hora de ir.* Era o que ele queria, não era?

Um medo surgiu de dentro dele, apertou sua garganta. *Para onde vou agora? Onde vou parar dessa vez?*

— Você finalmente está falando, Bobby Ray — disse Chet Masterson, calmamente observando a parede. — E parece que tem muito a dizer.

Jasper Hawley vira o que Bobby Ray havia desenhado. No dia seguinte, chegou com uma caixa de livros e a largou na mesa na frente do menino.

— Acrescentamos aula de artes ao seu currículo.

— Você espera que eu leia tudo isso?

Depois de dar uma olhada na capa do primeiro livro, Bobby Ray ficou ansioso para ver o que mais havia na caixa.

— Você tem tempo.

Bobby foi tirando os livros um por um: história da arte, as obras de Leonardo da Vinci, Francisco Goya, Paul Cézanne, Vincent van Gogh,

Hieronymus Bosch, Emil Nolde. Intrigado, abriu o último, mas Hawley o pegou de volta.

— Agora não. Primeiro, as coisas mais importantes. Matemática, latim e estudos sociais — disse, pousando as mãos sobre a pilha de livros de arte. — Esses aqui são um incentivo para você se esforçar. Assim que terminar suas tarefas, eles serão todos seus.

Bobby Ray terminou as matérias do dia em poucas horas. Quase se esqueceu de fazer as tarefas, mas as fez depressa e depois passou horas olhando as aquarelas de Veneza de John Singer Sargent e pinturas de John William Waterhouse, transportado para outros lugares e épocas. Estava amando as cores nítidas e brilhantes de Van Gogh, as máscaras de Nolde, a austeridade de Picasso.

Hawley lhe deu canetas e cadernos de desenho, e Bobby Ray os preencheu. Hawley lhe deu um livro sobre muralistas do século XX e Bobby Ray fez mais desenhos.

Certa tarde, Susan olhava por cima do ombro do menino.

— Posso dar uma olhada?

Ela pegou o caderno de desenho antes que ele tivesse tempo de responder e foi virando as páginas.

— Nossa, gostei desse. — Ela deixou o caderno de desenho na frente dele. — Gostaria de pintar uma parede?

Será que ela estava brincando? Mas parecia estar falando sério, animada até.

— Eu te dou uma das paredes da cozinha se você fizer algo assim. Sempre quis conhecer a Itália. Pinte algo romano ou lugares que talvez Vasco da Gama tenha visto quando contornou o Cabo da Boa Esperança.

— Roma e Velasco — disse Bobby Ray, fazendo uma careta.

— Vasco. — Ela riu. — Mas espere! Roman Velasco... seria um ótimo nome para um artista! — Ela levantou as mãos como se estivesse emoldurando a parede. — Roman Velasco morou aqui.

— Pseudônimo é coisa de escritor — disse Chet, rindo.

— Diga isso a Bruce Wayne e Clark Kent. Se pseudônimos servem para super-heróis, por que um artista não pode ter um?

Susan estava brincando, mas, mesmo assim, plantou uma semente. Bobby Ray Dean era o menino com um grande arquivo no Serviço Social, o rejeitado, o zé-ninguém que não pertencia a lugar algum. Já Roman Velasco tinha classe. Com um nome desses, a vida poderia ser bem diferente.

10

Grace adorava sentir Samuel aconchegado ao seu corpo, dormindo aquecido e relaxado. Deveria deixá-lo no berço, mas cada minuto com ele era precioso. Não queria perder nenhum. Selah e Ruben estavam sentados com ela na sala de estar, calados e pensativos. Haviam aberto as portas de sua casa quando Grace estava mais vulnerável e a aceitaram como parte da família. As circunstâncias estavam mudando depressa, mas Grace sabia que Selah queria manter as coisas como estavam. Não, não era verdade. Selah queria mais, ela queria adotar Samuel. Talvez até se sentisse nesse direito depois de tudo o que fizera.

Envergonhada por causa da gravidez não planejada em meio a uma crise, Grace havia guardado segredo até a barriga começar a aparecer. Seu chefe durante quatro anos, Harvey Bernstein, havia se aposentado havia pouco tempo e vendido a empresa, deixando-a desempregada. Seu seguro-desemprego acabaria antes de o bebê nascer e ela só conseguiria outro trabalho depois do parto. Patrick esvaziara a poupança que ela fizera ao abandoná-la. Grace não sabia a quem recorrer.

Por fim, engolindo o orgulho, ela contara a suas amigas o que estava acontecendo durante o almoço semanal depois da missa.

Shanice reagira como se estivesse doente.

— Minha nossa, Grace, sinto muito.

Ashley havia pegado a mão de Grace e perguntado:

— O que você vai fazer?

— Ela poderia fazer um aborto — sugerira Nicole, prática, como se aquela fosse a maneira mais lógica de resolver o problema.

Shanice olhara feio para Nicole.

— Às vezes não te reconheço, Nicole. O que você tem na cabeça?

Nicole ficara vermelha.

— Tudo bem. Já que você tem todas as respostas o tempo todo, o que ela vai fazer?

— Ela pode procurar um centro de assistência a gestantes e pedir ajuda. Pode ter o bebê e dá-lo para adoção. — Ela tinha olhado para Grace com lágrimas nos olhos. — Eu vou com você. Não vou te deixar sozinha nessa, amiga.

Grace sabia que Shanice se identificaria com o que ela estava enfrentando mais que as outras. Sua amiga dissera mais de uma vez que gostaria de poder acolher Grace e oferecer um lar para ela e a criança, mas que o apartamento que dividia com outra mulher era pequeno demais para mais gente.

Uma enfermeira do centro de assistência a gestantes tinha ouvido Grace com compaixão, sem julgar. Demorara algumas semanas, mas a moça colocara Grace em contato com Selah e Ruben Garcia, candidatos a uma adoção. Grace, então, tinha passado a viver com uma família que a amava e lhe dava esperanças de futuro. Sabia que seu filho teria um lar amoroso com Selah e Ruben e os dois filhos adolescentes deles, uma vida muito melhor do que ela poderia oferecer. Já estavam com todos os documentos prontos para assinar quando o bebê nascesse.

Grace acreditava que a adoção seria a melhor alternativa até o dia que Samuel nasceu e ela o pegou no colo. Sentiu uma conexão imediata com ele. Não sabia como faria, mas sabia que não poderia entregar seu filho para ser criado por outra pessoa.

Grace fora honesta com os Garcia após mudar de ideia. Todos sabiam que nada seria definitivo até Grace assinar os papéis, e ela lhe disse que havia decidido não o entregar. Selah tinha entendido no começo, mas, nos últimos meses, seu apego ao filho de Grace ficava cada vez mais claro.

— Tem certeza de que quer se mudar? — perguntou Selah, que parecia mais uma mãe em luto que uma amiga solidária.

— Não posso morar aqui pra sempre, Selah, preciso me virar sozinha. Não posso ser dependente de você e do Ruben.

— Você faz parte da nossa família, nunca pedimos que fosse embora.

Grace abraçou Samuel mais forte.

— Assim que eu me instalar, vou procurar uma creche.

Selah estava arrasada.

— Por que você o deixaria com estranhos se ele pode ficar comigo?

Ruben pousou a mão no joelho da esposa, mas ela o ignorou.

— Sou mãe desde que Javier e Alicia nasceram... e tenho sido... — Ela hesitou. — Você sabe que o Samuel ficará mais feliz comigo que com uma estranha. Você sabe disso. Pode deixá-lo comigo durante a semana e ficar com ele nos fins de semana. Pode vir buscá-lo no sábado e trazê-lo de volta no domingo. Ele estará seguro conosco. Você quer que ele fique seguro, não é? Você sabe quanto o amamos, ele é como um irmãozinho para o Javier e a Alicia. Por favor, Grace, não o deixe com alguém que você não conhece.

Grace se sentia dividida.

Ruben parecia tão preocupado quanto Selah, mas ela não sabia se era pelo mesmo motivo. Ele havia aceitado a decisão de Grace de ficar com Samuel, e, embora Selah dissesse aceitar também, ambos sabiam que ela ainda esperava que Grace mudasse de ideia.

Selah acompanhara Grace, segurara sua mão e lhe dera coragem durante um parto difícil. Selah fora a primeira a pegar Samuel no colo depois de ele nascer. Mesmo quando Grace mudara de ideia sobre a adoção, Selah desejou que eles ficassem. Ela insistira para que Grace ficasse em casa e amamentasse Samuel nos primeiros três meses antes de voltar a procurar emprego.

Ao ver a angústia de Selah, Grace se sentiu ingrata e egoísta. Selah havia sido uma mãe para Samuel tanto quanto ela, especialmente nas últimas semanas, desde que começara a trabalhar para Roman Velasco. Ela ficava fora doze horas por dia e mal tinha tempo para o filho. No último sábado, ele chorara em seu colo e estendera as mãos para Selah.

— O Samuel fica bem aqui, Grace. Ele tem família. Você já quis que fôssemos a família dele.

Grace sentiu uma pontada aguda ao ouvir as palavras de Selah.

Ruben segurou firme a mão de sua esposa dessa vez.

— Selah — disse, em um tom de desaprovação.

Os olhos de Selah se encheram de lágrimas.

— Não vamos segurar a Grace. O Samuel é filho dela, não nosso. Você teria aberto mão do Javier?

Selah foi falar de novo, mas Ruben prosseguiu.

— Precisa ser uma transição saudável, *mi amor*.

Quanto antes Grace fosse embora, melhor.

— Já tenho quase tudo de que preciso para me mudar. Liguei pra minha igreja, alguns voluntários vão me ajudar a me mudar no sábado.

Selah arfou.

— Sábado! Mas você nem tem um berço. Onde o Sammy vai dormir? No chão? — disse, com os olhos brilhando de lágrimas.

— Comprei um berço ontem. Tenho tudo de que preciso.

Ela passara no brechó onde comprara a cadeirinha para carro usada, mas em ótimo estado, além do cadeirão, roupa de cama para o berço e brinquedos.

Selah estava magoada e brava.

— Você precisa de tempo pra encontrar uma creche.

— Eu sei.

— Precisa checar as referências com cuidado.

— Eu sei — repetiu Grace, lutando contra as lágrimas.

Selah suavizou o tom de voz.

— Por favor, não o leve assim. Me deixa cuidar dele pra você.

Ruben estava a ponto de chorar diante do apelo angustiado da esposa. Lançou um olhar suplicante para Grace.

— Talvez um pouco mais de tempo ajudasse, *chiquita*. Você poderia deixar Samuel com Selah enquanto se muda. Eu também posso ajudar, estou livre no sábado.

Grace sabia que não poderia fazer as coisas com um bebê no colo e Selah parecia entender que tudo iria mudar. Talvez um pouco mais de tempo fosse bom. Ela não queria tomar uma decisão precipitada acerca dos cuidados com Samuel. Selah tinha razão, precisava ter muito cuidado. Teria que conversar com as pessoas, checar as referências. Enquanto isso, Samuel estaria seguro e feliz com pessoas que conhecia.

Samuel se agitou em seus braços. Com o coração apertado por causa da indecisão, Grace beijou a cabecinha de seu bebê. Era para ele estar dormindo no berço, mas ela quisera segurá-lo para se sentir forte enquanto falasse com Selah e Ruben. Doía aceitar a lógica dos argumentos de Selah. Ela cuidaria melhor e lhe daria mais amor do que ele receberia em uma creche, mesmo que fosse boa. Samuel seria mais um entre uma dúzia de crianças, ao passo que ali ele teria a atenção total de Selah.

Era aquilo que mais preocupava Grace: acaso estava sendo egoísta? Estava agindo movida pelo ciúme? Deixar Samuel aos cuidados de Selah por mais um tempo a ajudaria a aceitar ou pioraria as coisas? Ela não sabia, mas não podia permitir que suas inseguranças anulassem o bom senso.

— Não quero te magoar, Selah. Mas seria temporário. — Ela procurou o rosto de Selah para ver se estava entendendo. — Vou deixar Samuel com você durante a semana e te pago como se fosse uma creche.

— Eu não quero dinheiro! Eu faço isso por amor.

— Eu sei, mas preciso ser independente de novo. Por favor, procure entender. Eu a amo, Selah, você tem sido minha irmã pra mim. Sou muito grata por tudo que fez por mim e por Samuel, mas quero meu filho comigo o tempo todo o mais rápido possível.

Selah soltou um suspiro, trêmula.

— Sim. *Te comprendo* — assentiu, já mais calma. — Vai dar tudo certo.

Grace rezou para estar fazendo a coisa certa.

— Venho pegar o Samuel na sexta-feira à tarde depois do trabalho e o trago para casa no domingo à tarde.

Ela disse *para casa* sem querer. Sentiu as lágrimas brotando e piscou para contê-las.

— Está bem. Ótimo — disse Selah gentilmente. — Cuidar de Samuel é sempre um prazer pra mim. Ele é nosso anjinho.

Selah estendeu os braços para pegá-lo.

Grace se levantou. *Ele não é seu*, quis gritar. *Pare de tentar tirá-lo de mim!* Mas dizer essas coisas era impensável depois de tudo que Selah e Ruben haviam feito por ela.

— Sou muito grata a vocês dois. Muito mesmo.

— Nós sabemos — disse Ruben.

Ele entendia, apesar de Selah não compreender.

— Está tarde, Samuel e eu já devíamos estar na cama. — Ela pousou a mão no ombro de Selah. — Obrigada.

Selah a fitou. Ergueu a mão e segurou o pezinho de Samuel.

Grace não deixou Samuel no berço aquela noite. Ficou aconchegada com ele na cama, ao seu lado.

Roman viu quatro homens carregando móveis e caixas para dentro de sua propriedade. Grace havia levado um pacote grande mais cedo e feito mais duas viagens com caixas. Entrou com um aspirador de pó e não saiu mais. Ele a imaginou lá dentro, dando ordens como um general. *Coloque o sofá ali, a poltrona aqui, a mesa de centro assim.* Tudo teria que estar em seu devido lugar. Ela não tinha muita coisa, por isso o processo não demorou muito. Três dos homens foram embora e o quarto ficou. Mexicano, supôs Roman.

Quando Roman olhou de novo, mais tarde, Grace e o homem estavam sentados na mureta que dava para o cânion, conversando. Ele não parecia ter pressa em ir embora. Roman pensou em como ela se dava bem com Hector. Talvez Grace tivesse uma queda por latino-americanos.

Roman já havia sido confundido com um algumas vezes. Mas também havia sido confundido com muitas coisas, especialmente quando viajava e passava por postos de segurança. Sua mãe era branca, mas ninguém sabia quem a havia engravidado. Jasper dizia que um teste de DNA poderia revelar sua ancestralidade. Roman Velasco não queria saber, mas Bobby Ray Dean às vezes pensava nisso.

Roman se concentrou no transfer. O último estava quase pronto. Em poucos dias, uma semana no máximo, ele iria para San Diego, no Sul. Ficaria o tempo que fosse necessário para terminar o projeto. Duas semanas, talvez menos, se ele se empenhasse bastante. Começaria por onde Hector começara e trabalharia na parede toda. Hector passaria a camada protetora final.

Roman jogou a caneta na bandeja e alongou os dedos doloridos. Estava desenhando girafas comendo folhas de árvores espinhosas havia horas, questionando a ironia de levar animais livres no Serengeti a um hotel que abrigava turistas ansiosos para ver animais capturados vivendo em cativeiro.

Começou a andar de um lado para o outro, sonhando acordado. Como seria fazer um safári fotográfico e fotografar de perto de leões e gnus? Ele tinha dinheiro para passar um tempo na África. Infelizmente, não podia deixar aquele projeto inacabado.

Talvez precisasse viajar para um lugar mais perto.

Ele foi até a janela com vista para Topanga Canyon. Grace e o sujeito ainda estavam conversando. Para uma mulher que mal trocava vinte palavras por dia com ele, ela parecia ter muito a dizer àquele cara. Viu que eles se levantaram e se abraçaram. O homem lhe deu um beijo no rosto. Bons amigos, ao que parecia. Seguiram para a entrada e desapareceram. O pulso de Roman acelerou um pouco quando viu Grace voltar sozinha e entrar no chalé.

Talvez ele devesse ir lá lhe dar as boas-vindas. Seria educado.

Não era uma boa ideia. Eles já haviam estabelecido limites: chefe e funcionária, e senhorio e inquilina.

Roman vasculhou os armários e a geladeira em busca de algo que aguçasse seu apetite. Não estava com fome suficiente para fazer alguma coisa. Ligou a TV de sessenta polegadas e ficou zapeando os canais. Não estava passando nada além de esportes e notícias, reprises de séries canceladas e filmes antigos. Desligou o aparelho e ficou à janela da sala, pensando em quanto Grace gostava da vista. Ele já havia visto coisa melhor em suas viagens. Entediado e cansado, esticou-se no sofá e deixou a mente vagar. Imagens se formaram em sua cabeça. Ele pegou o caderno preto e os lápis embaixo do sofá e fez uns esboços depressa. Uma mulher olhava para ele com olhos arregalados e escuros, os lábios curvados em um sorriso de Mona Lisa. Murmurando um palavrão, ele arrancou a folha e a amassou.

Roman levou a palma das mãos à testa. Estava com dor de cabeça de novo. Uma volta de carro com as janelas abertas ajudaria. Mataria o tempo caminhando pela praia em Malibu, comeria um hambúrguer e depois voltaria. Talvez conhecesse uma mulher gostosa que se interessasse por ele. Estava celibatário havia muito tempo.

Duas horas depois, Roman estava sentado na praia observando o bater das ondas. Mas havia apenas mudado de cenário, não de pensamentos. Podia até ouvir a voz de Jasper Hawley: *Aonde você vai dessa vez, Bobby Ray? O que está procurando?*

Raízes? Asas? Ele não sabia. Só precisava sair de casa e ficar longe da vizinha.

Passava das duas da manhã quando chegou em casa depois de jantar em um restaurante de frutos do mar e de um longo passeio pela costa. Abriu a porta de vidro. As estrelas brilhavam intensamente no céu, e ele acabou olhando para o chalé. Havia uma luz acesa lá dentro. Grace ainda devia estar organizando tudo.

Ou talvez estivesse com medo. Não havia iluminação pública nos arredores.

Ele também levou um tempo para se acostumar com a escuridão.

11

Bobby Ray, quinze anos

A biblioteca tinha corredores cheios de livros e nichos silenciosos. Bobby Ray pegava os livros e virava as páginas, esboçando rapidamente uniformes e equipamentos da Guerra Civil. Estava tão absorto nas fotos de Gettysburg que não percebeu o tempo passar, até que seu estômago roncou de fome. Não havia tomado café da manhã nem almoçado. Bobby Ray deixou os livros ainda abertos na mesa, saiu da biblioteca e foi até um carrinho de cachorro-quente. Comprou dois e os comeu nos degraus do Auditório Cívico, imaginando o que pintaria nas superfícies brancas imaculadas dos edifícios do governo.

Voltou à biblioteca para terminar os desenhos e depois foi à festa de Reaper, que ainda devia estar bombando.

Uma ambulância e dois carros de polícia com a sirene ligada estavam parados em frente ao prédio onde Reaper morava. Provavelmente mais um caso de violência doméstica. Reaper contara outro dia, rindo, que um cara havia sido esfaqueado pela mulher quando ela o pegara saindo do apartamento de outra. Bobby Ray foi para a lateral do prédio, pensando em subir pela escada de incêndio e usar a porta do terraço para entrar no prédio. Enquanto passava entre os curiosos, ouviu um homem falando.

— Dois meninos foram baleados em uma festa no terceiro andar...

Bobby Ray parou.

— O que você disse?

O homem olhou para ele e franziu a testa.

— Você mora no prédio? Eu já te vi por aí.

— Tenho amigos que moram.

— Ainda bem que você não estava com eles.

Bobby Ray teve um mau pressentimento e sentiu um nó no estômago. As pessoas davam festas o tempo todo ali, e isso não significava que justo uma pessoa que ele conhecia havia levado um tiro ou atirado.

Dois paramédicos apareceram carregando uma maca. Bobby Ray soltou um palavrão quando reconheceu Reaper. Ele estava pálido, inconsciente, com um acesso intravenoso preso ao braço. Bobby Ray tentou passar, mas um policial bloqueou seu caminho e levantou a mão em advertência.

— Para trás.

— Ele é meu amigo!

— Então você vai querer que ele seja levado ao hospital.

Reaper não parecia bem.

Quando a ambulância partiu com a sirene ligada, a van do legista pegou a mesma vaga. Bobby Ray esperou sem arredar o pé, estava se sentindo mal. Quando os homens finalmente saíram do prédio com a maca, pelo tamanho e formato do saco de cadáver, Bobby Ray soube que Lardo estava dentro dele. Fez um grande esforço para não derramar as lágrimas que queimavam seus olhos.

Bobby Ray passou o resto da noite espalhando ira nas paredes de Tenderloin. Esvaziou seu marcador e todas as latas de spray que tinha na mochila. Uma viatura policial dobrou a esquina e parou bruscamente. Bobby Ray saiu correndo. Ouviu pneus cantando quando o carro da polícia deu marcha à ré e manobrou. Bobby saiu em disparada pelo beco mais próximo e pulou um muro. Tirando as luvas, jogou-as em cima de uma pilha de lixo. Ouviu a sirene e viu flashes de luz enquanto jogava a mochila atrás de uma caçamba de lixo. Sem diminuir a velocidade, atravessou a rua. Outro carro da polícia parou bem em frente a ele. O impulso de Bobby Ray o fez passar por cima do capô. Bateu com força no chão e ficou ali, atordoado e ofegante.

Um policial foi até ele.

— Você está bem, rapaz? Quebrou alguma coisa?

Bobby Ray conseguiu rir. Se estava bem? Se havia quebrado algo? Ele sentiu lágrimas traidoras escorrendo. Humilhado, escondeu os olhos nas palmas das mãos. Nunca havia chorado! O policial disse que, se ele não se mexesse, chamariam uma ambulância. Gemendo, Bobby Ray se sentou. Afastando as mãos que tentavam ajudá-lo, ele ficou em pé, com as pernas bambas. Não queria uma ambulância. *Por que estava correndo, rapaz? Estou atrasado e minha mãe deve estar preocupada. É isso mesmo? Nós lhe daremos uma carona para casa. Onde sua mãe mora? Eu fiz algo errado, policial? É nisso que estou pensando, rapaz. Quer tentar contar outra história? Por que estava correndo?*

Outra viatura chegou e parou atrás deles. Um policial mais velho desceu, levou a mão ao cinto de couro grosso e sacou uma lanterna pesada. Um policial mais jovem o seguiu. O mais velho apontou um feixe de luz direto no rosto de Bobby Ray.

— Ah-rá, te peguei! Esse rapazinho aprontou bastante hoje.

Bobby Ray estremeceu, mas não desviou o olhar.

— Não sei do que está falando.

— Estenda as mãos.

Bobby Ray obedeceu, sabendo que o policial estava procurando manchas de tinta em seus dedos e roupas. Alguns pichadores não tinham cérebro e não usavam luvas.

— Estou limpo. Quer ver atrás das minhas orelhas?

— Não precisa.

Ele perguntou aos outros policiais em que direção Bobby Ray estava correndo e a resposta lhe agradou.

Surpreso, Bobby Ray viu seus pulsos serem presos com algemas plásticas e foi empurrado para a traseira de uma viatura policial. Recostou a cabeça no assento e soltou um palavrão. O policial mais velho dirigia enquanto o mais novo falava com a delegacia pelo rádio. O condutor olhou para Bobby Ray pelo espelho retrovisor.

— Você se complicou hoje à noite, Bobby Ray.

Com o coração disparado, Bobby Ray se fez de bobo.

— Quem é Bobby Ray?

— Bobby Ray Dean, estou de olho em você faz tempo. Sei onde mora, sei quem são seus amigos. — Ele olhou para a frente. — Você deu sorte de não estar naquela festa.

— É isso que você acha? Que eu tenho sorte?

— E que é burro demais pra perceber.

Se o policial sabia da festa, talvez soubesse o que havia acontecido.

— Quem atirou?

Mas não obteve resposta.

Bobby Ray passou alguns dias no centro de detenção juvenil, como a burocracia mandava. Seu assistente social, Ellison Whitcomb, havia se aposentado e se mudado para a Flórida. O novo, Sam Carter, finalmente apareceu com a ficha de Bobby. Carter não tinha o cinismo de Whitcomb, era realista.

— Eles não serão lenientes dessa vez, Bobby Ray.

— Você está presumindo que sou culpado.

Sam Carter lhe deu um sorriso irônico.

— Vai dizer que não é?

Furioso, Bobby Ray empurrou a cadeira para trás e começou a andar de um lado a outro.

— Eles não têm provas!

— Eles têm tudo de que precisam. Isso pode ser bom, Bobby Ray.

— Bom? Como?

— Vão te tirar de Tenderloin.

— E se eu não quiser sair?

— Duvido que você saiba o que quer, mas quem vai decidir é o juiz.

Bobby Ray se viu em reclusão temporária com rapazes mais velhos e mais fortes. Sabia como esconder seu medo, uma vez que dividia o dormitório com mais catorze colegas. Mantinha os olhos abertos e as costas voltadas para a parede. Mal dormia, porque todo barulho o acordava. Mantinha distância, de olho nos predadores.

Um guarda levou Bobby Ray a uma sala onde havia uma mesa de metal e duas cadeiras. Ele achava que veria Sam Carter, mas um estranho alto e de ombros largos, terno cinza, camisa azul e gravata o esperava. O homem sorriu e estendeu a mão.

— Sou Willard Rush, estou cuidando de seu caso.

Willard Rush tinha um aperto de mão firme. Olhou para o guarda e o homem saiu, fechando a porta silenciosamente atrás de si.

— Sente-se, Bobby Ray. Temos que conversar sério.

Apertando as mãos sobre a mesa, Bobby Ray deu a Rush um olhar frio. Imaginou que o juiz havia revisado todas as evidências que os policiais tinham e decidira que não eram suficientes.

— Você tem uma audiência na quinta-feira da semana que vem.

Bobby Ray sentiu o estômago se revirar. Em uma semana?

— Eles não tinham nada contra mim.

A expressão de Rush mudou, fazendo Bobby Ray esquecer o medo e ficar furioso.

— Você acha que estou mentindo?

— Você tinha tinta na manga, da cor da pichação de oito paredes.

— E daí? Um pouco de tinta não prova nada. Talvez eu tenha encostado em alguma delas sem querer. — Ele se inclinou para a frente. — Eles precisam de provas mais concretas que isso.

— Precisariam de mais no mundo adulto, mas você é jovem. A promotoria pegou aquele pouquinho de tinta e trabalhou sobre ele. Eles estão fazendo o que acham melhor.

Sam Carter havia dito algo parecido. O coração de Bobby Ray batia como uma britadeira.

— Eles deveriam era prender quem atirou nos meus amigos!

— Para isso, teriam que pegá-lo primeiro e, como ninguém fala nada, vai levar um tempo. — Ele inclinou a cabeça, analisando Bobby Ray. — Se eu tivesse que adivinhar, diria que o atirador estava procurando Edoardo Gerena, e seus amigos simplesmente estavam no lugar certo na hora errada.

— Quem é Edoardo Gerena?

— A festa foi no apartamento dele. Você deve conhecê-lo pelo nome das ruas, Red Hot. Pelo que entendi, ele está preso. E o outro rapaz morreu.

Enquanto Rush falava, Bobby Ray se sentia atentamente estudado. Como um germe sob um microscópio.

— O irmão de Gerena morreu a caminho do hospital — explicou o homem.

O mundinho que Bobby Ray havia construído nos últimos meses implodiu. Tentou se manter calmo, mas, por dentro, estava agitado de fúria e dor.

— Estou curioso, Bobby Ray. Por que você não estava na festa?

Era para ele estar lá. Se estivesse, talvez pudesse ter feito algo para salvar seus amigos. Talvez tivesse levado um tiro, também. Que diferença teria feito?

— Eu tinha outras coisas pra fazer.

— Onde você estava?

— Na escola.

— Depois da escola.

Bobby Ray passou os dedos pelo cabelo e segurou a cabeça. Devia ter ido àquela festa. Deveria estar com seus amigos.

— Na biblioteca.

— Não era o que eu esperava ouvir.

O rosto de Bobby Ray queimava. Desejou não ter respondido.

Mas Rush pressionou:

— O que você estava fazendo na biblioteca?

Ele ficou só olhando para Rush. Que o homem pensasse o que quisesse, ele não ia dizer mais nada. Rush fez mais algumas perguntas, mas Bobby Ray não disse uma palavra. O homem suspirou, empilhou seus papéis e os guardou na pasta. Levantou-se e bateu na porta. O guarda abriu.

— Ele é todo seu.

Rush foi embora, o deixando sozinho com o guarda.

Naquela noite, Bobby Ray sonhou com sua mãe de novo. Ele implorava para que ela não fosse embora, mas ela empurrava suas mãos e dizia que voltaria. *Eu sempre volto, não é? Não se apegue a mim, baby. Eu tenho que trabalhar.*

12

No domingo, Grace dormiu além da conta e só acordou com o celular vibrando na mesa de cabeceira. Tateando para pegá-lo, viu o rosto de Shanice na tela e atendeu.

— Que horas são?

— Cadê você? Estamos na lanchonete. Você está bem?

— Estou ótima. Ainda na cama. Fui dormir às três.

— Não sabia que você tinha tanta coisa pra guardar.

— Não tenho, é que simplesmente não conseguia dormir.

— Grace, querida, temos uma coisa pra te contar. Queríamos falar pessoalmente, mas, infelizmente, você não apareceu.

Ela não sabia se conseguiria sobreviver a outra ideia de Shanice.

— O que foi?

— Você tem um compromisso na próxima quarta-feira, às sete da noite.

— Vamos ao cinema ou ao estudo bíblico?

— Nada disso. Você e Brian Henley vão jantar no Lawry's. Legal, né?

Grogue, Grace bocejou.

— Não conheço nenhum Brian Henley.

— Mas vai conhecer. Nós inscrevemos você em um site de relacionamentos cristão e, quando esse cara incrível apareceu, nós respondemos.

Grace abriu os olhos.

— O quê? É melhor você estar brincando.

— Escute só: ele é viúvo, pastor de jovens, tem mestrado, lindo de morrer e adora crianças. É perfeito pra você.

Já bem acordada, Grace se sentou.

— Eu não preciso de homem nenhum e nem quero, Shanice.

— Tarde demais. O encontro está marcado.

— Então vá você.

— Ele já viu sua foto, vai esperar você. Ele parece ser um cara legal, seria indelicado dar um bolo nele.

— Me diz como entro em contato com ele e eu…

— Por favor, Grace. Faça isso por mim.

Grace sabia o que estava incomodando Shanice.

— Por que ainda está se sentindo culpada? O que aconteceu não foi culpa sua, foi minha. Eu nunca culpei você, nunca.

— Eu sei, querida, mas talvez eu me sinta melhor se você for a esse encontro.

— Isso é chantagem!

— Não se tudo sair do jeito que todas nós esperamos.

— E, se não sair, promete que nunca mais vai fazer isso comigo?

Ela esperou, mas Shanice não era de fazer promessas levianas.

— Shanice?

— Talvez você queira saber quantos homens responderam ao seu perfil.

Grace gemeu.

— Acho que não.

— Não tem problema. Você ainda não acordou direito. Peguei você em um momento ruim. Mas você vai nos agradecer mais tarde, tenho certeza.

Grace podia ouvir Ashley ao fundo dizendo que Brian Henley era muito fofo. Se fosse britânico, Grace não teria que se preocupar, poderia mandar Ashley em seu lugar.

O banho quente da ducha rainfall estava tão bom que ela demorou a sair, poderia ter deixado a água correr para sempre. *Lava todos os meus pecados, Senhor. Limpa meu coração e mente dessas lembranças que me transtornam.*

Grace penteou o cabelo molhado e o balançou para que os cachos macios e naturais se soltassem. Ainda tinha que transformar aquela casa em um lar para ela e Samuel.

Felizmente, Ruben havia montado o berço. Ela havia planejado fazer isso sozinha, mas ele insistira, dizendo que tinha as ferramentas e a experiência necessárias. Os lençóis tinham estampa de aviõezinhos vermelhos, azuis e amarelos. Ela montou o brinquedo musical dele, pendurou o móbile de floresta tropical da Fisher-Price e colocou o cordeiro de pelúcia que tocava "Jesus me ama" no canto. Samuel gostava de mantinhas com bordas sedosas, e ela havia comprado duas, uma com elefantes azuis e a outra com girafas alaranjadas. Mal podia esperar para ter Samuel só para ela por alguns dias, sem Selah por perto toda ansiosa para roubar seu bebê ou atender às necessidades dele.

Senhor, sei que estou sendo egoísta, mas Samuel é meu filho. Quero mais tempo com ele, não menos. Quero ser uma boa mãe, mesmo não podendo estar com ele o tempo todo.

O mercadinho de Malibu tinha tudo de que ela precisava, mas os preços eram absurdos. Teria que fazer compras no Walmart ou aceitar a sugestão de Ashley de dividir as compras na Costco, assim, as duas economizariam.

Depois de guardar tudo o que comprara, ela abriu a porta para deixar entrar ar fresco. Sua mente continuava cheia de ideias. Precisaria de prateleiras para os livros da faculdade. Guardara todos os que usara nas matérias que concluíra, bem como os das matérias que abandonara para poder trabalhar em período integral e sustentar Patrick, pois ele prometera que ela voltaria a estudar assim que ele se formasse.

Mas não adiantava pensar naquilo. Havia se esforçado muito para arrancar a raiz da amargura e perdoar Patrick.

Se bem que perdoar a si mesma era outra história.

Inquieto, Roman foi de novo até Malibu e comprou comida no mercado. Por impulso, comprou uma orquídea, imaginando que seria um bom gesto de boas-vindas com sua nova inquilina. Havia lhe dado um dia e meio para se acomodar, que mal poderia haver em ver como estava?

A porta da frente estava escancarada. Roman interpretou aquilo como um convite. Parou na soleira. Grace não notou, estava sentada a uma mesinha com um livro grosso aberto em uma das mãos e escrevendo com a outra em um caderno de espiral. Ele ficou a observando por uns instantes.

— Já se instalou?

Assustada, ela deixou cair a caneta. Recuperando-se depressa, empurrou a cadeira para trás e se levantou.

— Desculpe. não percebi que você estava parado aí, sr. Velasco.

Ela estava estreitando os olhos por causa da luz do sol ou porque ele estava sendo invasivo? Não era a expressão usual que ele via no rosto de uma mulher. Roman até podia ler a mente dela: *O que ele está fazendo aqui?*

— Você estava concentrada. Só passei pra confirmar que você não pintou as paredes.

Roman entrou, curioso para ver o que ela estava fazendo com a casa. Afinal, ele era o dono.

— Eu perguntaria se podia primeiro.

Como se ele duvidasse disso. Ela parecia tensa.

— Está tomando a brisa da tarde?

— Não quis ligar o ar-condicionado. Esqueci de perguntar sobre água, luz e gás.

Água, luz e gás? As dificuldades financeiras dela eram tão grandes assim?

— Estão inclusos no aluguel.

— Ah, já ia esquecendo. — Ela afastou uns papéis e pegou um cheque. — Aluguel do primeiro e do último mês.

— Já está planejando se mudar?

Ele pegou o cheque e o enfiou no bolso da frente da calça.

— É assim que as coisas geralmente funcionam. E um cheque-caução caso eu pinte as paredes — disse ela, e sorriu.

Roman sorriu também.

— Está tudo direitinho, srta. Moore. — Ele deixou a orquídea na mesa em frente a ela. — Um presente de casa nova.

Ela piscou.

— Obrigada. É linda!

Então por que ela o olhava como se ele tivesse deixado uma cobra em cima da mesa? Roman decidiu não perguntar. Queria dar uma olhada na sala. Ela gostava de azul, verde, cor-de-rosa e amarelo. Era tudo simples e charmoso, acolhedor e aconchegante. Havia três quadros pendurados na parede: *Aquietai-vos e sabei que eu sou Deus*, dizia um em letras coloridas, e os outros eram duas gravuras de homens com vestimentas árabes: um pastor barbudo carregando um cordeiro sobre os ombros e o outro com a cabeça baixa e as mãos entrelaçadas em oração.

— Você tem uma queda por homens do Oriente Médio?

— Eu tenho uma queda por Jesus.

Ela disse isso tão automaticamente, sem a menor hesitação, que o pegou desprevenido. Os olhos castanhos dela brilhavam, até que ela percebeu a expressão dele e ficou perplexa. Ao vê-la inclinar a cabeça, o coração de Roman palpitou. A sensação passou tão rápido quanto surgiu.

— Suas luzes estavam acesas quando cheguei ontem à noite. Já passava das duas. Está tudo bem?

— Eu estava agitada, não conseguia dormir. É muito silencioso aqui, não há barulho de trânsito. Quer um café? Não está fresco.

Ela esperava que ele recusasse?

— Aceito, obrigado.

Ela abriu um armário, exibindo uma fileira organizada de xícaras avulsas.

— Vejo que já guardou todas as suas coisas.

Ele a observou. Ela ficava bem de jeans justo. Estava descalça, as unhas dos pés pintadas de cor-de-rosa. Sua blusa subiu um pouco e revelou a pele pálida. Não tinha tatuagem. Pelo menos não na parte que ficou visível.

Ele olhou para o livro: *Psicologia Clínica Contemporânea*. Surpreso, deu uma risadinha.

— Está lendo um pouquinho?

— É de uma matéria que tive que trancar na UCLA.

Ela lhe entregou uma xícara de café fumegante.

Estudante universitária?

— UCLA? Isso não estava no seu currículo.

— Eu não terminei.

— Não gostava da faculdade?

— Adorava.

— Reprovou?

— Tive que começar a trabalhar em período integral.

Roman ergueu a xícara e leu *Confie no Senhor com todo seu coração.* Tomou um gole, olhando para Grace por cima da borda.

— Você é intensa, não é?

— Tenho uma caneca dos Dodgers, se achar que deixa o café mais gostoso. Ou dos Raiders.

Ela o estava provocando? Ele deu um sorriso maroto.

— Eu sou mais Raiders que Dodgers.

Até o café requentado dela era gostoso. Ela estava parecendo uma adolescente com o cabelo atrás das orelhas. Ele gostava do formato de sua boca, dos lábios cheios. Na verdade, ele gostava de tudo nela, do pouco que conhecia.

Ficaram calados por alguns instantes. Grace respirou fundo, contornou a mesa, saiu pela porta e não parou até chegar à mureta. Passou a mão por ela. Voltando-se, olhou para ele e disse calmamente:

— Está um dia lindo, não?

Roman não se deixou enganar. Ela o queria fora do chalé. Ok, ele entendeu a indireta. Sentou-se no mesmo lugar que o amigo dela ocupara durante aquela longa conversa. Mas ela parecia não ter nada para dizer naquele momento.

— Está preocupada com alguma coisa, Grace?

Ela achava que ele estava dando em cima dela? Roman disse a si mesmo que estava só vendo se estava tudo certo, como um bom senhorio.

— Está tudo funcionando? A geladeira, o fogão, a máquina de lavar e secar? É a segunda vez que venho aqui, nem chequei as coisas antes de você se mudar.

— Meus amigos checaram, está tudo funcionando perfeitamente bem. A geladeira e o fogão, pelo menos. Ainda não lavei nada.

A srta. Moore estava divagando, nervosa. Ele se sentia em terreno mais firme.

— Ótimo.

Limpando a garganta, ela o fitou.

— Como está indo o último transfer?

Ele deu de ombros.

— Todo mundo está sempre com pressa.

Principalmente ele, que mal podia esperar para terminar. Quanto mais cedo voltasse ao trabalho, mais cedo acabaria. Terminou o café e estendeu a xícara.

— O seu café é bom.

Talvez ela lhe oferecesse mais um. Talvez os dois conseguissem relaxar e ter uma conversa de verdade, sobre algo que não tivesse a ver com trabalho.

— Você é viciado em cafeína, isso não faz bem.

Ela não queria que ele se demorasse.

— Está bem, *mãe.* — Roman se levantou. — Somos todos viciados em alguma coisa.

Qual seria o vício dela?

— Obrigada pela orquídea, Roman. Foi muito gentil da sua parte.

Ele nunca havia sido acusado disso antes...

— Vejo você amanhã de manhã — disse Grace, já se dirigindo para a porta.

Obviamente, psicologia clínica era mais interessante que ele.

— Pode ligar o ar-condicionado sempre que precisar, Grace. Não é sensato deixar a porta aberta, vivemos em uma região de mata. Você não vai querer ver um coiote curioso andando pela sua casa.

Ela riu.

— Não, não mesmo.

Uma vez na soleira, ela fechou a porta.

Apesar do trânsito, Grace chegou ao Lawry's na hora certa. Reconheceu Brian Henley pela foto que Shanice lhe havia encaminhado: bonito, cabelo loiro e olhos azuis. Ele a viu entrar e se levantou, também a reconhecendo pelas fotos que as amigas haviam colocado no aplicativo. Ele era uma cabeça mais alto que ela e tinha o corpo atlético. Sorrindo, ele estendeu a mão.

— Grace Moore? Sou Brian Henley, é um prazer conhecê-la.

Ele não disfarçou o alívio. A recepcionista os levou até uma mesa. Brian estava tão constrangido quanto Grace, e ela se sentiu estranha tentando deixar à vontade um homem que não queria conhecer.

— Me disseram que você é pastor de jovens.

— Disseram? Quer dizer que isso aqui não foi ideia sua?

Grace corou.

— Bem... — Por que não ser honesta? — Você parece uma pessoa muito legal, Brian, mas conhecer alguém por um aplicativo não estava nos meus planos. Minhas amigas criaram um perfil pra mim e marcaram esse encontro de surpresa. E elas não me passaram seu contato para que eu pudesse ligar e esclarecer as coisas.

Brian sorriu.

— Meu grupo de jovens fez a mesma coisa comigo.

— Jura?

Ele assentiu. Ambos riram.

Brian se recostou.

— Bem, podemos encerrar a noite agora mesmo... ou ver o que acontece.

Ela gostou da atitude dele.

— Já que estamos aqui... eu pago minha parte.

Ela podia pagar no máximo uma salada. Pena que suas amigas tinham sugerido um restaurante tão caro.

— O grupo de jovens me deu um vale-presente generoso, é suficiente para pagar um jantar muito bom para dois, com sobremesa e vinho.

— Eu não bebo.

— Somos dois.

A conversa fluiu fácil. Brian havia conhecido a falecida esposa, Charlene, na conferência de missões estudantis de Urbana quando ainda estavam no ensino médio. Descobriram que ambos iriam cursar teologia na cidade de Wheaton, em Illinois. Os dois trabalhavam e estudavam, e se casaram quando acabaram o segundo ano. Enquanto fazia mestrado, Brian assumira um cargo em uma megaigreja nos arredores de Chicago. Charlene trabalhava em uma creche que atendia crianças depois do horário de escola. Em uma noite de inverno, a menos de um quilômetro de casa, ela derrapara no gelo, saíra da estrada e batera em uma árvore.

Ao terminar de contar, os olhos de Brian se encheram de lágrimas.

— Faz quatro anos. Eu precisava me afastar de todos os lugares que me eram familiares. Me candidatei a igrejas por todo o país e acabei aqui em Los Angeles. Também é uma cidade grande, mas a igreja é muito menor. É um desafio, tem espaço pra crescer.

— Quanto tempo você e Charlene ficaram casados?

— Seis anos.

— Não é muito tempo para alguém que ama a esposa, como claramente você amava.

— Não… não é o suficiente. E você, já teve algum relacionamento sério?

Grace suspirou por dentro. *Diga a verdade.*

— Desculpe, mas parece que minhas amigas não colocaram alguns fatos importantes no perfil. Sou divorciada e tenho um filho.

Como Brian não disse nada, ela imaginou que aquele encontro seria o fim do que poderia ter sido um relacionamento promissor.

— Conte mais.

Ela ergueu os olhos, surpresa. Quanto se deve contar a alguém no primeiro encontro? Sua história era sombria e embaraçosa, o suficiente para expor sua estupidez e tolice.

— Patrick era um astro do futebol americano no ensino médio, tinha dificuldade com álgebra e o treinador dele achou que eu seria uma boa tutora. Patrick tirou mais que o necessário para passar e me convidou para o baile de formatura. Acho que foi o jeito que ele encontrou de me pagar. — Ela estremeceu. — Do jeito que estou falando, parece terrível.

— Mas é verdade?

— Não sei. Preferi acreditar que ele gostava de mim tanto quanto eu gostava dele, mas minha tia não concordava.

E tia Elizabeth estava sempre certa, acerca de tudo. Por que Grace não tinha percebido os sinais de alerta?

— E seus pais?

Grace notou que Brian a observava. Tinha que dizer alguma coisa.

— Meus pais morreram quando eu tinha sete anos. — Ela não queria falar sobre as circunstâncias. — Minha tia me criou.

Outro tópico que ela não queria abordar. Tia Elizabeth a havia levado para sua casa por dever, não por amor. Grace não conhecia a irmã de sua mãe antes disso. Fora levada para o serviço de proteção à criança na noite em que seus pais morreram e ficara em um orfanato até que tia Elizabeth aparecesse. Na verdade, como Grace descobriu mais tarde, sua tia havia aceitado o emprego na Receita Federal para ficar o mais longe possível da irmã e do cunhado.

— Meus amigos achavam que eu era muito inteligente, e Patrick só pensava em esportes. Ele amava aventura. E outras mulheres.

— E como vocês acabaram juntos?

— Nós dois fomos pra UCLA. Ele tinha uma bolsa parcial pelo futebol.

— E você?

Ela não queria se gabar, mas contou:

— Consegui uma bolsa também, mas o Patrick precisava se formar primeiro. — Ela alisou o guardanapo em seu colo, evitando o olhar de Brian. — Nós nos casamos no meio do primeiro ano. Quando ele perdeu a bolsa, achei que fazia sentido eu trabalhar para que ele pudesse se concentrar na faculdade. — Grace deu um sorriso triste. — Depois que ele se formasse, faríamos o contrário. — Deu de ombros. — Mas poucos meses depois que ele se formou, cheguei em casa mais cedo e o encontrei na cama com outra mulher. Ele disse que a amava, fez as malas e foi embora.

Brian estremeceu.

— Muito doloroso.

Não tão doloroso quanto poderia ter sido. Ela ficara magoada e furiosa, porém o mais revelador era que ficara aliviada. O último ano deles juntos fora difícil. Ela tinha visto a verdade.

— Eu odiei mais a mim mesma que ao Patrick. Foram muitos os sinais de alerta, mas preferi ignorá-los. Tentei fazer dar certo. Realmente, fui uma tola.

— E você tem um filho.

Grace hesitou ao entender o que Brian estava supondo. Não estava preparada para confessar mais pecados.

— Isso, o Samuel. Ele tem cinco meses e é o amor da minha vida.

Acaso ele notou o rubor dela? Brian parecia ter percebido algo, mas não disse nada.

— Charlene e eu queríamos filhos. Foi por isso que fui parar no ministério para jovens. Adoro crianças.

Um bom sinal, pensou Grace, mas logo se repreendeu. Brian falou sobre o programa que havia iniciado e seu objetivo de reunir as gerações mais velhas com as mais novas. Brincou com o fato de muitas pessoas acharem que os adolescentes eram incontroláveis, sem salvação e que deviam ser evitados a todo custo.

— Nada mudou — disse ele, rindo. — Até Platão reclamava da geração mais jovem.

Mas ele admitiu que os adolescentes eram desconcertantes e frustrantes, às vezes, especialmente as meninas. Grace não precisou perguntar por quê.

— Imagino quantas delas se apaixonam por você. — Um viúvo bonito, carismático e jovem? — É melhor você tomar cuidado, pastor Brian — acrescentou ela.

— Pode acreditar, tomo muito cuidado. Nunca fico sozinho com uma menina e tenho bastante supervisão de outros adultos em nossos encontros de jovens. Um pastor precisa ser muito cauteloso hoje em dia. Não é preciso muito para destruir a reputação de um homem.

Ou de uma mulher.

Conversaram enquanto comiam costela. De sobremesa, Grace pediu crème brûlée, e Brian, bolo de chocolate com calda quente. Tomaram o café sem pressa. Grace não se lembrava de já ter se sentido tão à vontade com um homem.

Brian colocou o vale-presente e uma nota de vinte dólares para o garçom na pastinha de couro. Grace notou outro casal indo embora.

— Acho que eles chegaram depois de nós. — Olhou o celular para ver as horas. — Meu Deus!

Ela e Brian estavam conversando havia mais de duas horas.

Saíram do restaurante. Brian segurou o casaco dela para ajudá-la a vesti-lo. Foram caminhando até o carro de Grace e ele abriu a porta para ela.

— Você mora muito longe?

— Estarei em casa às onze. Foi muito bom conhecê-lo, Brian. Obrigada pela noite maravilhosa.

A mão dele era quente e firme.

— As crianças vão querer saber como foi a noite. Vou dizer que superou muito minhas expectativas.

— Minhas amigas farão as mesmas perguntas e eu vou responder a mesma coisa.

Brian sorriu.

— Nesse caso, gostaria de ir a uma festa na praia com vinte adolescentes no sábado? Sem ser esse, no outro?

— Isso está me parecendo uma cilada. — Grace riu. — Acho legal, mas só se eu puder levar o Samuel.

— Com certeza. Mal posso esperar para conhecê-lo.

A caminho de casa, Grace ouviu a notificação de mensagem em seu celular. Leu depois de estacionar. Shanice, é claro. *Ligue quando chegar. Quero saber os detalhes.*

Shanice, noturna como uma coruja, atendeu no segundo toque.

— Foi legal?

— Sim, foi uma noite muito agradável — disse Grace com um tom de voz insosso.

— Ah — disse Shanice, desapontada. Mas logo se animou. — Agradável o suficiente para vê-lo de novo?

— Sim.

— Fantástico! Me conta tudo.

— Vai ter que esperar até domingo.

Grace lhe deu boa noite e desligou.

Roman passou o rolo de tinta na parede dos fundos de seu estúdio antes de Grace chegar na segunda-feira de manhã. Não queria ver a cara dela quando descobrisse qual era sua verdadeira paixão em termos de arte. Quando ela entrou com a xícara de café dele, o cheiro de tinta fresca ainda pairava no ar, forte.

Ela olhou para a parede dos fundos.

— Você pintou a parede de novo... — comentou e fez uma careta. — Que cor é essa? Cor de lama?

— Boa descrição. É só jogar um pouco disso e um pouco daquilo na mesma lata que sai isso. — Ele hesitou por uns instantes, até que acrescentou: — As prefeituras usam essa cor para cobrir grafites.

— Espero que esse não seja seu plano de redecoração.

Ele passou mais vermelho na última pintura do cavalete. Talia já tinha retirado as outras duas.

— Terminei o transfer. Vou pra San Diego hoje à tarde. Ficarei fora uma semana, pelo menos, talvez duas.

Menos, se trabalhasse muitas horas. E, se faltasse algum material, ele poderia comprar e mandar entregar.

— Vou terminar essa pintura antes de ir. Talia deve vir buscá-la em alguns dias.

— Há algo em particular que você quer que eu faça aqui enquanto estiver fora?

O olhar dela continuava sendo atraído para aquela parede feia ainda marcada por contornos tênues das cores e formas mais escuras que havia embaixo. Grace estava tentando descobrir o que ele havia pintado. Ele fez um traço vermelho na tela, afastou o pincel e deixou a paleta de lado.

— Você poderia comprar móveis. Jasper Hawley disse que queria dormir em uma cama da próxima vez que viesse.

Ela continuava olhando para a parede, inclinando a cabeça levemente.

— Preciso saber seu gosto.

— Qualquer coisa que não seja muito vintage.

Ela riu.

— Pois saiba que eu paguei um bom dinheiro pelos meus móveis. Só o top de linha do Exército da Salvação.

— Não precisa ser tão econômica com meu dinheiro.

— E roupa de cama?

— Também. E travesseiros.

— E almofadas?

— Tipo aquelas cinco que você tem em seu sofá?

Ela se surpreendeu.

— Você contou?

— Eu me lembro das coisas. Também há uma na sua poltrona, e imagino que deve haver mais uma dúzia na cama. — Ele limpou as mãos em um pano oleoso e decidiu que era melhor mudar de assunto. — Compre algo que nunca saia de moda.

Desde a época de Tenderloin ele buscava qualidade, mas lá isso era tão escasso quanto dinheiro.

— Quanto está disposto a gastar?

— Minha cama, o armário e as mesas de cabeceira custaram quarenta mil.

— O quê? — Grace se assustou. — Onde você encontrou móveis tão caros?

— Contratei uma pessoa para decorar.

— Ah, posso ligar pra ela para saber o que combina com você. Ela deve saber melhor que eu.

— Por que acha que é uma mulher? E talvez eu queira algo diferente dessa vez.

Grace era totalmente diferente das meninas que ele havia conhecido até então.

— Algo um pouco mais... sei lá, elegante. Use sua intuição.

— Talvez você se arrependa.

— São só móveis, Grace.

Ela olhou para a parede uma última vez.

— Se deixar a escada aqui, posso repintar essa parede de branco gelo.

— Teria que passar mais de uma demão... e por que quer fazer isso?

— Ficaria uma tela limpa e agradável aos olhos para você começar do zero.

Começar do zero. Se ao menos ele pudesse...

13

Com Roman em San Diego, o casarão ficou vazio demais. Cada passo de Grace ecoava no piso de carvalho francês cinza. Ela passou o primeiro dia pintando a parede do estúdio e depois ligou para Selah.

— Vou buscar Samuel depois do trabalho. Ele pode ficar comigo essa semana.

Selah disse que seria puxado demais para Grace, que deveria deixá-lo com ela e ir buscá-lo só aos fins de semana. Mas Grace insistiu, disse que daria conta. Selah perguntou se ela tinha permissão para isso e Grace mentiu: disse que sim. Ela não havia perguntado nada a Roman, mas por que ele se importaria, desde que ela desse conta do trabalho? Quando ele voltasse, poderia perguntar se ele se importaria de ter uma criança em casa.

Selah achava que não era uma boa ideia.

— O Samuel tem consulta no pediatra na quinta-feira. Você teria que arranjar tempo para levá-lo e sabe como ele fica irritado depois que toma vacina. E sempre tem febre. Vai ser muito melhor pra ele ficar aqui comigo.

Grace ficou irritada. Por que tudo tinha que ser um cabo de guerra com ela?

— Eu quero passar mais tempo com meu filho, Selah.

— Eu sei, *chiquita,* mas você precisa pensar no que é melhor pra ele. Samuel já vai ficar indo e voltando aos fins de semana pra ficar com você, ele precisa de uma rotina. Você não vai querer que ele se sinta um ioiô, não é?

Grace queria insistir, mas sentiu que estava sendo egoísta. Talvez Selah tivesse razão, Samuel não se contentaria com ficar dentro de um chiqueirinho no escritório dela. Ela não poderia deixar as tarefas de lado para brincar com ele sempre que um deles quisesse. Já Selah conseguiria atender a todas as necessidades dele.

— Tudo bem, você tem razão.

— Tudo no seu tempo, *chiquí.* Ele está tão bem! Tudo vai dar certo, como tem que ser.

Esse era o mantra de Selah, e era verdade.

Grace foi comprar móveis e roupas de cama para o quarto de hóspedes e não chegou nem perto de gastar quarenta mil dólares. Quando Roman voltasse, tudo estaria no lugar, inclusive os poucos toques que ela havia acrescentado para deixar o ambiente mais acolhedor. Quando voltou, checou a secretária eletrônica do escritório e encontrou uma mensagem de Roman. "Onde você está? Ligue para mim." Ele parecia irritado e repetira o número de celular duas vezes. "Ligue para mim!" Ela salvou o número, mas ligou para ele do telefone do escritório. Ele nem lhe deu a chance de dizer oi.

— Por que não atendeu mais cedo?

— Estava comprando os móveis para o quarto.

— Ah…

— Acabei de chegar. O quarto de hóspedes estará mobiliado até o fim da semana. Stickley Whitehall.

Ela esperava que essa informação fosse suficiente para que ele entendesse que ela não estava tomando sol na praia em Malibu.

— Eu nem sei o que é isso. Eu vou gostar? — perguntou, já mais calmo.

— Não sei, mas seus hóspedes ficarão bem confortáveis com a decoração nesse estilo.

— Hóspede, no singular: Jasper. E lençóis, cobertores…

— Tudo comprado. Também peguei dois travesseiros para o Jasper poder escolher. Vou arrumar a cama assim que tudo chegar. — Grace lhe disse quanto havia gastado, torcendo para que ele fosse um homem de palavra e não gritasse com ela. — É o tipo de mobília que se valoriza com o tempo.

— Tenho certeza de que vai ficar perfeito — disse ele.

Mas Roman parecia distraído. Acaso estava pensando em outra coisa?

— Tenho uns recados pra você. Um do contador e outro de um corretor de imóveis, dizendo que tem uma pessoa interessada na casa, caso você esteja pensando em vender.

Roman lhe pediu para dizer ao contador que entraria em contato depois da exposição, e firmou que não estava interessado em vender a casa.

Grace deu uma risadinha.

— Que bom, acabei de me mudar.

— Ah, é? Você está dormindo na minha cama? — perguntou ele, rindo baixinho.

— Eu falei do chalé, é claro.

Pelo menos o humor dele havia melhorado.

— Quer que eu faça mais alguma coisa por aqui além do usual? Algo que não seja entrar no seu quarto ou no estúdio? A propósito, pintei a parede. Você não disse que não podia, então… — Como ele ficou em silêncio, ela se perguntou se havia passado dos limites. — Espero que não se importe.

— Eu só estava pensando… você poderia entregar a última pintura, em vez da Talia ir buscá-la.

— Ouvi dizer que Laguna Beach é uma cidade linda.

— Você nunca foi?

— Não. Tudo que conheço fica entre Fresno e Los Angeles. Agora, posso acrescentar Topanga Canyon, Burbank e o supermercado em Malibu.

Grace não tinha dinheiro nem tempo para viajar. *Um dia ainda irei à Disney com Samuel*, sonhava.

— Você não é muito de sair da concha, né? Bem, será uma grande oportunidade pra você, se quiser entregar a peça em mãos. A propósito, preciso do número do seu celular.

Grace disse o número sem hesitar.

— E quando eu ligar, atenda.

— Ok, chefe.

Depois que Roman desligou, ela baixou um toque específico para o número de dele e ligou para Talia, para marcar um horário na galeria no dia seguinte.

Talia Reisner não tinha nada a ver com a mulher de negócios fria que Grace esperava. Com uma saia em camadas toda colorida, uma bata e um colar grosso de pedras nas cores turquesa e vermelho e o cabelo cacheado de fios ruivos e grisalhos formando um coque frouxo preso com dois hashis, parecia uma criança de pais hippies envelhecida.

— Grace Moore! Que bom finalmente te conhecer pessoalmente. — Talia ignorou a mão estendida de Grace e a abraçou. — Sabia que havia uma estrela de cinema com seu nome? Grace Moore viveu muito antes de você nascer e cantava como um rouxinol. Cadê a pintura? — Grace abriu o porta-malas do carro. Talia pegou a pintura mais recente de Roman com cuidado. — Ah, olha só que o garoto fez dessa vez!

Garoto de novo. Grace não conseguiu segurar a risada. Fechou o porta-malas vazio e acompanhou Talia para dentro.

A galeria tinha inúmeras salas repletas de pinturas, e não fileiras de paredes abarrotadas de arte moderna, como Grace havia imaginado. Ela parou para admirar um óleo sobre tela: era um elegante vaso renascentista cheio de lilases roxos que pareciam tão reais que ela quase conseguia sentir o perfume. Gostou de outro quadro de garças azuis entre juncos. Um pedestal exibia uma baleia de bronze e um filhote. Em outro, seis golfinhos. Uma grande bandeja de cerâmica lembrava um céu noturno estrelado. Grace se inclinou para ver o preço.

— Meu Deus!

— Nós nos baseamos no que agrada.

— Tudo aqui custa mais do que eu ganho em um ano.

Talia apoiou a pintura de Roman em uma parede cuidadosamente.

— O que achou?

— Perguntou pra pessoa errada.

Talia sorriu para Grace com astúcia.

— Você sabe do que gosta, e não é arte moderna. Vou te contar um segredo: no começo, eu também não gostava muito do trabalho do Roman. — Afastou-se e analisou a pintura enquanto falava. — Ele chegou aqui com um ressentimento que só. Tinha passado por outras galerias e ninguém quis ver o que ele tinha no carro. — Ela riu. — Ele estava furioso. Sabe o que me disse? "Só dá uma olhadinha. Se não for bom, eu vou embora." Em uma linguagem muito mais entusiasmada, claro. — Talia inclinou a cabeça. — Sei exatamente de que tipo de moldura essa aqui precisa.

Ela pegou a pintura e a levou para o escritório.

Grace a seguiu.

— O que a fez mudar de ideia?

— Quem não arrisca, não petisca, como dizem. E o dia estava muito devagar. Eu disse pra ele me mostrar o melhor que tinha. Ele apoiou umas pinturas na parede e saiu enquanto eu as analisava. Eu ia recusá-las, mas um cliente entrou. E eu sei reconhecer um comprador sério. Aquele homem atravessou a galeria e parou bem em frente às pinturas do Roman. Quis comprar uma na hora. Eu disse que ainda não tinham preço e, quando ele me entregou seu cartão, eu soube que havia algo de especial ali. Roman tinha chamado a atenção do curador de um dos melhores museus de arte moderna do país. Ele estava só passando um dia em Laguna Beach, de férias. Que coincidência! Ele comprou a primeira obra do Roman para sua coleção particular. Disse que era um investimento.

Grace olhou para a pintura de novo.

— Sem dúvida, não sei apreciar arte.

— É uma questão de gosto, mas certas pessoas têm um olho bom pra novas tendências. Roman sabe o que está fazendo.

O mural de Roman impressionava Grace muito mais que a arte moderna que ele pintava em cavaletes como uma linha de montagem. Bem, pelo menos os transfers, porque talvez nunca visse o mural de verdade em San Diego.

— Esse quadro é muito diferente dos outros trabalhos dele.

— Está falando dos murais? — perguntou Talia, com um ar travesso. — Ele fez um para um amigo meu, uma paisagem da Riviera Italiana: colunas, buganvílias, urnas e ninfas despejando água de jarros. O Roman tem um senso de humor perverso. Leo levou seis meses para encontrar o símbolo fálico. Vários hóspedes notaram antes dele e apostaram quanto tempo ele levaria para encontrar.

— E o que aconteceu?

— Leo tem senso de humor. Ele riu e me disse que se diverte observando a cara das pessoas quando encontram a imagem escondida. É muito bem-feito, devo dizer. Mas ele nunca percebeu que Roman o estava chamando de um nome bem desagradável, claro. Homens como Leo nunca percebem. — Ela sacudiu a cabeça. — Roman tem um grande dom, mas não sabe o que fazer com ele, ainda não se encontrou. Quando entrou aqui na minha galeria, só queria saber de colocar as pinturas na parede para ver se venderiam. Eu expliquei que um verdadeiro artista não se importa com o que as pessoas pensam e ele retrucou que se Michelangelo podia se prostituir, ele também poderia. Eu disse que ou ele acreditava no que estava fazendo ou não. A resposta foi que ele não acreditava em nada.

Isso deixou Grace triste. Ela já havia notado a inquietação de seu chefe, como se nem mesmo seus melhores trabalhos o deixassem realizado ou satisfeito. Ele trabalhava muito, mas parecia nunca estar contente.

— Havia algo nele além da beleza — prosseguiu Talia, abrindo um sorriso. — Mas eu coloco a foto dele em todos os folhetos, claro. O rosto dele atrai as mulheres com dinheiro e as casadas com homens com dinheiro. O nome Roman Velasco também soa bem, não acha? Estrangeiro e misterioso.

Grace entendia o que ela queria dizer.

— Acha que esse não é o nome verdadeiro dele?

— E você acha? Não sei a ascendência do Roman, mas acho que não há uma gota de sangue italiano ali. Indiano, talvez, ou árabe... e algum parente negro. Não que isso importe, porque ele não é apenas bonito. Ele é interessante, não acha?

— Eu mantenho distância.

— Sábia decisão.

Por que Roman inventaria um nome? Será que tinha algo a esconder? Ela afastou a curiosidade. Quaisquer fossem os motivos dele, não eram da conta dela.

Grace aceitou o convite de Talia para almoçar. As ondas reluziam ao sol, as gaivotas subiam e mergulhavam ao vento. Talia falou sobre arte, clientes, viagens. Até que o toque de Roman explodiu no celular de Grace: Elvis Presley cantando "Big Boss Man", o chefão.

— Roman. — avisou Grace enquanto procurava o telefone e Talia riu. — Oi, chefe — atendeu e sorriu para Talia.

— Você vai pra Laguna Beach hoje?

— Já estou aqui. Entreguei a pintura em segurança. Talia e eu estamos terminando de almoçar, volto logo.

— Você está na metade do caminho pra San Diego. Por que não vem até aqui?

Grace ficou muda. Ele devia estar brincando! O sorriso Talia murchou e ela ficou observando Grace, que, envergonhada, olhava para o mar.

— Já passa das duas. Levaria horas para eu voltar.

— Passe a noite aqui.

— O quê? — Seu coração disparou. — Não!

— Não estou dizendo pra você passar a noite no meu quarto, Grace — disse ele, divertido.

Ela sentiu o rubor tomar suas bochechas. Talia também notou.

— Posso providenciar uma suíte bacana pra você — disse ele, piorando ainda mais as coisas.

Incomodada, ela foi mais firme.

— Não, obrigada.

— Não quer ver o mural?

— Outra hora.

— Não vou voltar aqui depois que ficar pronto.

— Eu sei.

— Nossa, que frieza — disse ele, mas não parecia chateado.

— Você provocou.

Suas próprias emoções eram outra questão.

— Precisa que eu faça mais alguma coisa? — acrescentou Grace, tentando manter um tom de voz neutro para que ele não percebesse o que a provocação dele havia conseguido fazer.

— Não. — E desligou.

Grace soltou um suspiro diante da brusquidão e ficou olhando para o telefone. Sacudindo a cabeça, o guardou.

— Esse garoto é meio irritante às vezes, não? — perguntou Talia, com um brilho especulativo nos olhos.

Ele era... mais do que Grace queria admitir.

Roman não ligou mais para Grace. Pegava-se olhando para o relógio toda tarde por volta das três, geralmente minutos antes de ela ligar para ele. Grace passava os recados e falava da correspondência que havia chegado, perguntava como estava o trabalho, mas ele não sabia dizer se ela estava realmente interessada ou simplesmente sendo educada.

Roman retirou o leão que comia o filhote de girafa antes que Hector chegasse para começar a camada protetora. O público ficava ao redor, vendo-os terminar a obra. Era impressionante, o melhor trabalho que ele já havia feito.

Depois de recolher todo o material, ele se perguntou por que se sentia vagamente desapontado, como se algo essencial estivesse faltando.

— Não parece feliz, *señor* — comentou Hector em inglês com sotaque.

Seu inglês estava melhorando muito nas últimas semanas, e Roman sentiu uma pontada de ciúmes.

— Grace está te dando aulas particulares de inglês?

Hector sorriu e ergueu as sobrancelhas.

— Não. Conheci uma menina na praia. *Muy guapa*. Ela me ensina inglês e eu ensino espanhol.

Pela expressão de Hector, Roman percebeu que os dois haviam transcendido mais que barreiras linguísticas.

— Parece um bom acordo.

Hector pegou o celular e mostrou uma selfie. A menina, uma ruiva curvilínea e bronzeada, parecia apaixonada por seu Romeu latino. Hector tinha um ar vitorioso com o braço ao redor dela.

Ele guardou o celular no bolso.

— A Grace vai vir?

— Uma garota não é o suficiente?

Hector riu.

— Para ver o mural, *jefe*.

— Não sei.

Roman não admitiria que a havia convidado e ela recusara. Notou que Hector o fitava e o encarou também.

— Que foi? — Com a cabeça, Hector indicou a recepção, onde um homem apontava para Roman, mostrando-o a um casal de meia-idade. — Vamos jantar. Não estou a fim de ser simpático com estranhos. — disse Roman.

Conseguiram uma mesa em um restaurante legal na mesma rua. Hector passou a maior parte do tempo mandando mensagens para a namorada. Conversar nunca era fácil com Hector, mas até uma conversa forçada teria sido legal. Algo que ela disse a Hector o fez decidir voltar para Los Angeles em vez de passar a noite no hotel cinco estrelas de San Diego. Roman se despediu dele com um aceno e ficou sozinho tomando um conhaque.

Passava um pouco das oito quando ele voltou para a suíte no hotel. Ficou olhando pela janela, meio à deriva. Grace não havia ligado, como sempre fazia, o que era uma boa desculpa para ligar para ela. Pegou o celular e procurou o número.

Depois de cinco toques, caiu na caixa postal. Não havia nenhuma mensagem simpática nem uma gravação dizendo o nome dela, apenas instruções para deixar recado. Também não dizia que retornaria à ligação. Roman não deixou mensagem. Era sexta-feira e o horário de expediente já tinha acabado. Por que ela atenderia, afinal?

O peso que sentia no peito aumentou. Muita carne, muito álcool. Sua mandíbula doía. Um dentista lhe havia dito que ele rangia os dentes dormindo e recomendara uma placa para bruxismo. E menos estresse em sua vida. Ele se sentia meio mal, mas não só porque havia bebido.

Por que estava estressado, se tinha tudo o que todo mundo queria?

Esticando-se na cama, tentou dormir. Estava nervoso, precisava de algo. Poderia retomar um velho hábito: ir a uma balada, ficar com uma garota. Mas o vazio sempre voltava depois e aquela sensação nunca ia embora.

Roman ligou a TV e alugou um filme violento para se distrair. Seu braço doía por causa da posição de trabalho para fazer o acabamento do mural nos últimos dias. Massageou os músculos. Outra bebida poderia ajudar. Ele abriu o frigobar e pegou três garrafinhas de uísque.

Roman relaxou após a terceira bebida. Só aquela sensação permanecia. Ligou para Grace de novo. Ela atendeu no segundo toque.

— Que foi? — disse, grogue e contrariada.

— Estava dormindo?

Ela bufou.

— Não, estava cantando no karaokê. O que você acha?

— Nossa, que mau humor. — Roman esticou o pescoço para olhar o relógio na mesinha de cabeceira. — Que horas são?

— Por favor, me diz que você não ligou só pra perguntar as horas. Já passa da meia-noite. Você está no cinema?

— Estou no quarto assistindo a um filme. Duvido que seja do tipo de que você gosta.

Ele desligou a TV.

— O que você quer, Roman?

Você. Esse pensamento o pegou de surpresa. Felizmente, não o disse em voz alta. Roman bem que podia dizer o que queria, mas Grace estava longe demais para fazer algo a respeito. E, de qualquer maneira, ela não faria nada mesmo.

— Você está bem?

Desde quando o som da voz dela fazia seu corpo reagir?

— Acho que bebi demais hoje.

— Dá pra perceber.

— Por quê?

— Você está diferente.

Isso o deixou sóbrio. Acaso parecia vulnerável? Limpando a garganta, ele se sentou e esfregou o rosto.

— Você não ligou pra passar meus recados.

— Eu disse que não o incomodaria se não fosse necessário. Foi um dia tranquilo, não tinha motivo pra ligar.

E se ele quisesse ser incomodado?

— O mural está pronto — falou com cuidado, não queria soar tão bêbado quanto estava. — Hector terminou a camada protetora hoje e foi pra casa. Agora ele tem uma namorada.

— Eu sei.

— Você a conhece?

Com que frequência ela e Hector conversavam, e por que isso o incomodava?

— Ainda não, mas ele me mostrou uma foto dela. Ela é bonita.

Roman ouviu Grace se mexer e torceu para que estivesse se acomodando, não queria desligar ainda.

— Parabéns por terminar o mural. Imagino que seja por isso que você estava comemorando.

Comemorando? Era isso que ela pensava? Quanto mais o tempo passava, mais Roman queria conhecê-la. Algo em Grace Moore chamara a atenção dele desde o primeiro dia.

— Na verdade só fiquei com vontade de encher a cara no quarto.

Ele percebeu que estava sendo ridículo. Parecia um fracassado! *Cale a boca, Roman, antes que diga algo ainda mais idiota.*

— Lamento, Roman.

— Lamenta o quê?

— Não sei. Lamento que esteja sozinho depois de terminar uma obra que as pessoas vão admirar por muitos anos. Você tem todos os motivos do mundo para estar feliz e orgulhoso do que conquistou, mas não está. — Ela se calou alguns segundos. — Nunca conheci ninguém que precisasse mais do Senhor do que você.

— Do Senhor?

— Jesus.

Roman sentiu a energia escapar de dentro dele como o ar de um pneu furado. Pensou na placa em Tenderloin, do outro lado da rua onde vivera com sua mãe: "Jesus salva."

— Sabe, eu ficava sentado à janela, à noite, e pedia a Ele que salvasse minha mãe. Mas Ele nunca fez nada — disse com sarcasmo.

— Quer conversar, Roman?

Ele pensou que já havia falado demais. Sabia que havia falado mais do que pretendia. Desligou e jogou o celular na mesinha de cabeceira.

14

GRACE, QUINZE ANOS

Grace começou a trabalhar no McDonald's assim que atingiu a idade mínima permitida. Ela trabalhava enquanto seus amigos iam e vinham. Diziam oi, pediam hambúrgueres, batatas fritas, refrigerantes e davam tchau. Ou ficavam sentados a uma mesa, conversando e rindo enquanto ela trabalhava atrás do balcão.

Salim Hadad, seu supervisor, tentou colocá-la para trabalhar aos domingos.

— Não posso, sr. Hadad, vou à igreja com minha tia.

Ele ficou satisfeito, disse que era bom que uma adolescente levasse a religião a sério, mesmo sendo cristã.

O chefe dizia que ela era sua melhor funcionária e que, se fosse mais velha, seria promovida a gerente. Grace nunca ficava parada, nem mesmo nos horários mais tranquilos, quando não havia carros no drive-thru nem clientes diante do balcão. Ela limpava as mesas, varria o chão, limpava as grelhas, checava o banheiro feminino e reabastecia o papel higiênico e as toalhas de papel sem ninguém mandar. Limpava as máquinas de milk-shake, refrigerante e café, enchia os porta-guardanapos e porta-canudos, fazia qualquer coisa para se manter ocupada durante o expediente. Salim dizia que ela podia estudar, se quisesse, mas ela respondia que sua consciência não lhe permitiria.

— Você não me paga para eu fazer meu dever de casa.

Naquele dia, Salim estava andando de um lado para o outro, reclamando de um funcionário que não havia aparecido. Ficou ainda mais contrariado quando viu que outros dois não conseguiam fazer nada sem esbarrar um no outro. Mas Grace lembrava como ficara nervosa nos primeiros dias, até pegar a rotina.

Ela entregou uma bandeja de McLanche Feliz para uma mulher com meia dúzia de meninas usando uniformes de futebol. Enquanto enchia copos de refrigerante, teve a estranha sensação de estar sendo observada.

A mulher e as meninas foram embora e Grace estava pronta para anotar o pedido seguinte.

Patrick Moore deu um passo à frente. Ela sentiu um frio na barriga e seu coração se acelerou. Ele era de Colorado, havia se mudado no começo do ano e entrado no time de futebol americano da escola. Logo se tornara o jogador astro. Todas as meninas da escola tinham uma queda pelo galã loiro de olhos azuis, bronzeado pelas pistas de esqui. Até os meninos gostavam dele.

— Oi... — O sorriso de Patrick a fez corar quando ele olhou para seu crachá. — Grace.

Gaguejando, ela perguntou o que ele desejava. O sorriso dele se alargou mais, provocador, deixando Grace ainda mais vermelha.

— Dois Big Macs, duas batatas fritas grandes e um refrigerante grande. Para comer aqui.

Grace digitou o pedido. Ele lhe entregou uma nota de vinte e ela lhe deu o troco. Grace colocou o pedido na bandeja, pensando que talvez houvesse uma menina com ele. Mas resistiu à tentação de tentar ver quem era. Lindsay? Ela era líder de torcida e eles estavam juntos havia algum tempo. Ela deixou a bandeja no balcão, mas Patrick não parecia ter pressa em pegá-la.

— Que bom ver você, Grace.

Ela não sabia o que dizer. Ele pegou a bandeja, deu um passo, mas logo se voltou.

— A que horas você sai?

De repente, deu um branco nela.

— ... Às seis.

— Vou te dar uma carona para casa.

— Estou de bicicleta.

— Eu tenho suporte de bicicleta.

Patrick se sentou a uma mesa de onde podia vê-la atrás do balcão. Grace nem notou que havia um senhor parado à sua frente, até que ele falou.

— Ah, o Cupido fazendo o trabalho sujo de novo. — Ele riu. — Quero um Whopper.

Ela sorriu.

— O senhor terá que ir até o Burger King para isso.

Patrick Moore ficou lendo uma graphic novel enquanto esperava. Quando Grace apareceu, ele pegou a mochila dela para ajudá-la. Ela se sentia pequena andando ao lado dele.

Ele prendeu a bicicleta no suporte de seu Buick Regal verde-água.

— Belo carro — disse ela.

Será que ele a acharia superficial por comentar?

— Eu preferiria um Jeep Cherokee com suporte para esquis em cima. Esse aqui tem três anos e cento e trinta mil quilômetros rodados. Meu pai viajava muito no último emprego.

Ele abriu a porta para Grace. Ela entrou e colocou o cinto de segurança. Ele entrou e olhou para ela.

— Meu pai me deu de presente quando fiz dezesseis anos.

— Belo presente.

— É legal.

Patrick não apertava o volante como tia Elizabeth. Suas mãos estavam relaxadas. Depois de seis quarteirões, ele deu um sorrisinho de lado e disse:

— Você precisa me dizer onde mora. Não sei ler pensamentos.

Se o rosto dela esquentasse mais, atearia fogo no carro.

Ela foi dando instruções, em vez de dar o endereço. Perguntou sobre o Colorado, ele contou sua história de vida: nascera em Fort Collins, crescera em Springs, adorava esquiar e fazer snowboard. Levara um tempo para se acostumar a Fresno depois de viver nas Montanhas Rochosas. Por sorte, eram poucas horas de carro até o litoral, ele queria aprender a surfar.

— E você?

O que ela poderia dizer que não o deixasse entediado?

— Não tenho muita coisa pra contar. Meus pais morreram quando eu tinha sete anos, moro com a minha tia. Eu estudo, trabalho no McDonald's, vou à igreja todo domingo. Essa é minha vida. — Ela estava muito mais interessada na dele. — Você vai jogar beisebol esse ano? — perguntou. Não queria dizer que sabia que ele também havia jogado futebol e basquete.

— Sim. — Ele riu. — Adoro esportes. Praticar e assistir.

— Ao vivo ou na TV?

— Os dois. — Ele lançou um olhar rápido e sorridente. — E você?

— Eu joguei futebol no fundamental, mas não era muito boa. — Grace não tinha tempo para ver TV, e a última coisa que tia Elizabeth se animaria a assistir seria um programa de esportes. — Vire à direita no próximo cruzamento.

Patrick parou em frente à casa bem no momento que tia Elizabeth embicava na garagem.

— Quer conhecer minha tia?

Só quando as palavras escaparam de sua boca foi que ela percebeu que apresentar um menino à sua tia poderia parecer algo mais sério que uma simples carona.

— Claro. Espere aí.

Ele desceu, pegou a mochila de Grace no banco de trás e deu a volta para abrir a porta para ela. Grace pegou a mochila e ele foi tirar a bicicleta dela, que deixou na calçada.

Tia Elizabeth estava observando e esperando.

Grace fez as apresentações.

— O Patrick estuda na Fresno High, tia, e morava no Colorado. Ele me deu uma carona pra casa.

Grace não conseguia se conter.

— Estou vendo que ele te deu uma carona.

Envergonhada, Grace pegou sua bicicleta enquanto tia Elizabeth abria um sorriso forçado e apertava a mão de Patrick.

— É um prazer conhecê-lo, Patrick — disse, e franzindo levemente a testa, perguntou: — Moore, Colorado... você é parente de Byron Moore?

— Aham, ele é meu pai. A senhora o conhece?

— Trabalhamos no mesmo prédio.

— Que mundo pequeno.

— É mesmo — disse ela, com uma frieza ártica. — Bem, obrigada por trazer Grace para casa. — Ela olhou para Grace. — Vamos, você tem coisas para fazer.

O que estava acontecendo? Grace agradeceu a Patrick pela carona e ficou olhando enquanto ele ia embora. Depois, levou a bicicleta para a garagem enquanto sua tia pegava uma sacola de compras do banco de trás do carro com uma expressão rígida.

— Que foi? — perguntou, sem saber o que havia feito para irritar sua tia.

— Nada.

Tia Elizabeth apertou o botão para fechar a garagem enquanto se dirigia à cozinha. Deixou a sacola de compras na bancada. O frango que ela havia deixado na panela de cozimento lento estava cheirando muito bem.

— Vou trocar de roupa — disse ao passar por Grace. — Ponha a mesa.

Quando se sentaram para jantar, tia Elizabeth fez uma oração e, em seguida, abriu seu guardanapo com um movimento brusco. Grace sabia que tinha alguma coisa errada.

— Eu fiz algo de errado?

— Patrick é parecido com o pai dele. — Ela ergueu a cabeça, apertando os lábios. — Se concentre nos estudos.

Grace abriu o armário da escola para pegar os livros das aulas seguintes. Fechou-o e, quando se virou, deu de cara com Patrick Moore. Assustada, deu um passo para trás, corando diante do sorriso dele.

— Vou te acompanhar até a sala.

Todos olhavam para eles enquanto andavam pelo corredor. Grace podia imaginar o que estavam pensando. *O que Patrick Moore está fazendo com ela?* Grace entrou na sala de aula, foi até sua mesa e se sentou, atordoada.

A fofoca se espalhou depressa. Crystal a encontrou na hora do almoço e quis saber quanto tempo fazia que ela estava saindo com Patrick. Grace disse que não estavam juntos.

— Até parece. Vamos, conta tudo!

Grace insistiu que não havia nada para contar, mas Crystal bufou.

— Ouvi dizer que ele te deu uma carona na saída do Mcdonald's.

Espantada, Grace sentiu o rosto esquentar.

— Quem disse isso?

— Alguém viu vocês.

As fofocas na escola corriam mais rápido que um deslizamento de terra, Grace estava morrendo de vergonha por estar no centro de uma delas. Recusou-se a responder à pergunta de Crystal, mas a menina não desistiu.

— Se não tem nada pra contar, por que está toda vermelha? Você já transou com ele?

O quê?

— Ele só me deu uma carona pra casa, mais nada. Ele só foi legal, não aconteceu nada.

Ela foi para a aula de educação cívica. Crystal a acompanhou e começou a contar tudo sobre Patrick Moore, Grace querendo ou não.

Ele havia levado Lindsay ao baile de formatura e haviam ido até o fim. Depois, ele a largara e começara a sair com Kimberly. Ele não era de ficar falando, mas as meninas, sim. Grace tinha que tomar cuidado.

Contrariada, por fim, Grace a interrompeu.

— Por que está me contando tudo isso?

— Porque ele andou perguntando de você no vestiário masculino!

— Como você sabe disso?

— O Nathan me contou.

Grace não queria se agarrar a falsas esperanças em relação a Patrick Moore. E estava indo bem, até que ele apareceu no McDonald's de novo, no sábado. Dessa vez, levou o dever de casa.

— Ouvi dizer que você é boa em álgebra.

Ela o ajudou nos intervalos e ele deu carona para ela de novo. Ele falou sobre seu sonho de ganhar uma bolsa de estudos. Ela perguntou pra qual faculdade ele queria ir. Universidade da Califórnia, em Santa Cruz, mas seu pai dissera que lá era uma bagunça. Patrick riu e sacudiu a cabeça ao dizer que o pai queria que ele fosse para Berkeley.

— Não sou tão inteligente assim.

Grace absorveu cada palavra que Patrick disse no caminho até a casa de sua tia. Então ele a surpreendeu de novo.

— Posso ligar pra você?

— Claro.

Ele entregou a ela um celular chique.

— Aqui, salva o seu número.

Ela digitou o telefone da casa da tia e devolveu o celular para Patrick. Ele sorriu e o guardou no bolso, bem sobre o coração.

Ele ligou umas noites depois, mas tia Elizabeth atendeu ao telefone antes que Grace o alcançasse.

Ela olhou feio para Grace.

— Sinto muito, Patrick, mas a Grace não pode falar agora. Ela está fazendo o dever de casa.

Grace estendeu a mão com um olhar suplicante, mas sua tia lhe deu as costas.

— Você pode falar com ela amanhã na escola.

E desligou.

Grace queria chorar.

— Por que fez isso?

— Porque achei melhor. Você tem quinze anos e…

— Ele só queria conversar!

— Como você sabe o que aquele menino quer? — perguntou a tia, exasperada.

— Todas as meninas da escola morreriam por uma ligação do Patrick Moore!

— É só com isso que você se importa? Com o fato de ele ser popular?

— Não! Ele é legal, e eu gosto dele! Ele é inteligente também.

— Ah, tenho certeza de que ele é inteligente. Resta saber como ele usa essa inteligência — disse a tia com o olhar inflexível. — Não olhe pra mim desse jeito, não estou tentando estragar sua vida. Estou tentando pôr um pouco de bom senso nessa sua cabeça. Não tome decisões baseada em seus hormônios de adolescente. Sua mãe fez isso, e deu no que deu.

Para Grace, isso foi como um soco no estômago.

— Nada que eu faça vai ser bom o suficiente pra você.

Segurando as lágrimas, ela empurrou a cadeira para trás, pegou seus livros e correu para seu quarto. Sentou-se apoiada na cabeceira da cama e apertou os olhos com as mãos. Não conseguiu mais deter o choro, mas acabou pensando com mais clareza.

A sra. Spenser, sua professora da escola dominical, sempre lhe dizia para rezar quando as coisas ficassem difíceis. Enxugando o rosto, Grace abriu seu coração: *Será que algum dia ela vai me perdoar pelo que aconteceu com minha mãe?*

A resposta surgiu como um braço em volta de seus ombros e um sussurro gentil. O que perturbava tia Elizabeth não era culpa de Grace.

Fica calma e espera. Eu te amo e estou aqui. Estou sempre aqui. Enxugando as lágrimas, ela pegou o livro de educação cívica e se concentrou no que tinha que fazer.

Patrick Moore apareceu diante do armário dela na manhã seguinte. Mais tarde, apareceu no McDonald's.

— Olha só.

Ele sorria enquanto mostrava a tarefa de álgebra. Havia tirado nota máxima e o sr. Edersheim escrevera *Bom trabalho!* na folha. Patrick ria, triunfante.

— Você é uma professora melhor que ele.

Ele tinha outra tarefa. Ela estaria disposta a ajudá-lo de novo?

Um alarme disparou dentro da cabeça de Grace. Então álgebra era a única razão pela qual Patrick a procurava? Ou era só uma desculpa porque ele realmente gostava dela?

Uma vez que Patrick fixou sua atenção em Grace, todo mundo na escola achava que estavam namorando. Ele a acompanhava até a sala de aula e se sentavam juntos no almoço. Eram frequentemente vistos juntos na biblioteca, debruçados sobre os livros e conversando baixinho. Grace sempre teve a reputação de menina legal e inteligente e, conforme as notas de Patrick melhoravam, ele também passou a ser visto como mais que um atleta bonito. As meninas ainda andavam atrás dele, mas ele não fazia nada. Bem, nada que Grace soubesse.

Sempre que Grace convidava Patrick para ir à igreja, ele tinha outro compromisso. Mas ele foi ao culto da Sexta-feira Santa e segurou a mão dela à tênue luz das velas, até que tia Elizabeth lançou um olhar feroz para eles. Então ele apertou a mão dela e a soltou. Quando Patrick a convidou para ir ao baile de formatura, Grace achou que tia Elizabeth não a deixaria ir. Mas sua tia surpreendeu os dois:

— Pode levá-la, se a trouxer para casa até as onze.

Ele ia discutir sobre o toque de recolher, mas um olhar para Grace o fez calar. Depois, tia Elizabeth disse a Grace que ela teria que pagar o próprio vestido e que o dinheiro não poderia sair da poupança da faculdade. Grace comprou um vestido verde por dez dólares no bazar do Exército da Salvação e acrescentou um par de brincos de strass que havia comprado por dois dólares.

Patrick parecia um modelo de smoking, e ele sabia dançar. Era fácil acompanhá-lo. E ela estremecia toda vez que seu corpo roçava o dele.

Ele nunca a tinha beijado, mas naquela noite, no carro, sim.

— Gosto de saber que você nunca foi beijada por ninguém além de mim.

Corando, ela perguntou como ele sabia.

— Pelo jeito como você mantém os lábios fechados. — Ele se aproximou mais. — Vou te ensinar umas coisas.

Grace pousou a mão no peito dele, alarmada. Sentiu um arrepio ao notar seu coração batendo tão forte e seu peito tão quente. Ele recuou, a observando.

— Tudo bem. — Ele ligou o carro. — Você tem razão. Não precisamos fazer como todo mundo.

Ela não sabia dizer se ele estava desapontado ou aliviado.

Quando as férias de verão chegaram, Patrick foi para Colorado Springs. Ligou para ela duas vezes na primeira semana: estava hospedado na casa de amigos e se divertindo muito, não sabia quando voltaria. Depois disso, ela não teve mais notícias dele. Em meados de julho, ele apareceu no McDonald's, bronzeado e feliz. Pediu desculpas por não ter ligado e explicou que estava acampando nas Montanhas Rochosas e não havia sinal de celular lá em cima.

— Foi muito legal! Vou te contar tudo quando você sair do trabalho.

Ele presumiu que ela o havia esperado todas aquelas semanas. Evidentemente, sim, ela o esperara.

Comparada à de Patrick, sua vida era monótona. Ela adorou ouvi-lo contar sobre seu encontro com um urso, sobre quantos peixes havia pescado em um riacho nas montanhas e como tinham ficado gostosos depois de assados na fogueira. Ela absorvia as histórias dele, como a que ele contou, na qual ajudara a resgatar um amigo quando faziam rapel. As únicas coisas sobre as quais ela tinha para falar eram *Uma morte em família*, de James Agee; *Minha Antônia*, de Willa Cather; *Ardil-22*, de Joseph Heller, e mais quatro ou cinco livros que havia lido da lista de preparação para a faculdade. Grace notou que Patrick perdeu o interesse enquanto ela falava e perguntou mais sobre a viagem. Ele conseguia passar horas falando sobre as regiões selvagens do Colorado.

O último ano chegou com mudanças no relacionamento deles. Passaram mais tempo estudando que saindo. Ambos precisavam de bolsas de estudo. Patrick focou sua energia no futebol e largou o basquete.

— Não tenho altura suficiente pra entrar em um time de faculdade — disse.

Grace mantinha uma média razoável, mas sua tia insistia que ela precisava de mais atividades extras e serviço comunitário para poder colocar no currículo e concorrer a uma vaga na universidade. Grace se perguntava se acaso sua tia queria preencher cada minuto de seu dia para que ela não tivesse tempo para se encontrar com Patrick. Grace diminuiu dez horas por semana de seu emprego no McDonald's para garantir que isso não acontecesse e se ofereceu como voluntária no programa de alfabetização da biblioteca da cidade. Assumiu as aulas da escola dominical do terceiro ano e passava as tardes de domingo em um hospital ajudando os enfermeiros, o que geralmente significava ficar ao lado de pacientes com demência agitados que nunca recebiam visitas.

Quando se formaram, seus planos começaram a se concretizar. Patrick ganhou uma bolsa parcial para jogar futebol americano na UCLA. Seus pais tinham umas economias, mas ele teria que trabalhar meio período fora da temporada. Grace se qualificou para várias bolsas e foi aprovada em Berkeley e na UCLA. Se mantivesse suas notas e trabalhasse meio período e durante as férias de verão, poderia se formar sem dívidas. Optou pela UCLA.

Tia Elizabeth pegou sua pá e foi mexer no jardim. Grace ficou dentro de casa observando sua tia pela porta de vidro. Tia Elizabeth atacava o solo com fúria, revirando-o. Grace não precisou perguntar por que ela estava furiosa dessa vez.

— Só uma tola trocaria Berkeley pela UCLA. — Tia Elizabeth estava tão brava que seus olhos estavam cheios d'água. — Não importa o que eu diga ou faça, é sempre a mesma coisa.

— Vou me esforçar muito, tia Elizabeth.

— Ah, eu sei que vai — disse sua tia, mas com um olhar de angústia que Grace não entendeu.

Ela e Patrick não se viram muito naquele último verão. Ele não apareceu no McDonald's, e ela ficou se perguntando se ele havia arranjado um emprego. Magoada, Grace tentou tirá-lo da cabeça. Tia Elizabeth não perguntou nem disse nada sobre ele.

Grace se mudou para o dormitório da universidade e começou a trabalhar dez horas por semana em um café no campus. Ia muito bem nas aulas. Encontrou Patrick uma vez, ele havia desprezado o dormitório e alugara um apartamento pequeno, apesar de saber que aquilo gastaria todas as economias dos pais até o fim do ano. Ele estava com pressa e eles não conversaram muito. Passaram-se alguns meses, e então ele ligou. Estava com dificuldade nas matérias. Disse que se sentia sozinho, e ela também se sentia assim. Patrick disse que sentia falta dela e ela sugeriu que se encontrassem na biblioteca para estudarem juntos, como faziam no ensino médio. E ele disse que poderiam fazer mais coisas se ela fosse ao apartamento dele. Grace sabia que não era uma boa ideia, mas ele parecia estar tão deprimido que ela concordou.

Eles se beijaram só uma vez nesse primeiro dia. Da segunda vez, conseguiram estudar por algumas horas antes de acabarem no sofá. Da vez seguinte, Patrick não quis parar.

— Eu te amo tanto! Te amo desde aquela vez que entrei no McDonald's e a vi atrás do balcão. Preciso de você, Grace, por favor.

Grace achava que o amava também, mas sabia que o que estavam fazendo era errado. Podia ouvir um sussurro no fundo de sua mente. *Não é isso que eu quero para ti, amada. Sai deste lugar.*

Quando ela tentou se levantar, Patrick resmungou.

— Você não pode parar agora. — Ele a puxou de volta para baixo, ao seu lado. — Você não pode me deixar assim e não ir até o fim.

Grace se sentiu culpada por deixar a situação chegar tão longe. Como poderia dizer não àquela altura? Mas, antes de tomar uma decisão, já era tarde demais. Ela ofegou de dor. Patrick pediu desculpas, mas não parou. Quando acabou, ele a abraçou e disse:

— Vamos nos casar, já temos idade suficiente. Não consigo mais viver sem você, Grace. — Ele se sentou e a fez se sentar também. Puxando-a para seu colo, enroscou os dedos no cabelo dela e a beijou. — Não conta pra sua tia.

Grace não queria pensar no que haviam feito, não queria analisar o que estava sentindo naquele momento. Pânico? A sensação de que estava em uma encruzilhada, prestes a tomar outro caminho errado?

Grace abafou a voz condenatória de sua cabeça. *Não faz mal, ele me ama. Ele disse que me ama. E é tarde demais, de qualquer maneira.* Ela só queria ser amada. Isso era tão errado assim? Ela abraçou Patrick e o beijou.

— Sim, vamos nos casar.

Dessa maneira, talvez tudo ficasse bem.

A família de Patrick ficou feliz quando ele ligou com a notícia de que haviam se casado em Las Vegas, em vez de ir para Fresno. Byron Moore não poderia tê-los apoiado mais.

— A Elizabeth vai falar que vocês são muito novos, mas vocês economizaram um monte de dinheiro com isso. — Ele riu. — E acho que meu filho sabe o que faz.

Os Moore sugeriram uma festa durante as férias de primavera e Patrick concordou. Achava que com isso ganhariam presentes e dinheiro.

Grace teve que reunir coragem para ligar para tia Elizabeth e dar a notícia de seu casamento com Patrick. Ela prendeu a respiração, imaginando se a tia lhe diria algo positivo.

Tia Elizabeth deu um suspiro derrotado e disse:

— Por que será que não estou surpresa? — E desligou.

15

Grace encontrou Brian na igreja sábado de manhã. Meia dúzia de adultos também iriam acompanhar o passeio dos adolescentes a Zuma Beach. Charlie, um dos diáconos da igreja, dirigia o ônibus enquanto Brian conversava com as crianças. Ele havia baixado vários rocks cristãos em seu iPhone. As meninas sentadas atrás de Grace ficaram encantadas com Samuel. Grace havia se sentado de lado no banco do ônibus para poder conversar com elas. Uma perguntou se ela era a mulher que fora jantar no Lawry's com o pastor Brian, e Grace admitira que sim.

Uma menina bonita com um piercing na sobrancelha e uma tatuagem de borboleta no pescoço se inclinou para a frente e disse:

— Ele é tão legal… Qualquer mulher gostaria de ser namorada dele.

Mas Grace não queria alimentar fofocas.

— O pastor Brian é muito legal, mas somos só amigos, por isso vim ajudar hoje.

As duas adolescentes trocaram um olhar, sorridentes, e mudaram de assunto.

Assim que o motorista do ônibus entrou no estacionamento da praia, Brian designou alguns adolescentes para ajudar a descarregar as coisas e pegar um lugar para fazerem o churrasco.

— Nada de preguiça, todo mundo ajudando.

Ele trabalhava mais que os outros. Era cedo, estava ventando e frio, mas as pessoas que curtiam praia já estavam começando a chegar. O frio logo passaria, o sol brilharia e a praia ficaria lotada. As meninas reclamaram do frio. Brian pediu ajuda para montar uma rede de vôlei. Eles começaram a jogar e em poucos minutos estavam tirando os moletons.

Algumas meninas perguntaram a Grace se podiam segurar o bebê e, vendo que Samuel estava se divertindo com elas, foi jogar também.

Ao meio-dia, o sol estava a pino, quente, e todos reluziam, besuntados de protetor solar. Brian e os adolescentes estavam pegando jacaré ou se revezando nas pranchas de bodyboard. A maioria dos adultos não queria molhar os pés, mas Grace entrou na água até os joelhos, segurando Samuel para que ele pudesse sentir a água salgada e a espuma fazer cócegas em seus dedinhos. Gritando de alegria, ele balançava as perninhas. Grace ria e se sentia leve e feliz pela primeira vez em muitos meses.

Brian foi até ela.

— Ele já está querendo nadar.

Um dia ao sol deixara os adolescentes calmos e prontos para conversar durante a viagem de volta. Grace admirava a maneira como Brian se conectava com eles. Ele brincava e facilmente transformava uma conversa leve em uma discussão mais séria sobre fé e o que significava seguir a Deus. Quando lhe faziam perguntas pontuais, ele compartilhava as próprias dificuldades e erros. Surpresa, Grace o ouviu falar sobre sexo e o desafio de permanecer casto até o casamento. No início, vários o provocaram, mas alguns trocaram olhares, e Grace percebeu que talvez já houvessem ido longe demais.

— Todos os nossos amigos já transam, pastor.

— Pode ser. — Brian apoiou o braço no encosto do banco. — Na minha época, todo mundo achava que estava tudo bem fazer isso também. Muita gente diz que o sexo não é nada de outro mundo, que, desde que as duas partes consintam, não é da conta de mais ninguém. Mas é da conta de Deus — disse Brian com firmeza. — Não se iludam. Sexo é sempre uma coisa importante. Vou contar o que aprendi. — Todos prestavam atenção nele. — As meninas brincam de sexo para conseguir amor, e os meninos brincam de amor para conseguir sexo. Charlene e eu queríamos fazer tudo do jeito de Deus, permanecemos virgens até o casamento.

— Como vocês conseguiram? — perguntou um menino no fundo, e outro deu uma resposta grosseira. Uma menina o mandou calar a boca.

Brian levantou a mão.

— Pessoal, o Brady fez uma pergunta. Como conseguimos nos manter virgens? Antecipamos a data do casamento. — As crianças riram. — Quando nos casamos, ainda estávamos na faculdade. Passamos seis anos maravilhosos juntos antes do acidente. — Bastava olhar para Brian para saber que ele ainda a amava e sentia falta dela. — O que estou tentando dizer é que o sexo é poderoso. No contexto certo, é um lindo presente de Deus. Mas, se usado da maneira errada, pode ferir e partir corações. Pode estragar vidas.

Grace podia atestar isso.

O assunto da conversa mudou para drogas c festas, música e pais. Brian foi até a frente falar com o diácono que dirigia o ônibus e, em seguida, voltou-se para o grupo.

— Quem aí está com fome?

Mãos se levantaram. Brian sorriu.

— Que bom, porque vamos parar pra comer pizza.

As crianças gritaram e comemoraram.

O ônibus parou. Todos desceram e entraram na pizzaria. Grace se sentou com duas meninas enquanto Brian ia de mesa em mesa conversando com as crianças. Havia um garoto que não fazia parte do grupo sentado a uma mesa próxima. Brian parou para falar com ele também. Depois de alguns minutos, sentou-se com o jovem. Grace pensou em Roman: ele também era solitário, mas não era tão inacessível quanto lhe parecera a princípio.

As crianças ficaram mais quietas no caminho de volta à igreja. Algumas dormiram, outras ficaram conversando baixinho. Samuel dormiu no colo de Grace, com a cabeça encostada no peito dela. Brian olhou para eles e sorriu.

— Nada como o sono dos inocentes. — O sorriso dele se abrandou. — Havíamos acabado de receber a notícia de que ela estava grávida quando Charlene sofreu o acidente. Nosso bebê teria quase quatro anos agora.

— Sinto muito pela sua perda, Brian.

Grace não sabia mais o que dizer.

— Nada é certo na vida. — Logo sua expressão se suavizou. — Estou feliz por você ter vindo. As crianças gostaram de você.

— Elas gostaram do Samuel.

— Ele é uma graça.

Ele se levantou e foi checar as crianças uma a uma.

Quando o ônibus entrou no estacionamento da igreja, os alunos pegaram suas toalhas de praia e suas bolsas e desceram, uns para encontrar os pais, outros para pegar os próprios carros. Brian ficou conversando com os adultos, certificando-se de que todos tinham como voltar para casa.

Grace prendeu Samuel na cadeirinha do carro. Quando se endireitou, Brian estava a seu lado.

— Espero que tenha se divertido.

Ela sorriu.

— Demais, como há muito tempo não me divertia.

— Que bom ouvir isso. Não pudemos passar tanto tempo juntos quanto eu gostaria, desculpe.

Eles não tiveram mais que conversas espaçadas de cinco minutos durante o dia todo, mas ela passara a maior parte do dia observando Brian Henley e aprendera muito sobre como ele via e tratava as pessoas. Inclusive os estranhos, como o garoto sozinho na pizzaria.

— Você tem uma grande sintonia com seu grupo, Brian. Eles o ouvem e o respeitam. — Sem dúvida, ele havia conquistado e merecia esse respeito. — O Samuel também se divertiu. — Ela riu. — Todas aquelas adolescentes bonitas ficaram babando por ele.

— O sonho de todo menino.

— Umas dez imploraram para serem babás.

— E todas elas desejam ter um bebezinho fofo como ele algum dia.

— Espero que não nas mesmas circunstâncias — disse ela sem pensar. Quando Brian a fitou sem entender, ela deu os ombros.

— Nem todo mundo é sábio como você e Charlene.

— Quer falar sobre isso?

Ele estava assumindo seu papel de conselheiro com ela?

— Hoje, não.

Talvez nunca. Tudo dependia de como as coisas evoluíssem entre ela e Brian.

Ele não insistiu.

— Gostaria de te ver de novo, sem ser em uma atividade da igreja.

— Eu também gostaria — disse Grace.

Ela abriu a porta do carro e entrou. Colocou a chave na ignição e abriu o vidro. Pôs o cinto de segurança, olhou para Brian e disse:

— Obrigada por me convidar para o passeio.

Brian apoiou as mãos na porta e se abaixou.

— Que bom que você pôde vir. O que acha de jantarmos na segunda? É meu dia de folga. Posso pegá-la em casa, só preciso do endereço.

Satisfeita, ela lhe deu seu endereço. Grace não esperava que ele a convidasse para sair tão cedo, se é que um dia a convidaria. Especialmente depois do comentário mal pensado dela.

Ele se afastou do carro.

— Dirija com cuidado. Até depois de amanhã.

Apesar de se conhecerem por tão pouco tempo, Grace tinha certeza de que Brian tinha todas as qualidades com que ela sonhava para um futuro marido e pai para seu filho: um homem de Deus, honesto, confiável, inteligente e atraente. Uma pessoa realmente legal, que amava crianças, um homem trabalhador. Grace não se sentia sexualmente atraída por Brian, mas isso poderia ser uma coisa boa. Ela não queria que a emoção ofuscasse seu julgamento.

Senhor, Brian Henley é o tipo de homem com quem quero me casar um dia, se eu me casar de novo. Ele é um homem bom, genuíno, confiável e legal, capaz de amar uma pessoa apesar de seus defeitos e fracassos gritantes. Um homem como Brian poderia amar Samuel como a um filho. Por isso, pergunto: se este é seu plano, Senhor, por favor, deixe claro. O Senhor sabe que às vezes sou obtusa, que não consigo ver as pessoas como realmente são. Por favor, Senhor, me proteja. Não quero escolher o homem errado de novo.

Roman acordou tarde no sábado, com a cabeça latejando e morrendo de sede. Como já estava acordado, queria voltar para Topanga Canyon. Fez a barba no banho e pediu ao manobrista que pegasse seu carro. Jogou suas roupas e artigos de higiene na mochila, fechou o zíper e a colocou no ombro. Pegou um café de cinco dólares na máquina do saguão e saiu do hotel. O de Grace era melhor. Sábado e domingo eram dias de folga dela, ele teria que esperar até segunda-feira de manhã por uma boa xícara de café.

Era o meio da tarde quando Roman embicou em sua garagem. A correspondência estava em cima da bancada da cozinha, aberta e em ordem cronológica, com post-its nas mais importantes, que precisavam de sua atenção. Ela havia feito um balanço das contas dele e deixado no computador um relatório das receitas e despesas, tudo cuidadosamente registrado em categorias. Seu contador iria amá-la.

A caminho do quarto, ele viu de relance o quarto de hóspedes e voltou um passo. Grace havia escolhido uma cama de mogno, mesinhas de cabeceira, luminárias e uma cômoda alta. Também acrescentara uma poltrona confortável, uma luminária de leitura e um tapete estilo persa. Roman largou a mochila no corredor e entrou para dar uma olhada. Azuis, verdes, toques de vermelho e amarelo, mas nenhum tom pastel. Era um quarto masculino, mas que não tinha nada de bruto. Ela havia pendurado dois jogos de toalhas azuis no banheiro. Na pia, havia três potes de vidro transparente: um cheio de conchas, outro com pedras de rio coloridas e o menor com sabonetes embrulhados.

Roman havia deixado o próprio quarto em toda sua glória: cama desfeita, toalhas e roupas jogadas no chão, portas do armário abertas. Envergonhado pelo contraste com o quarto de hóspedes imaculado, Roman tirou os lençóis, recolheu as toalhas sujas e pôs tudo para lavar. Talvez fosse uma boa hora para ir até o chalé, avisar a Grace que havia voltado e que ela havia feito um bom trabalho no quarto de hóspedes.

Ele bateu à porta. Ninguém atendeu. Tentou de novo e apurou o ouvido. Nenhum som de passos, nada de rádio ligado. Ela não tinha TV.

Ela havia saído. Por que isso deveria surpreendê-lo?

Roman voltou para sua casa e ficou matando o tempo assistindo a um jogo de basquete e fazendo esboços no caderno preto que sempre deixava embaixo do sofá. Quando o sol estava se pondo, foi lá de novo. Ninguém ainda.

É sábado, seu idiota, dia de folga dela. Por que acha que ela não deveria estar em algum lugar se divertindo? Provavelmente ela tem namorado.

Esse pensamento o perturbou, ele não queria pensar no porquê.

Colocou os lençóis e as toalhas na secadora e foi até a cozinha fazer um sanduíche. Mais tarde, enquanto arrumava a cama, pensou no Masterson Ranch e nas artes de solteiro que Susan lhe havia ensinado. Estranhamente, ele gostava da rotina, da ordem, das refeições em horários certos, das regras de como tratar os outros.

Quando fora que ele ficara tão desleixado? E por quê?

O locutor do jogo berrou quando um dos times venceu, ele não sabia qual e nem estava interessado. Pegou o controle remoto e desligou a TV. Foi até o estúdio e notou que as luzes do chalé estavam acesas. Grace estava em casa.

As luzes do caminho entre a casa e o chalé estavam acessas. Ele bateu em vez de tocar a campainha. Aquilo era um bebê chorando? A porta se abriu, e a expressão de Grace foi tudo menos acolhedora. Ela estava com um bebê de rosto vermelho, chorando, no colo. Roman fez uma careta.

— Ele não parece muito feliz.

Nem ela.

— Ele teve um dia agitado. Às vezes, quando há muita coisa acontecendo, ele fica temperamental.

Roman imaginou que ela já devia ter sido babá muitas vezes para saber.

Grace deixou a porta aberta e se afastou, e ele interpretou isso como um convite para entrar.

— Vim dizer que o quarto de hóspedes ficou ótimo — disse ele, e fechou a porta ao entrar.

Ela sorriu para Roman.

— Obrigada.

O bebê parecia mais calmo. Estava com a cabeça no peito de Grace e olhava para ele enquanto ela o balançava gentilmente. Ele tinha cabelo cheio e escuro, pele marrom-clara e olhos castanhos escuros.

A casa dela parecia um oásis. Havia uma Bíblia aberta na mesa da cozinha, ao lado de um diário. Curioso, Roman quis pegá-lo e ler o que ela havia escrito, mas não era uma boa ideia.

— Está com ele de novo — comentou, imaginando que Shanice deixava o filho com Grace sempre que possível para poder sair e curtir.

Grace acariciou as costas do bebê.

— Fico com ele sempre que posso.

— Parece que ele não está a fim de dormir.

— Infelizmente, ele já dormiu bastante no caminho de volta da praia.

Grace acomodou o bebê sobre uma manta felpuda com bordas de fita estendida no chão, em cima do carpete.

— Tudo bem, meu homenzinho.

Ela entregou um chocalho a Samuel. Ele o sacudiu várias vezes e o jogou longe. Grace se esticou para pegar o brinquedo, expondo a pele branca e lisa à altura do cós da calça jeans. Samuel rolou e se levantou sobre os bracinhos.

Roman riu.

— Parece que ele prefere fazer flexões.

Ainda de joelhos, ela olhou para Roman e disse:

— Que bom que você gostou do quarto de hóspedes.

Ela não parecia o estar expulsando. Roman abriu um pequeno sorriso.

— Os potes com conchas e pedrinhas foram um pouco demais.

— Guardei os recibos, posso devolver.

— Estou brincando. Talvez eu deixe você redecorar meu quarto.

— Ah, não. Boa tentativa, mas eu não vou arrumar sua bagunça.

Ele deu um sorriso irônico.

— Troquei os lençóis. Estou lavando roupa desde que voltei.

O bebê fez um barulhinho, chamando a atenção dos dois. Ao ver o rosto de Samuel ficar vermelho-escuro, Roman riu.

— Acho que você vai ter que lavar roupa também.

Grace suspirou.

— É a fórmula. Ainda bem que ele usa fraldas descartáveis.

— Achei que você defendesse a reciclagem.

— Sim, dentro do possível.

Grace se levantou e foi para o quarto. Roman ficou olhando enquanto Samuel empurrava os joelhos para a frente. O bebê balançou para frente e para trás e caiu de cara. Erguendo-se de novo nos bracinhos, soltou um grito feroz. Grace apareceu com as mãos cheias de coisas para trocar a fralda.

Roman levantou as mãos.

— Eu não fiz nada — disse, se defendendo.

— E por que essa cara de culpado, então? — Ela se ajoelhou e virou Samuel. — Ele já consegue se sentar, agora quer engatinhar também.

Em menos de dois minutos, ela tirou a fralda suja, limpou o bumbum do bebê e colocou uma limpa. Inclinando-se, soprou na barriguinha dele. Samuel agarrou o cabelo dela e soltou uma risadinha de bebê. Virando-o de novo, Grace deu um tapinha no bumbum limpo de Samuel, que se ergueu de novo e olhou para Roman. Grace sorriu.

— Ele está se perguntando quem é esse estranho.

Roman se sentou na poltrona e se inclinou para a frente.

— Eu sou o chefe dela, cara.

— Ele não é um "cara", é uma criança e se chama Samuel.

— Oi, Sammy...

— Prefiro que o chame de Samuel.

O tom de voz de Grace não deixava margem a dúvidas, e o olhar dela fez Roman se perguntar por que uma bobagem dessas seria tão importante.

— Como Shanice o chama?

Grace ficou meio confusa, mas respondeu:

— Ela o chama de "homenzinho". Esse é o apelido dele, não Sammy.

O celular dela tocou, distraindo-a. Grace se levantou depressa e foi até a mesa da cozinha. Roman percebeu, pelo tom de voz, que não era uma das amigas.

— Ele está cansado, mas bem. Eu o enchi de protetor solar.

O tom de voz dela se tornou visivelmente caloroso. Por que isso deveria irritá-lo?

Quando Grace olhou para ele, Roman se levantou. Hora de ir. Inclinando-se, deu um tapinha no bumbum de Samuel.

— Divirta-se, amigo.

Ela pediu para a pessoa ao telefone esperar um pouquinho. Sem dúvida, queria mais privacidade. Roman não lhe deu chance de dizer nada.

— Até segunda de manhã.

De volta à sua casa, Roman decidiu deixar seu celibato autoimposto de lado e passar o resto da noite em uma balada.

16

Grace não sabia o que estava incomodando Roman. Ele estava diferente desde a curta viagem a San Diego. Deveria estar animado com a exposição na galeria de Laguna Beach, mas andava calado e introspectivo. Ficava no estúdio desenhando, mas não fazia progressos. Grace o ouvira xingar algumas vezes, e da última vez que ela entrara lá, vira montes de papel espalhados ao redor dele. Quando ela fizera o gesto de recolhê-los, ele disse para ela os deixar ali.

A campainha tocou: um simples ding-dong, e não os sinos melodiosos que irritavam Roman. Grace saiu correndo do escritório, mas diminuiu o ritmo quando ouviu o heavy metal saindo da sala de musculação de Roman. Ele estava correndo na esteira de novo. Grace achava que encontraria Talia à porta, ansiosa para repassar os detalhes de última hora da exposição de Roman, que inauguraria naquela noite na galeria de Laguna Beach. Da última vez que falara com Roman, a coitada estava tão nervosa quanto um mochileiro diante de um urso pardo. Os convites já tinham sido enviados e choveram confirmações. Talia serviria champanhe e canapés, mas Roman dissera que, por ele, poderiam ser cerveja e pretzels. A galerista perguntara a Grace o que havia com ele, mas ela admitira que não fazia a menor ideia.

Mas não fora Talia quem tocara a campainha, e sim um homem alto de cabelo branco curto e olhos castanhos inteligentes. Segurava uma mala e tinha um olhar de surpresa.

— Olá. — Ele estendeu a mão. — Sou Jasper Hawley, e você é...

— Grace Moore, assistente pessoal do Roman. — Jasper tinha um aperto de mão firme e um sorriso fácil. — Entre, por favor.

Ela abriu espaço para que ele passasse. Tudo indicava que era o homem que queria uma cama no quarto de hóspedes.

— Pela sua cara, estou vendo que o Roman se esqueceu de avisar que eu viria. — Ele riu baixinho. — Ele também se esqueceu de me falar de você.

— Ele tem muita coisa na cabeça.

— Tenho certeza de que não foi por esse motivo. — Jasper parou antes de entrar na sala de estar. — Terei uma cama dessa vez ou é melhor eu pegar o saco de dormir e o travesseiro no carro?

Ela o guiou pelo corredor até o quarto de hóspedes.

— Meu Deus! Olha só isso! É melhor que uma suíte de hotel de luxo. — Ele deixou a mala aos pés da cama king size. — Acho que vou me mudar pra cá.

— Pode ir tirando o seu cavalinho da chuva.

Roman estava parado à porta, enxugando o suor do rosto. Parecia um atleta profissional com aquele short de corrida e a camiseta molhada. Grace desejou que ele estivesse usando mais roupas, de preferência um moletom que o cobrisse por completo. Roman voltou o olhar para ela. O coração de Grace deu uma cambalhota alarmante.

Jasper olhou ao redor.

— Paredes lisas? Achava que você já teria pintado cada centímetro quadrado da casa.

Grace achou o comentário curioso.

— Agora estou pintando mais em tela, Hawley.

Jasper o ignorou e olhou para Grace.

— Aposto que Roman nunca te contou sobre os grafites dele.

Grace olhou para Roman.

— Ah... aquelas coisas de gangue?

Jasper ergueu as sobrancelhas e ia dizer algo, mas Roman lhe lançou um olhar de censura.

— Você veio aqui para criar confusão, é?

Grace se virou para sair, queria deixá-los a sós para resolver o que quer que estivesse deixando Roman mal-humorado.

Mas ele apoiou a mão no batente da porta, bloqueando a saída de Grace.

— A Talia falou alguma coisa?

Roman estava tão perto que ela sentiu o cheiro de suor masculino dele.

— Ainda não, mas ela tinha dito que talvez passasse por aqui hoje.

Ele soltou um palavrão que ela não ouvia desde o dia em que começara a trabalhar ali.

— Quem dera eu nunca tivesse me metido nessa coisa — disse ele, e abaixou o braço para deixá-la passar.

Grace ouviu Jasper falar enquanto se afastava.

— Por que você nunca me falou da Grace?

— Ela é minha assistente pessoal.

O tom desdenhoso dele a magoou. Mas e daí? Ela soubera que tipo de homem ele era no instante em que o vira. Estava preparando um café fresco quando Jasper saiu do quarto de hóspedes e foi até a cozinha.

— O Roman já vem. — Ele se sentou na banqueta em frente à bancada enquanto ela enchia a garrafa térmica. — Há quanto tempo você trabalha para ele?

— Quatro meses e meio. — Ela deu um sorriso irônico. — Às vezes, parece mais tempo.

Ele riu.

— Não duvido. Ele é osso duro de roer.

Ela queria perguntar por que, mas duvidava que Jasper Hawley tivesse uma resposta. E, se tivesse, por que a compartilharia com ela?

Ele a observou por alguns instantes.

— Você não vai perguntar nada sobre ele?

— Não.

— Ele deve gostar mesmo de você, já está aqui há quase cinco meses. Me fale de você, Grace.

— Não tenho muito o que contar. Roman me contratou por uma agência de temporários, mas depois, fizemos um contrato direto. Eu respondo às correspondências, atendo ao telefone, pago as contas, compro e resolvo o que precisar. — Ela deu de ombros. — Estou aqui pra facilitar a vida dele. — Ela olhou para a parede de vidro. — Está um dia lindo, não gostaria de se sentar no pátio, sr. Hawley?

Talvez Roman reclamasse, mas Jasper Hawley era seu hóspede e o que ele quisesse importava mais.

— Pode me chamar de Jasper, por favor. E seria perfeito tomar café no pátio.

Quando ambos se acomodaram, cada um com seu café fresco, ele a observou por cima da xícara fumegante.

— É uma linda vista, não? — disse ele, indicando o cânion com a cabeça. — Fico imaginando por que ele nunca a pintou.

— Eu me pergunto a mesma coisa.

— Ele é um garoto complexo.

Garoto. Assim como Talia, Jasper o chamava assim, com tolerância e afeição. Ela deu uma risadinha.

— Eu não o chamaria de garoto.

— Depende de como você define a palavra. E ele já foi chamado de muitas coisas por muitas pessoas.

Como atendia às ligações dele nos últimos meses, Grace sabia disso muito bem. A mulher que ligara mais recentemente usara uns adjetivos bem específicos para se referir a ele. Grace preferiria não os ter ouvido.

— Você é a única pessoa que visita Roman desde que comecei a trabalhar aqui. Além da Talia Reisner, que só passa de vez em quando.

— É a dona da galeria da exposição que começa hoje à noite, não é?

— É. Ela é muito simpática e interessante. Acha que Roman tem um grande potencial.

— E você?

Grace não sabia o que havia por trás daquela pergunta. Por sorte, a porta de vidro se abriu e interrompeu a conversa. Roman saiu usando jeans e uma camiseta vermelha, o cabelo ainda molhado do banho. Sentou-se e olhou de um para o outro.

Jasper abriu um sorriso meio provocador.

— Você está em ótima forma, Roman.

— Só estou tentando não ficar velho e flácido como você.

— Ainda corre? Já está treinando para uma maratona de verdade?

Grace sentiu algo nas entrelinhas da conversa.

— É melhor eu voltar ao trabalho — disse, levantando-se.

Roman lhe lançou um olhar rápido.

— Fica.

Não era um convite, e ela não gostava de ser tratada como um cachorro.

— Grace estava me contando que você a conheceu por uma agência de empregos temporários.

— O que você pensou, que eu a tinha encontrado em uma balada?

O rosto de Grace ficou quente e vermelho.

Jasper ficou surpreso e, logo, contrariado.

Querendo escapar, Grace se levantou de novo, determinada dessa vez. Roman não disse nada enquanto ela se dirigia para a casa. Ela se sentou, apoiou os cotovelos na mesa e o rosto nas mãos. Demorou um pouco até seu rosto esfriar. Será que ele estava tão tenso por causa exposição? Tinha medo de que as pessoas não gostassem de sua arte?

Ela cuidou da correspondência de Roman e atendeu a vários telefonemas. A campainha tocou à uma da tarde. Era Talia, com seu cabelo cheio e cacheado preso com um lenço colorido.

— Cadê nosso artista? A maioria deles me deixa louca querendo saber de cada detalhe da preparação da exposição, mas o Roman não está nem aí! — disse ela, agitando as mãos.

Logo o avistou no pátio, então se dirigiu às portas de vidro e saiu para encontrar os dois.

No escritório, Grace respirava com mais tranquilidade. Terminou seu trabalho e ligou para Selah para ver como estava Samuel.

— Ele está brincando no tapete. Está engatinhando!

Grace sabia que aquele marco estava chegando, queria ter sido a primeira a testemunhá-lo.

— Queria pegar o coelhinho. Ele aprende rápido, está todo empolgado.

Selah teria continuado falando, mas Grace disse que precisava trabalhar e desligou. A mágoa bateu fundo. Será que Selah ouviria a primeira palavra de Samuel e veria seus primeiros passos? Se ela pudesse escolher, preferiria que fosse Selah a ver essas coisas primeiro ou uma funcionária da creche?

Talia apareceu na porta.

— Está tudo bem?

Assustada, Grace ergueu os olhos.

— Aham, tudo ótimo.

— Você está muito séria.

— Como ele está?

— Azedo. Não parece estar preocupado só com a exposição. Bem, vou indo, tenho que correr. Até a noite. — Ela saiu, mas logo voltou. — O que você sabe sobre o queridíssimo Jasper Hawley?

— Não muito.

— Eu gostaria de conhecê-lo melhor — disse Talia, erguendo e baixando as sobrancelhas.

Grace riu e lhe desejou boa sorte.

Os homens entraram e ficaram conversando na sala de estar. Grace pensou em ir limpar a mesa do pátio, mas viu que a bandeja com as xícaras de café já estava na bancada da cozinha. Jasper ficou feliz em vê-la.

— Roman disse que você fez UCLA.

— Mas não terminei.

— Ele disse que você estava estudando psicologia clínica. Tem planos de terminar o curso?

— Estou tentando, cursando on-line. Uma matéria por vez.

Roman tinha uma expressão estranha no rosto.

— Não sei pra que tanto trabalho. Eu pago mais do que você jamais vai ganhar como assistente social, que é tudo que poderia fazer com um bacharelado em psicologia clínica. — Ele olhou para Jasper e acrescentou. — Ela precisaria de um doutorado pra conseguir algo melhor, não é? — E dirigindo-se a ela. — Com quantos anos você acha que vai se formar, Grace?

Ela estava cansada de ser o alvo do mau humor dele.

— Mais ou menos a sua idade, porém muito mais feliz.

Jasper riu.

Morrendo de vergonha, ela esperava que Roman respondesse algo desagradável. Mas ele esboçou um leve sorriso. Acaso a estava provocando? Grace o ignorou e se dirigiu a Jasper.

— Por enquanto, meu principal objeto de estudo é a Bíblia.

— É um esforço digno. — Jasper sorriu. — Eu mesmo já a li muito.

Roman estava ficando preocupado.

— Grace, preciso que esteja pronta às cinco. Talia quer que a gente chegue cedo.

— Brian vem me buscar às quatro. Eu disse à Talia que…

— Brian? — perguntou Roman, semicerrando os olhos. — Quem é Brian?

— Um amigo. Ele se interessa pelo seu trabalho.

— O que ele faz da vida?

— É pastor de jovens.

— Ele não tem condição de comprar minhas obras, e você vai para trabalhar.

Ela deixou passar tanto o insulto quanto o alerta. Jasper observava a conversa com bastante interesse.

— Por que você não tira o resto da tarde de folga? — disse Roman, olhando para ela. — Vai precisar de tempo para se arrumar.

Ela ficou boquiaberta. Ele estava insinuando que ela levaria horas para ficar apresentável?

— Vou tentar não envergonhar você.

Ela torcia para que ele fizesse o mesmo. Roman ia dizer algo, mas apertou os lábios. Grace ficou olhando para ele, esperando. Talvez ele quisesse perguntar o que ela iria vestir. Como ele não disse mais nada, ela deu um sorriso constrangido para Jasper e disse:

— Você vai, não?

— Vou, claro.

Afinal, Roman precisaria de supervisão.

Grace voltou para o chalé. Seria uma noite longa e tensa, a julgar pela manhã que havia tido. Pelo menos ela não teria que se preocupar com o que vestir. Shanice a havia levado para fazer compras na semana anterior.

— Você já foi tomar café e jantar com Brian, mas a exposição será sua chance de brilhar, amiga! Precisa ir bem-vestida! — havia dito Shanice.

Ela conhecia uma boutique em North Hollywood que vendia roupas de grife de segunda mão em excelente estado a preços ótimos. Encontraram o vestidinho preto perfeito, com decote canoa, acinturado, e saia reta.

— Grace, você está deslumbrante com esse vestido!

— Ninguém vai olhar pra mim, Shanice, será a noite do Roman.

— Você estará lá com Brian, e o que importa é que ele olhe para você. E deixe o cabelo solto. Se eu tivesse um cabelo como o seu, deixaria crescer até a cintura — dissera Shanice.

Ela o manteve curto por mais de um ano, mas ele estava crescendo. Patrick gostava de cabelo longo, por isso ela o deixara crescer quando estavam juntos. Ele também gostava de loiras, então ela também tinha descolorido o cabelo. Estava feliz por ter superado aquelas bobagens.

Como tinha algumas horas de folga, Grace verificou se havia alguma nova candidata para a vaga de babá. Três candidatas haviam respondido às perguntas de Grace e deixaram referências. Ela fez algumas ligações e eliminou duas. A terceira já havia começado a trabalhar em outra casa.

Grace se arrumou sem pressa. Quando Brian chegou, não precisou se perguntar se estava bonita. Ele a admirou da cabeça aos pés.

— Uau!

A reação dele agradou a Grace.

— Você também está muito bonito com esse terno preto.

Ele admitiu que tinha sido presente de uma paroquiana, uma viúva cujo marido fizera parte de uma loja maçônica. Afinal, Brian precisava de um bom terno para celebrar casamentos.

Ele sorriu.

— Acho que é apropriado para uma galeria de arte.

Grace sentiu um arrepio alarmado ao se lembrar de que não havia perguntado a Roman se ele tinha terno.

Ela e Brian conversaram durante todo o caminho até Laguna Beach. Falaram sobre os próximos eventos para jovens, as últimas notícias locais, estaduais e internacionais e os planos para uma viagem missionária de verão para o México. Seus jovens já haviam arrecadado o dinheiro e alguns adultos tinham se inscrito para ajudar a orientar e monitorar os alunos.

Talia sabia como ser um show e como comandar um. Ela parecia uma obra de arte com seu cafetã colorido. Recebeu Brian com um aperto de mãos e abraçou Grace.

— Você está deslumbrante! Essa noite será fantástica, estou sentindo! — Ela sorriu, muito animada. — Aposto que todas as pinturas de Roman estarão vendidas antes das nove — inclinou-se mais perto deles. — Mesmo com os preços absurdos que coloquei nelas.

Grace não se surpreendeu quando viu Roman chegar de jeans preto, uma camiseta branca de decote V e uma jaqueta bomber de couro preta. O que a surpreendeu foi a maneira como seu coração acelerou. Consternada, ela desviou o olhar, encontrando o de Jasper Hawley, que abriu as mãos como se dissesse: “não posso fazer nada”.

Talia soltou um gemido.

— Claro que ele preferiria morrer a usar um terno.

Mas Grace sabia que Talia não se importaria se Roman aparecesse sem camisa e de short de corrida, contanto que fosse.

Roman odiava multidões. Odiava ser o foco das atenções. Odiava ainda mais ver as pessoas falando como se entendessem sua arte e soubessem como sua mente funcionava com base no que ele pintava. Pelo menos, tinha a satisfação de vê-los pagar uma fortuna por obras que não significavam nada e revelavam menos ainda sobre os segredos ocultos de sua psique. Um dia, alguém descobriria que ele era uma fraude sem pedigree, educação nem talento.

Alguém tocou seu braço: uma loira voluptuosa com um vestido de grife que demonstrava sua riqueza. Ela disse que estava em busca de novos talentos e que adorava colecionar peças de artistas pouco conhecidos. O sorriso dela não deixou dúvida quanto a que tipo de coleção ela se referia. Alguns meses antes, ele teria aceitado o convite. Porém, naquele momento, estava tentando ser educado e civilizado. Olhou para Jasper e ficou grato quando ele se aproximou para participar da conversa. Roman olhou ao redor e viu Grace.

O vestido preto caía perfeitamente nela. Grace sorria para o Príncipe Encantado, que estava ao seu lado, de terno. O sujeito mantinha a mão na lombar de Grace enquanto conversavam com um casal, o toque de propriedade. O tal Brian parecia o tipo de homem que se encaixava em qualquer lugar. Então aquele sujeito era pastor? Grace já havia transado com ele? Pastores de jovens transavam? Por que ele deveria se importar se eles transavam ou não?

Roman esvaziou sua taça de champanhe e a deixou sobre um pedestal no qual havia uma águia de bronze em voo. Um garçom a pegou depressa.

— Dá pra tentar sorrir, por favor? — pediu Talia enquanto oferecia um canapé a Roman. — Talvez outra taça de champanhe ajude.

Ela pegou uma de uma bandeja que passava e a ofereceu a ele.

— Acho que já foi o suficiente.

Ele não estava se referindo ao champanhe.

Jasper também o observava com um brilho estranhamente especulativo no olhar.

Roman olhou feio para ele.

— Que foi?

— Eu é que pergunto — disse Jasper, erguendo sua taça de espumante. — Nunca pensei que veria esse dia chegar.

Roman queria socar as próprias pinturas, mesmo que isso lhe custasse cinquenta mil dólares. Soltou um palavrão baixinho, do tipo que teria abalado Grace se ela estivesse perto e o ouvisse. Mas ela estava do outro lado da sala, o mais longe dele que podia. Ele xingou de novo, queria estar em qualquer lugar, menos ali. Era uma boa noite para estar com sua mochila de latas de tinta spray. A primeira pintura seria em uma parede de seu próprio chalé.

Grace se virou, como se sentisse os olhos dele sobre ela. Seus olhares se encontraram, e ele sentiu coisas que sabia que lhe causariam problemas. Uma pessoa disse alguma coisa e ele fingiu interesse. A galeria estava cheia e ele era o centro das atenções. Era para ele estar curtindo. Era para ele estar se divertindo.

Um homem tagarelava sem parar sobre o trabalho de Roman. Perdendo a paciência, Roman pediu licença e saiu, passando por entre os convidados e quase os empurrando. Foi para os fundos da galeria. Será que havia outra porta para sair daquele lugar?

Talia o alcançou antes que ele fugisse.

— Você está bem?

— Não deveríamos ter feito isso.

— Claro que deveríamos. Você faz ideia de quem são essas pessoas?

— Não dou a mínima!

— O que é que deu em você hoje?

— Só fala que eu sou um artista temperamental.

— Isso eles já perceberam. Você deveria estar feliz, Roman. Já ganhou cem mil dólares, e a festa mal começou.

Feliz. Sim, claro. Seu corpo estava quente. O coração martelava no peito.

Roman foi até o banheiro e trancou a porta. Passando as mãos pelo cabelo, tentou relaxar. Obrigou-se a respirar fundo. Sentiu aquela fraqueza familiar de novo, fechou os olhos e xingou baixinho. Agachando-se, colocou a cabeça entre os joelhos, torcendo para não desmaiar. Não era hora nem lugar. Teria sido o champanhe? Mas ele só havia tomado duas taças...

A fraqueza passou. Ele esperou mais um minuto antes de se levantar, e outro antes de abrir a porta.

Grace estava ali, no corredor mal iluminado.

— Você está bem, Roman?

Seus olhos castanhos estavam cheios de preocupação.

— Por que não estaria?

— Você está transpirando? — perguntou ela, e levantou a mão para sentir a testa dele.

Roman jogou a cabeça para trás, como se o toque fosse queimá-lo. Ela fechou a mão e a abaixou. A iluminação era fraca demais para vê-la corar, mas ele sabia que a havia constrangido. Mais uma vez. Passara o dia todo sendo rude com ela.

Estavam próximos, se encarando. Ele não conseguia respirar normalmente, queria se aproximar mais. Ela estava tremendo?

Grace soltou um leve suspiro.

— Não estou te tratando como se fosse sua mãe. Precisa de alguma coisa?

De você.

Um movimento chamou sua atenção. O Príncipe Encantado estava parado à porta do salão principal. O que o sujeito faria se Roman puxasse Grace para seus braços e a beijasse? Roman olhou para ela de novo. O que ela faria? A expressão de Grace mudou de leve, o suficiente para que Roman percebesse que ela pressentia que algo perigoso estava passando pela cabeça dele. Grace deu um passo para trás. Roman sabia o que ela faria se a beijasse: daria um tapa na cara dele, largaria o emprego, sairia do chalé e ele nunca mais a veria.

Talvez fosse bom. Ela iria embora e ele ficaria seguro.

— Roman.

Jasper Hawley apareceu do nada, e Roman soltou a respiração. Até aquele segundo, não havia percebido que a estava prendendo. Grace tocou seu braço antes de se afastar. Para tranquilizá-lo, talvez? Ela seguiu pelo corredor e Brian passou a mão em volta de sua cintura e a levou para longe dali.

Jasper inclinou a cabeça, observando Roman.

— Isso é novo pra você.

— Não sei se vou concordar com mais alguma ideia da Talia — disse Roman, esfregando a nuca. Sua cabeça estava começando a latejar.

— Não estou falando da exposição.

— Do que, então?

Ele não estava com humor para os comentários enigmáticos de Jasper.

— Você não consegue tirar os olhos da Grace.

— Ela deveria estar trabalhando!

— Está procurando um motivo para demiti-la?

Roman olhou feio para ele.

— Você disse que gostava dela.

— Eu gosto muito dela, mas o que eu acho não importa. Ela mexe com você. Você não está satisfeito com essa relação profissional, não é? Talvez devesse apostar no mais seguro e se livrar dela.

Roman sabia o que Jasper estava fazendo, mas não estava a fim de participar de seus joguinhos.

— Deixa para lá.

Jasper se colocou na frente de Roman.

— Do que você tem medo, Bobby Ray?

— Não me chama assim.

— Não há nada de errado com a pessoa que você é.

— E que pessoa é essa?

— Você está diante de uma oportunidade de verdade, filho. Uma chance de ter amizade, afeição, talvez amor. O que vai fazer com isso?

Roman sentiu seu corpo esquentar.

— Você está interpretando mal a situação.

— Raiva, seu escape favorito.

— Já acabou?

Jasper balançou a cabeça, o rosto cheio de compaixão.

— Então me faça um favor. Tente não descontar seu medo na Grace. — Ele suspirou. — Permita-se sentir, Bobby Ray. Chegue mais perto, a conheça melhor. Veja o que acontece.

— Ela não sabe o que eu sou.

— E o que você é? — perguntou Jasper, perplexo.

— Você sabe melhor do que ninguém da minha história. O que tenho em comum com uma mulher como ela?

Jasper suspirou.

— Senhor, tenha misericórdia! Finalmente estamos chegando a algum lugar. — Ele se aproximou. — Você não conhece Grace e ela não o conhece. Vá com calma, ouça, aprenda... e veja o que acontece.

Roman se perguntou se o risco valeria a pena.

Grace se manteve em silêncio enquanto Brian a levava para casa depois da exposição. A noite havia sido longa e um tanto dramática. Grace e Brian conversaram com muitas pessoas, mas ela ficara atenta a Roman. Ele havia dito, mais cedo, que ela iria à exposição para trabalhar, mas a evitara a maior parte da noite. Se precisou de alguma coisa, não lhe pediu. Grace perguntara a Talia se precisava de ajuda, mas tudo estava tão bem-organizado que não tinha sido necessário.

Quando Roman fugiu para os fundos, Grace temeu que houvesse algo de errado. Depois de alguns minutos de espera, disse para Brian que iria conferir se seu chefe estava bem. Roman estava muito pálido quando saiu do banheiro masculino e, quando a fitou, ela sentiu o choque. Inclusive ali, sentada no carro com Brian, ela se sentia balançada pela intensidade de Roman. O que ele estava pensando naquele momento? O que teria dito — ou feito — se Jasper e Brian não estivessem ali perto?

Depois daquele momento tenso no corredor, Roman se acalmara, conversara com as pessoas, até sorrira algumas vezes. Às dez, tinha ido embora, como a Cinderela à meia-noite. Jasper fora junto. Talia ficara exasperada.

— Achei que você o seguraria aqui — dissera.

Como se Grace tivesse algum controle sobre aquele homem.

Brian olhou para ela.

— Você está calada.

— Foi uma noite estranha.

— Seu chefe é sempre assim?

Assim como? Temperamental, impossível de entender?

— Mais ou menos.

— Acha que a exposição foi um sucesso?

— Sem dúvidas, mas eu estava meio distraída.

Brian lhe lançou um olhar pesaroso.

— Eu notei. O que aconteceu entre você e Roman no corredor?

— Nada. Achei que talvez estivesse passando mal, mas ele disse que estava bem. — Ela sacudiu a cabeça. — Acho que ele se importava mais com a exposição do que queria admitir.

— Pelo que vi, a noite foi um sucesso retumbante. Ele tem muitos fãs — disse Brian, fazendo uma curva.

— Especialmente mulheres — murmurou Grace.

Roman mal havia chegado à exposição e uma loira com um vestido que devia ter sido pintado no corpo dela se aproximara dele. Mesmo do outro lado do salão, Grace notara que a mulher estava mais interessada no artista que na arte.

— Está preocupada com ele?

Ela deu de ombros.

— Não há motivo pra isso. — Ela não queria passar a noite pensando em Roman Velasco. — E você, gostou?

— Falei com muitas pessoas interessantes. — Ele foi comentando sobre algumas que conhecera. — Uns advogados que colecionam arte moderna, um piloto de avião, um policial de Los Angeles com a esposa... Conversei com a Talia um pouquinho enquanto você estava indo ver Roman. É uma mulher interessante.

Grace sorriu.

— Adivinha qual faculdade ela fez.

— História da arte.

— Era o que eu pensava também. — Ela riu. — Mas ela se formou em economia e marketing.

Grace havia conhecido mais sobre a história de Talia em um almoço do que sobre a de Roman depois de meses trabalhando para ele.

— Ela veio para a Califórnia nos anos 1970 e era do partido republicano. O namorado dela era oficial da reserva. Eles se casaram logo depois da faculdade porque ela queria engravidar antes que ele fosse para o Vietnã. Ele sobreviveu à guerra, mas morreu de câncer aos quarenta anos. Ela diz que a culpa foi do Agente Laranja, um produto químico que eles pulverizavam nas margens dos rios pra desfolhar a selva. Eles tiveram uma filha, que agora é uma bem-sucedida profissional na área de planejamento patrimonial, na Flórida. É muito bem-casada e tem dois meninos. A Talia vai pra lá uma vez por ano pra visitá-los.

— Não era o que eu esperava. Como ela acabou abrindo uma galeria de arte?

— Ela se casou com o dono. Talia era consultora fiscal dele. Ele lhe ensinou sobre arte e ela lhe ensinou sobre negócios. Viveram onze anos felizes juntos, até ele falecer.

Brian embicou na garagem. As luzes da casa principal estavam acesas. Enquanto ela e Brian caminhavam pela trilha até a porta da frente, ele pegou a mão dela. Surpresa, ela sorriu para ele. Logo notou as luzes acesas no estúdio. O que Roman estaria fazendo? E por que estava pensando nele de novo?

Grace percebeu que Brian não havia dito nada desde que parara o carro e a ajudara a descer.

— Obrigada por ir à galeria comigo, Brian.

Ela tirou a mão da dele, pegou as chaves da bolsa e abriu a porta.

— Podemos conversar um pouco antes de eu ir, Grace?

Ela hesitou, se perguntando se aquela noite poderia ser um ponto de virada no relacionamento deles.

— Quer entrar? Eu faço um café.

Brian olhou para a casa principal e balançou a cabeça.

— Está bom aqui fora.

Ele também havia visto a luz acesa. Como pastor, se importava com as aparências. Pegou a mão dela de novo quando se sentaram juntos na mureta.

— Gosto de você, Grace. Gosto muito de você, e acho que você sabe disso.

Era isso que ela esperava, não era? Por que não se sentia nem um pouco animada?

— Eu também gosto de você, Brian.

Ela ficou tensa quando ele levantou a mão e ajeitou o cabelo dela sobre o ombro.

— Posso te beijar?

Ela só havia beijado dois homens na vida, e nenhum deles tinha pedido permissão. Disfarçando sua surpresa, ela respondeu que sim. Curiosa para saber o que sentiria, ela se inclinou para a frente e encontrou a boca dele no meio do caminho.

O beijo de Brian foi terno, sem pressa, agradável. Ela não sentiu a leve agitação que sentia com Patrick, a promessa de algo que nunca acontecera. Também não sentira muito mais com o pai de Samuel.

Um dia, seu filho cresceria e perguntaria quem era seu pai. O que ela diria? *Eu o conheci em uma balada. Quando ele me convidou para ir à casa dele, eu aceitei. Você foi o resultado.* Se entregasse Samuel para Selah e Ruben, não teria que confessar isso. Selah poderia lhe dizer honestamente que ela havia planejado e o escolhido como filho.

E por que sua mente vagava de um lado a outro enquanto Brian Henley a beijava?

Brian recuou com uma expressão enigmática.

— O que foi, Grace?

— Não sou boa o suficiente para você.

— Somos todos pecadores, e a amizade é um bom lugar para começar um relacionamento duradouro. Foi como Charlene e eu começamos.

Ele pegou as mãos dela e se levantou, puxando-a para se levantar também.

Novamente, Grace ficou aliviada por não sentir atração física por ele. Havia sido apaixonada por Patrick e o relacionamento com ele fora um desastre. E com o segundo cara tinha sido ainda pior. Ela permitira que a raiva e a mágoa fossem desculpas para fazer o que uma multidão de jovens adultos irresponsáveis fazia, achando que sexo casual, desde que consentido entre as partes, era perfeitamente aceitável. Ela estava sozinha e infeliz, desesperada para sentir algo, qualquer coisa. Mal se lembrava daquela noite, mas recordava ter acordado de madrugada na cama de um estranho. Vestira suas roupas e fugira. Correra pela praia, chorando, subira até a avenida e tivera o bom senso de chamar um Uber.

Grace gostava de Brian. Ele era gentil, atencioso e bonito. Conversavam sobre todo tipo de assunto. Tinham a fé em comum. Ela queria viver a vida agradando a Deus, e o chamado de Brian era claramente servir ao Senhor. Sentia-se segura com ele, sem sombra de tentação. Sem dúvida, isso era um bom sinal.

— Está a fim de fazer uma trilha no Solstice Canyon sábado que vem? Levo um canguru pra carregar o Samuel.

— Claro, parece ótimo.

— Ligo pra você amanhã.

Ele se inclinou e a beijou suavemente nos lábios. Grace desejou sentir alguma faísca.

Ela jogou a bolsa em cima da mesa. Se fazer trilha era o passatempo preferido de Brian, seria melhor investir em algo mais que um par de tênis de academia. Precisaria de botas de caminhada. Talvez Roman a deixasse usar a sala de exercícios para que pudesse ganhar músculos suficientes para carregar uma mochila. Soltou uma risada sem alegria.

Grace colocou o pijama, lavou o rosto e escovou os dentes. Ouviu Elvis Presley cantando "Big Boss Man". Com o coração acelerado, foi até a cozinha, tirou o telefone da bolsa e, olhando para o relógio do micro-ondas, atendeu.

— Já passou de meia-noite, Roman.

— Você ainda está acordada.

— Não por muito tempo.

— Estou no estúdio. Se você tivesse convidado o Príncipe Encantado pra dormir aí, eu não estaria ligando.

Grace se espantou, seu rosto parecia estar pegando fogo.

— Você estava observando a gente?

— Fiquei curioso para saber o que dois cristãos fazem no final de um encontro. — Ele riu baixinho. — Nota zero para aquele beijo.

Grace desligou. Desligaria também o celular se não fosse sua única linha de comunicação em caso de alguma emergência com Samuel. Deixou-o na mesinha de cabeceira e se deitou. Elvis cantou de novo. Ela cobriu a cabeça com o travesseiro.

17

Bobby Ray, sete anos

Bobby Ray Dean acordou com o som da sirene de um carro de polícia e as luzes vermelhas piscando no teto. Puxou o cobertor fedorento sobre os ombros. Sonolento, olhou para o neon laranja, vermelho e dourado que dizia *Jesus salva* do outro lado da rua. Ainda com frio, aninhou-se nas almofadas gastas do velho sofá.

Vozes escapavam do quarto: um homem bravo e sua mãe tentando persuadi-lo. Bobby Ray sabia que sempre que um homem chegava do trabalho com ela, ele tinha que sair da cama e ir dormir no sofá.

O estômago de Bobby Ray roncou. Ele havia encontrado sucrilhos no armário para jantar, mas não havia leite na geladeira. Além das garrafas que sua mãe guardava para os convidados, os armários estavam vazios. Ele esperava que o novo amigo da mãe deixasse dinheiro suficiente para comprar sopa e carne enlatadas, talvez até ovos, pão e leite. A maior parte do que ela ganhava ia para o pó branco que a ajudava a se esquecer de tudo e se sentir bem até ter que se levantar e recordar tudo de novo.

Ele conseguiria arranjar alguma coisa para encher a barriga no café da manhã no Exército da Salvação, e almoçaria de graça na escola. Mas faltavam muitas horas até lá, e a única maneira de aliviar a dor da fome era voltando a dormir. Era difícil com aquelas luzes piscando. Ficou pensando no mercado. Havia conseguido roubar uma maçã certa vez, mas, um dia, quando roubara uma banana, o dono o pegara pelo pulso e dissera que, se não tivesse um dólar, podia ir largando o que tinha pegado. Bobby Ray lhe dera um chute e saíra correndo, com a banana verde ainda apertada em sua mão. O homem o perseguira por dois quarteirões, mas Bobby Ray conseguira escapar. Nunca mais passara por lá.

Sua mãe parou de falar no quarto e outros sons fizeram Bobby Ray puxar o cobertor fedorento sobre a cabeça e tapar os ouvidos. Ele tinha apenas sete anos, mas sabia o que sua mãe deixava os homens fazerem com ela pra poder pagar o aluguel. Pelo menos aquele homem não parecia mau. O último havia jogado Bobby Ray do outro lado do quarto. Sua mãe pulara nas costas dele e ele batera nela também. Antes de ir embora, ainda dera um chute nela.

Soluçando, sua mãe rastejara até Bobby Ray e o abraçara.

— Sinto muito, meu amor. Sinto muito. Ele machucou muito você?

Ao examinar o queixo dele, chorara ainda mais. Dissera a ele para dizer à professora que havia caído da escada.

— Não quero que o Conselho Tutelar venha tirar você de mim. A gente nunca mais ia se ver.

A ideia de ser tirado de sua mãe assustara Bobby Ray mais do que o homem que havia batido neles.

Bobby Ray ouviu vozes bravas na rua. Sua mãe dizia para ele nunca olhar pela janela, porque nunca dava para saber quando as pessoas podiam começar a atirar.

— Fique abaixado e seguro, meu amor — dizia ela.

Dois homens gritaram. Vidros se estilhaçaram.

No quarto, o amigo de sua mãe disse alguma coisa. Ela riu.

— Não é nada. Deita, querido. A gente estava se divertindo tanto...

O homem disse que precisava ir, que podiam estar perguntando por ele. Mais conversa, só que mais baixo. A porta do quarto se abriu e o homem saiu seminu. A mãe de Bobby Ray o seguiu com seu robe cor-de-rosa.

— Bem, se você tem que ir, paciência.

Ela apertou um interruptor, inundando a sala de luz.

O amigo da sua mãe usava sapatos pretos brilhantes, calças escuras bonitas e um cinto de couro também brilhante. Estava fechando os botões da camisa branca quando viu Bobby Ray olhando para ele e corou profundamente.

— Desculpe, menino.

O pedido de desculpas fez Bobby Ray sentir o duro golpe do grande erro que era tudo na vida de sua mãe.

Sua mãe segurou o paletó para o homem vestir. Como ele não conseguia dar o nó na gravata, ela afastou as mãos dele.

— Deixa que eu faço pra você — disse ela, fazendo um beicinho. — Cinquenta pratas não dão pra muita coisa hoje em dia. Eu mal consigo pagar o aluguel e tenho um menino em fase de crescimento pra alimentar.

O homem semicerrou os olhos e apertou os lábios. A mãe de Bobby Ray suspirou enquanto limpava as lapelas dele. Ao terminar, ela deu um passo para trás.

— O que você jantou hoje, Bobby Ray?

— Sucrilhos.

— E bebeu o último leite há dois dias, não foi, meu amor? Desculpe, a mamãe está fazendo o melhor que pode.

— Vocês não recebem auxílio do governo?

— O aluguel em Tenderloin é mais alto que em Wichita. Mas você sabe disso, pelo hotel em que está hospedado para a conferência.

O homem lançou um olhar envergonhado para Bobby Ray e tirou a carteira do bolso. O menino notou o anel de ouro no dedo dele enquanto separava algumas notas e as colocava na palma de sua mãe. Ela manteve a mão estendida e ele acrescentou mais uma antes de dobrar a carteira e guardá-la. Ele não parecia feliz.

Sua mãe sorriu.

— Você tem um bom coração.

Ela parecia sincera. Foi até a porta, tirou a corrente, girou os dois trincos e a abriu.

— Tome cuidado lá fora, você não está no Kansas.

Ela deu uma risadinha, como se tivesse contado uma piada.

O homem ficou inquieto.

— Deixei meu carro alugado perto da boate. Eu estava meio bêbado. Como faço para voltar pra lá?

— Vire à esquerda, ande dois quarteirões, vire à direita. Você verá a luz.

A mãe de Bobby Ray fechou a porta na cara do homem. Girou os dois trincos e passou a corrente de novo. Seu sorriso morreu junto com todo indício de prazer quando ela pegou a bolsa que estava jogada na velha poltrona laranja. Enfiou o dinheiro nela e a jogou na poltrona de novo. Deu um grande bocejo e esfregou as costas.

— Preciso de um longo banho quente. Depois, vou dormir até meio-dia. — Ela se abaixou e deu um beijo em Bobby Ray. — Vá se arrumar para a escola, meu amor.

Ela foi para o banheiro.

Bobby Ray fez o que tinha que fazer: roubou uma nota de vinte dólares da bolsa da mãe.

Depois da escola, Bobby Ray foi até uma loja de conveniência grande e andou para cima e para baixo pelos corredores empurrando um carrinho maior que ele. Era tudo tão caro! Pegou um pote de pasta de amendoim com geleia de uva, um pão de forma, uma caixa com doze gizes de cera, um pacote de quatro lápis 2B com apontador e um caderno com pauta, que estava na promoção e custava um dólar. Talvez sua mãe tivesse feito compras com o resto do dinheiro que o homem lhe dera na noite passada. Talvez houvesse leite na geladeira e sucrilhos no armário.

Chegando em casa, sua mãe estava acordada e vestida para a batalha, como dizia. Estava feliz também, o que significava que tinha arranjado o pó branco.

— O que você comprou com os vinte dólares que pegou, meu amor?

Ela segurou a sacola plástica dele e a esvaziou na mesa enquanto Bobby Ray olhava na geladeira. Nada de leite.

— Desculpe, querido, não tive tempo de fazer compras. Tive que ficar apresentável. Olha só, vou encontrar um homem legal que vai me levar pra jantar em um restaurante chique e vou trazer uma marmitinha para você. — Ela riu. — No Alioto's! O que acha? Ou no Franciscan! Vou pedir lagosta!

— Quer um sanduíche, mamãe? Eu faço pra você.

Bobby Ray não queria que ela saísse. Quando estava feliz assim, ela passava a noite toda fora.

— Não, meu amor, é tudo pra você. Tranque a porta depois que eu sair.

Ela colocou a bolsa grande no ombro e saiu. Bobby Ray odiava quando a mãe saía feliz e chapada. Da última vez que fizera isso, passara o dia seguinte inteiro chorando e precisara passar muita maquiagem para cobrir os machucados antes de ir trabalhar na boate.

— Não vai, mãe, por favor.

Seu lábio tremia, e ele deixou as lágrimas rolarem, torcendo para que fizessem alguma diferença.

Sua mãe voltou, angustiada.

— Ah, meu amor, você sabe que eu tenho que ir. A mamãe fica muito melhor quando tem alguma coisa pra ajudar, sabia? Estou fazendo o melhor que posso. Às vezes, eu… — Ela sacudiu a cabeça e pousou a mão no ombro dele. — Não me olhe assim, Bobby Ray. — Inclinou-se e levou a mão ao rosto dele. — Você sabe que eu te amo mais que qualquer coisa nesse mundo todinho. Vou cuidar bem de você, meu amor, você vai ver.

— Mamãe…

Ele a abraçou com força. Ela era macia e cheirava a perfume adocicado. Ele se agarrou a ela como hera em um muro.

— Pode ir me soltando. — Sua mãe se soltou dele e o segurou com força. — Pare com isso agora mesmo! Você sabe que eu vou voltar, não é sempre assim? Agora, seja bonzinho. Fique em casa e tranque a porta. Pode assistir TV até mais tarde, se quiser.

Ela saiu sem olhar para trás.

Bobby Ray foi até a janela e tentou abri-la. Lutou com a trava, mas ela não se moveu. Sua mãe apareceu na rua embaixo. Ele bateu no vidro, mas ela não olhou para cima. Andava como se soubesse exatamente aonde estava indo. Ele bem que queria saber onde era isso.

Abriu a caixa de gizes de cera imaculados e desenhou um pouco em uma folha de jornal. Comeu um sanduíche de pasta de amendoim e geleia. Quando o sol se pôs, foi ver TV. Preocupado, arrastou uma cadeira da cozinha até a janela e ficou ali sentado, esperando a mãe voltar para casa. O letreiro neon do outro lado da rua se acendeu. Ele se perguntava quem era Jesus. Sua mãe havia dito que o pai dela era religioso e a espancava. Bobby Ray apoiou a cabeça nos braços e ficou olhando para a beleza daquelas cores tão intensas e vivas.

Uma risada meio infantil o despertou. Um adolescente vestido de preto estava pintando o muro do outro lado da rua com tinta spray. Havia outro de guarda na esquina. Bobby Ray ficou ouvindo e observando enquanto o pintor abria uma mochila e pegava outra lata de tinta, amarela dessa vez, verde da próxima. O que estava de guarda fez sinal para que ele se apressasse. O pintor trabalhava rápido, fazendo grandes letras em forma de bolha. Bobby Ray ficou encantado. O adolescente da esquina assobiou. O pintor guardou a tinta spray, colocou a mochila no ombro e desapareceu, bem na hora que uma viatura chegava ao cruzamento. A polícia parou, procurando com um feixe de luz e encontrando a parede recém-pintada. A viatura virou na direção em que os meninos haviam corrido, balançando o feixe de luz de um lado para o outro da rua.

Bobby Ray desistiu da vigília e foi para a cama que dividia com a mãe. Deitou-se todo enroscadinho no lado dela do colchão, ela o acordaria quando chegasse. Talvez levasse outro homem para casa, um bom homem como o último, disposto a dar vinte dólares a mais. Dormiu um sono agitado.

Na manhã seguinte, sua mãe ainda não havia chegado. Bobby Ray não sabia se ia para a escola ou a esperava. Assustado e bravo, pegou seus livros e desceu a escada.

O sr. Salvaggio saiu do apartamento parecendo uma abóbora com seu moletom dos Giants.

— Ei! Onde está sua mãe? Ela me deve o aluguel!

Bobby Ray o contornou e saiu correndo.

— Ei! Estou falando com você, moleque!

O sr. Salvaggio tentou pegá-lo, mas Bobby Ray se desviou ligeiro como um rato para a porta da frente.

— Sheila! — gritou o sr. Salvaggio escada acima. — É melhor você pagar, senão meu primo Guido e eu vamos despejar vocês de uma vez por todas, está ouvindo?

Assustado e imaginando o que aconteceria se sua mãe não tivesse dinheiro quando chegasse, Bobby Ray foi até a boate onde ela trabalhava. Entrou por uma porta lateral enquanto estavam fazendo uma entrega. O lugar era mal iluminado e tinha um cheiro ruim. Um homem em mangas de camisa e gravata frouxa assinou uns papéis presos em uma prancheta e a entregou ao motorista uniformizado do caminhão. Abriu uma caixa, tirou uma garrafa e então viu Bobby Ray.

— O que está fazendo aqui? Saia daqui, moleque! Está querendo que fechem meu negócio?

Bobby Ray ficou firme enquanto o homem ia em sua direção.

— Estou procurando minha mãe — disse com voz trêmula.

— Como eu vou saber quem é sua mãe? — O homem o pegou pelo ombro e o empurrou para a porta. — Saia daqui e não volte mais!

Lutando contra as lágrimas, Bobby Ray fincou o pé.

— O nome dela é Sheila Dean. Ela trabalha aqui.

O homem cuspiu um palavrão.

— Não sabia que a Sheila tinha um filho. Eu também queria saber onde ela está. Ela tinha que vir dançar ontem à noite e não se deu ao trabalho de aparecer.

Bobby Ray não sabia mais onde procurar e não queria voltar para casa e correr o risco de ser pego pelo sr. Salvaggio. Então foi para a escola. A aula já havia começado, por isso teve que entrar furtivamente na sala quando o sr. Talbot não estava olhando e se esgueirar até sua cadeira, torcendo para que ninguém dissesse nada. Ninguém disse, mas o sr. Talbot olhou para Bobby Ray, depois para o relógio de parede, e recomeçou a explicação do problema de matemática que havia escrito na lousa. Pelo menos não o mandou para a secretaria pelo atraso. Senão, teria que inventar uma mentira.

A sala de aula era mais quente que seu apartamento, e Bobby Ray lutava para manter os olhos abertos. Tentou entender os problemas que o sr. Talbot distribuiu, mas seu estômago doía. Deitou a cabeça nos braços.

O sinal o fez acordar assustado. Ele não havia terminado a tarefa. As crianças saíram para o recreio, mas o sr. Talbot estava parado ao lado da mesa do menino.

— Está tudo bem, Bobby Ray?

Bobby Ray respondera que sim, estava tudo bem. No almoço, comeu só metade do sanduíche e guardou o restante, com medo de não ter nada para comer depois.

Quando acabaram as aulas, Bobby Ray correu para casa. A porta do apartamento não estava trancada. Com o coração cheio de esperança, Bobby Ray correu para o quarto, achando que encontraria a mãe dormindo, mas ela não estava lá. Quando saiu do quarto, percebeu o espaço vazio onde antes ficava a TV. Tinham sido roubados ou o sr. Salvaggio levara a única coisa de valor do apartamento? Bobby Ray estava com medo de descer e perguntar. Então saiu de novo e procurou a mãe pelo bairro.

O dono da loja de bebidas disse que não via Sheila Dean havia três dias. Bobby Ray andou até a Turk Street acabar na Market, depois seguiu a Market até a Grant. Chegou à Geary e caminhou pela Union Square, depois desceu, passando pelo Curran Theater até chegar à Leavenworth e pegar a Turk de novo. Estava escuro quando voltou para casa. As luzes do apartamento estavam apagadas e não se acenderam quando ele apertou o interruptor. Sua mãe ainda não estava em casa.

Exausto, faminto e com medo, Bobby Ray se sentou no velho sofá. O que deveria fazer? Onde deveria procurar? Sua mãe sempre chegava de manhã, por que não havia voltado?

Bobby Ray conseguiu fazer a pasta de amendoim com geleia e o pão de forma durarem três dias. Ainda tinha alguns dólares no bolso, mas tinha medo de gastá-los.

O sr. Talbot lhe perguntou de novo se estava tudo bem, e Bobby Ray respondeu que sim mais uma vez, botando certa banca para que parecesse verdade.

— Por que não estaria?

— Porque você está usando a mesma camiseta faz três dias.

— Minha mãe não teve tempo de lavar roupa.

— Muito bem, e onde está seu dever de casa? Você sempre faz o dever de casa e não entrega nada há dois dias. E não termina a tarefa que passo na aula. Você não é assim, Bobby Ray. O que está acontecendo?

— Eu esqueci, só isso. Vou fazer tudo e entregar amanhã.

Ele teve que se esforçar muito para não chorar quando o sr. Talbot pousou a mão em seu ombro e apertou gentilmente.

— Você me diria se precisasse de ajuda, não é?

Bobby Ray comprou uma banana e um Snickers a caminho de casa. Fez o dever na mesa da cozinha. Alguém bateu à porta e o coração de Bobby Ray acelerou. Foi na ponta dos pés e espiou pelo olho mágico. Era o sr. Talbot. Ele bateu de novo.

— Sra. Dean? Bobby Ray?

O professor bateu de novo, mais alto dessa vez. Uma voz masculina retumbou lá de baixo. O sr. Talbot respondeu que estava vendo se estava tudo bem com um aluno. Afastou-se da porta e Bobby Ray não conseguiu mais vê-lo. O que o sr. Salvaggio estava dizendo ao professor?

Bobby Ray ficou preocupado com aquela visita. Tentou se concentrar na lição de casa e terminar tudo. Tomou um banho, lavou o cabelo e escovou os dentes, com esperança de que sua mãe abrisse a porta do banheiro e dissesse que ele estava demorando demais.

Vestiu outra roupa na manhã seguinte. O sr. Talbot olhou para ele e não disse nada. O estômago de Bobby Ray roncou tão alto que as crianças ao redor dele riram. Com o rosto pegando fogo, ele manteve a cabeça baixa enquanto o sr. Talbot pedia silêncio e continuava a aula.

Quando Bobby Ray chegou da escola, o sr. Salvaggio estava no hall de entrada, perto das caixas de correio, com um homem que o menino não conhecia. O senhorio apontou para Bobby Ray.

— É ele, ninguém vai sentir falta.

O homem colocou um maço de notas dobradas nos dedos gordos do sr. Salvaggio enquanto Bobby Ray subia a escada correndo.

A porta estava aberta dessa vez.

— Mamãe!

Ele sentiu um grande alívio, até que viu a sala vazia. Todos os móveis haviam sumido.

— Mamãe!

Correu para o quarto. Não a encontrou lá e saiu de novo, confuso. O apartamento estava vazio, exceto por algumas caixas com roupas de sua mãe no meio do quarto.

O homem que estava com o sr. Salvaggio entrou no apartamento.

— Você vem comigo.

Bobby Ray recuou.

— Minha mãe já vai chegar.

— Quando foi a última vez que você viu sua mãe? Ouvi falar que já faz quatro dias. Ela foi embora, eu vou cuidar de você.

Quando Bobby Ray tentou passar por ele e chegar à porta, o homem o segurou pelo braço. Bobby Ray lutou e gritou, mas o homem tapou sua boca com a mão forte. Bobby Ray o mordeu. O homem lhe bateu com tanta força que Bobby Ray viu manchas amarelas e pretas. O homem o jogou por cima do ombro e o levou dali, com as pernas presas contra seu peito duro como pedra.

— O que você acha que está fazendo? — Bobby Ray ouviu a voz do professor subindo do patamar de baixo. Batendo nas costas do estranho, Bobby Ray gritou por socorro. — Largue esse menino!

Outro homem pediu a identidade do estranho. Bobby Ray foi jogado no chão. Desceu quicando meia dúzia de degraus até que alguém o segurou.

— Pronto, tudo bem.

O sr. Talbot o segurava enquanto um policial subia as escadas, falando rápido pelo rádio que levava preso ao ombro.

— Um metro e oitenta, branco, cabelo escuro curto, jaqueta bomber marrom, calça Levi's e botas pretas...

O sr. Talbot perguntou a Bobby Ray se estava machucado. Tudo doía. O professor o pegou no colo e o abraçou.

— Está tudo bem, Bobby Ray. Estamos aqui pra ajudar.

Soluçando, Bobby Ray se aninhou nos braços de seu professor, com o coração ainda batendo forte de medo.

— Quem era aquele homem? Alguém que você conhece?

Bobby Ray nunca o havia visto antes.

— Onde está sua mãe?

— Não sei. — Ele soluçou. — Ela prometeu que ia voltar. Ela sempre volta.

Quando o professor lhe perguntou há quanto tempo ela desaparecera, Bobby Ray esfregou os olhos e tentou pensar, não queria dizer que fazia cinco dias.

— Eu fiz o dever de casa.

Os olhos do sr. Talbot ficaram marejados.

— Não se preocupe com isso agora. Não se preocupe com nada, está bem? Nós vamos ajudar você.

O policial desceu as escadas, o homem havia escapado. O sr. Talbot foi no banco de trás da viatura com Bobby Ray, dizendo que tudo ficaria bem. O policial falava pelo rádio.

Bobby Ray não queria ir embora dali. Como a mãe o encontraria se ele saísse do apartamento? Ele chorou, soltou palavrões, chutou o encosto do banco do policial.

Quando chegaram à delegacia, o sr. Talbot ficou com ele até uma mulher de olhos tristes chegar. Ele passou a mão pela cabeça de Bobby Ray e disse:

— Cuide-se.

Então Bobby Ray soube que nunca mais veria seu professor.

— Eu quero a minha mãe!

A mulher assentiu.

— Vamos tentar encontrá-la. Enquanto isso, temos um lugar seguro pra você ficar.

Bobby Ray acabou do outro lado da cidade, com estranhos. Como sua mãe iria encontrá-lo? Ele não discutiu, não disse nada. Comeu o que mandaram, tomou banho quando a mãe temporária lhe disse que tinha que tomar, pôs o pijama e foi para a cama sem dizer nada. Assim que a casa ficou em silêncio, ele vestiu suas roupas e saiu pela janela.

A polícia o pegou em Tenderloin no dia seguinte, perto do prédio onde morava com a mãe. Foi levado para outro lar de acolhimento, mais longe ainda. Era vigiado mais atentamente, mas conseguiu fugir em menos de uma semana.

18

Na segunda-feira, Roman preparou o café da manhã para Jasper logo cedo. Dobrou a omelete ao meio e a deixou deslizar para o prato. Colocou a frigideira na pia e sugeriu que se sentassem lá fora.

— Você não vai comer?

— Talvez mais tarde.

Jasper abriu a porta de vidro.

— Está meio frio lá fora.

A névoa da manhã ainda não havia se dissipado, e demoraria para desaparecer.

— Posso emprestar uma jaqueta.

— Não, tudo bem.

Jasper terminou a omelete e se recostou na cadeira.

— No que está pensando, Bobby Ray? — perguntou, erguendo a xícara de café.

— Não sei o que vou fazer.

— Está falando da sua arte ou de Grace Moore?

— Como ela entrou na conversa?

— É isso o que estamos fazendo? Conversando?

Roman se levantou e foi até a mureta. Encostou-se nela e ficou olhando para Jasper. Não deveria ter ligado para Grace depois da exposição. Também não deveria ter debochado dela.

— Acho que eu me coloquei em uma encruzilhada.

— Como assim?

— Eu pinto o que vende, mas não significa que eu goste.

— Do trabalho ou do dinheiro?

Roman se endireitou, irritado.

— Não dá pra conversar com você me fazendo tantas perguntas.

— É a única maneira de fazer você falar. Não estou aqui pra dizer o que deve fazer.

Roman soltou uma risada alta.

— Você mete esse seu nariz na minha vida desde o dia que o conheci.

— Você vivia criando problema quando chegou ao rancho, mas estava sob nossa proteção e sabíamos que era especial. Sua arte era um grito de socorro.

— Minha esperança era que vocês me expulsassem de lá.

— Sente-se, filho, você está me deixando nervoso. — Jasper esperou que ele se sentasse. — Você tinha muita coisa a dizer naquela época, mas simplesmente parou de falar.

— Grafite não dá dinheiro.

— É verdade, e pode dar cadeia. — Jasper bebeu metade do café. — Mas isso não o impede, não é? O material no estúdio e aquela parede com uma camada de tinta fresca me dizem isso. — Jasper deixou a xícara na mesa. — Você saiu de novo ontem à noite.

— Eu não fiz nada.

Roman apenas estava lidando com suas emoções do jeito que sempre fazia. Enchera uma mochila e fora para a cidade. Ficou dirigindo por uma hora, depois voltara para casa e descarregara tudo na parede dos fundos do estúdio.

— O grafite sempre foi seu meio de expressão preferido quando você estava estressado. O que está te incomodando?

Roman não baixou o olhar dessa vez.

— Eu gosto da adrenalina. É melhor que socar a parede.

— Você não estava irritado, Bobby Ray, estava morrendo de ciúmes. Não gostou de ver Grace com outro homem.

Roman negou.

— Não é da minha conta com quem ela sai. Ela trabalha pra mim, só isso.

— Por que você não tenta conhecer mais a Grace, não só como funcionária? Eu mal a conheço e já gosto dela.

— Ela tem mais muros erguidos que eu.

— Mais um motivo para descobrir o que há por trás deles. Mas você não pode tentar derrubá-los nem tentar pular. Procure um portão. Quando encontrar, bata. Nada de socar. — Ele abriu um leve sorriso. — E espere.

— Nunca precisei esperar.

— Se é só sexo que você quer, deixe-a em paz. Grace não é o tipo de mulher que fica com um cara sem se importar se ele vai ficar.

A porta da casa de hóspedes se abriu. Grace saiu e caminhou até onde eles estavam.

— Bom dia. — Ela sorriu para Jasper. — Estava torcendo para que você ainda estivesse aqui.

— Eu não iria embora sem me despedir — disse ele, levantando-se.

Roman ficou sentado enquanto Jasper dava um abraço paternal em Grace. Desde quando eles eram tão íntimos?

— Foi um prazer conhecê-lo, Jasper. Espero vê-lo de novo.

— Verá, sim. — Ele sorriu para Roman por cima do ombro. — A menos que nosso amigo se mude de novo e não deixe o endereço.

Conversaram por alguns minutos, até que Grace se virou para entrar na casa.

— É melhor eu ir trabalhar ou o chefe vai me demitir.

Jasper olhou para Roman com uma sobrancelha erguida.

— E é melhor eu ir embora ou ele não vai estender o tapete de boas--vindas da próxima vez.

Roman os acompanhou. Jasper foi até o quarto de hóspedes pegar sua mala, Roman ficou diante da bancada vendo Grace enxaguar a louça e colocá-la na máquina de lavar.

— Ainda está brava comigo?

— Fiquei furiosa, mas já superei. — Ela fechou a lava-louças firmemente e se endireitou. — Agora que sei que meu vizinho é um voyeur, vou tomar mais cuidado.

— Eu não estava olhando dentro da sua casa. Vocês é que estavam ali, no quintal.

— Um pedido de desculpas seria legal.

Ele nunca pedira desculpas a ninguém e não seria naquele momento que começaria a fazê-lo.

— Digamos que foi um erro de julgamento.

Ela revirou os olhos e foi para o escritório.

Depois que Jasper foi embora, Roman não tinha nada para fazer. Não estava a fim de desenhar nem pintar. Quando o telefone tocou, ele aproveitou o pretexto para ir até o escritório. Ela não olhou para ele, parado à porta. Ainda estava ao telefone. Seria o Príncipe Encantado? Ela escreveu algo e entregou o papel a ele. *Talia. Quer saber das vendas?* Ele deu de ombros.

— Ele está aqui.

Grace lhe passou o telefone.

Todas as suas pinturas haviam sido vendidas. Tinha dinheiro suficiente para tirar um ano de folga. Assim, talvez conseguisse descobrir o que queria fazer.

— Obrigado, Talia.

Ela riu.

— Diga isso de novo, não sei se ouvi direito.

— Você me ouviu.

Roman desligou e devolveu o telefone para Grace.

— Foi uma noite boa.

— Talia me contou.

Ela virou a cadeira e ficou de frente para ele. O telefone tocou de novo. Roman estava saindo quando Grace atendeu, mas ela levantou um dedo, indicando para que ele ficasse.

— Que estranho. Vou passar, pergunte a ele.

Ela estendeu o telefone.

— O que foi?

— Talia disse que um policial foi à exposição.

Roman pegou o telefone.

— O que ele queria?

— Não sei — respondeu Talia. — Ele fez muitas perguntas.

— Sobre o quê?

— Sobre você. Não perguntou nada que outras pessoas já não houvessem perguntado, mas parecia mais um interrogatório.

Ele se encostou no batente da porta, fingindo que a conversa não era nada importante.

— Força do hábito. Ele comprou alguma coisa?

— Ficou interessado no quadro dos melros. Ele perguntou se eu sabia alguma coisa sobre o pássaro. Eu disse que não era ornitóloga.

O coração de Roman estava acelerando. Ele sentia o suor brotando.

— Quando foi isso?

— Quando você sumiu no banheiro masculino. Eu ia apresentar vocês, mas ele recebeu um telefonema. Não o vi depois disso. Tem alguma coisa pra me contar?

— Sobre o quê?

— Eu é que te pergunto.

Roman forçou uma risada.

— Não há nenhum mandado de prisão contra mim, que eu saiba. Talvez ele goste de melros. Ele fez uma oferta pelo quadro?

— Está brincando? Com um salário de policial?

Ela havia vendido o quadro para um produtor de cinema famoso por seus filmes de ficção científica. Foi falando de várias outras pessoas importantes que havia conhecido e esqueceu o policial.

Roman disse a ela que tinha que trabalhar e devolveu o telefone a Grace.

— Estarei no estúdio.

Ainda suando por causa da conversa, desejou nunca ter permitido que Talia tirasse aquela pintura de casa. Estava de mau humor quando pintara o bando de melros atacando um homem grotesco agachado e se contorcendo para se defender. Não pretendia mostrar a obra a ninguém, muito menos colocá-la à venda na galeria, mas Talia a havia visto no cavalete e dissera que era a obra mais evocativa que ele já havia feito. Suas palavras dissiparam a escuridão e atiçaram o orgulho dele. Mas não fora prudente deixar que ela a expusesse.

Um arrepio de medo subiu por sua espinha. Naqueles dias sombrios, ele queria ser pego, queria ver Bird atrás das grades. Mas, nesse momento, tinha muito a perder.

Talvez fosse a hora de sair da cidade por uns dias. Depois do mural de San Diego e de terminar todas as pinturas necessárias para a exposição, estava esgotado. E, com um policial farejando Bird, uma viagem seria ideal.

Será que haveria alguma chance de Grace ir junto? Ele duvidava. Não, a menos que ele lhe desse uma boa razão. Mas não gostava da ideia de deixá-la. *Conheça-a*, dissera Jasper. Talvez fosse mais fácil se estivessem longe do escritório. Toda vez que começavam algum tipo de conversa pessoal, ela usava o trabalho como desculpa para se retirar.

Ele estava pensando em algumas ideias quando Grace subiu para levar uns recados. Ela olhou para a mesa de desenho.

— Acho que nunca vi um pedaço de papel em branco aí desde que comecei a trabalhar pra você.

— Não estou muito inspirado.

— É só olhar a vista.

— Paisagens não são minha praia.

Mas ela lhe dera a abertura de que ele precisava.

— Você não tinha falado de um convite para eu fazer um mural em uma cidade do norte da Califórnia?

— Vou pegar o arquivo.

Ela voltou minutos depois e lhe entregou a pasta.

— É em Golden. Não há muitas informações sobre o lugar.

Ele folheou os papéis e os devolveu.

— Quero ver a cidade.

— O homem que ligou ficará muito feliz com isso. Vou entrar em contato com ele e avisar que você vai para lá. Quando pretende ir?

— A gente pode sair amanhã de manhã.

Ela ficou paralisada.

— A gente?

— Isso, a gente. Imagino que ficaremos uns dois dias.

— Dois dias?

Evidentemente, Grace não estava tão interessada em ficar a sós com Roman quanto ele com ela. Ele imaginava que o motivo era o Príncipe Encantado.

— Não precisa repetir tudo que eu digo. E não ligue para o cara para avisar que vamos. A última coisa que eu quero é publicidade. Só vou para ver se quero ter algo a ver com… — ele olhou o papel de novo — … Golden.

— Não posso ir com você.

— Você é minha assistente pessoal, precisa ir para tomar notas e dar sua opinião.

— Você nunca pediu minha opinião.

— Nesse caso, vou querer.

— Tudo que há para saber sobre Golden está na pasta. Acho que não vale a pena perder seu tempo.

— Eu quero ir e quero que você me acompanhe. Talvez você note algo que eu deixe passar.

— Mas o artista é você! Você vai ver o que tiver que ver. — Ela estava abalada. — Não vou viajar.

Ele nunca a havia visto tão nervosa. Talvez Grace não fosse tão indiferente quanto ele pensava. Roman não poria em risco o relacionamento atual deles se não fosse para... para quê?

— Vejo que você não gostou da ideia, mas não entendo o porquê. É normal viajar a trabalho. Você não viajava com seu último chefe?

Roman esperava que sim.

— Harvey tinha sessenta e seis anos e um casamento feliz.

Assim que as palavras saíram de sua boca, Grace ficou vermelha.

— Então você não quer ir porque eu tenho trinta e quatro anos e sou solteiro.

— Não posso ir, Roman, tenho responsabilidades.

— Tipo?

— Ficar com Samuel de sexta até domingo à noite.

— Deixa a Shanice cuidar do próprio filho, para variar!

Grace se espantou.

— Achei que você soubesse... Samuel é *meu* filho, não da Shanice.

— Seu filho?

Roman tentou assimilar essa revelação surpreendente. Grace era mãe?

— Não, eu não sabia... você não me contou.

Talvez Grace compartilhasse a guarda com o ex-marido, por isso só ficava com o filho nos fins de semana.

Ela pressionou o estômago com a mão, desconfortável.

— A sra. Sandoval sabia, isso nunca foi segredo. Era por causa do Samuel que eu não queria trabalhar tão longe de Burbank.

— Pensei que o dinheiro que a tivesse feito mudar de ideia.

— Eu preciso de um salário decente, ora.

— E a pensão alimentícia?

— Eu paguei a faculdade do meu ex-marido, terminamos poucos meses depois de ele se formar. Ainda bem que não pediu nada.

Roman achou que Grace estava brincando, mas ela estava séria. Com que tipo de homem ela havia se casado? Pelo menos o cara se importava com o filho e ficava com ele durante a semana. Outro pensamento surgiu em sua mente: talvez Grace estivesse namorando o Príncipe Encantado na esperança de dar uma figura paterna melhor para Samuel. Ela não seria a primeira mulher a ver o casamento como a resposta para todos os problemas. A mãe de Roman sempre pensara que um homem apareceria e cuidaria dela, mas só o que eles faziam era pagar pelos serviços que ela oferecia. Ela se vendia barato para ter um teto e comida na mesa para os dois. Alguns deixaram hematomas, um deles a engravidara.

Grace ficou em silêncio. Estava tão pálida que Roman se perguntou como estaria sua própria expressão. Forçou um leve sorriso. Quantas surpresas mais sobre Grace Moore ele descobriria durante uma viagem de carro?

— Voltaremos na sexta-feira. Esteja pronta para sair cedo. Quero estar na estrada às sete.

— Onde vamos ficar?

— Em um hotel, onde mais?

— Eu quis dizer "em que cidade?" Golden não tem hotel.

— Não se preocupe, Grace, vamos achar um lugar. — Ele levantou as mãos para impedir as esperadas objeções da parte dela. — Você terá um bom quarto com banheiro privativo, bem longe do meu.

— Podemos repensar, por favor?

Ele não queria discutir com ela.

— Tenho que sair.

Ele foi em direção à porta. Talvez fosse ao Getty, fazia tempo que não ia lá.

— Sete da manhã, Grace. Se não estiver pronta, vou à sua casa te acordar.

É estritamente profissional, afirmara Roman. Por que ela tinha a sensação de que aquela viagem tinha a ver com tudo, menos trabalho? *Senhor, estou exagerando?* Grace acompanhava Harvey a conferências, Patrick achava que era uma ótima oportunidade para ela. Mas, pensando bem, Grace entendia por que ele queria tanto que ela passasse um tempo fora de casa.

Que desculpa ela poderia dar a Roman para não ir? Só pegaria Samuel no fim de semana. Só porque percebera a atração que sentia por Roman não significava que ele tinha segundas intenções. Se bem que, às vezes, ele a olhava de um jeito que a fazia pensar... Talvez fosse melhor conversar com alguém em quem confiasse.

Shanice entendeu imediatamente.

— O fato de você estar pedindo minha opinião significa que tem receio de ir a qualquer lugar com ele. Ele te deu algum motivo pra desconfiar?

— Ele nunca deu em cima de mim, se é disso que você está falando. Ele disse que quer conhecer Golden.

— Tudo bem, então. E o que está te preocupando de verdade?

Grace esfregou a testa e deu um suspiro.

— Não sou boa em interpretar os homens.

— Mas eu sou.

Grace entendeu que sua amiga se referia, com pesar, à sua época pré-cristã, quando frequentava baladas. Mesmo depois de se tornar devota, Shanice não via nada de errado em se divertir com amigos à noite. Até que, certa noite, tudo mudara.

— Você disse que achava que ele era um mulherengo, Shanice.

— Eu não devia ter julgado e só o vi uma vez. Só porque é um homem bonito não significa que seja um babaca, como o Patrick. Você trabalha pra ele há cinco meses, já deveria ter uma ideia de que tipo de homem o Roman é.

— Ele é viciado em trabalho e, no momento, está sem projeto.

Ainda não havia nenhuma tela no cavalete.

— Parece que ele está procurando inspiração.

— Foi o que ele disse. — Grace já estava um pouco mais tranquila. — Eu nunca estive no norte da Califórnia.

— É lindo.

— Nunca fui além de Fresno.

— Ah, querida, então vá! Se alguém merece relaxar e se soltar um pouco, é você. — Shanice soltou um suspiro. — Esqueça que eu disse isso.

Grace sabia por que Shanice se retratara tão depressa.

— Estou nervosa só de pensar que vou passar o dia todo com ele.

— Você passa o dia todo com ele todos os dias.

— Não, ele fica no estúdio e eu no escritório. A gente se fala de manhã sobre a agenda do dia, passo os recados pra ele ao meio-dia e antes de sair e só.

— Entendi… Bem, não me parece que você precise se preocupar.

Tudo era mesmo estritamente profissional com Roman, mas Grace andava percebendo algo nas entrelinhas da convivência deles nos últimos tempos, especialmente na exposição em Laguna Beach. Talvez ela estivesse imaginando coisas.

— Grace, se você se sentir aflita de novo, ligue pra mim. E acho que não faria mal nenhum ouvir a opinião de um homem sobre essa viagem. Por que não liga para o Brian e conversa com ele?

— Boa ideia.

Se Brian realmente gostasse dela, não iria querer que ela viajasse com outro homem. E falar com ele também poderia ser uma maneira de descobrir a profundidade dos sentimentos dele.

Brian fez as mesmas perguntas que Shanice e, depois de uma conversa breve e um tanto decepcionante, deixou a decisão nas mãos dela.

Grace ligou para Selah para pedir conselho.

— Ah, que maravilha! É sempre bom sair um pouco e conhecer coisas novas. É uma ótima oportunidade pra você, *chiquita*. Divirta-se. Se o sr. Velasco decidir estender a viagem, é só me avisar. Não se preocupe com nada. O Sammy está bem.

Grace ficou imaginando se Selah queria dizer que Samuel não sentiria falta da própria mãe. O que mais doía era saber que talvez fosse verdade.

19

Na manhã seguinte, Roman jogou uma mochila no porta-malas do carro e olhou o relógio: 6h57. Grace apareceu em seguida, vestida com uma calça jeans e um suéter fino cor-de-rosa, o tipo de roupa que não costumava usar no trabalho. Estava pronta para viajar: levava uma mala pequena, uma mochila, uma bolsa grande e uma de mão. Ele guardou a mala e a bolsa grande. Ao pegar a mochila, fez uma careta.

— O que está levando aqui? Tijolos?

— Meu notebook e uns livros pra estudar.

Roman ajustou a mala e a bolsa para proteger bem a mochila. Grace se sentou no banco do carona antes que ele pudesse bancar o cavalheiro e abrir a porta para ela. Sentou-se no banco do motorista e olhou para ela.

— Não precisamos de mapa. — Ele apertou o botão da ignição e o motor rugiu. — O carro tem GPS.

— Eu gosto de mapas. Sei que é meio antiquado, mas… — Ela deu de ombros.

— Meio? — Ele sorriu.

— Só quero ter uma visão geral e saber aonde estamos indo e como chegaremos lá.

— Você gosta de ter a vida toda planejada, não é?

— Nunca tive muita sorte com isso.

Como ela desviou o olhar, ele entendeu o recado. *Nada de perguntas.*

— Então faremos do seu jeito. Eu sou o piloto, você, a navegadora.

Ela se surpreendeu.

— Tem certeza?

— Se nos perdermos, o GPS salva a gente.

O que Roman não disse era que já sabia como queria chegar ao lugar ao qual estavam indo: pelo caminho mais longo.

— Para chegar a Golden à tarde, temos que pegar a rodovia.

— Odeio rodovias.

Ela olhou o mapa, sugeriu a estrada costeira em vez de atravessar a cidade e depois seguir para o norte. Estivera nervosa por causa da viagem no dia anterior, mas naquela manhã estava relaxada, com expectativa até.

— O que a fez mudar de ideia?

— Sobre o quê?

Ela dobrou o mapa enquanto ele dirigia rumo a Malibu.

— Sobre esse passeio de carro.

Ela o fitou.

— Você não disse que era um passeio de carro, mas uma viagem estritamente profissional.

— Calma, não vou sequestrar você!

— Vamos pra Golden ou não?

— Vamos chegar lá. — Ele indicou o mapa na mão dela com a cabeça. — Procure Ojai.

Franzindo a testa levemente, ela se concentrou de novo no mapa.

Roman olhou para Grace. Ela estava olhando pela janela do carro, mal havia falado no caminho para Ojai. Não queria falar com ele? Roman se perguntava no que ela estaria pensando, mas não ousava questionar. Afinal, ele a havia enganado. Ela não sabia de todas as suas intenções.

— Já foi pra Ojai?

Ela sorriu, descontraída.

— Nunca passei por Ventura, é a primeira vez.

Ele olhou rapidamente para ela, surpreso. Viu uma vaga e estacionou na Ojai Avenue.

— Vamos dar uma olhada em algumas galerias depois de tomar um bom café da manhã. É interessante ver o que outras pessoas estão vendendo.

Roman também estava curioso para saber o que chamaria a atenção dela. Ele sabia que ela não gostava das obras dele.

Encontraram um café em uma rua lateral perto do Arcade Plaza. A recepcionista lhes deu uma mesa perto da janela. Grace agradeceu, colocou a bolsa embaixo da cadeira e olhou para Roman.

— Algo de errado?

— De jeito nenhum. Estou apenas começando a perceber que não sei nada sobre você.

— Digo o mesmo.

— Onde você nasceu?

Ela se recostou, observando-o. Por um momento, Roman achou que ela não responderia.

— Memphis, Tennessee. E você?

— San Francisco. Você tem família em Memphis?

A expressão de Grace ficou sombria.

— Meus pais morreram quando eu era pequena. Minha tia me trouxe pra Fresno quando eu tinha sete anos. Seus pais moram em San Francisco?

Dava para ver que ela não queria falar sobre os pais, o que o deixou curioso para saber como eles morreram. Mas era melhor responder à pergunta dela antes de fazer outra.

— Temos algo em comum. Eu tinha sete anos quando vi minha mãe pela última vez. Ela saiu uma noite e nunca mais voltou. O Serviço de Proteção à Infância acabou concluindo que ela morreu. Eu me mudei muito.

Isso era um eufemismo. Ele mal conseguia se lembrar de todos os lares de acolhimento dos quais havia fugido.

Roman havia acabado de contar a ela mais sobre seu passado do que jamais havia contado a qualquer mulher. Felizmente, ela não o olhou com pena, mas Roman não saberia dizer no que ela estava pensando. Acabou cedendo à curiosidade.

— Como seus pais morreram?

Ela soltou a respiração suavemente e evitou o olhar de Roman. Ele sabia que ela não lhe contaria. A garçonete chegou com o café e perguntou se já queriam fazer o pedido. Roman disse que precisavam de mais uns minutinhos. Grace evitou a conversa escondendo-se atrás do cardápio. A garçonete voltou e anotou os pedidos. Grace o fitou de novo, com uma expressão enigmática.

— Quando você decidiu virar artista?

Tudo bem, ela não queria falar sobre os pais.

— Eu não decidi nada, simplesmente aconteceu. Um professor me pegou desenhando no meio da aula e disse que aceitaria uns desenhos no lugar dos trabalhos que eu não tinha entregado.

— Você disse que pichava prédios. Era de uma gangue?

Ele abriu um leve sorriso.

— Uma resposta por outra.

Ele já havia respondido às perguntas dela. Ela balançou a cabeça.

Tomaram o café da manhã em silêncio.

Ao sair do restaurante, Roman parou diante de um display de folhetos turísticos.

— Vamos dar uma volta.

Grace seguiu ao lado dele. A primeira galeria ficava dobrando a esquina, perto do Arcade Plaza. Roman olhou as obras por alto, atento às quais Grace se demorava. Ela gostava de paisagens e aquarelas. Não era de se espantar que não gostasse do trabalho dele. Mas, bem, ele também não gostava.

Grace sentiu que ele a observava, porque se voltou para ele.

— Vamos?

Voltaram para o carro.

Roman ficou nervoso com o silêncio dela enquanto ele dirigia. Nunca havia tido dificuldade para puxar assunto com uma mulher. Parou em um café em Ventucopa.

— Preciso de cafeína, e você?

Grace pediu um café com leite e ficou conversando com uma mulher ao balcão. Ele ficou esperando os cafés, notou que as duas não paravam de falar. Ela viu quando ele pegou o pedido. As duas trocaram mais algumas palavras e Grace tocou no braço da outra ao se despedir e ir até Roman.

Ele lhe entregou o café com leite.

— Você não tem dificuldades pra fazer amigos, não é?

Quem dera ela fosse tão aberta e simpática com ele...

— Veronica disse que a Carrizo Plain ainda está cheia de flores silvestres.

Veronica. Grace provavelmente sabia toda a história da família da mulher.

De volta à estrada, ela falou um pouco mais. Disse que sua tia era uma mulher dedicada à carreira que não gostava de viajar.

— Tivemos que fazer várias conexões de Memphis para Fresno, foi a única vez que andei de avião.

Roman lhe contou que havia estado em Roma e que viajara pela Europa de motocicleta. Quanto mais ele falava, mais ela relaxava.

— Você visitou lugares que eu só vou ver nos programas de viagem.

— Nunca se sabe — disse ele, a fitando.

— Você estudou arte na Europa?

— Não estudei arte em lugar nenhum. Não formalmente. — Ele tirou o pé do acelerador enquanto fazia uma curva. — Nunca me dei bem em ambientes onde as pessoas me diziam o que fazer ou como pensar.

— A Talia disse que você não segue regras. Talvez seja por isso que as pessoas gostam tanto do seu trabalho.

— Mas você, não.

— Minha opinião não importa. — Ela desviou o olhar e gritou de repente: — *Pare!*

Roman pisou firme no freio, certo de que iria bater em alguma coisa. O carro derrapou. Ele corrigiu a direção e levou o carro para o acostamento. Soltou um palavrão.

— No que foi que eu bati?

— Em nada. Desculpa, não queria te assustar.

Ela abriu a porta do carro.

— Aonde você vai?

— Roman, olha só! — disse ela, com uma expressão radiante.

As encostas estavam cobertas de flores silvestres roxas, amarelas e laranja. Ele deu uma olhada e a observou enquanto ela seguia para o campo. Grace olhava ao redor, maravilhada.

— Veronica tinha razão. Você já passou por aqui? — perguntou a ele.

— Uma vez. Em poucas semanas não haverá mais flores.

Ele não havia escolhido aquela rota para ver as encostas coloridas.

— Então esse é o momento perfeito para estarmos aqui. — Ela abriu os braços. — Veja o que Deus é capaz de fazer com as ervas daninhas.

Deus de novo…

Ela adentrou mais o campo. Abaixou-se para pegar algo que guardou no bolso. Pegou o celular e tirou uma selfie entre os tremoceiros e as papoulas. Encostado no carro, ele tirou mais algumas fotos. Guardou o celular no bolso quando ela voltou.

— Acho que você já quer ir embora — disse ela, olhando para ele.

— Não temos pressa.

Ela estava lhe mostrando um mundo que ele nunca havia notado.

— O que acha de dormirmos em Fresno? Assim conheço sua tia.

A alegria abandonou o rosto de Grace.

— Tia Elizabeth não gosta de surpresas.

— Imagino que vocês não se deem bem.

— Não, nós nos damos bem. Eu ligo pra ela duas vezes por mês e a visito sempre que posso.

Roman nunca vira nenhuma senhora aparecer no chalé e Grace nunca mencionara que faria uma viagem, nem curta nem longa.

— Ligue pra ela, podemos passar por lá na volta.

Ele queria conhecer a tia dela. Talvez a mulher fosse mais comunicativa.

Mas Grace não tirou o celular da bolsa.

Depois de mais algumas horas na estrada, pararam para um almoço tardio em Lemoore. Foi agradável, apesar de Grace continuar se negando a compartilhar detalhes de seu passado. Quando voltaram para o carro, Roman sentiu que Grace estava tensa. Ela mal falava enquanto se aproximavam de Fresno. Ele queria fazer muitas perguntas, mas sabia que não devia. Pegou a estrada estadual noventa e nove no sentido norte, deixando Fresno para trás. Grace relaxou. Ela respirou fundo e soltou o ar devagar. Ele a fitou, mas ela evitou seu olhar.

Roman tocou na tela do computador de bordo e fez uma busca por hotéis com piscina em Merced. Depois de passar o dia dentro do carro, seria legal nadar um pouco.

— Você trouxe maiô?

O olhar dela foi resposta suficiente. Roman usou o sistema de ativação por voz e perguntou onde havia uma loja de artigos esportivos.

— Vou comprar um pra você. — Grace protestou, mas ele a interrompeu. — Você pode escolher ou escolho eu. E eu vou pagar. Estou com calor, cansado e quero nadar um pouco.

— Sou sua assistente pessoal, Roman, não sua salva-vidas.

— Você precisa se refrescar tanto quanto eu. — Ele entrou em um shopping e estacionou. — Vamos.

Quando entraram na loja, Grace fazia que estava apenas dando uma olhadinha até que Roman apontou para um biquíni cor-de-rosa-neon em um manequim e sorriu, então ela rapidamente encontrou um maiô preto e funcional. Ele não conseguiu resistir à tentação de provocá-la.

— Careta!

Ele pagou pelo maiô antes de perceber que ela havia aberto a bolsa e pegado a carteira. Ela não agradeceu nem olhou para ele a caminho do carro. Roman olhou para ela quando entrou e viu o rubor cobrindo seu pescoço e rosto. Por que ela estava tão envergonhada?

— Não é lingerie, Grace.

Na recepção do hotel, Roman pediu dois quartos em andares diferentes. Quando o recepcionista entregou o cartão a Grace, ela colocou a mochila no ombro, pegou sua mala e suas bolsas e foi para o elevador. Ele segurou a porta antes que fechasse.

— Vejo você na piscina em vinte minutos.

— Sim, senhor. — Ela olhou feio para ele. — Vai entrar?

— Acho melhor eu esperar.

Roman soltou a porta e deu um passo para trás quando ela apertou o botão. O que ele havia feito de errado?

Roman pensara que ficaria sozinho com Grace na piscina e poderiam conversar, mas havia crianças por todo lado! Soltando um palavrão baixinho, Roman abriu o portão. Podia esquecer a natação. Havia três mulheres sentadas nos degraus da piscina. Grace não era uma delas. Tirando a camiseta, Roman a jogou, junto com a toalha, em uma espreguiçadeira vazia. As três mulheres olharam para ele. A tatuagem tribal que ele mesmo desenhara, que envolvia suas costelas e subia até o peito, geralmente chamava a atenção. Havia sofrido horas de dor e pagara milhares de dólares por ela. Não gastaria tempo e dinheiro com uma tatuagem de novo.

Roman avistou Grace na parte funda, rebatendo uma bola de praia para uma criança que estava no raso. Encontrou um espaço livre e mergulhou. Foi nadando embaixo d'água até ela. Valia a pena o ardor nos olhos por causa do cloro para ver Grace embaixo d'água. Ela tinha pernas de bailarina e mais curvas do que ele imaginava. Quando ele surgiu bem na frente dela, ela se afastou, assustada. O cabelo escuro estava molhado, grudado na cabeça, e os ombros pálidos reluziam.

Jogando o cabelo para trás, Roman sorriu para ela.

— A água está boa, não?

— Está. — Ela colocou um pouco mais de distância entre eles. — Você estava certo, mas não vai conseguir nadar — acrescentou com um sorriso divertido.

— Desisti da ideia quando passei pelo portão. — Ele se aproximou de novo. — Está a fim de jogar Marco Polo?

— É contra as regras.

— Regras foram feitas para serem quebradas, Grace.

Ela pestanejou.

— Não por mim, e com certeza não com meu chefe.

Ela nadou para longe dele.

Roman não deveria ter flertado com ela. Grace ficaria ainda mais tensa perto dele. Ela subiu os degraus e se sentou perto de uma mulher que estava com uma criança no colo. Começaram uma conversa tranquila. As crianças invadiram a parte funda. Uma delas jogou uma bola nele, ele a pegou com uma mão e a jogou de volta.

— Deixem o homem nadar — gritou a mulher sentada com Grace.

Como eles continuavam atrapalhando, ela os chamou para a parte rasa, reuniu sua ninhada e se dirigiu ao portão.

Grace entrou de novo na piscina, mas manteve distância. Ela se sentou na borda, e ele nadou até lá. Cruzando os braços na borda da piscina, ele sorriu.

— Você está estranha.

— Desculpe por ter ficado brava.

— Não tive a intenção de envergonhar você. Foi ideia minha nadar, era justo que eu pagasse pelo seu biquíni. Não é nada de mais, Grace, não espero nada em troca.

Cale a boca, seu idiota. Ele subiu e se sentou ao lado dela. Ao contrário das mulheres que ele conhecia, ela não olhava para o corpo dele. Pelo contrário, desviava o olhar.

— Vamos ao Yosemite amanhã.

Isso a fez voltar a cabeça.

— E Golden?

— Não vai sair de lá. Já foi ao Yosemite?

— Não, mas…

— Se achou aquelas flores silvestres bonitas, espere até ver o Half Dome.

Ele apoiou a mão na borda da piscina, o mais perto possível dela, mas sem a tocar. Ela afastou a mão. Estava desconfortável. Ele se levantou e estendeu a mão para ela.

— Vamos nos vestir e arranjar um lugar pra comer.

Ela hesitou antes de aceitar a ajuda dele. A mão dela estava fria e Grace tremia. Roman pegou sua toalha na espreguiçadeira e a colocou ao redor dela.

— A que horas quer sair pra jantar?

— Quando você quiser — disse ela.

Ele pegou outra toalha da pilha que havia perto do portão.

— Estou morrendo de fome. — *E não só de comida.* — Em quanto tempo consegue se arrumar?

Meia hora depois, Roman estava sentado no saguão, esperando. Grace saiu do elevador, dessa vez usando praticamente um uniforme de trabalho: calça preta, camisa branca solta, um colar de pérolas e sapatos pretos de salto baixo. Clássico, profissional. Acaso estava tentando lembrá-lo que aquela era uma viagem a trabalho?

O recepcionista do hotel lhes deu instruções para chegar a uma boa churrascaria. Roman deu uma nota de vinte à hostess para que os acomodasse em uma mesa tranquila. Quando lhes ofereceram bebidas, Grace pediu água. Se ele não estivesse dirigindo, teria pedido um uísque, talvez dois. Estava começando a ficar tenso como ela. Quando ele pegou a carta de vinhos, ela virou a taça de cabeça para baixo.

— Muito bem. — Ele deixou a carta de vinhos na mesa e a fitou.

— O que foi?

— Quando vamos voltar, Roman?

Era só isso que a preocupava, ou havia mais?

— Estaremos de volta na sexta-feira. Podemos passar e pegar seu filho no caminho. Assim, não vai precisar ir até onde ele fica quando não está com você.

A expressão de Grace mudou, como se um véu caísse sobre seu rosto.

— Algum problema com isso?

— Não é caminho.

Tudo bem, ele esperaria. Talvez em algum momento ela confiasse nele e falasse de sua vida. Mas e quanto a ele? Estava disposto a falar de sua vida com ela? Roman não queria contar seu passado, mas talvez devesse. Talvez isso a fizesse se abrir também. Além da atração crescente, algo mais estava acontecendo ali, e ele não queria recuar dessa vez. Por que não seguir o conselho de Jasper, para variar, e ver o que acontecia?

Ela parecia querer pegar um ônibus e voltar pra casa.

— Tente não se preocupar, Grace. Esse passeio é mais pra mim do que pra você. — Mentira. — Eu precisava sair um pouco do estúdio, pensar. — Verdade. — E, como você disse que não conhecia muitos lugares, pensei que poderíamos conhecer algumas cidades no caminho.

Roman já havia ido ao Vale de Yosemite e visto o Half Dome, mas nunca havia passado por Passo Tioga ou descido até o lago Mono.

— Você já foi a Bodie?

— Bodie? — Ela sacudiu a cabeça. — Eu nunca fui a lugar nenhum.

Ela já havia dito isso a ele, Roman só queria que ela se lembrasse. Ele havia lido uns folhetos no balcão de informações turísticas do hotel enquanto esperava que ela descesse.

— É uma cidade fantasma a dezesseis quilômetros da rodovia.

Roman passou os minutos seguintes contando a ela tudo que recordava do folheto. Parecia um agente de viagens tentando vender um passeio. Mas, pelo jeito Grace, não estava interessada em tê-lo como guia.

— São quilômetros demais pra percorrer em poucos dias.

— Temos tempo, vamos aproveitar a viagem.

Ela pousou a mão na mesa, como se estivesse reunindo forças.

— De verdade, Roman. Por que estamos fazendo essa viagem?

Ele soltou o ar lentamente e se recostou, observando-a.

— Não sei. Acho que eu quero mais. — Ele abriu um leve sorriso, tentando aliviar a preocupação que cintilava nos olhos dela. — Quero mais vida. Quero isso que você tem que a faz ver coisas que eu não percebo.

Grace não disse nada, mas seu rosto se suavizou. Olhou para ele.

— Quando comecei a trabalhar pra você, tive a nítida impressão de que você queria conveniência sem complicações.

— E você acha que nos conhecermos melhor complicaria nossa relação profissional?

— Espero que não.

Ele não esperava se sentir magoado. Grace estava preocupada com o que o Príncipe Encantado poderia pensar? Por que ele estava se esforçando tanto para se aproximar daquela mulher? Roman fez um sinal para o garçom.

— Já querem pedir, senhor?

Roman olhou para Grace em busca de uma resposta. Sem abrir o cardápio, ela pediu uma salada. Contrariado, Roman pediu mais um minutinho ao garçom. Inclinou-se para a frente e disse:

— Eu não a trouxe a uma churrascaria pra você jantar salada.

Ela se espantou.

— Você é impossível! — Ela se inclinou para a frente também. — É um desperdício de dinheiro pedir uma carne que eu não posso comer.

— Ah, então você é vegetariana!

— Não, mas não sou de comer muito.

Pelo menos ele conseguira aliviar a tensão.

— Coma o que conseguir.

Ele fez um sinal para o garçom de novo. O homem se aproximou com cautela.

Roman não sabia como retomar a conversa depois da breve discussão. Ela o olhava de novo, mas sua raiva já havia se dissipado.

— É impossível interpretar você, sabia? — disse ela.

Ele deu uma risada sombria.

— Olha quem fala! — Havia algo novo na expressão dela. — Que foi?

Ela baixou a cabeça e ficou alisando o guardanapo no colo.

— Não sei o que você quer de mim.

Ele também não sabia, mas ela havia destrancado o portão. Roman quase conseguia ouvir a voz de Jasper em sua cabeça: *Não entre, espere até ser convidado.* Ele havia tido apenas três amigos quando era adolescente, e todos morreram antes de fazer dezoito anos. A responsabilidade pela morte de um deles poderia ser colocada sobre seus ombros. Talvez por isso ele nunca se aproximara de mais ninguém desde então. E de uma mulher, menos ainda. Jasper Hawley tinha suas teorias sobre os motivos de Bobby Ray Dean, mas Roman não queria saber.

— Eu queria saber se podemos ser amigos.

Grace estava sentada à mesa em seu quarto de hotel, respondendo à mensagem de Shanice, que perguntava como estava indo a viagem.

Ele quer saber se podemos ser amigos.

E o que você disse?

Eu não disse não. Ele está diferente desde que saímos de Topanga Canyon.

Diferente como?

Não sei exatamente. Temos conversado mais.

Sobre o quê?

Sobre os lugares que ele conhece. Ele viajou por toda a Europa de moto e tem uma tatuagem que vai das costelas ao peito.

E como você sabe?!?

Fomos à piscina do hotel. Estava cheia de mães e crianças, não se preocupe. Meu quarto e o dele ficam em andares diferentes. Ele está se comportando como um cavalheiro... na maior parte do tempo. Às vezes, ainda é irritante e grosseiro.

Devo me preocupar com você? Não se esqueça do Brian.

Grace havia se esquecido completamente de Brian. O que não era bom sinal. Ela respondeu:

Nada mudou nesse sentido. É melhor eu voltar a estudar.

Ok, depois nos falamos. Tome cuidado.

Naquela noite, durante o jantar, Grace havia notado em Roman algo que não havia visto antes: vulnerabilidade. Aquilo a surpreendera, porque ele sempre parecia um homem que sabia exatamente quem era e como conseguir o que queria. Será que estava brincando com ela? Grace não precisava que Shanice lhe dissesse para ter cuidado, isso já era natural nela.

Qualquer que fosse a real intenção de Roman, ela precisava conhecê-lo. Talvez houvesse mais do que ela já sabia a respeito daquele homem. Até aquela noite, ela pensava que Roman era um solitário cínico e insatisfeito, focado apenas no sucesso... que ele trabalhara muito, ganhara um caminhão de dinheiro com sua arte e investimentos e usara uma parte para comprar uma fortaleza.

Roman Velasco certamente não era nenhum cavaleiro de armadura brilhante. Sim, ele tinha uma armadura, mas também canhões apontados para qualquer um que ousasse se intrometer. E saía ocasionalmente para se divertir com alguma camponesa. Grace aprendera com Patrick sobre as necessidades físicas de um homem. Certamente Roman tinha tanta facilidade quanto Patrick para encontrar uma mulher a fim dele.

Em seu casamento com Patrick, Grace havia aprendido que não sabia o que se passava na mente dos homens. Às vezes, ela percebia que havia algo de errado, que o que mantinha o relacionamento deles não era o amor, e sim os objetivos dele. Patrick não a forçara a desistir de nada, mas sabia como fazê-la se sentir culpada a ponto de abrir mão de todos os seus sonhos para que ele pudesse realizar os dele.

As amigas em quem ela confiava escolheram Brian, elas conheciam os homens melhor que ela. Grace gostava de Brian, conseguiria raciocinar direito com um homem como ele. Brian não seria como Patrick: carente em um momento, exigente em outro. Ele passava segurança.

Mas Roman, não. Às vezes, com ele, Grace sentia como se estivesse nadando em águas profundas, com monstros se aproximando, vindos de baixo. *Senhor, não sei se devo ser amiga desse homem. Ele tem apenas dois amigos, Talia Reisner e Jasper Hawley. Por que será? Se não for uma boa ideia, me avise de uma forma que eu entenda. Por favor, Senhor.*

Ela dormiu inquieta. Sonhou com sua mãe olhando pela janela da cozinha com o rosto pálido de tensão. Então tudo aconteceu de novo e o medo voltou. Grace deu um grito e se sentou na cama. Tremendo, com o corpo úmido de suor frio, apurou o ouvido, como se esperasse que seu pai entrasse pela porta.

Estou em um hotel. Foi um pesadelo, está tudo bem.

Grace se deitou de novo. Puxou o cobertor, ficou de lado e se aconchegou. Ela já havia tido aquele pesadelo outras vezes, mas fora anos atrás, quando sua tia a levara para Fresno pela primeira vez. O que o teria provocado naquela noite? As horas que passara com Roman? *Senhor, por favor, não permita que tudo comece de novo. Por favor, Deus.*

20

Grace, sete anos

Grace estava sentada à mesa da cozinha com seu livro de colorir da Pequena Sereia aberto em uma página com Ariel, Linguado e Sebastião explorando rochas marinhas. Perplexa, ela apontou para as formas que via.

— Mamãe, o que são essas coisas?

Sua mãe estava descascando batatas na pia, erguendo os olhos para olhar pela janela. Seu pai chegaria em casa logo. Grace precisava terminar seu desenho depressa. Se fizesse direitinho, seu pai talvez sorrisse.

— Mamãe?

— Desculpa, Grace… O que você disse?

Sua mãe enxaguou as mãos e as secou em um pano de prato. Olhou pela janela de novo antes de olhar por cima do ombro de Grace.

— São anêmonas. — Ela pôs o dedo no desenho. — Isso é um ouriço-do-mar, cheio de espinhos. Isso é um coral, e essas aqui são algas.

Ela olhou pela janela de novo. A expressão de sua mãe fez o estômago de Grace se revirar. Será que seu pai voltaria para casa bravo de novo?

— De que cor eles são?

— Não sei, meu amor. — A mãe mordeu o lábio e desviou o olhar de novo, distraída. — Você não se lembra de como eram no filme?

Ouviu-se uma porta de carro bater e o corpo de sua mãe ficou tenso. Ela foi até a pia e olhou pela janela. Respirou fundo.

— Hora de brincar de esconde-esconde, Grace.

— Mas eu não terminei de...

— Agora!

Pegando-a pelo braço, sua mãe a puxou da cadeira e a levou depressa para o hall. Inclinando-se, disse em voz baixa, olhando desesperada para a porta da frente.

— O Papai não está se sentindo bem de novo. Procure o melhor esconderijo e fique quietinha e calada como um ratinho. Fique escondida até a mamãe encontrar você. Agora!

O olhar de sua mãe assustou tanto Grace que ela começou a chorar. Sua mãe a silenciou.

— Vá! Rápido!

Grace saiu correndo pelo corredor no momento que o pai abriu a porta da frente. A voz dele retumbou como uma tempestade.

— Onde você estava hoje à tarde?

Grace procurou freneticamente um lugar para se esconder.

— Eu estava aqui — disse sua mãe em voz alta, assustada.

— Mentirosa!

Grace ouviu outro barulho e o grito agudo de dor de sua mamãe. E a voz de seu pai mais dura.

— Eu liguei duas vezes, Leanne! Você não atendeu. Com quem você estava?

Grace abriu a porta espelhada do armário de sua mãe e entrou. Fechou a porta sem fazer barulho, passou por cima de uns pares de sapatos e se agachou no fundo. Abraçou os joelhos contra o peito e se encolheu o máximo que pôde.

Seu pai continuava gritando e sua mãe falava rápido, implorando para que ele a ouvisse.

— Fui ao mercado, Brad. Mexi no jardim, fui buscar a Grace na escola, depois falei ao telefone com...

— Cala a boca! — gritou seu pai.

Grace ouviu vidro se quebrando. Sua mãe gritou. A menina ouviu um baque bem alto e tapou os ouvidos.

Depois de um momento, baixou as mãos, ofegando. Seu coração batia forte. O pai estava falando com uma voz diferente, que Grace nunca tinha ouvido. A tempestade havia passado. Seu pai estava chorando? Ele disse algo baixinho, com voz trêmula.

— Leanne, querida, desculpe. Leanne... Ah, o que foi que eu fiz?

Grace ouvia seu pai andando de um lado para o outro, soluçando.

— O que eu vou fazer? O que eu vou fazer?

Quando o ouviu andando pelo corredor, Grace ficou paralisada de terror. Ela mal conseguia respirar. Seu pai entrou no quarto onde dormia com sua mãe. Ela ouviu as gavetas da cômoda se abrindo, batendo. Seu pai soltou um gemido.

— Onde você escondeu, Leanne? Onde está?

Grace se encolheu ainda mais no fundo do armário.

A porta espelhada se abriu com um estrondo. Grace viu os sapatos pretos e as calças cinza de seu pai. Ele pegou uma caixa da prateleira e a jogou por cima do ombro, depois outra. Soltou um suspiro de alívio e pegou algo de dentro de uma caixa de madeira brilhante. Ela ouviu um estalo, metal raspando em metal, e sua bexiga se esvaziou. Grace sentiu o calor se espalhar por sua calcinha e pelo armário. Deixou escapar um gemido, assustada, e seu pai parou. Grace se encolheu no fundo do armário com tanta força que doeu. O pai afastou os cabides ao longo da arara até que ficaram amontoados acima da cabeça de Grace, revelando seu esconderijo.

O rosto dele estava contorcido, as bochechas estavam pálidas e molhadas. Seu pai não parecia seu pai. Ele a fitou, mexeu a boca como se quisesse dizer algo, mas não conseguiu. Fechou os olhos com força e deu um passo para trás. Então arrastou os cabides de roupa de volta ao lugar para que ela continuasse escondida. Quando ele baixou o braço, Grace viu a arma em sua mão. Ele estava tremendo. Ela ouviu a porta do armário se fechar de novo. Esperou, ouvindo os passos dele pelo corredor em direção à sala de estar.

Grace se sobressaltou ao ouvir o estrondo vindo da sala.

A campainha tocou e ela abriu os olhos, encarando a escuridão. Tocou uma segunda vez, depois uma terceira. Alguém bateu forte na porta da frente e gritou:

— Polícia de Memphis. Abra a porta.

Mais vozes do lado de fora, afastando-se da casa. Ordens.

Tremendo, Grace ficou escutando, mas não se mexeu. Ficou esperando que a mãe fosse encontrá-la. Por que estava demorando tanto? Será que ficaria brava por Grace ter feito xixi nas calças? Grace limpou as lágrimas e cobriu a cabeça.

Ouviu as sirenes ao longe se aproximando. Pneus cantando. Mais gritos do lado de fora, silêncio do lado de dentro. Algo grande bateu na porta da frente e houve um estrondo. Passos entraram depressa. Homens falavam baixinho.

— Corpo de mulher na cozinha. Homem morto na sala de estar. Pistola .357 no chão. Parece suicídio. A vizinha disse que há uma menininha na casa. Grace.

Fique quietinha e calada como um ratinho, sua mãe havia dito, e foi o que Grace fez.

A porta do armário deslizou e se abriu. Um homem grande, com botas pretas de amarrar, calça preta larga com bolsos, um colete grosso com letras brancas e capacete empurrou as roupas para o lado.

— Encontrei!

Grace se encolheu de novo no fundo do armário. Agachando-se, o homem deu um sorriso triste.

— Tudo bem, Grace, pode sair agora.

Como ela não se mexeu, o homem estendeu as mãos.

— Venha comigo, não vou machucar você.

O policial tinha uma voz grave, como a de seu pai.

Grace não saiu, e o homem de preto se inclinou, passou as mãos grandes por baixo dos braços dela e a pegou no colo. Ela abriu a boca, mas não saiu nenhum som. Grace se sentiu abraçada pela força dele. Ele a segurava com facilidade, e disse com voz gentil:

— Você está segura, Grace, ninguém vai te machucar. Eu tenho uma filha mais ou menos da sua idade. O nome dela é Ellie.

Outro policial de preto estava atrás dele, mas se voltou para falar no rádio que levava ao ombro. Grace tremeu como a última folha de outono agarrada a um galho quebrado.

— Vamos tirar você daqui, Grace. Quero que você coloque o rosto no meu ombro e feche bem os olhos.

Grace se contorceu nos braços do policial.

— Eu quero a minha mãe. Onde está minha mamãe?

O policial a segurou mais firme e ela sentiu a mão dele na parte de trás de sua cabeça.

— Feche os olhos, querida, só um pouquinho. Você consegue fazer isso, Grace?

— Eu quero a minha mãe!

Sua voz tremeu e as lágrimas surgiram.

O outro oficial pegou uma jaqueta cor-de-rosa com capuz no armário.

— Use isso aqui.

— Boa ideia.

O policial colocou Grace no chão e a vestiu com a jaqueta. Fechou o zíper até em cima e colocou o capuz sobre a cabeça dela. Grace tentou tirá-lo para poder enxergar, mas ele afastou as mãos dela.

— Não tire — disse, e a pegou no colo de novo.

Levada pelo corredor naqueles braços fortes, Grace sentiu o ar passar de quente a frio. Quando o policial desceu um degrau, Grace soube que estava fora da casa. Espiou por baixo do capuz e viu carros de polícia parados, com as luzes vermelhas piscando. Dois homens tiraram uma cama com rodinhas de um carro grande e branco. A vizinha, sra. Channing, estava no gramado, chorando, abraçando a si mesma e conversando com outro policial.

Grace começou a se debater.

— Mamãe! Mamãe!

Ela não a via em lugar algum. Onde estava sua mãe?

O policial a colocou no chão. Agachando-se diante dela, segurou seus bracinhos e disse:

— Você vai ficar bem.

— Eu quero a minha mãe!

Os olhos dele se encheram de lágrimas.

— Eu sei, meu amor, mas é que sua mamãe e seu papai não gostariam que você os visse assim.

O que ele queria dizer com isso? As lágrimas corriam por seu rosto. Homens entravam e saíam da casa. Por que todas aquelas pessoas estavam ali? Por que o policial não a deixava voltar para dentro? Por que sua mãe não aparecera quando ela a chamara? Por que seu pai tinha uma arma? Por que a sra. Channing estava chorando e toda encolhida? Grace tentou se afastar, mas o policial não soltou seus braços. Ela gritou, chamando a mãe. Sua mãe estava na cozinha, Grace sabia. A luz ainda estava acesa. Havia dois homens lá dentro, ela conseguia vê-los perto da janela.

— Mamãe!

Outra van com letras grandes na lateral parou em frente à casa. A porta de correr se abriu e uma mulher desceu depressa, com um microfone na mão, seguida por um homem que segurava uma câmera. O policial que segurava Grace disse uma palavra curta e ríspida que seu pai dizia quando estava bravo. Ele olhou ao redor e chamou:

— Alguém pode me dar uma ajudinha aqui?

A sra. Channing correu até eles.

— Ela pode ficar na minha casa. — A mulher pegou Grace pela mão. — Vamos, meu amorzinho, vou fazer um chocolate quente pra você e vamos ler uma historinha, está bem? Eles virão buscá-la logo, logo.

Grace pensou que ela estava falando de seu pai e sua mãe, e foi com a sra. Channing de boa vontade. Quando entraram na casa ao lado, a sra. Channing perguntou a Grace se ela estava com fome, se queria jantar ou comer biscoitos. E ver TV?

— Ah, meu amor, você está toda molhada. — A sra. Channing teve que se controlar para não começar a chorar de novo. — Ainda tenho algumas roupas da minha filha aqui. Venha, vou preparar um banho bem quentinho para você.

Não foram sua mãe nem seu pai que foram buscar Grace. Foi uma mulher de cabelo escuro, uma estranha que Grace nunca tinha visto. A sra. Channing também não a conhecia, mas pegou o cartão de visita da mão dela e a convidou para entrar. Antes que Grace pudesse entender o que estava acontecendo, viu-se no banco de trás do carro da mulher. Tentou abrir a porta, mas estava trancada. Virou-se no banco, tentando escalar até o vidro de trás, ainda gritando por sua mãe. A mulher dirigia enquanto falava com Grace com voz calma, e sua casa foi ficando para trás.

Já estava escuro quando Grace desceu do carro e entrou em um escritório onde outra estranha, uma mulher de cabelo grisalho, disse a ela que podia dormir no sofá. A mulher a cobriu com uma manta macia e gentilmente afastou o cabelo do rosto dela.

— Feche os olhos e tente dormir um pouquinho — disse.

As mulheres mexiam em papéis e conversavam baixinho. Uma delas fez vários telefonemas.

Grace não queria dormir, mas acordou confusa quando a mulher de cabelo grisalho pousou a mão em seu ombro.

— Encontramos um lugar pra você.

Ela disse que um simpático casal adotivo estava esperando para conhecê-la. O que era um casal adotivo?

— Eu quero a minha mãe! — gritou Grace.

A mulher de cabelo grisalho se sentou no sofá ao lado de Grace e passou o braço em volta dos ombros dela.

— Eu sei que você quer sua mamãe, mas ela se foi, querida. Seu papai também.

Eles se foram? Para onde?

— Eles estão em casa.

— O sr. e a sra. Arnold são pessoas muito legais. Eles vão cuidar bem de você por alguns dias enquanto resolvemos algumas coisas. Eles amam crianças, você vai ficar bem.

Grace só queria sua mãe, mas, toda vez que perguntava, a sra. Arnold dizia que ela havia ido para o céu. Não dizia aonde seu pai havia ido. Grace tinha pesadelos todas as noites. Ouvia o pai gritando e a mãe chorando. Depois outros sons, e gente estranha na casa. Ela se escondia no armário e gritava por sua mãe. A sra. Arnold abria a porta do armário e a tirava dali, a pegava no colo e a embalava.

— Você está segura aqui, meu amor, não precisa mais se esconder nem sentir medo.

Ela colocava Grace de volta na cama com o ursinho de pelúcia novinho que os Arnold lhe haviam dado.

— Ele vai fazer você se sentir melhor.

Certa manhã, a sra. Arnold lhe disse:

— Sua tia Elizabeth vai chegar amanhã, Grace. Ela é irmã da sua mãe e está vindo de Fresno, na Califórnia. Não é maravilhoso? Ela vai cuidar de você.

Tia Elizabeth não se parecia nem um pouco com a mãe de Grace. Era bonita, mas não parecia feliz nem simpática. A sra. Arnold e tia Elizabeth conversaram enquanto Grace ficava sentada no sofá com o ursinho de pelúcia nos braços. Assustada, ela ficou de cabeça baixa, mas ouviu cada palavra.

— Não vejo necessidade de mais conversa — disse tia Elizabeth com firmeza.

— Mas ela passou por uma provação terrível, srta. Walker — disse a sra. Arnold, angustiada.

— Sim, e ficar adiando só vai piorar as coisas. — Tia Elizabeth se levantou e colocou a bolsa no ombro. Olhou para Grace com um olhar sombrio, depois para a sra. Arnold e estendeu a mão. — Obrigada por cuidar da minha sobrinha até eu poder chegar, de verdade.

— Ela é um anjinho perfeito.

— Venha, Grace. — Tia Elizabeth foi em direção à porta. Abrindo-a, olhou para trás e disse com uma expressão dura: — Hora de ir pra casa.

O coração de Grace acelerou. Segurando o ursinho forte com um braço, Grace correu até ela. Tia Elizabeth não pegou sua mão, só foi caminhando até um carro branco estacionado no meio-fio. Abriu a porta de trás, jogou a malinha de Grace do outro lado do banco e fez um gesto para a menina.

— Entre.

Grace sabia colocar o cinto. Tia Elizabeth a observou até a fivela fazer clique e só então bateu a porta. A sra. Arnold disse alguma coisa e tia Elizabeth a fitou de novo. Por fim, a tia deu a volta pela frente do carro e se sentou no banco do motorista. Sem dizer uma palavra nem olhar para Grace, ligou o motor e saiu dirigindo.

Grace batia os calcanhares no banco de trás de tão animada que estava.

— Pare com isso agora mesmo! — ordenou Tia Elizabeth, fazendo cara feia pelo retrovisor.

Grace ficou paralisada. Esperou, esperou...

— Já chegamos?

— Ainda estou dirigindo, não está vendo?

— Falta quanto temp...

— Quanto for preciso! Não pergunte de novo.

Olhando para a frente, tia Elizabeth dirigia depressa, segurando o volante com as duas mãos. O estômago de Grace doía muito. Olhou para o rosto de tia Elizabeth no espelho e notou sua raiva. Tia Elizabeth cruzou olhares com ela e disse:

— Pare de me encarar, é falta de educação!

Grace baixou os olhos e apertou o ursinho contra o peito.

Depois de um tempo, viu a agência de correio onde a mãe comprava selos e postava cartas. Viu a biblioteca onde a mãe a levava para ouvir as histórias que uma mulher lia. Viu a igreja aonde a mãe a levava para fazer a escola dominical enquanto seu pai dormia. Reconheceu as casas. Tia Elizabeth passou pelo parque perto da escola. Sua mãe sempre se sentava em um banco sob a árvore grande enquanto Grace brincava com outras crianças.

Tia Elizabeth virou na rua onde Grace morava e embicou na garagem. Antes que o carro parasse completamente, Grace soltou o cinto de segurança e abriu a porta do carro. Tia Elizabeth pisou no freio e Grace bateu com força no banco da frente. Desceu do carro e saiu correndo. Caiu e esfolou o joelho, mas se levantou de novo.

— Mamãe! — Tentou abrir a porta da casa, mas estava trancada. — Mamãe, eu cheguei!

Tia Elizabeth, lívida, pegou Grace pelos ombros e a girou.

— Pare com isso! Quer que a vizinhança inteira ouça você?

Grace se desvencilhou e começou a bater na porta.

— Que Deus me ajude — disse tia Elizabeth com voz trêmula, e abriu a porta. — Entre e veja você mesma.

Grace entrou correndo, gritando por sua mãe. Correu da cozinha para a sala de estar, depois para o quarto dos pais. Procurou no banheiro e na sala de novo. Saiu.

— Mamãe! Onde você está? Mamãe! — Confusa e aterrorizada, ela correu de volta para dentro, onde tia Elizabeth estava parada como uma estátua. — Mamãe! — chamou Grace, soluçando.

Por que sua mãe não respondia? Por que não aparecia?

Tia Elizabeth a pegou firmemente pela mão e a levou para a sala. Grace notou que a poltrona de seu pai não estava mais lá. Um grande quadrado de carpete havia sido cortado onde a poltrona ficava antes. Tia Elizabeth se sentou no sofá e segurou Grace pelos braços.

— Olhe pra mim, Grace. Sua mãe morreu, seu pai também. Você entende o que isso quer dizer? Eles não estão aqui. — Ela apertou os lábios e desviou o olhar. Pestanejando para afastar as lágrimas, engoliu em seco e olhou para Grace de novo. — Só vamos ficar o tempo necessário para eu limpar a casa e colocá-la à venda. Tenho que voltar ao trabalho. Depois, você vai comigo para Fresno. Fica na Califórnia, caso você não saiba.

— Eu não quero ir.

— É uma pena, porque o que você quer não importa. Isso é o que a vida te deu, graças àquele filho da... — Ela se interrompeu e sacudiu a cabeça. — Eu sei que não é o que você quer, também não é o que eu quero. Mas estamos presas uma à outra. Sua mãe deixou isso escrito em testamento — explicou, contrariada. — Já dá pra imaginar a situação dela, né?

Tia Elizabeth apertou as mãos nas laterais do corpo. Olhou pela janela e deu um suspiro pesado. Quando olhou para Grace de novo, seu olhar era frio, mas não estava mais bravo.

— De agora em diante, você vai fazer o que eu disser. Não sou sua mãe, mas ela decidiu que eu seria sua guardiã. Farei o melhor que puder por você. Agora vá para o seu quarto e durma um pouquinho enquanto eu trabalho um pouco.

Grace finalmente viu a mãe de novo. Tia Elizabeth a levou a um prédio grande onde havia uma salinha com lindas janelas de vidro colorido. Sua mãe estava dormindo dentro de uma caixa de madeira forrada de cetim branco. Suas mãos estavam pousadas em volta de um buquê de rosas cor-de-rosa. Ela estava diferente.

— Mamãe?

Tia Elizabeth estava ao lado dela.

— Ande, toque nela. Talvez seja a única maneira de você entender.

Grace deu um tapinha de leve na mão de sua mãe e sentiu sua pele fria e estranha.

— Acorda. — Grace olhou para a mãe, depois para tia Elizabeth e para a mãe de novo. — A Mamãe não usa maquiagem. O Papai não gosta.

— Ela não está mais aqui, Grace. A alma dela foi para o céu.

— O Papai também está no céu?

Tia Elizabeth bufou.

— Ele foi cremado — respondeu ela, com os lábios apertados e em voz baixa. — Me pareceu um fim adequado para ele.

O pastor se apresentou à tia Elizabeth. Outras pessoas da igreja estavam lá para prestar suas homenagens. Sua mãe havia acabado de começar a frequentar a igreja e Grace fazia a escola dominical, por isso poucas pessoas a conheciam. O pastor pareceu lamentar isso.

— Ela parecia ser uma alma muito gentil.

Um grande carro preto levou a caixa de sua mãe para um parque com uma entrada alta, em arco, e portões de ferro, que estavam abertos. Tia Elizabeth estacionou o carro e ficou sentada em silêncio no banco da frente. De olhos fechados, ficou apertando o volante com as mãos brancas por um tempo. Quando saiu do carro, deu a volta para abrir a porta de Grace. Pegando-a pela mão, levou-a pelo gramado até um grande buraco aberto no chão, acima do qual pairava a caixa de sua mãe. O pastor falou sobre pó e cinzas. A mão de sua tia tremia e apertou a de Grace até fazê-la chorar. Soltou-a abruptamente e cruzou os braços. O pastor orou e a caixa de sua mãe desceu. Tia Elizabeth se abaixou, pegou um punhado de terra e o jogou na caixa de sua mãe.

— Seu sofrimento acabou, Leelee. Descanse em paz. — Então olhou para Grace. — Diga adeus a sua mãe.

Naquela noite, tia Elizabeth guardou as coisas de Grace em uma mala, arrancou o ursinho de pelúcia dos braços da menina, levou-o para fora e o jogou no lixo.

— Você é grande demais pra isso!

Na manhã seguinte, foram até um grande aeroporto. Tia Elizabeth tirou sua mala e a de Grace do porta-malas. Grace ouviu um rugido alto, olhou para cima e viu um avião. Ele subia como um pássaro gigante no céu. Sua tia mandou que ela ficasse perto dela e a acompanhasse. Grace nunca tinha visto tantas pessoas juntas e não desgrudou de tia Elizabeth. Fizeram uma longa fila com outras pessoas, todas tinham malas. Quando chegaram ao balcão, tia Elizabeth falou com o homem, que etiquetou as bagagens e as colocou em uma esteira rolante.

Grace tinha muitas perguntas, mas tia Elizabeth parecia tensa e agitada. Andava rápido, e Grace teve que se esforçar para acompanhá-la. Ficaram sentadas em uma área de espera até a hora de fazer outra fila e entrar no avião. Lá dentro, as pessoas guardavam malas pequenas, sacolas e pacotes nos compartimentos superiores antes de se sentar nas poltronas. Tia Elizabeth levou Grace até o fundo do avião e disse que se sentasse perto da janela. Soltou um suspiro de cansaço quando se sentou ao lado da sobrinha.

— Tente dormir, é o que eu pretendo fazer. Temos mais dois voos depois desse... vai ser um dia bem longo. Só me acorde se precisar ir ao banheiro, que fica bem aqui atrás — disse, indicando a direção com a cabeça.

Grace se esqueceu de tudo quando o avião saiu rugindo pela pista. Primeiro, sentiu a atração da terra, então o avião subiu, pesado, e foi ficando mais leve quanto mais alto subia. Olhou para baixo pensando em como os carros e as casas haviam ficado tão pequenininhos até que o avião entrou no meio das nuvens. Continuou subindo e subindo. Grace rezou para que estivessem indo para o céu para ver sua mãe e Jesus.

21

O PARQUE YOSEMITE TINHA UMA beleza inspiradora, com seus vales suspensos, cachoeiras, domos gigantes de granito e morainas, mas Roman não conseguia tirar os olhos de Grace. Ela estava amando o passeio, e isso deixava seu rosto radiante.

— Se eu tivesse seu talento, Roman, pintaria isso aqui — disse ela, abrindo os braços e abrangendo todo o vale.

— E não daria em nada. Isso já foi feito mil vezes.

Ele guardou o celular no bolso e foi até ela. Grace o fitou.

— O que estava fazendo? Mandando mensagem pra namorada?

— Não tenho namorada. — Ele abriu um leve sorriso. — Não desse tipo de que você está falando.

— Então por que está sempre com esse negócio na mão? Está perdendo tudo!

Ele já havia estado naquele lugar, mas o via de maneira diferente dessa vez.

— O Half Dome é espetacular. Eu gostaria de escalar aquela rocha um dia.

— Precisaria de muita experiência em escalada para isso.

— Eu escalava prédios altos.

— Ah, tá bom, super-homem.

Ele gostou do sorriso dela.

— Tá, não eram tão altos. Cinco ou seis andares. — Ele olhou para o Half Dome. — Queria que fosse sempre em lugares celestiais. Quanto mais alto, melhor. Sabe, pra ganhar credibilidade nas ruas… — Grace não entendeu uma palavra do que Roman dissera, mas ele não estava pronto para explicar. — Enfim, deixa pra lá. O que acha de a gente voltar para a estrada e fazer mais alguns quilômetros antes do fim do dia?

Ela olhou para o Half Dome.

— Que pena…

— Você é quem tem que voltar até sexta-feira.

— É verdade. Mas pode esperar um pouquinho?

Ela foi até o riacho e pegou uma pedrinha.

— O que vai fazer com isso?

— É uma lembrança de Yosemite.

Estavam na estrada quando Grace pediu para ele encostar. Só queria alguns minutos para ver um lago glacial. Roman a seguiu até a margem. Grace ficou olhando para a montanha e a imagem espelhada na superfície da água.

— É como um espelho oval, ele duplica a beleza.

Era uma cena magnífica.

— Eu nunca tentaria pintar isso, não conseguiria chegar nem perto do que estamos vendo.

Ela o fitou.

— Ninguém poderia.

— Alguns chegam perto.

— Arte não é uma questão de interpretação?

— Em parte.

Ele se sentou em uma pedra. Ela olhou de novo para o lago.

— Eu devia ter comprado cartões-postais.

Grace pegou o celular e tirou fotos, depois se sentou ao lado dele.

— Fale das suas pinturas. Eu não as entendo, sabia? O mural, sim. O da grande migração é lindo. Mas suas outras obras me deixam perplexa.

Inclinando-se para a frente, ele apoiou os braços nos joelhos.

— São pessoas que conheci, expostas, mas disfarçadas, para que ninguém as reconheça. — Ele deu uma risada triste. — Quando acabo de pintar, nem eu sei quem são.

— Quem eram quando você começou a pintá-las?

Sua mãe, o proprietário do prédio de Tenderloin, pessoas das famílias dos lares de acolhimento, funcionários do Serviço de Proteção à Infância, a menina que lhe apresentou o sexo pela primeira vez, amigos da gangue e um aspirante a grafiteiro que não sabia como se manter vivo.

— Algumas que eu quero lembrar, outras que queria conseguir esquecer.

Roman pegou uma pedra, se levantou e a jogou, fazendo-a quicar na água. Círculos concêntricos se formaram, estragando a imagem espelhada. Pegou uma pedra branca e a jogou para Grace.

— Pra sua coleção. É melhor irmos.

Chegaram ao topo do Passo Tioga e Roman sorriu.

— Se segure firme. É uma descida assustadora.

— Dá pra ver quilômetros à frente!

— É o lago Mono lá embaixo.

O carro seguia as curvas da ladeira íngreme. Grace parecia mais animada que com medo.

— Aposto que você gosta de montanha-russa.

— Nunca andei em uma — disse ela.

Os pneus cantaram quando Roman fez outra curva. Ele ouviu Grace respirar fundo e diminuiu a velocidade na seguinte.

— Nunca foi a um parque de diversões, a uma feira ou festival?

— Nunca fui a lugar algum. Minha tia não tirava muito tempo de folga, e eu comecei a trabalhar assim que tive idade suficiente.

— E quando era casada?

— Eu trabalhava.

Nada a ver com o estilo de vida idílico que ele havia imaginado. Ela tirou o mapa do bolso da porta e o abriu.

— Há um centro de visitantes lá embaixo.

— E você quer passar lá.

— Você é quem manda…

— Vamos.

Ele acessou o computador de bordo e pesquisou hotéis em Lee Vining. Passando para o sistema telefônico, ligou e reservou dois quartos. Grace colocou o mapa dobrado de volta na da porta. Ele não sabia dizer se ela estava chateada ou se não tinha mais nada a dizer.

— Achei melhor reservar logo para termos tempo de ver tudo sem pressa.

Ela deu uma risadinha e sacudiu a cabeça.

— Você não precisava de assistente pessoal nessa viagem. O carro faz tudo pra você. Aposto que ele pode até tomar notas e conversar.

— Provavelmente, com alguns comandos. — Ele sorriu. — Você não está com ciúmes, né?

— Ah, o que eu não daria para ter metade do cérebro dele!

Passaram mais de uma hora no centro de visitantes lendo as informações e depois foram para a reserva Mono Lake Tufa. Tudo fascinou Grace.

— Esse é o lugar mais diferente que eu já vi.

— Bem, você não viu muita coisa.

— Parece uma cidade antiga ali — disse ela, apontando. — Como Sodoma e Gomorra depois que Deus fez chover fogo e enxofre.

Ela especulou se o lago Mono se pareceria com o mar Morto. Disse que era outro lugar que adoraria conhecer, mesmo com os conflitos crescendo na região. O céu era mais azul ali, em contraste com as nuvens brancas. Ela apontou formas, ele viu sombras. Ela perguntou como ele pintaria aquele lugar, ele disse que usaria cores vibrantes, linhas nítidas e irregulares, branco e preto. Ela ouvia com atenção, como se tentasse captar mais do que suas palavras.

Ele comprou sanduíches e os dois se sentaram a uma mesa de piquenique. Grace admirava a vista do lago Mono, estava atenta a tudo ao seu redor, absorvendo, saboreando. Uma brisa soprou sobre eles e ela fechou os olhos. Roman notava o prazer e o relaxamento no rosto dela. Grace estava começando a se soltar com ele. Ou seria o contrário?

O que exatamente ele estava procurando naquela viagem? Não saber o deixava nervoso. Roman nunca achara Grace bonita, mas ela mexia profundamente com ele. Quando fazia grafites e fugia da polícia, ele sempre sentia a descarga de adrenalina, mas quando Grace o olhava, sentia o coração acelerar.

Ele nunca sentira por outras mulheres a atração que sentia por Grace. Ela o assustava. Talvez fosse bom acabar de uma vez por todas com o que estava começando a surgir entre eles, independentemente do que fosse. Mas Jasper havia dito que aquele era um padrão dele. Uma voz que dizia em sua cabeça: *Não se aproxime muito, Bobby Ray. Você sabe que o amor machuca. Afaste-se antes que sinta mais do que já sente. Ela vai acabar com o seu coração.*

Jasper dizia que aquilo tinha a ver com a mãe dele. Bobby Ray não conseguia confiar nas mulheres porque aquela de quem mais precisara o havia abandonado. Então era por isso que ele apenas mantinha relacionamentos superficiais com as mulheres? As coisas eram tão simples assim?

Por que revisitar histórias antigas, destrancar portas ou revirar as latas de lixo da sua memória? Sua mãe não cumprira com a palavra dela, não voltara. Como poderia, se estava morta? Jasper tentara fazê-lo trabalhar, processar e superar essa questão. Mas Bobby Ray havia sobrevivido, então por que relembrar? Roman queria continuar seguindo em frente.

E daí se tinha questões por ter sido abandonado? Sua mãe tinha menos culpa que o homem que o gerara. Talvez ele nunca tenha sabido. Talvez tenha e resolvera virar as costas para Sheila Dean. Roman não gostaria que um filho dele crescesse sem pai e com uma mãe que tivesse que fazer malabarismos para sobreviver. Por isso sempre fora cuidadoso, mesmo na primeira vez.

Grace amassou a embalagem de seu sanduíche e a enfiou no copo de refrigerante vazio. Sorriu para ele.

— Obrigada pelo jantar.

Ela pegou o lixo dele também e levou tudo à lixeira.

Roman a observou enquanto ela se afastava. Adorava o jeito como ela andava. Sentiu seu corpo se aquecer, era melhor não pensar em seguir por esse caminho com ela.

Pelo menos não tão cedo.

Ela voltou e se sentou para assistir ao pôr do sol. Ele deu a volta na mesa e se sentou ao lado dela. Grace sorriu.

— É lindo, não é?

Ele preferia olhar para ela, não para o pôr do sol, mas sabia que não devia.

— Por um tempo, depois acaba.

— Que pessimista! Vai acontecer de novo amanhã. Cada pôr do sol é diferente.

— As cores ficam assim por causa da poluição do ar.

Ela lhe lançou um olhar de pena.

— As cores ficam assim por causa de um fenômeno chamado dispersão. O comprimento de onda da luz e o tamanho das partículas determinam as cores. Aprendi isso em uma aula de ciências na faculdade.

Ele não havia feito faculdade, mas lia muito.

— Essas partículas são os poluentes.

— Entenda como quiser, Roman. Eu vejo o nascer do sol como o bom-dia de Deus, e o pôr do sol como o boa-noite Dele. — Ela pegou o celular para ver as horas. — É melhor irmos para o hotel, não acha?

— Imagino que você queira fazer sua lição de casa. — Ele não queria passar a noite sozinho, mas se lembrou da mochila pesada dela. Será que conseguiria convencê-la a não estudar? Talvez, mas que tipo de homem faria uma garota desistir de algo importante para ela? — Vamos — disse apenas.

Roman fez o check-in. Tirou a bagagem deles do porta-malas e ofereceu ajuda a Grace, mas ela disse que conseguiria levar tudo sozinha. Ele já havia notado isso.

— Pena que eu não trouxe nada pra ler — comentou ele, fazendo drama.

— Procure na sua mesinha de cabeceira. Aposto que tem uma Bíblia lá.

Ele riu.

— Muito obrigado. Parece superinteressante.

Sorrindo, ela abriu a porta do quarto dela e disse:

— Está nas listas de best-sellers há anos.

Entrou e fechou a porta.

Entediado, Roman pegou o controle remoto e ligou a TV. Notícias. Esportes. Séries idiotas. Mais notícias. Passou os canais, um atrás do outro, e não encontrou nada que lhe interessasse. Desligou a TV e se deitou de barriga para cima, sua mente girando em torno de Grace. Soltando um palavrão, ele se levantou e tomou um banho frio. Refrescado, aumentou a temperatura do ar, mas o quarto ficou abafado. Abaixou-a, então. Cedendo ao impulso, pegou o telefone e ligou para o quarto de Grace. Esticando-se na cama, colocou o braço atrás da cabeça.

— O que está fazendo?

— Você sabe o que estou fazendo.

Ele se esforçou para encontrar algo para dizer e adiar o fim da conversa.

— Me conte sobre Sodoma e Gomorra.

— Você mesmo pode ler a história delas. — Ele a ouviu abrir e fechar uma gaveta. — Há uma Bíblia no meu quarto, com certeza no seu também tem. Leia o Gênesis.

— Onde fica isso?

— No começo. A história de Sodoma e Gomorra fica na primeira metade. Só um minutinho.

Ela baixou o telefone e ele a ouviu folhear umas páginas. Ela pegou o telefone de novo.

— Comece pelo capítulo dezoito, página dezesseis, e continue lendo. Até amanhã.

Não era a primeira vez que Grace desligava na cara dele. Bem, ela era sua funcionária, mas o horário do expediente havia acabado. Pelo menos ele não havia esperado até depois da meia-noite para ligar nem tinha ligado para provocá-la falando do plácido beijo do Príncipe Encantado. E ela não ficara brava dessa vez.

Roman ligou a TV de novo. Depois de quinze minutos, desistiu, desligou-a e abriu a gaveta da mesinha de cabeceira. Se a Bíblia fosse tão chata quanto parecia, em cinco minutos estaria dormindo.

Na manhã seguinte, Grace se perguntava se Roman estava chateado com ela. Ele não havia falado muito no café da manhã e, como já estavam na estrada indo para Bodie e Bridgeport, no norte, ela não suportou mais o silêncio.

— Não dormiu bem?

— Não, graças a você.

— A mim?

— Fiquei lendo até duas da manhã. Li Gênesis e Êxodo. Desisti no Levítico, nem sei quem é esse cara. Você acredita em tudo aquilo?

Ele parecia estar pronto para uma discussão.

Ela não era do tipo que comprava briga, mas queria saber.

— Tudo aquilo o quê?

— Que Deus criou tudo em sete dias, a serpente no jardim, Adão e Eva sendo expulsos, o anjo os impedindo de voltar, as pragas do Egito. Tudo isso.

Ela decidiu manter a calma.

— Sim, acredito.

Roman olhou para ela com um sorriso sarcástico.

— Sério?

Ele não era o primeiro a desdenhar daquilo em que ela acreditava. Patrick reclamava quando ela ia à igreja aos domingos, queria que ela ficasse em casa com ele. Seu ex-marido a importunava tanto que ela desistira da igreja. Mas logo percebera que ele queria apenas uma cozinheira para fazer molho para os tacos e batatas fritas enquanto ele assistia a esportes na TV, ou uma mulher disponível para uma rapidinha truculenta para que ele pudesse dormir pesado até segunda-feira de manhã. Desistir da igreja não mudara o resultado inevitável do relacionamento deles, e ela voltara para o Senhor ferida e cambaleando. Então Grace se dedicara ao trabalho para não pensar na situação, até que uma querida amiga a convencera a sair à noite.

Grace jurara que nunca mais se desviaria do caminho. *Mantém-me perto, Senhor. Nunca me deixa ir.* Sozinha, ela sabia que morreria na praia.

Roman olhou para ela de novo.

— Por quê?

O tom de voz dele demonstrava que ele a achava uma tonta.

— Porque é verdade.

— Ah, não me venha com essa!

— Não precisa ser grosso. Eu levo minha fé a sério, tanto quanto você leva a sua.

— Eu não acredito em Deus.

— Mas acredita em si mesmo. Você acredita que tem controle sobre sua vida e que pode viver segundo essa sua religião.

Ele não disse mais nada durante os cinco quilômetros seguintes. Grace desejou ter ficado calada. Grande tentativa de serem amigos...

— Não quis te ofender, Roman.

— Quem fez essa lavagem cerebral em você? Sua tia?

— Não importa.

Ele jamais acreditaria que um anjo aparecera para ela, assim como tia Elizabeth. A visitação abrira seu coração para o Senhor. Mas como explicar aquele tipo de experiência a um ateu? Ou será que ele era agnóstico? Isso importava?

— Eu quero saber.

Ele falava sério, e ela se viu sem saída.

— Há ordem em todos os lugares: as estrelas, as estações do ano, as correntes do oceano, os ventos que se deslocam sobre o planeta, até as células que compõem tudo. Não acredito que seja por acaso ou por uma série de acidentes. É preciso inteligência para criar tudo isso, inteligência que vai além de qualquer coisa que nós seres humanos conseguimos entender. Esse é um dos motivos para eu acreditar em Deus.

— E sobre a serpente no jardim?

Roman estava debochando dela ou queria mesmo que Grace falasse sobre o que acreditava?

— Satanás.

— E você acredita no demônio.

Justo quando ela estava começando a gostar da companhia dele! Todo o resto da viagem seria assim?

— Acredito, e no inferno também. Hoje em dia, todo mundo gosta de pensar que vai para o céu ou para um lugar melhor. A verdade é que o preço do pecado é a morte e o inferno. Foi por isso que Jesus veio. Foi por isso que Deus enviou Seu Filho. Somente Jesus poderia viver uma vida sem pecado e ser o sacrifício perfeito para nos resgatar. Tudo que Ele pede é que acreditemos. E eu acredito.

— Eu devia ter gravado isso.

— Foi você quem perguntou.

Lágrimas quentes ameaçaram cair e ela olhou pela janela. *Senhor, lida com ele.*

— Meu ex-marido também não acreditava.

— Se a fé é tão importante pra você, por que se casou com ele?

Ela deu uma risada sombria.

— Você não imagina quantas vezes eu me fiz essa pergunta. Ele precisava de mim, eu achava que o amava. E fui avisada… — Por sua tia e por aquela vozinha dentro dela. — Mas simplesmente não queria ouvir.

Grace estava tão desesperada por alguém que a amasse que engolira uma mentira.

Ela não gostava de se sentir exposta. Melhor que Roman falasse.

— Me diga no que você acredita, então.

— Eu acredito que nascemos, sobrevivemos da melhor maneira que conseguimos, morremos e fim.

Ela olhou para o perfil dele. Roman estava com uma expressão sombria, como se não acreditasse que existisse esperança.

— Não é de se espantar que você se sinta tão infeliz. — Ela virou o rosto. — Leia Eclesiastes hoje à noite. Você tem muito em comum com o rei Salomão.

Incluindo o gosto por mulheres.

Roman lhe lançou um olhar irritado. Pegou a saída para Bodie.

Ela suspirou.

— Quer ouvir um pouco de história?

— Se for algo diferente do que li e praticamente recitei pra você...

Grace inspirou e expirou lentamente enquanto fazia uma pesquisa no celular. Leu para ele sobre a cidade próspera onde havia mineração de ouro e prata e ostentava dez mil habitantes em seu apogeu, além de sessenta e cinco bares, apostadores, prostitutas e uma reputação de violência e ilegalidade. Uma menininha, ao saber para onde seu pai planejava se mudar com a família, havia dito: "Tchau, Deus. Estamos indo pra Bodie".

Roman estacionou e desceu do carro.

Caminharam entre os edifícios dilapidados. Grace parou para espiar pelas janelas enquanto ele esperava com as mãos nos bolsos da jaqueta. Uma igreja, um bar, uma loja. Ela olhou pela janela de uma casinha onde uma prostituta havia morado.

— Que vida miserável deve ter tido...

— Foi escolha dela.

Irritada, ela saiu andando, mas logo decidiu não deixar o comentário dele passar em branco.

— Você realmente acha que uma mulher escolhe ser prostituta? Não consigo imaginar nada pior que ter que vender meu corpo para qualquer homem que queira me usar. Eu acredito que as mulheres fazem esse tipo de trabalho como último recurso.

Quem estava irritado agora era ele.

— Ninguém as obriga.

Grace estava cansada de ser alvo do mau humor dele.

— Isso depende do que significa *obrigar* no seu dicionário, sr. Velasco.

— Está falando como uma universitária, srta. Moore.

— E se uma mulher perdesse o marido a caminho do Oeste? Elas não tinham os mesmos direitos e oportunidades que os homens. Nem a mesma força física. E se fosse uma menina em uma caravana e sua família morresse de cólera ou tifo? Uma mulher conseguia arar o campo e construir uma cabana sozinha?

A única maneira de não falar mais ainda era se afastando dele. Mas Roman seguiu andando ao lado dela. Grace apertou o passo.

— Ela poderia se casar de novo.

— E se todos os homens fossem como você? — Grace corou, mas não conseguiu se desculpar. — Se a garota tivesse estudado, conseguiria um emprego de professora, mas a maioria das mulheres não tinha o privilégio da educação naquela época. Quantas escolas você vê aqui? — Ela fez um gesto amplo indicando Bodie.

— E nos dias de hoje?

— Como assim, nos dias de hoje?

Ela não sabia do que ele estava falando.

— Que desculpa uma mulher tem hoje em dia?

Como ele conseguia ser tão insensível?

— Às vezes, as pessoas cometem erros que não conseguem consertar. Às vezes, as pessoas apanham tanto da vida que não sabem como se levantar. E sempre há gente que quer mantê-las no chão.

— E como você sabe disso? Leu em algum livro da faculdade?

Tremendo de raiva, Grace o encarou.

— O que acontece com uma menina de catorze anos que engravida e é expulsa de casa pelos pais? E se o namorado dela só a estivesse usando e não se importasse com o que fosse acontecer? Como ela ganharia a vida? As pessoas que ela pensava que a amavam não a amam mais... Para onde ela vai? Como vai arrumar dinheiro pra comprar comida ou pagar um aluguel? Então ela se vende uma vez, só pra poder comer. E aí ela se sente tão suja que nada mais importa depois disso. As pessoas a olham como se ela fosse lixo, e ela acredita que é mesmo. Ela não consegue ver uma saída.

A raiva se esvaiu dele.

— Alguma dessas coisas já aconteceu com você?

— Não, mas não significa que eu não possa ter empatia.

Obviamente, ele não tinha. Sentindo-se mal, Grace saiu andando de novo.

Roman não a seguiu, mas ela sentiu que ele a observava. Ela foi até o canto da grade que cercava a cidade e só então olhou para trás. Ele estava onde ela o havia deixado, com as mãos enfiadas nos bolsos da jaqueta bomber de couro preta, olhando para a casa em ruínas onde a prostituta havia morado.

Encontraram-se no carro, ambos mais calmos.

— Desculpe, Roman, eu não queria te dar uma lição de moral.

Ele apertou o botão de ignição.

— Agora entendo por que você gosta de psicologia. Você pode seguir carreira e resgatar pessoas pelo resto da vida.

Como Patrick.

— Não, obrigada, já passei por isso e acabou mal. Já estou tendo trabalho suficiente tentando colocar minha própria vida em ordem pra conseguir ajudar os outros.

— Pelo jeito temos mais uma coisa em comum.

22

BOBBY RAY, DEZ ANOS

Bobby Ray calculava que já havia passado por mais de quinze lares de acolhimento. Fugira de oito. Quando não conseguia fugir, era expulso. Pusera fogo em uma garagem. Jogara a bicicleta de um irmão adotivo no meio do trânsito. Chutara a lateral da van novinha de uma das famílias de acolhimento até amassar. Jogara um saco de cocô de cachorro na banheira de hidromassagem de outra família. Alguns casais recebiam cheques mensais do governo e o deixavam à própria sorte, até que a polícia o encontrava de novo na Turk Street.

Ele era inteligente. Astuto. Todas as técnicas de educação parental dos livros foram tentadas com ele, mas nenhuma funcionara. Ele não se dava bem com outras crianças. Não confiava em adultos. Várias famílias haviam dito que ele precisava de estabilidade e de um lar definitivo e tentaram adotá-lo, mas ele não quis. Odiava aquelas pessoas pelo que estavam tentando fazer. Sheila Dean era sua mãe, ninguém tomaria o lugar dela. Nunca. Ela estava em algum lugar, e ele a encontraria.

Srta. Bushnell, a assistente social cansada e de olhos tristes, entregou o arquivo dele a seu supervisor, Ellison Whitcomb, um homem que trabalhava no serviço social havia vinte e cinco anos. Toda a esperança e senso de propósito que tinha no início de sua carreira haviam morrido sob a pesada carga dos casos de sofrimento e tragédia humana. Bobby

Ray era apenas mais um menino problemático e sem raízes com uma pasta bem grossa.

Whitcomb estava conversando com outra assistente social no corredor enquanto Bobby Ray estava sentado, esperando e ouvindo.

— Pelo menos ele não matou ninguém.

Whitcomb deu uma risada sombria.

— Dê mais tempo a ele.

Whitcomb se sentou atrás da mesa com um ar cansado. Abriu um pacote de pastilhas de antiácido e colocou algumas na boca. Havia um pôster com a imagem de uma praia de areia branca e a palavra "Flórida" em cores vivas pendurado na parede. Ele perguntou a Bobby Ray quantas vezes pretendia fugir.

— Quantas forem necessárias.

— Pra fazer o quê?

— Achar a minha mãe.

Whitcomb não disse uma palavra depois disso. Não forçou, não bisbilhotou nem tentou fazer Bobby Ray falar. Apenas se recostou, cruzou as mãos e ficou observando. Bobby Ray o encarava, bravo. Ele conhecia o jogo e não desviou o olhar.

— Você não está se ajudando, menino.

Bobby Ray deu uma resposta bastante chula. Whitcomb deu um tapinha no arquivo em cima da mesa.

— Vou sair por cinco minutos, logo volto.

Bobby Ray entendeu o recado. Assim que Whitcomb saiu do escritório, ele pegou o arquivo.

Bobby Ray Dean. Pai: desconhecido. Mãe: Sheila Dean.

Bobby Ray leu depressa:

... presa quatro vezes por prostituição... liberada mediante pagamento de fiança... morta por overdose de heroína no Starlight Motel. Recolhida como indigente até ser identificada por meio de impressões digitais.

O coração de Bobby Ray quase parou. Ele releu a última parte, torcendo para que tivesse lido errado. Seu coração se apertou e ele sentiu um calafrio. *Morta?* Como era possível? Ele não teria sentido alguma coisa? Não teria sabido de alguma maneira?

Whitcomb retornou, pegou a pasta da mesa e a guardou no alto arquivo de metal.

— Então agora você sabe, Bobby Ray.

Sua mãe ainda falava com ele nos sonhos, às vezes. *Estou fazendo o melhor que posso, meu amor. Você sabe que eu vou voltar, não é sempre assim?*

23

De volta à estrada da montanha, passaram por prados, lagos congelados e pinheiros altos. Grace ficou em silêncio por tanto tempo que Roman conferiu se ela estava dormindo. Mas estava bem acordada, pensativa.

— No que está pensando?

— Queria que o Samuel visse isso tudo. Não é possível ver toda essa beleza e não acreditar. Na cidade, é mais difícil. São muitas coisas acontecendo, muitas distrações.

— E as tentações? — perguntou Roman, lançando um olhar provocador. — Sem falar nas pessoas furiosas no trânsito, sempre com pressa pra chegar a algum lugar.

Assim como ele, aquelas pessoas provavelmente não sabiam aonde realmente queriam ir ou como chegar.

— Podemos parar? Só por uns minutinhos — pediu ela quase se desculpando.

Roman parou na baia seguinte. Grace agradeceu e desceu. Ele contornou o carro e ficou encostado nele, a observando. O ar tinha um forte cheiro de pinho. Grace seguiu entre umas pedras e subiu em uma laje de granito com vista para um vale estreito e profundo. Uma brisa soprou e ela abriu os braços como se, dando alguns passos, pudesse seguir com o vento. Roman pegou o celular. Ela deu mais um passo à frente e o coração de Roman deu um salto.

— Grace, pare!

Ele guardou o celular no bolso e foi atrás dela. Não a viu por alguns segundos e quase entrou em pânico.

— Grace!

— Estou aqui! — Havia outra laje logo abaixo da primeira. — Dá pra andar mais uns três metros aqui tranquilo.

Ela deu mais alguns passos, mas ele a alcançou e a segurou pelo braço.

— Já está perto demais.

Grace se virou para Roman, surpresa, e ele a soltou.

— Não era você que queria escalar o Half Dome?

— Chega de andar por aí, vamos.

Roman voltou na frente e a ajudou a subir a laje de pedra. Ela deu uma risadinha tensa e comentou:

— Você pisa firme como um cabrito montês.

— É por causa do parkour.

Ela pegou uma pinha a caminho do carro.

— Vai levar isso?

— É a lembrança perfeita, não acha? — Ela a levou ao nariz e inspirou. — Um presente do Senhor que tem o cheiro da floresta.

Roman estava se acostumando à maneira natural de Grace falar sobre Deus. Abriu a porta do carro para ela. Grace entrou e colocou a pinha na bolsa grande, junto com as pedras que havia recolhido pelo caminho.

— Sua bolsa deve estar pesando uma tonelada.

— Os israelitas recolheram grandes pedras quando cruzaram o rio Jordão. Quando chegaram à Terra Prometida, fizeram um memorial para que nunca esquecessem o que Deus havia feito.

Ele havia lido a história do Êxodo na noite anterior, mas não queria ter outra conversa sobre aquilo. Talvez Deus existisse, mas Roman duvidava que Ele se importasse. Pegou a estrada de novo.

— Estamos a duas horas de Golden.

— Acha que vai aceitar o trabalho?

— Acho difícil.

Antes que ela perguntasse por que estavam fazendo a viagem se ele já tinha se decidido, Roman lhe pediu para ligar para Jasper.

— Veja se ele pode nos encontrar no Masterson Ranch.

Ele mesmo poderia ter ligado com um toque do polegar no volante, mas queria mudar de assunto.

Com o celular no ouvido, Grace olhou para ele.

— Vamos passar a noite lá?

— Não, só vamos dar um oi.

Os Masterson deviam estar com a casa cheia. Roman se perguntou que tipo de recepção teria depois de tantos anos evitando a visita. Ele só via Jasper porque ele insistia em aparecer periodicamente, convidado ou não. Não via Chet nem Susan desde que saíra do programa, aos dezoito anos. Eles mandavam um cartão de Natal todo mês de dezembro com uma nota escrita à mão convidando-o para visitá-los a qualquer hora. *A porta está sempre aberta.* Roman achava que era só por educação. Por que iriam querer vê-lo de novo?

Talvez passar por ali não fosse uma boa ideia.

— Tudo bem, Roman?

Há quanto tempo ela estava olhando para ele?

— Tudo, tudo certo.

O velho celeiro surgiu diante de seus olhos quando ele fez a curva na estreita estrada de terra. Surpreso, viu o segundo mural que havia feito ainda ali, desbotado depois de tantos anos. Os portões estavam abertos, o Chevy azul de Jasper estacionado à frente da casa. No alpendre, dois pastores alemães, em pé, latiam. Roman se lembrou de seu primeiro encontro com Starsky e Hutch, quase vinte anos antes.

Starsky e Hutch deviam ter morrido fazia muito tempo, mas aqueles dois pastores podiam ser parentes deles. Chet saiu e gritou:

— Sejam educados, garotos.

O comportamento dos cães mudou e eles saudaram as visitas com cautela. Deram umas cheiradas em Roman e passaram depressa para Grace. Ela estendeu a mão e um deles a lambeu. Os dois cães começaram a circular ao redor dela abanando o rabo. Sorrindo, ela acariciou um, até que chegou a vez de o outro se aproximar.

Susan e Jasper saíram ao alpendre também. Roman reprimiu a maré crescente de emoções. Entre tantos lugares aonde poderia ter levado Grace, por que a levara ali? Deveria ter passado reto, em vez de correr o risco de viver uma situação humilhante. Chet desceu os degraus. Ele ainda tinha bastante cabelo, mas os fios estavam brancos. Andava mais devagar, com os ombros ligeiramente curvados e o corpo mais magro. Susan, de jeans e camisa xadrez, ainda usava seu rabo de cavalo loiro. Havia engordado um pouco, mas ambos pareciam bem com seus mais de sessenta anos de idade.

Roman estendeu a mão, mas Chet o puxou para lhe dar um abraço de urso.

— Já era hora de você voltar pra casa!

Roman não conseguia falar, sentia um nó na garganta. Por que não havia voltado antes? Que desculpa tinha para dar?

Chet o soltou e lhe deu um tapinha nas costas.

— Olhe só pra você! Não é mais uma criança magrela.

Susan colocou as mãos na cintura e disse:

— Eu deveria ficar brava por você ter ficado tanto tempo sem aparecer.

Rindo, alegre, também abraçou Roman. Quando se afastou, olhou para Grace.

— E quem é essa moça bonita? Sua esposa?

Roman desfez o equívoco depressa. Sorrindo, descontraída, Grace apertou a mão de Chet e de Susan. Jasper lhe deu um abraço e um beijo como se fossem velhos amigos. Os cachorros ficaram perto de Grace. Ela coçou atrás das orelhas de um deles. Se fosse um gato, teria ronronado.

— Esse é DiNozzo — disse Chet, e riu. — Acho que tem uma queda por você. O outro é o Gibbs.

Ele estalou a língua e os dois cachorros o seguiram até a casa.

— Entrem — disse Susan, chamando todos para dentro. — Temos café, chá, limonada…

Roman olhou ao redor. Estava tudo quieto, mas havia cavalos no curral.

— Você ainda mantém os meninos na linha, Chet?

— De vez em quando. Estamos tentando pegar leve e nos aposentar. Vendemos vinte hectares, ficamos com o suficiente pra ainda ter bastante espaço. E ainda hospedamos cavalos. Você se lembra do José?

— Aquele de Stockton, que era de uma gangue? Aham, eu lembro. Ele se alistou no exército, não foi?

— Serviu seis anos na Marinha e saiu como sargento. Ele e a esposa, Abbie, cuidam do estábulo agora. Ele trabalha bastante, tem um dom natural com cavalos. Assim, Susan e eu podemos viajar quando não temos nenhum menino morando aqui. Vamos viajar no fim do mês, passar um tempo em Yellowstone e depois em Glacier. E você?

Para Roman, era como se estivessem retomando de ondc haviam parado tantos anos antes, como se o tempo não houvesse passado. Contou a Chet de sua viagem pela Europa a conselho de Jasper. Grace andava uns metros à frente, conversando com Jasper e Susan.

A sala de estar havia sido reformada. Tinha um carpete bege-claro e sofás cor de trigo haviam substituído o de couro marrom, mas não haviam coberto a parede que ele pintara aos dezessete anos.

— Pois é, ainda está aí. — Chet sorriu. — Essa e a do celeiro são nossos ingressos para a fama. "Roman Velasco morou aqui."

Roman tentou controlar as emoções.

— Pensei que você ia desenvolver um gosto melhor.

Depois das cenas que Susan pedira para ele pintar na cozinha, Chet oferecera o celeiro para o próximo projeto de Bobby Ray. Mas estabelecera algumas regras: ele teria que pintar algo reconhecível e que refletisse positivamente no Masterson Mountain Ranch.

— Depois que eu aprovar o desenho, vamos conversar sobre a remuneração — dissera. — Vou comprar todo o material de que você precisar. Considere também o que teria que pagar a uma equipe, se precisasse. Vamos redigir um contrato, vou te ensinar a negociar.

A provocante simplicidade dos cavalos e vacas estilizados de Bobby Ray em um pasto verde neon fazia as pessoas pararem para perguntar quem havia feito o mural. "Uma adolescente fez isso?", perguntavam. Um fazendeiro quis contratar Bobby Ray para pintar seu celeiro. Jasper Hawley começara a lhe ensinar a elaborar propostas. Estudaram custos, horas de trabalho e margens de lucro. Jasper o levara ao banco para abrir uma conta-corrente e uma poupança e lhe ensinara a declarar imposto de renda.

— Se vai começar um negócio, é melhor fazer tudo certinho desde o começo.

Quando Bobby Ray Dean concluiu os estudos, tinha cinco mil dólares na poupança e vários projetos encomendados. Tudo graças a Chet, Susan e Jasper, e o investimento deles em uma criança para a qual ninguém tivera tempo.

— Vamos para a cozinha — disse Susan, rindo por cima do ombro. — Sempre acabamos lá mesmo.

Grace se demorou, observando o mural da sala. Roman pousou a mão na lombar dela para puxá-la.

— Você não gosta do meu trabalho, lembra?

— Quem é Sheila?

Roman ficou paralisado.

— O quê?

— Ali, Sheila. E Reaper. — Ela inclinou a cabeça. — White Boy. — Grace olhou para ele, perplexa. — E um pássaro voando no canto. Ou são letras também? BRD.

— Bobby Ray Dean. — Seu coração batia forte. — Mais tarde falamos disso.

Jasper, sob o arco que levava à cozinha, chamou:

— Tudo bem?

— Claro. — Roman olhou por cima do ombro. — Já vamos. — Bloqueando a passagem de Grace, disse em voz baixa: — Não comente sobre o mural.

A pintura estava ali havia anos, mas Roman duvidava que Chet e Susan tivessem entendido o que ele havia pintado. Como Grace vira o que ele tivera tanto cuidado para esconder?

Ela o olhou com surpresa, mas assentiu.

A cozinha também havia sido reformada, as cenas da Itália que ele havia pintado haviam sido substituídas por paredes amarelo-claro e sanca branca. Susan colocou uma costela no forno de cima e anunciou que o jantar estaria pronto às seis e meia.

— Vamos ficar só uma ou duas horas.

Ela lhe lançou um olhar que ele recordava da época em que morara naquela casa.

— Vocês vão ficar para o jantar e passar a noite aqui.

Mas Roman também sabia ser teimoso.

— Temos muito chão pra percorrer ainda.

— Chet, esvazie os pneus dele ou desligue o computador daquele carro chique.

— Ou deixe ele ir — disse Grace, dando de ombros, puxando uma cadeira e se sentando à mesa. — Mas, se não se incomodar, eu gostaria de ficar.

Os Masterson riram. Jasper sorriu para Roman.

— A maioria vence — disse.

Roman relaxou.

— Tudo bem, mas não dê ouvidos a essas pessoas. Elas não me conhecem tão bem quanto pensam — disse a Grace.

Susan e Chet começaram a contar sobre como ele era chato quando chegara ao rancho.

— Eu não conseguia arrancar mais que um rosnado dele.

— Ele ainda rosna — disse Grace, sorrindo e curtindo o desconforto de Roman.

Chet se serviu uma xícara de café.

— Não sabíamos como fazer ele se abrir, até que começou a usar as tintas. — Deu uma piscadinha para Grace. — Agora, colocamos os casos difíceis no quarto em que ele dormia. — Ergueu sua xícara para Roman. — Eles entendem aquela pintura, ela dá início a muitas conversas.

— Que quarto? — Grace olhou para Roman. — Que pintura?

Roman não respondeu. Chet indicou a porta.

— Vá até o final do corredor, segunda porta à direita. Pode ficar nesse quarto essa noite, se quiser.

Quando ela empurrou a cadeira para trás, Roman reagiu depressa.

— Melhor não olhar.

— Por quê?

— Vai te dar pesadelos.

Quando ela se virou para ir, ele a segurou pelo pulso.

— Você não vai gostar, Grace.

Roman a soltou depressa, notando a atenção de todos sobre ele.

— Não se preocupe, minha opinião não importa, de qualquer maneira.

Ele murmurou um palavrão quando ela saiu da cozinha. Levantou-se, sem saber se deveria segui-la ou esperar. O pânico aumentou. Demorou alguns segundos para que ele percebesse que Chet, Susan e Jasper o observavam.

— Ela não gosta do meu trabalho.

Roman estava com tontura.

— Nem você. — Jasper puxou a cadeira mais próxima. — Sente-se, você não parece bem.

Roman se jogou sobre a cadeira, tentando entender o que havia de errado com ele.

Jasper segurou os ombros de Roman.

— Abaixe um pouco a cabeça. Fez algum check-up ultimamente?

— Estou bem.

— Não acho que aquela pintura vá assustar a Grace, filho.

Roman ouviu a voz de Jasper como se estivesse dentro de um túnel. Quando a fraqueza passou, ele se sentiu melhor. Jasper o soltou e se sentou, observando-o. Chet e Susan começaram a falar de novo, contaram que acompanhavam a carreira dele. Falaram também de outros meninos que haviam estado no rancho na mesma época que ele, todos estavam bem, a maioria casada e com filhos.

Por que Grace estava demorando tanto?

— Seria bom você procurar um médico — disse Jasper, inclinando-se para a frente.

Roman deu uma risada debochada.

— Tenho trinta e quatro anos, estou no auge da saúde.

— Você teve uns episódios desses quando esteve aqui. Ainda sente isso, depois de todos esses anos?

Roman deu de ombros.

— Eu não dormia o suficiente. — Ele sorriu ironicamente para Chet. — Aqui se acorda às cinco, pelo que me lembro.

— Chorão! — Chet franziu a testa. — Você caiu do telhado do celeiro uma vez, lembra?

— Alguém o desafiou a andar na beira do telhado.

— Ainda bem que você caiu em um monte de feno — disse Susan, sacudindo a cabeça e sorrindo para Grace, que estava voltando. — O que achou?

— É bem diferente do que o Roman faz agora. — Grace olhou para ele. — Mais revelador.

Roman se sentiu exposto.

— Eu roubei um marcador e desenhei um buraco na parede.

— Ele estava tentando ser expulso — disse Jasper, piscando para Grace.

— Achei interessante o caminho que ele seguia.

Chet empurrou a cadeira para trás.

— Querem dar uma volta no rancho e esticar as pernas um pouco antes do jantar?

Roman se levantou e convidou Grace, mas Susan disse:

— Grace, não quer ficar comigo e deixar os homens conversarem?

— Boa ideia.

Roman hesitou. Susan sorriu para ele.

— Não se preocupe, tenho certeza de que ela já sabe que você não é nenhum anjinho.

Grace não conseguia entender por que Roman estava tão inquieto. Era evidente que os Masterson o amavam, o receberam como um filho pródigo.

— Há quanto tempo o Roman não vem visitar vocês?

— Nunca mais voltou depois que saiu do programa. Quando os meninos fazem dezoito anos, têm que se virar. Ele poderia ter ficado, mas… — Susan deu de ombros. — Uma oportunidade bateu à porta dele e ele abriu.

Se Grace houvesse tido uma família tão amorosa como essa, arranjaria um emprego perto de casa e os visitaria sempre que tivesse oportunidade. Ela ofereceu ajuda com os preparativos do jantar, mas Susan disse que estaria tudo pronto em minutos.

— Estou acostumada a cozinhar pra uma casa cheia de meninos.

Ela lavou as batatas, fez vários furinhos nelas e as colocou no forno.

— Você gosta de trabalhar pra ele?

— Ele passa a maior parte do tempo no estúdio e eu, no escritório.

Grace sabia que isso não respondia à pergunta.

Sentaram-se à mesa da cozinha.

— Ele poderia ter um grande círculo de amigos no mundo das artes, se quisesse. — Susan deu um sorriso maroto. — Jasper nos conta tudo sobre o que acontece com nosso menino. Disse que Roman tem uma casa linda no alto de uma montanha com vista para um cânion.

— Tem uma vista incrível até a costa.

E ele nem aproveita.

— E você é a vizinha mais próxima dele.

Grace corou. O que Susan Masterson queria dizer com próxima?

— Eu não tinha dinheiro pra ficar indo e vindo, e o Roman sugeriu que eu alugasse o...

— Eu sei, Jasper contou pra gente. Não estou sugerindo que há algo entre vocês. Roman nunca deixa ninguém se aproximar muito — disse ela, com um sorriso triste. — Eu sabia que vocês dois não eram casados, só quis ver a reação do Roman quando eu dissesse isso.

E ele rapidamente esclarecera as coisas.

— Sou funcionária dele, só isso.

— Isso não significa que vocês não possam se tornar bons amigos.

Grace não sabia se isso ainda era possível. Seus sentimentos estavam mudando, seguindo uma direção inconveniente.

— Ele não é uma pessoa fácil de entender.

— Imagino que você também não seja. — Susan pousou a mão na mesa. — Ele foi o menino mais inteligente que tivemos aqui no rancho. Realmente brilhante. Aprendia rápido, tinha memória fotográfica. Poderia ter feito faculdade, mas não gostava que ninguém dissesse a ele o que fazer. Nós o acompanhamos pela internet e Jasper é como um pit bull: luta por seus meninos e nunca desiste, especialmente daqueles que têm feridas mais profundas. Com uma olhada naquela parede do quarto, Jasper soube como se aproximar. Trazia livros sobre arte, e Roman os devorava. Jasper ficava atiçando essa chama. Arranjávamos lugares para o Roman experimentar. Ele preencheu todos os cadernos de desenho que demos pra ele. Ainda tenho todos.

— Eu adoraria vê-los.

— Imaginei. Espere aí.

Susan desceu o corredor dos fundos da cozinha e voltou carregando uma pilha de cadernos.

Grace pegou um e foi folheando as páginas lentamente: um menino acariciando um cavalo, o carvalho preto diante da casa, Chet fumando um cachimbo no alpendre da frente, Susan cuidando do jardim, Jasper diante de uma lousa de giz. Cada caderno mostrava um aperfeiçoamento constante e lhe dava informações sobre Roman. Grace sentiu a garganta se apertar.

— Nós não posávamos — disse Susan, emocionada —, ele desenhava de memória. Depois que apagávamos as luzes, ele usava uma lanterna. — Ela sacudiu a cabeça. — Ele nunca gostou de regras.

— Esses desenhos são ótimos.

— Ainda há essa crueza nas obras dele, mas ele não desenha nem pinta mais pessoas, não é? — disse Susan, balançando a cabeça. — Ele tem questões com vínculo, e é compreensível, depois de tudo que passou.

Grace deixou de lado o último caderno de desenhos.

— Você poderia me contar?

Susan observou Grace.

— A mãe dele desapareceu quando ele era bem pequeno. Ele foi pulando de um lar de acolhimento para o outro, sempre fugia e acabava voltando para Tenderloin, onde ele e a mãe tinham morado. Não é uma história inédita, tivemos muitos meninos de famílias disfuncionais ou sem família nenhuma. Eles não se apegam às pessoas. Leva tempo pra construir confiança, e alguns deles fazem de tudo pra sabotar qualquer relacionamento, especialmente se começam a sentir alguma coisa. Roman era assim desde o começo. — Seus olhos brilhavam. — Ele deixou os cadernos pra poder nos esquecer.

Folheando o último caderno de desenhos, Grace balançou a cabeça.

— Acho que ele os deixou pra que vocês soubessem quanto os amava.

Susan enxugou as lágrimas.

— Quero acreditar nisso.

Ela se levantou e checou o forno. Quando se sentou de novo, seus olhos estavam mais calmos.

— Vou acreditar nisso.

Grace observou a imagem de uma menina de pele clara, cabelo e olhos escuros.

— Era namorada dele?

— Mãe. Ele tinha sete anos quando ela desapareceu. Entrou e saiu de trinta lares de acolhimento entre os sete e os quinze anos. Há muita raiva profundamente enraizada em uma criança que foi abandonada. Algumas recorrem à violência, o Roman usava tinta pra revidar.

— E algumas se escondem ou se tornam pessoas que tentam agradar a todos. — Grace percebeu que havia falado em voz alta, mas deu de ombros. — Eu tinha sete anos quando perdi meus pais. Minha tia me criou.

Ela olhou para a mãe de Roman procurando alguma semelhança entre mãe e filho. Ele devia ter puxado o pai. Teria sido um lembrete constante para sua mãe de alguém que ela amara? Ou alguém que a usara e abandonara? Recordou o que Roman havia dito em Bodie sobre prostitutas.

— Roman fala das viagens que fez, mas não sobre o passado.

— Não fale, não confie, não sinta — disse Susan —, é o mantra de crianças que sofreram nas mãos dos pais.

Grace também nunca falava do próprio passado. Sempre se sentira vagamente responsável pelo que acontecera em Memphis, mas não sabia o porquê. Sua tia não suportava olhar para ela porque se parecia muito com seu pai, e a tia o odiava. Havia dito isso a Miranda Spenser, antes de Miranda a silenciar e corrigir. Mas Grace ouvira, e a mensagem permanecera com ela. Grace crescera fazendo o que as pessoas queriam que fizesse. Tia Elizabeth acima de todas, até que Patrick aparecera e usurpara o lugar da tia. Grace constantemente tentava reparar seus erros, mesmo sem saber quais eram nem se havia errado.

Como é possível reparar algo que nem mesmo entendemos?

Ouviram vozes masculinas se aproximando. Passos no alpendre anunciavam o retorno dos homens. Susan fechou o caderno de desenhos que estava olhando.

— Esses são bons, mas não chegam nem perto do que ele é capaz de fazer. Chet e eu fomos a San Diego semana passada e passamos uns dias lá. Queríamos ver o mural do Roman. Ele continua evoluindo, mas não está nem perto de seu verdadeiro potencial. Se não conseguir deixar o passado para trás, nunca o alcançará.

Grace sabia que a mesma verdade se aplicava a ela.

Os Masterson convidaram José, Abbie e seus dois pré-adolescentes para o jantar. A reunião foi animada, com todo mundo conversando. José era um menino durão na época em que Roman dividia o quarto com ele, mas se transformara em uma pessoa de riso fácil, educada, sempre contente. Sua esposa, Abbie, era uma mulher de aparência comum, cabelo e olhos castanhos, que ensinara Carlos e Tina a terem muito boas maneiras. Abbie levara duas tortas de cereja caseiras de sobremesa. Carlos e Tina, nada tímidos, falaram sobre a escola, os amigos e o que estavam fazendo naquele verão. Provocavam o pai, dizendo que ele ficava andando a cavalo pelo rancho enquanto eles tinham que limpar os estábulos. José disse que já havia feito muito isso e que era a vez deles. Roman o lembrou das horas que passavam enchendo carrinhos de mão com esterco de cavalo para depois espalhar tudo por um jardim enorme.

Quando Susan se levantou para tirar a mesa, todos ajudaram. Chet convidou todos a se acomodarem na sala de estar: os homens ficaram conversando sobre esportes e a política local, Abbie se sentou ao lado de José, que pousou a mão na coxa da esposa, a fazendo sorrir. Era evidente que doze anos de casamento não haviam apagado o fogo entre eles. Grace estava perto da estante de livros conversando com Jasper.

Quando Roman foi se levantar, Susan falou com ele:

— Fale da exposição de Laguna Beach pra gente.

Provavelmente Jasper tinha contado sobre o evento.

— Os quadros foram vendidos.

— O Roman sempre foi bom com as palavras — disse Chet, sorrindo. — Aonde você e Grace vão amanhã?

— Para o sul.

Ele ainda não queria voltar para casa, mas havia prometido a Grace que estariam de volta na sexta-feira para que ela pudesse pegar o filho, com quem passaria o fim de semana.

Grace foi se sentar no sofá em frente a ele.

— Golden quer contratar o Roman pra fazer um mural sobre a história da cidade.

— Golden? — José riu. — Você vai ter que inventar a história.

Roman olhava fixo para Grace. Sem dúvida, ela andara ouvindo muita coisa sobre a vida dele. Mas ele também pretendia saber mais sobre a dela.

— Vamos pular Golden e ir para Fresno. Grace não vê a tia faz tempo, acho que é um bom momento.

Ela não pareceu nada feliz com o anúncio. Roman deu a ela um sorriso frio.

Com as mãos fechadas em punho, Grace se sentou em uma das camas de solteiro e ficou olhando para a parede. Queria passar pelo buraco que Roman havia pintado e fugir. Por que ele estava tão decidido a parar em Fresno? Mesmo que Grace ligasse logo de manhã, avisar em cima da hora era uma grande violação das regras sociais de tia Elizabeth. Ela se levantou quando Roman entrou no quarto com sua mala.

— Deixei sua mochila no carro, imaginei que você não conseguiria estudar tão tarde da noite.

— Você não vai receber a mesma recepção calorosa em Fresno que recebemos aqui.

Ele deixou a mala em cima da cômoda.

— Por quê?

— Estou dizendo, pode acreditar. — Ela não queria falar sobre tia Elizabeth. — Você disse que me contaria sobre Sheila, Reaper, White Boy e BRD.

— BRD, Bobby Ray Dean… é o nome que consta na minha certidão de nascimento, junto com o da minha mãe, Sheila Dean. Sem nome do pai. Foi a Susan que inventou o nome Roman Velasco. Disse que escritores tinham pseudônimos, então pintores também podiam ter. Ela estava brincando, claro, mas eu achei que Roman Velasco tinha muito mais classe que Bobby Ray Dean.

Ele olhou para a parede e um músculo se contraiu em sua mandíbula.

— Então Sheila era sua mãe.

— Era.

— E Reaper e White Boy?

— Meninos que eu conhecia do bairro. Um foi assassinado a tiros em uma festa na qual eu deveria estar. O outro morreu em uma queda.

Três nomes em homenagem a pessoas mortas. Será que ele se via morto também? Acaso se sentia culpado por estar vivo e eles não? Grace sentiu que ia chorar, conhecia aquele sentimento.

— Por que você não quer ir pra Fresno?

Ele não sabia que estava cutucando velhas feridas.

— Minha tia cuidou de mim quando meus pais morreram. Fez isso pra cumprir os desejos da minha mãe, não porque queria ficar comigo. Você foi bem-vindo na vida dos Masterson, eu não fui bem-vinda na dela.

— Eu era trabalho pra eles, e vim pra cá por ordem judicial.

— No começo era trabalho, mas eles o amam como a um filho.

— Sua tia não é sua parente de sangue?

— Sangue nem sempre importa. Eu tive que formar uma família para mim: Shanice, Nicole, Ashley e os Garcia.

— Quem são os Garcia?

Pessoas em quem ela um dia achara que poderia confiar… mas com quem talvez tivesse que lutar para ter seu filho de volta. Sentiu o ardor das lágrimas e sacudiu a cabeça, desviando o olhar. Ela engoliu em seco.

— Você não deveria estar aqui.

— Vou embora quando você me disser o que achou da pintura — disse ele, apontando com a cabeça em direção à parede que havia pintado.

— Parece uma fuga da prisão. O que eu gostaria de saber é por que queria fugir do amor que tinha aqui e voltar para onde não havia esperança para você.

— Nas ruas, eu sabia quem e o que eu era. — Sua mandíbula ficou tensa. — Amanhã vou descobrir o que você está escondendo.

24

Roman guardou a bagagem no porta-malas e ficou observando as afetuosas despedidas. Susan abraçou Grace e sussurrou algo que provocou um sorriso na moça. Depois, foi a vez de Chet e Jasper. Roman nunca se sentia confortável com afeto físico, mas, dessa vez, não se opôs.

Chet estava ao lado dele.

— Se não mantiver contato, vamos simplesmente aparecer na sua casa sem avisar.

— A porta está sempre aberta.

Roman estava sendo sincero.

Jasper tinha um ar presunçoso, mas não tripudiou.

— Vou passar por lá daqui a umas semanas pra ver como vão as coisas — disse, olhando para Grace.

Roman entendeu o recado.

— Você não sabe de tudo, meu velho.

— Ninguém sabe. — Jasper lhe deu um breve abraço e um tapinha nas costas. — Mas pelo menos você está sendo corajoso e andando para a frente, em vez de ficar olhando pelo retrovisor.

Antes de entrar no carro, Roman viu algo no chão. Abaixando-se, pegou um galho com duas nozes de carvalho ainda presas a ele. Entregou-o a Grace depois que ela colocou o cinto de segurança.

— Pra sua coleção.

Depois de pressionar o botão de partida, apoiou a mão no encosto do banco dela para dar a ré.

Chet, Susan e Jasper ficaram acenando até Roman pegar a estrada principal. Grace acenou também e depois fechou a janela. Roman deu uma olhada para ela.

— Eles se apegaram a você bem rapidinho, não?

— Gostei deles.

— Acho que eles estão querendo que você seja mais que minha assistente pessoal. — Ele viu o tom rosado tomar as bochechas dela. — Mas contei que você está namorando um pastor de jovens.

Ela não o corrigiu. Ele se concentrou na estrada.

— Conseguiu falar com sua tia?

— Ela tem um compromisso de manhã, mas disse que vai estar em casa depois da uma da tarde. Se você preferir não ir, tudo bem, ela não vai se importar.

Roman sabia o que ela esperava que ele dissesse.

— Temos bastante tempo.

— É melhor almoçarmos antes de ir.

Ele entendeu o recado. *Não espere nem pão e água.*

— Podemos comprar uns sanduíches e fazer um piquenique em algum lugar.

Ficaram em silêncio por um tempo. Roman percebeu que ela estava distraída, e não só pela paisagem.

— Como é a sua tia?

— Ela é uma boa pessoa, sempre garantiu que eu tivesse tudo de que precisava. Nunca me pediu pra fazer nada além do que ela mesma fazia. — Grace cruzou as mãos. Roman já havia notado que ela fazia isso quando estava tensa. — Ela me dizia pra fazer tudo sempre da melhor maneira possível. É muito esforçada e dedicada ao trabalho.

— O que ela faz?

— Era analista da Receita Federal. — Ela abriu um leve sorriso. — Não se preocupe, agora ela tem uma consultoria fiscal forense.

Ele deu uma risadinha.

— Vou tentar me comportar e não despertar o ódio dela.

— Talvez seja mais seguro nem irmos.

— Boa tentativa, Grace… Fale mais sobre ela. Ela também usa a Bíblia como arma?

Ele estava tentando brincar.

— Tia Elizabeth me levava à igreja todo domingo, mas não, ela não usa a Bíblia como arma. Nem minha professora da escola dominical. Talvez Miranda Spenser apareça enquanto estivermos lá.

Roman sentia que havia mais para saber, mas imaginou que logo descobriria o que queria. Pararam para comprar sanduíches, água e um vaso de hortênsias cor-de-rosa e azuis para levar para a tia. Grace indicou o caminho até o Woodward Park, onde se sentaram em um banco sob um carvalho, perto de uma trilha que seguia a margem do lago.

— Sua tia a trazia aqui pra fazer piquenique? — perguntou Roman, dando uma mordida em seu sanduíche.

— Não, mas eu vinha com Patrick, meu ex-marido. — Grace dobrou o papel cuidadosamente em volta de seu croissant de peru. Parecia ter perdido o apetite. Ela desviou o olhar. — Pena que não temos tempo de ir ao jardim japonês, é tão bonito.

Outro lugar a que ela tinha ido com o ex? Ele abriu a garrafa de água.

— Dá pra imaginar você atravessando o país de carro e querendo parar em cada armadilha para turistas: tendas indígenas no Arizona, museus de alienígenas em Roswell, no Novo México, estalagens com touros selvagens no Texas.

— E você só iria querer continuar na estrada. — Ela deu um sorriso triste. — Mas tem razão, eu ia querer parar toda hora. Sabia que há mais de vinte parques e monumentos nacionais só no Arizona, e mais dezoito no Novo México? Eu tenho mapas.

Ele sorriu.

— Não duvido, e as rotas devem estar todas grifadas de vermelho.

— Todo mundo tem um sonho.

— Eu não.

— Que deprimente.

Roman tomou toda a água da garrafa.

— Conte o seu.

Grace pegou a garrafa plástica de água dele, juntou todo o lixo e o jogou em uma lixeira.

— Minha tia odeia quando as pessoas se atrasam.

Roman olhava ao redor enquanto Grace lhe dava instruções. Ela havia sido criada em um bairro de classe média bem agradável. As casas eram todas iguais, exceto pelos jardins da frente, mas eram todos bem cuidados. Grace apontou para a casa mais bonita do quarteirão. Tinha uma frente linda, devia ser o sonho de todo corretor de imóveis. A porta da frente vermelha poderia ser um sinal de boas-vindas ou um alerta.

Grace não tirou uma chave da bolsa. Tocou a campainha e deu um passo para trás, como uma visita inconveniente pronta para levar uma batida de porta na cara. Roman queria pousar a mão nas costas dela, mas achou melhor não.

Ela olhou para ele meio constrangida.

— Se ela não atender, não leve para o pessoal.

— Por que eu faria isso? Ela nem me conhece.

A porta se abriu. Roman esperava uma mulher mais velha, de rosto severo, com calças de poliéster e túnica florida. Mas Elizabeth Walker parecia mesmo uma executiva. Era atraente, com uma maquiagem perfeita, cabelo escuro liso e estava em boa forma para uma mulher na casa dos quarenta anos. Tinha pouco mais de um metro e meio de altura e usava calça e sapatos pretos, uma blusa de seda branca e um colar de pérolas. Roman entendeu onde Grace havia aprendido a se vestir profissionalmente.

— Oi, tia Elizabeth.

Grace ofereceu o vaso de hortênsias. Roman ficou indignado quando a mulher o pegou como se fosse uma rainha aceitando o presente de um camponês inferior demais para receber um agradecimento. Percebeu que ela devia tratar Grace da mesma forma.

Elizabeth Walker abriu espaço para eles entrarem. Seus olhos frios e castanhos o analisaram enquanto ele passava pela soleira. Grace fez as apresentações formais. Elizabeth tinha um aperto de mãos firme. Muitas mulheres já o haviam olhado, mas nenhuma do jeito que aquela o olhou. Roman teve a sensação de que ela queria arrancar seu coração e colocá-lo no prato de uma balança.

— Vamos nos sentar no jardim?

Elizabeth os guiou através de uma sala de estar imaculada e bem projetada. Ela gostava das mesmas cores que Grace, mas em tons mais escuros e intensos. Ele acompanhou as duas pela porta de vidro, e então foi convidado a se sentar sob uma pérgula branca cercada por um paraíso natural. O gramado poderia ser usado como campo de golfe. No canto dos fundos, uma cascata caía sobre um lago cheio de nenúfares em flor. Os pássaros voavam e gorjeavam ao redor dos comedouros e abelhas zumbiam. Roman não precisava se perguntar onde estava a serpente daquele pseudojardim do Éden.

Elizabeth se sentou em uma cadeira de vime branco estofada que parecia um trono.

Grace estava impressionada.

— Que lindo, tia Elizabeth.

Claramente fazia tempo que Grace não aparecia.

— E tem que estar mesmo, considerando o tempo e o dinheiro que gastei aqui. Grace me disse que você é artista, sr. Velasco. Que tipo de arte faz? — perguntou, perfurando-o com aqueles olhos frios.

— Um pouco de cada coisa.

Roman podia apostar o valor de uma de suas pinturas que ela já havia pesquisado sobre ele no Google ou ligado para um de seus subordinados para levantar seus arquivos de imposto de renda.

— A Grace contou que você trabalhava na Receita Federal…

Ela já imaginava que tipo de arte ele fazia: comercial.

— Trabalhei, no passado. Você deve ser bem-sucedido para precisar de uma assistente pessoal. O que exatamente a Grace faz para você?

Grace respondeu depressa:

— Eu atendo às ligações, respondo a correspondência, pago as contas, faço as compras no supermercado...

Roman a interrompeu.

— A Grace cuida do que for necessário para que eu possa ficar livre pra pintar.

— Então sua arte não é só esperar por inspiração.

Ele a fitou.

— Eu pinto o que o mercado quer.

Ele esperava um comentário sarcástico, mas ela simplesmente assentiu e pediu que Grace servisse as bebidas.

— Há um bolo na mesa da cozinha e limonada na geladeira. Faça um café também, Miranda já vai chegar. Eu quero um chá com limão.

O sangue fervia nas veias de Roman. Ele olhou para Grace e viu que ela não parecia nem um pouco chateada por sua tia a tratar como uma empregada. Ela se levantou e entrou.

Elizabeth se recostou e cruzou as pernas. Suas mãos repousavam nos braços de seu trono.

— Então me diga, sr. Velasco, por que está aqui? Sei que essa visita espontânea não foi ideia da Grace.

— Por que não?

— Ela me conhece bem, sabe que teria que me avisar com uma semana de antecedência.

Ele se recostou também.

— Fiquei curioso.

— E há algum propósito por trás da sua curiosidade?

— Engraçado, tenho a sensação de que você não gosta de mim.

— Acho que você não fede nem cheira... — disse ela inclinando a cabeça e erguendo uma das sobrancelhas — ainda.

— Estava curioso sobre que tipo de família fez a Grace ser como ela é.

Ela estreitou os olhos.

— E como ela é?

— Ela trabalha muito e bem. Confio minhas finanças a ela. — Isso deveria significar algo para uma mulher que mexia com finanças. — E é uma boa pessoa.

E isso deveria demonstrar o resto.

— Essa é sua maneira de dizer que vocês não estão dividindo a cama nessa viagem a trabalho?

— Sua sobrinha tem a moral de uma freira, madre Walker.

Ela não pareceu ofendida, pelo contrário.

— Que bom.

Roman entendeu que não descobriria nada se não se acalmasse.

— Grace contou que você cuidou dela depois que os pais morreram.

— Foi. — Ela fez uma pausa para o avaliar. — Eu era a única família que restava e ela tinha apenas sete anos. Tive que ir para Memphis resolver as coisas. Não foi fácil, considerando as circunstâncias. E então eu a trouxe para Fresno para morar comigo.

— Que circunstâncias?

Ela levantou aquela sobrancelha de novo.

— Está tentando pescar informações, sr. Velasco? Terá que perguntar os detalhes a Grace. Talvez ela não se lembre de tudo. Nesse caso, terá que pesquisar um pouco. Está tudo nos registros públicos.

A campainha tocou. Elizabeth se levantou, encerrando a conversa. Pediu licença e entrou, deixando a porta de vidro aberta. Roman ouviu murmúrios de Grace, Elizabeth e outra mulher conversando. Uma mulher mais velha, usando vestido preto e branco de bolinhas, seguiu Elizabeth até o jardim. Tinha cabelo grisalho curto e olhos azuis calorosos e curiosos. Ela não esperou ninguém apresentá-la, foi até ele com a mão estendida.

— Eu sou Miranda Spenser e você é o famoso Roman Velasco, não é?! É um prazer conhecê-lo. — Ela olhou para o rosto impassível de Elizabeth e não se deixou intimidar pelo silêncio. — Estamos curiosas desde que Grace comentou do novo emprego. Não preciso perguntar como ela está indo, Grace sempre dá o melhor de si em tudo que faz.

Grace voltou para o jardim com uma bandeja e a deixou em cima da mesa. Serviu café para Miranda primeiro e depois uma xícara de chá com uma fatia de limão para sua tia. Entregou a Roman um copo de limonada gelada e cortou algumas fatias de bolo. Roman notou que Grace não pegou nada para beber nem comer. Miranda se acomodou em outra cadeira de vime, menos régia que a de Elizabeth.

— Conte-nos sobre você, Roman. Nunca conheci um artista, e a internet não nos disse muito a seu respeito, apenas sobre seu trabalho, que é muito interessante, a propósito. Você não parece se limitar a nenhum estilo em particular.

Roman estava ali para saber mais sobre Grace, não para falar de si mesmo. Grace lhe lançou um olhar compassivo.

— Aqui, Miranda, pegue um pedaço de bolo — ofereceu Grace, entregando-lhe uma fatia grossa.

Qualquer coisa para acabar com as perguntas.

— Não há muito mais o que contar — disse Roman.

— Você crê? — perguntou Miranda, sustentando seu olhar.

Ele não entendeu.

— Creio em quê?

— Entenda isso como um não — disse Elizabeth, e seu sorriso deixou claro que ela estava gostando do desconforto dele.

Miranda não pareceu se incomodar e o poupou do interrogatório enquanto tentava saber como andava a vida de Grace. Ainda estava estudando à noite? Como estava Samuel? Como estava se virando? Grace respondeu a tudo com frases genéricas e voltou o foco para Roman. Falou do trabalho dele, depois da exposição na galeria de Laguna Beach.

— Todas as pinturas do Roman foram vendidas antes do fim da noite.

Contou sobre Golden e o projeto de um mural representando a história da região, mas não admitiu que nem se deram ao trabalho de passar por lá. Ela estava divagando, nervosa, e as mulheres perceberam.

— Há quantos dias estão na estrada?

— Saímos na terça de manhã.

Quando as duas mulheres trocaram um olhar, Roman decidiu proteger Grace de mais perguntas.

— Eu a levei ao Masterson Ranch, onde cumpri pena por três anos. Os proprietários são meus amigos.

Isso fez as duas se esquecerem completamente de Grace e de todos os possíveis pecados que ela pudesse ter sido tentada a cometer.

— Como assim, cumpriu pena? — repetiu Miranda, arregalando os olhos.

O Google não tinha aquela informação.

— Por grafitar prédios.

Elizabeth o observou enquanto tomava sua xícara de chá.

— Da arte ilegítima à legítima.

— Algumas pessoas acreditam que a arte deve ser livre.

Ela pousou a xícara de chá sobre o pires.

— E, mesmo assim, você se tornou um capitalista.

Pálida e tensa, Grace se levantou e começou a recolher os pratos de bolo. Ele teve vontade de tirá-los dela e jogar tudo no colo de Elizabeth Walker.

Elizabeth abriu um sorriso.

— Sente-se, Grace — pediu gentilmente dessa vez, e ela mesma se levantou e pegou a bandeja. — Está tudo bem.

Quando Grace se sentou, Roman viu a perplexidade no rosto dela. Então seus olhos se encheram de lágrimas antes que ela recuperasse o controle.

Grace notou que Roman ia ficando mais nervoso conforme Miranda falava sobre igreja, fé e quanto isso sempre significara para Grace.

— Ela sabia mais Escrituras de cor que qualquer aluno da minha turma.

— Acho que ele consegue lidar com a Miranda — disse tia Elizabeth suavemente. — Venha comigo. Quero mostrar algumas mudanças que fiz no jardim desde a última vez que você esteve aqui.

Grace se preparou para as inevitáveis perguntas sobre Samuel e o que ela faria acerca do futuro. Caminharam juntas um pouco, em um silêncio tenso.

Sua tia suspirou.

— Você gosta de trabalhar para esse homem?

— Gosto, cada vez mais, com o passar do tempo.

Tia Elizabeth olhou para os dois sentados sob a pérgula.

— Bem, felizmente, ele não é como o Patrick. Eu percebi como seu ex-marido era logo de cara. Mas esse homem não é tão transparente assim. Ele não gosta de falar de si mesmo, e o pouco que contou não foi algo lisonjeiro para causar uma boa impressão.

— Acho que o Roman não se importa com o que as pessoas pensam.

— Foi ideia dele passar por aqui, não foi?

— Achei que não iria querer me ver. Você foi bem clara a respeito do que pensava sobre a minha situação.

— Tive tempo para pensar. Não que eu tenha mudado de ideia sobre certas coisas.

Grace desviou o olhar.

— Eu entendo. Acredite, entendo mesmo.

Às vezes, a vergonha que sentira chegara a ser quase avassaladora, até que segurara seu filho nos braços pela primeira vez.

Ela se surpreendeu ao sentir o leve toque de sua tia em seu braço.

— Eu não tinha o direito de condenar você nem de dizer aquelas coisas, Grace.

Os olhos de Grace se encheram de lágrimas. Aquilo era o mais próximo a um pedido de desculpas que já recebera de sua tia.

— Como você está? — perguntou tia Elizabeth, preocupada.

— Ainda não tomei uma decisão. Eu sei o que quero, mas não sei se é o melhor.

Ela balançou a cabeça, incapaz de dizer mais alguma coisa.

— A gente precisa conversar sobre a nossa família, Grace.

Tia Elizabeth parecia atormentada pelo passado, e Grace sabia por quê. Mas não queria ouvir aquilo de novo.

Grace decidiu mudar de assunto.

— O jardim está lindo.

— Ele está nos observando, sabia?

Grace olhou para Roman.

— Talvez ele queira ir embora.

Tia Elizabeth coletou algumas flores mortas.

— Fui cautelosa a vida inteira, Grace, talvez até demais.

Ela jogou as pétalas mortas no jardim.

— Você estava certa sobre o Patrick. Tentou me avisar, mas não quis ouvir.

— É, eu estava certa, mas isso não significa que você nunca mais poderá confiar no seu coração. — Ela apontou para Roman com a cabeça. — Ele quer te conhecer mais. Você está mais firme agora, sabe que o coração pode se enganar.

Ela estava se virando para retornar para a pérgula, mas, antes, acrescentou:

— Não se esconda nem se puna pelo resto da vida. Isso não é jeito de viver.

Roman observava Grace enquanto ouvia Miranda. A mulher falava sobre "o Senhor" como se Deus fosse um amigo e estivesse ali no jardim com eles. Aquela devia ser a fonte da lavagem cerebral de Grace. Sua assistente estava mais relaxada quando voltou a se sentar embaixo da pérgula. Provavelmente a tia dissera algo que aliviara a tensão. Ele já tinha entendido que não descobriria nada naquela casa, e Miranda Spenser o deixava desconfortável com aquela conversa sobre Jesus. Quando ele se levantou, todas entenderam que ele e Grace estavam indo embora.

Elizabeth Walker foi na frente com ele, enquanto Miranda e Grace os seguiam sem pressa.

— Gostei de vocês terem passado por aqui, Roman.

— É mesmo?

Ele não acreditou nisso nem por um segundo.

— Eu estava curiosa sobre você tanto quanto você sobre mim.

Só que ele não havia descoberto quase nada.

— Se eu tivesse que adivinhar, diria que a senhora não me aprova.

— Mas você não veio atrás da minha aprovação, não é? Veio para fuxicar a vida da minha sobrinha.

Roman não estava a fim de discutir com ela.

— Você a criou muito bem.

— Não tive muita escolha, e o crédito não é meu. Grace puxou à mãe.

Grace e Miranda se abraçaram no hall de entrada. Elizabeth baixou a voz e disse a Roman:

— Se você magoar a minha sobrinha, juro que vou caçá-lo como um cão e arrancar seu coração.

Ele deu uma risadinha.

— Sabe de uma coisa, sra. Walker? Gosto muito mais de você agora, por ter dito isso. Eu estava começando a me perguntar se você se importava com a Grace.

— Ela já foi muito magoada e tratada com indiferença.

— Não por mim.

— Ainda.

25

Grace tirou o suéter, dobrou-o e o colocou cuidadosamente atrás do banco.

— Parece que você e minha tia se deram bem.

— Ela não é exatamente uma pessoa calorosa, não é? Já a sra. Spenser é até um pouco demais.

Ele acelerou para entrar na rodovia, ultrapassou alguns carros e ficou na faixa rápida.

— A sra. Spenser foi como uma segunda mãe pra mim. É o jeito dela de amar as pessoas. Quando eu precisava de uma figura materna, tia Elizabeth a chamava. Minha tia não suportava angústia adolescente nem drama hormonal.

— Angústia adolescente? — Roman lançou um olhar divertido. — Como foi isso pra você?

— Eu enterrei todos esses sentimentos, não tinha tempo pra emoções. Tinha que tirar notas altas pra ganhar uma bolsa de estudos e manter meu emprego pra juntar dinheiro pra faculdade.

— Ela não te ajudou em nada? Parece bem de vida.

— Eu nunca pedi.

Grace sabia que a resposta seria não.

— Minha tia me deu um lar, e isso já foi mais do que ela queria ter feito.

— E amor, ela conseguiu te dar?

— Acho melhor você olhar sua própria vida antes de julgar minha tia. Você não a conhece.

Que direito ele tinha de criticá-la? Ele mesmo havia cortado relações com Chet e Susan. Jasper era seu único amigo verdadeiro, e só porque fazia de tudo para cultivar a relação.

Ele ficou calado por tanto tempo que ela se sentiu envergonhada. Não queria que ele julgasse sua tia, mas ela o estava julgando.

— Desculpe.

— Pelo quê? — disse ele, com voz branda. — Você tem razão.

— A vida dela não foi fácil. Ela saiu de Memphis pra não ter que... e então foi arrastada de volta quando...

Grace se calou. Não podia dizer mais nada sem trazer à tona o que não queria recordar.

Como ela queria ter tido tempo de terminar as aulas de psicologia, talvez até fazer mais! As matérias que a fascinavam tinham a ver com comportamento humano. Ela ansiava por respostas. O que havia feito seu pai explodir? Por que sua mãe ficara em um relacionamento abusivo? Será que Grace era como sua mãe — como tia Elizabeth acreditava —, propensa a cometer os mesmos erros? Será que tinha que repetir os mesmos padrões? Por que havia sido fácil para tia Elizabeth perceber o caráter de Patrick e impossível para Grace? E se tia Elizabeth conseguia ver a verdade sobre as pessoas, que coisa terrível havia visto em Grace a ponto de nunca conseguir amá-la, nem mesmo como sobrinha?

Eram muitas perguntas. Uma década buscando respostas e tentando tomar boas decisões.

— Quando o quê? — perguntou Roman, contrariado. — Termine o que ia dizer.

O coração de Grace batia forte.

Roman suavizou sua expressão.

— Tudo que disser vai morrer comigo. Pra quem eu contaria?

— Você poderia publicar nas redes sociais.

Ela esperava encerrar a conversa com esse comentário descontraído.

— Quero saber mais sobre você, Grace. Quero saber o que a faz feliz. Estamos tentando ser amigos, lembra?

Para conhecê-lo mais profundamente, Grace teria que correr riscos. Será que teria coragem de abrir a porta para a velha escuridão, aquele lugar horrível cheio de pesadelos?

Conte para ele, ouviu o leve sussurro.

Ela suspirou, reconhecia aquela voz mansa e delicada. Talvez não entendesse por que Ele queria que ela se abrisse, mas obedeceu.

— Minha tia odiava meu pai. Ela não me disse isso, claro, mas logo depois que fui morar na casa dela, ouvi uma conversa entre ela e Miranda. Minha mãe era a única irmã da tia Elizabeth, seis anos mais nova. Parece que eram muito próximas, até que minha mãe começou a namorar meu pai. Tia Elizabeth avisou a irmã pra não se envolver com ele, disse que meu pai era igualzinho ao pai delas, mas minha mãe não quis ouvir e acabou engravidando de mim. Tia Elizabeth contou a Miranda que sabia o que ia acontecer e que não aguentou ficar para presenciar. Foi embora de Memphis antes de eu nascer. Eu só conheci minha tia no dia em que ela foi me buscar. Ela só ligou uma vez. Meu pai acusou minha mãe de amar mais a irmã do que a ele… foi a primeira vez que o vi bater nela.

Roman apertou o volante.

— Ele batia em você?

— Ele quebrou meu braço uma vez. Depois chorou e pediu desculpa. Minha mãe me levou ao médico e, no caminho, ficou dizendo que ele não queria me machucar, que não sabia a força que tinha.

O médico engessara o braço dela e perguntara o que acontecera. Sua mãe havia mandado Grace dizer que tinha caído de uma árvore, o que explicaria os outros hematomas também.

— Ele a matou, não foi?

Ouvi-lo dizer isso em voz alta fez a velha angústia vir à tona.

— Minha tia acha que sim. Eu a ouvi contar pra Miranda que o relatório do legista dizia que foi uma morte acidental. Minha mãe caiu, bateu na bancada da cozinha e quebrou o pescoço. Não sei mais nada além disso.

— Onde você estava quando isso aconteceu?

Ela apertou as mãos para evitar que tremessem.

— Minha mãe sempre vigiava pela janela da cozinha pra ver meu pai chegando. Se via que ele estava bravo, ela me dizia que íamos brincar de esconde-esconde. Eu me escondia e ficava lá até ela me encontrar. Naquele dia eu tinha me escondido no fundo do armário deles. Não ouvi o que ele disse, mas minha mãe estava falando muito rápido, chorando e dizendo: "Por favor, escute, por favor...". Eu tampei os ouvidos. Então houve um silêncio e eu fiquei tentando escutar, esperando minha mãe chegar. Mas só ouvi meu pai falando com uma voz diferente. Ele ficava dizendo "Leanne, Leanne", assustado. Então, ele começou a abrir as portas e os armários, achei que estava me procurando. Quando ele abriu a porta do armário, mexeu em umas caixas que estavam na prateleira de cima até encontrar uma arma. Devo ter feito algum barulho, porque ele empurrou as roupas para o lado e me viu escondida no fundo.

Roman dirigia com os olhos fixos à frente.

— Ele disse alguma coisa?

Ela enxugou as lágrimas com a mão trêmula.

— Não, só ficou ali me olhando.

Sua voz tremeu, ela desviou o olhar por um instante. Ao fechar os olhos, quase conseguia ver o rosto do pai.

— Depois de um tempo, ele puxou os cabides de volta, me escondendo atrás das roupas de novo, e não consegui mais vê-lo. Eu o ouvi sair do quarto. Fiquei com medo de que voltasse, mas logo depois ouvi o tiro. — Grace se perguntava o que Roman estaria pensando. Deu uma risadinha triste. — Aposto que está arrependido de ter perguntado.

— Não, nada disso. Mas não é como eu tinha imaginado a sua vida.

— Outras pessoas já passaram por coisas piores.

Bobby Ray Dean, por exemplo.

Um sorriso irônico surgiu nos lábios dele.

— Eu achava que você tinha sido criada em uma família legal, em um bairro de classe média, que tinha muitos amigos e ia à igreja todos os domingos... — Ele fez uma careta e soltou um palavrão. — Foi você quem encontrou seu pai?

— Não, um policial me encontrou. Ele colocou uma jaqueta da minha mãe em mim e cobriu minha cabeça com o capuz pra me tirar dali. Fiquei na casa de uma vizinha até o Serviço de Proteção à Infância chegar. Fui deixada em um lar temporário até minha tia ir me buscar.

Ela queria muito que Roman entendesse.

— Foi difícil pra tia Elizabeth. Ela havia acabado de perder a irmã. Infelizmente, toda vez que ela olhava pra mim...

— Não foi culpa sua, Grace.

— De certa forma, foi. Minha mãe não teria se casado com meu pai se não tivesse engravidado de mim. Quando me casei com Patrick, tia Elizabeth disse que eu era igual a ela. Mas foi da boca pra fora.

— Você estava grávida e ele era abusivo?

— Não. — Ela sentiu o calor subindo pelo rosto. — A gente só se beijava no ensino médio. Depois nos encontramos na UCLA, começamos a estudar juntos e ele, bem... nós...

Envergonhada, ela desviou o olhar.

— Vocês transaram.

Que maneira direta de falar!

— Eu queria fazer as coisas direito, mas o Patrick preferia do jeito fácil.

— E o Samuel?

— Meu filho veio depois.

— Quanto tempo vocês ficaram casados?

— Tempo suficiente para o Patrick se formar na UCLA. — Ela deu de ombros. — Uns meses depois, cheguei mais cedo do trabalho e o peguei na cama com outra pessoa. O pai dela era dono da academia onde ele treinava.

Roman estremeceu.

— Deve ter doído.

— Não tanto quanto deveria. Acho que eu já sabia por que ele tinha se casado comigo, simplesmente não queria encarar a verdade. Patrick precisava de mim pra chegar aonde queria. Ele nunca me amou. Pensando melhor agora, eu fui bem ridícula.

Grace não queria mais falar sobre sua vida, não queria se sentir encurralada com mais perguntas. Especialmente sobre Samuel.

— Sua vez de falar.

— Como você mesma disse, eu tinha os Masterson e Jasper. Eles me amavam.

— Ainda amam.

— Não sei explicar por que, mas eu não facilitava as coisas.

Roman não facilitava nada.

— Deus estava cuidando de você.

Deus também havia cuidado dela, mesmo quando ela não percebia.

— Lá vem você de novo com esse negócio de Deus. — Roman deu um meio-sorriso. — Miranda falava sobre Jesus do mesmo jeito que você, como se fosse um amigo íntimo.

Grace podia deixar passar, mas se importava com o que Roman pensava, mais agora do que nunca.

— Mas ele *é* o amigo mais íntimo dela. E meu também. Pena que não tenho sido uma boa discípula.

Ela preferia evitar contar mais a Roman ou a Bobby Ray Dean, quem quer que ele fosse. Se Roman soubesse toda sua história, o que pensaria dela?

— Quando você começou a acreditar? Na escola dominical? — perguntou ele, com um sorriso condescendente. — Não vai dizer nada? E eu aqui achando que os cristãos gostavam de evangelizar.

— Quantos você conhece?

— Conheci alguns... nas baladas — complementou com cinismo.

Ela se voltou para a janela.

— Ei, me responde, Grace...

O tom dele mudou depressa.

— Comecei a acreditar quando tinha sete anos, depois que minha tia me levou pra Fresno.

— É mais ou menos o que eu imaginava.

A voz dele fez parecer que ele sabia de tudo, mas não sabia de nada. Ela apertou os dentes, odiava aquele tom de deboche. Estavam falando sobre coisas importantes! Afinal de contas, quem havia começado aquela conversa e por quê?

— Minha tia não ficava evangelizando, como você disse, e eu só tinha ido à escola dominical algumas vezes e ainda me escondia todas as noites quando...

Não te preocupa com o que ele possa pensar.

— Quando o quê?

Conta a ele, minha querida. Agora, enquanto é tempo.

Tempo? Ela não entendeu. Ela e Roman tinham muito tempo, não tinham? Ela trabalhava para ele. Mas algo a impeliu a obedecer à voz.

— Quando acreditei.

Essa era a verdade. Parte dela, pelo menos. Grace não diria mais nada, a menos que ele perguntasse.

— Simples assim, você passou a acreditar? Como? Por quê? Pra agradar a sua tia?

— Isso não agradou a minha tia! — Ela levantou as mãos, exasperada. — Vamos falar de outra coisa.

Amada, obedece. Confia em mim.

Roman olhou para ela.

— Eu quero saber.

— Você vai rir.

— E eu estou rindo, por acaso? — questionou Roman. — Sua tia a levava à igreja, mas não queria que você fosse cristã... não estou entendendo.

Senhor, por favor, faz com que ele acredite.

— Onde quer que estivesse, eu sempre dormia dentro do armário. No lar temporário, na casa da minha tia... era o único lugar onde eu me sentia segura.

Roman não disse nada, apenas ouvia.

— Eu tinha medo da minha tia, medo dos pesadelos que sempre voltavam. Eu queria minha mãe. Tia Elizabeth estava sempre brava, não como meu pai, mas eu sentia que ela estava brava, mesmo quando tentava esconder. Eu tinha medo dela — Grace fechou os olhos com força. — Eu tinha medo de tudo.

Ela respirou fundo, reunindo coragem para contar o resto.

— Certa noite, vi uma luz por baixo da porta do armário. Era diferente, não sei explicar, mas fiquei curiosa, não senti medo. Saí e vi um homem parado ao lado da minha cama. Não parecia ninguém que eu conhecia. Era maior que meu pai e a luz estava ao redor dele. Todo o medo que eu sentia sumiu. Subi na cama, fiquei sentada lá e conversei com ele. Contei tudo que tinha acontecido. Ele me disse que eu não precisava mais ter medo e eu acreditei nele. — Ela soltou um suspiro, trêmula. — Nunca mais dormi no armário.

— Está me dizendo que um anjo apareceu pra você?

Grace não precisou perguntar se ele duvidava, estava estampado na cara dele.

Muito bem, Senhor, fiz o que me ordenou. Agora ele é todo teu.

— O que sua tia disse quando você contou?

— Eu não contei. Não contei a ninguém até o Natal, quando a Miranda falou sobre anjos na escola dominical. Ela mostrou umas imagens, e eu disse que os anjos não eram meninas e não tinham asas, e que o meu era grande, forte e brilhava. As outras crianças riram de mim, claro, assim como você está rindo.

— Não estou rindo — disse ele, bravo.

Bem, Grace também estava brava.

— Minha tia ficou sabendo e ficou furiosa. Ela mandou que eu parasse de contar mentiras pra chamar a atenção. Nunca mais falei disso.

— Até agora — disse Roman, com uma expressão mais suave. Ele ficou calado por mais alguns minutos, só dirigindo e pensando. — Levando em conta o que você passou, não surpreende que tivesse um amigo imaginário.

Vê, Senhor?

— Ele não era imaginário, Roman. Não espero que você acredite, mas sei que era real e que tudo o que ele disse era verdade.

— E o que ele disse?

— Que Deus me amava. Eu acreditei nele e ainda acredito. Ele disse que eu nunca estaria sozinha, e acreditei nisso também. Nunca deixei de acreditar em Deus, mesmo quando ouvia pessoas que não acreditavam.

Como Patrick, por exemplo. Grace nunca contara a ele sobre o anjo. Talvez devesse ter se lembrado disso antes de revelar sua lembrança mais preciosa a Roman Velasco/Bobby Ray Dean. Afinal, o que ela esperava que fosse acontecer? Por acaso ele já havia demonstrado o mínimo interesse em assuntos espirituais?

— Ele ainda aparece pra você?

Grace observou o perfil de Roman antes de responder.

— Não. Às vezes bem que eu queria.

— Por que acha que ele não vem mais?

— Já me fiz essa pergunta muitas vezes. Acho que é porque não preciso mais. Quando aceitei Jesus, o Espírito Santo veio morar em mim. Era a isso que o anjo se referia quando disse que eu nunca estaria sozinha. Eu sinto quando Deus fala comigo, não preciso ver um anjo. Infelizmente, nem sempre dei ouvidos.

Grace sonhara com seu anjo várias vezes nos últimos anos. Depois que Patrick fora embora, quando estava grávida de Samuel... No sonho, seu amigo simplesmente aparecia, se sentava ao seu lado e ficava ali, sem dizer nada. Sua presença era reconfortante o suficiente. Mas, quando amanhecia, a preocupação e o medo de cometer outro erro maior ainda voltavam.

Será que estava cometendo um erro naquele momento, contando seus segredos para aquele homem, permitindo que ele visse por dentro dela? Acaso esperava que ele retribuísse?

Roman estava tão perturbado que Grace tinha certeza de que ele não corresponderia.

— Você não faz a mínima ideia do que estou falando, né?

Ele deu de ombros.

— Visitei o Vaticano e algumas das catedrais mais famosas da Europa. Vi pessoas que acreditam. Mas não estava procurando Deus, estava lá pela arte.

Não conversaram mais por um longo tempo. Ela se questionava sobre o que ele estava pensando, mas não perguntou nada.

— Você precisava acreditar que era importante pra alguém.

Ele estava tentando explicar o inexplicável.

— Você é importante pra Ele, Roman.

As mãos de Roman se mexiam no volante, inquietas.

— Minha mãe saiu uma noite e nunca mais voltou. O Serviço de Proteção à Infância me colocou em lares de acolhimento. Digamos que eu não aderi muito ao programa. Continuei procurando minha mãe até que alguém finalmente me disse que ela tinha morrido. — Ele deu um sorriso cínico. — Ela era prostituta, como as que você defendeu em Bodie. Morreu de overdose aos vinte e três anos. Eu tinha sete quando ela sumiu, faça as contas.

Grávida aos quinze anos, com um bebê nos braços aos dezesseis.

Roman estava pálido, quase acinzentado. Soltou um palavrão que não pronunciava desde o primeiro dia de trabalho de Grace.

— Não sei por que te contei isso.

Grace esperava que fosse pelos mesmos motivos pelos quais ela havia compartilhado seus segredos com ele.

Ele pegou a faixa rápida de novo.

— Onde estava Deus quando você e eu passamos por tudo isso, Grace? Onde estava Deus quando seu pai espancou sua mãe até a morte e depois estourou a própria cabeça? Onde estava Deus quando minha mãe vendia o corpo para que tivéssemos um teto pra morar? Ela usava drogas para se sentir melhor, talvez quisesse esquecer como ganhava a vida. Talvez quisesse esquecer que tinha um filho. Onde estava Deus no meio disso tudo?

Grace se agarrou ao banco. Será que Roman percebia quão rápido estava dirigindo?

— Eu não tenho respostas, tenho fé.

— Eu não acredito em Deus. — Seu olhar era desafiador. — Se Ele existe, é um sádico. Faz das pessoas suas marionetes e, quando se cansa, as joga no lixo. Ele é um... — Ele usou palavras que teriam feito Grace tampar os ouvidos se não houvesse percebido a dor que carregavam. — Se o inferno existe, é aqui na Terra. E o único paraíso é o que nós mesmos construímos. Essa é a única vida que temos, gostando ou não.

Ambos ouviram a sirene ao mesmo tempo. Roman olhou pelo retrovisor e xingou de novo. O carro da polícia se aproximou mais, com as luzes piscando. Diminuindo a velocidade, Roman foi para a direita até chegar ao acostamento. Apoiou a cabeça no encosto e fechou os olhos.

— Era só o que me faltava — disse, já pegando a carteira.

O guarda bateu à janela. Roman abaixou o vidro e entregou os documentos. O policial se inclinou.

— Você sabe a que velocidade estava indo? Cento e oitenta por hora.

O policial levou os documentos para a viatura. Roman apertava o volante com as duas mãos. Grace notou a jugular pulsando no pescoço dele.

O guarda voltou e arrancou a multa do talão.

— Fique abaixo de setenta, sr. Velasco.

A viatura continuou atrás deles enquanto Roman pegava a rodovia de novo.

Roman passou quase oito quilômetros sem dizer nada. Havia ligado o rádio, mas, em menos de um minuto, o desligara.

— Tudo bem, vamos terminar essa conversa e encerrar esse assunto de Deus. — Ele lançou um olhar severo para Grace, como se fosse dar más notícias. — Li um pedaço daquela Bíblia que você recomendou. Tem umas histórias ótimas, melhores do que a programação da TV naquela noite, mas é só isso, Grace: uma coleção de contos mesclados com um pouco de História. E o mesmo vale para todas as outras religiões do mundo. Deus não existe. Satanás não existe. Não existe céu nem inferno. Nós nascemos, fazemos o melhor possível e morremos. Fim.

Os olhos de Grace se encheram de lágrimas. Roman falava como se quisesse que a vida fosse curta e rápida.

26

GRACE, SETE ANOS

Arrancada do sono com um puxão no braço, Grace acordou gritando.

— Silêncio! — Tia Elizabeth a puxou bruscamente. — Pare com esse barulho agora mesmo!

Ela colocou Grace diante dela, inclinou-se e olhou a menina nos olhos.

— Você tem uma cama ótima e está dormindo no armário?

Ela estava exasperada, com o cabelo desgrenhado e sem maquiagem.

— Desculpa.

Grace baixou a cabeça e ficou olhando para o esmalte vermelho das unhas dos pés da tia e as pernas do pijama de cetim cor-de-rosa.

— Não adianta pedir desculpas e fazer de novo. — Tia Elizabeth suspirou e cruzou os braços, para se proteger do frio da noite. — Olhe para mim! Por que você estava ali?

Ela afrouxou os braços e suavizou a voz.

— Pare de chorar, Grace, não vou te machucar. Volte para a cama.

Tia Elizabeth prendeu os lençóis e os cobertores tão firmemente embaixo do colchão que Grace mal conseguia se mexer.

— Feche os olhos e durma.

Ela apagou a luz enquanto saía do quarto e fechou a porta.

Grace ficou acordada até ouvir a porta de tia Elizabeth se fechar. Então saiu da cama, pegou o travesseiro e voltou para o armário, fechando a porta sem fazer barulho. Assim, conseguia respirar de novo. Sentia-se segura escondida no fundo do armário, na escuridão. Desejou ainda ter o ursinho que a sra. Arnold lhe havia dado.

Tia Elizabeth levou Grace à escola dominical. A sra. Spenser tinha um painel de feltro e falava sobre como Jesus amava as crianças. Ela colocou uma menininha ao lado de Jesus. Grace ficou olhando aquela bonequinha de feltro.

Seu pai a pegava no colo, às vezes, e fazia perguntas: "O que você e a mamãe fizeram hoje? A mamãe falou com alguém? Diga a verdade, querida". Quando seu pai terminava de fazer as perguntas, dizia: "Boa menina", lhe dava um beijo no rosto e a mandava ir brincar.

Será que Jesus também a pegaria no colo e faria perguntas? Será que iria querer saber tudo que tia Elizabeth fazia? Grace não fazia a menor ideia do que a tia fazia o dia todo.

— Grace?

Assustada, Grace se concentrou na sra. Spenser.

— Sim, senhora.

Seu coração batia forte. Tinha que prestar atenção à professora da escola dominical, porque tia Elizabeth perguntaria à sra. Spenser se ela havia prestado atenção. E ela nem sabia o que a professora havia dito.

A expressão da sra. Spenser se suavizou com um sorriso.

— Você sabe que Jesus a ama, Grace? Assim como ama essa menininha ao lado dele no painel de feltro. — Ela pegou outro bonequinho. — Ele ama os meninos também. — Deu uma piscadinha. — Até os sapecas como o Tyler.

O coração de Grace se acalmou. Depois disso, ela ouviu atentamente cada palavra que a sra. Spenser disse. Quando as pessoas começaram a cantar no andar de cima, a sra. Spenser guardou os bonecos de feltro e disse às crianças para pegarem seus suéteres e casacos. A igreja de gente grande havia acabado e os pais chegariam em breve para buscá-los.

As outras crianças já haviam ido embora quando tia Elizabeth chegou. Pediu desculpas à sra. Spenser, chamando-a de Miranda.

— Todo mundo queria saber o que aconteceu no Tennessee, como se fosse da conta deles. — Tia Elizabeth olhou para Grace, que estava sentada sozinha à mesa. — Como ela ficou?

— Como um anjo.

Tia Elizabeth deu um sorriso triste.

— Talvez haja mais da minha irmã nela além de... — A sra. Spenser pousou a mão em seu braço e ela se calou, balançando a cabeça. — Vamos, Grace, hora de ir.

A caminho de casa, tia Elizabeth perguntou o que Grace havia aprendido.

Ela se lembrou dos bonequinhos no painel de feltro.

— Jesus ama os meninos e as meninas.

— Tenho certeza de que você já tinha aprendido isso na igreja que sua mãe frequentava. Que história a sra. Spenser contou hoje? — Ela olhou pelo retrovisor e fez uma careta. — Você não escutou, não é? A sra. Spenser trabalha muito para preparar as aulas e você não vai lá para brincar. Você vai lá para aprender sobre Deus. Da próxima vez, preste atenção. Depois, vou perguntar à sra. Spenser como você se comportou e quero ouvir coisas boas, entendeu?

— Sim, senhora.

— Não me chame de senhora, só de tia Elizabeth.

Como Grace não respondeu, tia Elizabeth olhou para ela pelo espelho retrovisor.

— Você me ouviu?

— Sim, se... tia Elizabeth.

— Muito bem, então estamos entendidas. — Ao parar no semáforo, ela relaxou as mãos no volante. — Não estou querendo ser má, Grace. — Virou uma esquina. — Sei que você não está feliz. — Deu uma olhadinha pelo espelho retrovisor e voltou a prestar atenção no trânsito. — Bem, eu também não. — Ficou um tempo em silêncio. — Vou fazer o melhor possível e espero que você coopere.

Grace não sabia o que era *cooperar.*

Tia Elizabeth parecia ler sua mente.

— Cooperar significa você fazer o que eu disser na hora que eu disser. Sem enrolação, sem devaneios, sem discussões, entendeu?

— Sim, tia Elizabeth.

Grace aprendeu a arrumar a cama e prender os lençóis bem esticadinhos. Aprendeu a passar o aspirador. Ela dobrava as toalhas do banheiro exatamente do jeito que sua tia lhe ensinara. Ela tirava a mesa e arrumava tudo sobre a pia, mas não tinha autorização para lavar a louça, porque tia Elizabeth não queria que ela quebrasse seus pratos chiques. A única coisa que Grace não conseguia fazer direito era arrumar o cabelo. Ela o escovava, mas não conseguia fazer um bom rabo de cavalo. Toda manhã, tia Elizabeth tinha que o soltar, escovar o cabelo de novo e prendê-lo outra vez.

Uma manhã, tia Elizabeth perdeu a paciência. Pegou uma tesoura em uma gaveta, puxou o rabo de cavalo emaranhado para cima e o cortou à altura do elástico.

— Pronto, resolvido.

Grace soltou um suspiro de dor e começou a chorar, sabia que sua mãe ficaria muito chateada. Ela dizia que amava o cabelo escuro e cacheado de Grace. *É ondulado, como o do papai.*

Tia Elizabeth ficou olhando para Grace com o rabo de cavalo cortado na mão. Desabou em uma cadeira da cozinha e deixou cair a tesoura e o rabo de cavalo, cobriu o rosto e chorou.

— Eu não consigo! — Soluçou mais alto que Grace. — Eu não consigo! Deus, por que fez isso comigo?

Depois de alguns minutos, tia Elizabeth parou de chorar, enxugou o rosto, pegou o rabo de cavalo e o jogou na lata de lixo embaixo da pia. Colocou a tesoura de volta na gaveta.

— Não adianta chorar, já foi, não dá para voltar atrás. Vamos tomar café da manhã?

Tia Elizabeth não disse mais nada até parar o carro em frente à escola. Também não olhou pelo espelho retrovisor.

— Lembre-se de quem é, Grace. Agora vá, senão vai se atrasar.

Grace passava os dedos no cabelo enquanto todos a encaravam. A srta. Taylor fez uma careta. No intervalo, as meninas riram.

— O que você fez com o seu cabelo? Está horrível!

Alguns meninos disseram que ela parecia uma vira-lata de pelo curto. A srta. Taylor soprou seu apito e os meninos se dispersaram.

Quando as aulas acabaram, tia Elizabeth a esperava à porta. Foram a um salão de beleza, onde tia Elizabeth apresentou Grace a Christina Alvarez, que arrumaria seu cabelo.

— Vai ficar bom — afirmou a cabeleireira.

Christina sentou Grace em uma grande cadeira de couro preta e acionou um pedal para levantá-la.

— Quer mais curto ou deixo nesse comprimento? — perguntou, olhando para Grace.

Mas foi tia Elizabeth quem respondeu:

— Curto e fácil de arrumar.

Christina encontrou os olhos de Grace no espelho e se inclinou, sussurrando:

— E você, Grace, quer mais curto?

Grace balançou a cabeça devagar, negando. Covinhas surgiram no rosto de Christina quando ela sorriu.

— Tudo bem, então, vamos trabalhar com o que temos.

Ela virou a cadeira, a abaixou e levou Grace para lavar o cabelo em uma pia fixa na parede. Depois de secá-lo com uma toalha, Christina amassou o cabelo de Grace de novo.

— As pessoas pagam caro pra ter cachos como os seus, sabia? — disse enquanto penteava, cortava, modelava e cortava mais um pouco. — Pronto! O que acha?

Ela pousou as mãos nos ombros de Grace e ambas se fitaram no espelho.

Tia Elizabeth jogou a revista que estava lendo de volta com as outras e foi até elas. Estava mais aliviada que satisfeita.

— Muito melhor.

— Bem prático pra cuidar. — Christina piscou para Grace. — É só lavar com xampu, enxaguar e secar com a toalha. Use o pente pra desembaraçar — ela entregou a Grace um pente de plástico branco com dentes largos — e amasse com a mão. Bem fácil e rápido, você vai ficar pronta em minutos.

Estabeleceu-se uma rotina na vida de Grace. Domingo, igreja; segunda a sexta, escola e dever de casa. Tarefas domésticas todos os dias da semana. Aos sábados, tia Elizabeth vestia uma calça jeans, camiseta, uns tamancos de plástico e cuidava no jardim. Ela esperava que Grace a ajudasse. O sol fazia bem para a alma, dizia, e as frutas, as verduras e os legumes faziam bem para o corpo. Tia Elizabeth cultivava abóbora, pepino, tomate, cenoura e pimentão. Também tinha árvores frutíferas, como damasco, nectarina, cereja e maçã. Grace gostava de ficar no quintal. Às vezes, sua tia se sentava sobre os calcanhares, enxugava o suor da testa com as costas da mão e parecia feliz. Tia Elizabeth era bonita quando sorria, seu rosto ficava suave e tranquilo.

A sra. Spenser foi visitá-las. Grace notou que as duas gostavam uma da outra. Elas se abraçaram à porta e trocaram beijos no rosto. Tia Elizabeth ofereceu chá e biscoitos e a sra. Spenser aceitou.

— Algum problema com a Grace? — perguntou tia Elizabeth.

A sra. Spenser riu.

— Nunca, ela é uma menina de ouro. Você não deveria se preocupar tanto.

Ela viu Grace parada à entrada da sala e a chamou. Passou a mão gentilmente pelo cabelo da menina.

— Eu só passei pra ver como vocês estão.

Tia Elizabeth mandou Grace brincar no quarto e convidou a sra. Spenser para ir até a cozinha.

Pelo jeito, tia Elizabeth havia se esquecido de que todos os brinquedos e bonecas de Grace haviam ficado no Tennessee. Tudo havia sido enfiado em caixas e colocado no mesmo caminhão que levara os móveis de seus pais. Mas ela arranjaria coisas para fazer no quintal. Quando estava saindo, Grace ouviu as duas conversando. Tia Elizabeth estava brava de novo. Grace se abaixou para entrar na sala, se abrisse a porta de vidro, sua tia ouviria. Então ficou sentada no sofá.

— Leanne não quis me ouvir. Desde a primeira vez que vi o Brad, eu soube que ele era encrenca. Você sabe, às vezes a gente sente essas coisas. — A sra. Spenser disse que sim, que ela sentia, e tia Elizabeth continuou: — Pois ela saiu com ele mesmo assim e não demorou muito até engravidar. Eu disse a ela que não acrescentasse outro erro ao que já havia cometido, porque ele já a havia afastado dos amigos e não gostava de mim. Claro que ele dizia que era porque eu não gostava dele, o que era verdade. Por que ela não me ouviu?

— As pessoas apaixonadas raramente ouvem.

— Se é que dava pra chamar aquilo de amor — disse tia Elizabeth em tom de escárnio. — Ela dizia que ele precisava dela, que a tinha esperado a vida toda, mas ele sabia exatamente o que ela queria ouvir. Ele era igual ao nosso pai, bonito e charmoso. Um demônio! Meu pai fez da vida da minha mãe um inferno e da nossa também. Eu disse a Leanne que lembrasse como havia sido em casa, mas ela não via as semelhanças. Dizia que Brad não era nada parecido com nosso pai.

— Você acha que ele a matou? É isso que está pensando?

— O legista disse que a morte dela foi um acidente. Mas só sendo empurrada para bater tão forte, como aconteceu com ela. Pelo menos ele se sentiu culpado o suficiente para se matar.

— Beth!

Grace ouviu uma xícara de chá ser pousada pesadamente no pires.

— Eu sei, eu sei! — Tia Elizabeth soluçava. — Deus diz para perdoar, mas espero que Brad esteja queimando no inferno. Perdoar? Eu simplesmente... não consigo.

— Não com nossas próprias forças.

— Eu saí do Tennessee quando eles se casaram, já te contei isso? Não queria ficar para ver o que eu sabia que ia acontecer. — Tia Elizabeth parecia estar chorando. — Mas eu devia ter ficado! Quem sabe, se ela tivesse para onde ir, não teria largado aquele homem? Agora é tarde demais. Leanne está morta e eu fiquei com a criança que fez minha irmã se render àquele filho da...

— Você não pode culpar a criança.

— Eu *sei* disso, mas toda vez que olho para ela, eu vejo aquele...

— Não há nada da sua irmã nela?

— Ela chora muito. — A voz de tia Elizabeth soava desesperada. — E se esconde.

— Como assim, se esconde?

— No armário. Toda noite.

Grace baixou a cabeça.

Antes de a sra. Spenser ir embora, foi até o quarto de Grace, depois saiu de novo e foi até a sala.

— Ah, você está aí!

Observou Grace com uma expressão preocupada. Deu um forte abraço na menina. Quando se endireitou, seus olhos estavam cheios d'água. Depois, ficou conversando baixinho à porta da frente com tia Elizabeth, até que se abraçaram e se despediram.

Assim que fechou a porta, tia Elizabeth foi para a sala de estar.

— Você ficou ouvindo esse tempo todo?

Grace não respondeu. Tia Elizabeth deixou os ombros caírem.

— Então agora você sabe de tudo.

Sim, Grace sabia. Tia Elizabeth estava feliz porque seu pai estava morto e não gostava de Grace porque ela se parecia com o pai.

Quando tia Elizabeth a colocou na cama aquela noite, passou a mão gentilmente na cabeça de Grace. Procurou o rosto da menina com os olhos brilhando, marejados.

— Tente ficar na cama esta noite.

Grace se virou na cama antes que a porta se fechasse. Olhou através das cortinas e viu o poste de luz. Esperou muito tempo, até que pegou seu travesseiro e foi para o armário. As lágrimas corriam por seu rosto enquanto ela ficava ali, sentada, pressionando os joelhos contra o peito. De cabeça baixa, queria chorar alto e gritar por sua mãe, mas não se atrevia a fazer barulho. Sua respiração se mesclava com soluços de dor.

Uma luz brilhou por baixo da porta do armário, mas Grace não tinha ouvido tia Elizabeth entrar no quarto nem ligar a luz. Ficou esperando, prendendo a respiração, com medo, mas tia Elizabeth não abriu porta alguma nem a mandou voltar para a cama imediatamente. Nada aconteceu. A luz continuava acesa: um brilho suave e quente, não como o branco forte da luz do teto ou da luminária da mesinha de cabeceira.

Curiosa, Grace abriu uma fresta da porta de correr com cuidado e espiou. Havia alguém sentado na lateral da cama. A pessoa sorriu para ela, mas não disse nada. Grace sentiu que ele estava dizendo que ela podia sair, que não a machucaria. O medo foi embora e ela saiu. O homem não parecia ninguém que ela conhecesse. Ele brilhava. Ela o encarou com os olhos arregalados. Ele se levantou e parecia um gigante, mas Grace não sentiu medo dele. Na verdade, sentiu-se amada. Ele se sentou na cadeira perto da janela. Ela subiu na cama e se sentou no meio. Ele falou gentilmente com ela, palavras de conforto em uma língua que ela nunca tinha ouvido, mas que entendia mesmo assim. Grace não sabia quem ou o que ele era, só sabia que era seu amigo e que não precisava temê-lo. Ele disse que ela podia dormir sem se preocupar com o dia seguinte. Que o futuro cuidaria de si mesmo e que ele estaria cuidando dela. Quando Grace se deitou e se cobriu, ele cantou para ela.

Tia Elizabeth a acordou na manhã seguinte.

— Você dormiu na cama! Que ótimo. Hora de se levantar para ir à escola.

O amigo de Grace voltou aquela noite. Dessa vez, ela saiu logo do armário e subiu na cama. Ele não disse muita coisa, mas ela sentiu que podia lhe contar tudo sobre a escola e a saudade que sentia dos pais, e o que tia Elizabeth havia dito para a sra. Spenser. Ele não a silenciou nem a mandou dormir. Ele a escutou, e seu brilho suave e aconchegante a aqueceu por dentro.

Na noite seguinte, Grace não entrou no armário e simplesmente o viu, como se ele estivesse no quarto o tempo todo e ela não o houvesse visto até aquele momento.

Quando tia Elizabeth descobriu sobre o anjo de Grace, ficou brava.

— Não comece a inventar histórias para chamar atenção!

— Eu não inventei!

— Não discuta comigo. E não se atreva a mentir. Miranda, digo, a sra. Spenser disse que você contou para a turma inteira que um anjo vem ao seu quarto toda noite.

— Ele vem.

— Ah, pelo amor de Deus, será vou ter que levar você a um psicólogo?

Naquela noite, tia Elizabeth colocou Grace na cama. Uma hora depois, abriu a porta e entrou. Ficou parada aos pés da cama de Grace com as mãos na cintura, olhando incisivamente ao redor.

— E então? Só acredito vendo. Cadê esse seu amigo anjo?

Grace não sabia o que dizer.

— Nunca mais fale de anjos — disse tia Elizabeth, firme. — Senão vai parecer louca.

Ela saiu, fechando a porta com força atrás de si.

Grace olhou para o amigo.

— Por que ela não vê você?

— Porque ela não crê.

27

Roman se arrependeu de ter extravasado sua frustração. Grace ficou em silêncio, sem discutir com ele. Não parecia brava, mas como ele poderia saber? Acaso esperava que ela discutisse e provasse que ele estava errado? Roman duvidava que qualquer coisa que dissesse pudesse abalar a fé dela. Era isso que ele estava tentando fazer? Ou só a estava testando para ver se a sua fé era profunda?

Um anjo sem asas. Um homem. Grace baseava sua fé em algo que achava que tinha visto quando era uma menininha assustada que havia acabado de perder os pais e de ser levada para o outro lado do país por uma tia amargurada que não queria nem olhar na cara dela, muito menos cuidar da sobrinha. E ela ainda achava que Deus a amava? Tinha certeza de que Ele a amava? Como era possível? Roman sentira medo muitas vezes, mas nunca tão profundamente a ponto de imaginar um ser celestial que iria resgatá-lo ou lhe oferecer palavras de conforto. Ele havia sobrevivido ao medo esmagando-o com sua ira.

Todas as suas suposições sobre Grace Moore estavam erradas. Nunca imaginara que compartilhariam raízes: perdas devastadoras, medo, dor, desamor. Ele fugira e erguera muros, ela se escondera e, quando saíra, fora repetidamente machucada. Mas, mesmo assim, despejava toda sua esperança em um Deus invisível.

Mesmo com origens semelhantes, ele sentia a diferença. Ele tinha uma casa, carros luxuosos, dinheiro no banco. Ela batalhava para se sustentar. Ele não tinha ninguém que dependesse dele, ela tinha um filho. Ele tinha alguns amigos e os mantinha longe, ela fazia questão de arranjar tempo para os dela. Ele não tinha mais objetivos, ela ainda os perseguia. Ele vivia um dia de cada vez, fazendo o que parecia certo aos próprios olhos, e se sentia à deriva, sem raízes. Ela vivia para agradar a um amigo imaginário e era muito pé no chão, segura de sua fé, no mínimo.

A rodovia subia e serpeava por Tehachapi. Grace olhava para as montanhas. Ele olhava para Grace. Não suportava o silêncio dela, mas nunca havia pedido desculpas a ninguém, menos ainda quando acreditava no que havia dito.

— Está tudo bem?

Ela sorriu para ele.

— Já passei por essa estrada muitas vezes e sempre vejo algo novo. Parei uma vez em Fort Tejon, estavam encenando a Guerra Civil no parque. Eram canhões disparando, homens atirando com rifles, alguns gritando e caindo no chão como se tivessem levado um tiro. Foi bem assustador.

Roman relaxou, ela não estava brava com ele.

— Uma feira medieval seria mais divertida. Tem uma em Irwindale, podemos passar por lá.

— Não imagino você em uma feira medieval. — O sorriso ainda estava ali, com a expressão calorosa. — Nos últimos dias, conheci lugares que só imaginava que veria em sonhos, Roman. Obrigada por insistir que eu viesse. Apesar de ser óbvio que você não precisava de mim.

Preciso de você mais do que imagina.

— Que bom que você se divertiu. Eu curti também.

Ele não queria que a viagem acabasse, mas sabia que era melhor não tentar prolongá-la. Grace queria passar o fim de semana com o filho e provavelmente convidaria aquele pastor careta para fazer um churrasco e, quem sabe, dar outro beijo, só para ver se o segundo seria melhor que o primeiro. E se fosse?

Controle-se, Roman. Grace Moore merece o tipo certo de homem, mesmo que o tipo errado a deseje.

Ele havia tentado levá-la à feira medieval, mas a resposta dela fora clara. *Obrigada, chefe. Até segunda de manhã. Sou sua funcionária, lembra?* Roman queria respeitar os limites dela e deveria estar satisfeito. Afinal, havia começado aquela viagem com um propósito: conhecer Grace. O problema era que, quanto mais sabia sobre ela, mais queria saber; quanto mais se aproximavam, mais perto queria estar. Já tinha contado mais sobre si mesmo a ela que a qualquer outra pessoa. Só havia guardado um segredo, porque sabia que aquele poderia estragar tudo que havia tentado fazer na vida.

Foi ela quem quebrou o silêncio dessa vez.

— Viu alguma coisa nos últimos dias que o inspirou?

Ah, sim, muita coisa.

— Tirei umas fotos.

— Carrizo Plain, Yosemite, lago Mono. O suficiente para uma vida inteira dc inspiração para suas obras.

Roman olhou para ela. Cada quilômetro que passava os aproximava do fim daquilo que estava se desenvolvendo dentro daquele carro.

— Vamos parar pra jantar?

— Ótimo, estou morrendo de fome.

Ele riu.

— E por que não disse nada?

— Achei que você estava com pressa pra chegar logo. — Ela sorriu. — Cento e oitenta quilômetros por hora... você nunca dirigiu tão rápido.

Ele havia esquecido a multa que guardara na porta.

— Quer experimentar de novo?

— De jeito nenhum.

Passaram por uma placa.

— Estamos chegando a Santa Clarita. Deve ter algum restaurante legal perto da Magic Mountain. — Roman pegou a saída para a cidade, queria ver se ela ia gostar de andar na montanha-russa. — Está a fim de frutos do mar ou comida mexicana?

— Amo tudo que não tenha sido eu que cozinhei.

Parou debaixo da sombra de uma árvore e pediu que ela esperasse. Deu a volta no carro e abriu a porta dela. Quando estendeu a mão, ela hesitou brevemente antes de aceitar a ajuda. Ele sentiu o tremor da mão de Grace. Era bom ver que ela não estava completamente indiferente. Roman se sentira como em uma montanha-russa a viagem inteira: altos e baixos, aquela descida repentina e o frio na barriga, o pulso acelerado quando seus olhares se encontravam. Era assim que se sentia naquele momento, instável.

Roman cambaleou levemente. Ficou confuso, sentiu-se fraco de repente.

— Roman? — Grace o segurou pelo braço. — Você está bem?

Ele achava que ficaria bem quando entrassem no restaurante com ar-condicionado, mas mal conseguiu chegar à calçada antes que suas pernas virassem geleia. Grace gritou, tentou amortecer a queda, mas Roman a levou para o chão junto com ele. Queria perguntar se ela estava bem, queria pedir desculpas por tê-la machucado. Ela gritava por socorro enquanto o fazia rolar e se deitar de costas. Ele não sentia nada além de um forte puxão.

Mal ouvia Grace gritar.

— Roman! Ai, meu Deus… Jesus, ajude-o. Alguém ajuda!

A voz dela foi sumindo e ele afundou em um mar de escuridão.

Roman não sentia dor, não precisava respirar. O cimento quente cedeu e ele subiu, leve e livre. Viu um monte de gente ao redor de um corpo e Grace de joelhos fazendo massagem cardíaca. Um homem surgiu, apertou o ombro dela e se ajoelhou ao seu lado. Assumiu a massagem. Outras pessoas tiravam fotos ou mandavam mensagens, um ou dois falavam ao telefone. Roman olhou para o homem morto caído na calçada. Mas o que… Era ele! Será que estava alucinando?

Afastou o olhar da cena e notou dois homens parados, um de cada lado dele. Instintivamente, se encolheu. Pareciam comuns, sem nada de especial, mas algo naqueles homens o assustava. Um deles tinha dentes irregulares.

— Hora de ir, Bobby Ray.

— Sai de perto de mim! — gritou Roman, dando um passo para trás.

— Não consegue correr agora, não é?

Olhos escuros e vazios o encaravam enquanto os homens se aproximavam.

— Quem são vocês?

Dando mais um passo para trás, ele levantou os punhos.

Eles riram.

— Você sabe o que somos.

Rapidamente, eles o agarraram com mãos em forma de garras.

Gritando de medo e dor, Roman tentou se libertar. Por que estava tão fraco, por que eles eram tão fortes? Aterrorizado, ele se debateu mais.

— Me soltem!

Rios de fogo corriam por seu corpo, e ele gritou.

O ar tremeluziu como uma miragem no deserto quando ele passou por um véu e entrou em outro mundo. Um túnel escuro se abriu à sua frente e os demônios o arrastaram para dentro. As paredes curvas e o teto estavam cheios de criaturas de rostos retorcidos e grotescos. Rastejavam acima e ao redor dele xingando, se contorcendo, tentando agarrá-lo e mordê-lo como grandes tubarões brancos famintos por carne.

Roman se encolhia e se esquivava, tentando voltar. Mas, arrastado por seus captores, viu a escuridão à frente e sentiu um calor cada vez mais intenso. Ouviu gritos humanos e gemidos de agonia.

A dor explodiu no peito de Roman. Ele arqueou o corpo, tensionou os músculos, abriu os olhos e percebeu luzes e vozes ao redor dele.

— Pare! Pare! Ele voltou! — gritou Grace.

Um estranho levantou as mãos e Roman tentou respirar. Sentiu a escuridão o invadindo de novo. Aterrorizado, disse quase sem voz:

— Não pare. Não… pare.

Sugado de volta para a escuridão, Roman chutou seus captores, lutou contra suas garras. Os demônios riram mais alto, ainda o segurando, o arrastando para dentro, para o fundo da boca pulsante do inferno. As criaturas mórbidas e decadentes nas paredes e no teto lambiam os lábios e o provocavam com palavras vis e descrições horríveis do que pretendiam fazer com ele. Estendiam seus dedos pútridos, o fedor de carne podre era como uma névoa sufocante. Roman conseguia sentir o gosto.

— Não! Deus, não!

Roman tentou firmar o corpo, tentou se soltar. Viu que não estava sozinho. Havia milhares de seres no túnel, todos gritando e lutando, mas ainda assim, seguindo para a frente, como se estivessem em uma enorme esteira rolante aterrorizante que corria em direção ao abismo. Havia um penhasco à frente, um poço escuro sem fim. Humanos despencavam, uivando enquanto desapareciam lá embaixo. Roman gritou. Procurou algo em que pudesse se segurar, mas não havia nada além das almas perdidas que seguiam com ele e as criaturas repugnantes saboreando todo aquele sofrimento.

Sem peso e fraco, Roman sentiu o vento frio soprar em suas costas e o calor ardente do inferno à frente. Gritou a última coisa de que se lembrava:

— *Jesus*!

Gritos ecoaram pelo túnel cavernoso.

Roman gritou de novo.

— Meu Deus! Cristo, me ajude!

Uma luz ofuscante preencheu a escuridão. Alguém agarrou seu pulso, levantando-o e, no meio da cacofonia do inferno, sussurrou:

— Sou eu.

Garras o seguraram por baixo e uma voz sombria e cheia de ódio ecoou:

— Ele é meu! Entreguem-no!

Roman gritou enquanto a mão o apertava e as garras se cravavam em sua panturrilha, provocando choques de dor em sua perna. Ele não tinha forças para se soltar.

— Soltem-no — ordenou uma voz calma acima, e o ser do poço caiu na escuridão.

Roman se arqueou de novo. Fogo percorria seu corpo enquanto o choque elétrico se espalhava por seu sistema nervoso. Abriu os olhos e viu dois homens curvados sobre ele.

— Conseguimos!

Um paramédico se inclinou para perto dele.

— Aguente firme, amigo. Estamos quase no hospital.

Desesperado de medo, Roman olhou ao redor. Tentou se mexer, mas estava amarrado.

— Calma, fique parado.

Estava cercado por armários brancos, tubos amarelos e monitores verdes. Uma sirene soava. Pela velocidade, deduziu que estava em uma ambulância. Seu peito e suas costelas doíam tanto que ele mal conseguia respirar, muito menos falar. Começou a tremer.

— Grace…

O paramédico não o ouviu. Ele tentou de novo:

— Preciso da Grace.

— Ainda bem que sua namorada sabia fazer massagem cardíaca, amigo. Aguente firme, estamos quase chegando.

O veículo diminuiu a velocidade, virou e parou. As portas se abriram. Dois paramédicos deslizaram a maca por um trilho, baixaram as rodas e as travaram. Roman vislumbrou o céu azul e logo o teto branco. Uma bolsa pingava algo na veia de seu braço direito. Ele foi levado por um corredor e ouviu vozes. Debatendo-se, tentou se libertar.

— Meu Deus… — Ele gemia e chorava. — Jesus, não me deixe.

O véu entre a vida e a morte era fino como um fio. Toda sua força não tinha sido suficiente para o libertar, mas com uma palavra suave de Cristo ele estava vivo de novo.

Grace tentava manter a calma enquanto dirigia o carro de Roman até o hospital. Felizmente, lembrara-se da chave antes de a ambulância partir. Um dos paramédicos a tirara do bolso de Roman e dera instruções a ela. Abalada demais para entender alguma coisa ou para descobrir como funcionava o computador de bordo, usou o GPS do celular. A voz calma e artificial ajudou a estabilizá-la. Ela estacionou e correu para o pronto-socorro. Quando perguntou por Roman Velasco, a enfermeira quis saber se ela era esposa dele.

— Ele é meu chefe. Estávamos viajando a trabalho.

Relegada a uma sala de espera, Grace ficou sentada na beirada da cadeira, rezando, observando cada movimento da equipe médica, atenta a qualquer informação. Havia outras pessoas sentadas ali, tristes e esperando notícias de seus entes queridos. Aparentemente, as tardes de sexta-feira eram movimentadas. Quase chorando, ela cobriu o rosto e rezou um pouco mais. Queria fazer alguma coisa. Pegou o celular e mandou uma mensagem para Shanice.

Estou no pronto-socorro em Santa Clarita. Roman teve um ataque cardíaco. Por favor, reze por ele.

— Alguém aqui se chama Grace?

— Eu! — Ela se levantou depressa. — Eu sou Grace.

Guardando o celular na bolsa, ela acompanhou o enfermeiro.

— Ele está chamando você. Tente acalmá-lo. Queremos prepará-lo para a cirurgia, mas ele está convencido de que, se for anestesiado, vai para o inferno. Disse que o machucado na perna foi feito por um demônio…

— Que machucado?

O enfermeiro franziu a testa e empurrou a porta.

— O médico já vem.

Roman estava pálido. Conectado a máquinas por um acesso venoso no braço e uma máscara de oxigênio cobrindo seu nariz e sua boca. Estava aterrorizado, tentando se soltar. Lutando contra as lágrimas, Grace se aproximou. Tinha que ficar calma para poder ajudá-lo.

— Roman...

Ela pousou a mão no braço dele. Ele a fitou com um olhar selvagem e disse algo que ela não conseguiu entender. Ele puxou as faixas que o prendiam. Ela se abaixou.

— Essas pessoas sabem como ajudar você. — Ele não tirava os olhos dela. — Estou aqui. Foque em mim agora.

O enfermeiro colocou a medicação no acesso venoso. Grace apertou a mão de Roman.

— Estarei na sala de espera, rezando por você. Não vou embora, eu prometo.

Ele tentou falar, mas seus olhos se encheram de lágrimas.

— Você vai ficar bem.

Por favor, Deus, que assim seja.

O enfermeiro tocou o ombro de Grace.

— Tudo certo. Ele vai pra cirurgia agora.

Grace ligou para Selah e contou o que havia acontecido.

— Prometi que ficaria aqui.

— Fez bem, *chiquita*. Como ele está?

— Ainda não sei.

— O Sammy está bem, não se preocupe com ele. Fique com seu chefe e dê notícias. Vamos rezar por ele também.

Grace ligou para Brian para lhe pedir que orasse por Roman. Contou a situação e avisou que precisava fazer outra ligação.

Shanice atendeu imediatamente.

— Oi, amiga, o que aconteceu? O Roman está bem?

Grace começou a chorar. Havia segurado o máximo que pôde. Passando um braço em volta da barriga, ela desabou.

— Grace? Fale comigo, querida.

As palavras saíram sufocadas no início e depois em uma torrente.

— Ele teve uma parada cardíaca. Está na cirurgia agora, no hospital Henry Mayo Newhall. Por favor, peça a todo mundo para orar. Estava tudo bem e de repente ele estava morto. Eu não senti nenhum pulso e comecei a fazer massagem cardíaca. Um homem me substituiu e o Roman voltou. Eu queria agradecer ao homem, mas ele foi embora. E o Roman... Shanice, nunca vi ninguém tão assustado. Parecia que ele tinha visto o inferno.

Ela enxugou as lágrimas.

As pessoas na sala de espera olhavam para ela. Ela se levantou e foi para o corredor.

— O Roman pode morrer... e ele não acredita em Jesus. Estou morrendo de medo por ele.

— Não diga isso, querida. Ele está vivo e em cirurgia, ainda tem chance. Vou ligar pra Ashley. Ela vai ativar a corrente de oração da igreja e avisar a Nicole. Estou com as chaves do carro na mão, chegarei aí assim que puder. Fique calma, Grace. Deus está no comando, lembre-se disso.

Uma hora se passou. A sala de espera foi se esvaziando, até que ela ser a única pessoa esperando notícias. Grace não era da família, mas quem mais Roman tinha? Jasper! Os Masterson! Por que ela não pensara em ligar para eles? Deveria? Sim, eles tinham que saber. Ela decidiu esperar até ter notícias mais definitivas antes de ligar para Jasper, ele saberia como entrar em contato com Chet e Susan.

Mais uma hora se passou. Grace andava de um lado para o outro. Será que a deixariam entrar na recuperação ou na UTI? E se Roman não sobrevivesse? E se ele estivesse morto e ninguém se dera o trabalho de avisá-la? Talvez tivessem trocado o plantão e a equipe nova não soubesse que ela ainda estava esperando. Grace estava com medo de perguntar. Não ter notícias era melhor que más notícias.

— Grace?

Alarmada, ela levantou a cabeça.

— Ah, Brian!

Ela voou para os braços dele, já começando a chorar.

Ele a abraçou e apoiou o queixo na cabeça dela.

— Vim o mais rápido que pude, como ele está?

— Não sei, não tive notícias ainda.

Ele lhe ofereceu um lenço, ela o aceitou.

— Sente-se, vou verificar e já volto.

Grace não conseguiu interpretar a expressão dele quando voltou. Ele se sentou ao lado dela e pegou sua mão.

— Ele já vai sair da cirurgia, mas você ainda não vai poder vê-lo. — Ele apertou a mão dela gentilmente. — Há quanto tempo você não come?

— Nem me lembro. Tínhamos parado pra jantar. Mas não quero sair daqui, o médico pode vir. Alguém tem que vir em algum momento, não é?

— Você precisa comer alguma coisa... já volto — disse Brian, e saiu.

Shanice chegou alguns minutos depois, aflita.

— Desculpe a demora, houve um acidente na estrada. Achei que nunca ia chegar. Ah, querida!

Shanice abraçou Grace e se sentaram juntas no sofá.

— A igreja inteira está rezando. Você está tremendo! Tente respirar.

Brian voltou com um sanduíche desses de máquina de venda automática e uma garrafa de suco de laranja. Ele parou à porta.

— Olá — disse, e olhou para Shanice.

— Oi, Brian. Te reconheci pela foto. Fui eu que marquei o primeiro encontro de vocês.

— Ah, tenho que te agradecer, então. E você é...

Grace se lembrou das maneiras.

— Brian, essa é Shanice, minha melhor amiga. Pode dar o sanduíche pra ela, não estou com fome.

Shanice estendeu a mão.

— Ela vai comer nem que eu tenha que enfiar esse sanduíche goela abaixo. Pode ir perguntar o que está acontecendo?

— Ele já foi.

Grace olhou para a porta, desejando que alguém aparecesse.

Shanice olhou para Brian.

— Não custa nada checar de novo.

Ele saiu e Shanice deu um tapinha no joelho de Grace.

— Às vezes um pastor consegue mais informações que um cidadão comum. — Ela deu um sorriso encorajador para Grace. — Coma, querida. Você não vai conseguir ajudar o Velasco assim, parecendo uma morta requentada.

Brian voltou.

— Logo teremos notícias.

O médico apareceu meia hora depois.

— Grace?

Ela o seguiu pelo corredor. A cirurgia havia corrido bem. Tinham colocado um CDI em Roman, um desfibrilador cardioversor implantável, um minicomputador para regular e monitorar o coração.

— Ele tem sorte de estar vivo. Provavelmente teve alguns episódios, mas não desconfiou do que eram. Ele já desmaiou antes?

— Não sei dizer.

Ela se lembrou de encontrá-lo esparramado na cama uma vez e de presumir que estava dormindo.

Antes de entrar na UTI, ela limpou as mãos com álcool em gel e colocou uma máscara. O médico abriu a porta para ela e disse baixinho.

— Ele ficará aqui por vinte e quatro horas e depois o levaremos para o quarto, se não houver complicações. Ainda bem que ele está em ótimas condições físicas. Ele é atleta?

— Artista.

O médico ficou aliviado.

— Foi fácil reparar o coração. E outro médico está cuidando da perna dele.

— O que houve com a perna dele?

— Não sei dizer.

Não sabia ou não queria dizer? Quando foi que Roman machucou a perna?

Embora ainda estivesse com dor, a cor de Roman havia melhorado. Ele estava conectado a monitores que indicavam a frequência cardíaca, níveis de oxigênio e pressão arterial. O soro intravenoso estava ao lado da cama e a agulha, inserida em sua mão. Um tubo fino estava conectado a uma bolsa que recolhia a urina. Seus olhos estavam abertos, bem abertos.

— Grace. — Ele suspirou ao dizer o nome dela e relaxou o corpo.

Grace foi até o lado da cama e pegou sua mão.

— Eu disse que ia não ia embora. — Ela conseguiu sorrir. — Você está melhor que da última vez que o vi.

Ele apertou a mão dela.

Um misto de emoções tomou conta de Grace. Não queria pensar em quanto Roman era importante para ela e que tipo de complicações isso geraria para a relação de trabalho.

— Muita gente está rezando por você, Roman. Espero que não se importe por eu as ter avisado.

— Tudo bem.

— Brian e Shanice estão na sala de espera.

— Ele me tirou de lá.

Grace não entendeu.

— Não precisa falar agora, tente descansar.

Ele apertou a mão dela de novo.

— Eu estive no inferno.

Grace sentiu arrepios percorrendo todo seu corpo. Ela se inclinou, colocou a mão livre na testa dele e perguntou:

— O que você está dizendo?

— Jesus... — disse Roman, rouco — Ele me tirou de lá. Eles estavam me segurando, rasgaram minha perna.

Um enfermeiro entrou para checar um dos monitores.

— Vou fazer a medicação dele — disse.

Deu a volta na cama e injetou algo no acesso venoso de Roman.

— Só mais um minutinho, está bem? Ele precisa descansar — disse, dando a Grace um sorriso compassivo.

Roman ficou tenso.

— Ela fica.

Quando olhou para o acesso, sua expressão mudou. O monitor cardíaco apitou mais rápido.

— O que você colocou aí?

— Só uma coisinha pra você relaxar.

Roman fixou os olhos em Grace.

— Não deixe me apagarem. Ai, Jesus, não me deixe morrer de novo!

O enfermeiro franziu a testa.

— Acho que você pode ficar com ele mais um pouquinho.

Ele registrou algo no computador, disse que voltaria em alguns minutos e saiu.

A mão de Roman relaxou um pouco, mas não soltou a dela.

— Aquele enfermeiro colocou alguma coisa no soro.

Seus olhos estavam pesados, ele os arregalou, lutando contra o sono.

— Jesus, não quero morrer! Não estou pronto pra morrer!

Grace não conseguia mais suportar. Segurou o rosto dele nas mãos e disse:

— Escute, Roman. Jesus não te resgataria do inferno pra depois te jogar lá de novo.

— Aquela coisa me agarrou, me rasgou...

— Roman — disse ela baixinho, com calma —, Jesus te salvou.

Ele estava alterado, confuso.

— Por quê?

O que ela poderia responder?

— Ele vai te dizer mais tarde.

Ele estava perdendo a batalha contra o medicamento no soro.

— Não vá.

— Acho que não vão me deixar ficar agora, mas prometo que vou voltar.

Ele não conseguia manter os olhos abertos.

— Minha mãe dizia isso também.

O enfermeiro voltou e checou os sinais vitais.

— Ele vai dormir agora. Você precisa descansar também.

— Sabe onde eu posso ficar? Um lugar com cozinha e onde eu possa lavar roupa?

Ele sugeriu um Extended Stay America a poucos minutos do hospital.

Grace voltou para a sala de espera. Pensou que a encontraria vazia ou cheia de estranhos, mas Shanice e Brian ainda estavam lá, sentados no sofá, conversando. Nem perceberam que ela havia entrado na sala. Grace os observou por um tempo, depois pigarreou. Ambos olharam para cima sobressaltados e se levantaram. Brian foi até Grace.

— Como ele está?

— Está dormindo. Disse que Jesus o tirou do inferno.

— Uau! — disse Shanice, se aproximando também. — Nada como uma experiência de quase morte para abrir a cabeça de um homem. Eu te levo pra casa. Você terá uma boa noite de sono e…

Grace sacudiu a cabeça, já decidida.

— Vou ficar.

— Ai, amiga, tem certeza? — perguntou Shanice, preocupada e olhando para Brian.

— Ele me pediu pra ficar.

— Querida, você está exausta. Sei que essa coisa toda foi muito difícil, mas o Roman não precisa de você. Ele tem bons médicos e enfermeiros.

Grace entendia a preocupação de Shanice. Um pouco de tempo e distância ajudariam a pensar com mais clareza, mas, por ora, ela queria ficar o mais perto possível.

— Eu dei minha palavra.

— E o Samuel?

— Já falei com a Selah, ela me incentivou a ficar.

Shanice revirou os olhos.

— Claro, que novidade.

O filho de Grace estava feliz e seguro com Selah. Por enquanto, era Roman quem precisava dela.

28

Ofegante, com o coração batendo forte, Roman acordou do pesadelo. Sonhara que estava outra vez no túnel, cercado de sombras e monstros. Desorientado, se assustou quando viu que havia alguém ao lado da cama, com a mão em seu ombro.

— Desculpe tê-lo acordado, sr. Velasco, mas você estava tendo outro pesadelo.

Era uma enfermeira, uma mulher de meia-idade com uma expressão gentil.

— Ah… — Sua respiração se acalmou. — Obrigado.

Ele ainda sentia o impacto visceral dos gritos, os gemidos de angústia, o ranger de dentes dos seres que havia visto no inferno. O monitor mostrou sua frequência cardíaca diminuindo, normalizando.

— Onde está a Grace?

— Ela já volta.

A enfermeira ajeitou o cobertor, perguntou se ele precisava de alguma coisa e saiu do quarto.

O ambiente tinha ficado mais silencioso depois que ele saíra da UTI, mas ainda dava para ouvir as pessoas passando pelo corredor fora do quarto: enfermeiras, médicos, visitas. Roman observava a porta, esperando Grace. Estava imóvel, atento aos sons ao seu redor: vozes baixas, sapatos rangendo sobre o piso liso, bipes. Seu colega de quarto ligou a TV: uma reportagem e um debate sobre o clima. Roman prestou atenção, queria esquecer os monstros demoníacos e o poço de fogo.

Então o inferno existia. Ele havia estado lá. Toda vez que Roman tentava esquecer o que passara, sentia a dor na perna. Vira a enfermeira trocar o curativo e se lembrara do médico perguntando sobre o ferimento. Emocionalmente ferido, Roman lhe dissera que um demônio havia cravado as garras em sua perna e tentado puxá-lo para o inferno. Que Jesus havia mandado a criatura o largar e ela o soltara. O médico ficara em silêncio, olhando para ele provavelmente do mesmo jeito que Roman olhara para Grace quando ela contara sobre o anjo que via quando era criança.

— Tenho certeza de que há uma explicação racional, sr. Velasco.

— Ótimo, então me diga qual é, por favor, eu gostaria de saber.

O médico pensara por um momento e logo sacudira a cabeça:

— Não sei.

Roman havia sentido as garras do demônio, se lembrava da força com que ele puxara. Jesus Cristo sussurrara algumas palavras e Roman fora libertado. Havia sido sua alma fora do corpo ou ele mesmo em carne e osso? Ele tentava entender, mas não estava conseguindo.

O médico perguntara sobre o histórico de sua família. Normalmente, um problema cardíaco como o dele era hereditário. Talvez seu pai tivesse a mesma questão. Roman não tinha como saber nem como descobrir. Não sabia se o pai ainda estava vivo. Talvez estivesse naquele poço fervente de fogo e escuridão. Será que White Boy também estava lá, rangendo os dentes, em agonia?

A cortina se abriu.

— Bom dia, Roman — disse o dr. Ng, com o prontuário na mão. — Soube que ainda está tendo pesadelos. Quer conversar com um psicólogo?

Roman apertou o botão para levantar a cabeceira da cama.

— Não.

Ele havia dito a verdade uma vez e ninguém acreditara. Era melhor não comentar sobre o assunto de novo.

Onde estava Grace? Por que estava demorando tanto?

O médico checou o local do implante do desfibrilador.

— Está ótimo, funcionando perfeitamente. Não está mais inchado, não há sinal de infecção. Ajudou muito o fato de você ser um homem saudável. — O dr. Ng digitou alguma coisa no computador no quarto. — Vou cuidar da papelada pra te dar alta amanhã. A enfermeira vai marcar uma consulta de retorno pra daqui a três meses.

Quando Grace entrou no quarto, logo depois que o médico saiu, o coração de Roman disparou. Por sorte, o monitor cardíaco havia sido retirado, junto com o soro e todas as outras coisas que o mantinham meio preso. Como era possível que uma mulher o acalmasse e agitasse ao mesmo tempo? O relacionamento deles havia mudado sutilmente nos últimos dias. Com satisfação, ele via algo novo nos olhos dela.

Grace havia ficado com ele durante toda a provação. Até lera para Roman quando ele não conseguia dormir. Ele acordara uma vez e a vira dormindo na cadeira, com um de seus livros de estudo aberto no colo. Quando acordara de novo, mais tarde, ela não estava, mas deixara sua Bíblia na mesinha de cabeceira. Folheando-a, ele encontrou passagens que ela havia sublinhado com cores diferentes, notas que escrevera nas margens, nomes ao lado de certas passagens. Será que o dele estava escrito em algum lugar?

Aliviado por ela ter voltado, ele sorriu.

— Vamos embora amanhã.

— Não é cedo demais? Você está aqui há apenas três dias.

Os olhos dela estavam cor de mel escuro.

— Meu coração está funcionando direitinho.

Neste momento, batendo como uma britadeira.

Grace tirou uma Bíblia com capa de couro da mochila.

— Eu queria gravar seu nome nela, mas não sabia qual você ia preferir: Bobby Ray Dean ou Roman Velasco.

O celular dela apitou, ela o pegou e leu a mensagem. Respondeu depressa e o guardou de novo na bolsa.

— Samuel está com dor de ouvido.

A situação dele provavelmente complicara as coisas para ela.

— Você perdeu o fim de semana com seu filho. Pode tirar uma folga quando voltarmos.

— Ótimo, vou aceitar.

Jasper apareceu pela brecha da cortina.

— Então é aqui que você está escondido com a Grace. — Ele sacudiu a cabeça. — Sempre causando problemas, hein?

Jasper cumprimentou Grace antes de estender a mão para Roman.

— Esse garoto está se comportando? — perguntou a ela.

— Ele não teve muita escolha.

Grace recebeu outra ligação. Talia, dessa vez. Passou o telefone para Roman.

Talia estava aliviada pela voz Roman soar tão boa. Disse que teve medo de ter que ir ao funeral dele, reclamou por ele não ter lhe contado que tinha um problema cardíaco. Se soubesse, ela não o teria pressionado tanto. Como assim ele não sabia? Como podia não saber? Talia disse que talvez ele precisasse de férias, que deveria ir à Europa ou a uma praia do Taiti. Roman a deixou falar, até que ela notou seu silêncio.

— Você ainda está aí, Roman?

— Ainda estou respirando, mas meus ouvidos já estão doendo com toda essa preocupação maternal.

— Não sei por que aguento você!

— Pela comissão de cinquenta por cento.

— Ah, é verdade. — Ela riu. — Quando você volta pra casa?

— Amanhã, mas não espere nenhuma pintura tão cedo.

— Quando estiver pronto, você sabe onde me encontrar. Passe para a Grace.

Roman devolveu o telefone para Grace. Ela foi para o corredor para conversar com Talia.

— Chet e Susan mandaram lembranças — disse Jasper, pegando a Bíblia. — Está começando a se interessar por algo além de arte?

— Grace me deu. — Ele hesitou, mas decidiu confessar. — Depois do que passei, não tenho dúvidas de que Jesus existe.

— O que aconteceu?

— Duvido que você acredite em mim. Até agora, Grace é a única que acredita.

— Me conte e vamos ver.

Roman contou toda a história. Não sabia dizer se Jasper estava acreditando, ele ouviu tudo parado, calado e sombrio.

— Não vai dizer nada?

— Ainda bem que não fui eu que recebi essa lição.

— A última pessoa a quem contei disse que eu precisava conversar com um psiquiatra.

— Já sou cristão há anos, mas parei de ir à igreja depois que minha esposa morreu. Voltei quando tive câncer.

— Você nunca me contou isso.

Jasper se sentou na cadeira perto da janela. Esticou as pernas para ficar mais confortável.

— Você nunca perguntou, e sempre que eu falava de assuntos espirituais, você revirava os olhos. Há um tempo para tudo, Bobby Ray. O seu não havia chegado.

— Ainda estou tendo pesadelos.

Jasper deu uma risadinha.

— Não me surpreende. Talvez eu tenha pesadelos só de ouvir você contar sua experiência.

— Ainda estou tentando descobrir por que Jesus me resgatou.

Roman achou que Jasper ia fazer alguma piadinha.

— Aparentemente, Ele ainda tem coisas pra te ensinar.

Roman tinha a mesma sensação, mas ainda tinha mais perguntas que respostas.

— Você faz alguma ideia do que Ele quer de mim?

— Está perguntando para a pessoa errada. Só o que eu sei é que a fé é apenas o começo de uma jornada longa e difícil.

Grace voltou para dizer que os deixaria a sós para conversar, mas Roman lhe pediu para ficar. Não estavam falando de nada que ela já não soubesse. Mas Grace disse que tinha coisas para resolver, já que ele havia dito que sairia daquela prisão no dia seguinte.

— Tá bom, tá bom — disse, acenando para que ela fosse embora.

— Grace ficou com você o tempo todo? — perguntou Jasper, erguendo as sobrancelhas.

— E onde você acha que ela estaria?

— Em casa. Fica a uma hora daqui. Ela tem vida própria, sabia?

— Foi escolha dela.

— Foi mesmo? — questionou Jasper, com um sorriso frio de censura.

Roman franziu a testa. Será que ele a havia feito prometer que ficaria? Pensou em Grace, que perdera a oportunidade de estar com seu bebê.

— Eu poderia dizer para ela ir para casa, mas ela está sem carro.

— Empreste o seu, você pode chamar um carro pra voltar para casa. Ou não confia nela dirigindo seu carro?

— Eu confio minha vida a ela.

— Então, a deixe cuidar da própria vida.

— Provavelmente ela vai ligar para Brian Henley.

Jasper deu uma risadinha.

— O fato de a Grace ter ficado com você esse tempo todo deveria te dizer alguma coisa... ela gosta de você.

Roman gostou de ouvir isso, mas será que os sentimentos dela eram profundos? E quanto tempo durariam?

Jasper levou a conversa para o lado espiritual de novo. Contou a Roman sobre sua infância e as crenças religiosas de seus pais, que serviram de base para a própria fé. Falou sobre a fé de sua esposa... Inclusive, disse a Roman o que esperar caso decidisse pôr os pés dentro de uma igreja. Roman não se imaginava fazendo isso tão cedo, e Jasper disse que era um bom lugar para aprender. Mas que seria mais fácil fazer a primeira tentativa com alguém que ele conhecesse.

— Alguém como Grace, por exemplo — disse Jasper, dando um sorrisinho provocador. — Quem sabe? Ela pode levar você à igreja de Brian Henley. Pastores sabem muito mais sobre Jesus e a Bíblia do que eu.

— Prefiro descobrir as coisas sozinho.

— Você sempre faz as coisas do jeito mais difícil, Bobby Ray.

Quando Grace voltou, Jasper ainda estava ali. Disse que ligaria e que provavelmente visitaria Roman quando ele já estivesse em casa. Queria aproveitar o agradável quarto de hóspedes de novo. Deu um beijo no rosto de Grace antes de ir embora.

Roman decidiu seguir o conselho de Jasper e dizer a ela que poderia ir embora, se quisesse.

— Vá pra casa também, Grace, não há nada pra você fazer aqui além de esperar sentada.

Ela se surpreendeu.

— Tudo bem.

Ela estava usando a BMW para ir e voltar do hotel. Tirou a chave do carro da bolsa e a deixou na mesinha.

— Você me entendeu mal. — Ele quisera demonstrar que estava pensando nela, e não desdenhando do cuidado. — Fique com o carro, pegue seu filho, vá pra casa. Tire uns dias de folga.

Ela o fitou com surpresa e alívio.

— Tem certeza?

Ele percebeu quão egoísta havia sido.

— Você está tomando conta de mim há dias enquanto devia estar com seu filho. Vou chamar um carro quando fizerem meu check-out desse hotel.

— Ainda precisa de alguma coisa?

Roman disse que estava bem, mas ficou com saudade no instante em que ela saiu.

Grace mandou uma mensagem para Roman.

Avise quando estiver chegando, estou com a chave da sua casa.

Uma nova mensagem chegou bem quando ela tinha acabado de trocar a fralda de Samuel. Era Roman.

Chego em cinco minutos.

Ela ajeitou o macacão listrado de azul e branco de Samuel e fechou os botões.

— Vamos, meu homenzinho — disse, e o pegou no colo.

Um carro longo e preto contornou a rotatória e parou diante da casa principal. Grace o estava esperando na calçada e seu coração acelerou quando Roman desceu. Notou que ele precisava mesmo da bengala.

— Que bom que já está em casa.

Ela foi na frente até a porta, com as chaves na mão. Destrancou-a e lhe entregou o controle do carro e o chaveiro da casa. Os dedos dele roçaram os dela e ela deu um passo para trás, apertando mais Samuel.

— Acabei de me dar conta que a sua geladeira deve estar vazia.

— Eu descongelo alguma coisa. Não deve ser pior que comida de hospital.

Grace não conseguiu se conter.

— Você pode jantar lá em casa, se quiser.

Ele sorriu.

— Sabia que se eu fizesse um drama você ia me convidar. Que horas?

Ela deu uma risadinha nervosa, se perguntando se não estaria cometendo um erro.

— Quando estiver com fome.

— Já estou.

O tom de voz dele a fez levantar a guarda.

— Você vai ter que cuidar do Samuel enquanto eu cozinho — disse ela, imaginando que isso faria Roman mudar de ideia.

— Por mim tudo bem, desde que eu não tenha que trocar a fralda dele.

Roman fechou a porta de sua casa e a acompanhou. Assim que entrou, o chalé lhe pareceu menor. Ele apoiou a bengala perto da porta, e Grace colocou Samuel em cima do cobertor cheio de brinquedos que havia estendido no chão.

— Fique de olho nele. Ele engatinha mais rápido do que você imagina.

Roman se sentou na beira do sofá e se inclinou para a frente, levando a missão a sério. Grace hesitou, mas disse:

— Eu ainda não tinha começado a cozinhar, mas posso fazer um sanduíche pra você enquanto isso.

— O que eu queria mesmo era uma xícara do seu café.

Roman pegou um coelho de pelúcia e o chacoalhou. Samuel estendeu a mãozinha e o agarrou.

— Ele está tentando comer o bichinho?

— Ah, ele enfia tudo na boca agora. Os dentinhos estão nascendo.

— Ah, é?

— Não se preocupe, ele ainda não arranca sangue.

Samuel fez o coelho voar longe e ele mesmo se surpreendeu. Enrijeceu as perninhas e gritou. Roman parecia à beira do pânico, e Grace teve pena dele. Ela virou Samuel de bruços, deu um tapinha em seu bumbum e disse:

— Vá buscar, homenzinho.

Calmo de novo, Samuel ficou de quatro.

— Ele está bem — disse Grace, e voltou para a cozinha. — Acho que você não tem muita experiência com bebês.

Roman soltou uma risada.

— Sempre fiz de tudo pra evitar filhos.

Isso era intimidade demais para Grace.

— Muito responsável da sua parte — murmurou, enquanto fazia o café.

— Ele é meio fofo.

Meio fofo?

— Nossa, obrigada. — Ela colocou a água na cafeteira. — Pra mim, Samuel é o bebê mais lindo do mundo. — Abrindo um armário, ela pegou uma caneca dos Raiders. — Acho que toda mãe acha isso, não é? — Samuel rolou e conseguiu pegar o coelho. — Ele também é muito inteligente.

Roman ainda estava rígido, como um guarda-costas, na beira do sofá.

— Se você está dizendo...

Samuel perdeu o interesse no coelhinho e rolou de novo, agarrando a bainha da calça de Roman. Começou a ficar agitado, e Roman, angustiado.

— Quer que o vire? — perguntou ele.

— Se você quiser...

— Não importa o que eu quero. O que ele quer?

— Ele quer que você o pegue no colo.

Roman fez alguns movimentos hesitantes antes de pegar o bebê e firmemente sentá-lo em seu colo. Ficaram se olhando. Quando Samuel balançou os bracinhos, Roman riu.

— Acho que ele está tentando me socar. — Ele fingiu se esquivar e Samuel soltou uma risadinha de bebê, o que fez Roman rir.

— Vai ter que colocá-lo no chão pra tomar o café.

Roman colocou Samuel de novo de bruços e deixou o coelho fora do alcance dele.

— Vá buscar, carinha.

Grace entregou a caneca de café fresco a Roman e foi pegar os ingredientes para o sanduíche. Agradeceu a Deus por aquele homem não fazer a menor ideia do que ela estava sentindo. Tudo estava bem, até ele morrer naquela calçada e o mundo dela virar de cabeça para baixo. Não queria amá-lo, pois isso só iria machucá-la de novo, e muito mais dessa vez. Sentiu que estava corando, colocou uma mecha de cabelo atrás da orelha e se virou para abrir o pote de pasta de amendoim. *Controle-se, Grace. Não esqueça com quem está lidando.*

— Eu nem agradeci direito por ter salvado minha vida.

Ela o fitou.

— Não fui eu que salvei sua vida, foi Deus.

— É, eu sei que Jesus me salvou, mas Ele usou você pra fazer isso — disse ele, sério. — Você fez massagem cardíaca em mim, lembra? — Ele esfregou o peito. — Ainda está doendo.

— Imagino. Um homem me ajudou, depois dois paramédicos cuidaram de você, e depois um cirurgião. Muitas mãos cuidaram de você, Roman.

— As suas foram as primeiras.

Por que ele tinha que olhar para ela daquele jeito? Grace se sentia aquecida por dentro.

— Bem, estou feliz por você estar vivo.

— Somos dois.

Roman não se mexeu, mas se sentiu mais próximo de Grace. Seu olhar passeou pelo rosto dela, demorou-se em sua boca. Samuel começou a chorar. Grata pela interrupção, Grace foi acudir o filho. Ajoelhou-se e fez cosquinhas na barriga dele com a boca, fazendo-o rir, depois o pegou no colo.

Roman voltou para o sofá. Inclinando-se para a frente, com as pernas abertas, ficou segurando a caneca com as duas mãos e observando Grace preparar a mamadeira de Samuel. Ele estava pensativo. Considerando tudo que havia passado, tinha mesmo muito em que pensar.

Ela pôs a mamadeira para esquentar no micro-ondas e perguntou:

— Dormiu melhor ontem à noite?

— Não.

Grace voltou com Samuel e entregou a mamadeira de leite morno a Roman. O gesto primeiro o surpreendeu, depois o deixou preocupado.

— Tem certeza de que confia em mim?

— Eu só tenho duas mãos, e vocês dois estão com fome. — Deu um sorriso encorajador enquanto lhe entregava o filho. — Coragem, Roman. E só ficar com ele no colo e oferecer a mamadeira, vai dar tudo certo.

Roman fez o que ela disse e lhe lançou um olhar presunçoso.

— Acho que peguei o jeito.

Toda aquela confiança masculina precisava de um choque de realidade.

— Só avisando: tudo que entra por um lado sai pelo outro.

Ele proferiu uma palavrinha adequada para o momento e ela abriu um leve sorriso.

— Exatamente.

Grace preparou o frango à parmegiana e o colocou no forno. Pôs a água do macarrão para esquentar e, enquanto isso, cortou abóbora, pimentão e cebola, que também colocou para assar. Foi pôr a mesa para os dois e deu de cara com Roman esticado no sofá e Samuel deitado sobre seu peito, ambos dormindo profundamente. Com o coração apertado, Grace se sentou na poltrona e ficou só observando.

Ah, Senhor, não permita que eu cometa outro erro, por favor. Não quero ser como minha mãe e escolher um homem que vai me destruir. Patrick chegou perto disso, e o outro... Mas não posso culpar ninguém além de mim mesma pelas escolhas que fiz.

Samuel se mexeu. Ela o pegou com cuidado para não acordar Roman. Com o filho no colo, observou o homem em seu sofá. Roman havia sido atormentado por pesadelos no hospital, falava dormindo e gritava, às vezes. Naquele momento, parecia estar em paz.

Roman acordou com o barulho de água corrente. Sentou-se e esfregou o rosto. Havia dormido profundamente e sem sonhar pela primeira vez desde que tivera a experiência de quase morte. Grace estava à pia da cozinha, dando banho em Samuel. Com a toalha pendurada no ombro, ela olhou para Roman.

— Olha só quem acordou!

— Desculpe, não tinha a intenção de dormir desse jeito.

— Você estava exausto. Seu jantar está servido, mas acho que vai ter que esquentar no micro-ondas.

Samuel espirrou água e ela riu.

A comida estava bonita e cheirava bem.

— Você fez muito mais que seu dever para com seu chefe — disse ele, puxando uma cadeira e se sentando, sentindo-se mais à vontade ali que em qualquer outro lugar.

— Não é mais do que um amigo faria.

Grace tirou a tampa do ralo da pia e deixou a água escorrer. Enrolou Samuel na toalha e o pegou no colo.

— Vamos, homenzinho, hora de dormir.

Roman saboreava a comida caseira, mas, quando viu a hora no micro-ondas, ficou preocupado. Grace não parecia chateada, mas que mulher quer que um homem vá à sua casa e passe três horas dormindo no sofá? Gritou para que ela ouvisse:

— Vou levar o jantar pra casa e deixar você em paz.

Ela voltou com Samuel apoiado em seu quadril e agarrado à frente de sua blusa.

— Pode acabar de comer antes de ir.

Quando Samuel começou a se agitar, Grace lhe deu beijinho na cabeça e disse:

— É melhor eu cuidar dele.

— Obrigado pelo jantar, Grace.

— De nada. Acho que você vai dormir melhor agora que está em casa e bem alimentado.

Ela se referia à casa principal, e ele sabia que não dormiria bem. Acabou de comer, enxaguou o prato e o colocou na lava-louças. Reparou na ironia de saber como manter as coisas limpas e arrumadas na casa de outra pessoa, mas não na sua.

Roman pegou a bengala, saiu e fechou a porta. Ficou parado um pouco no alpendre enquanto seus olhos se acostumavam à noite. Grilos cantavam, alternando com o silêncio, enquanto ele se dirigia à sua casa. Havia deixado a porta da frente aberta. Acendeu as luzes e entrou. Acendeu mais luzes na sala, e mais outras no corredor. Seus passos ecoaram. Havia deixado a cama desfeita. Quando se tornara tão desleixado? Observou seu quarto austero, preto e branco, ultramoderno, e achou que dormiria melhor no quarto de hóspedes.

Estava bem acordado, então voltou para a sala de estar. O silêncio o irritou, o que o fez ligar a TV. Pegou o caderno preto que ficava debaixo do sofá e esboçou a casa da prostituta de Bodie. Virando a página, desenhou a mãe. Um desenho fluiu para outro: Reaper deitado em uma poça de sangue, White Boy caindo. As imagens foram ficando cada vez mais sombrias e ele preencheu várias páginas com rostos demoníacos. Quando percebeu o que estava fazendo, guardou o caderno de volta embaixo do sofá de couro.

Ele não tinha visto o rosto de Jesus, vira a luz apenas.

Passando as mãos pelo cabelo, ele se levantou e foi mancando até a janela, onde observou o céu noturno. Viu escuridão para todo lado. Sem dúvida, Grace veria as estrelas. Sentiu-se como aos sete anos: abandonado, assustado. Nunca se sentia seguro sozinho no apartamento quando sua mãe saía, e menos ainda quando ela voltava com algum homem. Na última noite, ela o deixara sozinho e vulnerável. Ele a abraçara, mas ela se desvencilhara. Ele ficara olhando pela janela, assim como fazia naquele momento.

Afastou-se da escuridão.

Jesus. Jesus.

Roman ainda sentia os monstros espreitando por trás do véu, bem perto, decididos a afastá-lo daquele que o salvara.

29

A SEMANA PASSOU DEVAGAR, AINDA mais com Grace de folga todos os dias. Roman lhe dera um pouco de espaço, era o mínimo que podia fazer depois de tudo que ela havia feito por ele.

Sábado à noite, seu celular notificou uma mensagem. Grace.

Quer ir à igreja comigo e Samuel amanhã?

O primeiro impulso de Roman foi dizer não, mas se lembrou do conselho de Jasper. Melhor ir pela primeira vez com alguém que conhecesse. E passaria mais tempo com Grace. Respondeu com um emoji de mão fazendo um joinha e uma pergunta.

A que horas?

A resposta dela chegou depressa, junto com seu boa noite.

Foram no carro de Roman até Van Nuys, Grace na frente e Samuel na cadeirinha dele, atrás. O estacionamento estava lotado, uma multidão se dirigia às portas abertas, onde recepcionistas entregavam a programação do dia. Roman nunca se sentia bem em meio à multidão.

— Vou levar Samuel ao berçário e já volto — disse Grace, e indicou com a cabeça as portas duplas e abertas de um lugar que parecia um pequeno estádio. — Normalmente a gente se senta do lado direito, mais ou menos no meio.

Ele sentiu um momento de pânico quando ela desapareceu na multidão. Ela havia falado no plural, a quem mais se referia? Roman a viu de novo, abrindo caminho pela multidão como um salmão em migração, até desaparecer mais uma vez. As pessoas passavam por Roman como se ele fosse uma pedra no meio de um riacho. Ele tentou sair do caminho, mas se sentiu arrastado pela maré. Depois de passar pelas portas, Roman saiu do fluxo e ficou perto da parede.

O santuário parecia uma casa de espetáculos, inclusive com uma banda no palco. Havia um telão atrás dos músicos, bem alto, para que todos pudessem ver os avisos que passavam um atrás do outro: estudo bíblico para mulheres nas noites de quarta-feira, audições e ensaios do coro, eventos do ministério masculino, uma equipe missionária iria para o Zimbábue passar duas semanas, precisavam de voluntários para as aulas da escola dominical.

Por que Grace estava demorando tanto?

Talvez ele devesse ter ficado em casa e assistido a cultos na TV antes de se aventurar na igreja. Seria um jeito de saber o que esperar.

— Olá! — cumprimentou Shanice, sorrindo para ele. — Não esperava encontrar você aqui.

— Somos dois.

— Veio sozinho? E por que está de bengala?

— Tive uma torção. — Ele deu de ombros, e, para não estender o assunto, olhou por cima da cabeça de Shanice, em direção às portas dos fundos. — Grace está por aí, disse que ia deixar Samuel no berçário. Deve ser em Timbuktu, pela demora.

— Você está com cara de quem vai sair correndo assim que puder — disse Shanice, com um olhar divertido. — Nunca esteve em uma igreja?

— Não.

E talvez aquela fosse a última vez.

— É meio avassalador, às vezes. Vamos — disse ela o pegando pelo braço —, a gente vai cuidar bem de você até a Grace voltar.

Roman viu Ashley e Nicole. Elas deviam ser o restante do "a gente" a que Grace se referira. Olhou ao redor em busca de placas de saída, mas Shanice quase o empurrou para a fileira de assentos.

— Faça o que todo mundo fizer e vai se encaixar perfeitamente na multidão.

Roman nunca havia sido bom nisso.

Um homem apareceu no meio do palco e gritou para o povo de Deus louvar ao Senhor. Todos se levantaram. Roman também, mas inquieto. Letras de músicas substituíram os anúncios no telão e todos começaram a cantar alto. Era como um karaokê gigante, só que ninguém precisava beber para relaxar. Já estavam todos pulando e batendo palmas.

Jasper havia lhe falado sobre corais e pastores com batinas pretas, sobre silêncio e decoro, mas não dissera nada sobre guitarras estridentes, sintetizadores, baterias e vocalistas que pareciam astros do rock. O lugar tremia com o grave da música. Shanice se inclinou para mais perto dele e perguntou:

— Você não canta?

— Nem no chuveiro.

Na terceira música, a maioria das pessoas estava com as mãos para cima, algumas apontando o dedo para o teto como apaixonados por futebol torcendo pelo time da casa. Grace chegou à fileira deles. Shanice abriu espaço para ela, sussurrou algo para Grace e trocaram de lugar. Grace se sentou ao lado de Roman, sorriu para ele e começou a cantar também. Sua voz não era tão forte nem tão treinada quanto a de Shanice, mas ele achou melhor.

Depois de meia hora, Roman entendeu que só o que faziam naquela igreja era cantar. Começou a prestar atenção às letras, passando a gostar daquela mistura de tantas de vozes. Quando já estava mais à vontade, a música acabou e outro homem subiu ao palco e convidou todos a orar.

Roman olhava ao redor enquanto ouvia, absorvendo a atitude de adoração de todas aquelas pessoas.

Quando a oração terminou, Roman se sentiu cercado pelo som das pessoas se sentando. Sentou-se também, tenso e atento. No telão, apareceu a referência de uma passagem. Grace abriu sua Bíblia. Roman havia levado a que ela lhe dera, mas não tinha a menor ideia de onde encontrar o que o telão pedia. Ela pegou a Bíblia dele, encontrou a página depressa e apontou a passagem. Roman leu o capítulo, depois fechou a Bíblia e se concentrou no orador, que falava sobre proteger o coração, porque ele definia o curso de nossa vida. Roman sabia muito bem como proteger o coração, fazia isso havia anos.

O sermão acabou rápido demais para Roman. Ele queria ouvir mais, porém a banda começou a tocar novamente. Mais uma música, outra palavra do pastor e tudo acabou.

— Vou pegar Samuel e te encontro lá na frente.

Antes que Roman a impedisse, Grace saiu e se misturou à multidão que se dirigia à saída. Nicole ficou sentada, mandando mensagens. Ashley olhou ao redor e, então, interceptou um homem de terno, que ficou feliz ao vê-la.

— Você sobreviveu! O que achou da igreja? — perguntou Shanice, sorrindo para Roman.

— Não é o que eu esperava.

— Isso é bom ou ruim?

— Não sei. Eu esperava formalidade e tradição e uma lista de tudo que teria que parar de fazer.

Ela riu.

— Existem todos os tipos de igrejas, Roman.

Alguém apareceu e deu um abraço nela. Roman notou muitas demonstrações de afeto, todas respeitosas, e estava torcendo para que ninguém tentasse abraçá-lo.

Shanice apresentou várias pessoas a Roman, inclusive um homem que imediatamente o convidou para um café da manhã só para homens no sábado seguinte. Roman agradeceu e disse que iria pensar. Não conseguia imaginar nada pior que tomar café da manhã com um bando de desconhecidos.

— Temos muitas atividades, se quiser participar — comentou Shanice enquanto se dirigiam às portas duplas. — Aqui temos times de beisebol e futebol, e muitos homens gostam de jogar tênis e golfe.

— Golfe? — Roman deu um sorriso sem graça. — Alguém aqui pratica parkour?

— É por isso que você está mancando?

Ele ficou calado, então ela deu de ombros.

— Você ficaria surpreso — disse. — Conheço dois dublês que frequentam essa igreja. Onde você aprendeu a fazer parkour, treinando para o *American Ninja Warrior*?

— Aprendi no bairro onde cresci, em San Francisco. Foi questão de sobrevivência.

Ela ergueu as sobrancelhas.

— Pensei que você tinha sido um pirralho aristocrata com tudo do bom e do melhor.

— Sério? — Roman riu. — Você não poderia estar mais errada.

— Então, amigo, fomos vizinhos. Minha infância foi do outro lado da baía, em Oakland. Há muitas drogas e gangues naquela área também. — Ela deu uma risada sombria. — Eu sempre arranjava namorados grandes pra bater em quem tentasse mexer comigo.

Ele sabia que havia mais naquela história.

— E seus pais?

— Meu pai está cumprindo pena em Chowchilla, mas minha mãe era durona, me fez terminar os estudos e ir para a faculdade. E você?

— Não tive tanta sorte.

Grace voltou com Samuel encaixado a sua cintura. Shanice sorriu.

— Roman ainda está aqui. Achei que ele ia sair correndo antes mesmo de o culto começar, mas aguentou firme como um bom soldado.

Ela pegou Samuel e enterrou o rosto no pescocinho dele, soprando em sua pele e fazendo-o se contorcer e rir.

— Vim com o Roman, então não vou almoçar com vocês hoje.

Shanice devolveu Samuel.

— Te ligo mais tarde. Vamos arranjar um tempinho pra gente se ver esta semana. — Ela apertou o braço de Roman. — Foi bom te ver aqui, sr. Velasco.

Grace ficou com Samuel no chalé até a hora de dormir. Depois, o agasalhou bem e o levou de volta a Burbank. Selah saiu pela porta no instante em que Grace parou no meio-fio. Nem cumprimentou Grace quando abriu a porta do carro, soltou Samuel e o tirou da cadeirinha.

— Estava com saudades do meu Sammy. — Acordado no susto, ele chorou. — *Ay, mi corazón, al fin estás en casa.*

Selah bateu a porta do carro, olhou feio para Grace e começou a falar rápido em espanhol e depois em inglês:

— Fiquei preocupada! Achei que você tinha sofrido um acidente! Não o traga mais tão tarde.

Selah não deu a Grace nem chance de falar. Voltou depressa pela calçada e entrou em casa. A luz do alpendre se apagou.

Grace voltou para o carro e ficou sentada ali um tempo, lutando contra as lágrimas. Estava sentindo a perda depois de ter passado uma semana inteira com Samuel, sabendo que só o veria na sexta de novo — mesmo assim, só por duas noites. Ainda não tinha encontrado uma creche boa e acessível, apesar de estar procurando havia meses. Será que estava sendo exigente demais? Acaso tinha medo de magoar Selah, que havia sido tão solidária no último ano? Mas Selah não se preocupara com os sentimentos de Grace aquela noite, olhara para ela como se encarasse uma inimiga, dissera palavras duras em espanhol. Grace entendera algumas: *Ingrata. Irresponsável.* Grace chorou durante quase todo o caminho de volta para casa.

Abriu a porta do chalé, jogou a bolsa e as chaves na mesa. O berço vazio a fez chorar novamente. Foi se preparar para dormir. Uma hora se passou, depois outra, e ela não conseguia cair no sono. Levantou-se quando o relógio digital marcava 12h34.

Vestiu um roupão grosso atoalhado e saiu. Sentiu o chão frio sob os pés descalços. Respirou o ar fresco da noite. Viu as luzes acesas no estúdio de Roman. Aparentemente, ele também não estava conseguindo dormir. Grace se abraçou e ficou olhando para as estrelas, que pareciam diamantes sobre veludo preto. Queria rezar, mas não tinha palavras para o que estava sentindo, para o que precisava perguntar.

Meu filho. Senhor… meu filho, meu filho.

Enxugando as lágrimas, Grace suspirou. O frio começou a se infiltrar em seu corpo, o que a fez entrar. Ela se sentou no sofá e leu a Bíblia até começar a piscar lento. Para não ter que ver o berço vazio no quarto, puxou a manta do sofá e se cobriu. A almofada cheirava à loção pós-barba de Roman. Grace sonhou com ele e acordou sem fôlego. Inquieta, não conseguiu dormir de novo.

Ah, Senhor, me ajuda.

Na manhã seguinte, quando entrou na casa principal, Grace sentiu o forte cheiro de tinta fresca. Fez café, encheu uma xícara e foi para o estúdio. Roman estava passando um rolo com movimentos amplos na parede dos fundos, cobrindo o que havia pintado ali.

— Bom dia. Passou a noite toda acordado? — perguntou Grace, mas sentiu o rosto esquentar, imaginando se ele perguntaria como ela sabia disso.

— Precisava tirar uma coisa da cabeça.

Roman passou o rolo mais uma vez antes de jogá-lo em cima de uma lona toda amassada. Cores e formas vibrantes sangravam através da demão de tinta cor de lama. Grace tentou identificar o que ele havia escondido.

— Eu te vi no quintal lá pela meia-noite. Não deve ter dormido melhor que eu.

Ela não olhou para ele.

— O que você pintou?

— Nada que valha a pena comentar.

Nada de bom, pelo tom de voz dele.

— Você conseguiria pintar Jesus? — perguntou ela, oferecendo-lhe a xícara de café.

— Não vi o rosto dele. — Ele pegou a xícara, roçando os dedos nos dela. — Mas dos outros eu me lembro muito bem.

Grace trabalhou no escritório até o meio-dia. Como Roman não desceu, preparou um sanduíche e um chá gelado e levou ao estúdio, no andar de cima. Roman estava sentado, com uma das mãos enterrada no cabelo e a outra batendo um lápis em uma folha de papel em branco. Ela deixou o prato e o copo na mesa ao lado da área de trabalho dele. Roman a fitou e ela notou as olheiras sob seus olhos.

— Talia ligou. Disse que tem umas impressões pra você autografar.

Ele jogou o lápis em uma bandeja.

— Quantas?

— Duzentas. Ela disse que está cobrando mil em cada.

— Quanto você pagaria por uma?

Ela não queria responder. Ele ergueu uma das sobrancelhas e abriu um sorriso irônico.

— Não faça essa cara de culpada, Grace. Eu também não penduraria uma dessas telas aqui. — Ele girou no banco. — O problema é que perdi o impulso. Não faço a menor ideia do que desenhar ou pintar.

— A inspiração vai chegar.

Ele deu uma risada triste.

— Talvez Deus também não goste do meu trabalho.

— Talvez Ele tenha outros planos pra você.

— Tipo?

Grace queria que ele parasse de olhar para ela.

— Não sei, pergunte a Ele.

— Não sei como.

— É só falar com Ele. Faço isso o tempo todo.

— Eu não te escuto falando o tempo todo.

— Não precisa rezar em voz alta. — Ela olhou para a folha de papel em branco. — Hector me disse que, quando pintava cerâmica, começava com uma forma comum, tipo um cacto, por exemplo, ou umas pedras.

Roman tinha muitas pedras na propriedade.

— Como você sabe, cactos e pedras não são minha praia. — Ele olhou para ela. — Eu ficaria mais inspirado se você posasse para mim.

O queixo de Grace caiu. Roman devia estar brincando.

— Engraçadinho… se quiser uma modelo, tenho uma pasta com uma dúzia de cartas de mulheres bonitas muito a fim de posar pra você.

— Não estou pedindo pra você tirar a roupa, Grace, é só ficar sentada por uma hora. Quem sabe assim começo a fazer alguma coisa diferente — disse ele, indicando com a cabeça a parede que havia coberto naquela manhã.

O corpo inteiro de Grace esquentou. Ela não conseguiria ficar sentada por uma hora com ele a olhando. Sacudiu a cabeça, morrendo de vergonha do calor que se espalhava de seu pescoço até seu rosto.

— Se precisa de inspiração, tente fazer como o Hector. Comece com um traço.

Roman abriu um leve sorriso.

— Ok, faça uns traços, vamos ver se isso me inspira.

Ele entregou o caderno de desenho e um lápis a Grace. Ela foi até as janelas e tentou desenhar o horizonte. Depois devolveu o caderno e o lápis à mesa de trabalho dele.

— Veja o que consegue fazer com isso.

Ele deu uma risada seca.

— Claro que você ia querer uma paisagem.

Ela parou à porta e o fitou.

— Não importa o que eu quero, Roman. Mas talvez desenhar uma paisagem em vez de pintar isso que você escondeu naquela parede o ajude a dormir à noite.

— E você? Por que não conseguia dormir? — perguntou Roman, a encarando.

O coração de Grace bateu forte.

— Não é nada com que você possa ajudar.

Roman viu Brian sentado na mureta do chalé terça-feira à tarde, certamente esperando por Grace. Ele se levantou quando ela desceu o caminho, se aproximou e lhe deu um beijo no rosto. Roman rangeu os dentes e se afastou da janela. Provavelmente iriam a um restaurante tranquilo e romântico escolhido por Henley.

Ele não gostava do que estava sentindo. Que direito tinha de se sentir magoado ou bravo?

Pense em outra coisa. Não fique especulando sobre o que pode estar acontecendo lá.

Roman pegou o bloco de desenho e se concentrou nas curvas simples que Grace havia desenhado. Imaginou as formas ganhando vida, cores suaves, sombras. Não, Grace não conseguiria arrancar uma paisagem dele. Ele lhe daria outra coisa para pensar. Sentado à sua mesa de desenho, aproveitou a linha dela para começar.

O pôr do sol era um borrão luminoso de laranja, dourado e faixas roxas compridas que combinavam com seu humor. Tudo parecia quieto no chalé. Talvez Grace e o Príncipe Encantado já tivessem saído para jantar enquanto Roman estava desenhando. Havia uma luz acesa, mas ela poderia tê-la deixado para não ter que voltar para casa no escuro.

Levado pela curiosidade, Roman desceu a escada. Saiu pela porta sentindo a dor irradiar pela panturrilha. O carro bege de Henley ainda estava estacionado no chalé. Roman murmurou um palavrão. Intimidade demais para só uns beijos castos.

Ele tinha que sair de casa ou faria uma besteira. Grace não lhe pertencia, podia ficar com quem quisesse e fazer o que bem entendesse. O que poderia ser melhor para uma mulher como Grace Moore que um pastor de jovens?

Queimando por dentro, Roman voltou para o estúdio e abriu o armário onde guardava as tintas. Pegou uma mochila, enfiou nela umas latas de tinta spray e um capacete com lâmpada. Talvez não conseguisse mais subir escadas de incêndio ou fazer parkour, mas sabia de lugares que imploravam por um grafite. Procurou na internet túneis de pedestres em Los Angeles, abriu um mapa, estudou-o brevemente e traçou um plano.

O sol já se havia posto quando ele foi para o carro. As luzes da casa de hóspedes continuavam acesas. Talvez o Príncipe Encantado fosse dormir lá. Roman ligou o carro e saiu da garagem, fazendo pedrinhas voarem debaixo dos pneus enquanto pegava a estrada do cânion.

Não demorou muito a chegar a seu primeiro destino: um estacionamento de supermercado. Colocou a mochila nos ombros e foi mancando até um ponto de ônibus. Teve a sensação de que alguém o observava, devia ser o nervosismo. O ônibus chegou. Ele subiu e se sentou no fundo, agitado, tentando não pensar em Grace nos braços de outro homem. Sua panturrilha doía, e ele esticou a perna. Levou meia hora para chegar ao segundo destino. Estremeceu ao desembarcar. O ônibus se afastou, e ele atravessou a rua. Eram poucos quarteirões, mas cada passo fazia a dor percorrer sua perna.

Devia ter levado a bengala. Depois de um quarteirão, estava suando. Talvez aquilo não fosse uma boa ideia. Sentou-se em outro ponto. Quando um ônibus apareceu e abriu as portas, Roman acenou para que passasse. Mas não poderia ficar sentado ali a noite toda.

Rangendo os dentes, ele se levantou e continuou andando.

O túnel estava deserto. A maioria das pessoas evitava passar por túneis como aquele depois que escurecia. Às vezes, moradores de rua se abrigavam ali. Aquele estava vazio e mais limpo que a maioria. Roman tirou a mochila dos ombros e pegou seu material. Colocou o capacete vermelho, apertou o botão da lâmpada e começou a trabalhar. O cheiro de tinta preencheu o túnel e o único som que se ouvia era o chiado do spray. Roman começou a ter flashbacks do inferno e trabalhou mais rápido. As pessoas que passassem por ali veriam criaturas as fitando de ambos os lados e de cima. Terminou uma, depois outra mais embaixo. Havia planejado seis no total. Chamas ao redor do fim do túnel completariam a obra.

Roman achou ter ouvido passos e ficou imóvel, com a lata de tinta na mão. Seria um pedestre? Ou um morador de rua procurando abrigo para passar a noite? Ele acelerou e pegou outra lata de tinta na mochila, depois outra, alternando entre vermelho-vivo e laranja, manchas amarelas e linhas pretas. Enfim, jogou as latas na mochila, tirou o capacete e o enfiou lá dentro também. Fechou o zíper e se endireitou. Naquele momento, notou um homem no meio do túnel, o observando. O coração de Roman disparou.

— Há quanto tempo você está aí?

— Há tempo suficiente — disse uma voz profunda. — Nem acreditei na minha sorte quando vi Roman Velasco sair de um carro no supermercado. Eu tinha minhas suspeitas sobre você. Nós nos encontramos uma vez, na galeria de Laguna Beach, mas duvido que se lembre.

Roman não se lembrava, mas sabia quem era aquele homem.

Foi mancando em sua direção, segurando firmemente a mochila. Poderia usá-la como arma.

— Você é o policial que andou perguntando de mim.

— Foi aquele bando de melros do quadro que te entregou. Minha esposa está sempre de olho no que acontece no mundo da arte local e tem se interessado pelo seu trabalho. Foi ela quem recebeu o folheto da galeria de Laguna Beach. Assim que vi aquela pintura, soube que havia te encontrado.

— É mesmo?

— Acha que consegue passar por mim? Acho que não… não com essa perna machucada.

O homem era mais alto que Roman e tinha ombros mais largos. Saberia como bloquear um golpe e derrubá-lo.

Roman sabia que seria preso, e agredir um policial só aumentaria sua pena.

— Tudo bem.

Ele colocou a mochila no ombro. Havia abusado da sorte durante anos e, naquela noite, ela havia acabado.

— Vamos — disse apenas.

Já imaginava as manchetes... o choque e a decepção de Grace, de Jasper e dos Masterson. O que pensariam dele? Por um lado, Roman estava aliviado por aquilo tudo ter acabado. Por outro, queria sair correndo. O problema era que não conseguia mais correr tão rápido.

O policial caminhava ao seu lado, nenhum dos dois dizia nada.

— A polícia de Los Angeles tem um arquivo do seu trabalho. Eu pesquisei sobre Roman Velasco e descobri que não é o seu nome verdadeiro.

Ele sabia sobre Bobby Ray Dean. Sabia sobre Sheila Dean e como ela havia morrido. Sabia, inclusive, alguns detalhes sobre as atividades de Roman na Europa.

— Você construiu uma baita reputação.

Roman tropeçou e soltou um palavrão baixinho, sentindo a dor subir pela perna. Parou e se abaixou para massagear a panturrilha musculosa.

— Você já foi ver essa perna?

— Já, não tem jeito.

— Cortaram suas asas... foi uma surpresa quando te vi escolhendo um túnel. Você sempre gostou de spots altos. Foi assim que se machucou?

— Não. — Roman olhou para ele, curioso. — O que você sabe sobre spots?

— Fiz uns grafites na minha época, mas não como os seus. Só aquelas letras de bolha, sem capricho nem sentido. — Ele riu baixinho. — Você é meio que uma lenda, sabia?

— Tenho alguns fãs, como todo mundo.

— Aquela última obra em frente ao banco ainda está lá. — Ele riu. — Fui ao restaurante naquele prédio pra perguntar sobre ela. O proprietário tem muito orgulho de ter uma obra do Bird.

Roman sentiu uma pontada de orgulho e logo depois o peso do arrependimento por não ter parado antes de jogar por terra tudo que esperava conquistar.

— Você vai ganhar muita notoriedade nas ruas por pegar o Bird.

— Já pensei muito nisso.

Ele viu a viatura estacionada no meio-fio. Pelo menos não estava algemado. Roman pensou novamente em correr, mas para onde iria? O policial sabia quem ele era e onde morava. Roman abriu a porta, jogou a mochila no banco e entrou. Recostando a cabeça, proferiu um palavrão baixinho. Só podia culpar a si mesmo. Fechou os olhos e esperou a dor na perna diminuir.

Não foi um trajeto longo, como Roman esperava. O policial entrou no estacionamento do supermercado e parou ao lado da BMW. Roman olhou para ele pelo espelho retrovisor e o policial abriu um leve sorriso.

— Estou de folga, tinha passado no mercado antes de ir pra casa… — Ele se virou e fitou Roman. — O Bird parou de voar, não é?

Roman havia se esquecido de assinar a obra do túnel, mas não voltaria para isso.

— É, ele já era.

O policial desceu e abriu a porta para Roman.

— Tenha uma boa noite, sr. Dean.

— Obrigado.

Roman pegou a mochila e desceu. A viatura se afastou.

Mais uma segunda chance.

Grace estava nervosa desde que Brian ligara perguntando se poderia levar algo para jantarem na casa dela e conseguirem conversar. Será que queria que o relacionamento deles ficasse mais sério? Suas amigas achavam que ele era o homem perfeito para Grace, e Brian tinha todos os atributos de caráter que ela queria. Era um homem de fé, gentil, atencioso, trabalhava. Ela nunca sentira atração física por ele, mas, como Brian havia apontado, a amizade era uma boa base para o casamento.

Ele havia chegado cedo e ficara esperando sentado na mureta. Levantou-se, deu um beijo no rosto dela e pegou um saco de papel pardo no carro.

— Comida italiana — disse, indicando o saco. — Passei no Trattoria: Fettuccine Alfredo, salada mista, pão de alho e tiramissu de sobremesa.

Haviam jantado naquele restaurantezinho na semana anterior à viagem com Roman. Tinha sido muito fofo que Brian tivesse se lembrado do que ela havia pedido. Mais atributos desejáveis. Brian era atencioso e prestava atenção aos detalhes. Patrick teria comprado comida tailandesa com o cartão de crédito dela.

Eles entraram no chalé. Brian parecia pensativo.

— Como o Roman está?

Por que Brian tinha que falar do Roman? Grace estava se esforçando para não pensar no homem que morava ao lado dela.

— Não consegue dormir e não sabe o que pintar. — De repente, ela se pegou falando da parede dos fundos do estúdio. — Não sei o que ele pinta lá, mas parece que usa esse espaço para liberar a frustração.

Brian comentou que achava que ele devia ter muita coisa para processar depois do que havia passado. Os pensamentos de Grace continuavam girando em torno de Roman.

— Ele foi à igreja comigo. Nunca havia entrado em uma. Ele ficou tão desconfortável... parecia que estava em outro planeta.

Brian riu.

— Bem, as Escrituras dizem que não somos deste mundo, e Jesus teve que contrabandear o Reino dos Céus pra cá.

Conversaram sobre o grupo de jovens. Brian contou que alguns adolescentes que nunca tinham ido à igreja também achavam o ambiente estranho. Por isso, fazia todo um trabalho com eles primeiro. Assim, quando fossem a um culto, saberiam o que esperar.

— Eles ficam mais à vontade em prédios antigos adaptados para se tornarem supermercados que na igreja tradicional.

Brian comentou que seu grupo estava crescendo mais rápido do que ele havia previsto e que estava ensinando o livro de Marcos.

Por que não era tão fácil assim conversar com Roman?, Grace se perguntava.

Mas ela sabia a resposta.

Brian ajudou com os pratos. Grace fez café descafeinado para acompanhar o tiramissu. Brian se sentou no sofá, perto da poltrona onde ela estava. Grace pensou em Roman deitado ali com Samuel sobre seu peito e ambos dormindo. Seu coração bateu um pouco mais rápido.

— Em que você está pensando, Grace?

Em Roman, claro, mas ela não iria confessar isso. Não queria pensar em outro homem naquela noite. Na verdade, não deveria pensar nele nunca.

— Em nada importante. — Ela sacudiu a cabeça, tentando parar de pensar em Roman. — Você disse que queria conversar comigo...

Brian tinha abordado vários tópicos, mas parecia ainda estar pensando em outro.

Ele assentiu devagar. Deixou a xícara de café de lado e se inclinou para a frente, com as mãos unidas entre os joelhos.

— Temos que conversar sobre o rumo do nosso relacionamento.

Ela não esperava que ele fosse ser tão direto.

— Acho que é você quem decide.

— Nós dois queremos algo sério, não é?

Grace sentiu uma apreensão repentina, uma relutância que nunca havia sentido com Brian.

— Sim — respondeu, mas notou a hesitação na própria voz.

— Gostamos um do outro. — Brian abriu as mãos — Conversamos sobre tudo. Compartilhamos a mesma fé. Nós dois nos esforçamos para sermos discípulos de Cristo.

Ela se sentiu inexplicavelmente nervosa, queria que ele parasse de falar.

— Mas, mesmo com tudo isso, falta algo. — O sorriso dele era triste. — Pelo que você me contou sobre o seu casamento, não sei se sabe do que estou falando.

Grace nunca havia visto Brian tão envergonhado. Ela sabia o que ele estava tentando dizer.

— Não temos química.

Ele assentiu.

— Só isso não é suficiente para construir um casamento, mas, quando se tem todo o resto, essa química deixa tudo muito melhor.

Grace sentiu os olhos se enchendo de lágrimas quentes. E quando a química acontecia com a pessoa errada? E quando a pessoa mal conseguia respirar quando estava com um homem que não sabia amar e não queria amar ninguém?

— Eu não queria magoar você, Grace.

— Não está me magoando, Brian. — Ela deu de ombros. — É que eu sinto essa química, só queria que fosse com o homem certo.

— Alguém que não fosse o Roman Velasco, não é?

O rosto dela parecia estar pegando fogo.

— Por que está dizendo isso?

— Eu percebi no segundo que te vi no hospital. Uma mulher não fica tão abalada por um homem… a menos que esteja apaixonada por ele.

— É por isso que você está falando tudo isso agora? — disse ela, quase chorando.

— Não. — Ele juntou as mãos de novo, evitando olhá-la nos olhos. — O problema é que eu conheci uma pessoa… e gostaria de conhecê-la melhor. — Ele levantou a cabeça. — E você a conhece.

Tudo ficou claro em um instante.

— Shanice.

Brian ficou surpreso.

— Como você sabe?

Ela abriu um leve sorriso.

— Pelo jeito como vocês dois estavam conversando na sala de espera do hospital.

Na hora, ela sentira que algo havia acontecendo entre eles, mas se esquecera completamente daquilo. Grace riu. Que ironia!

— Não se esqueça de que foi ela quem te escolheu.

— Pra você.

Ela se inclinou para a frente e pegou a mão dele.

— Ela achou que você era o homem ideal.

Roman limpou tudo antes de Grace chegar na manhã seguinte. Quando ela levou café para ele no estúdio, ele disse que Jasper iria visitá-lo naquele fim de semana. Ele ligara tarde da noite, depois que Roman voltara para casa. O rosto de Grace se iluminou como se fosse Natal.

— Que maravilha! Estava pensando em fazer um churrasco no sábado, e você e Jasper estão convidados.

Roman sentiu uma sensação estranha, como um frio na barriga. Não precisava perguntar se Brian Henley estaria lá.

— O Jasper vai, com certeza. Talvez eu tenha outros planos.

Ele estranhou a decepção no rosto dela.

Roman passou o restante do dia no estúdio, desenhando as colinas, ainda pensando no que havia acontecido na noite anterior. Nem perguntara o nome do policial. Talvez Talia tivesse o cartão dele. Ou Grace tivesse anotado na agenda. Mas era melhor não perguntar. Voltou a se concentrar na figura que estava desenhando. Esfumou um traço preto, suavizando-o. Analisou as linhas curvas que havia acrescentado. Será que Grace veria o que ele havia escondido naquela imagem?

Grace voltou. Ele a ignorou até que ela fez um barulho, pigarreando. Sem olhar para ela, cobriu o desenho com as mãos.

— Que foi?

— Desculpe te desconcentrar, mas tenho uns recados pra passar antes de ir embora.

Roman afastou as mãos quando ela se aproximou. Grace olhou para a mesa de desenho.

— Alguma novidade?

— Fiquei inspirado com o que você disse.

— Posso ver?

Ela se inclinou para a frente. Ele inspirou o cheiro fresco e doce dela. Aquilo era um perfume ou ela sempre cheirava tão bem? Imaginou como seria enterrar o rosto no pescoço dela. Outras imagens o provocaram, e ele cobriu o desenho de novo.

— Ainda não — disse com aspereza. — Sai pra lá.

Ela olhou para ele com as pupilas dilatadas. O coração de Roman batia forte, como se tivesse corrido uma maratona.

Ela se afastou.

— Fiz algo de errado?

— Não, só estou tentando...

O quê? Proteger-se?

— Eu não queria xeretar.

— Que bom que está interessada nos meus desenhos.

Se aquele olhar fosse uma pista do que ela estava sentindo, por que passava tanto tempo com Brian Henley? Grace estava tão perto que ele poderia tocá-la. Fechou o punho e o pressionou contra a perna machucada.

— Está doendo?

— Vou ter que me acostumar. É um lembrete do que aconteceu.

Roman sentiu medo do quanto se importava com ela, sabia que Grace logo sairia de sua vida.

— Vou ter que arranjar uma boa massagista — comentou ele, dando um sorriso provocador, tentando aliviar a tensão. — A menos que você se candidate.

— Engraçadinho.

Ela se afastou. Ele falou sem pensar:

— Estamos de volta à velha rotina, né?

Não era o que ele queria. Roman sentia falta da proximidade que haviam compartilhado na estrada e no hospital, mas também tinha medo. Queria pegar a mão dela, porém não o fez.

Aquela viagem de carro virara sua vida de cabeça para baixo. Entrara naquele carro pensando que seria bom conhecer melhor sua assistente pessoal, mas quantas outras mentiras tinha contado a si mesmo? Partira cheio de orgulho e propósito, achando que era capaz administrar sua vida e vivê-la segundo suas regras, e voltara fisicamente machucado, espiritualmente desperto e mentalmente confuso.

Ela deu mais um passo para trás.

— Bem, até amanhã.

Roman assentiu. Quase podia sentir os muros subindo mais uma vez, e não só os dele, os dela também. Talvez eles não fossem tão diferentes. Ele poderia dizer a verdade a ela: que não tinha mais respostas sobre nada, que vê-la com outro homem o deixava louco, que queria mais… entretanto tinha medo de pensar em quanto mais queria.

30

Grace colocou Samuel no chiqueirinho e lhe deu seu pianinho. Ashley chegou com uma grande tigela de salada de batata e uma bandeja de brownie.

— Estava com vontade de cozinhar ontem. Se eu não tirasse esse brownie da minha casa, ia comer tudo.

— Preciso de uma tigela emprestada — disse Nicole ao chegar pálida e com os olhos vermelhos.

Shanice chegou logo atrás dela, com uma panela grande de feijão branco.

Ashley olhou pela porta, ainda aberta.

— E o Charles? Achei que ele ia vir.

— Ele teve que trabalhar.

Nicole abriu um pacote de verduras, despejou-as em uma tigela de Grace, tirou um frasco de molho de salada da bolsa e o colocou na mesa.

Nicole lançou um olhar feroz para Shanice.

— E, antes que você diga alguma coisa, já sei que se eu tivesse um pouco de cérebro, pediria demissão e arranjaria outro emprego.

Shanice arregalou os olhos.

— Eu não disse nada!

— Não disse, mas pensou.

Shanice deixou a panela no fogão e olhou para Nicole.

— A única coisa que eu sempre disse foi pra você proteger o seu coração. Eu já me decepcionei algumas vezes, todas nós já sofremos.

Nicole se encolheu em uma cadeira. Parecia que ia começar a chorar a qualquer momento.

— Ele é um homem importante, faz um trabalho importante e eu me sinto importante quando estou com ele.

Shanice segurou os ombros de Nicole e lhe deu um beijo no rosto.

— Você seria importante sem ele, querida.

— Sou apenas uma funcionária de escritório, Shanice.

Grace sentiu a dor de Nicole.

— Eu também.

— Vocês não entendem... eu faria qualquer coisa pelo Charles. Qualquer coisa!

Grace entendia muito bem, queria alertar a amiga.

— Eu fazia de tudo pelo Patrick, Nicole, e ele não ligava. É difícil pensar com clareza quando estamos vulneráveis e queremos tanto algo.

Brian chegou com uma caixa de refrigerantes e um homem que Grace não conhecia.

— Bela tarde pra um churrasco — comentou, dando um beijo no rosto de Grace. — Esse é o Nigel Campbell, um dos nossos diáconos. Você vai ter que fazer as honras, porque eu só conheço a srta. Tyson — acrescentou, acenando para Shanice.

Shanice o ignorou, acenou rapidamente para Nigel e se concentrou no feijão.

Grace apresentou Ashley e Nicole. No instante em que Nigel abriu a boca, o rosto de Ashley se iluminou.

— Você é britânico!

Roman e Jasper desceram a trilha de paralelepípedos da casa principal e Grace saiu para recebê-los. Jasper carregava uma grande melancia. Roman levava um engradado com seis cervejas Heineken e uma garrafa de champanhe. Ele acompanhou Grace para dentro, onde Shanice e Brian estavam em lados opostos da mesa e o ar estava tenso. Deixando a cerveja e o champanhe na mesa, Roman estendeu a mão para Brian.

— Henley, não é?

Sorrindo, Brian apertou sua mão.

— Parece que nossas preces foram atendidas. Essa é a Shanice, ela também esteve no hospital.

— Grace me contou que você apareceu por lá, obrigado por cuidar dela — disse Roman a Brian.

Jasper piscou para Grace, se aproximou dela e disse:

— Ele está se comportando muito bem hoje.

Grace colocou a cerveja e o champanhe na geladeira. Samuel estava batendo no piano de brinquedo e Jasper foi até ele para conhecê-lo.

— E quem é esse rapazinho?

— Meu filho. — Ela pegou Samuel e o encaixou na cintura. — Samuel, este é o sr. Hawley, amigo do sr. Velasco.

Brian pegou Samuel e começou a balançá-lo, fazendo-o rir e rindo junto.

Roman ficou observando Brian com o filho de Grace. Era óbvio que o bebê o conhecia e Henley se sentia à vontade com ele. Brian levou Samuel para Shanice e os dois ficaram conversando baixinho. Roman observou, imaginando se Grace havia notado. Ela não parecia incomodada pelo fato de o namorado estar demonstrando um interesse considerável pela amiga. Shanice pegou Samuel de Brian e foi falar com Roman.

— No que está trabalhando agora? Outro mural?

— Uma coisa nova, ideia da Grace. Pra ver se tiro aquela viagem ao inferno da cabeça.

— Ainda bem que eu nunca vou fazer essa viagem, embora a mereça — disse ela, soprando o pescocinho de Samuel.

— Eu achava que ele era seu. Você estava com ele no colo a primeira vez que te vi.

Shanice riu.

— Você está falando do dia que viemos conhecer você para ter certeza de que não tinha más intenções em relação a Grace? — perguntou ela, colocando Samuel na vertical em seu colo. — Eu pego esse carinha sempre que posso. Não sei se um dia vou conseguir ter filhos. — Seus olhos se demoraram melancolicamente em Brian. — Ele é muito especial.

— Está falando do bebê ou do Brian?

Shanice ficou envergonhada.

— Do Samuel, claro, mas o Brian é bem legal também. A Nicole, a Ashley e eu o escolhemos pra Grace.

Ela explicou sobre o site de relacionamentos para cristãos e quantos homens haviam analisado antes de decidir que Brian era o homem perfeito.

Devia ser bom ter amigas tão carinhosas.

O carvão já estava aceso. O Príncipe Encantado colocou os refrigerantes em um cooler e ficou conversando com Ashley e Nigel. Samuel havia adormecido no colo de Shanice. Grace foi buscar os hambúrgueres e as salsichas na geladeira. Roman a flagrou olhando para ele e sentiu uma pontada de satisfação. Pelo menos os olhos dela não estavam grudados no homem que havia acendido a churrasqueira.

— O churrasco está legal.

— Estou feliz que você veio. — Grace vestiu um avental. — Você não me pareceu muito entusiasmado quando te convidei.

— Achei que talvez fosse me sentir meio deslocado.

Mas ele decidira que aquele era seu quintal, não de Brian Henley.

Brian entrou para pegar a bandeja com a carne.

— O fogo está pronto.

Todos se sentaram do lado de fora para comer. Roman ouvia a conversa rolando fácil ao seu redor e respondia a perguntas quando alguém lhe fazia alguma. Nicole disse que precisava ir embora e Grace a acompanhou até o carro. Quando voltou, Shanice perguntou se ela havia conseguido algum progresso com Nicole. Grace deu de ombros.

Jasper contou histórias sobre um menino pentelho que conhecera no Masterson Ranch, que todo mundo sabia quem era. Roman não ficou nada feliz com isso, até que outras pessoas começaram a contar histórias da juventude. Brian contou que ele e uns amigos do ensino médio tinham colado bolinhas de algodão molhado no carro do diretor no inverno.

— Demorou três semanas pra esquentar e ele conseguir tirar todas.

Roman riu.

— Vocês escaparam impunes?

— Minha consciência pesou tanto que eu confessei.

Shanice encarou Roman.

— Quero saber o que aconteceu quando você foi ressuscitado.

Aparentemente, todos sabiam.

— Grace fez massagem cardíaca.

Grace balançou a cabeça.

— Um homem me ajudou, e depois os paramédicos. Conte o que aconteceu, Roman.

Era por isso Grace o havia convidado? Roman não gostava de ser o centro das atenções.

— Eu não acreditava no inferno, até que estive lá.

Todos o fitaram.

— Só isso? — protestou Shanice. — É só isso que você vai contar? Vamos, queremos saber tudo.

Jasper riu.

— Melhor contar de uma vez. Tenho a sensação de que ela não desiste.

Roman contou sobre os demônios, o túnel, o fedor, os gritos. Olhou para Grace.

— Você e eu havíamos falado de Jesus, lembra? Eu não teria pensado em gritar o nome dele se não fosse por isso.

O rosto dela se suavizou.

— Você O viu?

Ele olhou para Ashley.

— Vi uma luz e senti uma mão me segurar. Não vi o rosto, mas sabia que era Ele. — Roman olhou para Grace de novo. — Não tenho dúvidas de que Jesus me salvou, mas não sei por que se deu ao trabalho.

Brian se inclinou para a frente com as mãos entrelaçadas sobre os joelhos.

— Porque Ele te ama.

Roman deu um sorriso debochado.

— Acha mesmo?

— Foi pelo amor de Deus e pelas orações da Grace — disse Shanice, dando um tapinha no joelho de Roman. — Seja qual for o motivo, é evidente que Deus ainda tem coisas a tratar com você.

Jasper havia dito a mesma coisa.

— Bem, todos vocês conhecem a Bíblia bem melhor que eu.

Ficaram sentados ao redor do fogo enquanto o sol se punha. Ashley foi buscar o biscoito, o chocolate e o marshmallow para os fazerem s'mores. Brian contou sobre quando acampou com os escoteiros. Em algum momento daquela noite, Roman deixou de odiar Brian e se sentiu parte do pequeno grupo. Aquelas pessoas falavam sobre Jesus e o poder de Deus de uma maneira muito leve.

Grace entrou para colocar Samuel na cama. Roman pensou em segui-la. Brian olhava para ele como se soubesse o que pretendia.

Todos ajudaram a limpar as travessas e a recolher os pratos e os copos descartáveis. Roman tirou o lixo. Quando voltou, Brian disse que precisava ir, começava cedo na igreja no dia seguinte e precisava dormir bem para dar aula para seus jovens irmãos.

Estendeu a mão para Roman, apertou-a firme e o olhou diretamente nos olhos dele.

— Vamos almoçar um dia desses e bater um papo. — Entregou-lhe um cartão. — Aqui o meu número.

Roman não queria gostar dele. Guardou o cartão no bolso da camisa e ficou observando Brian se aproximar de Grace. Não houve beijo dessa vez, mas havia muita gente olhando. Ficaram conversando baixinho por um tempo. A intimidade entre eles feriu Roman. Eles se abraçaram brevemente e então Brian e Nigel foram embora. Ashley foi logo depois.

Shanice se sentou ao lado de Roman na mureta.

— Que noite linda, não? Por favor, seja cuidadoso com a minha amiga — pediu Shanice.

— Eu não fiz nada pra merecer essa advertência.

— O que me preocupa é o jeito como você olha pra Grace quando ela não está olhando.

Será que alguém mais havia notado, além de Jasper?

— Talvez seja você quem precise ser cuidadosa com ela.

Shanice não se fez de desentendida.

— Está falando do Brian, né? Pode acreditar, eu jamais faria nada pra magoar a Grace. Já magoei gente demais nessa vida.

Shanice se levantou e disse que esperava vê-lo na igreja na manhã seguinte. Roman disse que falaria com Jasper sobre isso. Enquanto ela se afastava, Roman ficou se perguntando a quem Shanice teria magoado e o que aquilo tinha a ver com Grace.

Com os pratos sujos já empilhados, Roman serviu mais uma taça de vinho cabernet de Napa a Jasper. Tinham ido à igreja de Grace. Roman queria saber a opinião de Jasper, mas ele estava estranhamente calado.

— O que achou?

Jasper deu de ombros.

— Diferente do que estou acostumado, mas gostei do sermão. Só não vi Grace.

Haviam se sentado do lado oposto do auditório, onde não conseguiam vê-la, porque Roman sabia que não conseguiria se concentrar perto dela.

— Ela estava com Shanice e as amigas. Elas almoçam juntas todo domingo.

— A propósito, o bife estava ótimo. Você não perdeu a mão, Roman — comentou Jasper, recostando-se. — Se decidir largar a arte, pode fazer um curso de culinária e abrir um restaurante.

— Foi a primeira refeição de verdade que eu fiz nos últimos meses, a não ser que descongelar comida no micro-ondas conte pra alguma coisa. A Grace geralmente deixa alguma coisa meio pronta antes de ir pra casa.

— Como estão as coisas entre vocês?

— O trabalho dela é excelente.

Jasper deu uma risadinha.

— Não foi isso que eu perguntei, você sabe muito bem.

— Não é da sua conta, mas continuamos na mesma.

— Porque é isso que você quer?

— Não exatamente.

— E o que exatamente você quer?

Roman esvaziou a taça de vinho.

— Você conhece meu histórico com mulheres.

— Há uma grande diferença entre transar e ter um relacionamento, meu amigo — disse Jasper, com uma expressão mais suave. — Isso é novidade pra você. Preste atenção, regra número um: você não fica com uma mulher como Grace Moore. Você convive com ela e vai sentindo o rumo que as coisas vão tomando.

— Talvez seja mais fácil deixar tudo como está.

— Mais fácil? — Jasper sacudiu a cabeça. — Você sempre teve questões de vínculo, isso também faz parte da sua história. Não é fácil passar pela vida sem amor. É solitário e doloroso.

— Como você sabe?

— Por observação.

Roman se sentiu constrangido sob o olhar atento de seu mentor. Levantou-se e disse, olhando para ele:

— Eu gosto da Grace, gosto muito. Mais do que já gostei de qualquer outra mulher, mas isso não significa que estou apaixonado por ela.

— Eu me lembro de como você era com a Susan.

Roman soltou um palavrão.

— Eu era adolescente, e foi assim com todos os garotos que moraram no rancho!

— Eu sei, todos vocês se apaixonaram por ela em algum momento. Vocês queriam o que o Chet tinha com a Susan. E você pode ter isso agora.

Para Roman, a esperança era algo mortal.

— Eles são um casal em mil.

Jasper deixou sua taça de vinho de lado.

— Depende dos casais que você conhece. Ninguém começa um relacionamento pensando nas probabilidades. E eu como minhas meias se você não estiver apaixonado pela Grace.

Roman estava diante da parede de vidro. Será que Grace já tinha voltado do almoço? Sobre o que elas conversavam quando saíam para almoçar?

Jasper foi até ele.

— Eu já passei por isso. Estar apaixonado é assustador. A gente perde a noção das coisas, parece que está do avesso. — Ele pousou a mão no braço de Roman. — O amor vale a pena, Bobby Ray, é a melhor parte da vida. — Sorriu. — "Agora, pois, permanecem a fé, a esperança e o amor, estes três, mas o maior destes é o amor." E pode durar para sempre.

Roman sacudiu a cabeça. Ele sabia que Grace sentia alguma coisa, mas seria o suficiente para durar? Ela não o conhecia tão bem quanto pensava, e Roman tinha medo de que, se conhecesse, fosse o fim de todas as possibilidades para eles.

— Seja honesto com a Grace, diga a ela o que sente.

— E se eu não estiver pronto?

— Então seja honesto e a deixe em paz. Você vai ter que decidir.

Roman não viu mais Grace depois que ela lhe levou o café da manhã. Ele havia enchido várias páginas de esboços para a nova pintura, com base no traço de Grace. Colocou uma tela no cavalete e fez o desenho a lápis. Ao olhar o relógio, ficou surpreso: eram onze e meia. Normalmente Grace aparecia no meio da manhã com os recados.

A casa estava silenciosa. Roman foi até o escritório. Será que ela havia ido ao mercado ou resolver alguma coisa na rua? Geralmente ela avisava quando ia sair... Talvez estivesse almoçando no chalé.

Grace estava sentada com os cotovelos apoiados na mesa e as mãos sobre os olhos. Sua postura mostrava que ela estava chateada.

— Grace?

Ela se assustou, mas não olhou para ele.

Roman entrou no escritório.

— Que foi?

— Nada, tá tudo bem.

Mas seu tom de voz dizia o contrário.

— Diga, o que aconteceu? O Brian terminou com você?

Ele torcia por isso.

Enxugando o rosto depressa, Grace olhou para ele.

— Brian e eu somos só amigos.

Só isso. No entanto, seus olhos estavam vermelhos e inchados.

— Mas você esperava mais.

— Eu sempre espero muito mais — murmurou Grace, voltando os olhos para a mesa. — Não tenho nenhum recado, só uns e-mails pra você ler.

Roman não se mexeu.

— O que você esperava?

Ela o fitou com olhos tristes.

— Sabedoria. Às vezes, é preciso terminar uma amizade para poder seguir em frente.

Será que Shanice havia confessado a atração que sentia por Brian?

— Sua melhor amiga?

— Uma delas. Eu confiava nela. — Ela deu de ombros. — Só que as pessoas nem sempre são o que a gente pensa... Mas não quero falar disso — completou, dando a ele um olhar suplicante.

— Bem, se mudar de ideia, estou aqui.

Ele nunca havia dito uma coisa dessas e percebeu que estava falando como Jasper. Estremeceu por dentro, pois sabia que não tinha condições de fazer as perguntas certas e dar conselhos sábios. Especialmente a uma mulher.

— Obrigada, Roman. — Grace sorriu, com os olhos marejados. — Deus vai resolver isso.

Grace passou pelo estúdio uma hora depois com um sanduíche para Roman. Quando ela se aproximou do cavalete, ele sacudiu a cabeça e a fez parar.

— Não olhe enquanto eu não terminar.

— Eu vou gostar?

— Vai depender do que conseguir ver.

— Quanto mistério! — Ela pensou por um momento. — Ah, você vai esconder alguma imagem!

Ele limpou as mãos em uma toalha toda manchada.

— Na verdade… é minha primeira paisagem.

Ela riu.

— Só acredito vendo!

Naquela noite, Grace montou uma salada de frango em um prato, fez uma xícara de chá e deu uma olhada no Facebook no celular. Viu um post sobre um grafite que alguém havia feito em um túnel de pedestres em Los Angeles. A pessoa que havia feito o post dizia que não queria que o grafite fosse apagado, que, embora não tivesse a assinatura distintiva de Bird, parecia ter sido feito pelo infame grafiteiro desconhecido da Costa Oeste.

Grace teve uma intuição. Havia um link para um artigo sobre o grafite e, nele, havia uma foto do rosto de um demônio. Vários cidadãos foram entrevistados, e todos diziam que não gostavam de andar pelo túnel com aqueles rostos grotescos e as chamas. "Parece que a gente está indo para o inferno."

Outra intuição.

Grace abriu o notebook e fez uma busca sobre Bird. Vários resultados apareceram, inclusive especulações sobre uma obra na Europa. As pessoas tentavam descobrir a identidade dele havia mais de uma década. Um artigo dizia que a assinatura, BRD em letras pretas, parecendo um melro em voo, estava sempre no canto inferior esquerdo das obras dele. O coração de Grace começou a bater forte. Ela se lembrou da parede da sala de estar dos Masterson.

Grace abriu imagens das obras de Bird: um homem mostrando a bunda para uma câmera de vigilância; pictogramas de mulheres de sapatos de salto alto e sola vermelha carregando sacolas de compras pelas paredes de um túnel do metrô; uma menina grávida com uma camiseta da ONG Salvem as Baleias abrindo a porta de uma clínica de planejamento familiar; dois manifestantes pela paz em uma briga de rua; um padre com o pé sobre um baú de tesouros... Foi rolando a tela até chegar aos rostos dos demônios do túnel de pedestres.

Clicou em uma foto e a enviou para o e-mail do escritório de Roman com a intenção de imprimi-la na manhã seguinte.

Senhor, eu sei que é o Roman. O que faço com essa informação?

Grace mal dormiu. Na manhã seguinte, quando chegou ao trabalho, ouviu heavy metal tocando alto na sala de musculação de Roman. Curiosa, abaixou-se e pegou o caderno preto que ficava debaixo do sofá. Folheando as páginas depressa, encontrou as últimas cobertas de rostos de demônios. Estremeceu enquanto guardava o caderno de volta.

Foi até o escritório, onde fez outra busca no computador e imprimiu matérias sobre Bird e fotos de suas obras. Pôs todos os papéis em uma pasta e foi falar com Roman.

Ficou parada à porta, vendo Roman sentado no banco fazendo musculação, com os bíceps e os músculos das costas inchados e a pele brilhando de suor. Respirou fundo e bateu à porta. Ele não a ouviu por causa da música e continuou fazendo as repetições. Era ele quem suava, mas quem estava começando a sentir calor era ela. Aproximou-se e desligou a música.

— Oi! Chegou cedo.

— Cheguei na hora.

Ele enxugou o rosto com uma toalha, estremecendo ao apoiar a perna no banco para se levantar.

— E aí?

A camiseta dele estava no chão. Grace não queria encará-lo, com medo do que ele poderia ver em seus olhos.

— Podemos conversar?

— Claro! — Ele deixou a toalha úmida em volta do pescoço. — Conversamos bastante na estrada.

O cheiro de suor masculino só a deixou mais nervosa. Ela não sabia para onde olhar. Roman despertava sensações perigosas dentro dela. Deveria ter ficado no escritório em vez de ir para lá toda apressada para perguntar se ele era o tal do Bird. Deveria ter esperado até mais tarde, depois que ele tomasse banho, pusesse uma roupa e fosse trabalhar no estúdio. Acaso Grace queria saber mais sobre ele?

Roman pegou a camiseta no chão e a vestiu do avesso.

— Melhor assim?

— Aham, obrigada. — Ele continuava ofegante. Grace notava a pulsação no pescoço dele. Seria por causa do treino ou porque sentia o mesmo que ela? Grace tinha que quebrar a tensão. — Ah, depois eu falo, não tem pressa. — disse ela e deu meia-volta para sair.

— Hoje à noite?

Confusa, ela olhou para trás. Ele estava pedindo para que ela ficasse até mais tarde?

Roman esfregou a toalha no cabelo úmido e inclinou a cabeça, observando-a. Será que os sentimentos dela eram transparentes? Grace queria que ele a tocasse, mas, se ele tentasse, ela sairia correndo. Ele se aproximou, segurando as duas pontas da toalha pendurada no pescoço.

— Tire o dia de folga, Grace. Vamos jantar e conversar. Às seis. Eu cozinho.

Jantar com ele?

— Não sei se é uma boa ideia.

Ele apertou a toalha.

— Não conversamos desde que voltamos da viagem.

Conversaram, sim, mas ela sabia o que ele queria dizer. Haviam parado de tentar se conhecer mais, porém ela precisava dessa abertura.

— Tudo bem.

— Vamos falar de *tudo* — disse ele, com um leve sorriso.

— Tudo?

— Isso, você vai me contar por que está tão tensa. — Ele olhou para a pasta na mão dela. — Vou tomar banho.

Grace só respirou normalmente quando Roman entrou no quarto e fechou a porta.

O que ele queria dizer com *tudo*?

31

Roman fez uma lista de compras e foi até Malibu. Não queria se esquecer de nada do que precisava para impressionar Grace. Comprou os ingredientes para a salada de espinafre com pera e o estrogonofe de carne. Sabia que ela não bebia, então comprou suco de uva. Susan Masterson dizia que toda mulher amava chocolate, então ele comprou um bolo de mousse pequeno na padaria. Também comprou um arranjo de flores e duas velas.

Fazia muito tempo que Roman não passava a tarde inteira na cozinha preparando uma refeição especial. Tinha sido no último Natal que passara no Masterson Ranch. Fora sua maneira de dizer obrigado e adeus ao mesmo tempo.

A noite estava quente. Grace gostava da vista, então a mesa no quintal seria o lugar perfeito para um jantar íntimo a dois. Às cinco, Roman tomou banho e fez a barba. Vestiu uma camiseta azul-marinho, jeans preto e um cinto de couro. Ela acharia estranho se ele se vestisse melhor. Saiu do quarto e abriu a porta de correr. Seu coração acelerou quando viu Grace se aproximando.

Ela entrou com as coisas que ele havia levado para o churrasco: a garrafa de champanhe em uma das mãos e o engradado de Heineken na outra. E a pasta debaixo do braço.

— Achei melhor devolver isso — disse, e foi para a cozinha.

Roman sentiu o aroma sutil de perfume quando ela passou. Um sinal positivo. Seguiu Grace até a cozinha.

— Bem que tinha notado que você e seus amigos não bebem.

Ela estava linda de jeans skinny preto e suéter rosa-claro. Colocou o champanhe e a cerveja na geladeira e contornou a longa bancada, afastando-se dele. Roman a encontrou do outro lado, pegou a pasta da mão dela e a jogou na superfície de granito.

— Não é hora de trabalhar.

— É que eu preciso falar com você sobre uma coisa…

— Seja o que for, Grace, pode esperar.

Ela olhou para o fogão.

— Alguma coisa está cheirando muito bem.

— Está procurando onde eu coloquei as embalagens do delivery? Não há embalagem nenhuma. Achei que já era hora de eu cozinhar um jantar para você. — Ele indicou as portas de vidro com a cabeça. — Está uma noite gostosa, vamos comer lá fora.

Ele a observou enquanto ela olhava a mesa posta para dois, as taças e a garrafa de suco de uva gelando no balde de gelo, as flores e as velas para acender quando o sol se pusesse.

Sua expressão continha algo parecido com medo.

— O que foi?

Roman não esperava que uma mulher adulta entrasse em pânico, especialmente se já havia sido casada.

— Calma, Grace, eu só quero jantar com você. Conversamos bastante na viagem, mas, desde que voltamos, estamos parecendo gato e rato de novo. Achei que seria legal jantarmos juntos e nos reconectarmos como na estrada.

Cale a boca, seu idiota. Você está parecendo um vendedor de carros usados. Ele próprio estava sentindo certo pânico.

Ela respirou fundo, visivelmente trêmula.

— Tudo bem. Quer ajuda?

— Não, não, está tudo pronto. Está com fome? Já podemos comer.

— Estou, vamos comer.

Parecia que ela queria acabar logo com aquilo.

O jantar não correu como Roman planejara. Grace mal comeu. A conversa foi meio forçada, a cabeça dela estava em outro lugar. Ele só se lembrou de acender as velas quando acabaram de comer, e aí já era tarde demais. Nada de clima especial...

Tiraram os pratos, ela os enxaguou e os colocou na lava-louças, como se estivesse trabalhando. As emoções dele haviam se inflamado e esfriado de novo. Contrariado, deu um tapinha na pasta.

— É nisso aqui que você está pensando desde que entrou por aquela porta?

Ele queria rasgar aquela pasta ao meio sem nem ver o que havia dentro.

Ela fechou a lava-louças.

— É.

Grace contornou a bancada e passou por ele. Quando ela se abaixou ao lado do sofá, Roman sentiu um frio na barriga. Ele sabia o que Grace tinha em mãos mesmo antes de ela se endireitar e o fitar. Imediatamente, ficou na defensiva e, apertando os dentes, disse:

— Isso não é da sua conta.

— Me desculpa, mas eu vi você enfiar isso embaixo do sofá e fiquei curiosa. E então, quando vi as fotos na internet...

— Que fotos?

Ela não respondeu. Abrindo o caderno, ela encontrou o que estava procurando e foi até ele. Deixou o caderno de desenho aberto em cima da bancada, na frente dele.

Roman o olhou.

— Os rostos dos demônios dos meus pesadelos, e daí?

Grace abriu a pasta e pegou várias fotos impressas. Roman não soube interpretar a expressão dela. Decepção? Medo? Confusão?

— Você é o Bird, Roman?

Roman se sentiu exposto, vulnerável, envergonhado.

— Eu fazia essas coisas para lidar com a... sei lá com o quê. — Pegou a pasta e a fechou. — Esqueça isso, não tem nada a ver com você.

— Uma das matérias diz que a polícia tem um arquivo sobre você. Roman, você pode ser preso.

Ele poderia contar sobre o policial que o deixara ir, mas se sentia encurralado.

— Está pensando em me entregar? — disse, na defensiva.

— Não, só estou vendo que realmente não sei nada sobre você.

— Você sabe o que é importante. — *Nem tudo, ainda não.* — Sabe mais do que qualquer outra pessoa no planeta, inclusive o Jasper.

Arrisque-se, dissera Jasper antes de partir. *Chega de deixar que o medo e a raiva governem sua vida. Chega de permitir que o passado governe seu futuro.* Quanto do que Bird havia feito se devia à frustração e impotência que ele sempre sentira, começando pela noite em que sua mãe saíra de casa e nunca mais voltara?

Grace estava quase chorando.

— Quem é você, Roman?

Roman quase conseguia ouvir a voz de Jasper. *Derrube os muros, Bobby Ray. Deixe-a entrar.*

— Não sei.

Ele esperava que ela dissesse algo que esmagaria seu coração, mas a expressão dela mudou. Grace olhou para ele com compaixão.

— Você é um artista, Roman — disse suavemente, com segurança. — Eu sei isso sobre você.

Ele tinha medo de perguntar, mas precisava saber:

— O que vai fazer com o que sabe sobre o Bird?

— É um segredo seu, não tenho nada a ver com isso.

— É nosso, agora. Talvez você se sinta melhor se eu disser que não posso mais voar. Não posso mais correr pra fugir. O túnel foi meu último grafite.

— Porque eu descobri?

— Não, porque me pegaram naquela noite. Achei que todo meu esforço, todo meu trabalho estava indo para o espaço, mas o policial não me prendeu. — Soltou um palavrão. — Tudo mudou, Grace.

— É o que acontece quando a pessoa passa por uma experiência de quase morte — disse ela, pousando a mão no braço dele.

Talvez houvesse esperança.

— É, mas não estou falando disso. Eu já estava me sentindo assim antes de isso acontecer. Eu já sentia que queria mais.

— Mais o quê?

— Mais *vida*.

Ele estava bem perto, podia tocá-la, e assim fez. Ela prendeu a respiração.

Ele passou a mão pelo pescoço dela, a pele quente e sedosa.

— Você também quer mais, não é?

Ela não negou, mas deu um passo para trás.

— Eu trabalho pra você, Roman. Somos amigos, duas pessoas salvas pela graça de Deus. Isso faz de você meu irmão em Cristo.

Ele não ia deixá-la escapar.

— Eu sou mais que seu chefe ou seu irmão, e você sabe disso. Vejo nos seus olhos toda vez que você olha pra mim.

Ela virou a cabeça, mas Roman levou a mão ao rosto dela.

— Olhe pra mim, Grace.

— Não é uma boa ideia.

Era a melhor ideia que Roman já havia tido, e ele não recuaria.

— Naquela noite, quando você e Brian se beijaram, tive a sensação de que estavam testando pra ver se vocês tinham química. Vamos testar também.

Roman esperava um pouco de química, não uma explosão de sensações. Grace ficou tensa a princípio, mas logo relaxou. Ele passou o braço pela cintura dela e a puxou para si, intensificando o beijo. Ela tinha um gosto tão bom… ele queria mais. Ela correspondeu, o corpo de Roman estava pegando fogo. Quando ela tentou se afastar, ele não a soltou. Ela deixou escapar um som suave e ele afrouxou os braços. Grace pousou as mãos e a testa no peito dele. Seu cabelo cheirava a sol e flores de primavera. Ele acariciou os braços dela e eles responderam ao toque.

— Não posso... — disse ela, com a voz embargada de lágrimas. — Não posso fazer isso, Roman.

— Estamos só nos beijando, Grace. Não vou fazer mais nada enquanto você não quiser.

Ela ainda estava tão perto que ele inspirava seu cheiro. Mal conseguia respirar... Ah, ele a queria tanto! *Devagar, Bobby Ray. Dê um tempo a ela.* Ele passou as mãos pela cintura dela, depois pelos quadris.

— Por favor. — Ela respirou fundo. — Não.

Por quê? Ela recuou e ele a deixou ir. Nunca tivera que coagir uma mulher e nunca o faria. Com um pouco de paciência, chegariam aonde ambos queriam.

Grace se sentou no sofá. Com as mãos trêmulas, cobriu o rosto.

— Eu também tenho segredos, Roman.

— Não estou atrás de confissões, Grace.

Roman ficou onde estava até se controlar. Então, sentou-se na mesinha de centro em frente a ela e pegou sua mão. Levantou o queixo dela. As faces coradas e os olhos sombrios de Grace lhe disseram tudo que ele precisava saber.

— Agora sabemos a resposta, não é?

Havia química entre eles. Muita.

— Acho que nossa amizade deveria evoluir — disse ele, beijando a palma da mão dela.

Ela relaxou um pouco, confusa, mas cheia de esperança.

— Evoluir como?

Roman pegou a mão dela. Ela estava tremendo, ou era ele? Ele não se lembrava de já ter sentido tanto medo com uma mulher, mas o silêncio ofegante dela o tranquilizou.

— Ficar mais íntima.

Ela ficou confusa, mas então entendeu. Puxou a mão de entre as dele.

— Você está falando de sexo? — perguntou, com raiva na voz.

Por que ela estava irritada?

— Não estou falando de ficar só uma vez. Podemos nos conhecer melhor e ver como as coisas evoluem.

Grace se levantou e se afastou.

— Eu sou uma trouxa! — Ela cobriu o rosto. — Sou uma completa idiota!

Talvez a noite não fosse terminar como ele esperava.

— É o mais inteligente. Vamos ver se somos compatíveis, sem pressa, e descobrir até onde queremos ir.

Ela se virou para ele, feroz.

— Você só quer o mínimo de mim!

Será que Grace não entendia o que ele sentia por ela?

— Do que está falando? Eu quero *tudo*!

— Tudo? Não, você não quer! Você quer a parte fácil. Não a difícil, aquela que não sobrevive sem amor verdadeiro, sem Deus. Você quer meu corpo. Quer sexo, claro, mas não me quer por inteiro. Toda a minha bagagem, os problemas, as lutas, as inseguranças, a dor. E sem dúvida não quer o Samuel!

Ela tentou passar por ele.

Roman bloqueou seu caminho. A raiva dela despertou a dele, o que só fez aumentar a frustração. Ela queria pôr tudo para fora? Pois bem, então ele também podia.

— Eu não sou um pastor de jovens que seria o pai perfeito. Nunca tive pai. O que você quer de mim, Grace? Fala!

Ela começou a chorar e ele se sentiu envergonhado. Pousou as mãos nos ombros dela e disse com voz mais suave:

— Fala, Grace.

Ela moveu os ombros para se desvencilhar das mãos dele, levantou a cabeça e o fitou com olhos ferozes.

— Quero um homem que queira ser mais que um amigo com benefícios!

— Não seja por isso. Vem morar comigo, vamos resolver tudo.

— É a mesma coisa!

— Você está apaixonada por mim e sabe disso!

— É, eu te amo, Roman, mas isso não quer dizer que tenha que fazer qualquer coisa!

— E o Patrick? Você não começou o relacionamento com ele na cama?

As palavras de Roman surgiram do nada. Ele sabia que havia dito a pior coisa possível. Achou que sentiria a palma da mão dela na cara, mas ela apenas deu um passo para trás, boquiaberta, com os olhos cheios de lágrimas.

— É, você tem razão — disse ela, em voz baixa, trêmula, racional. — E você sabe muito bem como acabou.

Roman a segurou pelo pulso.

— Você acabou de admitir que está apaixonada por mim e agora quer ir embora? Me ajude a entender.

Ela deixou cair os ombros e olhou para ele. Lágrimas corriam por seu rosto.

— Pra quê? Você não entenderia. O que você quer de mim é o mesmo que o Patrick queria — sua voz falhou.

Ela se soltou e o deixou ali parado. Bateu a porta ao sair.

Grace foi soluçando o caminho todo até o chalé. Estava tremendo, com as emoções que ele havia despertado nela ainda pulsando. Como podia ter se permitido se apaixonar por Roman Velasco? No instante que o conhecera, ela soubera que ele causaria problemas. Devia ter ido embora correndo naquele mesmo dia. Não devia ter cedido à tentação e alugado a casa.

Ela não podia mais trabalhar para ele naquelas circunstâncias. Se Roman aparecesse naquele momento, ela não resistiria e o deixaria entrar, com a esperança de que ele dissesse que a amava. Seria muito fácil convencê-la de que morar junto daria certo. Não era o que todo mundo fazia? Ninguém mais se casava. Mais alguns beijos acabariam com toda a sua resistência. Ela nunca sentira um desejo como aquele, de enfraquecer os joelhos e fazer o coração bater mais rápido, nunca. Se ele a tocasse de novo, ela o deixaria ficar.

Mas ela havia se deixado levar pela paixão uma vez, e pagara o preço. Ainda estava pagando.

Tremendo, Grace ligou para Shanice.

— Posso dormir aí hoje?

Shanice soltou um palavrão.

— O que foi que o Velasco fez?

— Ele me beijou, só isso. Mas preciso sair daqui agora.

— Você está bem pra dirigir? Parece meio…

— Estou, estou bem pra dirigir!

— Ok. Pegue o que for precisar e venha. Conversaremos quando você chegar.

Grace pegou a mala no armário, jogou algumas roupas, artigos de higiene e sua Bíblia nela. Colocou o notebook e os livros na mochila, pegou as chaves e saiu, trancando a porta. Teria que voltar para encaixotar todo o resto. Ou poderia arranjar alguém para fazer isso por ela. Grace não queria chegar nem perto de Roman Velasco. Não podia confiar em si mesma.

Furioso e confuso, Roman andava de um lado para o outro. A dor subia por sua perna. Passando as mãos pelo cabelo, ele se perguntava o que havia feito de errado e como poderia consertar as coisas. Por que ele havia jogado Patrick na cara de Grace? Por que ela havia dito que ele era exatamente como o ex-marido? Grace não entendia… Roman nunca havia chamado uma mulher para dormir em sua casa, muito menos para morar com ele. Isso deveria ter algum valor.

Esperaria alguns minutos para que Grace esfriasse a cabeça, depois iria falar com ela. Talvez, se ele se abrisse, ela entenderia a profundidade de seus sentimentos. Talvez Grace precisasse saber que significava mais para Roman do que qualquer outra mulher que ele já conhecera, e que a queria em sua vida enquanto esses sentimentos durassem.

Daria a Grace um tempo para pensar. Talvez uma noite, para dormir pensando na ideia, e conversariam de novo de manhã.

Você acha mesmo que ela vai voltar, Bobby Ray?

Roman foi até a porta. Saiu, foi até o caminho para o chalé e viu as luzes traseiras do carro saindo da garagem. Não fosse pela perna machucada, ele teria corrido atrás dela. Soltou um palavrão. Aonde Grace estava indo? Para o lugar onde seu filho ficava durante a semana, provavelmente. Onde era mesmo…? Burbank! Mas onde em Burbank? Talvez ficasse na casa de uma amiga. Qual amiga? Shanice? Ele duvidava. Será? Não conseguia se lembrar do sobrenome dela. Controlou a vontade de entrar no carro e segui-la. Ela já teria desaparecido quando ele chegasse à estrada. E, mesmo que a alcançasse, persegui-la só a colocaria em perigo e pioraria as coisas.

Pense!

Roman pegou o celular e mandou uma mensagem para ela.

Não fuja, não se esconda. Fale comigo.

Ele sabia que ela não a leria enquanto não chegasse ao seu destino. Guardou o celular no bolso e ficou olhando a escuridão.

Grace tinha que voltar. *Acalme-se, Roman, ela ainda trabalha para você. Ela vai se acalmar, ela ainda mora no seu chalé. Tudo que ela tem está aqui, ela não vai largar tudo. Você vai ter uma segunda chance.*

Roman fechou os olhos, lutando contra o tsunami de emoções. Havia se esquecido de quanto o amor machucava. Na verdade, a dor o torturava.

— Jesus, me ajude.

Ele passou o resto da noite no estúdio pintando a parede dos fundos com tinta spray.

Grace chorou o caminho todo até North Hollywood, mas conseguiu enxugar as lágrimas antes de entrar no condomínio de Shanice, na Magnolia Boulevard. Shanice saiu do prédio e a abraçou.

— Meu Deus, querida, você está tremendo! — Pegou a bolsa de Grace. — Vamos conversar lá dentro.

Uma brisa morna agitava os galhos das palmeiras enquanto Grace subia os degraus de pedra e entrava no prédio branco com telhado de telhas vermelhas. O elevador as levou ao terceiro andar. Shanice abriu a porta depressa e deixou Grace entrar. Grace se jogou no sofá e pegou vários lenços em uma caixinha que havia na mesinha de centro. Já estava arrependida de ter deixado o chalé. E se ela voltasse? Roman bateria na porta dela e pediria desculpas? Isso mudaria alguma coisa? *Ah, meu Deus, por que me fez ir para lá se tudo ia acabar assim?*

Shanice deixou a mala de Grace no chão e se sentou com ela.

— O que aconteceu?

Tendo que encarar a verdade, Grace começou a chorar de novo.

— Ele quer que sejamos amigo com benefícios.

— Vocês…

Ela olhou alarmada para Shanice.

— Não! A gente só se beijou, mas…

— Ah…

Grace assoou o nariz.

— Ele fez o jantar, estava muito bom, e pôs a mesa lá fora. Colocou um suco de uva no balde de gelo, tinha até velas.

Shanice deu uma risadinha.

— Olha só, mas que safado!

Grace soluçou.

— Não tem graça.

— Ah, amiga, eu sei. É óbvio que você está apaixonada por ele. Eu achava que ele sentia o mesmo. O Roman Velasco é o pacote completo: bonito, rico e solteiro, só meio traumatizado.

— Eu também.

— E quem não é?

Grace puxou mais dois lenços.

— Estou apaixonada, Shanice. E agora tenho que largar meu emprego. Não posso morar no chalé dele, tenho que me mudar. Não posso ver o Roman de novo. Se o vir, vou fraquejar, como sempre faço. — Ela se abraçou e balançou o corpo. — Eu deveria ter saído correndo no dia que o conheci. Achei que já estava imune, achei que já tinha aprendido a lição sobre os homens. Pra piorar, eu me mudei pra casa ao lado!

— Todas nós pensamos que foi Deus que a tinha colocado lá — disse Shanice, pegando a mão dela. — Você não fez nada de errado.

— Ainda... ele deixa as minhas pernas bambas.

— Você teve o bom senso de sair de lá.

— É, mas e agora, o que vou fazer? Voltar a morar com os Garcia? Selah está fazendo de tudo pra ficar com o Samuel, mas não posso deixar isso acontecer. Não sei o que vou fazer. Vou ficar desempregada de novo, não tenho onde morar. Não quero abrir mão do meu filho. — Grace soluçou. — Eu não ia aguentar.

Shanice abraçou Grace.

— Você não precisa abrir mão dele, pode ficar aqui.

— E a moça que mora com você?

— Ela foi embora há uns dias.

— Acho que eu deveria deixar os Garcia ficarem com ele! Eu sou muito problemática. O Samuel merece uma boa mãe em tempo integral, e Selah o ama. Samuel precisa de um pai, e Ruben é um bom pai.

— Pare de se punir, Grace. Você só cometeu um erro, precisa pensar direito. Você tem se castigado desde...

— Eu só quero fazer o melhor para o meu filho.

— Escute: o melhor para o Samuel é ficar com a mãe verdadeira. — Shanice apertou a mão de Grace e se levantou, se dirigindo à cozinha. — Vou fazer um chá de camomila. Você vai ficar comigo até resolvermos as coisas. Quanto a Selah, aquela mulher está infernizando a sua vida. Pegue o Samuel amanhã e o traga pra cá. Você é a mãe dele, Grace.

— E depois?

— Depois vamos reunir as tropas. Ashley, Nicole, você e eu vamos pensar juntas e achar algumas alternativas.

Grace estava um pouco melhor, até que seu celular notificou uma mensagem — a segunda que Roman havia mandado — e seu coração disparou de novo. Shanice olhou por cima do ombro dela, mas não disse nada. Com medo de fraquejar, Grace apagou as duas mensagens. Seu celular estava quase sem bateria, e ela havia esquecido o carregador. Um tremor a percorreu ao pensar em voltar, pela reveladora compreensão do que aconteceria se fizesse aquilo. Desligou o telefone e o jogou na bolsa.

Roman não dormiu a noite toda. Levantou-se várias vezes para ir ao estúdio e ver se Grace havia voltado. As luzes do chalé continuavam apagadas. De manhã, o carro dela também não estava na garagem. Ele bebeu as seis garrafas de Heineken e metade da garrafa de champanhe, com a esperança de engolir o nó que sentia na garganta. Desmaiou no sofá e sonhou com Tenderloin. *E aí, Bobby Ray, achou que seria melhor como Roman Velasco? Você ainda é o mesmo filho bastardo de uma prostituta do gueto que não tem nem o nome do pai na certidão de nascimento. Volte para sua laia.* Então Tenderloin se transformou em um inferno, cheio de monstros vagando pelas ruas, escalando as paredes que ele havia pintado com tinta spray. *Bem-vindo ao seu lar, Bobby Ray.* Risadas, sorrisos debochados e rostos grotescos o cercavam. *Bem-vindo de volta.*

Roman acordou no fim da tarde com o cabelo duro de tinta, a boca seca, a cabeça latejando e enjoado. Olhou o celular, nenhuma resposta de Grace.

O desânimo pesava tanto que o esmagava. *Acabe logo com isso*, rosnou uma voz. Roman tentou rezar, mas as vozes continuaram provocando. *Até os demônios acreditam em Jesus, Bobby Ray. E você sabe onde eles estão. Você sabe qual é o seu lugar.*

Seu celular tocou e ele atendeu sem nem ver quem era.

— Grace? Onde você está?

— É o Brian.

Roman sentiu como se tivesse levado um soco no estômago.

— Ela está com você?

— Não, está na casa de uma amiga.

Com as emoções em turbulência, Roman queria fazer perguntas, mas sabia que não tinha esse direito.

— Ela está segura? Está bem?

— Segura, sim, mas bem? Não mais do que você, a julgar pelo tom da sua voz.

— Você é o tipo de homem que ela procura, estável, equilibrado…

— Ela está apaixonada por você.

Por que o amor implicava perda? Os olhos de Roman pareciam estar cheios de areia. Ele os esfregou. *Não chore. Homens não choram.* O silêncio se prolongou.

Brian suspirou.

— Tenho a impressão de que você está em um território desconhecido, meu amigo. Se quiser conversar, é só me chamar. Dia ou noite.

Brian parecia Jasper. Desde quando conversar ajudava? Roman não confiava no que poderia dizer. Encerrou a ligação e jogou o telefone na mesinha de centro.

32

Grace ligou para os Garcia. Por sorte, foi Ruben quem atendeu. Não parecia surpreso por ouvir a voz dela no meio da semana, nem por ela querer conversar com ele e Selah o quanto antes.

— Parece que você já tomou uma decisão. — Ele parecia aliviado. — Venha hoje depois das sete. É importante que a família toda esteja aqui.

Shanice perguntou se Grace queria companhia, mas Grace sabia que a amiga não se conteria se Selah resistisse. A última coisa que Grace queria era magoar a família que a ajudara no momento mais difícil de sua vida. Mas não sacrificaria seu filho por isso.

Selah abriu a porta e a abraçou.

— Eu sei que está sendo muito difícil pra você, *chiquita*. Eu sabia que você acabaria tomando a decisão certa. — Ela soltou Grace e deu um passo para trás, com um sorriso radiante. — Ruben e as crianças estão na sala.

Ninguém disse nada quando Grace entrou. Ela se sentiu meio constrangida com Ruben, Javier e Alicia sentados ali na sala. O clima estava tenso, pesado. Só Selah estava feliz e animada.

— Estamos esperando por isso há meses — disse, indicando o sofá. — Por favor, sente-se.

Talvez houvesse sido mais sensato levar Shanice para lhe dar apoio. Tremendo por dentro de tão nervosa, Grace se sentou na beirada de uma poltrona e engoliu em seco, tentando encontrar as palavras certas.

Selah apoiou as mãos no colo, faces coradas, olhos brilhantes.

— Podemos fazer a document…

— Selah — disse Ruben com firmeza — *Permítele hablar.*

Grace não conseguia pensar em nenhuma maneira mais fácil de contar a Selah.

— Vou ficar com o Samuel. Vou levar meu filho hoje. — Selah ficou confusa e depois chocada. Grace terminou de falar depressa, antes que a outra dissesse algo. — Não tenho nem palavras para agradecer tudo que vocês fizeram por…

— Você não pode fazer isso! — Os olhos de Selah escureceram de raiva e a cor sumiu de seu rosto. — Essa é a casa dele. O lugar dele é aqui, comigo!

— A Grace é a mãe do Samuel, Selah — afirmou Ruben, pousando a mão firmemente sobre a de sua esposa. — Nós já conversamos sobre isso muitas vezes.

Selah puxou a mão.

— Eu sou mãe dele tanto quanto ela! — disse, olhando para Grace, pronta para lutar.

Alicia se levantou, espantando a todos.

— Você é mais mãe dele do que minha! — gritou com raiva e começou a chorar. A menina contornou a mesinha de centro e saiu correndo.

Atordoada, Grace estremeceu ao ouvir a porta bater.

Ruben, furioso, dirigiu-se a Javier.

— Vá buscar sua irmã. Esse é um assunto de família.

Quando ambos voltaram, Ruben se levantou e se dirigiu à filha.

— *¡Siéntate!*

Houve uma breve discussão em espanhol antes de Alicia obedecer.

Ruben se sentou, mais calmo.

— Fale pra sua mãe como você sente, Lici — pediu gentilmente, mas com firmeza.

— Ela não vai ouvir. Ela nunca me ouve.

As lágrimas surgiram de novo, mas o ar de desafio desapareceu.

— Qual é o seu problema? — perguntou Selah, dirigindo sua raiva à filha dessa vez.

— Você se preocupa mais com o Sammy do que comigo ou com o Javier.

Selah fez um gesto desdenhoso com a mão.

— Isso não é verdade! Eu lavo suas roupas, faço o jantar todas as noites, te levo e te busco do treino de futebol. Sempre te mimei.

O rosto da jovem Alicia se contorceu de mágoa.

— Quando foi a última vez que você foi a um jogo meu, *mamá?* Você sempre ia.

— Estou sem tempo.

— *Papá* arranja tempo. Ele vai quando não precisa trabalhar até tarde. Mas você? Você nunca mais teve tempo. Você fica usando o Sammy de desculpa: hoje não, está muito calor; ele precisa brincar e no carrinho não dá; preciso trocar a fralda dele. — Ela ergueu a voz: — Você só pensa no que o bebê precisa.

Irritada e na defensiva, Selah olhou para os dois filhos.

— Eu estou sempre aqui! Vocês dois já estão grandes, não precisam mais de mim.

— Antes, você conversava comigo depois da aula todos os dias, *mamá*. — Alicia se inclinou para a frente, com as mãos apertadas no colo. — Mas agora só quer saber do Samuel, e ele nem é seu!

Para Selah, foi como se tivesse levado um tapa.

Ruben se dirigiu ao filho.

— E você, Javier? Tem algo para dizer a sua mãe?

Javier deu de ombros, mas Ruben pediu para que ele falasse.

— Vou me formar em junho e…

— Exato — interrompeu Selah, impaciente —, e vai para a faculdade, vai ter uma vida independente.

— Não vou fazer faculdade ano que vem, *mamá*. Vou me alistar no Exército.

Selah olhou séria para ele e sacudiu a cabeça.

— Não vai, não. Isso não tem graça. Fale com ele, Ruben!

— Ele já tem dezoito anos, pode falar por si mesmo.

Ruben se recostou, apertando os braços da poltrona. O único sinal de sua tensão.

Javier se inclinou para a frente e prosseguiu:

— O Exército vai pagar minha faculdade, *mamá*.

— Você vai pra universidade e vai trabalhar. — Selah se voltou para Grace de novo. — Temos outras coisas pra conversar hoje à noite.

— Coisas mais importantes que os próprios filhos! — disse Alicia, começando a se levantar de novo.

Mas um olhar de Ruben a fez se sentar novamente. Ela virou o rosto.

— Talvez ela acredite quando eu entrar no ônibus para o campo de treinamento — disse Javier, dando de ombros.

Alicia explodiu de novo. Selah a ouvia na defensiva.

Grace não queria ficar no meio daquela crise familiar. Talvez cuidar de Samuel tivesse sido a maneira de Selah enfrentar a inevitável perda dos próprios filhos, que estavam para sair de casa. Todos começaram a falar em espanhol ao mesmo tempo. Grace se levantou em silêncio e foi até o quarto de Samuel. O menino acordou quando ela o pegou.

— Mama…

O coração dela se derreteu. *Ah, Senhor, obrigada. Ele sabe que sou a mãe dele.* Ele descansou a cabeça no ombro dela e voltou a dormir. Grace já estava quase na porta quando Selah apareceu.

— Você não pode levá-lo.

— *Mi amor*, pare com isso! — disse Ruben, segurando o braço de Selah. — O Samuel é filho dela, nós aceitamos ajudar e…

Ela puxou o braço da mão de Ruben e foi em direção a Grace com os braços estendidos. Grace apertou Samuel contra si e recuou. Ruben pegou Selah pelos ombros.

— Vá — ordenou a Grace enquanto segurava Selah, que ficou fora de si.

Uma grande tristeza tomou Grace. Se ela tivesse se esforçado mais ou resolvido as coisas de outra maneira, talvez aquela família não estivesse sofrendo.

— Sinto muito por tudo, Ruben, de verdade.

Ela saiu correndo e deixou Selah chorando. Abriu a porta do carro, mas se atrapalhou para prender Samuel à cadeirinha.

— Grace, espere.

Ruben desceu a calçada. Selah estava parada à porta com os braços em volta de si mesma, soluçando.

Grace fechou a porta do carro e esperou.

— Vocês não vão ficar com ele, Ruben. Lamento por Selah estar tão chateada. — Ela começou a chorar. — O Samuel é meu filho e não vou abrir mão dele. Eu disse isso no hospital, logo depois que ele nasceu.

Ele levantou as mãos para acalmá-la.

— Está tudo bem, *chiquita*. Eu sabia que esse dia chegaria, e avisei a Selah. Ela sabe que o lugar de uma criança é com a mãe.

Olhando para Selah, Grace assentiu.

— Minha esposa estava vivendo um sonho, mas agora acordou. — A tristeza pesava em sua expressão gentil. — Você tem um bom emprego e um lugar lindo para criar seu filho.

Ele abriu os braços e Grace se jogou neles.

Grace pensou bem e não disse que não tinha mais emprego, nem casa, nem a menor ideia do que faria.

Grace tinha deixado todas as coisas de Samuel no chalé e não pegara nada nos Garcia. Antes de voltar para a casa de Shanice, parou em um Walmart e comprou tudo de que precisaria para algumas noites. Enquanto Samuel dormia, Grace redigiu sua carta de demissão e um pedido de desculpas para Roman. Disse que entendia perfeitamente que, de acordo com o contrato de aluguel, ela perderia o depósito e o aluguel do mês que já estava pago.

Na manhã seguinte, quando Shanice se levantou, Grace lhe mostrou o envelope.

— Minha carta de demissão e a chave da casa dele. Vou deixar lá quando voltar pra pegar as coisas do Samuel e mais algumas minhas.

— Nada disso, amiga — disse Shanice, arrancando o envelope da mão dela. — Você está muito vulnerável, deixa que eu cuido disso. — Grace queria discutir, mas Shanice tinha razão. — Ligue pra igreja, veja se algum daqueles homens que ajudam as pessoas a se mudarem está disponível nesse fim de semana.

Com Samuel seguro na cadeirinha, Grace foi até um depósito e alugou um box grande para guardar seus móveis até que tivesse um lugar para morar. O administrador da igreja ligou de volta à tarde, quatro homens tinham se oferecido para ajudar com as coisas dela no sábado de manhã.

Shanice voltou com tudo de que Grace precisava: o chiqueirinho, as roupas de Samuel, a comida dele, as fraldas e os brinquedos. O berço teria que ser desmontado e embalado, mas tudo bem, Grace adorava dormir agarradinha com seu filho à noite.

— Entreguei a carta ao Velasco e disse que vamos fazer a mudança no fim de semana.

— Ele disse alguma coisa?

— Ele só pegou a carta, me ouviu e fechou a porta.

Os olhos de Grace se encheram de lágrimas.

— Bem, acho que acabou.

Shanice suspirou.

— Você não precisa ir, Grace, a gente pode cuidar de tudo.

— Não… vou cedo pra encaixotar as coisas.

— Posso ir junto.

— Vou ficar bem. — Ela deu um sorriso sem graça para Shanice. — Não sou mais uma menininha ingênua.

Shanice ficou meio desconfiada, mas não discutiu.

— Eu ficaria com o Samuel, mas acho que você vai se sentir mais segura com ele lá.

Grace entendeu o que ela quis dizer.

Na manhã de sábado, ela foi cedinho para Topanga Canyon levando caixas e fita adesiva. Seus sentimentos alternavam entre o medo e a esperança de ver Roman. Quando abriu a porta e entrou, encontrou um grande envelope pardo, que havia sido colocado por debaixo da porta. Contornou-o e foi colocar Samuel no tapete da sala com os brinquedos que havia levado. Dentro do envelope estava o contrato de aluguel, com a palavra *Cancelado* escrito em letras escuras e em negrito na primeira página, e um cheque reembolsando o depósito e o aluguel do mês anterior preso com um clipe de papel. Em um envelope branco, ela encontrou outro cheque — dois meses de salário — e uma carta formal de recomendação. *Eficiente... simpática... de confiança... aprende rápido... muito trabalhadora...*

Desolada, Grace se sentou à mesa com os papéis no colo. Era evidente que Roman concordava que precisavam cortar todos os laços. Ela só não esperava se sentir tão despedaçada. Cobrindo o rosto, chorou.

Ah, meu Deus, por que me trouxe até aqui? Por que conheci Roman Velasco se ele viraria minha vida de cabeça para baixo? Me ajude a entender!

Samuel se agarrou à calça de Grace e chorou. Enxugando as lágrimas, Grace o pegou no colo e o abraçou. Não era hora de ficar se lamentando, precisava se lembrar das coisas boas que resultaram de sua relação com Roman: haviam passado quatro dias maravilhosos na estrada, ele não morrera em Santa Clarita, encontrara Jesus... Grace não podia se permitir afundar no abismo da culpa de novo e pensar *e se, e se.* Pensou em Selah e nos sonhos dela. Grace também teria que abandonar os seus.

Deixou Samuel no tapete, guardou tudo de volta no envelope, dobrou-o cuidadosamente e o colocou na bolsa. Era hora de encaixotar tudo e seguir em frente.

Depois de ler a carta de demissão cuidadosamente redigida por Grace, Roman entendera que as chances de resolver tudo com ela haviam acabado. Ele a vira chegar cedo no sábado. Seu coração se apertara quando a vira na calçada com Samuel no colo e várias caixas desmontadas debaixo do braço. Ela não erguera os olhos. Quando ela desaparecera dentro do chalé, Roman se afastara das janelas. Tinha tentado se concentrar na pintura, mas desistira e voltara às janelas. Dois homens estavam carregando um sofá. Mais dois levavam um colchão. Grace não tinha muita coisa, portanto, logo acabaram, e todo mundo tinha ido embora antes do meio-dia.

Roman ficou diante do cavalete o resto do dia. A paisagem que Grace havia começado com um único traço estava ganhando forma. Toda vez que a olhava, via Grace. Mas a intenção era justamente essa, não? A ideia era mostrar a tela a Grace e ver se ela se dava conta do que ele havia escondido na cena.

O celular tocou. Roman atendeu sem olhar quem era, torcendo, mesmo contra todas as probabilidades, que fosse Grace. Talvez pudessem conversar e resolver as coisas. Infelizmente, era Hector. Seu *compadre* havia aprendido inglês o suficiente para se fazer entender e queria que Roman fosse ver o mural que ele havia acabado de pintar em um restaurante mexicano na Olvera Street. Roman precisava sair de casa e concordou, tinha tempo de sobra. Foi para o centro da cidade.

Assim que viu Roman chegando, Hector deu um grito e foi passando entre as mesas lotadas com um largo sorriso no rosto.

— Amigo! — Estendeu o braço em direção à parede. — O que achou?

Roman gostou das cores vibrantes, das montanhas ao fundo, dos mexicanos trabalhando nos campos, de uma linda mulher latino-americana carregando uma cesta de lírios brancos, de crianças com roupas coloridas dançando em círculo.

— *Buen trabajo, amigo* — disse.

Hector riu.

— Você fala espanhol agora?

Roman forçou um sorriso.

— Você acabou de ouvir todas as palavras que eu sei.

Além de *gracias* e alguns palavrões que era melhor esquecer. Uma ruiva corpulenta foi até eles. Roman a reconheceu: era a moça da foto que Hector lhe mostrara em San Diego.

— É sua namorada?

— *Mi esposa*. Há duas semanas, em Vegas. Nem pergunte.

Hector passou o braço em volta dela em um gesto possessivo e ela o fitou com olhos de adoração.

— Tracy, esse é Roman Velasco, *el patrón*.

— Prazer. — cumprimentou-a Roman, apertando a mão dela.

— O Hector falou muito de você.

Roman estremeceu.

— Eu não sou um chefe fácil.

Hector não havia acabado com as notícias.

— Estamos esperando um *bebé* — disse, orgulhoso e feliz.

Sentindo uma estranha pontada de inveja, Roman lhes deu os parabéns.

— Venha — Hector o levou a uma mesa vaga. — O jantar é por minha conta.

A guacamole e as batatas chips estavam deliciosas, e a salsa picante fez os olhos de Roman lacrimejarem. Para uma mulher pequena, Tracy tinha um grande apetite. Hector riu e disse que ela estava comendo por dois. Roman pediu chiles rellenos, enchiladas, feijão frito e arroz. Hector falou sobre a importância da família e dos amigos, sobre outros projetos de murais que haviam surgido. Comentou que já conseguia sustentar uma família, mas assegurou a Roman que nunca esqueceria *el amigo*.

— Quando precisar de mim, é só chamar.

Roman disse que o mural em San Diego havia sido o último.

— Estou trabalhando em tela agora.

Aquela paisagem o manteria ocupado por um tempo. E depois? Quando a terminasse, acaso a venderia? Ele duvidava.

A garçonete recolheu os pratos vazios e voltou com café e pudim.

— Traga a Grace da próxima, ela vai querer ver o mural.

— Grace pediu demissão.

Hector ergueu as sobrancelhas.

— E você deixou?

— Não foi decisão minha.

— Mas você ainda a vê, não é? Ela é sua vizinha.

— Ela se mudou. Hoje de manhã, inclusive.

— *¿Eres estúpido o no más obstinado?* — perguntou Hector em espanhol, furioso.

Tracy corou.

— Hector disse que…

Roman levantou a mão.

— Acho que entendi.

Ele era idiota ou apenas teimoso? Por que não ser honesto?

— Acho que a assustei.

— E você vai simplesmente desistir?

Roman virou a xícara de café e não respondeu.

Hector sacudiu a cabeça.

— Ela era boa pra você, *jefe*.

— É. — Roman levantou a xícara. — Mas eu não era bom pra ela. — Ele olhou para a aliança de ouro no dedo de Hector. — As coisas nem sempre saem do jeito que esperamos.

Depois do jantar, Roman não estava a fim de voltar para Topanga Canyon e foi até Laguna Beach. A galeria de Talia estava fechada. Ainda bem; ela acabaria perguntando o que ele estava pintando, e, se lhe contasse, ela iria querer vender a tela sem nem a ver. Seguiu para o norte. Parou em Malibu e caminhou um pouco pela praia. Depois sentou-se, com os braços apoiados nos joelhos. A lua brilhava sobre mar, branca. Ele pensou na luz que o cercara, na mão firme que o havia tirado do abismo.

Jesus, por que se deste ao trabalho de me salvar?

Bravo, Roman pegou o celular.

A voz de Jasper estava grogue de sono.

— Tudo bem?

— Segui seu conselho e sugeri a Grace que nossa amizade evoluísse.

— Ah... — Silêncio. — E aí?

— Ela pediu demissão e se mudou do chalé.

Som de cobertores farfalharam. Jasper suspirou profundamente.

— Comece do começo.

— Cozinhei um jantar gostoso, arrumei tudo ao ar livre... ela gosta da vista.

Os olhos de Roman começaram a arder. Ele parou de falar e tentou respirar.

— Você fez alguma coisa?

— Eu a beijei. Ela disse que me amava, eu pedi que ela fosse morar comigo e...

— Morar com você?

— Ela não queria ser só minha amiga com benefícios.

Jasper gemeu.

— Bobby Ray, quando eu disse pra você sossegar, não estava falando de convidá-la pra morar junto. Estava falando de casamento.

— Quem se casa hoje em dia sem um período de experiência?

Ele pensou em Hector e Tracy, já grávidos.

— Período de experiência? Está falando como se fosse um contrato de trabalho. — Jasper estava bravo. — Você quer um relacionamento que dure? Então tem que se *comprometer*. Agora, se quiser só transar por aí, volte para as baladas e arranje alguém só pra ficar de vez em quando.

Roman notou a decepção de Jasper, mas não chegava nem perto da sua. Quantas vezes ele arriscara a vida subindo em lugares altos para grafitar uma parede, mas não tinha coragem de arriscar seu coração? Achava que poderia se proteger da dor, mas ela estava ali, forte, profunda, tentando puxá-lo para baixo.

— Bobby Ray — disse Jasper em um tom mais suave —, ligue para ela, peça desculpas, pergunte se não podem começar de novo.

— É tarde demais.

— Você não saberá se não tentar.

— Ela não me atende.

— Seja forte e corajoso. Uma vez na vida, saia das sombras.

Conversaram por mais de uma hora. Roman ficou na praia a noite toda e assistiu ao nascer do sol.

— Jesus… — A luz e as cores lhe devolveram o alívio e o maravilhamento de ter sido arrancado das garras do inferno e de ter sentido o sopro da vida de novo. — Jesus… — Roman queria orar, mas não sabia como. — Jesus… — Olhando o nascer do sol, pensou no poder que o livrara da morte. — Jesus, me ajude.

Quando Roman voltou a Topanga Canyon, foi ao chalé. Grace havia deixado a chave na bancada da cozinha, sem nenhum bilhete. Uma dor lancinante o tomou. Sozinho no silêncio, admitiu o que já sabia havia muito tempo: que a amava. Até aquele momento, ele não havia sido capaz de admitir, muito menos de dizer a ela. E, se dissesse agora, ela não acreditaria.

Ele havia passado três anos procurando a mãe, até que descobrira que ela havia morrido na noite em que o deixara sozinho no apartamento. Só então desistira. Teria sido naquele momento que desistira de amar alguém mais que a si mesmo? Roman voltou para casa e ficou sentado na beirada do sofá de couro, com a cabeça entre as mãos.

Havia uma pessoa que poderia lhe dizer como construir uma ponte para chegar a Grace. Brian Henley atendeu no terceiro toque.

— Estava esperando você ligar. Acabei de chegar da igreja.

— Podemos sair para tomar um café? Preciso de uma luz.

— Todos nós precisamos.

Marcaram a hora e o lugar.

33

ROMAN ENTROU NA CAFETERIA E viu Brian Henley sentado a uma mesa no canto com o notebook aberto. Ele ergueu a xícara de café para cumprimentá-lo. Roman assentiu e entrou na fila.

Imaginava que Brian sugeriria uma Starbucks no centro da cidade, não um café em um bairro industrial cheio de operários. Mas relaxou, o ambiente era familiar para ele. Um rapaz tatuado anotava os pedidos e uma garota com cabelo cor de fogo e piercings no nariz, no lábio e no alto das orelhas servia as bebidas.

Meio lerdo pelas horas de sono perdidas, Roman pediu três doses de expresso dentro de uma xícara de café grande normal. Os dois atendentes se moviam como dançarinos, trabalhando um ao redor do outro com a precisão de um tango. Era necessário, considerando a quantidade de clientes. A maioria pegava o pedido e ia embora. Alguns ocupavam a meia dúzia de mesas.

Brian fechou o notebook quando Roman se sentou em frente a ele. Guardou-o em uma mochila puída e a pendurou nas costas da cadeira. Pegou sua xícara de café e ofereceu a Roman toda a sua atenção.

— Que bom que não desistiu de entrar.

— Foi por pouco.

O café estava quente e forte, mas não tão bom quanto o de Grace.

— Você vem muito aqui?

— É perto do trabalho e um bom lugar pra conhecer gente nova.

Aquele cara todo certinho queria conhecer gente do gueto? Uma adolescente com dreads entrou e gritou um oi para ele. Brian sabia o nome dela.

— A Shanice sabe que você conhece meninas em um café de bairro? — disse Roman, sendo rude de propósito.

Brian apenas sorriu.

— Ela não tem nada com que se preocupar. Está com cara de cansado — disse, mudando a expressão do rosto, ficando sério.

— Muita coisa na cabeça.

— Inferno ou Grace?

— Meio que são a mesma coisa, né? — disse Roman, dando uma risada sombria.

Queria perguntar se Brian sabia onde ela estava, mas com certeza não obteria resposta.

— Ela já deve ter te contado tudo.

— Ela não falou nada e eu não perguntei. Você contou sobre sua experiência de quase morte no churrasco… isso eu não consigo esquecer.

— Eu não pretendia falar disso — disse Roman, seco.

— É meio difícil guardar isso dentro do peito.

— Eu sei que Jesus me salvou, mas está tudo pior, não melhor.

— Muito bem. — Brian assentiu. — Talvez você esteja tentando se agarrar a velhos hábitos. A pergunta é: está disposto a entregar sua vida a Jesus?

Frustrado, Roman apertou os dentes, inclinou-se para a frente e perguntou:

— O que isso quer dizer?

— Deixar de viver seguindo suas próprias regras.

Roman havia lido a Bíblia que Grace lhe dera, sabia das regras.

— É, a Bíblia é cheia de regras, e a maioria não faz muito sentido pra mim.

Brian também se inclinou para a frente, sustentando o olhar de Roman.

— Sabe qual é a boa nova, Roman? Estamos nos tempos da nova aliança, aquela que Jesus pagou com Seu próprio sangue. Quando você aceita Jesus, Ele lhe dá o Espírito Santo. Da próxima vez que ler Sua Palavra com isso em mente e rezando, você começará a entender. O Espírito vai lhe ensinar e mostrar como isso se aplica à sua vida. Você começará a reconhecer a voz de Deus. Saberá onde errou e como se acertar com Ele. Quando você segue Deus, sua vida começa a mudar de dentro para fora.

Roman sacudiu a cabeça.

— Falando assim, parece fácil.

— É simples, mas não é fácil — disse Brian, recostando-se, ainda sustentando o olhar de Roman.

— Parece que você tem tudo sob controle, pastor.

Brian abriu um sorriso irônico.

— Até parece. — O telefone vibrou. — Preciso prestar contas como qualquer homem, talvez mais. — Ele olhou a mensagem e guardou o celular no bolso de novo. — Pastores tendem a ser alvo do inimigo. Você conheceu alguns ajudantes de Satanás. Quando se destrói um pastor, um rebanho inteiro pode se perder.

Curioso, Roman mudou o rumo da conversa. Não queria pensar em sua experiência, muito menos falar sobre ela.

— Como você virou pastor?

Brian falou sobre sua infância no Centro-Oeste, a família de fazendeiros, a juventude na igreja, a linda menina que conhecera em um evento cristão e com quem se casara ainda na faculdade, a morte precoce dela...

A conexão fácil entre os dois surpreendeu Roman. De repente, se pegou falando de Tenderloin, dos furtos em mercearias de esquina para ter o que comer, do desaparecimento de sua mãe, das mudanças de um lar de acolhimento a outro.

— Jasper diz que tenho questões de abandono.

— Não me surpreende.

Roman deu o último gole no café.

— Nunca tive pai.

— Você sempre teve um Pai, agora, pode conhecê-Lo.

O celular de Brian notificou outra mensagem. Ele olhou.

Roman olhou o relógio e soltou um palavrão. Força do hábito.

— Estamos conversando há duas horas!

Brian riu.

— Que bom que pudemos fazer isso. Tenho que voltar para a igreja. — Ele se levantou e colocou a mochila nas costas. — O que acha de semana que vem?

Roman ficou surpreso por ver que o pastor queria conversar com ele de novo.

— Claro, você escolhe o horário. Minha agenda é flexível, mas você tem um emprego.

Brian deu uns passos de costas, olhando para Roman.

— Vou ver minha agenda e te ligo.

— Quer uma carona?

— Não, a igreja fica a dois minutos daqui. Um quarteirão para baixo, à direita.

Roman não havia visto nenhuma igreja.

— Aquilo é um galpão industrial.

— Isso mesmo! — disse Brian, e sorriu. — Aluguel baixo, muito espaço... Ei, você joga basquete? O grupo de jovens vai jogar hoje à noite.

— Basquete, não — disse Roman, e suspirou. — Eu fazia parkour.

Alongamentos e exercícios para fortalecer haviam provocado muita dor na perna de Roman, mas nenhuma melhora. Era um lembrete constante de que aquela viagem ao inferno não havia sido só imaginação.

— Venha nos conhecer no domingo. Não precisa usar camisa e gravata. O culto é às dez.

Trocando a mochila de lugar, Brian desceu a rua correndo e desapareceu por uma entrada de veículos.

O encontro não havia sido como Roman esperava. Ele se sentira à vontade, como se nada que dissesse pudesse surpreender Brian Henley. Talvez os pastores já tivessem ouvido de tudo.

Com o incentivo das amigas, Grace decidiu abrir um negócio na internet. Ela não estava convencida de que seria o suficiente para sustentar Samuel, mas era um começo.

Shanice era quem mais a encorajava.

— Meu Deus, menina! Você se formou com honras no ensino médio, ganhou bolsa de estudos na UCLA, foi promovida de recepcionista a secretária e depois a gerente em uma empresa de relações públicas em menos de quatro anos! Você tem muito currículo, tem todo tipo de habilidade, amiga, só precisa de um pouco de confiança. Tentei te dizer isso quando você perdeu o emprego a primeira vez.

As amigas de Grace estavam trabalhando no projeto desde o último almoço de domingo.

Ashley sugeriu um site.

— Precisamos de um bom nome para ele. Você pode pôr um link para um blog e escrever sobre ser mãe solteira, contando como são as coisas. Isso ia ajudar a direcionar tráfego para o site.

Grace deu uma risadinha.

— Ainda não há tráfego nenhum.

— Mas vai ter. Deus não vai te decepcionar. — Ashley mexeu seu café. — As pessoas gostam de ler sobre esse tipo de história.

— Você pode oferecer vários serviços. — Shanice foi anotando. — Você sabe fazer um bom currículo, essa é uma ótima habilidade. Ajudou seu marido a fazer os TCCs, não foi? Você pode oferecer serviços de edição. E tutoria.

— Você criava slogans naquela empresa de RP? — perguntou Ashley, ajeitando-se no sofá.

— Às vezes.

Harvey Bernstein sempre a chamava para fazer brainstorming. Ela criara algumas frases de efeito que ainda se encontravam em outdoors por aí.

— Às vezes, empresas que estão começando precisam contratar alguém para criar slogans. E pagam um bom dinheiro.

A confiança de suas amigas na provisão de Deus e em suas habilidades deu forças a Grace. Ela criou o VirtualGrace.biz em uma plataforma que oferecia alguns layouts gratuitos. Colocou todas as suas qualificações e os serviços que oferecia, depois fez seu primeiro post no blog.

Ligou para Harvey Bernstein para contar seu plano. Ele se interessou e disse conhecer várias pessoas que talvez precisassem desse tipo de ajuda. Disse até quais preços deveria cobrar.

— O pessoal que está começando a fazer sucesso já conta que vai gastar mais, e isso é bom pra você. Acabei de abrir seu site. Ficou ótimo, Grace, vai atrair muitos trabalhos.

Harvey sempre a encorajara.

O primeiro cliente foi o filho de um amigo de Harvey, que tinha uma empresa de tecnologia nova e precisava de um folheto. Ele disse que ela havia sido muito bem recomendada. Enviou seu plano de negócios e fotos.

Seu primeiro post no blog, "Vasculhando os escombros", também chamou atenção, especialmente depois que Shanice o compartilhou com todo mundo que conhecia: velhos e novos amigos, membros da igreja, parceiros de negócios de dois estúdios. Ashley repassou o post a colegas professores e administradores. Grace não esperava que suas confissões fossem do interesse de alguém, mas choveram comentários e e-mails, a maioria de mulheres, metade delas, mães. Algumas ofereciam conselhos práticos.

Selah ligava sem parar. Elas haviam conversado duas vezes desde que Grace pegara Samuel, e ambas haviam sido angustiantes. Ela parara de atender, esperando que Selah aceitasse que seu tempo com Samuel, apesar da gratidão de Grace, havia acabado. A décima mensagem de voz em dois dias era assim: *Sei que você recebeu minhas mensagens, Grace. Considerando tudo que fiz por você, poderia pelo menos ter a gentileza de retornar minhas ligações, né? Quero saber se o Sammy está bem.*

— Chega! — disse Shanice, jogando a revista que estava lendo na mesinha de centro. — Quer que eu ligue pra ela e diga para parar de assediar você?

— Ela o ama, Shanice. Eu devia ter saído da casa deles quando tive Samuel, em vez de deixar que ela alimentasse falsas esperanças.

— Você explicou, mas ela simplesmente não quis ouvir.

Shanice se sentou no sofá ao lado dela e passou o braço em volta de Grace.

— Ai, amiga, não se sinta tão culpada. Samuel é seu filho, não dela.

— Não sei como facilitar as coisas pra Selah.

— Quando se mudou pra Topanga Canyon, você disse a ela que pretendia ficar definitivamente com Samuel assim que encontrasse uma creche. Já faz duas semanas que você foi buscá-lo e ela não para de ligar. Talvez fosse bom você trocar seu número de telefone.

— Eu sei, mas parece uma atitude tão definitiva!

Shanice segurou a mão de Grace.

— Não minta para si mesma. Você tem esperanças de que Roman ligue de novo, não é? E se ele ligar, o que vai fazer? Vai morar com ele do jeito que Nicole fez com Charles? Você viu como ela estava infeliz da última vez que a vimos. É isso que você quer?

— Não.

Naquele momento de sua vida, ela não se importava com mais nada. Estava arrasada e morrendo de vontade de vê-lo mais uma vez. *Seja honesta, Grace.* No estado emocional em que se encontrava, Roman poderia facilmente fazê-la esquecer seus princípios morais. Mais alguns beijos como aquele e Grace cederia ao que ele queria, em vez de ao que Deus queria para ela.

— Meninos gostam de brincar, amiga.

Grace olhou para Samuel brincando contente no chão e se lembrou do dia que Roman voltara para casa exausto após noites sem dormir. Eles conversaram no chalé, ele sentara Samuel em seus joelhos, depois se esticara no sofá, com o bebê sobre seu peito, e ambos adormeceram. Ela ficara olhando para eles por um longo tempo. Samuel precisava de um pai. Ela esperava que Roman quisesse assumir esse papel?

Grace tinha que parar de pensar nele! Precisava se concentrar em sua vida, em começar de novo.

Shanice lhe dera uma força nas últimas duas semanas, mas Grace não queria ficar demais ali. Sua amiga tinha a própria vida e Brian queria fazer parte dela. Sempre que ele ligava, Shanice parecia se sentir culpada, como se tivesse feito algo terrível para Grace. Na verdade, apenas a havia convidado para sair um pouco e se divertir naquele passado já distante. Era Grace a responsável pelo que acontecera, não sua amiga. E depois, ela fraquejara porque lhe faltara fé. Naquele momento, ela percebia o custo disso para Selah e sua família. Não queria cometer o mesmo erro de novo.

— Vou para Fresno, Shanice.

— Para a casa da sua tia? — Shanice arregalou os olhos. — Mas ela nem quis falar com você…

— Não pretendo ficar, só vou fazer uma visita. Se ela permitir. Está na hora, nós precisamos conversar.

— E se ela bater a porta na sua cara?

Grace deu uma risadinha.

— Tia Elizabeth nunca seria tão grosseira.

— Por que vai procurar sua tia se ela não te ajudou antes?

— Só quero conversar com ela sobre algumas coisas.

Quando sua tia havia saído de Memphis, abandonara tudo e todo mundo que conhecia. Talvez ela pudesse lhe contar como havia conseguido. E Grace também queria saber por quê.

— Depois você vai voltar para cá? — perguntou Shanice, esperançosa.

Se ficasse no sul da Califórnia, a tentação bateria na porta da mente e do coração de Grace. Quantas vezes, nas últimas duas semanas, ela pensara em ir a Topanga Canyon? Vivia procurando uma desculpa para ver Roman de novo... mas ela sabia o que aconteceria se o visse.

Duas vezes na última semana, ela pegara o filho e as chaves do carro com a intenção de ir. Mas ouvira aquela voz mansa e delicada a avisando: *Não volte, Grace. Confie em mim.*

— Enquanto estiver aqui, sentirei a tentação de procurar Roman, e eu seria uma idiota se fizesse isso. Minha cabeça me diz que ele quer todos os benefícios físicos sem nenhuma responsabilidade, mas meu coração se deixa enganar. — Ela deu de ombros diante dessa dura revelação. — Pelo menos Patrick colocou um anel no meu dedo pra me usar. Roman não queria nem isso. Mas acho que devo dar algum crédito a ele por ter sido honesto.

— Brian foi tomar um café com ele.

Mais uma vez, aquela leve sombra de culpa no rosto de Shanice.

— E como foi? — Grace se arrependeu de perguntar. Levantou as mãos. — Não importa, não quero saber. — Ela se levantou, fazendo careta. — Vou ligar pra minha tia. Reze por mim.

Quando tia Elizabeth atendeu, Grace perguntou se poderia ir visitá-la por uns dias. Tia Elizabeth suspirou.

— Imagino que você teve que tomar uma decisão difícil.

— Várias.

Grace passou a mão na cabecinha de Samuel.

— Quando pretende chegar?

— Amanhã à tarde, se for conveniente.

Roman conseguiu atravessar a quadra de squash bem rápido e rebateu a bola, que foi zunindo bater na parede do fundo. Brian errou e soltou um muxoxo de derrota.

— Misericórdia! Eu me rendo. — Inclinou-se para a frente, apoiou as mãos nos joelhos, e deu uma risada sibilante. — Mesmo com uma perna ruim, você está mais em forma que eu. — Respirando fundo, ele se endireitou. — E eu aqui pensando que os artistas passavam o tempo todo sentados pintando.

Sorrindo, Roman ficou fazendo a bola quicar.

— Depende do tipo de pintura. Um grafiteiro tem que ser rápido para não acabar algemado em uma viatura.

— Você ainda faz grafite?

— Não mais.

Duas jovens estavam na janela, observando. Uma tinha cabelo escuro como o de Grace. Roman se virou, pegou sua garrafa de água e bebeu. Não conseguia passar uma hora sem pensar nela. Já fazia algumas semanas e ele ainda estava arrasado. Se ela o amava, por que o ignorava? Ele havia estendido o ramo de oliveira nos primeiros dias, torcendo para que ela atendesse ou mandasse uma mensagem, ou ligasse, ou escrevesse, ou *qualquer coisa* para que pudessem conversar. Mas era óbvio que isso não aconteceria.

Brian pegou uma toalha e enxugou o rosto.

— Ela também está sofrendo.

Roman não precisou perguntar de quem ele estava falando, mas ficou imaginando como Brian sabia que ele estava pensando em Grace. Acaso a dor estava estampada em seu rosto? Ele estava tentando empurrá-la para o fundo da mente, mantê-la escondida. Quanto tempo seria necessário para que passasse? Quanto tempo até que ele pudesse passar um dia que fosse sem sentir que seu coração havia sido arrancado do peito?

— Quero que você pense sobre uma coisa — disse Brian, passando a toalha em volta do pescoço e segurando as pontas. — O que você está sentindo agora pode dar uma ideia do que Deus sente quando o deixamos de lado. Nosso Pai enviou Seu Filho para pagar o preço pelos nossos pecados, Roman. E Jesus sofreu e morreu voluntariamente por amor a todos nós. Tudo que você e eu já fizemos de errado nessa vida foi pago na cruz. — Ele suspirou. — Devemos amá-Lo mais do que amamos qualquer outra pessoa. — Seus olhos estavam cheios de compaixão. — Quer fazer as coisas direito, meu amigo? Então acabe com essa obsessão pela Grace. Faça de Jesus sua prioridade.

As palavras de Brian penetraram fundo e trouxeram à tona a lembrança do poder que os cercava, um poder que fazia demônios gritarem na escuridão. Roman se lembrou do calor e da luz que o haviam envolvido e o elevado, tudo porque ele havia gritado o nome de Jesus. Será que saberia que poderia fazer isso se Grace não houvesse falado sobre Jesus momentos antes de seu coração parar? Teria sido o acaso ou um plano de Deus?

Sua garganta estava apertada. Seus olhos ardiam.

Jesus, me desculpe. Sei que o Senhor quer mais de mim do que o que estou oferecendo.

Brian sempre repetia a mensagem e Roman sentia que ela estava se infiltrando pelas rachaduras do muro que ele havia construído em volta de seu coração. Talvez fosse hora de parar de colocar toda sua esperança em Grace em vez de n'Aquele que o puxara para a luz.

Grace podia não o amar, mas Deus o amava. Sempre amara e sempre amaria. E seria muito mais seguro entregar seu coração, sua alma e sua mente a Jesus que a uma mulher de carne e osso.

Na manhã seguinte, Selah ligou para Grace mais uma vez. Deixou outra mensagem, dessa vez se desculpando pela explosão anterior, mas, entre lágrimas, perguntou se podia ver Sammy só um pouquinho. Grace ligou para o telefone de trabalho de Ruben.

— Selah e eu precisamos da sua ajuda.

Ela contou o que estava acontecendo nas últimas duas semanas.

— Eu não sabia, Grace, sinto muito. As coisas estão difíceis lá em casa. A Alicia está se comportando mal. Liguei para o padre Pedro e ele não se surpreendeu. Marcamos um horário de aconselhamento familiar. Ainda não contei a Selah, mas ela irá. Iremos todos.

— Sinto muito...

Grace pressionou a testa com seus dedos frios e trêmulos.

— Não é culpa sua, *chiquita.* Selah já estava com dificuldades antes de conhecermos você. Achei que te ajudar com seu bebê seria bom para ela.

Grace informou que pretendia trocar de número de celular e que se mudaria nos próximos dias.

— Selah vai ficar arrasada quando souber que você foi para longe.

— Há outras razões, Ruben.

— *Eres como mi propia hija* — disse Ruben, com a voz embargada. — *Que Dios te bendiga.*

Ninguém jamais a havia considerado uma filha nem oferecido tal bênção.

Na hora do almoço, Grace já estava com tudo que levaria consigo arrumado em uma mala, uma mochila e em algumas caixas quando Shanice chegou. Foi colocando as coisas no carro enquanto Shanice ficava no sofá com Samuel. Estava com os olhos marejados quando Grace terminou, já pronta para dizer adeus.

— Vou sentir sua falta, amiga, você não imagina quanto. — Ela levantou Samuel acima de sua cabeça e o sacudiu. — E de você também, homenzinho.

Devolveu-o a Grace.

— Vamos continuar nos falando.

— Tem ideia de para onde vai?

— Ainda não.

Grace tinha pensado em algumas opções, mas precisava pesquisar mais. E tia Elizabeth, sem dúvida, também a aconselharia. Sua tia nunca havia deixado de dar sua opinião e, pensando melhor, Grace desejou ter dado ouvidos a ela, teria evitado muito sofrimento.

— Obrigada por tudo, Shanice. O VirtualGrace.biz não existiria sem você.

— Você só precisava se lembrar de quem é e quem está do seu lado. Deus vai cuidar de você, amiga. Fique com Ele.

Roman se sentou à mesa de desenho com a Bíblia que recebera de Grace aberta à sua frente. Terminou de ler a história de Eliseu, um fazendeiro bem-sucedido que destruiu seu arado e matou sua junta de bois em sacrifício para poder seguir Elias e servir a Deus. Roman sentiu algo mudar dentro dele. *Está bem, Senhor, entendi.* Tratava-se de abrir mão de uma vida e começar outra. Livrar-se de tudo aquilo que o prendia.

Levantando-se, foi até as janelas e pensou nas conversas que ele e Brian haviam tido sobre prioridades. Roman se surpreendera com a facilidade com que a conversa com Brian corria. Ele não fazia perguntas cansativas como Jasper, o silêncio não incomodava Brian. Era fácil contar a verdade a ele. Haviam se tornado amigos por causa disso.

Estava diante da janela, olhando para fora, mas por dentro ainda estava correndo, assustado. *Senhor, eu li o suficiente para saber que está me chamando. Estou ouvindo. Cansei de tentar descobrir tudo sozinho; faz de mim o que quiser. Estou cansado, Jesus, só quero descansar.*

Resplendor, sua melhor obra, ainda estava no cavalete. Roman olhava para ela todos os dias e via a mulher que o havia inspirado. Acaso ela havia se tornado um ídolo? Talvez fosse hora de entregá-la a Talia e deixar que a vendesse. Ou entregá-la a Brian para que a desse a Shanice para que ela a entregasse a Grace. Achava certo dar a pintura a ela. Grace o havia inspirado.

Ainda estou tentando arranjar um jeito de chegar a ela, não é? Eu a amo, Senhor, mas fui covarde demais e não disse a ela o quanto.

Brian afirmara que a dor diminuiria com o tempo. Roman precisava definir suas prioridades. Sua vida dependia de Deus, não de uma mulher.

Roman abriu as portas de vidro. O sol se punha no cânion. Grace teria adorado aquele céu manchado de violeta. Ele acendeu a lareira externa e sentou-se para ver o sol se pôr. Ele nunca dera atenção àquela vista, mas Grace tinha razão: as cores nunca eram as mesmas. *O boa-noite de Deus,* dissera ela.

As estrelas foram surgindo uma a uma, até que milhares delas estavam espalhadas sobre a tela escura. *E eu me considero artista?*

Seu celular tocou, era Brian. Roman atendeu.

— E aí.

— Como você está?

— Melhor.

Pelo tom de voz de Brian, ele percebeu que algo estava acontecendo.

— Está ligando por alguma outra razão?

— Acabei de falar com Shanice. Grace foi embora hoje à tarde.

Roman sentiu como se tivesse tomado um forte soco no estômago.

— Embora pra onde?

— Shanice disse que ela foi para o norte e que a própria Grace não sabia onde iria se estabelecer. Ela quer criar Samuel em algum lugar que não seja Los Angeles.

Até onde ao norte ela pretendia ir? Poderia acabar em Oregon ou Washington. Alasca? Roman fechou os olhos.

— Sinto muito, Roman.

— Pois é. — Ele olhou para o cânion. — É a vida.

— Passe aqui amanhã. Podemos conversar.

Ele deu a Roman o endereço de sua casa, que ficava no Vermont Square.

— Venha de Uber, não dá pra deixar esse seu carro chique aqui na minha rua. Às onze está bom? Ou é muito cedo para um artista? — perguntou, rindo.

Roman ficou mais um tempo do lado de fora. Suas emoções o levaram até o fundo do poço, e ele não conseguia ver nenhuma saída, exceto uma. *Jesus, me segure de novo.* Fechando os olhos, ele se imaginou erguendo a mão, sentia o peso que o sugava para baixo em um vórtice de tristeza.

Então ouviu o sussurro, um pensamento que não era dele preenchendo sua mente.

Deixa que ela vá e caminha comigo. Um passo de cada vez. Um dia de cada vez.

Simples, mas não fácil.

Deixa que ela vá e deposita tua esperança em mim.

Roman tirou o celular do bolso. Com a mão trêmula, tocou no ícone Galeria. Ficou olhando as fotos de Grace que havia tirado na viagem. Quantas vezes havia feito isso nas últimas semanas? Não podia ter Grace, mas podia pelo menos ver aquelas fotos e imaginar o que poderia ter sido.

Deixa que ela vá, disse Deus.

Uma por uma, Roman apagou as fotos. Quando chegou à última, seu polegar hesitou. Lembrou-se do momento em que a tirara. Grace estava em um lugar alto nos Dardanelos, olhara por cima do ombro e acenara para que ele a seguisse. E ele fora. Ela era apaixonada pela vida e, talvez por alguns minutos pelo menos, uma mulher apaixonada por ele. Melhor recordá-la assim do que como a última vez que a vira: com lágrimas correndo por seu rosto pálido, olhos cheios de mágoa e desilusão. Ele quase conseguia ouvir a voz dela: *Eu te amo, Roman.*

Uma brisa suave sussurrou através do chaparral. *Eu te amo mais ainda.*

Ele sentiu o calor daquele recado, o profundo anseio de se aproximar do Eterno. Conseguiria, se deixasse de se apegar a alguém que não lhe pertencia nem nunca pertencera.

Roman encheu os pulmões com o ar fresco da noite e tocou suavemente a tela.

Grace desapareceu.

34

Tia Elizabeth abriu a porta.

— Ah, eu pensei que… — Ela parecia prestes a chorar e deu um passo para trás. — Esqueça, entre. Onde está sua mala?

— No carro. Junto com um chiqueirinho e…

— Eu o seguro enquanto você pega as coisas.

Ela arrancou Samuel dos braços de Grace. Espantada, Grace ficou observando a tia levar seu filho até a sala. Ela nunca o pegara no colo e mal olhara para ele na única vez que Grace o levara até ali.

Grace colocou o chiqueirinho e a mala em seu antigo quarto e deu uma espiada na sala. Tia Elizabeth estava com Samuel sentado em seus joelhos, de frente para ela. Estava falando com ele com uma voz suave e afetuosa, e ele balançava os bracinhos como um pássaro feliz.

— Obrigada por distraí-lo.

Ela estendeu a mão para pegar Samuel, mas tia Elizabeth recusou.

— Ele está bem aqui.

Grace se sentou na beirada do sofá, com as mãos nos joelhos.

— Achei que você não gostasse dele.

— Eu achava que você o daria para adoção e não queria me apegar.

Quando Samuel começou a se contorcer, ela olhou para Grace, sem entender.

— Ele quer ir para o chão, já está engatinhando. Vou ficar de olho nele para que não quebre nada.

Tia Elizabeth o colocou no chão.

— Não precisa, vou tirar as coisas do caminho.

Ela se levantou e foi percorrendo a sala, recolhendo os objetos frágeis e os colocando em uma prateleira alta.

O que teria acontecido para provocar essa mudança?

— Você ficou tão brava quando contei que estava grávida...

— Claro que fiquei! Acha que eu deveria ter ficado feliz com as circunstâncias da concepção dele?

Grace a fitou.

— Eu tive medo de que você quisesse que eu abortasse.

— Grace — disse tia Elizabeth, com um tom de voz mais suave —, você sempre quis agradar as pessoas... Francamente, achei que suas amigas a convenceriam a não ter o bebê.

Grace logo as defendeu.

— Foram minhas amigas que sugeriram o centro de aconselhamento para grávidas.

— Sim, eu sei, e imagino que a família que a acolheu tinha planos para Samuel — disse, erguendo uma das sobrancelhas, com um ar desafiador.

— Selah ainda quer adotá-lo.

Samuel bateu a mão na porta de correr do jardim, deixando uma marca pegajosa na superfície de vidro imaculada. Grace se levantou, sabendo que sua tia gostava de tudo limpo e arrumado.

— Vou pegar o limpa-vidros.

— Sente-se, não se preocupe com a porta — tia Elizabeth riu quando ele bateu na porta de novo. — É vidro duplo temperado, não quebra. Acho que o Samuel vai gostar de ficar ao ar livre. — Ela olhou para Grace. — Falando em garotos, como está Roman Velasco?

Grace sabia que o nome dele surgiria na conversa mais cedo ou mais tarde, mas não achava que seria tão cedo.

— Não sei. Pedi demissão e entreguei o chalé faz umas semanas.

Tia Elizabeth deu um sorriso triste.

— Ele queria ser mais que seu amigo?

— Ele queria que fôssemos amigos com benefícios.

— Fico feliz por você não ter aceitado. A maioria dos relacionamentos que começa assim não acaba bem. — Tia Elizabeth sacudiu a cabeça. — Mas é uma pena, eu gostei dele.

Grace levantou o rosto, surpresa.

— Gostou?

— É, gostei. Ao contrário do Patrick Moore, que nunca se importou com seus sentimentos, Roman era muito protetor com você. Ele achou que eu estava te tratando mal. — Ela deu de ombros. — E é verdade, eu estava mesmo. Roman Velasco também não conseguia tirar os olhos de você, outra coisa que o diferenciava do seu ex-marido. Esse homem a ama, Grace.

— Não o suficiente.

— Ele é um idiota, mas a maioria dos homens é quando se trata de mulheres. Imagino que você era algo novo para ele, uma menina com valores morais e fé. O que devo dizer quando ele ligar?

— Ele não vai ligar.

Grace imaginava Roman voltando a frequentar baladas, escolhendo uma loira bonita para seduzir, como aquela que havia dado em cima dele na galeria. Ele tomaria cuidado, claro, escolheria alguém que conhecesse as regras. Ela ficava dizendo a si mesma que estava feliz por qualquer chance de relacionamento ter acabado, mas seu coração batia mais rápido só de ouvir o nome dele.

Tia Elizabeth a observou.

— Tudo bem, não precisamos falar dele enquanto você não estiver pronta. Temos muitas outras coisas para discutir. Para começar, o passado. — Ela se levantou. — Não quer montar o chiqueirinho na cozinha para a gente ficar de olho nesse pequeno andarilho enquanto eu termino de fazer o jantar?

Grace fez como sua tia sugeriu. Samuel não ficava muito satisfeito enjaulado, de modo que ela colocou vários brinquedos para mantê-lo ocupado. Tia Elizabeth estava à pia da cozinha descascando batatas, despertando memórias da infância de Grace. Ela havia chegado àquela casa traumatizada e sofrendo.

Já adulta, Grace conseguia entender e perdoar a incapacidade da tia de demonstrar compaixão por uma criança traumatizada. Tia Elizabeth também estava sofrendo e com raiva pelas circunstâncias da morte da irmã. Mas, quando criança, Grace vivia em medo constante. Não só quando fora morar com tia Elizabeth, mas bem antes disso, desde que testemunhara a raiva do pai pela primeira vez e sua mãe lhe ensinara a brincar de esconde-esconde. Ela aprendera a se esconder de muitas coisas. Acaso estava se escondendo naquele momento?

Tia Elizabeth falou por cima do ombro:

— Seu cabelo está bonito assim, solto e comprido.

Ela cortou as batatas e as colocou em uma panela com água da torneira. Enxugou as mãos, colocou sal na água e a panela no fogão. Voltou-se para Grace, encostando-se na bancada, como se estivesse tomando coragem.

— Você está calada.

— Estou só lembrando de coisas do passado.

Grace se arrependeu do que disse quando viu a dor cintilar nos olhos da tia.

— Nenhuma boa, imagino. — Tia Elizabeth enfiou as mãos nos bolsos do avental e desviou o olhar. — Eu fiz muitas coisas das quais me arrependo, Grace, e a maioria tem a ver com você. — Ela suspirou. — Você tinha apenas sete anos quando a trouxe para morar comigo, e eu descarreguei toda minha amargura em você.

— Eu entendo o motivo.

Tia Elizabeth se sentou à mesa da cozinha e pousou a mão no braço de Grace.

— Precisamos conversar sobre o passado.

— Sobre minha mãe.

— Sim, e seu pai. — Ela apertou gentilmente o braço de Grace e retirou a mão. — Mas o problema não começou com eles.

Depois do jantar, tia Elizabeth teve que ir a uma reunião de diaconisas. Grace deu banho em Samuel na pia da cozinha e o vestiu para dormir, então o colocou no colo para dar uma mamadeira de leite morno enquanto orava por ele. Cantou baixinho seu hino favorito, até que notou as pálpebras do bebê ficando mais pesadas. Quando Samuel não conseguiu mais manter os olhos abertos, ela o colocou cuidadosamente no chiqueirinho e o cobriu com seu cobertor favorito, de bordas sedosas.

Tomada de ternura, ela se sentou na beirada da cama de solteiro e ficou olhando seu filho dormir. Ele parecia em paz, contente. Seu menininho não tinha nada com que se preocupar porque confiava em sua mãe. *Senhor, quero confiar assim em Ti.*

Nada estava saindo do jeito que ela esperava. Tia Elizabeth queria falar sobre o passado, porém só mais tarde, quando voltasse, ou no dia seguinte. Acaso mudaria de ideia? Grace tinha perguntas a fazer sobre o passado e queria pegar um pouco da coragem da tia emprestada para partir e recomeçar. Tia Elizabeth havia feito isso com sucesso, deixara a família e os amigos em Memphis e se mudara para o outro lado do país. Por que ela fizera isso? Elizabeth Walker havia partido para uma grande aventura ou havia fugido?

Samuel se mexeu. Grace ajeitou o cobertor. Lembrou-se de sua primeira noite naquele quarto, de como estava aterrorizada. Noite após noite ela se escondia, querendo se sentir segura, rezando para que sua mãe fosse buscá-la, dissesse que estava tudo bem e que podia sair.

Então o anjo aparecera e seus medos foram embora. Ela sentira o maravilhamento dele — o precioso segredo que contara a Roman. Ele havia descoberto que demônios existiam, será que acreditava que Deus enviava anjos?

Ela ouviu o portão da garagem. Tia Elizabeth havia chegado. Grace se inclinou sobre o chiqueirinho e pousou gentilmente a mão sobre o peito do filho.

— Você está seguro nesse quarto, Samuel. Eu tinha um amigo que cuidava de mim aqui, Deus está cuidando de você também.

Grace entrou na cozinha no instante em que sua tia abriu a porta lateral da garagem. Tia Elizabeth olhou para ela resignada.

— Imaginei que você estaria acordada.

— Como foi a reunião?

Tia Elizabeth deixou a bolsa na mesa e tirou o casaco.

— Definimos as atribuições de cada uma. Vou guardar minhas coisas e conversamos.

— Quer que eu faça um chá?

— Seria bom.

Com o casaco pendurado no braço, ela pegou a bolsa. Parou à porta e olhou para trás.

— O que acha de a gente colocar o pijama? Talvez nos ajude a ficar mais à vontade para conversar.

Sentaram-se na sala, cada uma em uma poltrona, uma de frente para a outra, como duas meninas fazendo uma festa do pijama, tomando chá e fingindo ser adultas.

— Por onde eu começo? — Tia Elizabeth parecia cansada. — Quando você foi para a faculdade, Grace, senti sua falta. Talvez você não acredite, mas a casa ficou vazia. — Ela pousou sua xícara e o pires na mesinha de centro. — Comecei a passar mais tempo ainda no escritório, acredita? Praticamente morava lá. Era difícil voltar para uma casa vazia e saber que continuaria assim. Eu achava que você não voltaria para casa nem para passar as férias. Estava sozinha de novo. Sabe, achava que era isso que eu queria, mas o problema era que eu não conseguia parar de pensar no que a Leanne sentiria se soubesse que eu a tratava mais como uma estagiária que como minha sobrinha. — Ela fitou Grace com dificuldade. — Sua mãe ficaria magoada e desapontada.

— Você me acolheu, tia, não me deixou em um orfanato.

Grace teria passado por várias casas, uns meses em uma, um ano em outra… quem saberia o que poderia ter acontecido nessas circunstâncias? Grace pensou em Roman e na infância que ele havia tido.

— Eu me arrependo de muitas coisas, Grace, mas a principal é de não ter criado você com o amor de que você tanto precisava. E merecia.

Grace sabia quão custosa era aquela confissão e sentiu seu coração amolecer.

— Eu entendo por que você não conseguia me amar. Toda vez que olhava para mim, você via meu pai, e ele… — Ela sacudiu a cabeça, incapaz de dizer o resto.

Tia Elizabeth levou os dedos à testa.

— Tinha me esquecido de que você ouviu essa conversa. — Ela abaixou a mão e levantou a cabeça. — Eu disse muitas coisas que não devia ter dito, estava com muita raiva. Tudo começou muito antes de a Leanne morrer, se bem que isso exacerbou as coisas. Minha raiva vem desde a infância. — Ela apoiou as mãos nas pernas, como se estivesse tomando coragem. — Uma das minhas primeiras lembranças é ver meu pai chutar as costelas da minha mãe quando ela estava de joelhos, esfregando o chão. — Ela fechou os olhos. — Eu devia ter uns quatro ou cinco anos, porque a Leanne ainda não tinha nascido.

Grace sentiu o calor das lágrimas, mas não disse nada.

— Minha mãe nunca discutiu com meu pai, nunca disse uma palavra contra ele. E nos ensinou a obedecer também. Aprendemos cedo a discernir seus humores e a sair do caminho. Minha mãe teve outro filho alguns anos depois da Leanne, um menininho. Ele era azul, parece que seu sangue não oxigenava muito bem. Cianose, acho que é esse o nome. Eu pesquisei uma vez.

Ela pegou sua xícara de chá, bebeu lentamente, com os olhos distantes. Sua mão tremeu quando ela baixou a xícara, um pouco mais calma.

— Meu pai culpou minha mãe quando o bebê morreu, claro. O triste é que ela acreditou nele, achava que merecia as surras. — Tia Elizabeth apertou os punhos e baixou a voz, firme e tensa. — Eu tentei pará-lo uma vez e ele quase me matou. — Ela sacudiu a cabeça. — Naquela época, não se falava de violência doméstica. Era um assunto de família, que devia ficar em segredo. Arranjei um emprego assim que tive idade suficiente, só para juntar dinheiro para sair de casa. Meu pai, claro, queria que eu entregasse a maior parte do que ganhava para ele, mas eu sempre dava um jeito de guardar um pouco. Eu ficava tanto tempo fora de casa que não sabia mais o que acontecia lá.

Ela fechou os olhos por um instante antes de prosseguir.

— Minha mãe ficou doente. Nunca soubemos o que ela teve, porque não ia ao médico. Acho que ela viu uma oportunidade de acabar com o próprio sofrimento e a acolheu. Quem poderia culpá-la?

Ela ficou calada por um longo tempo.

— E minha mãe?

Tia Elizabeth apertou os lábios, seu rosto estava pálido.

— Voltei para buscá-la depois que minha mãe morreu, queria que ela fosse morar comigo. Mas ela insistia que nosso pai precisava dela. Ele não estava bem, dava para ver. Talvez estivesse arrependido da maneira como havia tratado minha mãe, talvez estivesse vendo as portas do inferno, não sei, nem me importava. — Ela recostou a cabeça no encosto da poltrona. — Eu ia vê-la sempre que podia. A Leanne ligava e a gente conversava. Meu pai não facilitava a vida dela, tudo que dava errado para ele era sempre culpa de outra pessoa. — Ela deu um sorriso triste e amargo para Grace. — Sua mãe era uma boa cuidadora. Mas eu, uma vez, perto do fim, disse a ele que, se dependesse de mim, ficaria na poltrona até apodrecer sentado nas próprias fezes.

Um calafrio percorreu a pele de Grace.

A expressão de tia Elizabeth oscilava entre vergonha e culpa, raiva e arrependimento.

— Leanne ficou como minha mãe e eu, como meu pai. — Ela olhou para Grace com os olhos cheios de lágrimas. — Eu só não usava violência física.

Grace foi até o sofá e se sentou na beirada para poder segurar a mão da tia.

— Eu te amo, tia Elizabeth.

— Eu sei, e só Deus sabe por quê. Você é como sua mãe, ela perdoava qualquer coisa. — Ela se virou um pouco, com as mãos ao redor das de Grace segurando firme, e uma expressão intensa. — Precisamos falar sobre seus pais. O que você lembra daquela noite?

— Eu não vi nada do que aconteceu, minha mãe disse que a gente ia brincar de esconde-esconde. Eu a ouvi falando rápido, meu pai gritou com ela... algo caiu, aí ouvi meu pai soluçando e dizendo "Leanne" sem parar. Então eu o ouvi chegando, achei que ele estava me procurando, por isso não ousei me mexer. Ele abriu a porta do armário, começou a tirar umas caixas da prateleira alta até encontrar a arma. Ele me viu, empurrou as roupas para o lado e olhou para mim, mas não disse uma palavra. Então ele fechou a porta do armário e eu fiquei ali encolhidinha no escuro, esperando. E, por fim... ouvi o tiro.

Ela balançou a cabeça, se lembrando de partes daquela noite terrível.

— Tudo foi uma confusão depois disso. Eu estava morrendo de medo de me mexer. Ouvi um estrondo alto e vozes de homens. A luz do quarto se acendeu e um policial me encontrou. Acabei ficando com aquele casal simpático por uns dias e então você chegou.

Quando Grace conhecera os Garcia, pensara naquele casal gentil.

As mãos de tia Elizabeth se afrouxaram.

— Sinto tanto pelo que aconteceu com você, Grace! Eu não facilitei as coisas falando do seu pai daquele jeito. A vida já estava difícil demais para você, não precisava de mim sendo júri e juiz. O que aconteceu naquela noite fez seu pai tirar a própria vida. Ele poderia ter tirado a sua também, mas não o fez.

Grace sentiu as lágrimas surgindo e as conteve.

Tia Elizabeth ergueu a mão e colocou um cacho de cabelo atrás da orelha de Grace, um gesto nervoso.

— Brad e Leanne se amavam, talvez demais, talvez do jeito errado. Relacionamentos nem sempre fazem sentido. O que aconteceu foi uma tragédia, mas quando Deus me ofereceu um presente, em vez de recebê-lo com gratidão, eu me apeguei à raiva. Sou muito boa em construir muros, a única pessoa que já deixei chegar perto foi Miranda Spenser. — Ela deu um sorriso irônico. — Miranda teve o mesmo tipo de infância, mas não permitiu que isso a tornasse uma pessoa amargurada. — Tia Elizabeth deu um tapinha na mão de Grace. — Eu tentei dar você a ela uma vez, como se fosse um cachorrinho que alguém tinha deixado na minha porta.

Grace não se surpreendeu.

— Quando?

— Um dia depois de trazer você para cá. Miranda não aceitou, claro. Disse que eu precisava de você. — As lágrimas cintilaram em seus olhos. — Eu fiquei com tanta raiva! Miranda e Andrew sempre quiseram filhos, eu não conseguia entender por que ela não queria ficar com você. Mas ela estava certa, simplesmente não entendi a tempo. A vida teria sido muito melhor para você e para mim se eu tivesse baixado a guarda.

— Está baixando agora.

Tia Elizabeth deu uma risada triste.

— Já era hora, não acha? — Sua voz estava embargada de emoção. Ela parecia cansada, mas também aliviada. Passou as mãos nas pernas. — Sei que você veio para falar de outras coisas, mas podemos esperar até amanhã? Estou exausta.

Quando ambas se levantaram, Grace deu um passo à frente e a abraçou. Sua tia a envolveu com os braços e ficaram abraçadas firmemente por um tempo. Então tia Elizabeth soltou um leve suspiro.

— Espero que esteja pensando em passar uns dias aqui.

— Três, pelo menos.

— Obrigada. — Tia Elizabeth aninhou o rosto de Grace entre suas mãos. — Você sempre foi uma menina doce, igualzinha à sua mãe.

Roman passou horas sentado na sala de estar de Brian. Conversaram sobre muitas coisas, e Brian conseguiu fazer Roman falar sobre sua vida de grafiteiro em Tenderloin.

— Eu tinha uma equipe. Sempre havia gente querendo participar. Alguns assistiam, outros ajudavam com as cordas. Havia um, Lardo, forte como um touro, que uma vez me puxou até um telhado antes que a polícia me visse.

Ele sentiu um impulso de ir mais fundo, arrancar a dor pela raiz, mas não queria pensar em Lardo nem no que havia acontecido com ele. Terminou seu refrigerante e esmagou a lata com a mão.

Agitado, levantou-se segurando a lata amassada. Não precisava contar tudo a Brian.

— Onde jogo?

— No lixo reciclável, embaixo da pia da cozinha.

Brian não queria pressionar.

Roman jogou a lata fora e voltou. Olhou para Brian, avaliando sua expressão. Brian o fitou também. Roman se sentou.

— Eu sempre escolhi spots altos.

— Spots altos?

— É, prédios e estruturas altos. Quanto mais alto, melhor.

— Parece perigoso.

— Exatamente. Quanto maior o risco, mais credibilidade nas ruas. Fiz um grafite na ponte de San Francisco e quase acabei no mar. Grafitei prédios de cinco andares tranquilamente. Então escolhi um viaduto, fiz os estênceis, peguei meu material e chamei minha equipe. Havia um alto risco de ser visto, por isso tinha dois observadores. White Boy apareceu. Não éramos muito chegados, mas ele me acompanhava, eu não conseguia me livrar dele. — Roman sacudiu a cabeça. — Eu não precisava nem queria a ajuda de alguém que só sabia fazer letra bolha. Mas ele tinha as próprias ideias.

A emoção o dominou e ele esfregou o rosto antes de olhar para Brian de novo.

— White Boy não sabia diferenciar cordas dinâmicas das estáticas entre as que havia roubado de uma loja de ferragens. Ele segurava uma lata de tinta e estava descendo pra pichar. Eu avisei que o mataria se ele fizesse isso. — Roman ouviu o fraco eco da risada de White Boy. *Vai ter que me alcançar primeiro.* — Eu joguei uma lata vazia nele. Ele desviou, só isso. A corda dele escorregou e ele perdeu o equilíbrio… — Os olhos de Roman queimavam. Ele engoliu em seco várias vezes antes de completar: — E caiu.

— E você acha que foi sua culpa.

— Não sei, mas me senti responsável.

Roman ainda sonhava com o corpo estraçalhado em uma poça de sangue cada vez maior. Os faróis de um carro iluminaram o corpo de White Boy, o motorista pisara no freio, mas acabara passando por cima do rapaz antes de o carro girar e parar bruscamente. Outros carros pararam, as pessoas desceram para ver o menino morto e esmagado no meio da rua. Ninguém ergueu os olhos para ver o outro rapaz de capuz preto. Bobby Ray Dean subira depressa, rolara sobre a mureta e se livrara das correias. Lardo e os outros se espalharam. Bobby Ray correu até não poder mais, então encostou em um muro e deslizou por ele até o chão, soluçando.

— Às vezes tenho pesadelos. Ouço White Boy gritando enquanto cai, vejo o corpo bater no chão. — Roman sentiu as lágrimas quentes brotando. Será que ele era uma daquelas almas perdidas no inferno? — Nunca mais usei uma equipe, passei a trabalhar sozinho. E escalei mais alto e fiz obras maiores.

— Parece que você tinha um desejo de morte.

Roman contorceu os lábios em um sorriso amargo e autodepreciativo.

— Talvez. Ou talvez achasse que era mais rápido que uma bala e capaz de pular prédios altos com um único salto.

Ele aprendera a pular sobre vielas estreitas e cair nos telhados mais baixos do outro lado. Tinha muita prática de correr nas ruas quando criança, fugindo de lares de acolhimento e despistando policiais e assistentes sociais. Sabia como cair, rolar e usar o impulso para continuar correndo. Ele usava os obstáculos para se impulsionar. As ruas da cidade de San Francisco eram seu parquinho de diversões.

Quantas vezes ele ouvira uma sirene e vira luzes vermelhas refletidas nas paredes dos prédios, um holofote varrendo as alturas em busca dele? Na noite em que White Boy morrera, Bobby Ray Dean correra até achar que seu coração iria explodir.

Ele contou mais sobre White Boy, um ano mais novo, que queria ser como Bobby Ray Dean, que amava a adrenalina de correr riscos, pintar em lugares altos e usar o parkour para fugir da polícia ou de gangues rivais. Com os cotovelos apoiados nos joelhos, Roman esfregou o rosto.

— Não houve nem um obituário para ele — disse com voz rouca.

Brian se inclinou para a frente, seus olhos estavam cheios de compaixão.

— Qual era o nome verdadeiro dele?

Roman levantou a cabeça devagar.

— Não sei.

Ele não conseguia ver o rosto de Brian através das lágrimas.

— Mas você não parou depois disso, não é?

— Não, fiz mais ainda, aloprei. Era o único momento em que eu me sentia vivo e no controle da minha vida.

Bobby Ray continuara pichando para a gangue, mas passara a dedicar mais tempo a outras obras, suas próprias ideias, sua própria voz. Pintara um diabo de rosto vermelho ao redor da porta de um prédio. A entrada engolia as pessoas que entravam e as vomitava quando saíam. Pintara um chef assando ratos sobre as latas de lixo no beco de uma famosa churrascaria. Transformara a grade de um ar-condicionado em um monstro sorridente.

— Em poucos dias, pintavam e cobriam as pichações de gangue que eu fazia, mas minhas obras duravam mais.

A ironia era que, na noite em que White Boy despencara para a morte, Bird alçara voo. BRD não eram mais apenas as iniciais de Bobby Ray Dean, tornaram-se Bird. A obra inacabada que ele pintara naquela noite estava em um spot alto demais, ficaria muito caro para a prefeitura tirá-la de lá, por isso a deixaram.

— Onde estão Reaper e Lardo agora?

— Mortos. Morreram em uma festa. Dois caras apareceram procurando o irmão do Reaper e acharam que ele também servia. — Roman esfregou a nuca. — Era para eu estar na casa do Reaper naquela noite, mas estava fazendo a lição de história. Queria terminar o ensino médio.

Acaso recusara todas as oportunidades de fazer faculdade por penitência?

— Fiquei meio louco naquela noite e cobri a Turk Street de tinta vermelha. A polícia me pegou e acabei no reformatório.

— Alguém tentou te tirar de lá?

— Está brincando, né? — Roman soltou uma risada sombria. — O casal do lar de acolhimento com quem eu estava morando achou ótimo se livrar de mim. O tribunal decidiu que eu precisava mudar de cenário e me mandou para o Masterson Ranch. Nossa, foi um choque! — Ele sacudiu a cabeça. — Eles tinham cavalos e umas cem cabeças de gado, além de uma meia dúzia de meninos. Eu não cooperava, fiz de tudo pra ser expulso.

— Foi lá que você conheceu Jasper Hawley?

— Aham. Ele parece pegar leve, mas é persistente.

— E ele conseguiu entender você.

— Ele dificilmente se abala. Ainda fica de olho em mim, diz que sou um dos seus "meninos perdidos".

Brian sorriu.

— Quando conheci o Jasper, achei que ele fosse seu pai.

— Sério? Como assim? Não somos nada parecidos.

— Porque ele te ama como a um filho.

Roman não queria pensar naquilo. Nunca quisera amar ninguém, até conhecer Grace. As pessoas morriam ou iam embora.

— Ele sempre liga ou aparece quando estou em crise, não sei como consegue.

Levando em conta a decepção na voz de Jasper durante a última conversa que haviam tido, Roman imaginava que ele finalmente havia desistido dele. E não esperava que fosse doer tanto.

— Deus cutuca as pessoas — disse Brian, abrindo um armário —, mas a maioria simplesmente não presta atenção.

Ele mediu o café e colocou o filtro na cafeteira, encheu uma jarra e despejou a água no reservatório.

— Eu já contei mais a você do que a qualquer outra pessoa.

Inclusive Grace.

— Vou guardar segredo, não se preocupe — disse Brian, observando-o por um momento. — Deus tem protegido você há muito tempo, meu amigo.

— Eu discordo.

— Talvez precise olhar tudo de novo com outros olhos, então. Do meu ponto de vista, Deus salvou sua vida várias vezes, não só lá em Santa Clarita. — Sua expressão era intensa, como se estivesse tentando perfurar aço. — Jesus veio pra te libertar, Roman, não para fazer você recordar o tempo todo onde errou. Somos salvos pela graça…

A mente carnal de Roman voou em direção a Grace, o instrumento de Deus para mantê-lo vivo e lhe dar mais uma chance de fazer as coisas direito. E ele a insultara oferecendo-lhe ingenuamente algo que acreditava ser um relacionamento, mas que não era. Não era de se espantar que ela tivesse fugido.

Ele a deixara ir e, naquele momento, estava pensando nela de novo. Concentrou-se novamente no que Brian estava dizendo, sabia o que ele queria dizer. A graça de Deus alcançava tudo.

Brian riu suavemente.

— Eu sempre sei quando você está me ignorando.

— Estou ouvindo. Vou pensar nisso.

Talvez devesse voltar para Tenderloin, tinha assuntos inacabados lá.

Brian esfregou as mãos.

— Será que consigo convencer Bird a voar um pouco pra mim? Grafite é o tipo de arte que atrai meus paroquianos.

Roman se lembrou do policial no túnel.

— Não vou mais fazer isso, dei minha palavra.

— Não estou falando de nada ilegal, Roman. Seria em público, sem moletom nem capuz preto.

— Do que está falando?

— Pensei em algo chamativo na parede de frente para a rua. Quero que as pessoas saibam que há uma igreja ali naquele galpão. Preciso pedir permissão ao dono, claro, mas ele é um sujeito legal e cristão. Acho que aceitaria.

Ideias passavam como uma apresentação de slides na mente de Roman. Toda vez que lia a Bíblia, ele se lembrava de pinturas que havia visto em catedrais e museus por toda a Europa, e outras que vira só em sua cabeça. Sentiu uma faísca e o Espírito Santo alimentou a chama.

O que acha, Bobby Ray Dean? Quer fazer um pouco de arte para Mim?

Roman riu. Grafite para Deus? Que ideia absurda! Mas queria muito estar com um lápis na mão naquele momento.

Brian sorriu.

— Parece que você já está tendo algumas ideias.

35

Grace estava sentada à mesa da cozinha, com o notebook aberto, editando um folheto comercial. Espiou pela janela, fazia uma hora que sua tia havia levado Samuel para passear no carrinho. Ela nunca tinha visto tia Elizabeth dar uma volta pelo bairro, muito menos pedir para cuidar de um bebê.

A porta se abriu.

— Chegamos! — gritou tia Elizabeth do saguão. — Não vendi Samuel aos ciganos.

Ela apareceu à porta da cozinha com o rosto corado, sorrindo, e com Samuel em seu colo.

— Um monte de vizinhos queria saber o que eu estava fazendo com um bebê. Eu disse que o encontrei no supermercado e não resisti, acabei o colocando no carrinho. — Ela riu. — Não sabia que eu tinha tantos vizinhos intrometidos, mas também, não dou uma volta no quarteirão há anos.

Por cima do ombro de Grace, ela olhou para a tela do computador.

— No que está trabalhando?

— Estou editando um folheto para um novo empreendimento comercial.

— Como arranjou esse trabalho?

— Harvey Bernstein me encaminhou uns projetos.

Sua tia não conhecia pessoalmente o chefe de Grace na empresa de relações públicas.

— Está bonito. E depois, o que vai fazer?

— Tenho mais três projetos, e Jasper Hawley tem conexões com várias escolas de Sacramento. Ele me recomendou para dar tutoria on-line. Fiz a primeira hoje de manhã. E vou conversar com Kayden e o pai no Skype durante a soneca do Samuel.

Tia Elizabeth deu um tapinha no ombro de Grace.

— Acho que você vai se sair muito bem, Grace.

O elogio inesperado e o tapinha nas costas fizeram as lágrimas brotarem nos olhos de Grace. Tentara ganhar a aprovação da tia durante anos.

— Espero que sim. — Ela salvou o arquivo e fechou o notebook. — Posso ficar com ele agora — disse, e estendeu a mão para Samuel.

Tia Elizabeth se afastou.

— Ele está bem aqui.

Pegou um biscoito de uma caixa e o deu a ele.

— Ele vai sujar sua blusa…

— Não se preocupe com minha blusa. É de seda, dá para lavar. — Ela se encostou na bancada. — Vocês, jovens, parecem estar criando umas carreiras novas ultimamente.

— Muitas vezes, por necessidade. Ainda bem que não estou fazendo tudo completamente sozinha. Shanice e Ashley ajudaram a criar o site e têm postado sobre meu trabalho nas redes sociais.

— Quanto vai ganhar com a tutoria?

Jasper sugerira cobrar quarenta dólares por hora, mas Grace se sentia mais à vontade começando com trinta. Se ajudasse Kayden, ele a recomendaria e, se tudo desse certo, teria mais clientes. Ela sorriu para a tia.

— Vou ter que controlar direitinho meus rendimentos para não ter problemas com a Receita Federal.

— Isso mesmo. — Tia Elizabeth riu. — Não vou deixar minha sobrinha virar sonegadora de impostos. — Ela passou Samuel para o outro braço. — Você sempre foi uma boa tutora, Grace. Ajudou Patrick Moore a ganhar aquela bolsa de estudos na faculdade, não foi? Ele nunca teria terminado o ensino médio, muito menos a UCLA, sem sua ajuda.

Ela não havia recebido os créditos, mas aprendera muito com as várias aulas que dera a Patrick.

— Ele se esforçava.

— É mesmo?

— Ele era bom em algumas coisas, tia.

— Acho que essa é uma maneira saudável de encarar uma situação nada saudável. Mas e seus sonhos, Grace? Você os deixou de lado para ajudá-lo. Quando vai ser a sua vez?

Tia Elizabeth deixou Samuel no chão e pegou umas colheres de pau de uma gaveta. Ele começou a batê-las no chão de taco polido.

— Meu sonho é poder ter um salário decente trabalhando em casa para poder estar sempre com Samuel.

— E você vai conseguir. Você foi bem-sucedida em tudo que fez.

— Menos no casamento.

— Pelo amor de Deus, pare de se culpar. Patrick nunca foi um marido. Era um bebezão querendo uma mãe para cuidar dele.

Grace estava evitando falar de Patrick, mas sua tia havia escancarado a porta do assunto.

— Eu queria saber como você conseguiu vê-lo uma vez só e já entender como ele era.

Sua tia deu de ombros.

— Eu trabalhei com o pai dele. Ou melhor, observei como o pai dele trabalhava. Ele encantava os outros para fazerem o serviço dele e ficava com todo o crédito. E assim recebia os elogios, as promoções e os aumentos.

Grace notou a amargura na expressão e no tom de voz de sua tia.

— Ele fez isso com você?

A tia abriu um sorriso felino.

— Ele bem que tentou. Como não conseguiu, atacou outras pessoas que eu admirava. Charme é sempre um sinal de alerta para mim, e o interesse repentino do Patrick por você foi um alerta.

— Acho que eu deveria saber. Por que o cara mais popular da escola namoraria com uma nerd?

Os olhos de tia Elizabeth ficaram sombrios e ardentes.

— Os nerds de ontem são os CEOs e empreendedores de amanhã. Você estudava muito, arranjou emprego assim que teve idade suficiente, tinha objetivos e sonhos. Essas são qualidades admiráveis, Grace. Você nunca usou as pessoas.

Era a primeira vez que tia Elizabeth a defendia, e isso colocou Grace em uma situação estranha por defender seu ex-marido.

— Não foi culpa do Patrick eu ter sido tão cega.

— Você era uma jovem ingênua no ensino médio. — Tia Elizabeth se sentou com as costas eretas, de frente para Grace. — Mas não foi cega na UCLA. Você viu, sabia que não tinha sido por acaso ele esbarrar em você no campus. Coincidência ele precisar de aulas particulares? Quando você me contou que o tinha encontrado, eu notei a hesitação na sua voz. Você sentiu cheiro de problema, mas queria ter esperança. Quem não quer? Especialmente quando o cara parece um deus grego.

Grace corou.

— Ele não precisava se casar comigo.

— Mas era um bom investimento, não é? Namorar sai caro. — O cinismo pingava das palavras de tia Elizabeth. — É mais barato viver sob o mesmo teto. — Ela bufou. — Ele tinha tudo que queria: uma menina bonita para pôr comida na mesa, cozinhar, lavar, passar, fazer as tarefas dele da faculdade e transar quando estivesse a fim. Aposto que não era um bom amante. Egoísta demais. Você sempre foi ajuizada com dinheiro, por isso imagino que tudo que conseguia economizar ia para o bolso dele. Ele gostava de esquiar, pelo que me lembro. Um hobby caro. Ele foi para Big Bear algumas vezes, não foi?

A verdade não magoou Grace tanto quanto o abandono de Patrick. Ela sofrera mais devido à culpa e ao orgulho ferido que pela desilusão amorosa.

— Eu sei que a decepcionei, tia Elizabeth... lamento ter sido tão tola.

A expressão de sua tia se suavizou.

— Eu também tive culpa. Se eu a tivesse criado ciente do seu valor, você não teria se vendido por tão pouco. Às vezes, as mulheres amam demais e se perdem completamente.

Como minha mãe, pensou Grace, grata por sua tia não ter dito isso.

Tia Elizabeth colocou a chaleira no fogo, pegou duas xícaras e dois pires. Samuel havia perdido o interesse nas colheres e engatinhara até a porta da garagem.

— Ainda bem que não tenho portinha para cachorro, senão ele ia conseguir escapar. Mas pena que não tenho um daqueles balanços de pendurar na porta.

— Ah, tenho um no porta-malas.

Grace tinha certeza de que sua tia não permitiria que ficasse pendurado e porque possivelmente arranharia o batente.

— E o que está esperando? Vá buscá-lo.

Grace voltou para dentro e instalou o balanço de segunda mão. Samuel gritou de alegria quando o viu. Ela o colocou no balanço e ele ficou pulando, feliz. Tia Elizabeth riu.

— É bem fácil agradar a esse menino. — Ela se abaixou um pouco. — Cuidado para não pular muito alto, Anjinho. Pode bater a cabeça.

— Anjinho?

Grace não acreditava que sua tia tinha dado um apelido a seu filho.

— Douglas o chamou assim.

— Douglas?

Grace não se lembrava de ninguém com esse nome.

— Ele tinha uma mercearia, agora está aposentado. É viúvo, comprou a casa ao lado. — Tia Elizabeth comentou, alegre, enquanto deixava duas xícaras de chá na mesa da cozinha. — Ele está reformando a casa inteira.

Ruby Henderson deixou de fazer manutenção depois que o marido morreu. Foi para uma casa de repouso e colocou a casa à venda ano passado.

Suprimindo um sorriso, Grace olhou para a tia por cima da borda de sua xícara de chá.

— E o Douglas é legal?

Tia Elizabeth lhe lançou um olhar furioso.

— Estávamos falando sobre os homens da sua vida, não há nenhum na minha.

Ela olhou incisivamente para Samuel e de volta para Grace.

— Já encontrou o pai dele?

Grace sentiu o calor tomando suas faces.

— Não.

Ela e a tia nunca haviam falado sobre aquele assunto, e Grace queria que continuasse assim. Não queria admitir que nunca havia tentado.

— Não a estou censurando, Grace, mas já pensou nisso?

— Já pensei e decidi que seria uma péssima ideia. — Ela olhou para a xícara de chá. Não queria ver nos olhos da tia o que ela poderia estar pensando. — Nós mal conversamos.

Ela não se lembrava de nada sobre ele.

— Como você foi parar naquela balada? Era tão... — Ela balançou a cabeça. — Não tinha nada a ver com você.

Grace suspirou.

— Não sei. Eu estava deprimida, solitária... A Shanice adora dançar, e o bebê do Patrick e da Virginia ia nascer naquela semana.

Ela trabalhava todos os dias, voltava para um apartamento vazio à noite, estudava pela internet, se mantinha ocupada para não pensar em sua vida sem sentido. Sempre se perguntava se um dia se apaixonaria por um homem que também a amasse. Shanice dissera: *Vamos, amiga, vamos nos divertir um pouco.* Por que não? Todo mundo parecia estar se divertindo, menos ela.

A balada estava lotada, ao som da música alta, sensual, as pessoas dançavam como adoradores pagãos. Aquilo a chocara no começo, mas queria se sentir normal. Então fingira que era descolada como os outros. Até aquela noite, ela nunca havia bebido mais que uma taça de champanhe, e isso na comemoração da formatura de Patrick. Mas Shanice pedira um drinque de gim para ela. O gosto era bom e descia facilmente. Mas também lhe subira à cabeça.

Um drinque teria sido mais que suficiente para mantê-la anestesiada a noite toda, mas ela pedira outro. Dançara sozinha, mexendo o corpo ao ritmo da música, até que se vira nos braços de um homem. Ela nem olhara para ele. Era divertido dançar com alguém que sabia conduzir e emocionante sentir o calor e as batidas rápidas de seu coração. Ela nunca havia sentido nada parecido com Patrick.

Quando o homem lhe perguntara se queria sair dali, ela entendera o que ele queria dizer. Ignorando toda a noção de certo e errado, ela respondera que sim. Eles mal se falaram no caminho para o apartamento dele. Ele perguntara por que ela havia ido àquela balada, ela dissera que queria se divertir. Ele perguntara se ela conhecia as regras. Ela dera de ombros e dissera que claro, todo mundo conhecia. Uma noite de sexo, nada mais. Ela não havia pensado no resto.

Tia Elizabeth tocou a mão de Grace.

— Por favor, não chore. Eu não deveria ter tocado no assunto.

Grace enxugou as lágrimas. Ficaram sentadas ali, em silêncio, Samuel pulando alegremente no balanço, feliz, alheio às desventuras e catástrofes dos adultos.

— E a faculdade, Grace, você quer voltar?

— Ando pensando nisso.

— Você queria ser psicóloga, né?

Para se entender melhor, talvez?

— Eu precisaria de um mestrado para poder atender em clínica, e um estágio em algum lugar. Isso levaria muito tempo. A psicologia ainda me fascina, mas acho que não conseguiria me distanciar dos problemas dos pacientes.

— Que bom que você reconhece isso, assim, pode tentar mudar o padrão. E o que mais lhe interessa?

Arte, música, teologia, antropologia, sociologia, biologia, mas ela sabia quais eram suas habilidades.

— Eu faria administração de empresas, marketing ou contabilidade.

— Tudo muito prático — disse tia Elizabeth, satisfeita. — Acho ótimo. Você já é empreendedora… poderia voltar para a UCLA. Você terminou o último semestre, não foi? Pode até se qualificar para outra bolsa de estudos.

— Talvez, mas não quero criar Samuel em Los Angeles. Andei fazendo umas pesquisas na internet, Merced tem um campus da Universidade da Califórnia. Tem uma população pequena, menos de cem mil habitantes, e os aluguéis devem ser mais baixos do que eu pagava. Acho que poderia pagar o aluguel de um apartamento de um quarto. — E a primeira coisa que faria seria encontrar uma boa igreja. — E Merced também seria bom por outro motivo… — disse, dando um sorriso cheio de esperança para sua tia.

Tia Elizabeth deixou a xícara no pires, mas não levantou a cabeça.

— E o que seria?

— Fica a apenas uma hora de Fresno.

— Ah… — O sorriso de sua tia tremeu. — Distância suficiente para que você tenha uma vida plena, e perto o suficiente para fazer parte da minha.

— Exatamente o que pensei.

Grace ficou mais dois dias antes de seguir para o norte.

No sábado à noite, Grace reservou um hotel com preço acessível em Merced e marcou visitas na segunda-feira para ver apartamentos disponíveis na faixa de preço que podia pagar. Ela e tia Elizabeth foram ao culto matinal. Miranda havia ido visitá-la duas vezes e se dissera estar apaixonada por Samuel.

Ela as encontrara na porta do santuário e tirou o menino dos braços de Grace.

— Ele vai ficar comigo no berçário. Assim, vocês podem relaxar e aproveitar o culto.

— Ei, espere aí! — disse tia Elizabeth, brava por ela ter levado Anjinho.

Miranda apenas riu.

— É só por uma hora, Beth. Sinceramente, você tem que aprender a dividir.

E lá foi ela.

Grace não entrava naquela igreja desde que Patrick a deixara. Tinha vergonha de encarar os amigos depois do colapso de seu casamento. O que deviam pensar dela?

— Não se preocupe, Grace — disse tia Elizabeth, compreensiva. — A única diferença entre as pessoas aqui dentro e no mundo lá fora é que sabemos que somos pecadores. Cabeça erguida, minha menina.

Minha menina. Sua tia nunca a havia chamado assim. Grace tinha a sensação de que, se alguém a menosprezasse, fizesse uma pergunta constrangedora ou um comentário cruel, teria que enfrentar a sagacidade cortante de Elizabeth Walker.

O pastor Andrew a recebeu com um abraço de boas-vindas.

— Miranda me contou que você vai se mudar para Merced. Vou recomendar uma igreja cristã independente. Um velho amigo meu acabou de se aposentar e entregou o púlpito a um millennial louco para alcançar sua geração. Dê uma chance. — Ele havia escrito todas as informações necessárias no verso do cartão. — E mantenha contato.

Ele lhe deu um beijo paternal no rosto.

Havia novos rostos entre os já conhecidos.

— A congregação está crescendo.

— Estão com problemas em uma das igrejas maiores — contou sua tia. — O novo pastor esvaziou a casa nos últimos dois anos. Quem questionasse a autoridade e as mensagens dele era posto pra correr, então as pessoas começaram a vir pra cá. Fui uma vez ouvi-lo pregar. É um bom orador, um líder de homens, mas Jesus não estava lá. Aquela senhora ali, Charlotte, criou um estudo bíblico para mulheres. E aquele homem,

Michael, agora dá aulas para casais. Lembra que tentaram recrutar você para dar aulas na escola dominical? Pois agora temos vários professores experientes que adoram o programa da escola dominical da Miranda. O que aquela congregação perdeu, Deus plantou aqui. Ele nos deu as pessoas de que precisávamos.

Aquela igreja parecia um lar, da mesma forma que a maior e mais carismática igreja que frequentara em Los Angeles. Grace sabia que Deus teria uma igreja para ela em Merced também. Já havia colocado tudo no carro, pretendia sair cedo, mas tia Elizabeth lhe pedira para acompanhá-la à igreja. Grace não sabia se seria bem-vinda depois de uma ausência tão longa e de seu divórcio. Mas não deveria ter se preocupado.

— Obrigada por me fazer ir — agradeceu Grace no caminho de volta para casa.

Tia Elizabeth ergueu os olhos.

— Quanto mais tempo fica longe, mais as desculpas a mantêm afastada. Algumas pessoas devem se achar mais santas que você, mas o restante a ama e queria uma chance de dizer isso.

Grace parou no meio-fio e sua tia abriu a porta.

— Boa viagem.

Grace falou depressa, antes que sua tia escapasse.

— Te amo muito, tia. Obrigada pelos últimos dias.

Os ombros de sua tia murcharam um pouco, ela não olhou para Grace.

— Ligue quando estiver na casa nova.

Saiu do carro sem dizer mais nenhuma palavra nem olhar para Samuel. Grace ficou observando sua tia ir até a porta de casa, abri-la e fechá-la. Perguntou-se se um dia entenderia Elizabeth Walker.

Era uma viagem tranquila, de apenas uma hora, até Merced. O hotel era bem menos impressionante do que os que Roman havia reservado na viagem que fizeram, mas era limpo, ficava perto da estrada e a diária incluía café da manhã. Grace levou Samuel para dar uma longa volta pela cidade, desperdiçando gasolina, mas se familiarizando com as ruas, os parques e o campus da universidade. Comeu em um café pequeno, com Samuel na cadeirinha do carro ao lado dela.

Voltou ao hotel, acomodou Samuel no chiqueirinho e se sentou diante do computador para trabalhar. Quando foi dormir, colocou-o na cama com ela. Diante de tantas mudanças em sua vida, Grace estava tendo insônia. O que Roman estaria fazendo? Trabalhando no estúdio? Ou estaria em alguma balada? Provavelmente já tinha contratado uma substituta para ela. Grace olhou o relógio digital. Duas da manhã.

Samuel acordou ao amanhecer querendo brincar. Grace se obrigou a sair da cama e se preparou para o dia agitado que teria pela frente.

O primeiro apartamento era perfeito, mas o corretor disse que o proprietário dificilmente alugaria para uma mãe solteira e desempregada. Ele perguntou se Grace se qualificava para receber assistência social e ela disse que tinha uma empresa digital. Ele fez mais perguntas, e ela respondeu a todas com honestidade.

O corretor balançou a cabeça.

— Uma start-up, você quer dizer. Todo mundo sabe que poucas sobrevivem. Boa sorte, srta. Moore. Você vai precisar.

Grace passou pela igreja que o pastor Andrew havia recomendado e conversou com a secretária, Marcia Bigelow. Ela foi simpática e a animou.

— Temos um estudo bíblico às quartas-feiras de manhã, com creche. A maioria são mulheres mais velhas, porém seria bom ter uma mais jovem conosco.

Grace agradeceu a informação, duvidando que tivesse tempo para uma aula matinal semanal.

O dia seguinte foi longo e infrutífero. Dois apartamentos já haviam sido alugados antes que ela chegasse e o corretor do terceiro olhou para Grace e perguntou se ela tinha um companheiro. Ela evitou responder, mas se sentiu desconfortável quando ele lhe mostrou o apartamento.

— Eu moro aqui no apartamento da frente. Se tiver qualquer problema, é só me chamar que apareço em um piscar de olhos.

Ela foi embora.

Na quarta-feira de manhã, Grace olhou os classificados no site do jornal *Merced Sun-Star* e anotou algumas possibilidades. Ela fez mais uma ligação, o corretor reclamou dos universitários e das festas. Sim, ele tinha um apartamento disponível, mas já havia outras visitas agendadas e ela teria que esperar. Ele tinha horário às quatro horas.

— Preencha o formulário na internet.

Sentada no carpete do quarto de hotel, Grace orava enquanto brincava com seu filho. Sentiu vontade de ir ao estudo bíblico e olhou o relógio. Chegaria atrasada, mas era melhor que ficar sentada ali obcecada com coisas que não podia controlar.

Doze mulheres estavam sentadas em círculo em cadeiras dobráveis. A instrutora sorriu quando Grace entrou.

— Oi! Você é a Grace Moore? A Marcia disse que talvez você viesse. Seja bem-vinda.

Várias mulheres se viraram ao mesmo tempo. Uma se levantou, praticamente reluzindo de felicidade.

— Um bebê!

As outras riram enquanto a mulher de cabelo escuro levava Grace até uma sala limpa e bem equipada.

— Sou Lucy Yeong, e esse é...

Grace apresentou Samuel, que mal olhou para Lucy e se contorceu todo para ser colocado no meio dos blocos coloridos do tamanho de uma caixa de sapatos.

— Ele vai ficar bem — disse Lucy a Grace. — Criei quatro filhos e tenho dez netos.

Grace voltou para junto das outras mulheres. Anna Janssen, a instrutora, se apresentou e pediu que cada uma fizesse o mesmo.

— Tínhamos acabado de começar, Grace. Efésios, capítulo cinco. Quer ler os dois primeiros versículos?

Não demorou muito para Grace descobrir que aquelas mulheres, mais velhas, sabiam muito mais sobre a Palavra de Deus e a colocavam em prática havia décadas. O debate foi animado, às vezes sério, outras vezes cheio de risadas. Anna fazia Grace se lembrar de Miranda Spenser. A idade não importava, Grace se sentia em casa com aquelas mulheres.

Quando chegou o momento da oração de encerramento, Anna perguntou a Grace se tinha algum pedido específico. Grace falou que estava procurando um apartamento com preço acessível.

Dorothy Gerling foi falar com ela depois da reunião.

— Poderia ser uma casa? Tenho uma de dois quartos pra alugar. Minha filha morava lá antes de se alistar na Força Aérea. George e eu estamos decidindo se a alugamos ou vendemos.

Grace disse quanto poderia pagar.

— Por mim tudo bem, mas vou falar com o George.

Grace foi buscar Samuel com Lucy Yeong, que estava tão apaixonada por ele quanto tia Elizabeth.

— Ele é uma graça! Espero que vocês voltem no domingo. Sou responsável pelo berçário.

Dorothy apareceu.

— George aceitou. Quer ir ver a casa agora? Eu tenho tempo, se quiser.

Havia casas do período pós-Segunda Guerra dos dois lados da rua, umas cheias de mato, outras bem-cuidadas e simples. Dorothy foi recebê-la na calçada.

— Houve muita rotatividade neste bairro nos últimos cinco anos. Os proprietários idosos estão morrendo ou vendendo para a geração mais jovem. Há muita diversidade aqui.

Era uma moradia acessível em um mundo nada acessível.

A casa dos Gerling era de esquina. O gramado havia sido cortado recentemente e arbustos bem aparados adornavam a frente. Dorothy disse que uma empresa de jardinagem fazia a manutenção, de modo que Grace não teria que se preocupar com isso. Ela abriu a porta da frente. Grace a seguiu até uma sala de estar aconchegante e mobiliada. Os dois quartos também estavam mobiliados.

— Nós reformamos o banheiro no ano passado. Pia, armários, chuveiro e banheira, tudo novo.

A cozinha era pequena, mas funcional. Tinha uma mesa embaixo de uma janela que dava para um quintal enorme.

— Você e Samuel estarão totalmente seguros aqui. É só manter as portas e janelas trancadas e conhecer os vizinhos.

Grace já havia notado a placa de vigilância comunitária na outra esquina. Os anos que passara em Los Angeles lhe ensinaram a ter cuidado.

— Aqui era a garagem.

Dorothy passou por uma porta lateral na cozinha e desceu dois degraus. Aquele espaço daria um bom escritório. E uma porta dava para a garagem em si, onde seu Civic caberia com folga.

— Não tem ar-condicionado, infelizmente, é muito caro instalar. É que essas casas foram construídas para que as pessoas pudessem abrir as janelas de manhã e à noite e deixar o ar fresco entrar. E há um belo pátio com uma parte coberta aqui.

Dorothy abriu a porta francesa.

— É uma delícia na primavera e no verão. Alison adorava se sentar naquele balanço para ler.

Grace ficou maravilhada ao ver o quintal cercado com sebes. Em Los Angeles, outra casa teria sido construída naquela área. Um gramado cobria os primeiros dois terços do quintal. Nos fundos havia alguns canteiros de madeira para horta, vazios, e um galpãozinho. Uma cerca branca separava a propriedade de uma rua de mão única.

— Aquela ali é uma árvore de nectarina — disse Dorothy. — Eu ainda faço conservas. Colho as frutas quando estão maduras. Mas você pode comer quantas quiser, claro.

— É lindo, Dorothy. Tem certeza de que quer alugá-la por tão pouco?

— É um prazer, Grace. Uma casa desocupada pode causar problema para a vizinhança. E há famílias jovens morando aqui agora, tenho certeza de que, quando você levar Samuel para passear, conhecerá outras mães da sua idade. — Ela olhou ao redor. — Além disso, não me sinto pronta para vendê-la. Alison pode mudar de ideia daqui a uns anos e decidir voltar para Merced. George diz que estou sonhando, mas acho que ainda não me desapeguei.

— Vamos assinar um contrato de locação?

— É, as pessoas fazem esse tipo de coisa hoje em dia, mas acho que posso confiar em você. Quantas meninas aparecem no estudo bíblico com um bebê logo depois de chegar à cidade? Você paga metade do aluguel agora, já que estamos na segunda quinzena de agosto, e os outros vencem no primeiro dia do mês. Fica bom assim?

— É a resposta às minhas orações.

Grace pôs Samuel no chão e o deixou explorar a sala enquanto tirava o talão de cheques da bolsa.

Dorothy riu.

— Faz muito tempo que não convivo com bebês. Alison é filha única. Ela ficou noiva ano passado, mas terminaram. Ela é muito segura de si, muitos homens não dão conta.

Ela pegou um bloco de notas e escreveu alguma coisa.

— Muito obrigada, Dorothy. Deus é bom.

Pai, me perdoa por duvidar de tua provisão.

Dorothy olhou para ela com um largo sorriso.

— O tempo todo.

Guardou o cheque descuidadamente na bolsa, arrancou a folha do bloco de notas e a entregou a Grace.

— Meu endereço e número de telefone, caso você tenha algum problema com o encanamento, o forno ou com esquilos. É só ligar que George chega aqui rapidinho. Ele adora consertar coisas.

— Se você não se importar, eu gostaria de ficar um pouco mais.

— Claro — Dorothy lhe entregou as chaves. — A casa é sua agora.

Dorothy saiu, Grace lhe agradeceu de novo e fechou a porta. Cobriu o rosto, emocionada pelo que havia acabado de acontecer.

— Obrigada, Jesus. Obrigada, obrigada!

Rindo, ela pegou Samuel no colo e beijou suas bochechas gordinhas.

— O que achou da casa nova, Anjinho? Deus não é bom pra gente?

Colocou Samuel no chão de novo e ligou para tia Elizabeth.

— Adivinha só? Samuel e eu temos uma casa de dois quartos! Quer vir nesse fim de semana pra conhecer?

Tia Elizabeth ficou calada um momento, até que respondeu com a voz rouca.

— Sim, eu adoraria. Só preciso do endereço.

— East 22nd Street. — Grace riu. — Só um minutinho, vou lá fora ver o número. Esqueci de olhar.

36

Roman não via sentido em manter uma casa grande no topo de uma montanha enquanto passava tanto tempo em uma igreja no vale. Decidiu se livrar dos escombros de sua vida e pôr a casa à venda. Encheu sacos de tinta spray e tubos de tinta velha e levou tudo para uma coletora de resíduos tóxicos.

Levou três dias para cobrir as paredes do estúdio, escondendo todos os sinais de suas obras, e mandou restaurar o piso de madeira. Havia um apartamento de dois quartos vago no prédio onde Brian morava, Roman preencheu a ficha on-line e conseguiu alugá-lo.

Deixou a maioria dos móveis na casa de Topanga Canyon. O corretor, que era especializado em imóveis de luxo, disse que a casa era perfeita: moderna e minimalista.

— Os móveis vão valorizar a casa. Senão, podemos vendê-los pra você.

Ele tinha seus livros, as roupas, os móveis do quarto de hóspedes que Grace havia escolhido e uma nova vida pela frente.

— Deve ser bom ter liberdade para fazer o que quiser — comentou o corretor com certa inveja.

Liberdade? Aquele era apenas o primeiro passo para sair da gaiola que ele construíra para si mesmo. Queria ficar o mais longe possível da vida que havia levado e viver a vida que Deus havia planejado para ele. E, aparentemente, essa vida incluía reunir um grupo de jovens ex-membros de gangue para ajudá-lo a fazer um grafite na parede externa da igreja.

Instalado em seu apartamento, com sua mesa de desenho, materiais e livros de arte em um dos quartos, Roman começou a criar os desenhos para o mural da igreja. O projeto mantinha Grace longe de sua mente. Ele havia entregado a paisagem a Talia, com permissão para vendê-la. Quando ela perguntara o que pretendia fazer depois, ele dissera que não seria nada que ela pudesse expor na parede de uma galeria.

Conforme as ideias iam tomando forma no papel, seu foco e entusiasmo pelo trabalho aumentavam. Faria sua arte em campo aberto, com uma equipe o ajudando, mas a adrenalina que sempre sentira ao fazer seus grafites estava de volta, lhe dando energia. Trabalhou até ficar com dor nos ombros e nas costas. Levantou-se e se espreguiçou, ficou andando de um lado para o outro até a dor diminuir e voltou ao trabalho. Não se sentia motivado, se sentia inspirado. Aquilo era novo para ele.

Brian foi ver o progresso.

— Vi suas obras na exposição da galeria, mas isso aqui é muito diferente!

— É — concordou Roman, sem arrogância.

Ele observou o desenho. Parecia o trabalho de outra pessoa, não dele. Deus estava na obra, e Roman se sentia exultante, animado, *vivo.* A arte sempre fora seu meio de expressão, uma maneira de extravasar sua ira e frustração, mas aquela obra tinha uma dimensão totalmente nova. Roman sabia quem o havia inspirado e por quê. Aquele Cristo universal triunfante não havia saído de sua cabeça, havia sido plantado pelo Senhor.

Louvai ao Senhor, todas as nações. Louvai-o, todos os povos!

Quantos anos fazia que ele procurava algo para preencher o vazio de sua vida? Tentara de tudo: andar por aí, trabalhar, ficar com mulheres. Apaixonara-se por Grace, mas agora se perguntava como teria sido se tivessem ficado juntos. Ele ainda estaria faminto, querendo mais.

Grace conhecia o Senhor e O amava. Ela tentara pegar Roman pela mão e levá-lo ao altar, mas ele resistira, mesmo depois de sua experiência de quase morte no inferno. Por que havia sido tão teimoso?

Talvez Grace tivesse que sair de sua vida para que ele se acertasse com Deus. Enquanto ela estivesse por perto, seus pensamentos se concentrariam nela. Seu desejo havia ofuscado seu pensamento e o distraído, desviando-o do chamado de Deus. Ela já era totalmente comprometida com uma vida para o Senhor, mas ele ainda não havia tomado a decisão de mudar sua vida e sua alma. Agora, ele entendia.

Eu ainda a amo, Senhor, tu sabes quanto. Tu ouves minhas orações no meio da noite. Mas, ah, Deus, por mais que eu ame Grace, esse amor não se compara ao que sinto em Tua presença. Sinto que está ao meu redor e dentro de mim. O Senhor é suficiente. Mais que suficiente.

Roman sabia que Deus tinha o poder de parar e reiniciar um coração. A vida de todo homem ou mulher repousava na palma de Sua mão cicatrizada. Fora necessária uma viagem ao inferno para lhe ensinar que Jesus era o Caminho, a Verdade e a Vida.

A oração se tornara uma conversa constante e consciente para Roman. Na maior parte das vezes, unilateral. Depois de tantos anos de silêncio, Roman não conseguia parar de falar com Aquele que realmente ouvia, Aquele que ouvia além das palavras, as motivações mais profundas que nem o próprio Roman conseguia analisar.

Transforma-me, Senhor. Põe um novo coração em mim. Faz de mim o homem que pretendes que eu seja.

Roman havia parado de rezar para que Grace ligasse, escrevesse ou mandasse um recado por meio de uma amiga, e começara a orar para que Deus cuidasse dela e de Samuel, suprisse suas necessidades e a protegesse, guiasse e abençoasse. *Ah, Deus, por favor, mantém Grace longe de homens como eu. Ela merece muito mais.*

Brian pousou a mão em seu ombro.

— Você está bem? Está meio distraído hoje.

— Estou mais focado que nunca.

Ele pregou os desenhos na parede e os estudou. Não usaria transfers dessa vez, usaria tinta spray cinza de jato fino para os contornos e designaria áreas para a equipe preencher. E nada de cordas e arreios, todos estariam seguros em dois elevadores mecânicos alugados.

Brian estava preocupado.

— Quanto isso vai custar?

— Eu vou bancar. Assim como todo o material. Acabei de saber que minha casa foi vendida.

Brian, Roman e os jovens formavam um grupo forte e heterogêneo, todos ansiosos para começar, especialmente os que se arrependiam de ter pichado prédios. Estavam loucos para pôr as mãos nas latas de tinta spray sem ter que se preocupar com a polícia. Roman não deixou de perceber a ironia da situação: o solitário organizando um projeto com um grupo de jovens; o grafiteiro transformado e redimido fazendo seu trabalho à luz do dia para qualquer um ver, e justamente em uma igreja. Sem dúvida, Deus tinha senso de humor.

Roman lavou a parede com uma lavadora a jato e deixou que os jovens a preparassem com um fundo de tinta branca. Trabalharam o dia inteiro com dois elevadores, galões de tinta branca e compressores. No sábado seguinte, Roman chegou cedo, queria desenhar tudo antes que a equipe de adolescentes chegasse. Mas quinze deles também apareceram horas antes do combinado, junto com seus pais e outras pessoas que ele nunca havia visto na igreja.

— Você não poderia ter escolhido um dia melhor — comentou Brian, levantando o rosto para observar a manhã clara e fria de outono.

Os elevadores mecânicos estavam no lugar, junto com as tintas. Roman estava muito nervoso.

— Todo mundo chegou cedo. Eu não esperava uma multidão.

— Bem, não há nada que possamos fazer. Todo mundo quer te ver trabalhando. Onde estão os desenhos?

Roman deu um tapinha na própria testa.

— Está tudo aqui, meu amigo.

Ele olhou para aquela tela enorme e imaginou as linhas e formas já no lugar. Era melhor começar. Entrou no elevador e apertou o botão para subir a plataforma. Pegou uma lata de tinta spray cinza e tentou bloquear tudo em sua cabeça, exceto a visão que Deus lhe dera. Agitou a lata, apertou a válvula e fez a primeira curva larga. Uma fonte de energia brotou dentro dele e começou a transbordar, atingindo os jovens que esperavam para fazer sua parte.

As pessoas se sentaram para assistir. Depois de alguns minutos, Roman se esqueceu que estavam ali. Trabalhou por três horas seguidas, movendo o elevador e esvaziando latas de tinta. Quando jogou a última lata na caixa e apertou o botão para descer a plataforma, todos explodiram em aplausos.

Ao se ver ovacionado, Roman ficou sério.

— *Parem*! Escutem! — Quando conseguiu a atenção de todos, disse, apontando para o mural: — Esse mural é um testemunho do poder de Jesus Cristo. *Ele é o centro.* Vocês vieram trabalhar, então ouçam o que vão fazer.

Ele deu as instruções, distribuiu latas de tinta e disse a cada um onde começar.

— Muito bem, pessoal, vamos grafitar essa parede para Jesus.

Uma hora depois, Brian e Roman estavam do outro lado da rua, assistindo.

— Uau! — Brian balançou a cabeça, surpreso. — Vai ficar pronto antes do fim do dia.

— Não tudo. Depois que eles preencherem, vou fazer os detalhes do acabamento. Hector já está com uma equipe alinhada para fazer a camada protetora.

Ele viu que um menino, apelidado de Bando, já estava pronto para passar para outra parte. Atravessou a rua mancando, pegou outra cor de tinta na caixa e mostrou ao jovem onde trabalhar.

Carros passavam. Alguns paravam para ver. A multidão cresceu. Uma viatura parou e dois policiais desceram. Roman reconheceu um deles:

era o policial que havia flagrado Bird trabalhando no túnel. Sentiu um frio na barriga e seu coração acelerou. O policial foi direto para Roman.

— Você é o responsável aqui?

— Sim, senhor.

— Obra impressionante. Meio irônico, não acha?

Roman não viu necessidade de responder.

— Você tem permissão dessa vez — disse, e abriu um leve sorriso. — É bom ver todos esses jovens trabalhando em algo construtivo. — Deu uma piscadinha para Roman. — Tenha um bom dia.

Voltou para a viatura, ele e seu parceiro entraram e foram embora.

Brian riu.

— Você está pálido! Achou que iam te prender?

— Não deu pra não pensar nisso.

Na manhã seguinte, Roman não ficou nada satisfeito ao encontrar uma equipe de TV no local quando voltou para fazer os detalhes do acabamento. Sua equipe de trabalho também estava lá. Música cristã contemporânea soava alto, alguns jovens dançavam hip-hop na garagem. Um deles deu um mortal para trás e caiu em pé.

Um repórter se aproximou de Roman, mas ele desviou do microfone e entrou no elevador. Fingiu não ouvir as perguntas enquanto a máquina subia. Já seria difícil se concentrar com uma competição de dança ao redor, não precisava de repórteres.

Seu telefone vibrou. Quando viu que era Brian, atendeu.

— Mande esse povo embora.

— Eles querem saber por que Roman Velasco está pintando grafite.

— Vou falar quando o projeto estiver pronto. Agora tenho que trabalhar.

Ele desligou o telefone. Sentiu um arrepio na nuca. As asas de Bird já haviam sido cortadas, agora parecia que iria parar na panela. Quanto tempo de prisão pegaria por todos os grafites que assinara ao longo dos anos?

Esse pensamento lhe causou um arrepio de medo, mas Roman o espantou. Tinha que se concentrar e terminar aquela obra-prima. Não adiantava se preocupar com as consequências.

Aconteça o que acontecer, confio em Ti, Senhor.

Grace amava a casa nova. Samuel dormiu com ela nas primeiras noites, até que Grace montou o berço e transferiu o filho para o próprio quarto, do outro lado do corredor. Ela não dormiu muito na primeira noite, ouvindo seus gritos de protesto, que se transformaram em forte lamento. Ela arrastou sua cama para que pudessem se ver, e, à uma da manhã, ele finalmente se cansou de chorar.

Samuel deu os primeiros passos aos dez meses. Andava pela casa toda e subia nos móveis. Uma queda do sofá o fez aprender a virar de bruços e escorregar até seus pés tocarem o chão acarpetado. Na maior parte do tempo, ele brincava contente no escritório, e a mesa de Grace ficava coberta de brinquedos. Seu relógio interno avisava quando era hora de receber toda a atenção da mãe, e ele era bem eloquente ao reivindicá-la.

A VirtualGrace.biz foi ganhando mais clientes. Grace tinha trabalho suficiente para cobrir as despesas e guardar uma parte na poupança. Quando o número de pedidos aumentou, ela teve que estabelecer prioridades e limites: Deus em primeiro lugar, Samuel em segundo e o trabalho em terceiro. Ela acordava cedo todos os dias para ler a Bíblia e passar um tempo em oração. Esse tempo de silêncio lhe dava equilíbrio para encarar o resto do dia cheio.

Samuel sempre acordava às seis. Todos os dias, depois do café da manhã, quando o clima permitia, Grace colocava o filho no carrinho de três rodas que havia comprado de segunda mão e o levava com ela para correr. Sempre pensava em Roman treinando. Ela precisava se exercitar, já que passava a maior parte do dia no computador. Comprou uma bicicleta no brechó e todas as tardes de tempo bom, antes da hora da soneca de Samuel, ela o prendia na cadeirinha e saía com ele para pedalar por trinta minutos. Grace também fazia pausas durante o trabalho para que ele brincasse no quintal. Quando chovia, brincavam no tapete.

Ela conheceu Angela Martinez, sua vizinha de cerca. Angela e seu marido, Juan, também tinham um belo quintal, mas a parte dos fundos era ocupada por uma garagem para o caminhão, o trailer e o cortador de grama de Juan. Ele tinha uma empresa de manutenção de jardins. Angela era dona de casa e tinha três filhos agitados: Carlos, de oito anos, Juanita, de cinco, e Matías, de dois. Angela lhe dava muitos conselhos sábios sobre criação de filhos.

Juan perguntou se poderia preparar o solo e plantar vegetais nos canteiros da horta. Assim, as duas famílias teriam verduras frescas. George e Dorothy Gerling acharam uma ótima ideia e deram permissão.

Tia Elizabeth a visitou em novembro para comemorar o primeiro aniversário de Samuel e surpreendeu Grace com um cheque bem gordo.

— Não sei do que ele precisa ou do que gosta nessa idade. Use o dinheiro como quiser.

Grace abraçou a tia.

— Vou abrir uma poupança para a faculdade dele.

Um caminhão parou em frente à casa e Dorothy e George entraram anunciando que tinham comprado uma cama vermelha em forma de carro de corrida para Samuel. George começou a montá-la imediatamente.

— Todo menino sonha com carros de corrida.

Dorothy colocou lençóis com estampa de carrinhos e uma colcha combinando na cama.

— Não resisti!

Ela entregou outro jogo de roupa de cama a Grace. Ela e o marido não podiam ficar muito tempo, George iria jogar golfe com os amigos e Dorothy tinha uma reunião do clube do livro.

Samuel gostou de sua cama de menino grande, mas Grace pretendia mantê-lo no berço por mais um tempo. Ele poderia tirar as sonecas no carro de corrida.

Tia Elizabeth, com muito esforço, foi educada até eles irem embora.

— Que desperdício de dinheiro! — comentou com as mãos na cintura, olhando a cama nova como se quisesse quebrá-la a machadadas. — Eles não têm netos para mimar?

— Eles têm uma filha, solteira e prestando serviço militar.

— Ah... — Tia Elizabeth relaxou os ombros. — Bem, então não é de se espantar. — Suspirou. — Pelo menos há um tapete bonito e grosso no chão e a cama não é tão alta, se ele cair, não vai quebrar a cabeça. — Depois desse comentário sombrio, ela pegou Samuel no colo. — Vamos, Anjinho. Vamos brincar com os blocos de montar que eu trouxe para você.

Tia Elizabeth ligou uma semana depois, contrariada.

— Você deu meu endereço aos Gerling? Eles me mandaram um convite para o Dia de Ação de Graças.

Grace confessou que tinha, sim, e se preparou para testemunhar a erupção do Vesúvio. Como sua tia não disse mais nada, fez uma prece em pensamento e sugeriu:

— Se preferir, podemos passar só nós três, na sua casa ou na minha. Só não quero passar outro Dia de Ação de Graças sem você.

— Nisso certamente concordamos. — A longa pausa fez Grace morder o lábio, sua tia suspirou. — Na verdade, foi um convite muito gentil.

— Então você não se importa de irmos lá?

— Vou responder que irei com prazer. — Seu tom carregava um leve sarcasmo. — Espero que ela não coloque ostras no recheio do peru.

O Dia de Ação de Graças com Dorothy e George acabou sendo muito agradável. O Natal estava chegando, e Grace se viu pensando mais em Roman, imaginando como ele o celebraria.

Pensara que o tempo e a distância diminuiriam seus sentimentos. Na maioria dos dias, ela trabalhava tanto que não pensava em nada além de Samuel e no que precisava fazer para sustentá-lo. Mas as noites eram diferentes, mais difíceis. Ela tinha sonhos vívidos com Roman e às vezes acordava chorando.

Naquele dia em especial, ela não conseguia tirar Roman da cabeça. Samuel chegou cambaleando e pediu colo. Ela trabalhou assim por um tempo e depois o colocou para brincar de novo. Minutos depois, ele voltou. Grace fechou o notebook e o pegou.

— Tudo bem, homenzinho. — Ela beijou seu pescocinho quente e inspirou o cheirinho de bebê. — Quer dar uma volta de bicicleta, Anjinho?

Ele adorava os passeios de bicicleta, movia os braços como se estivesse voando, fazendo Grace rir.

Grace fechou a porta da garagem, guardou a chave eletrônica no bolso e saiu. Eles tinham capacetes neon iguais — as únicas coisas novas que ela havia comprado até então. Quando voltaram, Grace estava cansada e Samuel, com sono por causa do vento frio no rosto. Ela o colocou para dormir na cama de carrinho de corrida e pretendia voltar ao trabalho quando seu celular tocou.

— Oi, amiga!

— Oi, amiga! — respondeu Grace, rindo.

Além das trocas de mensagens, Shanice sempre ligava para saber como ela estava.

— Como vão as coisas?

Esparramada no sofá, Grace suspirou.

— Estou exausta. Acabei de sair com Samuel pra andar de bicicleta.

Conversaram por uns quinze minutos, como sempre, até que Shanice admitiu que tinha outro motivo para ligar.

— Queria falar com você sobre o Roman, amiga.

O coração de Grace começou a bater forte.

— Aconteceu alguma coisa?

— Bem… ele não é mais o homem que conheci em Topanga Canyon, sem dúvidas. Ele e Brian se tornaram bons amigos. Roman vendeu a casa e se mudou para o prédio onde o Brian mora. Acabou de concluir um projeto para a igreja. Você precisa ver, Grace, está atraindo muita atenção. Apareceram repórteres e saíram algumas matérias sobre a obra. Dê uma olhada no YouTube. É incrível!

— Fico feliz de saber que ele está indo tão bem — disse Grace, tentando manter um tom neutro, apesar das batidas enlouquecidas de seu coração e da esperança que precisava controlar.

— Quer que eu diga a Roman onde você está?

— Ele perguntou?

— Não, mas tenho certeza de que gostaria de saber.

Grace fechou os olhos com força, incapaz de falar.

— Acho melhor deixar as coisas como estão.

Se Roman a amasse, já não teria perguntado por ela? Afinal, ela saíra de Los Angeles havia meses.

— Tem certeza? Talvez ele tenha motivos pra não ligar.

Assim como ela tinha motivos para manter distância. *Deus, estou fazendo o certo? Não sei mais.*

— Se ele perguntar, posso contar? Não há dúvidas de que ele é cristão agora, Grace, senão eu nem falaria disso com você. Sei quanto você sofreu por causa dele. Você ainda o ama, não é?

Era uma pergunta retórica.

— Mais um motivo pra manter distância, Shanice. Roman nunca disse que me amava. — Grace levou a mão trêmula à testa. — Podemos não falar dele? Por favor. Estou me esforçando muito pra seguir em frente.

— Parece que você não está conseguindo tanto assim.

Como Grace poderia esquecer um homem como Roman Velasco? Ou seria Bobby Ray Dean? Ainda era Bird, grafitando muros à noite? Roman Velasco, Bobby Ray Dean ou Bird, ela ainda estava apaixonada por ele.

— Me ocupar ajuda.

Conversaram por mais alguns minutos e desligaram.

Samuel chegou cambaleando à sala e subiu no sofá para se esparramar sobre o peito da mãe. Grace recordou o dia que ele dormira em cima de Roman do mesmo jeito, no chalé. *Senhor, quanto tempo falta para essa dor passar?*

Naquela noite, depois de pôr Samuel no berço, Grace estava sem sono. À meia-noite, cedeu à tentação, foi até o escritório e abriu o notebook.

Fez uma busca no YouTube e encontrou a obra mais recente de Roman. Respirou fundo quando viu Jesus montado em um cavalo branco. As nuvens pintadas embaixo faziam parecer que a igreja estava flutuando. O mural era magnífico, mas foi o homem que evitava a câmera quem prendeu sua atenção. Grace abriu outros vídeos no YouTube. Vê-lo, mesmo que na tela do computador, aumentou seu anseio. Entrou no Google e encontrou uma matéria de jornal recente. Talia Reisner devia ter servido de relações públicas para o repórter.

As fotos enchiam a tela com imagens de Roman Velasco: na abertura da exposição na galeria, trabalhando no mural de San Diego, em uma balada, dançando com uma loira bonita. Ela fechou o notebook, cobriu o rosto e chorou. *Deus, faz esses sentimentos irem embora, por favor.*

Tomou um analgésico para ajudá-la a dormir e voltou para a cama. Deitada de lado, ficou olhando para seu filho dormindo pacificamente no berço, do outro lado do corredor. Roman havia sido claro sobre o que queria e o que não queria. "Sempre fiz de tudo pra evitar filhos", dissera.

Não seria sensato abrir a porta para Roman de novo. Grace precisava de um homem que a amasse incondicionalmente… e amasse seu filho, independentemente das circunstâncias em que fora concebido.

37

Uma vez concluído o projeto, Roman foi bombardeado com pedidos de entrevista. Concordou em se encontrar com Tuck Martin, um repórter freelancer, na cafeteria perto da igreja, e pediu a Brian para acompanhá-lo. Falar sobre Brian e a equipe foi fácil, Roman queria que todos recebessem o crédito que mereciam. Mas Martin estava mais interessado na história pessoal, na vida e na carreira de Roman como artista. Então Roman parou de falar.

Brian sorriu para Martin.

— Roman não gosta muito de falar da vida pessoal dele.

— Entendo. — Ele olhou para Roman. — Há algum motivo para isso?

Roman se arrependeu de ter aceitado aquela entrevista.

— Muitas pessoas têm um interesse doentio na vida dos outros.

— Fiz uma pesquisa considerável sobre você, sr. Velasco.

Ele falou durante dez minutos enquanto Roman se contorcia. Tuck Martin conseguira desenterrar informações de registros públicos e entrevistar assistentes sociais aposentados. Havia passado várias horas com Talia Reisner e ouvira muito sobre o temperamento de Roman, sua vida boêmia e sua reputação de mulherengo, o que levara Martin à balada que Roman frequentava e a entrevistar algumas mulheres com quem ele havia ficado. Jasper Hawley e os Masterson estavam ausentes da lista de Tuck Martin, e ele não mencionara Grace Moore.

Roman empurrou a cadeira para trás e ameaçou se levantar.

— Parece que você já tem informações mais que suficientes para escrever sua matéria.

Brian lhe lançou um olhar que fez Roman se lembrar de Jasper Hawley. *Ouça o que o homem tem a dizer.*

Roman continuou sentado.

— O que mais você quer, como se isso não fosse o suficiente pra escrever uma matéria para a *People?*

— Estou interessado no homem por trás da arte. — Martin se inclinou para a frente. — Um ano atrás, você era um solitário curtindo a vida no topo de uma montanha e, de repente, está trabalhando com uma equipe de jovens de gangue pintando uma obra-prima na parede de uma igreja montada em um galpão industrial. — Ele deu uma risadinha. — Como isso aconteceu?

O que Roman poderia dizer?

— É comum as pessoas mudarem de rumo.

Ele sentiu o olhar de Brian sobre si.

Tuck Martin não parecia convencido.

— Por que veio com um pastor para a entrevista?

— Porque ele é meu amigo. — Apontou para Brian com o queixo. — Foi ele quem teve a ideia.

Brian sacudiu a cabeça.

— Eu só ofereci a parede a Roman. Ele e Deus fizeram o resto.

Tuck Martin lançou um olhar irônico para Roman.

— Você concorda com essa declaração? Acha que Deus teve algo a ver com isso?

— Acho.

— Você é cristão?

Roman lhe lançou um olhar irônico de volta.

— Por quê? Não parece?

Brian riu.

— Ele é um jovem discípulo.

— Como isso aconteceu? — perguntou Tuck, olhando para Brian em busca de uma resposta.

Brian inclinou a cabeça em direção a Roman.

— Pergunte a ele o que aconteceu em Santa Clarita. — Como Roman não disse nada, Brian se levantou. — Vou pegar outro café. Querem alguma coisa?

Como nenhum dos dois respondeu, ele se afastou. Roman sabia o que Brian queria que ele fizesse.

— Eu tive um infarto, morri na calçada e fui para o inferno. Jesus me tirou de lá.

Tuck Martin riu, mas logo ficou sério de novo.

— Ótima piada, mas eu gostaria de saber o que realmente aconteceu.

Roman apenas ficou olhando para ele.

Martin franziu a testa e observou o rosto de Roman.

— Não era brincadeira?

— Eu nunca falei tão sério na minha vida. — Roman ergueu sua xícara, achando que já havia dito mais que o suficiente. Até que se sentiu compelido a continuar: — Eu não acreditava em Deus. Não, risque isso. Acho que o mais próximo da verdade é que eu o odiava. Eu tinha acabado de ter um debate acalorado com uma pessoa cristã. Havíamos parado para almoçar e eu caí morto na calçada. — Ele estremeceu. — Pensando melhor no que passou, vejo que o momento foi providencial.

Martin abriu um meio-sorriso cínico e se recostou na cadeira.

— E como era o inferno?

Roman analisou a expressão de Tuck Martin.

— Um dia você mesmo verá.

— Esse é o seu jeito educado de me mandar para o inferno?

— Se rejeitar Jesus, é onde você vai parar.

— Você permite que eu coloque isso na matéria?

— E tenho como impedi-lo?

Brian chegou quando Tuck Martin já tinha desligado o gravador e o guardava na mochila.

— Você sabe o que ele acabou de me contar?

— Espero que sim. — Ele lançou um olhar de aprovação para Roman. — Sua experiência de quase morte.

Roman deu de ombros.

— Mas ele não acreditou.

— Ainda bem que Grace estava com ele em Santa Clarita, senão ele estaria morto. Ela sabia fazer massagem cardíaca.

— Grace? — Tuck Martin se interessou novamente. — Talia Reisner disse que você tinha uma assistente pessoal que morava e viajava com você.

Roman sentiu raiva e um desejo de proteger Grace.

— Ela não morava comigo, tinha a própria casa. — Roman não estava a fim de contar àquele repórter enxerido que ela morava ao lado, em um chalé no quintal dele. — Ela é uma pessoa extremamente correta e, se você insinuar qualquer outra coisa em sua matéria, vou arrancar sua cabeça.

Martin recuou.

— Desculpe, sr. Martin. — Brian riu. — Roman é cristão há pouco tempo.

Martin levantou as mãos.

— Eu não estava insinuando nada. A srta. Reisner falou muito bem da srta. Moore. Disse que você precisava de uma assistente e que Grace era organizada, eficiente e uma pessoa muito agradável. — Roman o olhou feio, sabia o que Martin ia dizer. — Eu gostaria de falar com ela.

— Que surpresa — disse Roman, quase rosnando e de novo arrependido por ter aceitado aquela entrevista.

Brian olhou para Roman e depois para Tuck Martin.

— Grace não mora mais por aqui.

Roman observou Tuck Martin atentamente e viu o instinto investigativo subindo como lodo de um ralo entupido. Quando Tuck olhou para ele, Roman o encarou, deixando a raiva transparecer. *Se perguntar sobre Grace de novo, vai se arrepender.*

Martin ergueu as sobrancelhas. Relaxado e com uma expressão enigmática, ele se recostou na cadeira.

— Há muitos best-sellers por aí sobre experiências de quase morte no céu, até alguns filmes, mas não me lembro de nenhum falando do inferno.

Roman retribuiu o sorriso cínico de Martin.

— Não é uma experiência que eu queira relembrar, por que eu iria querer escrever sobre isso?

— Você poderia contratar alguém.

— Tipo você? — Roman bufou. — Você nem acredita!

— Talvez eu acreditasse, se você falasse um pouco mais sobre o assunto.

Brian estava calado, os observando.

Martin insistiu:

— Você deveria alertar as pessoas, não acha? Não é seu dever cristão?

Roman apertou os dentes para não mandar Martin para aquele lugar.

Brian o resgatou.

— Os cristãos já sabem, está tudo escrito, preto no branco. Muita gente gosta de acreditar que é boa o suficiente para passar pelo portão, mas a verdade é que ninguém é. Só Jesus tem a chave.

— É o que a Igreja diz.

Brian se inclinou para a frente, com as mãos em volta de sua xícara de café fresco.

— Antes de você ir, posso fazer uma pergunta?

— Eu fui criado em um lar "cristão" — disse Martin, com uma expressão dura. — Sei como a religião funciona.

Roman ficou espantado com a facilidade com que Brian conseguia fazer as pessoas se abrirem. Talvez fosse sua maneira de ouvir, com muita compaixão, sem julgamento nem condenação.

Martin era de uma família cristã trabalhadora de classe média, mas não amorosa como a de Brian. O pai de Tuck era controlador e intolerante com quem tivesse opiniões diferentes das suas.

— Ele me obrigava a ir à igreja todo domingo, de terno e gravata. — Deu de ombros. — Não uso gravata desde que saí de casa.

— E como é o relacionamento com seu pai hoje em dia?

Tuck sacudiu a cabeça.

— Ele é a mesma pessoa, só mais velha e cansada. Ficou mais tranquilo depois que minha mãe morreu. Ainda vai à igreja, assim como minhas irmãs e suas famílias. Eu amo meu pai, mas discordamos em quase tudo. Vejo-o uma vez por ano e nos limitamos a falar sobre temas seguros. — Ele deu uma risada triste. — Tipo pesca e coisas assim.

Brian, um pescador de homens, disse que havia uma grande diferença entre religião e fé.

O telefone de Tuck Martin tocou. Pedindo licença, ele olhou a tela.

— Não vi o tempo passar. Tenho que ir.

Roman e Brian se levantaram. Tuck apertou a mão de ambos e agradeceu pelo tempo. Ele olhou para Roman e perguntou:

— Está trabalhando em mais alguma coisa?

— Nada que eu pretenda mostrar ou vender.

Roman sentiu o olhar de Brian. Eram grandes amigos, mas isso não significava que Roman tinha que contar tudo a ele.

Tuck colocou a mochila no ombro e comentou:

— Eu falei mais que vocês dois juntos.

Brian sorriu.

— Talvez você precisasse disso. — Pegou um cartão e o entregou a Martin. — Quando quiser, podemos falar mais.

Brian bateu à porta de Roman naquela noite.

— Sabia que você estaria acordado.

Roman voltou para o sofá, esticou as pernas e apoiou os pés na mesinha de centro. Desligou o jogo de basquete e perguntou:

— Como foi a reunião do conselho?

— Longa, como o dia. Estou exausto.

Brian continuava em pé na sala.

Roman sabia que ele tinha algo para falar.

— O que está fazendo aqui? Sente-se ou vá pra casa dormir um pouco.

— Não vou conseguir dormir até satisfazer minha curiosidade. — Ele inclinou a cabeça. — Queria ver o que você está pintando.

— Ainda não acabei.

— Não sou crítico de arte.

Roman deu de ombros e eles foram para o quarto onde ficava o ateliê. Esboços cobriam a mesa e havia uma tela grande sobre um cavalete. Brian teve que a contornar para vê-la.

— Meu Deus — disse baixinho, com reverência. — É linda.

— Poderia ter mais luz. — Roman estava nervoso, sentia-se exposto. — Teria ficado melhor se eu tivesse pintado lá mesmo, em Topanga Canyon.

E com a modelo certa. Foi até Brian e analisou a pintura com olhar crítico.

Uma jovem, em estado avançado de gravidez, vestindo roupas da Judeia, estava em pé com uma mão sobre a barriga e outra embaixo dela, como se abraçasse ternamente a criança. Sua expressão revelava maravilhamento e medo.

— Já tem nome?

— *A morada.*

— Ela parece a Grace.

O coração de Roman palpitou, mas ele não disse nada. Pouco antes de Brian bater à porta, estivera rezando. Se Deus quisesse que procurasse Grace, três pessoas teriam que tocar no nome dela sem que Roman puxasse aquele assunto. E lá estava Brian, logo depois, fazendo exatamente isso.

Primeira.

Roman tinha medo de ter esperança, porque a esperança machucava.

Brian franziu a testa.

— Você não fala nela há meses.

— Não há nada para falar.

— Você ainda a ama.

— Esqueça isso, Brian.

Roman foi até a sala e pôs o jogo de basquete de novo. Brian se sentou na poltrona como se pretendesse ficar um pouco. Roman deu um sorriso divertido.

— Achei que você estivesse cansado.

— Posso pegar o endereço dela com a Shanice, se quiser.

A tentação surgiu depressa. Teve que se conter antes de dizer:

— É melhor eu não saber.

Se ele soubesse onde ela estava, talvez não conseguisse esperar o tempo de Deus.

— Por que não, Roman? Você não é mais o homem de antes.

— Também não sou o homem de que ela precisa.

Brian riu e sacudiu a cabeça.

— Veja só você bancando o mártir. Se o que você quer é apenas sexo sem compromisso, então concordo, deixe-a em paz. Mas você quer mais, não é?

— Eu pus meu velo de lã na eira.

Brian entendeu. Gideão, profeta do Antigo Testamento, havia estendido um velo de lã duas vezes na terra para ter certeza de que Deus falava com ele, que o que ouvira não fora apenas sua imaginação. Roman sabia que pedir três confirmações era forçar a barra, mas queria discernir se Deus o estava incentivando a procurá-la ou se era apenas seu coração pecaminoso que o guiava. *Preciso ter certeza, Senhor. Eu sei o que quero, mas ainda há muitos dias em que não sei o que é certo.*

— Muito bem. — Brian se levantou — Então é melhor eu ir para a cama ou não vou conseguir dar conta das tarefas de amanhã. Tenho aconselhamento a manhã toda, não vou nem almoçar.

Eles se encontravam toda quarta-feira para almoçar havia meses. Brian abriu a porta, mas voltou a olhar para Roman.

— Você comentou que queria ir a San Francisco depois de terminar o mural. Ainda pretende fazer essa viagem?

Outra coisa que Deus o estava pressionando a fazer.

— Ando pensando nisso.

— Seja o que for que o esteja impedindo, lembre-se: você sobreviveu.

— Isso não significa que eu queira reviver o passado.

Depois que Brian foi embora, Roman ficou assistindo ao jogo de basquete — ou tentando. Estava pensando em ir a San Francisco. Será que encontraria paz se voltasse a Tenderloin e caminhasse lentamente por seu passado? *De que adianta relembrar coisas ruins, a vergonha e a raiva que me criaram tantos problemas? Por que insistes que eu faça isso? O que queres de mim, Jesus?*

Vai com os olhos abertos, Bobby Ray. Procura por mim.

Os pelos da nuca de Roman se arrepiaram. Ele conhecia aquela voz mansa e delicada. Quando a sugestão viera de Brian, Roman a ignorara, mas aquilo era uma ordem.

Eu sei o que aconteceu lá, Senhor. Eu confessei. Por que insiste nisso?

Roman queria continuar dando desculpas, mas sabia que não encontraria paz na desobediência. Esfregando o rosto, recostou-se. *Sim, Senhor. Entendi a mensagem. Mas não esperes que eu fique feliz com isso.*

Grace deixou o campus da Universidade da Califórnia em Merced animada. Sua reunião com o reitor de admissões fora muito melhor que o esperado. Seu histórico escolar da UCLA havia sido transferido e o reitor ficara impressionado. Dissera que ela poderia solicitar assistência financeira e que os departamentos de educação e sociologia estavam testando programas para crianças. Samuel seria uma boa cobaia, mas sentiria falta de brincar com Matías. Os dois se davam melhor que irmãos.

No caminho para casa, ela analisou quanto tempo o VirtualGrace.biz exigia. Bolsa de estudos era uma coisa, mas auxílio financeiro em forma de empréstimo estudantil era outra. Sua renda se reduziria por trabalhar menos horas e ela teria que assumir uma dívida. Era muito bom sonhar em voltar para a faculdade, mas ela precisava pensar se era o momento certo. Samuel estava crescendo muito rápido e ela não queria perder nem um minuto do tempo que passava com ele. Dorothy havia se oferecido para ficar de babá, mas três manhãs e duas noites por semana era tempo demais. Seus estudos poderiam esperar até que Samuel tivesse idade para ir à escola.

Se bem que ela poderia dar aulas para ele em casa.

Grace deu uma risadinha enquanto estacionava em frente à sua casa.

— Acho que vou ter que esperar, Senhor.

Com tantas dúvidas e emoções conflitantes, ela não queria dar esse passo. Tudo se daria no tempo perfeito de Deus, e aquele não parecia ser o momento certo.

Tia Elizabeth foi passar o fim de semana com eles. Rindo, ela deixou a mala em cima da cômoda.

— Não acredito que vou dormir em uma cama em formato de carro de corrida!

Mas era uma cama de solteiro de tamanho normal e confortável.

— O Samuel não vai se importar. Ele vai dormir com a mamãe.

Grace beijou o pescocinho do filho, encaixado em sua cintura.

Dorothy e George as tinham convidado para um brunch no sábado.

— Vamos para San Francisco na segunda-feira.

— Mais um cruzeiro — disse George, e suspirou dramaticamente. — Ela entra na internet, encontra promoções e me arrasta junto.

— Pare de fingir que não adora. — Dorothy riu, admitindo que amava cruzeiros em navios da Princess. Eles aceitavam reservas de última hora e eram baratos. — Serão só dez dias dessa vez, vamos até o México e voltamos.

George deu uma piscadinha.

— Assim ela não precisa cozinhar.

Tia Elizabeth sorriu.

— Bem, antes de marcar outra viagem, Dorothy, queria que você fosse lá em Fresno. Podemos almoçar juntas. Quero que conheça minha amiga Miranda Spenser, vocês duas têm muita coisa em comum.

Grace se surpreendeu ao ver sua tia tão disposta a socializar.

— Ah, eu vou adorar!

Dorothy foi pegar sua agenda. Enquanto escolhiam uma data, Dorothy teve outra ideia.

— Posso levar o Samuel!

— Miranda adoraria vê-lo.

Grace não estava pronta para deixá-lo fazer uma excursão de um dia inteiro para outra cidade, mas não queria ferir os sentimentos de ninguém.

— Lamento, meninas, mas meu filho é novo demais para sair com mulheres mais velhas.

Dorothy e tia Elizabeth riram e não insistiram.

Enquanto conversavam e aproveitavam a tarde, Grace pensou nos últimos meses e em todas as bênçãos que havia recebido. Deus havia suprido todas as suas necessidades. Ela conseguia se sustentar, tinha amigos novos e antigos e uma família da igreja. Tia Elizabeth agora participava de sua vida de uma forma amorosa, e não ditatorial. Apenas uma coisa impedia Grace de se sentir em paz: Roman Velasco. Ele havia mudado muito, a julgar pela matéria mais recente que havia lido. Havia contado a um repórter sobre sua nova vida, seu trabalho e inclusive a experiência de quase morte no inferno. O pastor Brian Henley participara da entrevista e fora citado várias vezes. Realmente, Shanice havia dito a Grace que os dois haviam se tornado grandes amigos.

Talvez seu amor por Roman fosse a cruz que ela teria que carregar. Era o que pensava desde que se mudara para Merced. *Siga em frente, Grace. Pare de perguntar "e se"*. Mas estava se sentindo compelida a repensar sua decisão. Talvez fosse o momento de ligar para ele e desejar tudo de bom. Recordou o número do celular dele imediatamente e sentiu uma forte tentação ao tocar a tela do celular. Mas e depois que ligasse? Fechando os olhos, ela rezou. *Devo ligar para ele, Senhor? Devo abrir a porta?*

Silêncio. Ela não esperava ouvir a voz de Deus, mas queria sentir a certeza. Como não sentiu, entendeu a resposta.

Espera.

Roman acordou com o celular vibrando na mesinha de cabeceira. Grogue, tentou pegá-lo, mas o aparelho caiu no chão. No identificador de chamadas, o nome de Shanice. Ela não ligaria se não fosse uma emergência. Despertando, Roman atendeu:

— Está tudo bem com o Brian? — perguntou, a voz rouca de sono.

— Brian está bem. Está com uma família de luto no hospital e não pode ir comigo a uma balada pra ajudar uma amiga. Ele disse pra eu te ligar.

— Qual é o problema?

— É com a minha ex-colega de quarto, Deena. Ela se internou em um programa de recuperação de seis meses há um tempo e descobriu ontem que o noivo a estava traindo. Ela desapareceu e me ligou de uma balada. Tenho que buscá-la antes que faça algo de que se arrependa. Já passei por isso e não quero que se repita. Você pode ir comigo?

— Onde você está?

— Estou parando em frente ao seu prédio.

— Tudo bem, mas só se eu dirigir.

Ela soava tão tensa que Roman achou que seria melhor ele ir dirigindo.

— Pode ser, mas venha logo, por favor!

Em cinco minutos estava vestido. Desceu pela escada em vez de esperar o elevador e correu até o carro, onde encontrou Shanice já no banco do carona com o cinto colocado. O motor estava ligado, só esperando que alguém engatasse a marcha.

— Obrigado, Roman. Brian disse que você ajudaria.

— Aonde vamos?

— After Dark. Vou te dar o endereço.

Ele murmurou um palavrão.

— Sei onde é.

— Ah… — Shanice estremeceu e olhou para ele. — Más lembranças?

— Só a recordação de quem eu era há pouco tempo.

— Não pense que é o Cavaleiro Solitário. Há três anos, eu estava lá toda sexta e sábado à noite. Brian sabe, caso esteja se perguntando. Gosto de me divertir, a banda de lá é incrível e eu amo dançar. — Ela lançou um olhar irônico a ele. — Você ia lá por isso também?

— Eu até danço, mas não era pra isso que eu ia.

Roman sentiu que ela o observava.

— Você ia pra ficar com as garotas. — Ela olhou para a frente. — Imagino que escolhia as que estavam a fim de só ficar também. — Ela permaneceu calada durante um minuto, até que olhou para ele e perguntou: — Foi por causa da Grace que você parou de ir?

Eu pedi três, Senhor, e aqui está Shanice falando de Grace. A segunda vez. Mais uma, Senhor. Ah, Jesus, por favor, mais uma.

— Não, parei de ir antes de conhecer a Grace.

Ele pegou a rodovia e acelerou, ultrapassando os carros até pegar a faixa da esquerda.

— E por que parou de ir?

— Porque eu queria mais do que encontrava lá.

Seguiram por dez minutos em silêncio. Saindo da rodovia, ele avistou um estacionamento familiar, entrou e pegou o tíquete na máquina.

— Eu trouxe a Grace aqui uma vez — confessou Shanice.

Roman riu, incrédulo.

— Como conseguiu? Amordaçada e arrastada?

Shanice não riu.

— Quase. Eu não conheci o marido dela, Patrick. Conheci Grace depois do divórcio. Ela entrou no estudo bíblico noturno. A Nicole, a Ashley e eu já fazíamos nosso brunch de domingo depois da igreja e a convidamos para ir com a gente. Ashley vinha comigo de vez em quando. Ela também gosta de dançar, mas nem sempre arranjava companhia.

Enfim, Grace nunca ia, só o que ela fazia era trabalhar seis dias por semana e ir à igreja aos domingos. Ela não tinha vida. Eu achava que ela precisava relaxar e se divertir um pouco. Fui uma idiota... — Shanice desviou o olhar.

Roman achou uma vaga e estacionou. Queria saber mais, porém Shanice já estava saindo do carro.

O lugar não havia mudado. Embora os rostos fossem diferentes, era a mesma cena: homens à espreita, mulheres em busca de algo. Casais dançando ao ritmo sensual da música, como se estivessem transando em pé e de roupa. Roman não conseguia imaginar Grace em um lugar como aquele.

— Ali, a Deena — disse Shanice, apontando para o bar.

Abriu caminho até uma menina paquerada por dois sujeitos. Roman a seguiu, já preparado para intervir se fosse preciso. Shanice disse algo aos homens que fez Deena protestar e eles recuaram. Shanice se inclinou e falou com Deena, que protestou novamente. Vendo que levaria tempo para Shanice convencer sua amiga a ir embora, Roman se sentou ao bar e pediu uma Coca-Cola.

Uma loira atraente se sentou no banco ao lado dele. Ela usava vestido preto curto, justo, deixando de fora coxas bem torneadas. O decote profundo fazia seus seios parecerem o bumbum de um bebê. Ela sorriu para ele.

— Finalmente um homem que parece interessante.

Roman se levantou e foi ficar ao lado de Shanice.

Deena olhou para ele.

— Uau! Quem é você?

— Deena, esse é meu amigo Roman Velasco. Ele veio me ajudar a levar você pra casa.

— Que ótimo. — Ela deu um sorriso torto e o fitou com olhos turvos. — Eu vou a qualquer lugar com ele.

Deena cambaleou ao se levantar e Roman passou o braço ao redor dela para mantê-la de pé.

Quando saíram para o ar frio da noite, Deena avisou, gemendo:

— Vou vomitar.

Ela se curvou e vomitou na calçada. Um carro passou buzinando, com adolescentes com metade do corpo para fora das janelas, rindo e fazendo comentários cruéis.

Deena gemeu.

— Ai, eu quero morrer…

— Eu entendo, amiga.

Shanice assumiu e a levou até o estacionamento, onde ela vomitou de novo, dessa vez em uma lixeira. As duas conversavam baixinho. Deena começou a chorar e Shanice a abraçou. Roman sentiu uma sensação de *déjà-vu*.

A mãe de Roman sempre enchia a cara depois de uma noite trabalhando na rua. Chorava e resmungava, falando sozinha. Às vezes, fumava maconha até ficar tão chapada que não se importava com nada, nem com ele.

Deena chegou ao carro de Shanice sozinha. Continuou chorando e resmungando enquanto a amiga a colocava no carro. Shanice tirou o cabelo do rosto de Deena e pediu que tentasse dormir, logo estaria em casa.

Levaram mais de uma hora para chegar à casa dos pais de Deena. Àquela altura, a menina já estava mais sóbria e envergonhada. Pediu desculpas profusamente enquanto Shanice a ajudava a sair do carro.

Roman desceu.

— Precisa de ajuda?

— Acho melhor eu a levar pra dentro e falar com os pais dela. Talvez demore um pouco.

— Espero aqui.

Passou-se mais uma hora até Shanice voltar e se largar no banco do carona.

— Obrigada por vir comigo, Roman. Quando ela me ligou, vi que estava precisando de ajuda. — Jogou a cabeça para trás. — Eu odeio aquele lugar.

— Por que parou de ir?

— Pela Grace. — Ela sacudiu a cabeça. — Eu disse que queria que ela se divertisse, não é? Pois bem, eu a fiz soltar o cabelo aquela noite, era bem comprido. E loiro. Insisti pra ela colocar um dos meus vestidos justos. — Shanice olhou para ele e suspirou. — Eu joguei fora essa parte de meu guarda-roupa depois daquela noite. Entramos na After Dark e Grace ficou paralisada, de queixo caído. Achei hilário e quase a arrastei pra dentro. Ela estava chocada e tensa, e eu disse que ia buscar uma bebida para ela. Grace, protestou, claro, ela não bebe. Eu menti e disse que pegaria algo bem fraquinho. Um drinque foi suficiente. Nunca a vi tão relaxada. — Shanice se recostou antes de continuar falando: — Um cara me chamou para dançar e eu fui. Dei uma olhada em Grace uma vez e ela ainda estava com aquele drinque. Bem, era o que eu pensava. Eu não sabia que ela já tinha terminado aquele e pedido outro. Ela parecia estar bem, sentadinha a uma mesa perto da parede do fundo, olhando tudo. Tenho vergonha de dizer que me esqueci completamente dela durante um tempo. Quando me lembrei, ela não estava lá. Também não estava no banheiro feminino. Procurei por todo lado e nada. Eu fiquei mais brava que preocupada, imaginei que ela havia chamado um Uber e ido pra casa. — Ela cobriu o rosto. — Quem dera...

Roman sabia que algo de ruim havia acontecido naquela noite, mas tinha medo de perguntar.

— Liguei para a Grace no dia seguinte para dizer que não havia sido legal ela ir embora sem me avisar, mas percebi que estava chorando. Perguntei o que estava acontecendo, ela não conseguia nem falar. Saí do trabalho e fui vê-la. Demorou um pouco, mas ela me contou tudo. Ela estava morrendo de vergonha, e a culpa era minha. Eu deveria ter tomado conta dela em vez de ficar me divertindo.

Ele apertou o volante.

— Ela foi estuprada? — perguntou, já sentindo o calor da raiva aumentando.

— Não, graças a Deus. Ela disse que estava se sentindo bem e foi dançar sozinha. Um homem se aproximou e dançou com ela. Ele perguntou se ela queria sair dali e ela concordou. Ele a levou para um condomínio em Malibu, o resto você consegue adivinhar.

As mãos de Roman apertaram mais o volante, tensas.

Shanice olhou para a frente.

— Ela não perguntou o nome dele, disse que mal conversaram. Ela nem se lembrava direito de como ele era. Alto, cabelo escuro, forte, nada mais. Quando ele foi ao banheiro depois que transaram, ela se vestiu e foi embora. — Shanice começou a chorar. — Foi a última vez que fui à After Dark, até hoje. Eu não queria me lembrar que tinha sido uma péssima amiga toda vez que fosse lá. — Ela enxugou as lágrimas. — Eu pedi mil desculpas a Grace, disse que deveria ter ficado com ela. A autoestima dela estava no chão, claro que ela se culpava. — Shanice olhou pela janela do carro. — Ela estaria mais segura com o cabelo preso. Os homens gostam das loiras. E aquele vestido preto...

Roman se lembrou de como Grace estava linda na noite da exposição de arte em Laguna Beach.

Shanice se sentou mais ereta no banco e o fitou com olhos brilhantes sob a luz fraca.

— Quer saber por que Grace descoloriu o cabelo? Porque o marido disse que ela seria bonita se fosse loira. Dá pra acreditar? Como se ela já não fosse bonita por dentro e por fora. Mas você conhece a Grace, ela quer fazer sempre o melhor e queria ser uma boa esposa, claro. Então fez o que ele queria. Não que tenha feito alguma diferença pra aquele idiota.

Roman estremeceu ao perceber como ele era antes.

— Ela diz que é péssima pra avaliar os homens — disse Shanice, olhando para ele.

— Inclusive a mim, você quer dizer. — Seu coração batia forte e rápido. — Parece que ela está certa. Ela voltou à After Dark pra tentar achar o cara?

— Está brincando? Não!

— Só por curiosidade. Ela teve um relacionamento depois do divórcio, não teve?

— Um namorado? — Shanice sacudiu a cabeça. — Não que eu saiba, e eu saberia. — Ela se sentou meio de lado para olhar para ele. — Eu não entendo, sabe? Como algumas pessoas conseguem se safar de tudo, e alguém doce como a Grace não pode dar nem uma escorregadinha sem pagar o preço?

— Que preço?

Ela deu um sorriso triste.

— Samuel.

Para Roman, foi como se tivesse levado um soco no estômago.

— Eu pensei que ela e o ex…

— Ele não queria filhos. Ela perdeu um bebê uma vez e ele comemorou. Ele não queria responsabilidade. — Shanice ficou olhando para a frente. — Ela só contou pra gente três meses depois. Poderia ter feito um aborto, uma amiga até sugeriu.

Ele estava nervoso.

— Você?

— Não, mas não vou dizer quem foi. Grace pensou em entregá-lo para adoção, ficou combinado que Selah e Ruben Garcia ficariam com ele, mas, quando Grace pegou Samuel no colo pela primeira vez, não conseguiu. Foi um cabo de guerra emocional desde o primeiro dia. Quando você ofereceu o chalé, ela viu uma saída para aquela situação. Eu só queria que ela não tivesse saído de Los Angeles. Sinto falta dela. — Ela o fitou brevemente. — Ela queria criar o filho em um lugar mais seguro.

— Ela precisava ficar longe dos Garcia… e de mim.

Roman parou no meio-fio e deixou o motor ligado.

— Mais alguma coisa que você queira me contar sobre a Grace?

Shanice olhou para ele com pesar.

— Acho que já falei até demais.

Ele esperou mais um pouco, até ver que ela não ia dizer mais nada.

— Eu amo a Grace, Shanice.

Ele queria perguntar como encontrá-la. *Jesus, eu quero fazer as coisas direito. Ah, Deus, Ah, Deus.*

Os olhos de Shanice brilharam.

— Eu sei que você a ama, Roman. Eu te daria o endereço dela se não tivesse dado minha palavra a Grace.

Ele desceu do carro. Shanice deu a volta para se sentar ao volante, mas não entrou. Pousou a mão no braço dele.

— Desculpe, eu não devia ter falado dela. Não sei por que fiz isso. Não tinha o direito de contar a história dela pra você.

— Não, mas estou feliz que tenha contado.

E Roman achando que já havia sentido dor suficiente... mas não sabia de metade da história.

Shanice entrou no carro e Roman fechou a porta. Ela baixou a janela.

— Por favor, não a menospreze por isso.

— Não se preocupe com isso. — Roman se inclinou um pouco. — Quando falar com Brian, diga a ele que vou ficar fora um tempo.

— Quanto tempo?

— Não sei.

— Pra onde você vai?

Ele já havia feito as malas e pretendia partir na manhã seguinte.

— San Francisco. Diga a ele que vou resolver umas pendências. Ele vai entender.

— Boa viagem, Roman.

Shanice foi embora.

Roman entrou no apartamento e jogou as chaves na mesinha de centro. Afundando no sofá, colocou a cabeça entre as mãos.

— Jesus!

Foi um grito abafado, sofrido. Shanice falara sobre os homens na balada e ele vira a si mesmo: imaturo, insensível, um aproveitador. Se Grace tivesse ficado no chalé, ele não teria tido escrúpulos e teria tentado seduzi-la.

Uma loira de vestido preto justo. Bem o tipo dele.

— Jesus…

A voz de Roman saiu rouca e trêmula, sentia um misto de nojo de si mesmo e desespero… e raiva também. *Deus, deverias ter me deixado no inferno. É o que mereço.*

Ele havia sido salvo pela graça de Deus — era o que Brian sempre dizia a ele.

Inclinando-se para a frente, Roman chorou.

38

Grace estava com a tia no quintal, na parte coberta, enquanto Samuel andava por ali. Ela já havia arrancado uma minhoca e um caracol da mãozinha dele, felizmente antes que os colocasse na boca. Ele foi em direção a uma grande bola vermelha e a chutou sem querer. Com uma risada estridente, correu atrás dela.

Tia Elizabeth riu.

— Ele vai dar um bom jogador de futebol — comentou, e tomou um gole de chá verde.

Estava meio frio, mas Samuel precisava de espaço para correr. Havia ficado confinado em casa na última semana enquanto a chuva tamborilava no telhado.

— No que está pensando, Grace?

No que parecia estar sempre em sua cabeça ultimamente: Roman. Mas ela não dizia o nome dele em voz alta.

— Nada, no de sempre.

Ela não conseguia falar sobre ele, nem com sua tia nem com ninguém. Quanto tempo levaria para esquecê-lo?

— Sua empresa está indo bem?

— Ela me mantém bem ocupada. Jasper indicou outro aluno. Ainda bem, porque um dos clientes não precisa mais dos meus serviços, gabaritou a prova final.

— Igual ao Patrick. — Tia Elizabeth fez uma careta. — Desculpe, não queria trazer o passado à tona. E sua vida social?

— Igreja aos domingos e estudo bíblico para mulheres no meio da semana.

— Conheceu algum solteiro interessante?

— Não estou procurando ninguém.

— Porque ainda está apaixonada por Roman Velasco.

Grace não queria mentir.

— Não há nada que eu possa fazer a respeito disso.

Samuel se sentou na bola e ela saiu disparada como um foguete de debaixo dele. Grace e sua tia riram. Samuel soltou um grito de surpresa e se apoiou nos bracinhos, levantou-se e foi atrás da bola de novo.

— Que bom que ele não desiste — disse tia Elizabeth, apoiando a xícara de chá no pires.

— Quando ele quer alguma coisa, não mesmo.

— E você, Grace? Por que não liga para o Roman e vê o que acontece?

— Eu sei o que aconteceria e não vou correr o risco. Além disso, você passou a vida inteira sem um homem, eu consigo também. — Arrependida por sua resposta irritada, Grace se levantou. — Quer mais chá? Vou pegar mais café.

— Você não consegue nem falar sobre...

— Se o Roman quisesse um relacionamento de verdade, me encontraria.

Tia Elizabeth deixou a xícara de chá e o pires na mesa lateral.

— E como ele faria isso, criatura? Você mudou de celular e de cidade e fez a mim e a todos os seus amigos jurarmos segredo. O que o homem vai fazer, contratar um detetive particular? Caçar você como se fosse um dos dez mais procurados do FBI?

— Ele ligou pra você?

Tia Elizabeth ficou calada por um momento.

— Não.

— Ele também nunca perguntou meu endereço a Shanice. Então aí está a sua resposta.

Tia Elizabeth murchou um pouco.

— Eu não sabia. — Ela desviou o olhar. — Eu achei que… — Ela sacudiu a cabeça. — Não importa o que eu pensei, não é da minha conta, desculpe por ter me intrometido. — Sua expressão passou a ser de dor e preocupação. — Só quero ver você feliz.

— Estou bem, sério.

— Não está, não. Você emagreceu e parece que não está dormindo muito.

Grace voltou e se sentou. Ficou olhando Samuel lutar com a bola vermelha até desistir.

— Não quero fazer nada que magoe Samuel.

— Como deixar um homem que talvez não seja do tipo que se casa entrar na sua vida.

— Exatamente.

Tia Elizabeth não disse nada por um bom tempo. Samuel estava sentado, esfregando os olhos. Grace se levantou e foi até ele. Pegando-o no colo, abraçou-o forte.

— Hora da soneca, homenzinho.

Tia Elizabeth entrou com Grace e ficou na cozinha para lavar a pouca louça suja. Grace se sentou na poltrona da sala com Samuel no colo, com a cabecinha descansando contra o peito da mãe. Ela adorava essa hora do dia, sentir o corpinho dele relaxando e se aquecendo em seus braços enquanto ele adormecia.

— Ele parece um anjo — disse tia Elizabeth, sentando-se no sofá. — Você é uma boa mãe, Grace.

— Estou dando meu máximo.

— Talvez você esteja certa, talvez seja melhor deixar as coisas como estão.

Grace queria acreditar nisso.

Roman dormiu por algumas horas e saiu por volta do meio-dia para pegar a autoestrada Pacific Coast. Precisava de tempo para pensar antes de chegar a San Francisco. Quando chegou à cidade, não se hospedou em um hotel em Nob Hill ou no centro, embora pudesse pagar por qualquer um deles. Ficou em Phoenix, seu antigo bairro. Um cancelamento de última hora havia deixado um quarto disponível, e ele interpretou isso como um sinal de que Deus estava ao seu lado.

Ainda sem sono depois da meia-noite, decidiu dar uma volta pelo caminho da memória. Quando era adolescente, a noite era uma criança para ele. Com sua jaqueta bomber de couro, Roman foi dar uma volta por Tenderloin.

O bairro não havia melhorado muito. A quantidade de pessoas em situação de rua havia aumentado. Ainda havia lixo espalhado ao redor das lixeiras nos becos. Novas pichações nas paredes. Uns jovens com jeito de durões desciam a calçada em sua direção. Roman tirou as mãos dos bolsos da jaqueta e olhou o líder nos olhos. O grupo passou sem dizer nenhuma palavra, mas dois olharam para ele. Roman seguiu até chegar ao viaduto onde White Boy morrera. Olhou o arco de concreto, permitindo-se pensar em seu amigo, e fez as pazes com o lugar antes de continuar andando.

O prédio onde ele morara com a mãe parecia o mesmo. Um bom grafite ajudaria. A janela do terceiro andar estava escura. Quantas horas ele havia passado olhando por ela, esperando sua mãe voltar para casa?

Você sabe que eu te amo, meu amor. Eu sempre volto, não é?

A boate onde ela trabalhara mudara de nome, mas ainda funcionava. Música vulgar escapava pela porta. Roman tomou coragem e entrou, mas foi impedido de passar por um homem de meia-idade que usava um terno barato.

— São vinte pratas pra entrar. — O homem olhou Roman de cima a baixo. — Cem, se quiser mais.

Roman não pegou a carteira. O cheiro de bebida empesteava o ar e o vislumbre de uma menina inexpressiva dançando no palco fez seu estômago se revirar. Um homem se levantou de uma mesa perto do palco e enfiou dinheiro na calcinha da moça. Roman saiu.

Respirando o ar frio e úmido da costa, foi embora.

Passou mais duas horas vagando pelas ruas, pensando em sua mãe. *Sê honesto. Olha para Mim.* A ficha da compreensão foi caindo. Ele amava a mãe. E a odiava pelo que tinha feito para ganhar a vida, por ter saído aquela noite, por não ter cumprido a promessa. Ele nunca se permitira admitir aqueles sentimentos, mas, naquele momento, os sentia como uma ferida aberta que ainda sangrava e doía. Roman sabia o que Deus queria que ele fizesse: queria que confessasse o que havia mantido trancado dentro de si durante tantos anos.

Eu sou a Cura.

Em vez da vergonha que esperava, Roman sentiu a velha dor se suavizar e se transformar em compreensão. Sua mãe era uma criança quando engravidara e dera à luz, e mal era adulta quando morrera. Pelo que ele sabia, ela nunca tivera amigos nem família para ajudá-la. Fora abandonada muito antes de ele nascer. E quaisquer que fossem as circunstâncias, Roman sabia de outra coisa: ela não o descartara. Ficara com ele. Sua mãe o amava.

Ainda caminhando, Roman de repente se lembrou do senhorio do prédio conversando com o estranho que o agarrara. O que ele havia dito mesmo? Toda a memória voltou, como se estivesse acontecendo naquele momento diante dele. O homem dera um maço de dinheiro ao senhorio e seguira Bobby Ray pela escada. *Você vem comigo.* Bobby Ray se debatera por instinto, sentindo que algo estava errado, terrivelmente errado. O suposto sequestrador o carregara escada abaixo, e então o professor do segundo ano de Bobby Ray aparecera com um policial. O homem o soltara e desaparecera como um rato se escondendo em um buraco.

Os pelos da nuca de Roman se arrepiaram quando ele teve uma epifania. Ele tinha apenas sete anos, mas sentira a maldade nas intenções do homem. Depois de ter escapado por pouco, ele chutara e arranhara para escapar do policial, que o colocara no banco de trás de uma viatura. Ele não os vira como salvadores: ambos eram inimigos que queriam tirá-lo de sua mãe. Ele chorara e xingara seu professor, que estava sentado ao lado dele na viatura. Chutara o encosto do banco do policial durante todo o caminho até a delegacia, onde fora entregue a uma assistente social do Serviço de Proteção à Infância.

Senhor, há quantos anos carrego todo esse ódio e o deixo moldar minha vida?

Sentado em um café que ficava aberto a noite toda, Roman perguntou a Deus o que deveria fazer. Recebeu a resposta quando o sol nasceu. Exausto, mas decidido, foi até a escola e perguntou o nome dos professores que davam aula para o segundo ano quando ele tinha sete anos. Reconheceu o nome de um e perguntou onde poderia encontrar Morgan Talbot.

— O sr. Talbot ainda está aqui. Está em um intervalo agora.

O timing perfeito de Deus.

— Posso falar com ele?

A secretária ligou para a sala dos professores. Poucos minutos depois, o sr. Talbot entrou no escritório. Roman o reconheceu imediatamente. O cabelo de Talbot agora era grisalho, não mais ruivo, seus ombros estavam ligeiramente curvados e ele não era, nem de longe, tão alto quanto Roman se lembrava — parecia um gigante para um menino de sete anos. Os olhos de Talbot ainda eram gentis.

— Você não deve se lembrar de um menino de sete anos chamado Bobby Ray Dean.

— Lembro sim. — Seu sorriso era melancólico. — Você foi o primeiro que tive que entregar ao Serviço de Proteção à Infância. Lamento dizer que houve outros depois.

— Não deve ser fácil.

— Não, nunca é.

— Talvez ajude saber que naquele dia você salvou minha vida.

Pensando naquela época, Roman viu que Deus havia enviado Talbot no exato momento em que Bobby Ray Dean precisava de resgate.

— O senhorio tinha acabado de me vender. Se você e aquele policial tivessem chegado cinco minutos depois, ele já teria me levado e provavelmente eu estaria morto há muito tempo.

Ele sentiu a gratidão crescendo dentro de si, não só por Talbot, mas também por Deus, que o enviara. Estendeu a mão.

— Demorei muito para dizer isso, mas obrigado, senhor.

Os olhos do sr. Talbot se encheram de lágrimas, ele apertou a mão de Roman.

— Eu só fiz o que era certo. — Ele pigarreou. — O policial era meu primo. Está aposentado, mora em Montana agora.

— E você, vai se aposentar logo?

— Melhor nem pensar nisso — disse a secretária atrás do balcão. — Ele é nosso melhor professor.

Talbot pediu licença e disse que precisava voltar para a sala de aula. O intervalo acabaria logo e as crianças já iriam formar fila. Mas parou à porta antes de ir.

— Você era muito bom com arte, se bem me lembro.

— Eu ganho a vida com isso, só que com outro nome: Roman Velasco.

— Não foi você que fez um grande projeto em Los Angeles? — perguntou a secretária, se metendo na conversa de novo. — No muro de uma igreja, não é? Eu vi no Facebook.

Roman se dirigiu a Talbot.

— Se estiver interessado, pode ver na internet. Ele não existiria se você não tivesse feito o que era certo.

— Vou procurar. — Ele sorriu. — Obrigado por vir, Bobby Ray. É bom saber que um dos meus alunos está se saindo tão bem.

Ele seguiu pelo corredor, com as costas um pouco mais eretas.

— Ele precisava disso — disse a secretária. — A maioria dos alunos se lembra dos professores do ensino médio, mas se esquece dos que tiveram nos primeiros anos, os heróis anônimos que ensinam o básico.

Na rua, Roman pegou o celular e ligou para Jasper Hawley. Disse que tinha um tempo livre e gostaria de vê-lo, e a Chet e Susan também.

— A não ser que você tenha algum compromisso nos próximos dias.

— Estou em Portland, mas volto depois de amanhã. Aconteceu alguma coisa, Bobby Ray?

— Só estou vendo minha vida por uma nova perspectiva.

— Já era hora.

Roman ainda precisava fazer outras coisas, e poderia fazer uma delas antes de voltar para o hotel e tirar um bom sono. Foi ao IML, na Bryant Street, para descobrir tudo que pudesse sobre as circunstâncias da morte de sua mãe e onde havia sido enterrada. Um funcionário lhe disse que mantinham registros dentários, amostras de tecido, um raio-X de corpo inteiro e DNA de todas as pessoas que eram encaminhadas ao necrotério. Sua mãe morrera de overdose de heroína, o corpo fora cremado e seus restos mortais deixados em um depósito. Roman preencheu toda a papelada necessária e pagou as taxas para que liberassem as cinzas dela.

— Já faz mais de vinte e cinco anos. Pode ser que levem alguns dias para encontrá-las.

Roman deu suas informações de contato. Foi ao cais para jantar e voltou para o hotel. Dormiu dezoito horas seguidas, sem sonhar, e acordou completamente descansado. Em vez de vagar por Tenderloin, foi ao Golden Gate Park, pensou que Grace adoraria o passeio. Depois, foi almoçar no Cliff House. Seu telefone vibrou. Era o IML.

— Geralmente demora muito mais que isso, mas encontramos as cinzas da sua mãe.

Aparentemente, Deus estava fazendo as coisas andarem.

Roman chegou ao Masterson Ranch no dia seguinte. Gibbs e DiNozzo latiam no alpendre da frente. Chet saiu do celeiro e Susan desceu os degraus da casa. Chegou a ele primeiro e o abraçou.

— Que bom que você não demorou pra voltar.

Chet riu.

— A gente achava que levaria mais uma década pra você nos visitar de novo.

Roman disse que gostaria de ficar alguns dias daquela vez, se tivessem espaço. Disseram que ele poderia ficar o tempo que quisesse. Sentaram-se todos na cozinha e conversaram à mesa durante duas horas. Até que Roman perguntou se poderia espalhar as cinzas de sua mãe nas colinas dali.

Susan olhou para Chet com lágrimas nos olhos. Chet assentiu.

— Seria uma honra, Bobby Ray.

Disseram que ele poderia ficar em seu antigo quarto, mas que teria que dividi-lo. Estavam com quatro meninos só, mas o que ficava no quarto de Roman era outro caso difícil. Roman conheceu Jaime Lopez quando todos se reuniram para jantar. Reconheceu a si mesmo aos quinze anos: bravo, traumatizado, sem família, sem futuro, sem esperança. Tudo aquilo havia mudado para Roman naquele rancho, com aquelas pessoas, e mudaria para aquele menino também, se ele cooperasse. Foi o que Roman disse a Jaime depois que as luzes se apagaram.

Na manhã seguinte, ao amanhecer, Roman levou as cinzas de sua mãe para as colinas. Encontrou um lindo carvalho antigo, com grandes galhos, que era visível do rancho. Na primavera, aquelas colinas ficariam cobertas de grama bem verde, papoulas douradas e tremoços roxos. Ele abriu a caixa e cuidadosamente espalhou as cinzas dela.

— Amo você, mãe. Eu te perdoo.

Quando terminou, as lágrimas brotaram.

— Me perdoe, mãe.

Ele a odiara e culpara por morrer e deixá-lo sozinho. Precisara de todos aqueles anos para entender aquilo e confessar a ela. Carregava aquela raiva como um pesado escudo para se proteger e nunca mais amar. Fora preciso morrer para aprender a viver.

O sol já se punha quando Roman voltou para a casa. Tomou seu lugar à mesa de jantar e ficou ouvindo o pessoal conversando. Ofereceu-se para lavar a louça e depois foi para a sala, onde estavam todos preparados para a reunião. Quando lhe perguntaram, ele falou sobre o tempo que passara no rancho.

— O programa funciona para quem se empenha.

Chet e Susan contaram aos meninos sobre o sucesso de Roman como artista. Todos sabiam sobre a obra que ele havia feito na igreja.

Jasper chegou tarde.

— Duas visitas em seis meses? É um bom sinal!

Chet e Susan se recolheram, deixando José no comando. Roman ficou sentado no alpendre com Jasper. Chet e Susan não mencionaram Grace. Considerando como haviam se dado bem, ele achara que diriam alguma coisa. E lá estava Jasper falando sobre todos os assuntos, menos do que Roman mais queria. Várias vezes, ele teve que apertar os dentes para não perguntar. Isso não fazia parte do acordo que ele havia feito com Deus. *Três pessoas, Senhor.* Ele precisava de mais uma. Seu coração se apertou. *Acho que está me dizendo não.* Ele olhou para as estrelas e a deixou ir de novo.

— Hora de ir para casa — disse Jasper, apoiando as mãos nos joelhos e se levantando. — Você me acompanha até o carro?

Roman caminhou ao lado dele. Jasper abriu a porta do veículo.

— Não fique longe por muito tempo, filho.

— Digo o mesmo. Você tem meu novo endereço, mas vai ter que dormir no sofá. Não tenho mais um quarto de hóspedes todo arrumadinho.

— Isso não é problema. — Jasper o observou. — Você não vai falar da Grace?

O coração de Roman deu um salto. *Terceira vez.* Deus estava respondendo às suas preces.

— Eu estava esperando você falar dela.

— Vai vê-la?

— Já estaria lá se soubesse onde ela mora.

— Você nunca mais falou com ela?

— Imaginei que era isso que ela queria depois que pediu demissão e se mudou. Você a viu?

Jasper hesitou.

— Não, mas conversei com ela várias vezes. Ela tem uma empresa agora, VirtualGrace.biz. Indiquei vários alunos pra ela. Um deles entrou no quadro de honra depois que ela deu umas aulas pra ele.

— Pode me passar o endereço dela? Queria conversar com ela pessoalmente.

— Poder eu posso, mas não vou. É melhor você mandar mensagem primeiro, para que ela possa decidir.

Não era a resposta que Roman queria, mas ele entendeu.

— Tem razão.

Assim que Jasper foi embora, Roman pegou o celular e procurou o site de Grace. Tocou no link "Contato", digitou uma mensagem curta, fez uma oração e tocou em "Enviar".

Suspirando, Roman ergueu os olhos. Naquele momento, só o que podia fazer era esperar… e torcer para que ela respondesse.

39

Grace não conseguia dormir. Depois de uma hora tentando, decidiu trabalhar um pouco e checar as mensagens. Fez café e foi até o escritório. Um de seus alunos havia enviado um trabalho de conclusão de curso para ela revisar. Ela assinalou trechos com problemas, escreveu comentários e o enviou de volta. Feito isso, respondeu à pergunta de outro aluno.

Passava das duas da manhã quando checou o e-mail do site. Seu coração deu um pulo quando reconheceu o e-mail de Roman. A mensagem havia sido enviada às 22h20 daquela noite. O assunto era *Pedido.* Ela posicionou o cursor, mas tirou a mão do mouse depressa, como se a queimasse. Acaso se exporia a mais sofrimento? *Pense antes de fazer qualquer coisa, Grace. Pense!* Ela poderia apagar a mensagem sem ler e fingir que nunca a havia recebido. Não, não podia. Estava rezando havia semanas, aquela poderia ser a resposta de Deus. Mas ela não esperava sentir tantas emoções confusas quando a resposta chegasse.

Ah, Deus, ah, Senhor... Ela nem sabia o que pedir.

Empurrando a cadeira para trás, Grace subiu os degraus até a cozinha. Pegou mais um café, mas logo o despejou na pia. A última coisa de que precisava era mais cafeína, seu coração já estava acelerado. Voltou para a mesa. Sentada ereta, com as mãos apertadas, olhou para a tela. *Não seja covarde! Leia*, disse a si mesma ferozmente. Abriu a mensagem.

Grace... Quero muito falar com você pessoalmente. Se estiver disposta, diga o horário e o lugar que estarei lá. Roman.

Deveria se encontrar com ele? Por que estava se fazendo essa pergunta? Ela sabia que esse dia chegaria, não havia orado para isso? É que simplesmente não se sentia preparada. *Será que um dia estarei preparada, Senhor?* Ela não queria nutrir esperanças.

Muitas possibilidades surgiram em sua cabeça. Poderia se encontrar com ele em um café, seria um lugar neutro e seguro. Samuel poderia ficar com Dorothy ou Angela. Foi tendo uma ideia atrás da outra, sentindo o tempo todo o que Deus queria, se ela tivesse coragem.

Ah, Senhor, me ajuda.

Respirou fundo, soltou o ar lentamente e clicou em "Responder".

Estou morando em Merced.

Merced era muito longe de Los Angeles. Roman, sem dúvida, decidiria que a viagem não valeria a pena. Com o coração ainda batendo forte, ela voltou a trabalhar em outro projeto. Levaria horas até que ele lesse a mensagem, e ela duvidava que respondesse.

Uma janelinha surgiu no canto inferior direito da tela do computador, indicando uma nova mensagem de Roman. O que ele estava fazendo acordado às três da manhã?

Estou no Masterson Ranch, consigo chegar a Merced em algumas horas. Só preciso de um endereço. Por que está acordada tão cedo?

Ela clicou em "Responder".

Não consegui dormir, estou trabalhando. E você?

Não durmo bem há meses. Essa é uma das coisas sobre as quais quero falar com você.

Ela não sabia o que responder e se recostou na cadeira. Outra mensagem apareceu.

Desculpe, acho que me expressei mal. Não se preocupe, Grace, prometo me comportar.

Ela hesitou por tanto tempo que outra mensagem apareceu.

Por favor, fale comigo.

Por favor, ela nunca o ouvira dizer aquelas palavras. Digitou seu endereço e marcou o encontro para as duas da tarde. Enviou a mensagem antes que mudasse de ideia, torcendo para que ele não pudesse naquele horário.

A resposta dele chegou depressa.

Obrigado. Te vejo às 14h.

Roman arrumou a mochila, deixou-a perto da porta e foi até a cozinha contar a Chet e Susan por que estava indo embora um dia antes. Sentiu o cheiro do café e do bacon. Chet estava perto da bancada conversando com a esposa enquanto ela virava o bacon na chapa. Ele notou Roman primeiro. Olhando por cima do ombro, Susan sorriu.

— Meu Deus, você acordou cedo.

— Desculpe por encurtar a visita, mas vou ter que ir embora. Mandei mensagem pra Grace, vamos nos encontrar hoje à tarde em Merced.

Chet ergueu as sobrancelhas.

— Parece sério.

— É sério mesmo, espero que ela me ouça.

Susan abriu a boca para dizer algo, mas a fechou de novo. Olhou para Chet e se concentrou no bacon. Chet serviu uma xícara de café e a entregou a Roman.

— Jasper contou que as coisas não estavam bem entre vocês dois. Foi por isso que não falamos dela.

— Eu agi como um idiota. Ela teve o bom senso de pedir demissão e ir embora. Devo mais que um pedido de desculpas a ela.

— Ela concordou em se encontrar com você, é um bom sinal.

Ele teria que esperar para descobrir.

A casa já estava a mil. Os quatro meninos já haviam acordado, tomado banho e estavam na cozinha, famintos. Todos conversavam, exceto Jaime, que cumprimentou Roman apenas com um movimento da cabeça. Susan disse a Roman que se sentasse.

— Você não vai viajar de estômago vazio. E se só vai se encontrar com ela à tarde, tem tempo de sobra pra tomar café da manhã.

Ela serviu os ovos mexidos, o bacon e as torradas em travessas e as colocou na mesa, para que as passassem entre si, como uma família. Roman raramente tomava um café da manhã completo, teve que conter sua impaciência para pegar a estrada.

Com os meninos alimentados e prontos para suas tarefas matinais, Roman se sentiu livre para ir embora. Chet e Susan o acompanharam até o carro.

— Quer um conselho sobre as mulheres? — perguntou Chet, dando um tapinha no ombro de Roman. — Vá com calma.

Susan bufou.

— Se eu fosse esperar você me pedir em casamento, ainda estaria morando com meus pais no Texas.

— Eu pedi!

— Você disse que pretendia me perguntar uma coisa dali a alguns anos, e eu disse "Por que esperar?"

Chet sorriu para ela e piscou para Roman.

— Como eu disse, vá com calma. Ela vai dar sinais sobre o que quer e quando quer.

Susan deu um tapinha no braço dele.

Saindo do rancho, Roman olhou pelo espelho retrovisor. Chet estava com o braço em volta dos ombros de Susan e ambos acenavam. Ela recostou a cabeça no ombro do marido.

Senhor, esse é o tipo de relacionamento que eu quero.

Grace tentou trabalhar, mas não conseguia se concentrar. Desesperada para fazer alguma coisa para conter a tensão, limpou a casa enquanto Samuel brincava com os blocos de montar no tapete da sala. Havia parado de chover, então o levou para dar uma volta no quarteirão. Queria que ele estivesse cansado e dormindo profundamente quando Roman chegasse. Samuel caminhou alegremente por um tempo, mas logo começou a se agitar e a pedir o carrinho. Ela foi na frente, provocando-o para ir atrás dela. Ele curtiu a brincadeira por meio quarteirão, mas logo se sentou no meio da calçada em protesto. Quando voltaram para casa, ela lhe deu o almoço e o deixou no tapete para brincar. Ele queria colo. Cedendo, Grace o embalou. Ela mesma quase adormeceu na cadeira. Acomodando-o em sua cama de carro de corrida, ela lhe deu um beijo e fechou a porta cuidadosamente.

Grace teve tempo para escovar os dentes e tomar um banho rápido, mas não para se maquiar. Apenas um batom teria que dar conta. Escovou o cabelo depressa e passou os dedos pelos cachos. Olhando-se no espelho, viu-se deprimida, pálida, com olheiras e olhos arregalados. *Acalme-se, Grace. Respire!* Ela respirou fundo e soltou o ar devagar, isso a ajudou a relaxar. Rezou e se sentiu pronta… até a campainha tocar.

Esfregando as mãos úmidas na calça jeans, Grace respirou fundo outra vez antes de abrir a porta. Roman estava ali, do outro lado da porta de tela, e o pulso de Grace disparou. E ela achando que estava pronta… *Ah, Senhor, me ajuda.*

Roman sentiu todos os velhos medos voltarem enquanto se dirigia à porta da casa de Grace. O amor sempre fora o mesmo que um inimigo para ele, uma emoção a ser evitada. Mas, nos últimos meses, Brian o ajudara a entender melhor o que Jasper tentara lhe transmitir durante anos: o fato de uma pessoa o ter decepcionado não significava que todas fariam o mesmo. E, na verdade, Roman decepcionara Grace porque lhe faltara coragem para ser o homem que Deus pretendia que ele fosse.

Isso foi antes, lembrou a si mesmo. *Eu agi como uma criança. Deus, faz de mim o homem que quer que eu seja.*

Ele parou diante na porta, com o coração na garganta, e apertou a campainha. *Senhor de misericórdia, me ajuda a dizer o que precisa ser dito. E, se for de Tua vontade...*

A porta se abriu. Grace apareceu e Roman já não conseguia mais pensar. Ele mal conseguia respirar. Se um dia havia tido alguma dúvida de que estava apaixonado por aquela mulher, não tinha mais. Ela parecia mais jovem, mais vulnerável. O cabelo escuro, mais comprido, caía sobre os ombros. Estava usando o suéter cor-de-rosa, a blusa branca e a calça jeans que ele recordava. Havia emagrecido, mas ele também. Roman não sabia o que ela estava sentindo, mas percebeu que estava desconfiada. Considerando o que havia acontecido entre eles da última vez que se viram, Roman entendia a cautela dela. Ela respirou fundo e o coração de Roman bateu mais forte. Era bom saber que ela também estava nervosa, com medo daquele encontro. Perceber isso o deixou mais calmo. Roman sabia como queria que aquele encontro terminasse. Ou melhor, começasse.

Grace destrancou a porta de tela e a abriu alguns centímetros.

— Entre.

Ela deu um passo para trás. Para dar espaço a ele ou para manter distância? Grace não o olhou nos olhos, apenas indicou a sala de estar com um gesto tenso. O sofá era turquesa-claro com almofadas amarelas. Na parede, havia um quadrinho com alguns dizeres escritos à mão — Roman reconheceu uma citação dos Salmos — e imagens de Jesus.

Pois onde estiverem dois ou três reunidos em Meu nome, aí estou Eu no meio deles.

— Por favor, sente-se.

A voz de Grace tremeu levemente. Ela pigarreou.

— Vou fazer um café.

Roman se sentiu tão à vontade naquela casa quanto no chalé. Não eram os móveis nem a decoração, era Grace. Em vez de se sentar, Roman a seguiu e ficou à porta da cozinha, observando-a. O leve rubor de suas faces havia desaparecido, ela estava pálida. Acaso tinha medo dele? Ele esperava que não. Ela quase deixou cair o pote com pó de café e olhou para ele envergonhada. Roman não precisava perguntar se a estava deixando nervosa, mas não queria que se sentisse assim. Será que o que sentia transparecia no rosto dele? Aparentemente, sim. Precisava parar de olhá-la embevecido.

Vá com calma, dissera Chet. Mas não demais, segundo Susan.

Roman jogou fora toda sua experiência com mulheres, aquilo não se aplicava ali. Se não dissesse algo logo, teria outro infarto. Sorriu para Grace, torcendo para que ambos superassem aquele começo difícil.

— Estava com saudade do seu café.

Roman poderia ficar o dia todo ali a observando. Para ele, Grace era mais bonita que tudo que já havia visto. Mas talvez ela relaxasse se ele olhasse para outra coisa.

A vista da janela da cozinha mostrava um grande gramado e uma horta.

— Que lugar bom para o Samuel brincar.

Grace concordou. Respirou fundo enquanto pegava o pó de café com a colher. Então, começou a falar. Contou sobre Dorothy e George Gerling, seus senhorios, e sobre os vizinhos Juan e Angela Martinez, e seus três filhos. Contou que Juan plantara a horta e Angela lhe dava dicas sobre criação de filhos, que o pequeno Matías era o primeiro amigo de Samuel. Estava divagando, sinal de que ainda estava nervosa. Ele percebeu que ela havia enchido o filtro de café até a borda. Ela soltou um suspiro e colocou um pouco do pó de café de volta no pote.

Roman queria abraçá-la e dizer: *Está tudo bem, Grace. Estou tão assustado quanto você.* Ele tentava relaxar, mas seu coração galopava e sua respiração era pesada e curta. Ele inspirou e expirou lentamente antes de falar.

— Cadê o Samuel?

— Está dormindo.

Grace mal olhava para ele, sua atenção estava na mesa da cozinha. Roman viu um prato com borda azul e entendeu. Lá estavam as coisas que ela havia coletado na viagem: cinco pedras, uma pinha e um galho com duas nozes de carvalho.

Roman pegou as nozes com cuidado.

— Você não jogou fora.

Corando, Grace lhe deu as costas.

— Vamos para a sala?

Ela encheu duas xícaras de café e o deixou sozinho na cozinha. Roman recolocou as nozes no prato. Estranho como algo tão pequeno e comum o enchera de esperança.

Grace se sentou na poltrona, deixando o sofá inteiro para ele. Segurava sua xícara firmemente com as duas mãos, como um talismã. A dele estava na mesinha de centro, uma barreira considerável entre eles. Ele se sentou, mas não tocou na xícara, não tinha ido até ali para tomar café.

— Vim pedir desculpa, Grace. — Coisa que nunca havia feito antes. — Não a tratei com o respeito que você merece e me arrependo disso.

Com as mãos entre os joelhos, ele se inclinou para a frente e orou brevemente. *Deus, me ajuda.*

— Tive medo de dizer o que sentia por você.

Ela desviou o olhar, ele esperou para dizer o resto, queria que ela o fitasse de novo para continuar.

— Eu estava apaixonado por você, e ainda estou.

Ele nunca havia dito essas palavras a ninguém. Mas sentiu os muros se erguendo.

— Eu não quero esse tipo de amor, Roman.

— Não terminei de falar.

Grace entreabriu os lábios, seus olhos se encheram de lágrimas. Ela quase derramou o café.

— Não sei se consigo ouvir.

— Por favor…

Grace deixou a xícara em uma mesinha lateral, apoiou as mãos nas coxas e olhou para ele com angústia.

— Por que você está aqui, Roman?

— Eu pus meu velo de lã na eira e Deus disse sim.

Por que ela deveria acreditar nele? *Diga o resto, Roman.*

— Eu vim te pedir em casamento.

— O quê? — Ela recuou, chocada.

— É isso mesmo.

Ele sabia o que estava dizendo. Brian lhe dera uma cópia dos votos de casamento padrão uma vez, Roman tinha noção da profundidade do comprometimento que seria necessário para um relacionamento durar muito tempo, apesar de todos os desafios que a vida lançaria sobre eles. Sem falar das questões e dos traços de personalidade que cada um levaria consigo. Sabia que não seria fácil para nenhum dos dois. Deus sabia dos problemas de infância e da vida adulta que tinham. Mas, mesmo com tudo isso, eles tinham as promessas de Deus para se apoiar. *Nada é impossível para Deus.*

— Só para deixar claro, Grace, eu quero te amar, te honrar e cuidar de você enquanto vivermos.

Baixando a cabeça, ela apertou as mãos no colo e sacudiu a cabeça.

— Eu sei o que você pensa das mulheres, Roman. Sobre aquelas que conhece nas baladas. Você não sabe tanto sobre mim quanto pensa.

Lágrimas correram por seu rosto.

— Eu sei que você foi à After Dark e conheceu um homem, e que Samuel é fruto disso.

Respirando fundo, Grace o encarou. De vermelho, seu rosto passou para branco.

— Shanice te contou?

— Não foi intenção dela. A Shanice acabou falando quando fui com ela resgatar uma amiga na After Dark.

— Ah…

Grace cobriu o rosto. O coração de Roman doía, sabendo do medo e da insegurança que ela sentia por causa de uma noite de insensatez. Ela lutara para não perder o filho e agora carregava a responsabilidade sozinha. Quantas mulheres teriam escolhido um caminho diferente? Graças a Deus Grace O seguira.

— O que a Shanice não sabia é que eu poderia ser o homem de quem ela estava falando.

Grace abaixou as mãos, franzindo a testa.

— Por que está dizendo uma coisa dessas?

— Não é impossível. Eu sempre ia à After Dark, tinha um apartamento na praia em Malibu naquela época, e me lembro de uma loira de cabelo comprido que fugiu no meio da noite enquanto eu estava no banheiro. Não quero ser arrogante, mas isso nunca tinha acontecido.

As poucas mulheres que ele levara para seu apartamento foram mandadas para casa de táxi, geralmente antes de quererem ir embora.

Outro pecado confesso, Senhor. Eu tratava as mulheres do jeito que os homens tratavam minha mãe.

— Eu não sou mais o homem que era, Grace, mas ainda estou muito longe de ser quem quero ser.

— Exigem que as mulheres atendam a um padrão mais alto que os homens. — Ela deu um meio-sorriso triste. — Especialmente os homens.

Ela estava se referindo aos comentários hipócritas que ele havia feito em Bodie?

— Tem razão, e isso é errado. Fui hipócrita durante bastante tempo.

Ele condenara uma mulher morta havia muito tempo por levar a vida que sua mãe levara, pensando apenas no que ele sofrera quando criança. Antes daquele dia, nunca havia visto Grace com raiva, e ela nem sabia que estava mostrando compaixão pela mãe dele. O que Roman sabia do que acontecera entre sua mãe e seu pai, sobre as circunstâncias? Que direito tinha de julgar quem fosse?

A expressão de Grace era enigmática.

— Foi por isso que você veio? Por que acha que pode ser o pai do Samuel?

— A mulher que conheci me disse que queria sentir alguma coisa. — Roman viu o brilho nos olhos dela. — Eu queria a mesma coisa. E não estou falando de sexo, Grace. Estou falando de conexão emocional.

Ele nunca havia entendido aquele desejo reprimido até Grace aparecer e o relacionamento deles evoluir.

— Não estou me explicando muito bem. — Ele tentou organizar os pensamentos. — Levei apenas um dia para entender que você nunca mais voltaria para o chalé e que eu havia pisado na bola, mas levei alguns meses para entender todos os motivos que a levaram a ir embora e o que eu precisava fazer para me acertar com Deus.

De novo aquele brilho. Ele havia sido salvo quando ela partira, mas, naquele momento, ainda não era um seguidor de Cristo. E isso fora a diferença fundamental entre quem havia sido e quem era naquele momento.

Estavam sentados frente a frente, com a mesinha de centro no meio. Roman não desviou o olhar.

— Você admitiu que me amava naquela noite e foi embora porque queria um homem disposto a se comprometer, não um moleque que queria tudo do próprio jeito.

— Pra ser sincera, eu fui embora porque sabia que, se ficasse, não teria forças pra dizer não uma segunda vez.

— Você fez bem em ir, Grace, eu não teria deixado você em paz.

Ele agradecia a Deus por ela não ter ficado. Onde estariam agora se ela tivesse cedido? Estariam morando juntos, mas ela nunca se sentiria segura e querida, e ele ainda seria o mesmo idiota arrogante e egocêntrico de sempre. Se Grace não tivesse fugido, talvez ele nunca sentisse necessidade de examinar a própria vida e perceber que tinha que deixar Deus mudá-lo de dentro para fora.

— Como Samuel pode ser seu filho, Roman? Você disse que sempre foi precavido para evitar ser pai — disse Grace.

Quantas outras coisas imaturas ele havia dito na vida?

— Eu tinha um padrão, mas não muito rígido, admito. — Ele deu uma risada triste. — Eu não queria fazer como o meu pai: engravidar uma menina e sumir.

Não justificava, mas era verdade.

— Minha mãe nunca me contou quem ele era, deixou essa linha em branco na minha certidão de nascimento. Talvez nem ela soubesse, e não tenho como descobrir.

Com a garganta apertada, Roman lutou contra as emoções.

— Por mais ilógico que pareça, eu sentia falta do meu pai. Sei que pode não fazer sentido pra você, mas eu precisava dele.

Nos últimos dias, os olhos de Roman haviam se aberto.

— Jasper tentou preencher esse vazio, mas não deixei. Chet também tentou, mas eu havia erguido muros ao meu redor. Quando aceitei Cristo, encontrei meu Pai, mas ainda tenho essa dúvida, ainda fico imaginando.

Ele ficou em silêncio por um momento, rezando. *Jesus, faz com que ela entenda o que não consigo explicar para mim mesmo, muito menos para outro ser humano.*

Era hora de se abrir por inteiro.

— Eu te amo, Grace. Quero me casar com você. Ainda não conheço Samuel, mas ele é seu filho, e isso é motivo suficiente para eu o amar. — Os olhos castanhos de Grace se suavizaram. Aquilo era amor ou compaixão? — Mas não te contei tudo isso pra você sentir pena de mim.

— Eu não sinto pena de você.

— Um menino precisa de um pai.

Os olhos dela se encheram de lágrimas.

— Uma menina também.

— Talvez seja por isso que Deus te enviou o anjo. — Seu coração bateu mais rápido ao notar o calor no olhar dela. — Se aceitar, faremos aconselhamento pré-matrimonial. — Shanice havia lhe contado sobre

Patrick. — Vamos fazer tudo direitinho. Se mantivermos Jesus na frente e no centro, sobreviveremos a qualquer coisa que a vida despeje em nós.

Suas mãos estavam úmidas. Ele nem pensou em perguntar se Grace havia conhecido outra pessoa, outro Brian Henley que seria perfeito para ela, em vez de alguém como ele.

— Uma vez, você disse que me amava. Ainda me ama, Grace?

— Tenho tentado muito esquecer você.

— E deu certo?

— Nem um pouco. — Ela deu um sorrisinho.

Roman soltou um suspiro.

— Obrigado, Jesus.

Grace riu baixinho.

— Nunca pensei que ouviria você dizer isso.

Ele não havia percebido que falara em voz alta.

— Então somos dois.

Roman se sentiu mais firme por dentro, vendo um futuro e a esperança se abrindo diante deles. Grace estava baixando as defesas e o corpo de Roman estava recordando depressa o beijo que haviam trocado em Topanga Canyon. A onda de calor crescia e ele queria Grace em seus braços imediatamente. Apoiou as mãos nos joelhos, pretendendo fazer isso acontecer, quando sentiu que seu espírito lhe dizia para esperar. Melhor não testar seu controle… nem o dela.

Senhor, eu não mereço nada, mas aqui estás Tu de novo, mostrando misericórdia e amor infalíveis.

— Mamãe?

Roman se virou e viu Samuel parado à porta, com as bochechas coradas da soneca e o cabelo escuro úmido e desgrenhado. Na última vez que Roman vira Samuel, ele era um bebê e estava aprendendo a engatinhar. Agora, era um menininho que andava sozinho e esfregava os olhos de sono. O amor cresceu dentro de Roman até fazer seus olhos arderem. Fosse ou não filho de Bobby Ray Dean, poderia ser. E seria.

Roman pigarreou e falou gentilmente.

— Oi, homenzinho. Você se lembra de mim?

Samuel olhou para ele, confuso. Por que a criança se lembraria, se mal havia visto Roman na vida? Mas aquilo iria mudar.

Grace se levantou e foi até Samuel. Pegou-o no colo, ajeitou-o em seu quadril e se sentou no sofá ao lado de Roman.

— Samuel, esse homem quer ser seu papai.

Samuel olhou para Roman com as pálpebras caindo. Apoiando-se na mãe, adormeceu de novo.

Roman sorriu para ela.

— Ele não disse que não.

E Grace, diria sim?

— Acho que, por ele, está tudo bem. — Ela riu baixinho, seus olhos brilhavam enquanto passava a mão pelo cabelo de Samuel, acariciando-o com amor. Olhou para Roman. — Por mim também.

Levando a mão ao rosto de Roman, puxou-o para baixo e o beijou.

Ela entreabriu os lábios e Roman aprofundou o beijo. O velho Roman teria colocado a criança na cama e beijado Grace até nenhum dos dois querer saber se eram casados ou não. Mas o novo homem queria a bênção de Deus e a confiança de Grace. Queria que ela soubesse que a valorizava e que não a usaria. Com a mão dela em seu peito, ele a queria demais. Pegou a mão de Grace, endireitou o corpo e colocou o cabelo dela atrás do ombro com a mão trêmula. As bochechas coradas e os olhos escuros dela o atraíram, e ele deu um beijo atrás da orelha dela, onde sentiu sua pulsação acelerada.

Ela respirou fundo.

— Vou levar Samuel de volta para a cama.

Roman se sentiu tentado a concordar, mas sabia que não seria preciso muito mais para cruzar os limites.

— É mais seguro para nós se o deixar aqui — disse, pousando a mão no rosto dela.

— Tudo bem — concordou ela, e soltou um suspiro.

— Isso foi alívio ou decepção?

Roman não resistiu a mais um beijo, só para descobrir a resposta. Esse beijo levou a outro, e a outro, até que estavam os dois sem fôlego e tremendo.

— É melhor eu me sentar em outro lugar.

Grace puxou a poltrona. Mudando Samuel de posição em seus braços, acomodou-se mais confortavelmente.

— Vai voltar pra Los Angeles ainda hoje?

— Vou ficar no mesmo hotel que ficamos quando viajamos. — Ele havia feito check-in antes de ir ver Grace. — Vai ser minha base até eu encontrar uma casa.

— Uma casa? Você quer se mudar pra Merced?

Rindo, Roman sacudiu a cabeça.

— Ainda não sei, mas não é como se eu tivesse dado uma passadinha aqui a caminho de Los Angeles só pra dizer: "A propósito, quero me casar com você". Vou ficar até isso acontecer.

Samuel acordou de novo, grogue e mal-humorado dessa vez. Grace se levantou.

— Ele precisa de mais uma hora de sono, pelo menos.

Roman a seguiu e ficou à porta enquanto ela o acomodava. Deu um passo para trás para ela poder fechar a porta e sorriu.

— Uma cama de carro de corrida?

— Presente de Dorothy e George. Tia Elizabeth dorme nela quando vem nos visitar.

— Isso acontece com frequência?

Ela não se mexeu e o corredor pareceu pequeno demais para os dois. Ele olhou para o outro quarto, onde viu uma convidativa cama queen-size. Fechou a porta. *O que os olhos não veem, o coração não sente.* Tomara que fosse verdade.

— Ela chega amanhã, vai passar o fim de semana aqui.

— Ela vai querer minha cabeça em uma bandeja de prata.

Grace olhou por cima do ombro e sorriu enquanto voltava para a sala.

— Na verdade, ela está torcendo por você. — Ela pegou as xícaras. — Seu café esfriou. Vamos conversar na cozinha.

Ela serviu duas xícaras de café fresco e as deixou na mesa.

Sentaram-se frente a frente. Roman os imaginou repetindo aquela cena por décadas.

— Hummm, realmente estava com saudade do seu café.

— Essa é uma péssima razão pra querer se casar.

— É só uma entre muitas boas razões. — Ele a fitou por um momento, grato por ela não ficar nervosa com o que ele dizia. — Senti sua falta.

Mais do que ele conseguia expressar e muito mais do que pensava ser possível. Sentiu o velho e incômodo medo, pois mesmo as melhores coisas da vida não duram para sempre. "Até que a morte nos separe" significava que um deles iria antes do outro. Ele e Brian haviam conversado sobre isso. Cada dia era uma bênção de Deus para ser vivida ao máximo, sem medo.

— Não compre uma casa ainda, Roman.

— Vou alugar até decidirmos o que fazer. A menos que você queira voltar para o Sul da Califórnia. O que acha daqui?

— Eu gosto muito, mas você é um homem da cidade grande.

— Sou?

Ele havia crescido em Tenderloin, pulara de albergue em albergue na Europa, tivera um apartamento em Malibu e uma fortaleza em Topanga Canyon. Naquele momento, morava em um apartamento de dois quartos em um bairro violento de Los Angeles, mas não era um lugar onde queria colocar sua esposa e filho. Mas não sabia de nada, onde iriam morar era apenas uma das muitas coisas que teriam que resolver juntos.

Roman estendeu a mão sobre a mesa, com a palma para cima. Grace soltou um leve suspiro de rendição e pousou sua mão na dele.

— Acho que não importa onde vamos morar, desde que estejamos juntos.

Seria fácil aceitar a rendição dela, deixá-la ceder, mas Roman queria Grace segura e satisfeita, além de feliz.

— Importa sim, Grace. — Ele levantou a mão dela e a beijou. — Vamos esperar que Deus nos diga onde quer que a gente fique.

Epílogo

A galeria de arte de Talia fervilhava de atividade. Clientes, jornalistas e colecionadores viam as obras de Roman ouvindo música clássica de fundo. Garçons passavam entre os convidados oferecendo champanhe, espumante e canapés. Grace estava ao lado de Roman enquanto ele respondia a perguntas sobre sua arte, maravilhada com a facilidade com que ele falava de seu trabalho e da obra que Deus havia feito em sua vida.

Talia estava no auge, enviara convites luxuosos a ricos mecenas e colecionadores de arte para a grande abertura da primeira exposição de Roman em mais de três anos. Claro, ela havia ampliado sua rede de contatos com a ajuda das redes sociais. A exposição duraria dois dias. As pinturas de Roman estariam todas vendidas antes disso, mas continuariam nas paredes durante o fim de semana para que as pessoas pudessem ver o que logo estaria escondido na mansão de alguém. Quem quisesse, poderia encomendar reproduções e impressões autografadas.

Era a segunda exposição de arte a que Grace comparecia. Que diferença da primeira, quando Roman estava nervoso, bravo, ansioso para sair dali. Sua obra também mudara drasticamente. Ele não fazia mais telas como em uma linha de produção. Passava semanas fazendo esboços e longas caminhadas com Samuel até que o trabalho se concretizava em sua mente. Pintava uma tela por vez, cada uma de um estilo diferente: impressionista, fauvista e uma grande obra realista que Talia considerava uma obra-prima intitulada *Os que mudam o mundo.* Roman incluíra vários grafites também.

Várias pessoas estavam conversando com Talia perto do quadro *Os que mudam o mundo*, entre elas uma estrela de cinema e um empresário que havia sido capa da *Forbes.* Compradores concorrentes, sem dúvida. Arte era um bom investimento, algo que se guardava para vender mais tarde se a fama do artista diminuísse ou as ações caíssem. A pintura de Roman era simplesmente gloriosa e, embora Grace entendesse a realidade e a necessidade de ganhar a vida, rezava para que *Os que mudam o mundo* fosse exposto em um lugar público onde muita gente pudesse ver como seriam os discípulos nos tempos atuais: um grupo inter-racial, com um contador, um universitário, um membro de gangue, um pescador de meia-idade... homens que poderiam ser inimigos não fosse a fé em Jesus Cristo.

Os últimos três anos haviam operado grandes mudanças na vida de Grace e Roman. Após três meses intensivos de aconselhamento pré-matrimonial, eles se sentiram preparados para se casar. Brian oficiou a cerimônia, com Shanice ao lado de Grace e Jasper ao lado de Roman. Dois meses depois, Grace confirmou a gravidez. Roman frequentou as aulas de Lamaze para ajudar no parto e estava lá sete meses depois. Foi o primeiro a pegar sua filha, Hannah, no colo. Grace nunca o havia visto chorar lágrimas de alegria.

Outras pessoas queriam se aproximar para falar com Roman, por isso ela se afastou. Roman lhe lançou um olhar inquiridor e ela sorriu para tranquilizá-lo. Em vez de evitar os convidados como antes, Roman ficou entre eles, respondendo a perguntas. Parecia estar à vontade. Todo bonito, mas ainda avesso à formalidade. Usava com um jeans preto, botas de couro e cinto, camisa branca de colarinho aberto e uma jaqueta de couro preta. Havia dito a Grace que a única ocasião importante o suficiente para um terno era um casamento: o deles primeiro, e depois o de Brian e Shanice. Ela fora madrinha e Roman, padrinho.

Amigos foram à abertura da exposição dar seu apoio a Roman: Brian e Shanice com o filho de um ano, Caleb, no colo da mãe; tia Elizabeth, elegante em seu vestido preto e salto alto; Jasper e os Masterson; Ashley e seu novo marido, um colega professor, com dois adolescentes. Até Dorothy e George Gerling foram. Grace aceitara a oferta de Angela e Juan de ficar com Samuel e Hannah por três dias. Roman queria que Samuel fosse, mas Grace explicou que uma exposição de arte não despertaria o interesse de uma criança de quatro anos cheia de energia, e Hannah sentiria falta do irmão mais velho.

Tuck Martin estava conversando com Roman e outro jornalista. Antes, Roman era reticente a compartilhar qualquer informação sobre si, mas, naquele momento, falava livremente sobre Deus e como Cristo havia se tornado o centro e o propósito tanto de sua vida quanto de sua arte. Algumas pessoas inventaram outras explicações para a experiência de quase morte de Roman, mas sua vida transformada era testemunho da verdade.

Grace sempre se maravilhava com as mudanças que haviam ocorrido na vida deles. Conversavam sobre voltar a morar em Los Angeles, mas, por enquanto, ficariam em Merced. Roman sabia quanto era importante para Grace terminar a faculdade lá. Estava indo devagar, pois Samuel e Hannah eram sua prioridade.

Como precisavam de espaço para Roman trabalhar e havia mais um bebê a caminho, compraram uma casa nos arredores da cidade. Roman convertera um quarto em estúdio, no andar de cima, e transformara a garagem para trailers em um cantinho masculino, com sistema de som e vários equipamentos de musculação. Samuel adorava ficar lá com o pai e, usando o equipamento adequado, escalava a parede de pedra até o alto, prendia o mosquetão no teto e fazia bungee jump. Roman ria com seus gritos animados enquanto ficava balançando para cima e para baixo, até que o soltava para que escalasse de novo. A perna machucada de Roman o impedia de correr, mas ele treinava diariamente e tinha força suficiente nos braços para escalar com Samuel, exercitar-se na escada salmão ou nas barras suspensas na parede lateral.

Quandö o pastor deles sentira o chamado para lecionar em uma faculdade cristã no Centro-Oeste, o comitê pastoral começara a procurar um substituto. Queriam um pastor que conseguisse ensinar a Palavra, estimular a congregação mais velha e alcançar a geração de jovens perdidos e sem igreja. Roman sabia que a igreja de Brian estava se fundindo com outra congregação e mandara uma mensagem para falar da vaga em Merced. Brian respondera dizendo que ele e Shanice orariam para pedir orientação a Deus. Pouco tempo depois, foram visitá-los e acompanharam Roman e Grace à igreja. Após algumas semanas, Brian enviara seu currículo, fora convidado a pregar e logo lhe ofereceram o posto de pastor sênior em Merced. Os Gerling os deixaram ficar na casa em que Grace havia morado, sem cobrar aluguel, até que encontrassem uma para eles. Brian não perdera tempo e recrutara Roman para o ministério. Os dois ajudaram um grupo de universitários cristãos, no campus da Universidade da Califórnia. Também encontraram centros de atividades que atraíam os jovens do ensino médio. O cantinho masculino de Roman tornara-se o ponto de encontro favorito de todos, e Samuel era o mascote do grupo de jovens.

Grace sentiu o braço de Roman ao redor dela.

— Estou vendo uma pessoa que quero que você conheça.

Ele pediu licença e a levou até um casal de meia-idade que havia acabado de entrar.

O homem viu Roman se aproximar e levantou as mãos em sinal de rendição.

— Desculpe atrapalhar sua festa. Não chame a polícia, por favor.

Roman riu.

— Espero que tenha deixado as algemas em casa. Grace, esse é o policial que me flagrou no túnel. — Ele estremeceu ao encarar o homem de novo. — … Não sei o seu nome.

O homem piscou para Grace.

— Ele ficou nervoso demais pra perguntar. LeBron Williams, e essa é minha esposa, Althea, sua fã número um.

Althea estendeu a mão.

— Há anos que quero conhecê-lo.

— Pare de babar, querida, vai deixar o rapaz envergonhado.

Althea revirou os olhos e se dirigiu a Grace.

— Eu sempre acompanhei o trabalho do Bird. Mantivemos segredo até ele dar aquela entrevista.

LeBron bufou.

— Ela ficou louca comigo aquela noite.

— Eu quase o matei quando ele chegou dizendo que havia conhecido você e não pedira um autógrafo! — Althea balançou a cabeça e abriu um sorriso provocador para o marido. — LeBron fazia uns grafites na juventude. — Ela olhou para Roman. — Ele me levou para ver o mural naquele galpão industrial. E visitamos suas obras várias vezes. Pretende fazer outra?

— Um mural em Oakland, na primavera. Já tenho a aprovação do local e uma equipe alinhada. — Roman olhou para LeBron. — Sempre há espaço para mais alguém. Basta saber pintar dentro das linhas.

Grace pediu o contato deles e disse a Althea que mandaria todos os detalhes.

A mulher parecia ter ganhado na loteria.

— Estaremos lá!

— Justamente como eu queria passar a Páscoa: no gueto mais uma vez. — LeBron sorriu com ironia. — Vamos, querida, ele tem que falar com as pessoas. — Apertou a mão de Roman de novo. — Continue com seu bom trabalho, sr. Velasco.

Outro crítico de arte queria falar com Roman. Grace ficou circulando pela galeria e acabou de novo diante de *Os que mudam o mundo*.

— É magnífico — disse Shanice, parando ao lado dela depois de deixar Caleb com o pai.

— É muito diferente do que ele pintava quando o conheci.

Roman também estava diferente. Assim como Grace.

Deus os atraía para Ele desde que eram crianças, ambos desesperadamente carentes e ansiando por um pai. Muito antes de conhecê-Lo, Ele já trabalhava na vida deles. O Senhor havia prometido aos que creem que tiraria deles o coração de pedra obstinado e lhes daria um coração terno e receptivo. Colocaria Seu Espírito neles para que pudessem segui-Lo.

Quantas vezes, nos últimos três anos, Grace observara Roman maravilhada, testemunhando o cumprimento dessa promessa? E havia visto a mesma transformação surpreendente em outras pessoas também. Shanice, antes festeira, agora era esposa de um pastor; tia Elizabeth, amargurada e cínica, incapaz de amar, agora estava em paz, era uma tia-avó afetuosa, sem medo de abrir o coração para as pessoas. A vida de Grace havia começado com uma infância de medo e violência e uma tia que não suportava olhar para ela, mas se sentia obrigada a cumprir os desejos da irmã. O visitante noturno havia aberto o coração de Grace para o Senhor, mas aprender a confiar n'Ele fora uma jornada dolorosa.

Observando a pintura, Shanice comentou:

— Quanto mais a gente olha, mais vê. Todo mundo está falando que essa tela é uma obra-prima.

— É maravilhosa. É a melhor que Roman fez até agora. — Uma alegria avassaladora preenchia Grace. — Mas é só uma sombra da verdadeira obra-prima.

Roman entenderia o que ela queria dizer.

— Não é o que Roman fez, Shanice, é o que Deus fez em Roman. — Ela pegou a mão de sua amiga. — É o que Deus fez na minha vida, na sua, na de tia Elizabeth e na de tantos outros que conhecemos. — Lágrimas encheram os olhos de Grace quando ela sentiu o futuro se abrir diante dela como uma porta para a esperança e a vida eterna que Jesus lhes oferecera. — Somos todos obras-primas de Deus, renascidos em Cristo.

Shanice apertou a mão de Grace.

— Para o bom propósito Dele.

— Quando olho para essa pintura, fico impressionada com o que Deus fez.

Grace olhou por cima do ombro para Roman e Brian, que conversavam com Tuck Martin. Roman sentiu seu olhar e sorriu para ela antes de se concentrar de novo na conversa.

Naquele momento, o Senhor estava trabalhando em outra obra-prima.

Nota da autora

CARO LEITOR,

Escrever *A obra-prima* foi uma longa jornada. Os personagens e a história se transformaram várias vezes, como sempre acontece quando escrevo um romance. As perguntas que deram início ao projeto tinham a ver com a maneira como os traumas da infância podem impactar a vida adulta. Parece que nossa cultura está cheia de pessoas traumatizadas por causa de lares e relacionamentos desfeitos. Eu queria explorar a história de dois indivíduos e como experiências traumáticas na infância impactam seu modo de pensar e agir quando adultos. Poderiam ter uma vida normal? Dois indivíduos feridos podem encontrar a totalidade juntos? Com Cristo, tudo é possível, mas e se faltar fé?

Grace chegou à fé bem jovem, mas cristãos não são perfeitos. Travamos uma batalha espiritual a vida toda contra um adversário astuto: Satanás. Eu queria que os leitores vissem como é fácil cairmos em armadilhas e sermos seduzidos por filosofias mundanas. Mesmo quando somos salvos pela graça, sofremos as consequências. Deus nos conforta, nos ama e nos mostra o caminho para seguirmos por esta vida.

Roman teve que aprender da maneira mais difícil. Algumas pessoas precisam ir para o inferno para conseguir ver ou ouvir a verdade.

A visão cultural predominante parece ser a de que todo mundo vai para o céu, independentemente do que tenha feito ou deixado de fazer ou no que acredita. Os defensores dessa crença dizem que Deus é amor e que não existe inferno. Na verdade, Jesus falou mais sobre o inferno que sobre o céu. Pesquisas me mostraram que existem experiências de quase morte que não são cheias de luz e alegria, mas, sim, horríveis e aterrorizantes.

É verdade absoluta que Deus é amor, mas um texto tirado do contexto é um pretexto. Deus também é **justo**. Ele é **santo**. Ele é **reto**. O pecado trouxe a morte para Adão e Eva — e para todos nós. Esta vida não é tudo que existe. O preço do pecado é a morte e o inferno. Deus enviou Seu Filho unigênito, Jesus Cristo, para pagar por nossos pecados em sangue, para que possamos ser salvos da morte e viver a vida eterna no céu com Ele — se acreditarmos na obra de Jesus na cruz. É uma questão de escolha, creia e seja salvo. Rejeite-O e passe a eternidade no inferno. Jesus fez tudo que era necessário para nos manter seguros, para nos dar um futuro e uma esperança. Ele não veio para melhorar nossa vida, veio para nos *salvar*.

Essa é uma das razões para eu ter escrito *A obra-prima*. Não é apenas a história de duas pessoas traumatizadas tentando encontrar a totalidade juntas. Ela mostra a totalidade que pode ser encontrada para cada um de nós. Em Cristo Jesus. Em mais nenhum outro lugar.

Se quer saber por que está aqui, o que nasceu para fazer, onde encontrar o amor que dura para sempre e qual é o significado da vida, busque o Senhor. Ele tem todas as respostas de que você precisa. "Porque somos feitura Sua, criados em Cristo Jesus para as boas obras, as quais Deus estabeleceu para que andássemos nelas" (Efésios 2:10).

Francine Rivers

Agradecimentos

UMA DAS GRANDES BÊNÇÃOS DE ser escritora é a oportunidade de entrevistar pessoas experientes em áreas que eu nunca vivenciei. Tive muita ajuda nessa estrada sinuosa que foi escrever *A obra-prima* e quero agradecer às seguintes pessoas pelas informações e pelo incentivo que me deram:

Gary LeDonne compartilhou seu conhecimento sobre o sistema de julgamentos judiciais de menores e encaminhamento de adolescentes infratores para lares de acolhimento.

Heather Aldridge, do departamento forense do gabinete do xerife do condado de Sonoma, e Christopher Wirowek, vice-diretor do instituto médico legal de San Francisco, me contaram as políticas e práticas para registrar e pesquisar a identidade de corpos não identificados.

Ulla Pomele me deu informações sobre a estrutura e a programação diárias de atividades de um lar para menores infratores.

Debbie Kaupp me forneceu uma extensa lista com as tarefas de uma assistente pessoal.

Meu irmão, Everett King, me contou sua experiência com infartos silenciosos, cirurgias cardíacas e o implante de um cardioversor.

O grafiteiro "Allude", ex-integrante de uma gangue de pichadores, compartilhou comigo algumas aventuras e desventuras que viveu nas ruas de San Francisco.

Minha amiga Carolyn Dunn me convidou a fazer um brainstorming sobre meus personagens com um grupo de conselheiros familiares profissionais. Obrigada, Uriah Guilford, Candace Holly, Terri L. Haley, Laurel Marlink Quast, Gary Moline e Rebecca Worsley pelas informações sobre a realidade das questões de vínculo em crianças traumatizadas e como eles podem se manifestar na vida adulta. Laurel Quast também me deu informações muito necessárias sobre o trabalho com gravidez indesejada e o acolhimento de crianças em abrigos e similares.

Ashley Huddleston e Tricia Goyer compartilharam comigo percepções comoventes sobre a psique de crianças traumatizadas, bem como as dificuldades de responsáveis substitutos e pais em lares de acolhimento que as amam e se esforçam para ajudá-las a se curar.

Antanette Reed, diretora-assistente do Serviço de Proteção à Infância (CPS, na sigla em inglês) do condado de Kern, me deu informações essenciais sobre o sistema de assistência social.

Quando eu me perdi na história e não conseguia me encontrar, liguei para o "doutor dos escritores", Stan Williams. Ele fez as perguntas certeiras para me colocar no caminho certo.

Holly Harder, minha querida amiga, tem habilidades incríveis de navegação na internet. Sempre que eu me perdia no ciberespaço ou não conseguia encontrar detalhes sobre algum assunto, pedia socorro a Holly e, em minutos, ela encontrava a exata informação de que eu precisava.

Muito obrigada às minhas amigas de brainstorming do Coeur d'Alene: Brandilyn Collins, Tamera Alexander, Robin Lee Hatcher, Karen Ball, Sharon Dunn, Gayle DeSalles, Tricia Goyer, Sunni Jeffers, Sandy Sheppard e Janet Ulbright. Todas elas mulheres de Deus incríveis que oram, criam tramas e sabem as regras do jogo. Sempre que fico empacada, essas mulheres notáveis me ajudam a superar a situação.

Colleen Phillips, irmã de alma e missionária no Chile, esteve neste projeto desde o começo. Obrigada por "ouvir" todas as variações na jornada de Roman e Grace e por ser a primeira a ler, comentar e fazer correções no manuscrito — não uma, mas duas vezes — antes que eu ousasse enviá-lo para análise.

Também quero agradecer à minha incrível agente, Danielle Egan-Miller, por seus insights e longas horas de trabalho na gestão de minha carreira de escritora. É uma bênção poder deixar todos os detalhes complexos dos negócios com alguém em quem confio para que eu possa me concentrar em escrever.

Obrigada também a Karen Watson, editora da Tyndale, que sempre tem perguntas para fazer minha criatividade fluir. Sou grata a Cheryl Kerwin, Erin Smith, Shaina Turner e Stephanie Broene, as principais responsáveis pela minha página profissional no Facebook. Robin Lee Hatcher gerencia meu site, e minha filha, Shannon Coibion, posta em meu blog e me ajuda com a correspondência.

Por fim, sou grata à Kathy Olson, minha editora, que há tanto tempo entende meu processo e minha história. Sem sua expertise em cortar, reestruturar e inserir cenas de rascunhos anteriores, este livro não estaria nas mãos dos leitores.

Desejo bênçãos a cada um de vocês em seus empreendimentos futuros. Todos vocês são obras-primas de Deus.

Sobre a capa

O Senhor tem maneiras de unir as pessoas em momentos de necessidade, e, quando estava trabalhando em *A obra-prima*, precisava conversar com um grafiteiro real. No passado, quando uma equipe de pintores estava trabalhando em minha casa, conheci um jovem que havia sido pichador de uma gangue em San Francisco quando adolescente. Mas aquilo havia sido uma fase passageira em sua vida, e eu estava procurando alguém dedicado a essa forma de arte.

Um casal de Monterey entrou em contato comigo por meio de meu site perguntando se eu estaria disposta a conversar com estudantes da República Tcheca, muitos deles liam meus romances. Rick e eu dissemos que sim e combinamos de passar por lá no fim de semana. Os Wong organizaram um almoço na casa deles para uma sessão de perguntas e respostas. Durante a conversa, os alunos me perguntaram o que eu estava escrevendo naquele momento. Eu lhes dei uma breve sinopse deste romance e, antes de partirmos, os Wong me disseram que tinham um amigo em San Francisco, Cameron Moberg, um cristão que também era grafiteiro.

Mandei um e-mail perguntando se o sr. Moberg estaria disposto a responder a algumas perguntas. Ele concordou. Dei uma olhada em seu trabalho na internet e achei impressionante. Quanto mais eu descobria sobre esse jovem, mais parecia que ele estava vivendo a jornada de meu protagonista, especialmente do epílogo. Enviei fotos para amigos na Tyndale — Cameron agora tem fãs na editora. Entraram em contato com ele pedindo para usar sua arte na capa de *A obra-prima,* e era exatamente isso que eu esperava que acontecesse.

Infelizmente, Cameron e eu não tivemos tempo para nos encontrar pessoalmente antes de ele viajar para um projeto na Austrália. O manuscrito final já estava nas mãos de meu editor antes que pudéssemos nos reunir. Um tempo depois, em certo sábado, Rick e eu convidamos Cameron e sua família para um piquenique na piscina. Assim que abri a porta para recebê-los, senti que conhecia aquela família havia anos. Acho que é assim que acontece quando conhecemos irmãos e irmãs cristãos, seja na vizinhança ou do outro lado do mundo. Conectamo-nos imediatamente. Temos Jesus em comum. Somos uma família.

Era um dia quente. Comemos cachorro-quente, melancia e ficamos observando os dois filhos de Cameron e Crystal nadando. Nós, os mais velhos, ficamos sentados à sombra conversando. Sem dúvida, não nos faltou assunto, e eu senti o Senhor entre nós. Quando Cameron sugeriu que Rick e eu fôssemos fazer uma aula de pintura em grafite, eu aceitei. Mal podia esperar para pôr as mãos nas latas de tinta spray e ter a oportunidade de experimentar.

Conheça o trabalho de Cameron em www.camer1.com.

Impresso no Brasil pelo Sistema Cameron da Divisão Gráfica da
DISTRIBUIDORA RECORD DE SERVIÇOS DE IMPRENSA S.A.